ELIZABETH GEORGE
Was im Verborgenen ruht

Buch

Teo Bontempi ist mit Leib und Seele Polizistin, ihr fällt es schwer, Arbeit und Privatleben zu trennen. Besonders, seit sie als Angehörige einer Spezialeinheit der Londoner Polizei in der nigerianischen Gemeinde Nord-Londons ermittelt. Dann wird Teo nach einer verhängnisvollen Nacht bewusstlos und mit einer schweren Kopfverletzung ins Krankenhaus eingeliefert – und wacht nicht mehr auf. Die anschließende Obduktion erhärtet den Verdacht auf einen Mordanschlag.

Weil der Fall aus diversen Gründen besonders brisant ist, übernimmt Scotland Yard. Gemeinsam mit Barbara Havers und Winston Nkata ermittelt Detective Superintendent Thomas Lynley in verschiedene Richtungen. Doch sowohl in Teos privatem als auch in ihrem beruflichem Umfeld stoßen sie schnell auf gekonnt verhülltes Schweigen, auf Abwehr und Unverständnis. Denn Teo war eine Frau mit vielen Gesichtern – und das Rätsel um ihren Tod führt Lynley und sein Team in eine bisher verborgene, abgründige Welt …

Weitere Informationen zu Elizabeth George sowie zu lieferbaren Titeln der Autorin finden Sie am Ende des Buches.

Elizabeth George

Was im Verborgenen ruht

Ein Inspector-Lynley-Roman

Ins Deutsche übertragen von
Charlotte Breuer

GOLDMANN

Die Originalausgabe erschien 2022 unter dem Titel »Something to hide«
bei Viking, an imprint of Penguin Random House LLC, New York.

Das Zitat von Alice Miller auf S. 7 entstammt aus: Alice Miller, Am Anfang
war Erziehung. © Suhrkamp Verlag Frankfurt am Main 1983.
Alle Rechte bei und vorbehalten durch Suhrkamp Verlag Berlin.

Diese Übersetzung wurde im Rahmen des NEUSTART KULTUR-
Stipendiumprogramms der VG-Wort gefördert durch die BKM.

 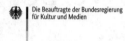

Sollte diese Publikation Links auf Webseiten Dritter enthalten,
so übernehmen wir für deren Inhalte keine Haftung,
da wir uns diese nicht zu eigen machen, sondern lediglich auf
deren Stand zum Zeitpunkt der Erstveröffentlichung verweisen.

Penguin Random House Verlagsgruppe FSC® N001967

1. Auflage
Taschenbuchausgabe Juli 2023
Copyright © 2022 by Susan Elizabeth George
Copyright © der deutschsprachigen Ausgabe 2022
by Wilhelm Goldmann Verlag, München,
in der Penguin Random House Verlagsgruppe GmbH,
Neumarkter Str. 28, 81673 München
Redaktion: Waltraud Horbas
Umschlaggestaltung: UNO Werbeagentur, München
Umschlagmotive: © David Lichtneker/Arcangel; FinePic®, München
KN · Herstellung: ik
Satz: Uhl + Massopust, Aalen
Druck und Bindung: GGP Media GmbH, Pößneck
Printed in Germany
ISBN: 978-3-442-49420-0

www.goldmann-verlag.de

Für jene, die leiden,
die durchhalten,
die kämpfen.

Denn die menschliche Seele ist praktisch unausrottbar,
und ihre Chance, vom Tod aufzuerstehen, bleibt,
solange der Körper lebt.

Alice Miller, Am Anfang war Erziehung

TEIL 1

21. Juli

WESTMINSTER
CENTRAL LONDON

An einem der heißesten Tage eines ungewöhnlich heißen Sommers traf Deborah St. James, vom Parliament Square her kommend, im Bildungsministerium ein. Man hatte sie zu einem Treffen mit der Staatssekretärin des Ministeriums und dem Vorsitzenden des Nationalen Gesundheitsdienstes gebeten. »Wir würden gern mit Ihnen über ein Projekt sprechen«, hatte es geheißen. »Haben Sie gerade Kapazitäten frei?«

Hatte sie. Seit der Veröffentlichung von *London Voices* vor vier Monaten, einem Bildband, an dem sie mehrere Jahre lang gearbeitet hatte, war sie auf der Suche nach einer neuen Herausforderung. Eine Einladung zu einem Gespräch über ein mögliches neues Projekt kam ihr also gerade recht, auch wenn sie sich nicht vorstellen konnte, welche Art Fotografie dem Bildungsministerium in Zusammenarbeit mit dem Gesundheitsdienst vorschwebte.

Sie hielt dem Wachmann ihren Ausweis hin, doch der interessierte sich nur für den Inhalt ihrer geräumigen Tasche. Ihr Handy sei kein Problem, sagte er, sie müsse jedoch beweisen, dass es sich bei ihrer digitalen Kamera tatsächlich um eine Kamera handele. Deborah kam der Aufforderung nach, indem sie ein Foto von dem Mann machte. Sie zeigte es ihm. Er warf einen Blick darauf und machte die Tür frei. Als sie gerade das Gebäude betreten wollte, sagte er: »Aber löschen Sie das. Ich sehe ja fürchterlich aus auf dem Bild.«

Am Empfangstresen fragte sie nach Dominique Shaw. Ihr Name sei Deborah St. James, fügte sie hinzu, sie habe einen Termin mit der Staatssekretärin. Nach einem diskret gemurmelten Anruf reichte die Rezeptionistin ihr einen Besucherausweis an einem Umhängeband. Konferenzraum vier, zweiter Stock, sagte die Frau. Linker Hand befinde sich der Aufzug, rechter Hand die Treppe. Deborah nahm die Treppe.

Als sie die Tür zu Konferenzraum vier öffnete, glaubte sie zunächst, man habe ihr die falsche Nummer genannt. Um einen polierten Konferenztisch saßen insgesamt fünf Personen, nicht nur die beiden, die sie um das Gespräch gebeten hatten. Drei Standventilatoren bemühten sich tapfer, die Temperatur im Raum zu senken, produzierten jedoch nur eine Art Wüstenwind.

Eine Frau, die am Kopfende des Tischs saß, erhob sich und trat mit ausgestreckter Hand auf Deborah zu. Ihr formeller Kleidungsstil wies sie unübersehbar als Staatsbedienstete aus, dazu trug sie eine überdimensionierte randlose Brille und goldene Ohrringe, groß wie Golfbälle. Sie sei Dominique Shaw, Staatssekretärin des Bildungsministeriums, erklärte sie. Die anderen stellte sie so hastig vor, dass Deborah kaum mehr als deren berufliche Stellung mitbekam: Leiter der staatlichen Gesundheitsbehörde, ein Vertreter von Barnardo's, die Gründerin einer Organisation namens Orchid House und eine Frau namens Narissa Soundso. Die Gruppe war sehr gemischt: eine Schwarze, ein Mann, der aussah wie ein Koreaner, Dominique Shaw selbst war eine Weiße, und die ethnische Zugehörigkeit der Frau namens Narissa konnte Deborah nicht einordnen.

»Nehmen Sie Platz.« Dominique Shaw deutete auf einen leeren Stuhl neben dem Vertreter von Barnardo's.

Deborah setzte sich. Zu ihrer Überraschung lag vor jedem Anwesenden ein Exemplar von *London Voices* auf dem Tisch. Ihr erster Gedanke war, dass das Buch Probleme verursacht hatte, dass ihr Werk in irgendeiner Weise als politisch, sozial oder kulturell anstößig aufgenommen worden war, auch wenn sie sich nicht vorstellen konnte, warum sich deswegen das Bildungsministerium hätte einschalten sollen. Das Buch enthielt Porträts von Londonern, die sie über einen Zeitraum von drei Jahren aufgenommen hatte. Und jedes Foto wurde begleitet von ein paar Worten der abgebildeten Person, die Deborah beim Fotografieren aufgezeichnet hatte. Zu den Porträtierten gehörten auch mindestens ein Dutzend Obdachlose, deren Zahl stetig anwuchs, Menschen jeden Alters und Geschlechts, Angehörige aller Ethnien und Nationalitäten, die an der Straße The Strand in Hauseingängen schliefen, unter der Park Lane in U-Bahnhöfen neben – manchmal auch in – Mülltonnen und hinter Hotels wie dem Savoy oder dem Dorchester. Diese Fotos zeigten London nicht als die glamouröse Weltstadt, als die sie sich gern darstellte.

Man bot ihr Kaffee oder Tee an, sie lehnte beides dankend ab. Sie wartete darauf, dass jemand das Thema des Treffens zur Sprache brachte – und vor allem erklärte, warum in aller Welt man sie hergebeten hatte. Und nachdem man ihr ein Glas mit lauwarmem Wasser hingestellt und Dominique Shaw ihr unnötigerweise ein Exemplar von *London Voices* ausgehändigt hatte, begann die Staatssekretärin, sie aufzuklären.

»Mr Oh«, sagte sie mit einer Kopfbewegung in Richtung des Vertreters von Barnardo's, »hat mich auf Ihr Buch aufmerksam gemacht. Sehr beeindruckend. Ich frage mich allerdings …« Sie schien zu überlegen, was genau sie sich fragte, während draußen vor dem Gebäude ein lautes Kreischen ertönte, das anscheinend von einem Lastwagen mit ausgeleiertem Getriebe verursacht wurde. Shaw schaute zum offenen Fenster, runzelte die Stirn und fuhr fort: »Wie haben Sie das geschafft?«

Deborah war sich nicht sicher, was Dominique Shaw meinte. Einen Moment lang betrachtete sie den Einband ihres Buchs. Der Verlag hatte als Titelbild ein harmloses Foto ausgewählt. Es zeigte einen alten Mann, der im St. James's Park die Vögel fütterte. Mit einer Schirmmütze auf dem Kopf stand er auf der Brücke, die über den Teich führte, den Arm ausgestreckt, einen Vogel auf der Handfläche. Es war sein zerfurchtes Gesicht gewesen, das sie angezogen hatte, die tiefen Falten, die sich von den Augen bis zu den aufgesprungenen Lippen zogen. Sie selbst hätte dieses Foto nicht als Titelbild für das Buch gewählt, doch sie konnte die Entscheidung des Verlags nachvollziehen. Schließlich sollte es den potenziellen Käufer dazu animieren, das Buch in die Hand zu nehmen und aufzuschlagen. Ein Foto von einem Obdachlosen, der hinter einer Mülltonne campierte, würde diesen Zweck nicht so gut erfüllen.

»Meinen Sie, wie ich die Leute dazu gebracht habe, sich fotografieren zu lassen?«, fragte Deborah. »Ich habe sie einfach gefragt. Ich habe ihnen erklärt, dass ich ein Porträtfoto von ihnen machen wollte … und, na ja, die meisten Leute lassen sich gern fotografieren, wenn man ihnen einen guten Grund nennt. Also, natürlich nicht alle. Es gab auch Leute, die Nein gesagt haben, die das sogar kategorisch abgelehnt haben. Es gab auch die eine oder andere aggressive Reaktion, aber davon darf man sich nicht abschrecken lassen. Den Leuten, die sich spontan fotografieren ließen, habe ich, sofern sie eine Adresse hatten, später eine Kopie des Fotos geschickt, das ich für das Buch ausgewählt hatte.«

»Und was die Leute Ihnen erzählt haben?«, fragte Mr Oh. »Das, was Sie im Buch abgedruckt haben?«

»Ja, wie haben Sie sie dazu gebracht, so offen mit Ihnen zu reden?«, wollte Narissa wissen.

»Ach so.« Deborah schlug das Buch auf und blätterte darin. »Wenn man eine Person fotografiert, muss man sie von der Tatsache ablenken, dass sie fotografiert wird«, sagte sie dann. »Die Leute verkrampfen sich vor der Kamera. So sind die Menschen nun mal. Sie glauben, sie müssen posieren, und dann sind sie plötzlich nicht mehr sie selbst. Als Fotografin versuche ich, sie in einem Moment zu erwischen, wo sie ... Na ja, man könnte sagen, wo sie sich zeigen. Das Thema kennen alle Fotografen. Bei Schnappschüssen ist das natürlich kein Problem, weil den Leuten nicht bewusst ist, dass sie fotografiert werden. Aber solche Porträts, die in einem Buch veröffentlicht werden sollen, sind ja keine Schnappschüsse, sondern fotografische Inszenierungen. Das bekommt man am besten hin, indem man mit den Leuten redet, während man sie fotografiert.«

»Also, Sie sagen ihnen, sie sollen sich entspannen, Sie bitten sie zu lächeln ... oder wie hat man sich das vorzustellen?«, fragte Dominique Shaw.

Die Staatssekretärin hatte ihre Erklärung offenbar nicht verstanden. »Ich bitte sie um gar nichts«, sagte Deborah. »Ich lasse sie einfach erzählen und reagiere auf das, was sie sagen, und dann erzählen sie weiter. Für dieses Projekt zum Beispiel«, sie zeigte auf das Buch, »habe ich sie nach ihren Erfahrungen in London gefragt, ob sie gern in London leben und wie die Stadt sich für sie anfühlt, was ihnen der Ort bedeutete, an dem ich sie fotografierte. Natürlich hatte jeder eine andere Geschichte zu erzählen. Und beim Zuhören ergaben sich die Situationen, die ich brauchte.«

Die Gründerin von Orchid House sagte: »Wie darf ich das verstehen? Glauben Sie, Sie besitzen ein besonderes Talent dafür, die Leute zum Reden zu bringen?«

Deborah schüttelte lächelnd den Kopf. »Ganz und gar nicht. Ich gerate total ins Schwimmen, sobald ein Gespräch sich nicht um Fotografie, Hunde oder Katzen dreht. Übers Gärtnern könnte ich noch mitreden, aber nur, wenn es ums Jäten ginge und wenn man nicht von mir verlangt, jedes Unkraut zu benennen. Für dieses Buch hatte ich mir im Voraus eine Reihe von Fragen zurechtgelegt, die ich den Leuten beim Fotografieren gestellt habe. Anhand ihrer Antworten hat sich dann das Gespräch entwickelt. Wenn Leute über Dinge reden, die sie berühren, verändert sich ihr Gesichtsausdruck.«

»Und dann machen Sie das Foto?«

»Nein, nein. Ich warte auf die Veränderung des Gesichtsausdrucks, aber ich fotografiere die ganze Zeit. Für ein Buch wie das hier mache ich… so Pi mal Daumen… an die dreitausend Aufnahmen.«

Eine Weile herrschte Schweigen am Tisch. Blicke wurden ausgetauscht. Deborah war sich ziemlich sicher, dass man sie nicht herbestellt hatte, um über *London Voices* zu reden, aber sie konnte sich immer noch nicht vorstellen, was man von ihr wollte. Schließlich ergriff die Staatssekretärin das Wort.

»Ihr Buch ist wirklich beeindruckend«, sagte sie. »Meinen Glückwunsch. Wir würden gern über ein anderes Projekt mit Ihnen sprechen.«

»Etwas, das mit Bildung zu tun hat?«, fragte Deborah.

»Ja, aber nicht so, wie Sie vielleicht vermuten.«

MAYVILLE ESTATE
DALSTON
NORTH-EAST LONDON

Tanimola Bankole hoffte inständig, dass die seit vier Wochen anhaltende quälende Sommerhitze seinen Vater ermüden würde, der sich seit geschlagenen siebenunddreißig Minuten über die Verantwortungslosigkeit seines Sohnes ausließ. Es war kein neues Thema für Abeo Bankole. Tanis Vater konnte seinen Vortrag locker auf über eine geschlagene Dreiviertelstunde ausdehnen, und zwar sowohl auf Englisch als auch auf Yoruba, seiner Muttersprache, das hatte Tani schon mehr als einmal erlebt. Er betrachtete es als seine väterliche Pflicht, seinen Sohn zu einem nach seiner Definition mustergültigen Mann zu erziehen, und der konnte Tani nur werden, wenn er alle ebenfalls von Abeo festgelegten Pflichten eines solchen erfüllte. Und Abeo betrachtete es als Tanis Sohnespflicht, seinem Vater zuzuhören, sich alles, was er sagte, zu merken und seinem Vater in allen Dingen zu gehorchen. Die erste dieser drei Forderungen konnte Tani meistens erfüllen, aber die zweite und dritte bereiteten ihm ziemliche Schwierigkeiten.

An diesem Tag hatte Tani keinem einzigen Argument seines Vaters etwas entgegenzusetzen. Ja, er konnte sich glücklich schätzen, dass er als Sohn von Abeo Bankole, Besitzer des Supermarkts »Into Africa Groceries Etc.« sowie einer Metzgerei und eines Fischstandes auf dem Markt, einer regelmäßigen Arbeit nachgehen konnte. Ja, er konnte froh sein, dass sein Vater ihm ein Achtel seines Lohns als Taschengeld zugestand und nicht von ihm verlangte, das ganze Geld zu Hause abzugeben. Ja, er bekam täglich drei gehaltvolle, von seiner Mutter zubereitete Mahlzeiten. Seine Wäsche wurde gewaschen, gebügelt und gefaltet in sein Zimmer gebracht.

Und so weiter, bla, bla, bla. Ungeachtet der Hitze, die vom Asphalt aufstieg und aus den wenigen in ihrem Viertel vorhandenen Bäumen waberte, die jetzt schon ihre Blätter abwarfen, und ohne sich darum zu scheren, dass das Eis in seinem Fischstand auf dem Ridley Road Market rasend schnell dahinschmolz und Seehecht und Schnapper und Makrelen verdarben, dass die glänzenden Innereien von Kühen und Schafen in der Metzgerei vor sich hin stanken, dass Obst und Gemüse im Supermarkt zu Schleuderpreisen verkauft werden mussten, marschierte Abeo wutschnaubend in Richtung Mayville Estate, weil er an nichts anderes denken konnte, als dass Tani nicht pünktlich zur Arbeit erschienen war.

Tani war an allem schuld. Alles, was sein Vater sagte, stimmte. Er konnte *einfach nicht* bei der Sache bleiben. Er dachte *nicht* immer zuerst an seine Familie. Er vergaß *immer wieder*, wer er war. Und deswegen brachte er jetzt auch nichts zu seiner Verteidigung vor. Stattdessen dachte er nur an Sophie Franklin.

Und da gab es einiges, woran er gern dachte: ihre wunderbare Haut, ihr weiches, kurzes Haar, ihre seidigen Beine, ihre göttlichen Fesseln, ihre herrlichen Brüste, ihre Lippen, ihre Zunge und überhaupt… *Natürlich* war er total pflichtvergessen. Was sollte er sonst sein, wenn er mit Sophie zusammen war?

Das hätte sein Vater sogar verstanden. Er war jetzt zweiundsechzig, aber er war schließlich auch mal jung gewesen. Aber Tani konnte ihm unmöglich von Sophie erzählen. Dabei war die Tatsache, dass sie keine Nigerianerin war, nur einer der Gründe, warum Abeo Bankole einen Herzinfarkt kriegen würde, wenn Tani ihm von seiner Beziehung erzählte. Der zweite Grund war der Sex mit Sophie, etwas, das Abeo nie im Leben gelassen hinnehmen würde.

Tani war mal wieder zu spät zur Arbeit im Into Africa

Groceries Etc. erschienen. Und zwar so spät, dass Zaid bereits angefangen hatte, die Regale aufzufüllen. Das tägliche Auffüllen der Regale – sowie das Aufräumen und Putzen – war Tanis Aufgabe, die er zu erledigen hatte, sobald er vom College kam. Zaid sollte lediglich den Kunden sagen, wo sie fanden, was sie suchten, und ansonsten die Kasse bedienen. Er war sauer, dass die ganze Arbeit an ihm hängen geblieben war, und so hatte er Abeo in der Metzgerei angerufen, um seinem Ärger Luft zu machen.

Als Tani schließlich im Supermarkt eingetroffen war, wollte er sich pflichtschuldigst daranmachen, die Regale aufzufüllen; das hatte Zaid jedoch bereits alles erledigt und ihn mit wütenden Blicken bedacht, bis Abeo hereingestürmt war und Tani befohlen hatte, mit ihm zu kommen.

Tani hatte natürlich gewusst, was ihm blühte. Gleichzeitig witterte er eine gute Gelegenheit, seinen Vater endlich über seine Zukunftspläne ins Bild zu setzen. Er hasste die Arbeit im Supermarkt und in der Metzgerei und am Fischstand, und auf gar keinen Fall hatte er vor, so wie sein Vater sich das vorstellte, die Leitung von Into Africa Groceries Etc. zu übernehmen, sobald er seine Catering-Ausbildung am Sixth-Form-College beendet hatte. Das war nicht sein Ding. Das war das Allerletzte. Er hatte vor, an die Uni zu gehen und Wirtschaftswissenschaften zu studieren, und für nichts auf der Welt würde er sein Diplom vergeuden, indem er in irgendeinem Laden arbeitete. Tani hatte genug Vettern, sollte Abeo doch einen von denen als Geschäftsführer einstellen. Das würde natürlich bedeuten, dass jemand aus dem in Peckham ansässigen Teil der Familie in das Geschäft einsteigen würde, das Abeo für sich und seine Kinder im Nordosten Londons aufgebaut hatte, und das würde Abeo nicht gefallen. Aber Tani würde ihm keine andere Wahl lassen. Er würde sein Leben nach seinen eigenen Vorstellungen gestalten.

Der Weg nach Mayville Estate war der reinste Hindernislauf. Jetzt am späten Nachmittag war alles auf dem Heimweg, und es wimmelte nur so von Fußgängern, Autos, Bussen und Fahrrädern. Die Bankoles gehörten zu den wenigen Nigerianern in diesem sehr gemischten Viertel, in dem zunehmend mehr karibisch- als afrikanischstämmige Menschen lebten. Die Familie wohnte in Bronte House, einem für Mayville Estate typischen fünfstöckigen, schlichten Backsteingebäude. Direkt gegenüber befand sich ein asphaltierter Bolzplatz, wo riesige Londoner Platanen Schutz gegen die sengende Sonne boten. Es gab Basketballkörbe und Fußballtore, und ein hoher Zaun sorgte dafür, dass keine Bälle auf die Straße flogen.

Über Betonstufen gelangte man in die Erdgeschosswohnungen von Bronte House, während die Wohnungen in den oberen Stockwerken über Außengalerien erreichbar waren, zu denen ein Aufzug und ein Treppenhaus führten. Fast alle Türen standen offen, um für ein bisschen Durchzug zu sorgen, was jedoch bei der stehenden Luft ziemlich zwecklos war. Aus den offenen Fenstern drang eine Mischung aus Fernsehgeräuschen, Dance Music und Rap, und es duftete nach allen möglichen Speisen, die gerade zubereitet wurden.

In der Wohnung der Bankoles war es so heiß wie in einer Sauna. Tani fühlte sich eingehüllt von der feuchten Luft, und er blinzelte fortwährend, weil ihm der Schweiß in die Augen lief. Mehrere Ventilatoren liefen auf Hochtouren, konnten jedoch gegen die Bruthitze nichts ausrichten, sondern rührten nur die heiße Suppe um. Man bekam zwar noch Luft, aber das Atmen war unangenehm.

Tani nahm den Geruch sofort wahr. Er schaute seinen Vater an, der grimmig dreinblickte.

Von Monifa Bankole wurden hellseherische Fähigkeiten verlangt. So sollte sie nicht nur voraussehen, um welche Uhrzeit ihr Mann nach Hause kam, sondern auch, welches Essen er vorgesetzt haben wollte. Abeo hielt es nicht für nötig, sie über solche Dinge in Kenntnis zu setzen. Schließlich waren sie seit zwanzig Jahren verheiratet, wieso sollte er ihr also alles dreimal sagen wie ein frisch angetrauter Ehemann? Im Lauf ihres ersten Ehejahres hatte er ihr klargemacht, was er von ihr erwartete, und dazu gehörte, dass er spätestens zehn Minuten, nachdem er von der Arbeit kam, sein Essen auf dem Tisch haben wollte. Abeo und Tani kamen zur rechten Zeit, aber es gab nicht das gewünschte Gericht. Tanis Schwester Simisola war gerade dabei, den Tisch für alle zu decken, das Abendessen war also fertig.

Simi nickte zum Gruß und grinste, als Tani sagte: »Na, Squeak, hast du dich so aufgetakelt, weil dein Freund zum Essen kommt?« Um ihr Grinsen zu verbergen, hielt sie sich hastig eine Hand vor den Mund, sodass ihre putzige Zahnlücke nicht zu sehen war, aber ihr Kichern konnte sie damit nicht unterdrücken. Sie war acht Jahre alt, zehn Jahre jünger als Tani. Und ihm machte nichts mehr Spaß, als seine kleine Schwester aufzuziehen.

»Ich *hab* keinen Freund!«, rief Simi.

»Ach nein? Warum denn nicht?«, fragte er. »In Nigeria wärst du längst verheiratet.«

»Nein, wär ich nicht!«, entgegnete sie.

»Wärst du doch. So läuft das da, stimmt's, Pa?«

Abeo beachtete Tani nicht und befahl Simi: »Sag deiner Mutter, dass wir hier sind.« Als wäre das nötig gewesen.

Das Mädchen wirbelte herum, tanzte an einem der fast nutzlosen Ventilatoren vorbei und rief: »Mummy! Sie sind da!« Dann sagte sie, genau wie ihre Mutter es immer machte, zu ihrem Vater und ihrem Bruder: »Setzt euch, setzt euch. Willst du ein Bier, Papa? Tani, du?«

»Für ihn Wasser«, sagte Abeo.

21

Simi wirbelte wieder herum. Da ging Tani auf, dass seine Schwester die ganze Zeit so herumwirbelte, um einen neuen Rock vorzuführen. Schien ein neues Teil von Oxfam zu sein – allerdings hatte sie ihn mit Pailletten und Glitzerzeug bestickt, ebenso wie ihr Haarband, mit dem sie versuchte, ihre kurzen schwarzen Locken zu bändigen. Auf dem Haarband prangte außer den Pailletten auch noch eine Feder. Sie sauste in die Küche und stieß beinahe mit ihrer Mutter zusammen, die gerade die *Gbegiri*-Suppe auftragen wollte, die Tani schon beim Hereinkommen gerochen hatte. Der Topf dampfte, und auf Monifas Stirn und Wangen glänzten Schweißperlen.

Wie er bei der Affenhitze Bohneneintopf essen sollte, war Tani ein Rätsel, aber er wusste genau, was passieren würde, wenn er eine entsprechende Bemerkung machte. Dann würde Abeo ihm einen Vortrag darüber halten, wie es früher war, als er selbst noch ein Junge gewesen war. Er war jetzt zweiundsechzig und lebte seit vierzig Jahren in England, aber wenn er von seiner Kindheit in Nigeria erzählte, hätte man meinen können, er wäre erst vor vierzehn Tagen in Heathrow gelandet. Wie es »zu Hause« gewesen war, gehörte zu seinen Lieblingsthemen – die Schulen, die Lebensumstände, das Wetter, die Sitten und Bräuche… und es hörte sich immer so an, als dozierte er über eine afrikanische Fantasieheimat, die er aus *Black Panther* kannte, seinem Lieblingsfilm, den er schon mindestens fünfmal gesehen hatte.

Als Monifa den dampfenden Topf auf den Tisch stellte, sagte Abeo mit zusammengezogenen Brauen: »Das ist kein *Efo riro.*«

»Bei der Hitze…«, sagte Monifa. »Wir hatten weder Hühnchen noch Fleisch oder Fisch im Haus. Wenn ich auf dem Markt welches für ein *Efo riro* besorgt hätte, wäre es nicht mehr frisch gewesen, bis ich nach Hause gekommen wär. Da dachte ich, mit einem Bohneneintopf bin ich auf der sicheren Seite.«

Abeo schaute sie an. »Hast du keinen Reis gekocht, Monifa?«

»Hier, Papa!« Simi hielt ihm eine geeiste Bierdose und ein geeistes Glas hin. »Es fühlt sich sooo schön kühl an, fühl mal, Papa! Kann ich einen Schluck davon haben? Einen klitzekleinen?«

»*Nein*, kannst du nicht!«, sagte ihre Mutter. »Setz dich. Jetzt wird gegessen. Das mit dem Reis tut mir leid, Abeo.«

»Aber ich muss noch Tanis Wasser holen, Mummy«, sagte Simi.

»Tu, was deine Mutter dir sagt, Simisola!«, herrschte ihr Vater sie an.

Simi tat, wie ihr geheißen, und warf Tani beim Hinsetzen einen entschuldigenden Blick zu, doch der zuckte nur die Achseln.

Sie verbarg ihre Hände unter dem Tisch und schaute Tani an, der ihr zuzwinkerte. Dann schaute sie ihre Mutter an, die ihren Blick nicht von Abeo abwandte. Nachdem Abeo seine Frau lange mit strenger Miene betrachtet hatte, nickte er kurz, um ihr zu verstehen zu geben, dass sie jetzt das Essen verteilen durfte.

»Dein Sohn ist mal wieder zu spät zur Arbeit erschienen«, sagte Abeo zu Monifa. »Er hatte nur eine halbe Stunde von seiner kostbaren Zeit für den Laden übrig. Zaid musste kurz vor Feierabend fast alles allein machen, und das hat ihn ziemlich geärgert.« Dann sagte er zu Tani: »Wo warst du, dass du deine Pflichten einfach so vernachlässigt hast?«

»Abeo ...?«, murmelte Monifa. »Vielleicht kannst du später mit Tani ...?«

»Worüber ich spreche, geht dich nichts an«, sagte Abeo. »Hast du *Eba* gemacht? Ja? Simisola, hol es aus der Küche!«

Monifa füllte einen Suppenteller mit einer großen Portion *Gbegiri*-Suppe und reichte ihn Abeo. Dann füllte sie einen Teller für Tani.

Simi kam aus der Küche mit einem großen Teller *Eba*, eine Beilage aus geriebener Maniokwurzel. Unter den Arm hatte sie sich eine Flasche *Brown Sauce* geklemmt – um die Klöße ein bisschen aufzupeppen und dem Essen eine englische Note zu verleihen. Sie stellte beides vor Abeo auf den Tisch und setzte sich. Ihr wurde wie immer zuletzt serviert.

Sie aßen schweigend. Nur Geräusche von draußen und das Schmatzen und Kauen der Familienmitglieder waren zu hören. Nachdem er seinen Teller zur Hälfte geleert hatte, legte Abeo seinen Löffel ab, schob seinen Stuhl zurück und absolvierte sein allabendliches Ritual, wie Tani es im Stillen bezeichnete: Er schnäuzte sich energisch in eine Papierserviette, zerknüllte sie und warf sie auf den Boden. Dann befahl er Simi, ihm eine neue Serviette zu bringen. Als Monifa aufsprang, sagte Abeo: »Setz dich! Du bist nicht Simi.« Simi lief los und kehrte zurück mit einem uralten Geschirrtuch, das so verwaschen war, dass man nicht mehr erkennen konnte, welche königliche Hochzeit darauf abgebildet war. »Ich konnte keine Papierserviette finden, aber das hier tut's doch auch, oder, Papa?«

Er nahm das Geschirrtuch entgegen und wischte sich damit das Gesicht ab. Dann legte er das Tuch auf den Tisch und schaute in die Runde. »Ich habe Neuigkeiten«, sagte er.

Alle erstarrten.

»Was für Neuigkeiten?«, fragte Monifa.

»Es ist alles geregelt«, lautete seine Antwort.

Tani bemerkte, dass seine Mutter einen kurzen Blick in seine Richtung warf. Ihr Gesichtsausdruck reichte aus, um ihn in Panik zu versetzen.

»Es hat viele Monate gedauert«, sagte Abeo. »Die Kosten

waren höher, als ich erwartet hatte. Bei zehn Kühen haben wir angefangen. *Zehn!* Ich habe gefragt, wird sie Kinder gebären, wenn ich zehn Kühe für sie bezahlen muss? Er sagt, sie ist eine von zwölf Geschwistern, und drei davon haben schon geliefert. Sie kommt also aus einer Familie mit gutem Zuchtmaterial. Sehr gebärfreudig. Das spielt keine Rolle, habe ich gesagt. Dass ihre Mutter und ihre Geschwister so viele Nachkommen produziert haben, heißt noch lange nicht, dass sie das auch tun wird. Ich habe also eine Garantie verlangt. Zehn Kühe und keine Garantie?, hab ich zu ihm gesagt. Er darauf: Pah, welcher Mann verlangt eine Garantie? Ich: ein Mann, der weiß, worauf es ankommt. So ging das hin und her, und am Ende haben wir uns auf sechs Kühe geeinigt. Ich habe gesagt, das ist immer noch zu viel, worauf er geantwortet hat: Dann kann sie hierbleiben, denn ich habe noch andere Optionen. *Optionen*, hat er gesagt. Mir war klar, dass er blufft. Aber der Zeitpunkt ist günstig, ihr Alter perfekt, und sie wird nicht lange auf dem Markt bleiben, wenn er sie anbietet. Daher habe ich eingeschlagen, der Handel ist also perfekt.«

Monifa hatte den Blick gesenkt und während Abeos Vortrag kein einziges Mal aufgeschaut. Simi hatte aufgehört zu kauen, ihr Gesicht drückte Verwirrung aus. Tani hatte den Worten seines Vaters irgendwann nicht mehr folgen können. Zehn Kühe? Sechs? Etwas ganz Schlimmes schien sich da zusammenzubrauen. Eine Spannung lag in der Luft, die ihm Angst machte.

Jetzt wandte Abeo sich ihm zu. »Sechs Kühe habe ich bezahlt für eine sechzehnjährige Jungfrau«, sagte er. »Und das habe ich für dich getan. Ich werde bald mit dir nach Nigeria fahren, damit du sie kennenlernen kannst.«

»Wieso soll ich ein Mädchen in Nigeria kennenlernen?«, fragte Tani.

»Weil du sie heiraten wirst, sobald sie siebzehn ist.« Damit rückte Abeo seinen Stuhl wieder zurecht und begann, den Rest seiner Suppe zu essen. Er nahm sich etwas von dem *Eba* und schaufelte damit ein kleines Stück Rindfleisch von seinem Teller. Das schien ihn an etwas zu erinnern, das er zu erwähnen vergessen hatte. »Du kannst dich glücklich schätzen«, sagte er zu Tani. »Wegen des hohen Preises geht so ein junges Mädchen normalerweise an einen Mann von mindestens vierzig Jahren, nicht an einen Jungen wie dich. Aber du musst zur Ruhe kommen und ein Mann werden. Also werden wir nach Nigeria fliegen. Wenn wir dort sind, wird sie für dich kochen, und du kannst sie kennenlernen. Für all das habe ich gesorgt, damit du nicht am Ende eine nichtsnutzige Frau bekommst. Sie heißt übrigens Omorinsola.«

Tani verschränkte die Hände auf dem Tisch. Die Temperatur im Zimmer schien um mehrere Grad angestiegen zu sein, seit sie aus der Ripley Road hergekommen waren. Er sagte: »Das mach ich nicht, Pa.«

Monifa atmete hörbar ein, und Simis Augen weiteten sich. Abeo blickte von seinem Teller auf. »Was hast du gerade zu mir gesagt, Tanimola?«

»Ich habe gesagt, ich mach das nicht. Ich werde mich nicht mit dieser Jungfrau treffen, die du für mich ausgesucht hast, und ich werde auch kein siebzehnjähriges Mädchen heiraten.« Tani hörte seine Mutter seinen Namen flüstern und wandte sich ihr zu. »Wir leben nicht im Mittelalter, Mum.«

»In Nigeria«, sagte Abeo, »werden diese Dinge so geregelt, dass …«

»Wir leben aber nicht in Nigeria. Wir leben in London, und in London heiraten die Leute, *wen* sie wollen und *wann* sie wollen. Das habe ich zumindest vor. Niemand sucht mir eine Frau aus. Außerdem will ich sowieso nicht heiraten. Jedenfalls jetzt noch nicht. Und auf gar keinen Fall eine afrikanische Jungfrau mit Fruchtbarkeitsgarantie. Das ist ja Wahnsinn.«

Einen Augenblick lang herrschte dröhnende Stille. Dann sagte Abeo: »Du tust genau das, was ich dir sage, Tani. Du wirst Omorinsola kennenlernen. Du bist ihr versprochen, und sie ist dir versprochen, Ende der Diskussion.«

»Du«, sagte Tani, »bestimmst nicht über mich.«

Monifa schnappte nach Luft. Tani hörte es und sagte: »Nein, Mum, ich gehe weder nach Nigeria noch sonst wohin, nur weil er das so bestimmt.«

»Ich bestimme in dieser Familie«, sagte Abeo, »und als Mitglied dieser Familie tust du, was ich dir sage.«

»Nein«, sagte Tani. »Da irrst du dich. Du kannst mich nicht zum Heiraten zwingen.«

»Du wirst tun, was ich von dir verlange, Tani. Ich werde dafür sorgen.«

»Ach ja? Das glaubst du? Willst du mir etwa eine Pistole an den Kopf halten? Das gibt bestimmt hübsche Hochzeitsfotos.«

»Hüte deine Zunge!«

»Wieso? Was tust du denn, wenn nicht? Willst du mich verprügeln, wie…«

Monifa fiel ihm ins Wort. »Hör auf, Tani. Hab etwas Respekt vor deinem Vater.« Dann wandte sie sich an ihre Tochter. »Simi, geh auf dein…«

»Sie bleibt«, donnerte Abeo. Dann sagte er zu Tani: »Sprich deinen Satz zu Ende.«

»Ich habe nichts mehr zu sagen.« Damit stand er auf, sein Stuhl quietschte auf dem Linoleum. Sein Vater erhob sich ebenfalls.

Abeos Fäuste ballten sich. Tani zuckte mit keiner Wimper. Ihre Blicke bohrten sich über den Tisch hinweg ineinander. Schließlich sagte Abeo: »Geh mir aus den Augen.«

Das ließ Tani sich nicht zweimal sagen.

THE NARROW WAY
HACKNEY
NORTH-EAST LONDON

Detective Chief Superintendent Mark Phinney war nicht überrascht, als er sah, dass sein Bruder auf ihn wartete. Paulie hatte das alles organisiert, und er wollte natürlich wissen, wie Mark gefiel, was er bei Massage Dreams geboten bekommen hatte. Massage Dreams lag erstens in der Nähe von Paulies beiden Pfandleihhäusern und zweitens nur einen Steinwurf von der Wohnung ihrer Eltern und Paulies eigener Wohnung entfernt. Zumindest, dachte Mark, lauerte sein Bruder ihm nicht in dem winzigen Eingangsbereich des verdammten Ladens auf, sondern war das kurze Stück von der Mare Street bis zum Narrow Way gegangen und saß jetzt auf einer der schmalen Bänke, die in der Mitte der Fußgängerzone standen. Mark hatte ihn sofort entdeckt, als er um die Ecke gebogen war. Paulies Lippen umspielte das wissende Grinsen, mit dem er seinen jüngeren Bruder schon immer empfangen hatte, wenn er glaubte, dass der – ein pickelgesichtiger Teenager – von einem Date mit einem Mädchen kam, während Mark in Wirklichkeit nur mit ein paar Kumpels aus der Schule abgehangen hatte, alles Außenseiter wie er, drei davon Mädchen. Und Paulie hatte jedes Mal denselben Spruch vom Stapel gelassen: »Na, hast du eine flachgelegt?«, worauf Mark jedes Mal geantwortet hatte: »Wenn Ja, würdest du's als Letzter erfahren.«

Aber heute hatte Marks Grinsen nichts mit Mädchen zu tun, sondern mit Frauen, die man in einem der Hinterzimmer des Day Spa flachlegen konnte, denn dieses Spa bot einiges an Extras, wenn man das nötige Kleingeld parat hatte. Wortwörtlich, denn Kreditkarten wurden dort nicht akzeptiert.

»Und?«, fragte Paulie, und als Mark nicht sofort antwortete: »Hat verdammt lange gedauert, Boyko. Was ist passiert? Hast du sie mehrmals rangenommen?«

»Sie hat mich zwanzig Minuten warten lassen«, sagte Mark. »Los, gehen wir. Mum hat gleich das Essen fertig.«

»Das ist alles?«, fragte Paulie. »›Sie hat mich zwanzig Minuten warten lassen‹? Ich musste mich mächtig ins Zeug legen, um dir den Termin heute zu besorgen, Junge. Der Laden brummt nämlich inzwischen ordentlich. Also, war's gut? War sie ihr Geld wert? War sie jung? Schön? Oder war sie ausgemergelt? Zahnlos? Wie hat sie's dir besorgt? Mit der Hand, dem Mund, der Zunge? Mit 'nem anderen Körperteil? Zwischen den Titten kommt auch gut, oder? Nein? Hmm. Unterm Arm? Oder hast du sie richtig genagelt?«

Mark hörte gar nicht mehr hin. Er ging in Richtung St. Augustine Tower, dessen Zinnen sich über dem Narrow Way erhoben. Vor dem Turm spielten ein paar Jugendliche eine fantasievolle Version von Kick-the-Can, ein Spiel, das Mark nicht mehr gesehen hatte, seit Handys, Textnachrichten und Spielkonsolen in Mode gekommen waren.

Paulie und Mark betraten den Friedhof der St.-John-of-Hackney-Gemeinde und gingen rechts an dem alten Turm vorbei über einen gepflasterten Weg in Richtung Sutton Place, wo Paulie mit seiner Familie in einem unansehnlichen Gebäude wohnte, das an die Architektur der späten Sechzigerjahre erinnerte, eckig und kantig, mit Panoramafenstern mit Blick auf nichts, was irgendwen interessieren könnte.

Paulie sagte: »Also, ich schätze, es war immerhin besser als Internetpornos. Natürlich auch teurer, klar, aber dafür fasst die Frau einen auch an. Das bringt's. Das Zwischenmenschliche. Wenn Eileen nicht immer schon wüsste, was ich will, bevor ich es selber weiß, wär ich glatt mit dir gegangen. Aber meine Eileen ist 'ne Sexmaschine«, sagte er verträumt. »Sie läuft meistens unten ohne rum, und wenn die Kinder nicht da sind, hebt sie bei jeder Gelegenheit den Rock. Sie hat's mir sogar schon mal in meinem Laden besorgt. Hab ich dir das erzählt? Direkt hinterm Tresen. Das war vor drei Tagen, und wir hatten sogar geöffnet. Ein Wunder, dass ich nicht wegen häuslicher Gewalt verhaftet wurde, bei dem Geschrei, das sie veranstaltet hat, als sie so richtig in Fahrt war.«

Mark sagte nichts. Er hatte schon öfter von Eileens sexuellen Possen gehört. Bis zum Erbrechen. Sie gingen schweigend nebeneinander her, bis Paulie fragte: »Kommt Pete auch zum Essen? Oder nur du?«

Mark wandte sich seinem Bruder zu, der stur geradeaus blickte, als gäbe es in der Ferne etwas Interessantes zu sehen. »Warum fragst du das? Du weißt doch, dass das im Moment nicht geht.«

»Und was ist mit dieser Greer? Oder wie hieß die noch? Petes Freundin? Die, mit der sie sich neuerdings dauernd trifft? Greer könnte doch mal 'ne Stunde oder so aushelfen. Sie wüsste, was zu tun ist, falls was passiert.«

»Pete lässt Lilybet nicht gern allein«, sagte Mark.

»Ich weiß, dass sie das nicht *gern* tut. Das wissen wir alle, Boyko.«

Mark sagte nichts. Es ging ihm beschissen, aber das lag nicht an Pete, die in Anbetracht der Umstände ihr Bestes gab. Er fühlte sich elend, weil er keine Ahnung hatte, wie die Zukunft für sie drei aussehen sollte, für Pietra, Lilybet und ihn.

Sie durchquerten den unteren Teil des Friedhofs. So kurz vor der Abendessenszeit war hier nicht viel los. Ein paar Leute saßen auf den Bänken, aber die starrten alle auf ihre Handys. Es gab auch ein paar Passanten, die ihre Hunde ausführten, und eine Frau in einem knallroten Kleid ging sogar mit ihrer Katze an der Leine spazieren, wobei allerdings

nicht zu übersehen war, dass die Katze, die einen Schleich-
gang eingelegt hatte, bei dem ihr Bauch fast den Boden berührte, alles andere als begeistert war von der Aktion.

Am anderen Ende des Friedhofs duftete es nach Gebrate-
nem. Der Geruch kam aus einem kleinen Imbiss direkt an der
Friedhofsmauer, hinter der ein sehr multikulturelles Viertel
begann. Entsprechend sah die Speisekarte des Imbisses aus,
auf der sowohl verschiedene Burger als auch Crêpes, Samo-
sas, Kebabs, Hähnchen-Shawarma und diverse vegetarische
Gerichte angeboten wurden. Der Laden schien zu brum-
men. Die auf dem Rasen verteilten Picknicktische waren voll
besetzt mit Leuten, die genüsslich aus Pappbehältern aßen.
Andere standen an der Kasse an, um etwas zu bestellen, und
in der Schlange daneben warteten Leute auf ihr Essen zum
Mitnehmen. Die Gesichter drückten die typische Schicksals-
ergebenheit der Londoner aus, die es gewohnt waren, ständig für irgendetwas Schlange zu stehen: für den Bus, die
U-Bahn, den Zug, ein Taxi, an irgendeinem Schalter.

»Nicht zu fassen, dass der Laden immer noch da ist«, bemerkte Paulie im Vorbeigehen. »Das müssen die Enkel der
ursprünglichen Besitzer sein.«

»Wahrscheinlich«, sagte Mark. Sie ließen die Imbissbude
hinter sich und verließen den Friedhof durch den Hinteraus-
gang, durch den sie auf den Sutton Place gelangten. Paulie
hob eine weggeworfene Zigarettenschachtel auf und steckte
sie ein. Sie gingen nicht zu Paulie nach Hause, sondern zu
dem Haus, in dem sie aufgewachsen waren, ein Stück die
Straße hinunter, die von rußgeschwärzten Backsteinhäusern
gesäumt wurde. Die zweistöckigen Reihenhäuser sahen alle
gleich aus. In den etwas zurückgesetzten, gewölbten Eingängen befanden sich schwarz lackierte Haustüren mit Oberlicht, die Vorgärten waren von schmiedeeisernen Gittern
eingefasst, pro Stockwerk gab es zwei Fenster. Nichts un-

terschied die Häuser voneinander, bis auf die Gardinen und die Türklopfer aus Messing, von denen kaum noch Originalexemplare vorhanden waren, weil die Leute sie über die Jahre nach ihrem Geschmack durch andere ersetzt hatten. An der Tür von Mark und Paulies Elternhaus diente ein Halloweenkürbis aus Messing als Türklopfer, und an den Fensterscheiben klebten bunte Tiere, die Paulies Kinder mit Fensterfarbe gemalt hatten. Der Fensterschmuck verlieh dem Haus einen gewissen Charme, solange man nicht versuchte zu ergründen, welche Tiere die Kinder hatten darstellen wollen.

Paulie öffnete die Haustür, die tagsüber fast nie abgeschlossen wurde, und rief: »Hallo! Die Eroberer sind da!«, dann bückte er sich, um seine Kinder zu umarmen, die auf ihn zugestürmt kamen. »Dad ist da!«, riefen die Kinder aufgeregt. »Mummy! Gran! Granddad, Dad ist da! Und er hat Onkel Boyko mitgebracht!«

Mark schaute sich nach seinem Patenkind um. Esme war seine Lieblingsnichte, aber zugleich versetzte ihm jede Begegnung mit ihr einen Stich, denn sie war nur zwei Wochen jünger als Lilybet.

Ein heilloses Durcheinander brach aus, als die Kinder ihren Dad bedrängten, ihnen zu zeigen, was er diesmal mitgebracht hatte. Paulie brachte ihnen regelmäßig Sachen aus dem Pfandleihhaus mit, die nicht ausgelöst worden waren, sich aber auch nicht wirklich verkaufen ließen. Diesmal handelte es sich um einen stumpfen, angelaufenen Zigarrenabschneider, den Paulie seinem ältesten Sohn überreichte. Dann mussten die Kinder raten, um was für einen Gegenstand es sich handelte. Jedes musste seinen Tipp auf einen Zettel schreiben und diesen Paulie geben, so lautete die Spielregel. Wer richtig riet, durfte den Gegenstand behalten.

Paulies und Marks Vater saß im Wohnzimmer vor dem Fernseher, auf dem Kopf einen riesigen Kopfhörer, um den

anderen Familienmitgliedern die Kopfschmerzen zu erspa-
ren, die das laute Gedröhne aus der Glotze ihnen andernfalls
bereitet hätte. Der Alte hob die Hand zum Gruß, die Söhne
winkten zurück und gingen in die Küche. Dort rührte Eileen
gerade in einem großen Topf, der auf dem Herd stand, während Floss Phinney, die Mutter der Brüder, einen Salat zubereitete.

Eileen ließ ihren Eintopf Eintopf sein und fiel ihrem Mann
um den Hals. Paulie knetete ihre Pobacken, während sie sich
küssten, als wären sie nicht stunden-, sondern jahrelang getrennt gewesen. Mark wandte sich ab und bemerkte, wie
Floss ihn beobachtete. Sie lächelte ihn liebevoll an. Eileen
und Paulie lösten sich voneinander, und Paulie drehte sich
zum Herd um und hob den Topfdeckel an. Er schnupperte.
»Mich laust der Affe! Du hast doch nicht etwa Eileen das
Kochen überlassen, Mum? Das riecht wie was, das sie zusam-
menbrauen würde.«

Eileen schlug seine Hand weg. »Fang jetzt nicht damit an!«

Floss fragte Mark: »Pietra ist nicht mitgekommen, Boyko?«

»Sie kommt vielleicht später nach«, sagte Mark. Paulie öffnete den Kühlschrank und betrachtete, wie er es schon als
Jugendlicher gemacht hatte, dessen Inhalt, als versuchte er,
aus den Essensresten der letzten Tage die Zukunft zu lesen.
Mark sagte leise zu seiner Mutter: »Sie hat ein Vorstellungs-
gespräch.«

»Wirklich?«, sagte Floss. »Das ist doch großartig, oder?
Hoffen wir, dass es diesmal besser läuft.« Sie schaute an ihm
vorbei zu Paulie hinüber, der immer noch sinnierend vor
dem offenen Kühlschrank stand, und sagte: »Paulie, sei doch
so lieb und mach uns einen Drink. Eileen, pass auf, dass er
nicht wieder so mit dem Eis geizt, ich kann lauwarme Drinks
nicht leiden.«

Irgendwo im Haus tobten die Kinder lautstark herum,

und Paulie schalt sie auf dem Weg ins Wohnzimmer, wo der Getränkewagen stand. Er würde seiner Mutter ihren Lieblingscocktail machen, einen Gin Tonic mit wenig Tonic. Die Kinder wurden ein bisschen leiser – was wie üblich nicht lange anhalten würde –, und jetzt, wo es einen Moment lang etwas friedlicher im Haus war, schlüpfte Esme in die Küche. Sie näherte sich Mark und schob ihre Hand in seine. »Ich hab meine Matheprüfung bestanden, Onkel Mark.« Außer Marks Frau war sie die Einzige in der Familie, die ihn nicht Boyko nannte.

»Hey, super, Em«, sagte er.

»Lilybet würd bestimmt auch bestehen, wenn sie könnte«, sagte Esme. »Wahrscheinlich würde sie sogar eine bessere Note kriegen als ich.«

Marks Augen brannten ein bisschen. »Ja. Na ja«, sagte er. »Vielleicht irgendwann.«

Floss bat das Mädchen, den Tisch zu decken. Esme machte ihre Großmutter darauf aufmerksam, dass ihre Mutter das schon getan hatte. »Ach, wirklich?«, wunderte sich Gran. Dann lächelte sie ihre Enkelin liebevoll an und sagte: »Könntest du mich einen Moment mit deinem Onkel allein lassen?«

Esme schaute erst Mark, dann ihre Großmutter, dann wieder Mark an. »Ach, deswegen wolltest du, dass ich den Tisch decke, Gran«, sagte sie. »Das hättest du doch gleich sagen können.«

»Da hast du recht, mein Schatz. Manchmal vergesse ich, dass du schon ein großes Mädchen bist. Wird nicht wieder vorkommen.«

Esme nickte ernst. Nachdem sie die Küche verlassen hatte, sagte Floss zu Mark: »Wie viele sind es diesmal?«

»Bewerber?« Er zuckte die Achseln. »Ich hab sie nicht gefragt. Sie tut, was sie kann, Mum.«

»Sie braucht ab und zu auch mal Zeit für sich.«

»Sie nimmt sich jede Woche zwei, drei Stunden.«

»Na, das kann man ja wohl kaum als Zeit für sich bezeichnen. Sie übertreibt es wirklich. Wenn sie so weitermacht, ist sie mit fünfzig tot, und was soll dann aus Lilybet werden? Und aus *dir*?«

»Du hast ja recht.«

»Du musst ihr ins Gewissen reden, Boyko.«

Als hätte er das nicht schon hundertmal versucht. Als hätte er das nicht schon so oft versucht, dass seine Worte langsam ihren Sinn verloren. »Pete will einfach alles richtig machen bei Lilybet.«

»Das weiß ich doch. Und du auch. Aber ihr müsst auch an euch selbst denken.« Sie rührte in Eileens Eintopf, dann wandte sie sich wieder Mark zu, den Kochlöffel in der Hand. Sie musterte ihn auf eine Weise, wie nur eine Mutter es kann: Sie verglich im Stillen den Jungen, der er gewesen war, mit dem Mann, zu dem er geworden war. Offenbar gefiel ihr nicht, was sie sah. »Wann wart ihr das letzte Mal zusammen im Bett?«

So etwas hatte sie ihn noch nie gefragt. »Meine Güte, Mum ...«, sagte Mark etwas pikiert.

»Raus mit der Sprache, Boyko«, sagte sie.

Sein Blick wanderte zum offenen Küchenfenster, wo in Tontöpfen die Kräuter wuchsen, die seine Mutter immer gern zur Hand hatte. Er war drauf und dran, sie zu fragen, wann sie sie zuletzt gegossen hatte. Das Basilikum ließ die Flügel hängen. »Letzte Woche«, sagte er und machte sich darauf gefasst, dass sie ihn der Lüge bezichtigte, denn es war tatsächlich gelogen. Er wusste nicht einmal mehr, wann sie das letzte Mal miteinander geschlafen hatten. Er wusste nur, dass es nicht Wochen, sondern Jahre her war. Aber das war nicht Petes Schuld. Selbst wenn sie da war, war sie nicht da, also welchen Zweck hätte es? Sie war mit allen Sinnen auf Lilybets kleines Zimmer geeicht, auf die Geräusche, die aus dem Babyfon kamen: das Zischen des Sauerstoffgeräts, das Schnaufen, das das Heben und Senken von Lilybets Brustkorb anzeigte. Man kann nicht mit einer Frau Sex haben, die gar nicht da ist, hätte Mark gern zu seiner Mutter gesagt. Es geht um mehr als Erregung, mehr als zwei Körper, die sich in wachsender Ekstase aneinander reiben. Wenn es nur das wäre, könnte es jeder mit jedem machen. Dann könnte eine anonyme »Masseurin« es einem besorgen. Verdammt, selbst eine Gummipuppe würde ausreichen. Aber darum ging es nicht. Zumindest war es nicht das, was er wollte. Das hatte ihm das Intermezzo im Massage Dreams heute einmal mehr bewusst gemacht. Orgasmus? Klar. Verbindung? Nein.

Floss schaute ihn mit traurigen Augen an. Aber sie sagte nur: »Ach mein Junge.«

»Passt schon«, antwortete er.

KINGSLAND HIGH STREET
DALSTON
NORTH-EAST LONDON

Um nicht aufzufallen, hatte Adaku Obiaka sich im Stil der Community gekleidet. Wo sie stand, fügte sie sich ins Straßenbild. Sie war anonym, eine, die man sofort vergaß oder gar nicht erst wahrnahm. Sie hatte im Eingang des Rio Cinema Posten bezogen, wo der Duft nach Popcorn und Kaffee – was für eine seltsame Mischung, dachte sie – sich gegen Gerüche von der anderen Straßenseite durchzusetzen versuchte. Dort blies das Taste of Tennessee widerliche Geruchswolken aus Frittierfett, Brathähnchen, Rippchen und Burgern in die Luft.

Sie stand jetzt schon seit fast drei Stunden dort und beobachtete das allgemeine Treiben in der Straße und die Abwesenheit desselben in zwei heruntergekommen wirkenden Wohnungen über dem ehemaligen Kingsland Toys, Games and Books, dessen violettes Firmenschild mit Buchstaben in zwölf verschiedenen Neonfarben immer noch an der Fassade prangte. Der Spielzeugladen existierte schon lange nicht mehr, und obwohl ein Schild mit der Aufschrift »Demnächst Neueröffnung« im Schaufenster hing, standen die Räume seitdem leer.

Das leere Ladenlokal lag genau zwischen dem Taste of Tennessee und dem Vape Superstore, und wie die meisten Geschäfte in der Straße verfügte es über zwei Eingänge. Durch die eine Tür gelangte man in den Laden, durch die andere, die stets abgeschlossen war, zu den darüber gelegenen Wohnungen. Wenn man denn einen Schlüssel besaß. Sechs klapprige Fenster befanden sich über dem Laden, zwei auf jeder Etage. In den obersten Fenstern brannte helles Licht hinter schmuddeligen Gardinen. In der mittleren waren die Jalousien heruntergelassen, und dahinter schien es dunkel zu sein. In den Fenstern im ersten Stock spiegelte sich die Kinoreklame, die für einen der zahllosen düsteren Sci-Fi-Filme warb, in dem das Universum von einer jugendlichen Heldin gerettet werden musste, die natürlich weiß und blond war.

Während der drei Stunden, die Adaku jetzt schon dort stand, hatte niemand das Gebäude durch die verschlossene Tür betreten oder verlassen. Aber man hatte ihr versichert, dass jemand aufkreuzen würde, und deswegen harrte sie unbeirrt auf ihrem Posten aus, obwohl ihr der Magen knurrte. Es hatte sie schon viel zu viel Zeit und Energie gekostet, die Praxis namens Women's Health of Hackney zu finden. Sie hätte natürlich an einem anderen Tag noch einmal herkom-

37

men können, aber das Licht im obersten Stockwerk sagte ihr, dass jemand dort war. Sie musste nur warten, bis derjenige herauskam, und wenn es bis zum nächsten Morgen dauerte.

Als Adaku anfangs im Eingang des Kinos gestanden hatte, waren nur das Geschnatter von Passanten, Babygreinen und das Jauchzen von Kindern zu hören gewesen, die auf ihren Rollern vorbeiflitzten. Seitdem war die Geräuschkulisse immer lauter geworden. Verkehrslärm erfüllte die Straße, und in irgendeiner Wohnung übte jemand Geige. Vor einem Snappy Snaps, nur wenige Meter von einem Wettbüro entfernt, quälte ein Straßenmusikant sein Akkordeon, zweifellos in der Hoffnung, dass ein Wettkunde heute seinen Glückstag hatte und ihm ein paar Pfund in den Hut werfen würde.

Adaku wünschte, sie hätte sich ein Sandwich eingesteckt. Selbst mit einem Apfel oder einer Flasche Wasser wäre sie jetzt zufrieden. Aber an Proviant hatte sie nicht gedacht. Sie hätte auch keine Zeit dafür gehabt. Auf eine Textnachricht hin – »Sie ist da« – war sie in West Brompton aus der U-Bahn gesprungen und zum Rio Cinema gelaufen, und solange niemand aus der Tür des Gebäudes gegenüber kam, würde nur eine weitere Textnachricht sie dazu bewegen, ihren Posten zu verlassen.

Sie stand bereits drei Stunden und zehn Minuten da, als ihre Geduld endlich belohnt wurde. Das Licht im obersten Stockwerk ging aus, und eine Minute später wurde die Tür geöffnet, die zu den Wohnungen über Kingsland Toys, Games & Books führte. Eine Frau kam heraus. Im Gegensatz zu Adaku war sie nach englischer Mode gekleidet. Sie trug eine enge Hose, einen dünnen rotgestreiften Pullover mit U-Boot-Ausschnitt, auf dem Kopf eine Baseballmütze, die sie sich keck in die Stirn gezogen hatte, und über der Schulter eine große Einkaufstasche.

Wahrscheinlich hatte die Frau sich am Morgen, bevor sie

ihren Arbeitstag angefangen hatte, in einer dieser Wohnungen umgezogen. Für die Arbeit kleidete sie sich sicherlich professioneller. Um ihre Kundinnen zu beruhigen, zog sie vermutlich Sachen an, die signalisieren sollten: *Alles wird gut.* War es nicht so, dachte Adaku mit einem verächtlichen Kopfschütteln, dass verzweifelte Menschen bereit waren, alles zu glauben, was man ihnen auftischte?

Die Frau ging mit schnellen Schritten in Richtung Bahnhof. Was vermuten ließ, dass sie nicht in der Nähe wohnte. In dem Fall musste Adaku handeln, bevor ihr Opfer in den Zug stieg. Rasch überquerte sie die Straße und lief hinter der Frau her. Schon bald hatte sie sie eingeholt. Sie hakte sich bei ihr unter und sagte: »Ich muss mit Ihnen reden.«

Die Frau sah sie verblüfft an. Dann fragte sie: »Wer sind Sie? Was wollen Sie?«, und versuchte sich loszureißen. Ihr Akzent verriet, dass sie in England geboren war.

»Wie gesagt, ich muss mit Ihnen reden. Es dauert nicht lange«, antwortete Adaku. »Man hat mir den Namen der Praxis genannt. Er lautet Women's Health of Hackney, richtig?«

»Ich lasse mich von niemandem einfach so auf der Straße aufhalten. Was wollen Sie von mir?«

Adaku schaute sich um, dann sagte sie leise: »Mir wurde nur der Ort genannt. Deshalb ist mir gar nichts anderes übrig geblieben, als mich Ihnen auf diese Weise zu nähern. Ich habe keine Telefonnummer, konnte Sie also nicht anrufen. Es ging nicht anders. Werden Sie mit mir reden?«

»Worüber? Wenn Sie glauben, dass Sie einfach so auf der Straße eine medizinische Beratung bekommen, dann irren Sie sich.«

»Ich will nur fünf Minuten von Ihrer Zeit. Ein Stück die Straße hinunter ist ein Costa Coffee. Da können wir hingehen.«

39

»Sagen Sie mal, hören Sie schlecht? Ich hab Ihnen doch gerade gesagt…«

»Ich habe Geld.«

»Wofür? Ist das ein Bestechungsversuch? Was wollen Sie überhaupt?«

»Ich habe Geld«, wiederholte Adaku. »Hier in meiner Tasche. Ich gebe es Ihnen.«

Die Frau lachte. »Sie sind verrückt. Ich kenne Sie nicht mal, und auf der Straße rede ich auf keinen Fall über medizinische Probleme.«

»Ich habe fünfzig Pfund. Später kann ich Ihnen noch mehr geben. So viel Sie wollen.«

»Ach ja, so viel ich will?« Die Frau musterte Adaku eine ganze Weile, dann schaute sie sich nach allen Seiten um, wie um sich zu vergewissern, dass das kein Trick war. Schließlich sagte sie: »Also gut. Zeigen Sie mir die fünfzig.«

Adaku langte in ihre Umhängetasche, die eher einem Einkaufsbeutel glich als einer Handtasche, in der man Dinge sicher aufbewahren konnte. Sie zog einen zerknitterten Umschlag hervor, den der ringförmige Abdruck einer Kaffeetasse zierte. Den öffnete sie und nahm das Geld heraus, das die Frau ihr blitzschnell aus der Hand riss. Es waren nur wenige Geldscheine, aber die Frau zählte sie sehr genau.

Dann sagte sie: »Also gut, fünf Minuten. Falls Sie mehr als diese fünf Minuten von meiner Zeit wollen, kostet das noch mal zweihundertfünfzig.«

Adaku fragte sich, wie sie zweihundertfünfzig Pfund auftreiben und gleichzeitig ihre Pläne geheim halten sollte. Außerdem fragte sie sich, was ihr das alles bringen sollte, wo sie sich doch eigentlich nur Zutritt zum Allerheiligsten der Räumlichkeiten über Kingsland Toys, Games & Books verschaffen wollte. Sie fragte: »Und was bekomme ich für die dreihundert Pfund?«

Die Frau runzelte die Stirn. »Was Sie bekommen?«, fragte sie. »Ich weiß nicht, wovon Sie reden.«

»Sind die dreihundert eine Anzahlung?«

»Worauf? Das ist eine gynäkologische Praxis. Wir behandeln Frauen, die gesundheitliche Probleme haben. Dafür werden wir bezahlt. Sobald Sie das Geld haben, können Sie zu uns in die Sprechstunde kommen. Und bringen Sie Ihre Patientenakte mit.«

»Wozu brauchen Sie die?«

»Sie wollen doch eine Behandlung, oder? Haben Sie mich nicht deswegen angesprochen? Oder hatte das einen anderen Grund?«

»Das Problem ist, dass ich nicht so viel im Voraus bezahlen kann.«

»Tja, da kann ich Ihnen auch nicht helfen. So arbeiten wir nun einmal.«

»Aber können Sie mir garantieren…«

»Hören Sie. Ihre fünf Minuten sind um. Und hier auf dem Gehweg rede ich nicht weiter mit Ihnen. Sie haben mir fünfzig Pfund gegeben. Den Rest können Sie bezahlen, wenn Sie das Geld haben.«

Adaku spürte, wie ihr der Schweiß über den Rücken lief. Doch sie nickte. Dann sagte sie: »Ich kenne Ihren Namen nicht.«

»Den brauchen Sie auch nicht zu kennen. Sie werden mir ja keinen Scheck ausstellen.«

»Wie soll ich Sie denn ansprechen?«

Die Frau zögerte, musterte sie misstrauisch. Dann entschied sie sich. Sie nahm eine Visitenkarte aus ihrer Handtasche und reichte sie Adaku.

»Easter«, sagte sie. »Easter Lange.«

25. Juli

THE MOTHERS SQUARE
LOWER CLAPTON
NORTH-EAST LONDON

Mark Phinney wurde von der Stimme seiner Frau geweckt. Sie murmelte im Schlaf *Liebling, mein Liebling*, und ihre Worte hatten einen Traum entfacht: ihr endlich wieder williger Körper unter ihm und er so erregt, dass es schmerzte. Aber als er aus dem Traum erwachte, wurde ihm klar, dass der Schmerz nur von seiner Morgenlatte kam und dass Petes Worte aus dem Babyfon krächzten und Lilybet galten, die sie im Nebenzimmer beruhigte. Während Mark sich unter dem dünnen Laken auf die Seite drehte – die dünne Decke hatten sie im Lauf der Nacht wegen der Hitze weggestrampelt –, begann Pete leise zu singen. Pete hatte ein Talent dafür, aus allem ein Lied zu machen. Sie sang nie zweimal dieselbe Melodie, und Reime schüttelte sie einfach so aus dem Ärmel.

An den Hintergrundgeräuschen erkannte Mark, was Pete beim Singen tat: Sie wechselte Lilybets Sauerstoffflasche, wie immer vor dem Wickeln. Er wartete, bis das Wickellied ertönte, dann schlug er das Laken zurück und sprang aus dem Bett, während Pete fröhlich sang: »Oje, das stinkt ja fürchterlich, was mir da in die Nase sticht! O weh, o weh …«

Mark musste lächeln. Wie sehr er seine Frau doch bewunderte. Ihre Liebe zu Lilybet hatte in all den zehn Jahren, seit ihre Tochter auf der Welt war, nicht nachgelassen. Sie küm-

merte sich liebevoll um das Mädchen und bemühte sich un-
ermüdlich darum, ihr ein besseres Leben zu ermöglichen als
das, wozu die Katastrophe bei ihrer Geburt sie verdammt
hatte. Seine eigene Zuneigung zu dem Kind hielt sich in
Grenzen, und das machte ihn todtraurig.

Sein Handy bimmelte auf dem Nachttisch. Eine Nachricht
von Paulie: *Heute Abend Bier, Boyk?* Er konnte sich schon
denken, was Paulie mit *Bier* meinte. Er antwortete: *Werde
hier gebraucht. Trotzdem danke.* Paulie antwortete mit einem
Emoji, das den Daumen hochreckte.

Mark betrachtete das Display zu lange. Wenn er das Handy
zurück auf den Nachttisch gelegt hätte, wäre nichts passiert,
das sollte ihm später klarwerden. Dann wäre nicht ein Gedanke auf den anderen gefolgt, und dann wäre er nicht in
Versuchung geraten. Aber er war nicht schnell genug. Beides
war sofort da: der Gedanke und die Versuchung. Er scrollte
durch seine Kontakte bis zu den drei Nummern, die ohne
Namen gespeichert waren. An eine Nummer schickte er eine
Nachricht: *Denk an dich.*

Er wartete auf eine Antwort. Fragte sich, ob es noch zu
früh am Tag war. Aber eine Minute später bimmelte sein
Handy. Auf dem Display erschien ein Link. Er klickte ihn
an, und im nächsten Augenblick ertönte ihr Song. Zugleich
wusste er, dass es völlig bescheuert war, etwas zu haben, das
sie »unseren Song« nannten. Andererseits war der Refrain
des Stücks mehr als passend: »And I never want to fall in
love… with you«, gesungen von einer so tiefen, sanften
Stimme, dass es eher wie eine Meditation klang.

Mark verstand, warum sie ihm den Link schickte. Sie
sehnte sich genauso nach ihm, wie er sich nach ihr sehnte,
und ihrer beider Qual drückte die absolute Unmöglichkeit
ihrer Situation aus. Mit geschlossenen Augen hielt er sich das
Handy ans Ohr und lauschte der Musik.

Während er noch überlegte, wie er antworten sollte, fragte Pietra, die ins Schlafzimmer gekommen war: »Ist es was Dienstliches?«

Er fuhr herum und sah, dass sie schon eine ganze Weile auf sein musste, denn sie war bereits komplett angezogen: Jeans, Turnschuhe, keine Strümpfe, weißes T-Shirt. Ihre Uniform, wie er es im Stillen nannte, und sie änderte sich nur, wenn das Wetter kühler wurde. Dann tauschte sie das weiße T-Shirt gegen eine weiße Bluse, die sie gewöhnlich mit hochgekrempelten Ärmeln trug. Wenn er ihr sagte, sie solle sich doch mal was Neues zum Anziehen kaufen, antwortete sie jedes Mal: »Schatz, ich brauche nichts anderes.« Was im Prinzip stimmte, da sie fast nie die Wohnung verließ, und wenn sie es doch tat, dann meistens mit Lilybet in ihrem schweren Rollstuhl und dem Notfall-Sauerstoffbeutel an einem Halter hinter ihr. Wenn er vorschlug, mal auswärts essen oder ins Kino zu gehen, nur sie beide – schließlich konnte Greer doch mal ein paar Stunden nach Lilybet sehen, oder? –, antwortete sie jedes Mal: »Ich bitte sie so ungern, Schatz. Sie macht schon so viel.«

Als Pete, die immer noch in der Tür stand, noch einmal fragte: »Mark? Ist es was Dienstliches?«, merkte er, dass er ihr beim ersten Mal nicht geantwortet hatte.

Er sagte: »Besprechung in Westminster«, was sogar stimmte. Dann fügte er hinzu: »Jemand meinte, mich daran erinnern zu müssen.«

Sie lächelte ihn liebevoll an. »Die kennen dich wohl schlecht, was?«

Als sie sich zum Gehen wandte, sah er, dass sie sich das T-Shirt mit Lilybets Kacke bekleckert hatte. Er sagte ihren Namen und deutete mit dem Kinn auf den Fleck. Sie schaute an sich hinunter und rief aus: »Gott, wie eklig!« Dann lachte sie und lief ins Bad, um den Fleck auszuwaschen.

Er hörte Lilybet über das Babyfon. Offenbar hantierte sie mit dem Handy, das über ihrem Pflegebett hing. Im nächsten Augenblick begann der Fernseher zu dröhnen. Lilybet schrie auf. »Ich sehe nach ihr!«, rief er, zog sich schnell die Hose an und ging ins Kinderzimmer.

Im Zimmer roch es unangenehm, und er öffnete das Fenster, das auf den Mothers Square hinausging, einen ovalen Platz, der, auch wenn er längst nicht so prachtvoll war, an den Royal Crescent in Bath erinnerte. Eins von den unter den Pergolas auf dem Platz geparkten Autos wurde angelassen, und im selben Augenblick kam Mrs Neville aus dem Haus gerannt und wedelte mit der Butterbrottüte ihres Mannes. Sie lief zum Auto, reichte ihrem Mann das Pausenbrot durchs Fenster und hastete, das Nachthemd am Hals zusammenhaltend, zurück ins Haus.

Mark wandte sich vom Fenster ab. Zwischen dem Pflegebett, dem klobigen Rollstuhl, den Sauerstoffbehältern, der Kommode und dem alten Sessel seines Vaters konnte man sich in dem Zimmer kaum bewegen. Außerdem waren da noch der Stapel Windelkartons, der Mülleimer für gebrauchte Windeln und all das andere Zeug, das man so brauchte, wenn man ein Baby hatte. Nur dass Lilybet kein Baby war, sondern ein Kind, das immer nur größer wurde und die einzige Konstante im Leben ihrer Eltern darstellte. Sie konnte sehen und hören, aber nicht sprechen. Sie konnte ihre Beine bewegen, aber nicht gehen. Mark hatte keine Ahnung, ob sie ihn verstand, wenn er mit ihr sprach.

Sie brabbelte etwas, als er sich dem Bett näherte. Er beugte sich über sie, wischte ihr mit einem feuchten Lappen über das Gesicht und fragte: »Hoch?« Sie gurgelte. Er klappte die Rückenlehne hoch und sagte: »Na, was hast du denn heute vor, Kleines? Eine Geburtstagsparty? Einen Zoobesuch? Einen Besuch im Wachsfigurenkabinett? Geht mein

Mädchen heute in die Bibliothek? Oder will es sich vielleicht lieber ein Kleid für die nächste Party kaufen? Mädchen in deinem Alter gehen doch auf Geburtstagspartys. Wurdest du schon mal zu einer eingeladen? Wen möchtest du zu deiner Party einladen? Esme? Esme kommt bestimmt gern.«

Als Antwort kam ein Gurren. Er schob ihr das dünne Haar hinter die Ohren und gab sich einen Moment lang dem Gedanken *Was wäre wenn* hin. Das war wesentlich angenehmer, als sich die schreckliche Frage zu stellen: *Wie soll das bloß weitergehen?*

»Das alles tut mir so leid«, sagte Pete. Sie stand in der Zimmertür und drückte ein Handtuch auf die Stelle an ihrem T-Shirt, wo sie die Kacke ausgewaschen hatte.

Er wandte sich von seiner Tochter ab. Am Gesichtsausdruck seiner Frau erkannte er, dass sie alles gehört hatte. »Es ist niemandes Schuld«, sagte er.

»Aber sie ist kein ›Es‹«, sagte Pete. »Jedenfalls nicht für mich.«

Er richtete sich auf. »Du weißt, dass ich damit nicht Lilybet gemeint habe.«

Sie betrachtete ihre Tochter, dann schaute sie ihn wieder an. »Ja. Ich weiß«, sagte sie. Sie ließ ihre Hand sinken, und ihre Schultern sackten herab. »Tut mir leid. Manchmal hab ich einfach den Drang, irgendwas Gemeines zu sagen. Ich weiß auch nicht, wo das herkommt.«

»Du hast es einfach schwer. Das hast du nicht verdient.«

»Nein, *du* hast das nicht verdient. Ich bin nicht mehr die, die du mal geliebt hast.«

»Das stimmt nicht«, widersprach er, obwohl sie beide wussten, dass es die Wahrheit war. »Wir haben ein schweres Los zu tragen, Pete. So ist das nun mal. Niemand ist schuld daran.«

»Ich würde dir nicht mal Vorwürfe machen, wenn du daran schuld wärst.« Sie kam ins Zimmer. Als sie neben ihn an das Pflegebett trat, umklammerte sie die obere Strebe des Seitengitters. Sie betrachtete ihre gemeinsame Tochter. Lilybet schien sie beide zu mustern, obwohl ihr Blick nicht fokussiert wirkte. Mark fragte sich im Stillen, was sie wohl sah. Pete sagte: »Wir fallen dir alle beide zur Last.«

Das sagte sie immer wieder. Er hätte alles Mögliche darauf entgegnen können, aber sie wollte immer nur dasselbe hören. Er sagte: »Ich könnte ohne euch beide nicht leben, und damit basta. Hast du schon gefrühstückt?«

»Nein.«

»Wollen wir zusammen frühstücken?«

Automatisch wanderte ihr Blick zu ihrer Tochter. Er unterdrückte seinen Unmut und sagte: »Sie kann auch mal eine Viertelstunde allein sein, Pete. Nachts ist sie länger allein.« Aber nicht viel, dachte er. Pete stand nachts alle naselang auf, um nach ihr zu sehen, immer in der Angst, das Sauerstoffgerät könnte ausfallen, während sie schlief. Dabei hatte das Gerät ein eingebautes Alarmsignal, das sofort losgehen würde, wenn Lilybet aufhörte zu atmen.

Pete sagte: »Ich kontrolliere nur kurz alles. Geh schon mal in die Küche, ich komme gleich nach.«

Er wusste genau, dass sie schon alles kontrolliert hatte, bevor sie das Zimmer kurz zuvor verlassen hatte, doch er sagte nichts. Sie konnte einfach nicht anders. Sie musste etwas – irgendetwas – in die Tabelle auf dem Klemmbrett eintragen, das am Fußende des Betts hing. Er hatte nicht nachgesehen, als er ins Zimmer gegangen und ans Fenster getreten war, aber das war auch nicht nötig gewesen. Das Klemmbrett war ein Mahnmal für Petes Verantwortungsbewusstsein und für die Vorwürfe, die sie sich machte wegen dem, was mit ihrer Tochter bei der Geburt passiert war. Und das, obwohl sie überhaupt keine Schuld traf. Man konnte Pete höchstens vorwerfen, dass sie ein Mensch war, dass sie das Beste für Lilybet gewollt hatte, das Beste für ihre Ehe und das Beste für ihn. Dass sie mit all dem restlos überfordert war, war einfach eine Laune des Schicksals.

Er gab ihrem Wunsch nach und ging in die Küche. Dort nahm er drei Schachteln mit Frühstücksflocken aus dem Schrank und entschied sich für eine Sorte. Er holte die Milch aus dem Kühlschrank. Zwar hatte er keinen Appetit, aber er musste wenigstens so tun als ob. Andernfalls würde Pete das als Vorwand nehmen, auch nichts zu essen. Und sie hatte es weiß Gott nötig. Sie war fast zum Skelett abgemagert.

Er aß im Stehen, an die Anrichte gelehnt, und hörte zu, wie Pete Lilybet erklärte, warum Mummy kurz wegging, und dass sie gleich wieder bei ihr sein würde. »Und dann wirst du gebadet, mein Schatz. Ich habe dir zwar schon die Windel gewechselt, aber manchmal ist trotzdem ein richtiges Bad nötig. Das verstehst du ja, mein Schatz.« Das verstand Lilybet natürlich nicht, und sie würde es auch nie verstehen, und was zum Teufel sollten sie tun, wenn sie erst einmal in die Pubertät kam, das würde die absolute …

Sein Handy bimmelte. Er las die Nachricht. *Hast du's schwer?*

Ein bisschen, antwortete er.

Es dauerte einen Moment, bis die Antwort kam. *Tut mir echt leid. Mein Herz ist bei dir.*

Aber er wollte mehr. Er wollte sie ganz und gar haben, und er wollte ein Leben mit ihr haben, wenn sein Leben nicht so unmöglich wäre. *Bis bald*, war alles, was er ihr bieten konnte.

Ja, bald, war alles, was sie bereit war, ihm zu geben.

»War das Paulie?« Pietra stand in der Küchentür. Mark fragte sich, was sie in seinem Gesicht lesen konnte. Sie lächelte. War das ein warmes oder ein verbissenes Lächeln?

Er wusste es nicht. »Er will sich wohl nach dem Job noch auf ein Bier mit dir treffen.«

»Du kennst doch Paulie«, sagte er.

»Sag ruhig zu. Ich komme hier zurecht. Greer kommt sowieso heute Abend, wir wollen über das Buch sprechen. Ich sag ihr, sie soll was vom Chinesen mitbringen.«

»Ich geh doch schon so oft abends weg, Pete.«

»Nein, überhaupt nicht. Du musst dir auch mal was gönnen, Mark. Wenn du nicht gut zu dir selbst bist, kannst du auch nicht gut zu uns sein.«

»Wie war das noch mit dem Esel, der den anderen Langohr schimpft?«

»Quatsch, es geht mir gut.«

Aber es ging ihr nicht gut. Sie wussten beide, dass es ihr schon seit Ewigkeiten nicht mehr gut ging.

Er sagte: »Also gut, ein Stündchen. Höchstens.«

»Besser zwei. Mindestens.«

CHELSEA
SOUTH-WEST LONDON

Deborah St. James schob einen Hocker an die Kücheninsel und ging die Porträtfotos durch, die sie bei Orchid House aufgenommen hatte, um die Aufnahmen auszuwählen, auf denen die einzelnen Personen jeweils am besten getroffen waren. Hinter ihr bereitete ihr Vater das Frühstück vor, während auf der Anrichte neben dem Herd ein kleiner Fernseher stand, wo gerade die Frühnachrichten liefen. Deborah fragte sich gerade, warum das Wort »Nachrichten« im Zusammenhang mit dem Fernsehen immer bedeutete, dass etwas Schlimmes passiert war, als ihr Mann die Küche betrat, dicht gefolgt von Alaska, dem großen grauen Kater der Familie. Peach hatte die ganze Zeit in ihrem Körbchen in der Ecke gedöst und sich innerlich darauf vorbereitet, ein Stück Bacon zu erbetteln, hob jedoch jetzt, als die Katze sich näherte, den Kopf und machte die Augen schmal.

»Wag es nicht«, warnte Simon den Dackel, während Alaska mit provozierend erhobenem Schwanz an dem Hundekorb vorbeistolzierte.

Peach knurrte.

»Er provoziert sie absichtlich, Simon«, sagte Deborah. »Siehst du das nicht?«

»Bleib, wo du bist!«, befahl Simon dem Dackel. Er hob den Kater auf und stellte ihn vor der Gartentür ab. Alaska schlüpfte durch die Katzenklappe hinaus, sprang von außen auf die Fensterbank und schaute mit finsterer Miene in die Küche.

»Wie möchtet ihr eure Eier?«, fragte Joseph Cotter.

»Gekocht«, sagte Deborah, während Simon antwortete: »Keine Zeit.«

»Was soll das heißen, keine Zeit?«, fragte Cotter. »Es ist nicht mal halb sieben. *Und* du hast dein Training noch nicht absolviert.«

Deborah warf ihrem Vater einen Blick zu. Mit Simons Angewohnheit, sich nicht an regelmäßige Mahlzeiten zu halten, konnte er umgehen, aber die Vernachlässigung seiner Übungen, die verhindern sollten, dass die Muskeln an seinem versehrten Bein weiter atrophierten, konnte er nicht akzeptieren.

»Heute geht's nicht anders.«

»Was hast du denn so früh am Morgen vor?«

»Ich muss zu einer Besprechung in Middle Temple. Tut mir leid.«

Cotter schnaubte. Simon trat neben Deborah und betrachtete die Fotos. »Das da ist besonders schön«, bemerkte er.

»Du bist mein Mann. Du sollst alle meine Fotos schön finden«, scherzte sie.

»... aus ihrer Wohnung in North-East London verschwunden. Es wird befürchtet ...«

Sie fuhren beide herum. Cotter hatte den Ton am Fernseher hochgedreht. Gerade wurde das Foto eines hübschen schwarzen Mädchens gezeigt – sie war fast noch ein Kind – mit goldenen Ohrsteckern und zu winzigen Zöpfchen gedrehten Haaren. Sie trug eine Schuluniform und lächelte verschmitzt in die Kamera. Am unteren Rand des Bildschirms war ein Lauftext zu sehen: *Boluwatife Akin – vermisst – Boluwatife Akin – vermisst.*

»Was ist das, Dad?«, fragte Deborah.

Er winkte ab. »... ist nicht aus dem Yoruba-Kulturzentrum zurückgekehrt, wo sie an einem Webkurs teilnahm. Sie ist die Tochter des Anwalts Charles Akin und seiner Frau Dr. Aubrey Hamilton, einer Anästhesistin, die für Ärzte ohne Grenzen tätig ist. Das Mädchen – von Freunden und Verwandten Bolu genannt – wurde zuletzt gesehen, als sie um elf Uhr dreißig in Begleitung zweier Jugendlicher die U-Bahn-Station Gants Hill betrat. Bolu und ihre beiden Freunde – ein Junge und ein Mädchen – sind auf Videoaufnahmen aus dem Bahnhof und aus der U-Bahn zu sehen. Anscheinend sind sie vor Ealing-Broadway ausgestiegen, aber die Videos der auf der Strecke in Richtung Westen befindlichen Kameras werden noch ausgewertet. Könnten wir das Video, das wir schon haben, mal eben sehen ...?«

Das Video aus der U-Bahn-Station Gants Hill erschien auf dem Bildschirm. Wie üblich waren die Aufnahmen sehr körnig. Und wie ebenfalls üblich, waren die Personen für niemanden zu erkennen, der sie nicht persönlich kannte. Es folgte ein weiteres körniges Video, das drei Personen zeigte – bei denen es sich um dieselben Personen zu handeln schien wie auf dem vorhergehenden Video –, die nebeneinander in der U-Bahn saßen. Das kleinere Mädchen saß zwischen den Jugendlichen. Sie schien nicht unter Stress zu stehen, was jedoch in Anbetracht der Qualität des Films schwer zu beurteilen war.

Der Nachrichtensprecher erklärte abschließend: »Zeugenaussagen und Hinweise nimmt die Metropolitan Police unter der unten eingeblendeten Nummer entgegen. Und nun ein Appell von Bolus Eltern, Mr Charles Akin und Dr. Aubrey Hamilton an die Öffentlichkeit.«

Auf dem Bildschirm erschien ein gemischtethnisches Paar vor der Tür seines Hauses. Die Frau hielt ein gerahmtes Foto ihrer Tochter hoch, auf dem diese einen roten Pullover und einen gestreiften Sommerrock trug. Der Mann hatte einen Arm um die Schultern seiner Frau gelegt. Aus den Gesichtern der beiden sprach große Sorge.

Aubrey Hamilton sagte: »Bitte, tun Sie ihr nichts. Sie ist unser einziges Kind und noch sehr kindlich für ihr Alter. Wir tun alles, um unsere Tochter wohlbehalten zurückzubekommen. Bitte, wenden Sie sich an die Polizei. Wer auch immer etwas weiß oder beobachtet hat, bitte melden Sie sich bei der Polizei.«

Der Beitrag war zu Ende, und ins Bild kamen die beiden Moderatoren der Sendung, die auf einem pfauenblauen Sofa saßen. Cotter schaltete den Ton ab und sagte zu Deborah: »Ich hab dir das nie gesagt, aber jeden Tag, wenn du dich auf den Weg zur Schule gemacht hast, habe ich Angst gehabt, es könnte dir etwas zustoßen.«

»Wie hätte mir denn etwas zustoßen können?«, entgegnete Deborah. »Du hast mich doch jeden Tag zur Schule gebracht und wieder abgeholt. Wer mich hätte entführen wollen, hätte dich zuerst mit einem Poloschläger umhauen müssen.«

»Das ist nicht zum Lachen, meine Liebe. Und dann bist du nach Amerika gegangen, anstatt hier in London Fotografie zu studieren. Was glaubst du wohl, was für Sorgen ich mir gemacht habe? Meine Tochter im Land der Waffennarren. Da hätte dir sonst was passieren können. Also hab ich mir Sorgen gemacht, genau wie etwa neunzig Prozent aller Eltern es tun.«

Deborah fragte nicht, was mit den restlichen zehn Prozent war, und sagte auch nichts dazu, dass sie sich wahrscheinlich nie um ein eigenes Kind würde sorgen müssen, sosehr sie sich auch eins gewünscht hätte.

Aber Cotter war noch nicht fertig. »Und heutzutage kommen auch noch Kinderpornos dazu und Perverse, die Kindern an jeder Ecke auflauern. Wir leben in einer hässlichen Welt, wenn ihr mich fragt, und sie wird von Tag zu Tag hässlicher.«

»Man soll sich immer verabschieden, wenn's grade am schönsten ist«, sagte Simon. »Bis später.« Er küsste Deborah auf die Stirn und wandte sich zum Gehen.

Sie hielt ihn am Arm fest. »Bitte, sei ein richtiger Ehemann.«

Er küsste sie auf den Mund und sagte: »Du schmeckst nach Schokolade.«

»Dad war heute Morgen beim Bäcker. Schokocroissant. Du weißt doch, dass ich mindestens einmal pro Woche eins haben muss. Notfalls bin ich sogar bereit, dafür einen Mord zu begehen.«

»Hoffen wir, dass es dazu nicht kommen muss.«

Er gab ihr noch einen Kuss und öffnete die Tür zum Garten.

Cotter fragte: »Heilbutt zum Abendessen?«

Und Deborah rief hinter Simon her: »Wir können im Garten essen!«

»Das würde Peach bestimmt gefallen«, antwortete Simon über die Schulter hinweg.

Er durchquerte den Garten in Richtung Garage am Lordship Way, in der die Liebe seines Lebens stand: ein alter MG TD, speziell für ihn umgebaut mit einer von Hand bedienbaren Kupplung.

»Ich wünschte, er würde dieses Auto abschaffen«, knurrte Cotter.

»Wieso denn?«, fragte Deborah, die sich wieder ihren Porträtfotos zugewandt hatte.

»Weil es gefährlich ist«, sagte Cotter. »Er braucht nicht noch einen Unfall. Der erste war schon schlimm genug. Und es gefällt mir nicht, wenn er sein Beintraining nicht macht.«

»Hm«, machte Deborah. »Wenn das deine größte Sorge ist, dann kannst du dich ja glücklich schätzen.«

»Und du?«

Deborah legte den Kopf schief und überlegte. »Ich würde sagen, ich bin so glücklich, wie ich es mir erlaube.«

Ihr Vater stellte ihr einen Teller mit Ei, Speck und Toast hin. Prompt sprang Peach aus ihrem Körbchen und kam schwanzwedelnd zum Tisch gelaufen. »Ich wüsste jedenfalls, wie ich Peach glücklich machen könnte«, sagte Cotter.

»Wehe!«, sagte Deborah.

RIDLEY ROAD MARKET
DALSTON
NORTH-EAST LONDON

Es war schon Mittag, als Monifa in die Ridley Road einbog.
Der Asphalt unter ihren Sandalen schien zu glühen, so heiß
war es. Der Gehweg war an einigen Stellen mit Teer ausge-
bessert worden, der in der sengenden Sonne weich wurde.
Es war windstill, am Himmel war kein Wölkchen zu sehen.
Auf dem Markt surrten ein paar Ventilatoren, die mit Strom
aus den Läden versorgt wurden, aber sie brachten natürlich
nur Erleichterung, wenn man sich in seinen nassgeschwitz-
ten Sachen direkt davorstellte.

Trotz der Hitze leuchteten Obst und Gemüse wie immer
in bunten Farben: rote Paprikaschoten, grüne Kochbananen,
gelbe Bananen. Reife Tomaten waren zu Pyramiden gestapelt, Yamswurzeln lagen nebeneinander aufgereiht wie ab-
getrennte Gliedmaßen, Auberginen glänzten, als wären sie
aus Plastik, es gab Erdbeeren, Blaubeeren und saftig grüne
Salatköpfe. Es roch nach Kurkuma und Knoblauch, Nelken
und Petersilie, Weihrauch und Innereien. Im Angebot
waren Palmöl und Fertigmischungen für afrikanisches *Fufu*,
Maniokwurzeln und Süßkartoffeln. An verschiedenen Ständen und in Abeos Metzgerei wurde jede denkbare Art von
Fleisch verkauft. Jemand wollte Rindsfüße? Kein Problem.
Einen Ziegenkopf? Bitte sehr. Innereien, Herz, Leber, Nieren? Alles zu haben. Man brauchte nur darauf zu zeigen, und
schon wurde es für das Abendessen eingewickelt.

Es gab auch Imbissbuden, an denen man Krabbenscheren,
Reis- und Hähnchengerichte bekam. Zu allem gab es Fritten,
und nichts kostete mehr als einen Fünfer.

Und dann die Musik. Sie dröhnte so laut über den Markt,
dass, wer sich unterhalten wollte, entweder schreien oder

in einen Laden flüchten und die Tür schließen musste. Und Läden gab es reichlich, sie säumten die Straße zu beiden Seiten, direkt hinter den Marktständen: Es gab einen Ghana Food Store, einen kongolesischen Boboto-Supermarkt, Abeos Into Africa Groceries Etc., einen Friseursalon namens Rose Ebeneezer Afro Hairstylist. Es gab Läden, wo man sich die Augenbrauen zupfen lassen und sich jede Art von Körperbehaarung epilieren lassen konnte, es gab Modeboutiquen, Bäckereien, wo man frisches Fladenbrot kaufen konnte, Fleischereien und Fischläden.

Normalerweise ging Simisola täglich in eine Bäckerei namens Cake Decorating by Masha im ersten Stock über dem Party-Shop, denn dort jobbte sie, um zum Familieneinkommen beizutragen. Die Bäckerei bildete Lehrlinge aus, und Simisolas Aufgabe bestand darin, alles für den Unterricht vorzubereiten und hinterher zu putzen und aufzuräumen. Monifa stellte jedoch fest, dass heute kein Unterricht in Tortendekoration stattfand, und so ging sie zu Talatu's Fashion for the Head. Simi verdiente auch etwas Geld mit der Herstellung von Hair Wraps und Turbanen, die Talatu für sie verkaufte. Vor allem die Turbane waren sehr beliebt. Einige Kundinnen hatten gerade erst zusätzliche Turbane von Simi bestellt, erfuhr Monifa von Talatu, zwei aus Leo-Print und drei aus mit Lilien bedrucktem Stoff.

Simi war im Laden gewesen, erzählte ihr Talatu. Sie hatte ihr Geld abgeholt und war dann in Richtung der Friseurläden gegangen. »Sie hat mir gesagt, sie will sich einen Bob schneiden und Zöpfe flechten lassen«, erklärte Talatu. »Sie spart für Extensions. Versuchen Sie's mal bei Xhosa's Beauty. Da hab ich Simi letzte Woche gesehen.«

Also ging Monifa zu Xhosa's Beauty, und dort fand sie ihre Tochter. In dem Laden waren zwei Friseurinnen anwesend. Die eine war eine kaugummikauende Frau gemischter ethnischer Herkunft, mit Cornrows, die in langen, im Nacken zusammengebundenen Zöpfen endeten. Sie trug einen knallroten, sehr engen Rock und eine Bluse mit einem viel zu tiefen Ausschnitt. Die andere Friseurin war eine Afrikanerin – worüber Monifa froh war –, die ein kompliziert geknotetes, leuchtend orangefarbenes Kopftuch, eine weite Dashiki-Tunika aus bunt bedrucktem Stoff und eine kontrastierende, ebenfalls sehr bunte Dashiki-Hose trug. Um ihren Hals hingen drei lange Perlenketten und an den Armen verschiedene hölzerne Armreifen, die beim Arbeiten klapperten. Im Gegensatz zu der anderen Frau war die Afrikanerin für Monifa immerhin akzeptabel, trotz der künstlichen Wimpern und des knallroten Lippenstifts. Bei der Arbeit trank sie immer wieder einen Schluck aus einem Glas, das Sekt zu enthalten schien.

Überall im Laden herrschte Unordnung – auf den Friseurwagen, in einer Vitrine, auf dem Tresen neben der Kasse, an den Fenstern, die praktisch zugekleistert waren mit Handzetteln, und an den Wänden, wo Dutzende Fotos von unterschiedlichen Frisuren hingen, eine komplizierter als die andere. Und in den Geruch von allen möglichen Chemikalien mischten sich die Ausdünstungen von einem Fischstand auf der anderen Straßenseite. Der Fischhändler kippte gerade frisches Eis auf seine Ware, aber in seinem Kampf gegen die Hitze stand er auf verlorenem Posten.

Simi schaute der Frau in dem knallroten Rock so fasziniert zu, dass sie ihre Mutter erst bemerkte, als diese ihren Namen rief und hinzufügte: »Talatu hat mir gesagt, dass ich dich hier finden würde. Was machst du hier?«

Simi fuhr herum. »Mummy!«, rief sie freudig aus.

»Was machst du hier, Simi?«, fragte Monifa noch einmal. »Du solltest doch sofort nach Hause kommen, wenn Masha keine Arbeit für dich hat.«

»Ach, es macht einfach Spaß, den beiden zuzusehen. Ich

spare für Extensions, Mum. Tiombe macht mir einen Bob. Komm, ich zeig dir die Farben. Sie sind wunderschön!«

Tiombe war anscheinend die Frau mit den im Nacken zusammengefassten Zöpfen. Sie grüßte Monifa mit einem Nicken und tauschte mit ihrer Kollegin einen Blick aus, den Monifa weder deuten konnte noch wollte. Simi hatte ein paar bunte Extensions in der Hand. Eine davon, in die eine feine pinkfarbene Strähne eingeflochten war, hielt sie mit leuchtenden Augen hoch.

»Schau mal, wie hübsch, Mum.«

»Darüber muss ich mit deinem Vater sprechen«, sagte Monifa. Als sie Simis enttäuschtes Gesicht sah, versuchte sie, einen optimistischen Ton anzuschlagen, obwohl kaum Hoffnung bestand, dass Abeo den Plänen seiner Tochter zustimmen würde. »Komm mit, Simi«, sagte sie dann. »Ich muss mit dir reden.«

»Aber manchmal darf ich Tiombe helfen, Mum.«

»Heute nicht. Komm.«

Simi warf Tiombe einen Blick zu, die den Kopf in Richtung Tür neigte. Die andere Friseurin nickte Monifa zu und sagte: »Freut mich, Sie …«

Aber Monifa war schon draußen, und Simi folgte ihr. Sie gingen an Talatus Laden vorbei, an Abeos Fleischerei mit dem Fischstand davor, an Cake Decorating by Masha, dann endlich erreichten sie die Hauptstraße. Dort blieb Monifa stehen. Sie hatte Simi so dringend finden wollen, dass sie sich noch gar nicht überlegt hatte, wohin sie mit Simi gehen wollte, um mit ihr zu reden.

Sie schaute sich um. Das Einkaufszentrum kam nicht in Frage. Schließlich entschied sie sich für McDonald's. Normalerweise würde sie niemals ein McDonald's betreten, aber bei der Hitze war ihr jeder Ort recht, der eine Klimaanlage besaß. Sie steuerte auf einen Tisch in der hintersten Ecke zu, möglichst weit weg von dem Trubel an den anderen Tischen, von den Kassen, wo Leute Schlange standen und laut durcheinanderredeten, während sie darauf warteten, dass ihre Nummer aufgerufen wurde. Simi wunderte sich. Sie wusste, dass ihre Mutter nicht mit ihr hierhergekommen wäre, wenn sie eine andere Wahl gehabt hätte. Hier kam Simi höchstens mal mit Tani her, wenn sie sich ein Stück Apple Pie gönnen wollte.

Monifa fragte ihre Tochter, was sie essen wolle. Simi blinzelte. Sie saugte ihre Unterlippe ein, eine Angewohnheit, die dazu geführt hatte, dass ihre oberen Schneidezähne überstanden. Sie fragte, ob sie einen Cheeseburger haben könne, und als Monifa sagte, selbstverständlich, bat Simi auch noch um eine Portion Fritten und eine Cola.

Monifa stand auf, um zu bestellen, und kehrte mit einer Handvoll Papierservietten zurück. Dann nahm sie eine kleine Flasche Desinfektionsspray aus ihrer Handtasche, sprühte die Tischplatte damit ein und wischte sie mit den Papierservietten ab. Anschließend kramte sie eine Packung Desinfektionstücher hervor, säuberte mit einem die Stühle, mit einem weiteren ihre Hände und gab auch Simi eins für die Hände. Nachdem das erledigt war, nickte sie Simi zu, und sie setzten sich beide an den Tisch.

Monifa verschränkte die Arme und überlegte, wie sie anfangen sollte. Vielleicht sollte sie warten, bis das Essen kam? Doch dann entschied sie sich, lieber gleich anzufangen, denn sie hatte ihrer Tochter eine Menge zu sagen. Leise sagte sie: »Du wirst bald neun Jahre alt, Simi. Weißt du schon, was es bedeutet, eine Frau zu werden?«

Simi runzelte die Stirn. Damit hatte sie nicht gerechnet. Sie schaute kurz aus dem Fenster, dann wandte sie sich wieder ihrer Mutter zu. »Lims Mum hat ihr das mit dem Kinderkriegen erklärt, und Lim hat's mir erklärt.«

Monifa erschrak. Lim war vier Jahre älter als Simi und ihre einzige nigerianische Freundin in Mayville Estate, aber sie hatten schon seit Wochen nicht mehr über sie gesprochen. »Was hat Lim denn gesagt?«

»Dass man erst Kinder kriegen kann, wenn man eine Frau ist und ein Mann sein Ding irgendwo in einen reinsteckt. Wo rein, konnten wir uns nicht vorstellen, aber Lim sagt, die Kinder wachsen bei einer Frau im Bauch, also dachten wir, vielleicht steckt der Mann einem sein Ding in den Mund. So wie das Essen, das landet ja dann auch im Bauch.«

»Hat Lim dir nicht gesagt, dass sie eine Frau geworden ist?«

Simi schüttelte den Kopf, doch sie wirkte neugierig, was Monifa als gutes Zeichen deutete. »Ist sie deswegen für die Sommerferien zu ihrer Gran gefahren?«, fragte Simi. »Aber sie kommt doch wieder, oder?«

»Das weiß ich nicht«, antwortete Monifa ausweichend, »ihre Mutter hat mir nichts erzählt. Aber ich weiß, dass Lim angefangen hat zu bluten, und das wirst du auch bald. Das Bluten ist das Zeichen, dass du zur Frau geworden bist.«

»Bluten?«, fragte Simi. »Lim hat *geblutet*? Aber wieso…?«

Ihre Nummer wurde aufgerufen, und Monifa stand auf, um das Essen für Simi zu holen. Für sich selbst hatte sie nichts bestellt. Diese Art Speisen sagten ihr nicht zu. Sie stellte das Tablett ab, dann breitete sie drei Papierservietten auf der bereits von ihr gesäuberten Tischplatte aus und verteilte den Cheeseburger, die Fritten und den Becher mit der Cola darauf. Mit einem Kopfnicken forderte sie Simi zum Essen auf. Ihre Tochter nahm sich eine Fritte und knabberte daran.

Monifa beugte sich vor und sprach sehr leise, damit niemand mithören konnte. Ihre Wohnung wäre ein besserer Ort für dieses Gespräch gewesen, aber das konnte sie einfach nicht riskieren. »Wenn ein Mädchen zwischen den Beinen blutet – das passiert einmal im Monat, sobald du zur Frau geworden bist –, sagt ihr Körper ihr damit, dass er bereit ist.«

»Für Kinder?«

»Ja. Aber bis eine Frau Kinder bekommt, bereitet sie sich darauf vor, sie in sich wachsen zu lassen, und sie bereitet sich auch für den Mann vor, der sie in sie einpflanzen wird.«

Simi hatte ihren Cheeseburger in die Hand genommen, biss jedoch nicht hinein. »Mummy«, sagte sie, »ich will keine Kinder. Jedenfalls jetzt noch nicht. Wirklich nicht, Mummy.«

»Natürlich nicht. Noch nicht jetzt«, sagte Monifa. »Das kommt erst später, wenn ein Mädchen beweisen kann, dass sie rein und keusch ist. In Nigeria passiert das in ihrem Dorf. Aber für uns ... für unsere Familie ... ist die Sache etwas komplizierter.«

»Kompliziert? Wieso denn, Mummy?«, fragte Simi, bevor sie endlich in ihren Cheeseburger biss.

»Da wir weit weg von unserem Dorf wohnen, müssen wir uns zu Yoruba erklären. Und das geschieht durch eine Initiation. Das ist eine Zeremonie, durch die du in den Stamm der Yoruba aufgenommen wirst. Nach der Zeremonie wirst du deine Tanten und Onkel und Kusinen und Vettern kennenlernen.«

Simi runzelte nachdenklich die Stirn. Nach einer Weile sagte sie: »Ach so, ich muss also eine echte Yoruba sein, damit ich sie kennenlernen kann.«

»Ganz genau.«

»Ist das der Grund, warum wir unsere Verwandten in Peckham nie besuchen? Weil ich noch nicht zum Stamm der Yoruba gehöre? Aber du gehörst doch dazu, oder? Du und Papa und Tani?«

»Wir gehören dazu, weil wir alle drei in Nigeria geboren wurden. Das ist etwas anderes. Und sobald du rein ge-

61

worden bist, besuchen wir unsere Verwandten in Peckham. Würde dir das gefallen, Simi? Unsere Verwandten würden sich sehr freuen!«

»Ja, das wäre super!«

»Es wird geschehen, sobald du so weit bist.« Monifa schob eine Strähne unter das Tuch, das Simi als Haarband trug. »Es wird ein großes Fest geben. Du wirst der Ehrengast sein, und viele Gäste werden kommen, um zu feiern, dass du eine Frau geworden bist. Sie werden Geld und Geschenke für dich mitbringen. Aber erst wenn du so weit bist.«

»Das bin ich«, rief Simi aus. »Das bin ich, Mummy!«

»Dann werden wir die Vorbereitungen treffen. Aber das mit der Einweihung, Simi, muss ein Geheimnis zwischen dir und mir bleiben, bis alles bereit ist – bis wir dein Kleid gekauft, den Kuchen bestellt und die Speisen ausgewählt haben … Es soll eine Überraschung werden für deinen Vater und für Tani und für alle, die dich noch nicht kennen. Kannst du ein Geheimnis bewahren?«

»Klar kann ich das!«

27. Juli

MAYVILLE ESTATE
DALSTON
NORTH-EAST LONDON

Tani hatte ziemlich schnell von Simis »Initiation« erfahren, und zwar von Simi selbst. Sie hatte ihm noch am selben Abend nach dem Besuch bei McDonald's mit Monifa davon erzählt. Anfangs hatte er überhaupt nicht kapiert, wovon sie redete, und ihr kaum zugehört, bis sie am nächsten Abend völlig aufgeregt schon wieder davon anfing. Als Erstes ließ sie ihn schwören, alles für sich zu behalten, »ich darf nämlich wirklich *niemand* davon erzählen«. Aber es sollte schon sehr bald losgehen, sagte sie, jetzt wo sie – ihre Worte – »fast schon eine Frau« war. Sie wusste nicht, wann genau die »Initiation« stattfinden sollte, und sie konnte sich auch nicht an alles erinnern, was Mum gesagt hatte, aber es würde ein Fest geben – »Es ist eine richtige Zeremonie, Tani!« –, und es würden jede Menge Gäste kommen. Mummy würde mit ihr zum Ridley Road Market gehen, um die passende Kleidung für die Feier zu kaufen, und sie durfte sich alles selber aussuchen.

»Mummy sagt, *du* hattest keine Initiation«, hörte er Simi plappern, und da hatte er aufgehorcht. »Sie sagt, einer, der dort geboren ist so wie du, ist automatisch ein Yoruba. Deswegen hattest du bestimmt auch keine Party.«

Tani hatte das Wort *Initiation* noch nie im Zusammenhang mit nigerianischen Sitten gehört. Er fragte Simi, was zum Teufel sie damit meinte, woraufhin Simi ihm alles Mögliche erzählt hatte, das meiste davon kompletter Unsinn: Es hätte was damit zu tun, dass nur, wer auf nigerianischem Boden geboren war, ein Yoruba sei, und damit, dass sie eine Frau wurde – eine *reine* und *keusche* Frau –, und dass sie seit Jahren keinen Kontakt mit ihren Verwandten in Peckham hätten, weil sie, Simi, dafür *rein* sein und die *Initiation* hinter sich haben musste. Und zu der Initiation gehörte eine Zeremonie, und dann gab es ein großes Fest und neue Kleider. Und natürlich konnte eine Frau ohne Initiation keine Kinder bekommen... Nachdem seine Schwester all das heruntergerattert hatte, fühlte sich Tanis Kopf an, als würde er gleich platzen.

Er entschloss sich jedoch, seine Mutter noch nicht sofort darauf anzusprechen, sondern erst einmal abzuwarten, wie – und ob – diese merkwürdige Sache Form annahm. Er brauchte nicht lange zu warten.

Als er an dem Nachmittag nach seinem Gespräch mit Simi bei Into Africa arbeitete, sah er seine Mutter und seine Schwester auf dem Ridley Road Market. Das war nichts Besonderes. Monifa ging oft auf den Markt, um die afrikanischen Lebensmittel – hauptsächlich Gemüse und Gewürze – zu kaufen, und Simi lieferte regelmäßig die selbst gemachten Head Wraps und Turbane bei Talatu ab. Aber als Simi am Abend aufgeregt auf ihrem Bett herumhüpfte und verkündete, dass sie und Mummy »schon fast alles vorbereitet« hätten, dämmerte ihm, dass der Marktbesuch der beiden diesmal einen anderen Zweck gehabt hatte.

»Ich zeig es dir, ich zeig es dir, ich zeig es dir!«, sang Simi.

Tani lag mit Kopfhörern in den Ohren auf seinem Bett und hörte *A Prayer Before Dying* an, vorgelesen von Idris Elba. Es war gerade besonders spannend, denn es ging auf das Ende des Romans zu, deswegen sagte er ungehalten: »Hey, du Nervensäge, siehst du nicht, dass ich grade beschäftigt bin?«

Sie machte ein enttäuschtes Gesicht, und sofort bekam er Schuldgefühle, wie immer, wenn er seiner kleinen Schwester etwas abschlug. »Okay, sorry«, sagte er und nahm sich die Stöpsel aus den Ohren. »Was gibt's?«

»Ich will dir was erzählen und dir was zeigen«, sagte sie. »Es ist echt toll, Tani, du freust dich ganz bestimmt.«

Er legte die Ohrstöpsel neben seinem iPad auf dem Nachttisch ab und sagte: »Okay, schieß los.«

Sie holte zwei Einkaufsbeutel aus ihrem gemeinsamen Kleiderschrank und schüttete munter plappernd lauter bunte Sachen auf ihr Bett. »Ich kann dir nicht alles zeigen, das musste ich Mum versprechen, aber das hier darfst du alles sehen. Tani, jetzt schau doch mal, was Mum mir gekauft hat. Es sind so schöne Sachen!«

Er erhob sich und trat zu seiner Schwester, die dabei war, die neuen Kleider auf ihrem Bett zu drapieren: zwei Wraps, drei bunt gemusterte Wickelröcke, vier farbenfrohe Blusen und jede Menge afrikanischer Schmuck – Ketten aus Holzperlen, Ohrringe aus Samen und Schoten, verschiedene Armreifen und Broschen aus Knochen. Sein erster Gedanke war: Was ist das für ein Mist? Sein zweiter: Was soll sie mit dem Scheiß, das sind doch alles Sachen für erwachsene Frauen?

Aber es wurde noch schlimmer, denn als sie den nächsten Beutel ausleerte, purzelten lauter Schminksachen und Pinsel auf das Bett. Tani konnte es nicht fassen. Künstliche Wimpern? Lippenstifte? Was zum Teufel hatte das alles zu bedeuten?

Er hatte nicht auf ihr Geplapper geachtet, doch jetzt gerade sagte sie: »… und überall steht *Herzlichen Glückwunsch, Simi!* drauf. Außerdem haben wir Luftballons bestellt. Heliumballons! Und das Beste … das Allerallerbeste ist … ich bekomme ganz viel Geld geschenkt, und Mum sagt, ich darf mir davon kaufen, was ich will. Ich lass mir geflochtene Extensions als Bob machen, mit rosa Strähnchen drin. Die macht Tiombe mir. Bei Xhosa's Beauty. Ich muss dafür bezahlen, und es ist ziemlich teuer, aber … ein Bob, Tani!« Sie seufzte. »Stell dir das mal vor.«

Tani schwante nichts Gutes. Er betrachtete die Sachen, nahm eine Halskette in die Hand, fuhr mit den Fingern über den billigen Stoff eines der Röcke. »Das ist alles Mist. Wieso willst du sowas anziehen? Mädchen in deinem Alter laufen doch nicht in so 'nem Fummel rum, Squeak. Das ist was für erwachsene Frauen, nicht für kleine Mädchen wie dich.«

Sie schwieg einen Moment lang. Er wusste, dass er sie gekränkt hatte, aber darum ging es jetzt nicht. Es ging um diese Klamotten, den Schmuck und das ganze Schminkzeug, und darum, dass irgendwas im Busch war.

»Bald bin ich kein kleines Mädchen mehr«, sagte sie. »Sondern eine Frau. Das hat Mum gesagt.«

»So ein Quatsch. Keine Achtjährige kann eine Frau sein. Ein acht Jahre altes Mädchen ist das Gegenteil von 'ner Frau, Squeak.«

»Aber Mum sagt, dass ich ganz bald eine Frau bin. Und Easter hat mir erklärt, wie das funktioniert. Sie sagt, sie gibt mir eine Spritze, und dann bin ich eine Frau *und* gehöre zum Stamm der Yoruba.«

»Was soll das heißen? Wer zum Teufel ist Easter?«

»Eine Frau, bei der ich mit Mummy war. Heute Morgen, bevor wir auf den Markt gegangen sind. Eigentlich soll ich dir nichts davon erzählen, aber ich sag's dir trotzdem. Sie hat mich auf einen Tisch gelegt, also diese Easter, und hat mein Herz untersucht, und dann hat Mummy meine Hand gehalten, und Easter hat sich meine … meine, äh, angesehen, und dann hat sie zu Mum gesagt, in drei Wochen. Und dann sind wir zum Markt gegangen, wo ich mir die Kleider und die anderen Sachen aussuchen durfte. Soll ich dir von dem Kuchen erzählen? Um das Essen haben wir uns noch nicht gekümmert, Mum und ich, aber wir haben mit Masha über den Kuchen gesprochen. Wenn du willst, sag ich dir, was für einer es wird.«

Tanis Gedanken rasten viel zu schnell, als dass er Simi ganz hätte folgen können, doch er nickte kurz. Er bekam nur mit halbem Ohr mit, was sie sagte: »Es wird ein Zitronenkuchen. Den hab ich mir gewünscht. Zitronenkuchen mit Schokoguss, und *Herzlichen Glückwunsch, Simisola!* in gelben Buchstaben oben drauf. Ich glaub, ich möchte auch noch Gänseblümchen als Verzierung. Mum sagt, Rosen wären besser, aber ich mag Gänseblümchen, und schließlich darf ich mir *selber* aussuchen, wie der Kuchen wird. Also kommen vielleicht lauter Gänseblümchen wie ein Kranz rund um den Kuchen, und darüber Zuckerstreusel in Gold. Oder besser in Pink? Mal sehen, das überleg ich mir noch.«

Tani hörte ihr zunehmend verwirrt zu. Er begriff nicht, wovon genau seine kleine Schwester da redete, aber er hatte den Eindruck, dass Monifa aus irgendeinem Grund ein groteskes Netz um Simi gesponnen hatte.

Er entschloss sich, mit seiner Mutter über diese seltsamen Klamotten und diese Easter zu sprechen. Es war allerhöchste Zeit. Am nächsten Morgen, Simi schlief noch tief und fest, stand er leise auf, zog sich Jeans und T-Shirt an und ging zu Monifa.

Sie war im Wohnzimmer, wo sie einen Riesenberg Wäsche sortierte. Bis auf ein paar blutbefleckte Hemden von Abeo schien jedoch nichts davon einem von ihnen zu gehören. Es handelte sich hauptsächlich um Kindersachen und Frauenkleidung von der Sorte, die Monifa niemals tragen würde.

Aha, dachte Tani, sie nahm also jetzt Wäsche an. Vermutlich mal wieder eine Idee seines Vaters, um mehr Geld in die Familienkasse zu bekommen.

In der Wohnung herrschte eine Affenhitze. Monifa trug ein langes Wickelkleid, das seitlich geknotet war und ihre Arme freiließ – was Abeo nicht gefallen würde –, trotzdem war sie nass geschwitzt. Sie murmelte vor sich hin, doch Tani konnte nicht verstehen, was sie sagte.

Sie hatte ihn noch nicht bemerkt, und er beobachtete sie eine Weile. Ihm wurde bewusst, dass er keine Ahnung hatte, wie alt seine Mutter war, er konnte es höchstens anhand des Alters seines Vaters ausrechnen. Auf jeden Fall fand er, dass sie ziemlich alt aussah. Sie hatte zwar keine Falten im Gesicht, aber alles an ihr – ihre Haltung, ihre Bewegungen, wie sie den Kopf hielt und wie sie die Hände bewegte – wirkte alt.

»Wer ist Easter?«, fragte er.

Sie erschrak so heftig, dass sie kurz aufschrie und die kleinen T-Shirts fallen ließ, die sie gerade in Händen hielt. »Tani! Ich hab dich gar nicht gesehen. Was hast du mich gefragt?«

»Wer ist diese Easter, von der Simi quasselt?«

Sie antwortete nicht gleich. Stattdessen hob sie einen Kopfkissenbezug auf und begann, die Kindersachen hineinzustopfen. Anschließend stopfte sie die Frauensachen in einen zweiten Kopfkissenbezug. Abeos Hemden blieben liegen.

»Was hat Simi dir denn gesagt?«

»Sie hat mir irgendwas von einer bescheuerten ›Initiation‹ erzählt, Mum. Dass Easter ihr helfen soll, eine richtige Yoruba zu werden, jetzt, wo sie eine Frau wird. So hat sie sich jedenfalls ausgedrückt. Und jetzt wüsste ich gern von dir: Wer ist diese Easter, die einer Achtjährigen hilft, zur Frau zu werden?«

Monifa lachte liebevoll auf. »Ach, da wirft Simi etwas durcheinander.«

»Ach ja? Und warum zum Teufel glaubt sie, sie braucht 'ne ›Initiation‹, um eine Yoruba zu werden?«

»Hat sie das gesagt?«

»Offenbar ist ja eine Riesenzeremonie geplant. Du hast ihr jede Menge Klamotten und Schmuck gekauft; sie hat mir alles gezeigt. Dann hat sie mir von dieser Easter erzählt, die ihr 'ne Spritze geben soll, damit sie zur Frau wird. Dann soll es diese Zeremonie und ein großes Fest geben. Warum zum Teufel redest du ihr ein, sie müsste das alles über sich ergehen lassen, um endlich unsere Verwandten in Peckham kennenzulernen? Du weißt verdammt genau, dass Dad *niemals* zulassen wird, dass Simi oder ich oder du unsere Verwandten besuchen, weil er dann nämlich seine Macht über uns verlieren würde.«

Monifa setzte sich auf das abgenutzte Sofa und bat Tani mit einer Geste, sich auf einen Sessel zu setzen. Es war das Letzte, worauf er Lust hatte, doch er tat seiner Mutter den Gefallen. Er ließ sich in den Ohrensessel seines Vaters fallen und sah seine Mutter durchdringend an.

»Es gibt eben Dinge, die für Frauen vorgesehen sind«, begann Monifa.

»Was für Dinge?«, fragte er.

»Das ist was sehr Persönliches, und das kann man einem Kind nur schwer erklären.«

»Du meinst, das kann man Simi schwer erklären. Also …?«

»Also erzähle ich ihr eine kleine Geschichte, um es einfacher zu machen.«

»Was einfacher zu machen?«

»Dass sie sich zum ersten Mal untersuchen lassen muss. Das hat Easter gemacht. Sie hat ihr Herz und ihre Lunge abgehört, und sie hat sich davon überzeugt, dass alles in Ordnung ist … in Simis Bauch. Verstehst du?«

»Sie hat ihre Genitalien untersucht? Meinst du das?«

»Ja. Ihre Genitalien.«

»Wieso müssen bei einem achtjährigen Mädchen die Genitalien untersucht werden?«

»Wie gesagt, Tani, es ist wichtig, dass bei einem Mädchen alles in Ordnung ist.«

Das musste er erst einmal sacken lassen. Er folgte dem Gedankengang seiner Mutter bis zum Ende. »Das heißt, du lässt sie *begutachten.* Du erzählst ihr was von Initiation und Zeremonien, aber in Wirklichkeit willst du nur wissen, ob sie … Wie hat Pa sich noch ausgedrückt? Ach ja, ob sie *gebärfähig* ist. Diese Easter sollte also nachsehen, ob alles an Simi stimmt. Es gibt keine Spritze und keine Initiation und auch keine Zeremonie oder sonst was. Es geht nur darum festzustellen, ob Simi zur Fortpflanzung taugt.«

Monifa erwiderte nichts. Und ihr Schweigen sagte Tani, dass er recht hatte.

»Und wenn sich bestätigt, dass sie gebärfähig ist, kann Pa sie zur Versteigerung anbieten. Dann kann er sie nach Nigeria bringen oder ein Foto von ihr auf 'ne Webseite stellen oder was auch immer. Ich wette, er ist auf einen hohen Brautpreis aus. Wahrscheinlich hofft er, mehr für sie zu bekommen, als er für diese Omorisowieso gezahlt hat, oder wie sie heißt. Genau darum geht es. Und du lässt das auch noch zu.«

»Das stimmt nicht.«

»Klar stimmt das. Erzähl mir doch nichts. Du hast ja auch nichts dagegen, dass er für mich irgendeine Jungfrau kauft, die ich schwängern kann. Warum sollte ich also annehmen, dass du irgendwas tun, irgendwas sagen, dass du auch nur auf die Idee kommen würdest, ihn davon abzuhalten, nach 'nem reichen Sack zu suchen, dem die Vorstellung gefällt, sich eine Achtjährige zu kaufen, die von ihrer Mutter lernt, wie man eine richtige nigerianische Ehefrau wird?«

»Tani, dein Vater würde niemals …«

»Erzähl mir nicht, was Pa tun oder nicht tun würde. Der glaubt doch, er kann sich alles erlauben. Aber das kapierst du nicht, stimmt's? Ich hoffe bloß, dass du aufwachst, Mum, bevor er unser Leben ganz kaputt macht.«

TRINITY GREEN
WHITECHAPEL
EAST LONDON

Während ihrer ersten Foto-Sessions bei Orchid House hatte Deborah festgestellt, dass sie, wenn das Projekt erfolgreich sein sollte, einige Hindernisse würde überwinden müssen. Vor allem durfte sie die Mädchen erst fotografieren, wenn Narissa Cameron da war. Schließlich kannten die Mädchen Deborah nicht und hatten keinen Grund, ihr zu vertrauen. An dem Tag, als Deborah den Raum mit ihrer Ausrüstung betrat, waren jedoch nur die Mädchen und die Mitarbeiterinnen der Filmemacherin anwesend. Es wurde bereits alles für die Filmaufnahmen vorbereitet, und Narissas Digitalkamera schien einsatzbereit, doch Narissa selbst war nicht da.

»Sie ist unten«, sagte die Tontechnikerin auf Deborahs unausgesprochene Frage hin. »Sie wollte kurz mit Zawadi reden, und sie ist vor … weiß nicht … 'ner halben Stunde runtergegangen. Elise und ich werden nach Stunden bezahlt, uns ist es also egal, wie lange sie wegbleibt, aber ich weiß nicht, wie lange wir die Mädels noch warten lassen können.« Sie machte eine Kopfbewegung in Richtung der Mädchen.

»Ich gehe mal nachsehen«, sagte Deborah. Sie hatte keine Lust, einen ganzen Arbeitstag zu verlieren, aber genau das würde passieren, wenn die Mädchen das Warten satthatten und sich verzogen.

Orchid House war in einer ehemaligen Kapelle am Ende des Trinity Green in der Mile End Road untergebracht, einer ummauerten Anlage aus Armenhäusern aus dem 17. Jahrhundert. Als Deborah aus der Kapelle trat, sah sie an einem Fenster eines der kleinen Häuser einen alten Mann, der sie beobachtete. Als sie ihm freundlich zuwinkte, verschwand er blitzschnell vom Fenster. Sie ging zu einer Tür unter den Stufen der Kapelle und öffnete sie. Hier im Untergeschoss befanden sich die Büroräume von Orchid House, auch das von Zawadi, der ruppigen und etwas einschüchternden Gründerin der Organisation.

Deborah hatte keine Ahnung, was Zawadi und Narissa zu besprechen hatten, aber sie brannte nicht gerade darauf, die beiden zu stören. Zawadi hatte sie, als sie gekommen war, um ihre ersten Aufnahmen zu machen, mit unverhohlener Abneigung empfangen. »Eins sag ich Ihnen gleich. Ich bin echt nicht erpicht darauf, eine privilegierte weiße Kuh bei dem Projekt dabeizuhaben, die die Weltverbesserin spielt. Nur damit Sie Bescheid wissen. Ich will eine schwarze Fotografin, und sobald ich eine gefunden hab, sind Sie raus. Kapiert?«

Deborahs gedehntes »Okay« und ihr forsches »Kann ich verstehen« hatten Zawadi anscheinend überrascht. Doch dann hatte sie sie mit schmalen Augen angesehen und gesagt: »Dann machen Sie meinetwegen Ihre verdammten Fotos… wenn Sie können.«

Das war nicht gerade die herzliche, vertrauensvolle Begrüßung, die Deborah sich gewünscht hatte, und sie hatte nur gehofft, dass Zawadis ablehnende Haltung nicht auf die Mädchen abfärbte. Aber das schien nicht der Fall zu sein. Nachdem eine der erwachsenen Ehrenamtlichen den

Mädchen vorgemacht hatte, wie Narissa Cameron sich das vorstellte, wenn sie sie filmte, hatten sie mit der Arbeit begonnen, und Deborah hatte ihre Fotos gemacht, während Narissa gefilmt hatte. Bis jetzt hatte Deborahs Arbeit also außer Zawadis Abneigung nichts im Weg gestanden.

»Zwei Tage sind noch drin«, hörte Deborah, als sie sich der Tür zu Zawadis Büro näherte. »Tut mir leid, Zawadi, aber ich hab eine Abmachung mit meinen Eltern. Solange ich keine Probleme mache, kann ich im Souterrain wohnen. Wenn irgendwas passiert, das sie ärgert oder die Gefühle meiner Geschwister verletzt, und das kann sonst was sein, dann ist Schluss. Dann steh ich auf der Straße. Und dann bin ich erledigt.«

»Red einfach mit ihnen. Sei direkt, sei offen und ehrlich, was auch immer. Das sind doch vernünftige Leute, oder?«

»Ich will die Situation nicht unnötig kompliziert machen.«

»Es ist immer alles kompliziert. Hast du das noch nicht begriffen?«

Deborah machte sich mit einem Räuspern bemerkbar. Dann streckte sie den Kopf zur Tür hinein. Zawadi saß an ihrem Schreibtisch, hatte ihren Stuhl jedoch ziemlich weit nach hinten geschoben. Ihre Haltung drückte Kompromisslosigkeit aus: die Arme unter den Brüsten verschränkt, die Hände nicht sichtbar, die Miene undurchdringlich.

»Verzeihung«, sagte Deborah zu den beiden. »Wir wären oben so weit, Narissa. Ich weiß nicht, wie lange die Mädchen noch warten werden. Alles in Ordnung?«

Kaum hatte sie die Frage gestellt, wurde ihr auch schon klar, dass es ein Fehler gewesen war. Zawadi verdrehte die Augen und sagte gereizt: »In Ordnung? Soll das ein Witz sein? Wann war denn für uns schon mal was in Ordnung?«

»Ja, es ist alles in Ordnung«, sagte Narissa bestimmt und freundlich, um Zawadis Feindseligkeit wiedergutzumachen.

»Und Sie haben recht, ich muss wieder an die Arbeit. Wir reden morgen weiter, okay?«, sagte sie zu Zawadi. »Vielleicht kannst du bis dahin noch ein paar Anrufe machen. Bitte. Ich tu sowieso schon alles, was ich kann.«

Zawadi schnaubte und drehte sich mit ihrem Stuhl, sodass sie keine der beiden Frauen ansehen musste. Deborah folgte Narissa nach draußen.

»Nehmen Sie's nicht persönlich«, sagte Narissa, als sie zum Eingang der Kapelle gingen. »Sie macht das jetzt schon seit über zehn Jahren, und sie wird ein bisschen unleidlich, wenn es nicht so läuft, wie es soll.«

»Wahrscheinlich hat sie viel um die Ohren«, sagte Deborah. »Ich kann das verstehen.«

Narissa blieb auf der Treppe stehen. »Sagen Sie das niemals zu ihr.«

»Was?«

»Dass Sie es verstehen können. Sie können es nicht verstehen. Und Sie werden es auch nie verstehen.« Narissa seufzte, während sie den braunen, völlig vertrockneten Rasen betrachtete, dem der Ort zu anderen Jahreszeiten seinen Namen verdankte. »Sie haben sicher gute Absichten. Aber das, was in Zawadis Leben schiefläuft, davon kann sie keinen Urlaub nehmen, so wie Sie das vielleicht können.«

Sie stiegen weiter die Treppe hoch. An der Kapellentür blieb Narissa erneut stehen. »Was soll ich denn zu ihr sagen?«, fragte Deborah.

»Keine Ahnung«, antwortete Narissa. »Meistens weiß *ich* ja schon nicht, wie ich mit ihr reden soll, und ich bin wenigstens zum Teil eine Schwarze, das ist schon mal ein Vorteil.«

»Ich weiß, dass sie möchte, dass jemand anders die Porträtaufnahmen macht«, sagte Deborah.

»Ja, stimmt. Aber können Sie es ihr verdenken? Auf keinen Fall wird Zawadi so tun, als würde sie sich darüber freuen, dass Dominique Shaw Sie als Fotografin ausgewählt hat. Sie kann das nicht nachvollziehen. Ich übrigens auch nicht. Es ist ja nicht so, als gäbe es keine schwarzen Fotografinnen in London. Aber Dominique ist weiß, und sie denkt wie eine Weiße, was bedeutet, dass sie die meiste Zeit überhaupt nicht nachdenkt, weil sie es nicht nötig hat. Sie kommt nicht auf die Idee, dass es besser für uns wäre, eine Fotografin ohne Marshmallow-Haut anzuheuern – mit Verlaub. Ihr hat einfach Ihr Buch gefallen, und deswegen wollte sie, dass Sie die Fotos machen. Noch bevor Sie zu der Besprechung gekommen sind – und übrigens auch nachher –, hat Zawadi versucht, sich durchzusetzen, aber Dominique hat gesagt: ›Das ist wichtiger als politische Korrektheit, Kulturkampf und weiße Privilegien.‹ Und jetzt müssen wir miteinander klarkommen, nach einem heftigen Streit, bei dem Dominique wahrscheinlich mehr über weiße Privilegien gelernt hat, als sie je für möglich gehalten hätte.«

Deborah verstand inzwischen, dass es dem gesamten Projekt – so wie es sich die Staatssekretärin vorstellte – gutgetan hätte, wenn es ausschließlich von Schwarzen verwirklicht worden wäre. Aber sie dachte auch an den langwierigen Kampf, den Dominique Shaw gemeinsam mit Orchid House und anderen ähnlichen Organisationen sowie mithilfe von Narissas Dokumentarfilm und ihren eigenen Fotografien führte. Sie sagte: »Könnte es nicht sein, dass Dominique so viele Menschen wie möglich für dieses Projekt gewinnen will, am besten Angehörige aller Ethnien und Gesellschaftsschichten?«

»Wollen Sie damit sagen, dass Schwarze das nicht allein hinbekommen würden? Dass nur ein von Weißen durchgeführtes weißes Projekt sowas bewirken kann?«

»Nein, das wollte ich damit überhaupt nicht sagen.«

»Nein? Dann denken Sie nächstes Mal nach, bevor Sie etwas sagen.«

75

Einen Moment lang war Deborah ratlos. Schließlich sagte sie: »Ich möchte wirklich helfen. Weiß sie das? Wissen *Sie* das?«

»Alles klar, Sie wollen helfen. *Alle* wollen helfen, bis es drauf ankommt und man sie wirklich um Hilfe bittet. Die Leute sagen, es wäre ein Kampf für eine gute Sache. Das sagen sie immer. Was sollen sie auch sonst sagen? Aber Worte zählen nicht, denn wenn es darum geht, sich einzubringen oder Geld zu spenden, sieht die Sache plötzlich ganz anders aus.«

»So bin ich nicht«, sagte Deborah.

»Wirklich nicht?«, fragte Narissa mit einem verächtlichen Unterton, fügte jedoch hinzu: »Na, Sie werden schon noch Gelegenheit bekommen, das zu beweisen.«

Dann betrat sie den Raum und sagte: »Okay, wer ist bereit zu reden? Kommt mit in den Aufnahmeraum. Sucht euch einen Platz.«

KINGSLAND HIGH STREET
DALSTON
NORTH-EAST LONDON

Adaku hatte die benötigten zweihundertfünfzig Pfund zusammenbekommen. Sie rief die Nummer an, die auf Easter Langes Visitenkarte stand, machte sich wieder auf den langen Weg in die Kingsland High Street und drückte die namenlose Klingel neben der Tür. Als eine blecherne Stimme fragte, wer da sei, sagte sie: »Hier ist Adaku. Ich habe das Geld.«

Die Antwort lautete: »Ich weiß nicht, wovon Sie reden.«

»Sind Sie Easter?«

»Falls ja, bedeutet das noch lange nicht, dass ich weiß, was Sie wollen.« Dann herrschte Stille.

Adaku fragte sich, was falsch gelaufen war. Vermutlich war Easter nicht allein. Sie überlegte, ob sie warten oder später zurückkommen sollte. Dann, etwa dreißig Sekunden später, näherten sich schwere Schritte der Eingangstür. Zwei Riegel wurden zurückgeschoben, die Tür ging quietschend auf, und im nächsten Moment stand Easter vor ihr, einen weißen Kittel über ihren Straßenkleidern. Sie kam ohne Umschweife zur Sache. »Zeigen Sie's mir.«

»Wenn wir drinnen sind.«

Easters Augen wurden schmal. Mit einer Hand hielt sie die Tür fest, während sie mit ihrem Körper den Durchgang blockierte. Langsam ließ sie den Blick über die Fenster und Türen in der Straße wandern. »Warum sind Sie wirklich hier?«, fragte sie schließlich. »Irgendwie trau ich Ihnen nicht.« Wieder suchte sie mit den Augen die Straße ab. Ein Straßenkehrer war um die Ecke gekommen und sammelte Müll aus der Straßenrinne. Plötzlich schaute sie Adaku scharf an und sagte: »Sie sind von der Polizei.«

Adaku trat von einem Fuß auf den anderen. »Sehe ich aus, als wär ich Polizistin? Was glauben Sie denn eigentlich? Dass ich undercover arbeite und mit Geld nur so um mich schmeiße?« Sie kramte den Umschlag aus ihrer Tasche. »Hier ist das Geld, das Sie verlangt haben. Zweihundertfünfzig Pfund.«

Easter beäugte den Umschlag, als rechnete sie damit, dass er in einer Wolke roter Farbe explodierte, sobald sie ihn berührte.

»Das ist doch, was Sie wollten, oder?«, fragte Adaku. »Zweihundertfünfzig Pfund?« Als immer noch nichts geschah, nahm Adaku die Scheine aus dem Umschlag und wedelte damit vor Easters Gesicht herum.

Die Frau schaute über ihre Schulter ins Treppenhaus. Erneut vermutete Adaku, dass oben noch eine Person war, die nicht wusste, was hier unten vor sich ging.

»Ich kann mir auch eine Überweisung besorgen«, sagte Adaku. »Das wird nicht einfach sein, aber ich krieg es hin. Sollte Ihnen das Geld und die Überweisung nicht reichen, muss ich mich allerdings an jemand anders wenden.«

»Insgesamt verlange ich fünfhundert Pfund«, sagte Easter, riss Adaku das Geld aus der Hand und stopfte es in eine Tasche ihres weißen Kittels. »Also noch zweihundert, wenn Sie sich für den Eingriff entscheiden.«

»Und wenn nicht?«

»Sie meinen, ob Sie dann das Geld zurückbekommen? Nein. Nicht nachdem Sie die Praxis einmal betreten haben. Also, was wollen Sie? Rein oder raus?« Sie hielt die Tür weit auf. Leise vor sich hin fluchend trat Adaku ein. Sie würde eine Menge Geld in den Sand setzen, falls die Sache schiefging.

Der Hausflur war nicht viel größer als ein Schachbrett, und auf dem mit Linoleumfliesen ausgelegten Boden lag die Post von mindestens einer Woche. Das meiste schienen jedoch Wurfsendungen zu sein.

Der verdreckte Treppenläufer war so abgetreten, dass er Löcher aufwies, der Handlauf des Geländers war klebrig und voller Kerben von Möbeln oder anderen Gegenständen, die nach oben getragen worden waren, und Adaku berührte ihn nur flüchtig.

Auf dem ersten Treppenabsatz gab es eine Tür, vermutlich eine Wohnungstür. Sie war mit einer Stahlplatte verstärkt und mit drei Sicherheitsschlössern versehen, obwohl die erste Etage von der Straße aus unbewohnt gewirkt hatte. Die Tür im zweiten Stock schien etwas neuer zu sein, war ebenfalls mit einer Stahlplatte und zwei Sicherheitsschlössern versehen und mit einem Schild mit der Aufschrift PRIVAT. Die Tür im dritten Stock stand offen und gab den Blick frei auf einen Empfangsbereich. Die Einrichtung bestand aus einem Schreibtisch, einem Stuhl dahinter, zwei Aktenschränken sowie zwei Klappstühlen aus Plastik an einer Wand, mit einem niedrigen Tischchen dazwischen. Auf dem Tischchen standen eine Lampe und ein kleiner, mit Mini-Schokoladentäfelchen gefüllter Korb, neben dem zwei eselsohrige Zeitschriften lagen. Auf dem Schreibtisch befanden sich ein Computerbildschirm und zwei Ablagekörbe, die jedoch leer waren, und außer Easter schien niemand anwesend zu sein.

»Ich möchte die Ärztin sprechen«, sagte Adaku.

»Ich bin die Ärztin«, sagte Easter.

»Und warum ist außer Ihnen niemand hier?«

»Wir führen Eingriffe nur nach Vereinbarung durch. Ist das ein Problem für Sie?«

Adaku runzelte die Stirn. Damit hatte sie nicht gerechnet. »Woher soll ich dann wissen, dass Sie wirklich Ärztin sind?«, fragte sie. »Woher soll ich wissen, dass Sie qualifiziert sind?«

»Weil ich es Ihnen sage. Sie können mir glauben oder nicht. Mir ist es gleich. Also, wollen Sie sich jetzt für Ihre dreihundert Pfund die Praxis ansehen, oder hat Ihnen das Treppensteigen schon gereicht?«

Adaku überlegte. Entweder, sie schrieb ihr Geld gleich in den Wind, oder sie ließ sich wenigstens die Räumlichkeiten zeigen. Sie entschied sich für Letzteres. Easter führte sie in einen Raum hinter dem Wartebereich.

Von der Einrichtung her hätte es sich um das Untersuchungszimmer in einer Landarztpraxis handeln können: Untersuchungsliege, Waage, Blutdruckmessgerät, eine kleine Anrichte, auf der Watte, Tupfer, ein Thermometer, Mullbinden und ein Spekulum bereitlagen. Alles war blitzsauber, nirgendwo war auch nur ein einziger Fingerabdruck zu sehen. Die Wände waren kahl bis auf ein Diagramm, auf dem man das Idealgewicht im Verhältnis zur Körpergröße ablesen konnte. In einer Ecke stand ein Stuhl, auf dem die Patientin vermutlich ihre Kleidung ablegen konnte. In einer anderen Ecke stand ein Hocker auf Rollen, der wahrscheinlich der Ärztin als Sitzgelegenheit diente, wenn sie ihre Untersuchungen durchführte.

Alles war sehr ordentlich, dachte Adaku, sogar wesentlich ordentlicher als die Praxis ihrer Hausärztin, und das sagte eine Menge aus.

Easter öffnete eine weitere Tür, die in einen Operationsraum führte. Der Raum war klein, aber es schien alles Nötige vorhanden zu sein: Lampen, ein OP-Tisch, mehrere große Behälter – vielleicht Sauerstoffflaschen –, zwei Monitore und eine Anrichte, auf der sterile OP-Handschuhe, Schalen mit Instrumenten und alle sonstigen Dinge bereitlagen, die für eine Operation benötigt wurden.

Adaku erkundigte sich, wer die Anästhesie durchführte. Easter sagte, eine Anästhesieschwester assistiere ihr bei Bedarf. »Wollen Sie sich auch unten umsehen?«, fragte Easter, wirkte jedoch keinesfalls begeistert von der Vorstellung.

»Unten?«

»Wir haben noch einen Ruheraum. Die Patientinnen bleiben eine Nacht hier.«

»Und wer kümmert sich dann um sie?«

»Die Mutter oder eine andere Verwandte. Diese Frauen sind in der Regel auch meine Patientinnen.«

Adaku wunderte sich. Easter schien eine Ärztin für alle Eventualitäten zu sein. Wieso arbeitete sie dann nicht in einem Krankenhaus, sondern hier in einem schäbigen Haus in Nordlondon? Sie stellte ihr die Frage.

»Weil ich an die Arbeit in dieser Praxis glaube«, antwortete Easter.

So etwas konnte jeder behaupten, dachte Adaku. »Haben Sie schon mal eine Patientin verloren?«, fragte sie.

»Natürlich nicht.«

»Aber wenn doch, würden Sie mir dieselbe Antwort geben, nicht wahr? Sie würden es wohl kaum zugeben, wenn es so wäre.«

Easter breitete die Arme aus und hob die Schultern, wie um zu sagen: Glauben Sie, was Sie wollen.

»Und wie geht es dann weiter?«, fragte Adaku. »Also, nachdem ich den Ruheraum gesehen habe.«

»Dann treffen Sie Ihre Entscheidung.« Easter ging voraus in den Empfangsraum und öffnete eine Schreibtischschublade. Sie nahm eine Visitenkarte heraus, die genauso aussah wie die, die sie Adaku beim ersten Mal gegeben hatte, doch auf dieser war nur eine Nummer aufgedruckt – kein Name, keine Berufsbezeichnung, nur eine Telefonnummer. Sie reichte Adaku die Karte. »Wenn Sie sich für den Eingriff entscheiden, rufen Sie diese Nummer an und vereinbaren Sie einen Termin.«

»Und dann?«

»Dann bekommen Sie einen Termin für den Eingriff und einen Termin für die Nachuntersuchung, die zwei Wochen später durchgeführt wird.«

»Klingt, als würden Sie große Sorgfalt walten lassen«, sagte Adaku.

»Das tun wir auch. Wir arbeiten hier zügig und unter hygienischen Bedingungen, um die Gefahr einer postoperativen Infektion auszuschließen.«

»Und wenn es doch mal passiert? Eine Entzündung, meine ich.«

»Es passiert nicht, und genau darum sollten Sie hierherkommen. Sie suchen ja sicher keinen Metzger.«

81

STREATHAM
SOUTH LONDON

Sie hatte für das Treffen am Abend Rookery Gardens vorgeschlagen. Das große, von einem Park umgebene Haus, das einmal auf einem Hügel gestanden hatte, von dem aus man London überblicken konnte, gehörte zum Streatham Common. Es waren die letzten Überreste eines eleganten Thermalbads aus dem achtzehnten Jahrhundert. Ein Teil des Parks war von einer Mauer umgeben und sehr gepflegt, mit Wegen zwischen blühenden Beeten, ein anderer Teil war verwildert und mit Bäumen bewachsen.

Sie hatte ihm gesagt, sie würde ihn in dem Wäldchen aus jungen Kastanien erwarten. Sie seien leicht zu finden, denn sie stünden auf der Nordseite des Parks, am Ende eines gepflasterten Wegs, der den Park durchschnitt. Die hölzernen Bänke, die den Weg säumten, böten einen schönen Blick auf eine abschüssige Rasenfläche, in deren Mitte eine mächtige Libanonzeder stehe. Dort hinunter führe ein terrassenförmiger Weg, aber den solle er nicht nehmen, hatte sie gesagt. Das sei nicht nötig. Das Kastanienwäldchen befinde sich weiter oben.

Mark Phinney hatte zehn Stunden darauf gewartet, sie endlich zu sehen. Als er sie dann zwischen den Kastanien nicht angetroffen hatte, war ihm vor Panik fast das Herz stehen geblieben. Er hatte sie sofort angerufen. Dummerweise hatte er ihr auch noch eine Textnachricht geschickt. Dann hatte er sie verflucht. Dann hatte er sich selbst verflucht, sein ganzes Leben, sein Verlangen und alles, was man verfluchen konnte, außer Lilybet. Lilybet, fand er, hatte so einen Vater wie den, zu dem er sich gerade entwickelte, nicht verdient. Nein. Er machte sich etwas vor. Sie hatte nicht so einen Vater verdient, wie er einer *war*. Er wünschte, er könnte alle Ge-

82

danken aus seinem Kopf löschen, die nichts mit seiner Tochter zu tun hatten. Das wäre die einzige Lösung, die einzige Möglichkeit aufzuhalten, was da mit ihm geschah.

Und dann war sie plötzlich da. Sie tauchte zwischen den Bäumen auf, und im selben Augenblick war alles andere vergessen, denn sie war sein Anker und seine Seelenverwandte. Er küsste sie. Sein unbändiges Verlangen war erbärmlich.

Aber ihr ging es nicht anders. Sie zog Bluse und BH aus, und er begann ihre Brüste zu kneten, bis sie stöhnte, dann saugte er an ihren Nippeln, während sie an seinem Gürtel und seinem Reißverschluss nestelte und ... Gott, o Gott, er drückte sie gegen einen Baum und befreite seinen Schwanz und tastete nach ihrem Rock, schob ihn hoch, aber sie sagte, nein, Mark, nein, noch nicht, lass mich, und sie kniete sich hin und nahm ihn in den Mund und rieb ihn zwischen ihren Brüsten, nahm ihn wieder in den Mund, und er hätte weinen können, und er wollte ihr wehtun, wollte, dass sie ihn genauso begehrte wie er sie, und sie konnte nicht aufhören, sie durfte nicht aufhören, sie durfte niemals aufhören, weil er den ganzen Tag lang und immerzu an nichts anderes denken konnte und nur diesem Augenblick entgegenfieberte.

Er schnappte nach Luft, als sein ganzer Körper vor Lust explodierte. Er wollte sie besitzen, so wie ein Mann eine Frau in einem solchen Augenblick besitzen will.

War es gut?, flüsterte sie, die Lippen an seinem Schwanz.

Alle Anspannung war von ihm abgefallen. Sein Kopf war leer. In seinem Leben gab es nur noch ihr Gesicht.

Sie stand auf und legte die Hände an seine Wangen. Er küsste ihre Handflächen und sagte: »Lass mich. Ich möchte ...«

Sie legte ihren schmalen Zeigefinger an seine Lippen. »War es schön?«, fragte sie.

Er lachte leise. »Was glaubst du wohl?«

»Das freut mich.« Sie bückte sich, um ihre Bluse und ihren BH vom Boden aufzuheben. Als er »Nicht!« sagte, schüttelte sie den Kopf. Er sagte: »Bitte. Ich... Also gut. Dann schau ich nur. Ich schwör's. Wenn du nicht willst, dass ich... Ich will dich wenigstens ansehen.«

»Es geht nicht«, sagte sie. »Der Park macht gleich zu. Jeden Moment kann jemand vorbeikommen, der nachsieht, ob alle draußen sind.«

Er fragte sich, ob sie das extra so eingerichtet hatte. Sie wohnte hier in der Nähe. Sie wusste, wo und wann sie sich treffen konnten, wo sie tun konnten, was sie gerade getan hatten. »Du machst mich vollkommen verrückt«, sagte er. »Ich kann an nichts anderes mehr denken. Ich kann mich im Dienst nicht richtig konzentrieren. Und wenn das so weitergeht, krieg ich meinen Job überhaupt nicht mehr auf die Reihe.«

Sie war dabei, ihre Bluse zuzuknöpfen. Inzwischen war es fast dunkel, er konnte ihr Gesicht kaum noch erkennen. »Willst du damit sagen, dass du deine Arbeit nur machen kannst, wenn du deinen Penis in meine Vagina stecken darfst?« Sie lachte laut auf.

»Das ist kein Spiel«, sagte er, und als sie nichts erwiderte, fügte er hinzu: »Ich könnte dich jetzt einfach nehmen, wenn ich wollte, ist dir das eigentlich klar? Oder ich könnte einfach nachts in deiner Wohnung auftauchen. Aber sowas mach ich nicht. Ich lasse dich bestimmen, wie es zu laufen hat.«

»Meinst du, dass ich dir dafür dankbar sein sollte?«

»Nein, das meine ich nicht.«

»Was meinst du dann? Was stellst du dir vor? Dass du zu mir kommst, gewaltsam in meine Wohnung eindringst, mich gefügig machst und fickst?«

»Red nicht so.«

»Und dann gehst du nach Hause zu deiner Frau und deiner Tochter, und ich guck in die Röhre und gieß meine Blumen? Stellst du dir das so vor?«

»Und du? Stellst du es dir so vor?«, fragte er mit einer ausladenden Geste, die die Kastanien um sie herum einschloss. »Das fühlt sich … Das fühlt sich schäbig an.«

»Und in meiner Wohnung – in meinem Bett – würde es sich anders anfühlen? Wir beide nackt in einem Bett, während deine Frau und deine Tochter nichtsahnend zu Hause sitzen?«

»Nicht in *einem* Bett. In deinem Bett.«

»Dann würde ich dir nicht wie ein Flittchen vorkommen? In meinem Bett, wo wir wenigstens immer für frisches Bettzeug sorgen könnten?«

»Ich liebe dich«, sagte er. »Das bringt mich noch um. Zwischen Pietra und mir … läuft nichts. Es gibt nur Lilybet, und auch sie … ohne dich … Gott, das bringt mich um den Verstand. Und dass du mich nicht mit dir zusammen sein lässt, wie ich es mir wünsche, macht es noch schlimmer. Nicht besser, sondern *schlimmer*.«

»Dann sollten wir besser Schluss machen.«

»Möchtest du das?«

Sie trat dicht an ihn heran. Küsste ihn, schmiegte sich an ihn. »Ich möchte nur nicht, dass wir etwas tun, das wir später bereuen.«

»Ich werde nichts bereuen. Für mich gibt es keine Reue. Nur uns. Aber so kann es nicht weitergehen, das halte ich nicht aus.«

Er löste sich von ihr, duckte sich unter den Kastanienästen hindurch und ging zu dem Weg, der oberhalb des grasbewachsenen Hangs entlangführte. Sie hatte in vielerlei Hinsicht recht, dachte er. Aber sie hatte auch mit vielem un-

85

recht. Sie waren gefangen. Sie waren gefangen, seit ihm ihre langen übereinandergeschlagenen Beine aufgefallen waren – so glatt und seidig – und er angefangen hatte, sie von oben bis unten zu betrachten, ganz langsam, und seiner Fantasie freien Lauf gelassen hatte. Hatte es jemals einen größeren Trottel als ihn gegeben?, fragte er sich. Er sollte Paulies Rat befolgen und die Dienste einer Frau in Anspruch nehmen, deren unaussprechlichen Vornamen er nie erfahren würde, das wäre wesentlich klüger. Das wäre eine rein geschäftliche Angelegenheit, die nur sein Portemonnaie belasten würde, im Gegensatz zu diesem Tanz auf dem Vulkan, der alles in seiner Nähe zu vernichten drohte.

Er hörte sie hinter sich aus dem Wäldchen heraustreten. Sie nahm seine Hand. Er hob ihre Hand und drückte sie kurz an seine Wange. Schweigend verließen sie den kleinen Park in Richtung Streatham Common. Nach einer Weile sagte er: »Ich möchte nicht so weitermachen, weil ich mir ein Leben ohne dich nicht mehr vorstellen kann. Was ich jetzt habe, ist nur ein halbes Leben. Wenn überhaupt.«

»Mehr ist für uns beide nicht drin«, sagte sie. »Es geht einfach nicht. Es gibt Menschen, die wir schützen müssen. Das gilt zumindest für dich. Und ich muss mich selbst schützen.«

Natürlich sprach sie nur aus, was sie beide wussten. Er konnte Pete und Lilybet ebenso wenig verlassen, wie er sich den rechten Arm abhacken konnte. Die beiden brauchten ihn, sie konnten nichts dafür, und er brauchte die Frau, die jetzt neben ihm ging, aber sein Schicksal war besiegelt.

Als sie den Streatham Common zur Hälfte durchquert hatten, sagte sie: »Da drüben« und zeigte auf eine Leuchtreklame am anderen Ende des Parks. »The Mere Scribbler«, fügte sie hinzu. »Lass uns dort noch was trinken gehen, und dann sagen wir uns gute Nacht. Nur gute Nacht, mehr nicht.«

Er nickte. Ungeachtet seiner Wünsche – und er hatte eine Menge – war das im Moment tatsächlich das Einzige, was sie tun konnten.

28. JULI

MAYVILLE ESTATE
DALSTON
NORTH-EAST LONDON

»Was ist los, Monifa, dass du nicht tust, was du tun sollst?«

Die Stimme drang so klar und deutlich durchs Telefon, als stünde Monifas Mutter direkt neben ihr. Und so ging das jetzt schon seit Monaten.

»Wie willst du sie denn verheiraten, Nifa? Bei euch oben kriegt ihr keinen für sie. Schick sie zu mir.«

Noch lange nachdem Monifa das Gespräch beendet hatte, hallten die Worte in ihren Ohren nach. Ihre Mutter hatte sie aus Nigeria angerufen. Eigentlich sollte man meinen, dass sich eine Frau, die seit zwanzig Jahren verheiratet war und zwei Kinder in die Welt gesetzt hatte, nicht mehr von ihrer Mutter zu irgendetwas nötigen lassen würde. Aber seit sieben Monaten versuchte Ifede jetzt schon, sie mindestens einmal pro Woche mit solchen Anrufen unter Druck zu setzen. Und es ging immer um dasselbe Thema: Simisola mochte zwar erst acht sein, aber sie musste für eine mögliche Heirat vorbereitet werden. Und Monifas Mutter war nicht die Einzige, die dieser Meinung war.

Gegen ihre Mutter kam Monifa ja noch einigermaßen an, aber sie wusste kaum noch, wie sie sich gegenüber ihrer Schwiegermutter behaupten sollte. Denn Abeos Mutter schloss auch ihren Sohn in ihre Tiraden ein. »Willst du etwa, dass er dich verlässt, Monifa?«, lautete die Frage, mit der ihre Telefonate gewöhnlich begannen und endeten.

Also hatte sie sich an Easter Lange gewandt, aber die hatte sich noch nicht wieder gemeldet. Sie hatte gehofft, dass vielleicht ein Termin abgesagt worden war, den sie bekommen konnten. Als sie ihrer Mutter und ihrer Schwiegermutter das Problem dargelegt hatte, hatten sich beide nur wieder aufgeregt. »Sie wird ausgestoßen werden. Sie wird keine Freundinnen mehr haben. Das ist dir doch klar, oder? Sie wird nie eine eigene Familie haben, einen Mann, der sie beschützt, und Kinder, die für sie sorgen, wenn sie mal alt wird«, hatte ihre Mutter prophezeit.

»Frauen bluten, dienen, kriegen Kinder und sterben«, hatte Folade gewettert. »Das hat Gott nun mal so bestimmt, Monifa. Deswegen hat er Eva aus Adam gemacht, und nicht Adam aus Eva. Als Erstes war der Mann da. Und deswegen geht der Mann vor. Um die Bedürfnisse von uns Frauen kümmert sich der *Ehemann*. Das hat deine Mutter dir doch auch beigebracht, oder etwa nicht? Glaubst du etwa, Abeo hätte den Brautpreis für dich gezahlt, den dein Vater verlangt hat, wenn du nicht rein gewesen wärst?«

Also hatte Monifa noch einmal bei Easter Lange angerufen. Und sich erkundigt, ob inzwischen ein Termin abgesagt worden war. Das war nicht der Fall. Ob denn vielleicht die Möglichkeit bestünde, dass eine Frau Simisola ihren Termin überlassen könnte, hatte sie dann gefragt. Es gebe doch sicherlich irgendeine Frau, die Verständnis dafür hatte, dass Monifa Bankole sich in einer Zwangslage befand.

Nach den Telefongesprächen mit ihrer Mutter und ihrer Schwiegermutter rief Monifa ein weiteres Mal bei Easter Lange an. Sie hatte aufgehört zu zählen, wie oft sie es schon versucht hatte. Aber diesmal hatte sie Glück. Als Easter sich meldete, bot Monifa ihr einen Kompromiss an: Wenn die

Ärztin ihr die Namen aller Patientinnen gab, die einen Termin bei ihr hatten, würde sie, Monifa, jede Einzelne von ihnen anrufen und fragen, ob sie bereit wäre, ihren Termin Simisola zu überlassen.

»Das geht nicht, Mrs Bankole«, antwortete Easter ruhig, aber bestimmt. »Sie bitten mich da um vertrauliche Informationen.«

»Dann geben Sie mir eben nur die Telefonnummern. Keine Namen. Nur die Nummern. Ich werde mich den Frauen vorstellen und ihnen versichern, dass ich nicht weiß, wer sie sind. Ich werd ihnen erklären, warum meine Simi einen Termin braucht. Und falls eine sich bereit erklärt, Simi ihren Termin zu überlassen, bitte ich sie, sich bei Ihnen zu melden.«

Easter seufzte. »Mrs Bankole. Das kann ich nicht machen, es wäre ein Vertrauensbruch. Das würde ich Ihnen nicht antun, und das tu ich auf keinen Fall den anderen an.«

»Aber Sie sind die Einzige, die mir helfen kann. Bitte, hören Sie mir zu. Lassen Sie mich Ihnen erklären, warum das so wichtig ist.«

»Versuchen Sie, mich zu verstehen …« Easter Lange brach ab. Nach einer Weile stieß sie einen tiefen Seufzer aus. Dann sagte sie: »Also gut. Ich werde ein paar Leute anrufen, Mrs Bankole. Ich versprech Ihnen nichts, wohlgemerkt, aber ich tue mein Bestes. Behalten Sie im Lauf des Tages Ihr Telefon in Reichweite.«

»Ich danke Ihnen! Vielen, vielen Dank«, sagte Monifa. »Sie ahnen ja nicht, wie sehr …«

»Ich melde mich bei Ihnen.«

CHELSEA
SOUTH-WEST LONDON

Während eines morgendlichen Spaziergangs mit Peach fand Deborah eine Ausgabe der *Source*. Jemand hatte sie zusammengefaltet auf den Stufen vor der doppelflügeligen blauen Tür des ehemaligen Rathauses von Chelsea liegen lassen. Mit diesem repräsentativen Bau mit seinen korinthischen Säulen, Zahnfriesen, Vertikalschiebefenstern und einem kleinen Balkon über dem Eingang hatte der Herzog von Gloucester wohl seinerzeit seine Zugehörigkeit zur königlichen Familie demonstrieren wollen. Heute wurde das Gebäude bedauerlicherweise als sogenannte »Event Location« genutzt, meist für irgendeine private Kunstausstellung oder für Flohmärkte, auf denen gebrauchte Kleidung und zweifelhafte Antiquitäten feilgeboten wurden. Als Deborah sich auf den Weg gemacht hatte, war ihr Vater gerade dabei gewesen, Simon bei seinem Beintraining zu assistieren, während Alaska es sich auf einer Fensterbank bequem gemacht hatte. Da sie erst viel später in Whitechapel sein musste, hatte sie sich entschlossen, Peach ein bisschen auszuführen.

Peach lief am liebsten am Embankment entlang, denn sie kannte die Strecke und wusste daher, wie viel Zeit sie der Spaziergang mit Deborah kosten würde, bis sie sich wieder in ihr Körbchen kuscheln und darauf warten konnte, dass etwas Essbares auf den Boden fiel. Aber Deborah hatte keine Lust auf den dichten Verkehr am Embankment, und so musste Peach ihr heute durch das Straßengewirr zur Old Church Street und von dort zur King's Road folgen.

Aber die Dackeldame ließ sich natürlich Zeit. Deborah kam sich bei Spaziergängen mit Peach schon lange so vor, als führte sie einen Staubsauger spazieren. Jeder Zentimeter des Wegs musste beschnüffelt werden. Und das dauerte.

Deborah freute sich, als sie die Boulevardzeitung entdeckte. Da Peach sich im Schneckentempo fortbewegte und sich nicht antreiben ließ, auch nicht mit Engelszungen, hätte Deborah entweder viel Geduld oder etwas zum Lesen beziehungsweise Ohrstöpsel mit beruhigender Musik gebraucht, aber da sie Ersteres nicht besaß und an Letzteres nicht gedacht hatte, kam ihr die *Source* gerade recht.

Sie faltete die Zeitung auseinander und sah die Schlagzeile mit den dazugehörigen Fotos. In der Titelgeschichte ging es immer noch um das Verschwinden von Boluwatife Akin. In der heutigen Ausgabe wurde ausführlich über die Eltern des Mädchens berichtet; die Leser erfuhren, dass Boluwatife per In-vitro-Fertilisation gezeugt worden war und dass ihre Mutter Aubrey Hamilton die Prozedur viermal über sich hatte ergehen lassen, bis sie endlich schwanger wurde. Verwandte berichteten, das Leben der Eltern drehe sich nur um das Kind, die Kleine sei ihr Augenstern, ihr Ein und Alles.

Der Artikel wurde auf Seite drei fortgesetzt mit Informationen über Charles Akin, den Vater des Mädchens. Akin stammte aus Nigeria und hatte in Oxford Geografie studiert. Danach hatte er ein Jurastudium und ein Anwaltspraktikum am Lincoln's Inn absolviert und arbeitete derzeit in einer internationalen Kanzlei. Laut Artikel war er ein angesehener Anwalt auf dem Gebiet des Zivilrechts. Seine Leistungen waren weder umstritten noch glanzvoll. Er hatte keine Starallüren, und sein einziger Ehrgeiz bestand darin, eines Tages Kronanwalt zu werden.

In einem Interview über das Verschwinden seiner Tochter hatte Akin gesagt, er hoffe, dass Bolu sich nur in der Stadt verirrt hatte. Oder dass jemand sie entführt hatte, um von ihren Eltern Lösegeld zu erpressen. In dem Fall, hatte er hinzugefügt, seien er und seine Frau, auch wenn sie nicht reich wären, auf jeden Fall bereit, das verlangte Lösegeld aufzutreiben. Er schien also willens, alles zu glauben, um nicht das Schlimmste denken zu müssen, das Eltern fürchten, wenn ihr Kind verschwindet.

Der Artikel wurde begleitet von einem halben Dutzend Fotos, die die Eltern der Zeitung zur Verfügung gestellt hatten: Bolu als Baby in den Armen ihrer Mutter, Bolu als Kleinkind an der Hand ihres Vaters, Bolu im Alter von vielleicht sechs Jahren auf dem Schoß des Weihnachtsmanns, Bolu auf den Schultern ihres Vaters, Bolu auf der Hüfte ihrer Mutter.

Deborah faltete die Zeitung zusammen, warf sie jedoch nicht in den nächsten Papierkorb, sondern steckte sie ein.

Als Peach merkte, dass es heimwärts ging, legte sie Tempo vor. Zu Hause gab es Leckerli. Zu Hause wartete das Körbchen. Zu Hause döste die unausstehliche Katze auf der Fensterbank, leider unerreichbar für die Reißzähne eines Dackels.

Die Tatsache, dass Charles Akin aus Nigeria stammte, machte Deborah stutzig. Ihr war klar, dass sie ihn in eine Schublade steckte, in die er vielleicht gar nicht gehörte, aber ihr war aufgefallen, dass es mehrere Gesichtspunkte gab, die der Artikel nicht ansprach, was in Anbetracht der Tatsache, dass das Boulevardblatt normalerweise hemmungslos über jeden herzog, der zuvor die Sympathie der Öffentlichkeit genossen hatte, sehr merkwürdig war. Schließlich lebte die Londoner Skandalpresse nach dem Motto: Erst auf die Tränendrüse drücken, dann in den Dreck ziehen. Anders ausgedrückt, wenn eine solche Zeitung jemandem eine Titelgeschichte widmete, war eigentlich fest damit zu rechnen, dass dieselbe Person innerhalb von zweiundsiebzig Stunden nach Strich und Faden diffamiert wurde.

Nachdem Peach sich zu einem Schläfchen in ihren Korb zurückgezogen hatte, packte Deborah ihre Ausrüstung zusammen und stellte sie neben die Haustür. Dann lief sie nach oben ins Schlafzimmer, wo Simon gerade dabei war, sein blütenweißes Oberhemd zuzuknöpfen. Er trug eine Anzughose, das dazugehörige Jackett lag zusammen mit der Krawatte auf dem Bett bereit.

»Machst du heute deine Aussage?«, fragte sie. Worauf er zurückfragte: »Wie in aller Welt hast du das erraten?« Und sie antwortete: »Für nichts sonst auf der Welt lohnt es sich, so ein Hemd anzuziehen. Übrigens könntest du noch mal zum Friseur gehen, Simon«, fügte sie hinzu, als ihre Blicke sich im Spiegel über der Kommode begegneten. »Ich kenne niemanden außer dir, der eine derartige Friseurphobie hat; aber egal. Ich muss auch los. Ich habe Peach Gassi geführt und gefüttert, also fall nicht auf ihren schmachtenden Blick rein.«

»Keine Sorge«, sagte er.

»Alles klar. Ich meine es ernst, Simon. Sie wird zu fett, das ist nicht gut für sie.«

»Das ist für niemanden gut.« Er drehte sich um und nahm die Krawatte vom Bett. »Sie bekommt keinen Krümel von mir«, sagte er. »Fährst du nach Whitechapel?«

»Ja.«

»Hast du noch nicht genug Fotos?«

»Es geht um was anderes. Mehr oder weniger.«

»Das ist aber sehr vage, meine Liebe. Du redest ja schon wie ich.«

»Natürlich mache ich auch Fotos. Aber... ach, egal. Es ist nicht wichtig.« Sie gab ihm einen Kuss und fuhr ihm mit den Fingern durch seine füllige Mähne. »Verschieb den Friseurtermin ruhig noch ein bisschen. Deine Haare sind schön so.«

»Da du meine Haare bewunderst, seit du sieben bist, freut es mich, dass sie dir immer noch gefallen.« Er gab ihr auch einen Kuss.

Sie lief nach unten und schnappte sich ihre Ausrüstung. Nach der kurzen Fahrt von Cheyne Row bis Cheyne Walk bog sie auf das Embankment ein. Wie fast alle anderen auch fuhr sie in Richtung Westminster an der Themse entlang. Sie überlegte, wie sie ihre Frage formulieren sollte. Vor allem überlegte sie, wem sie ihre Frage würde stellen können, noch dazu in einer Angelegenheit, die sie als privilegierte Weiße eigentlich gar nichts anging.

Im Empfangsbereich von Orchid House, dem ehemaligen Vorraum der Kapelle und dem einzigen Teil des Gebäudes, der durch eine Wand von der Kapelle getrennt war, traf sie Narissa Cameron an. Die Filmemacherin brütete über einem großen Stadtplan von London, den sie auf dem Tisch ausgebreitet hatte.

Narissa blickte auf, als Deborah eintrat. Sie wirkte extrem besorgt. »Ach, Sie sind's«, sagte sie alles andere als erfreut. Doch das konnte Deborah nicht abschrecken, denn außer den kleinsten Mädchen reagierten hier alle stets alles andere als erfreut auf sie.

»Sie wirken ein bisschen mitgenommen«, sagte Deborah. »Wollen Sie einen Kaffee?«

»Hab schon vier intus. Noch einen, und ich fliege um die Lampe. Gott, ist das kompliziert.«

»Probleme?«

»So könnte man's nennen.«

»Wollen Sie drüber… Ich meine, ich will nicht aufdringlich sein.«

»Sparen Sie sich den Eiertanz, Deborah! Ich schlage Sie schon nicht, wenn Sie mal was Falsches sagen.«

»Da bin ich aber erleichtert. Was suchen Sie denn?« Deborah zeigte auf den Stadtplan.

»Ich versuche die Stationen festzulegen, an denen die Erzählerin gefilmt werden soll. Wobei es verdammt hilfreich wäre, wenn wir überhaupt eine Erzählerin hätten. Wer hätte gedacht, dass das so schwierig werden würde?«

»Wenn ich fragen darf…«

»Lassen Sie das! Ich schwöre Ihnen …« Sie seufzte. »Vergessen Sie's. Bitte. Sie können ganz normal mit mir reden. Sie brauchen mich nicht um Erlaubnis zu bitten, bloß weil Sie weiß sind.«

»Tut mir leid. Es ist nur … Egal. Was für eine Erzählerin suchen Sie denn?«

»Eine Frau. Eine Schwarze. Eine mit einer imposanten Ausstrahlung und einer packenden Stimme. Am besten eine Berühmtheit – eine Schauspielerin, eine Sängerin, eine Sportlerin – oder eine Politikerin, das wäre auch nicht schlecht. Ich hätte auf meinen Vater hören sollen. Der hat mir gleich gesagt, um eine Erzählerin sollte ich mich als Allererstes kümmern. Diese Leute haben volle Terminkalender, meinte er. Aber ich hab's natürlich auf meine Weise gemacht. Wie immer. Oder wie ich es immer gemacht hab und jetzt versuche, es nicht mehr zu machen.«

»Zawadi«, sagte Deborah. »Sie hat eine imposante Ausstrahlung und auch eine packende Stimme.«

»An sie hab ich auch schon gedacht, mehr als einmal. Sie ist zwar keine Berühmtheit, aber der Rest stimmt.«

»Aber …?«

»Im Moment geh ich ihr ein bisschen aus dem Weg. Sie ist sauer auf mich, und Kompromissbereitschaft ist nicht gerade ihre Stärke.« Narissa beugte sich wieder über den Stadtplan. Mit einem roten Filzstift markierte sie verschiedene Stellen mit kleinen Punkten.

»Peckham Common ist gut«, murmelte sie. »Das Somali Community Centre, der Myatt's Fields Park in Camberwell, das St. Thomas' Hospital, Middle Temple. Nein. Quatsch. Middle Temple nicht. Und Myatt's Fields Park auch nicht. Blöde Idee. Brixton Market ist besser.«

»Wozu dienen die Orte?«

»Als Hintergrund für die Erzählerin, damit sie nicht hinter einem langweiligen Schreibtisch oder vor einer langweiligen Bücherwand sitzt. Außerdem brauchen wir Filmmaterial, wenn die Erzählerin nicht im Bild ist und aus dem Off spricht.«

»Wie wär's mit dem vollen Schulhof einer Mädchenschule? Oder einem Spielplatz?«

»Im Camberwell Green gab's mal einen Spielplatz. Und am hinteren Ende des Peckham Common ist auch einer.«

»Spielende Kinder, Kinderlachen. Die Stimmen werden leiser, wenn die Erzählerin spricht?«

Narissa schaute Deborah an und lächelte verhalten. »Sie wären glatt als Filmemacherin zu gebrauchen«, sagte sie.

»Danke. Gut zu wissen für den Fall, dass ich mal nicht mehr von der Fotografie leben kann. Darf ich Sie was fragen?«

Narissa legte ihren roten Filzstift weg. »Nur zu.«

»Können wir...?« Deborah zeigte nach draußen. Narissa folgte ihr auf den Rasen, der gesäumt war von frisch gestutzten Akazien, die aussahen wie aufgeklappte Schirme. Deborah stellte sich unter einen dieser Bäume. »Ich muss immer wieder an dieses verschwundene Mädchen denken, das mit dem langen Namen, das Bolu genannt wird. Haben Sie davon gehört?«

Narissa schwieg eine Weile. Dann sagte sie: »Ich hab's im Fernsehen gesehen. Was ist mit ihr?«

»Ich habe mich gefragt... Also, heute Morgen habe ich die *Source* von heute gefunden.«

»Hoffentlich in Ihrem Mülleimer.«

Deborah lächelte. »Ich war mit dem Hund spazieren, und die *Source* lag auf einer Treppe. In der Titelgeschichte wurde über die Eltern des Mädchens berichtet.«

»Und was ist mit denen?«

»Als Bolu verschwunden ist, war sie in Begleitung von

zwei Jugendlichen. Sie wurden zusammen in der Central Line gesehen, und sie kamen aus Gants Hill.«

»Und?« Narissa war einen Moment lang abgelenkt, weil gerade zwei Filmtechnikerinnen eintrafen. »Ich hab schon alles aufgebaut!«, rief sie ihnen zu. »Bin gleich da.« Dann wandte sie sich wieder Deborah zu. »Worauf wollen Sie hinaus?«

»Auf der Central Line kommt man durch Mile End, und was ist, wenn die drei dort in die District Line umgestiegen und dann in Stepney Green ausgestiegen sind?«

»Dann ist das Mädchen in Gefahr«, sagte Narissa.

»Und Zawadi…«

»Sie brauchen nur zu wissen, dass sie in Gefahr ist, Deborah. Das Mädchen hat etwas gesagt, und jemand hat es gehört. Jemand hat zwei und zwei zusammengezählt; mehr ist nicht nötig. Wenn Sie also beweisen wollen, dass Sie mehr sind als eine wohlmeinende reiche Weiße, die zu ihrem Vergnügen Fotos macht, dann behalten Sie alles, was Sie wissen, und alles, was Sie zu wissen glauben, schön für sich.«

Damit wandte sich Narissa ab und ging zurück zur Kapelle. Auf den Stufen drehte sie sich noch einmal um. »Haben Sie verstanden?«

Deborah nickte. Auch sie ging zur Kapelle und zu ihren Fotos.

THE MOTHERS SQUARE
LOWER CLAPTON
NORTH-EAST LONDON

Mark Phinney war klar, dass es so nicht weitergehen konnte. Er hatte Pflichten ohne Ende. Auf der Arbeit kam er ihnen zwar noch einigermaßen nach, aber nicht auf angemessen professionelle Weise. Und seine häuslichen Pflichten erfüllte er ohne Empathie und Liebe. Im Dienst bei der Met beherrschte er mittlerweile die Kunst, zuzuhören, ohne zuzuhören, und Berichte zu lesen, ohne etwas davon aufzunehmen. Er war sehr darauf bedacht, sich seine Gleichgültigkeit nicht anmerken zu lassen, was ihm seinen Kollegen gegenüber auch ziemlich gut gelang. Aber Pete konnte er nichts vormachen.

Es wurmte ihn, dass seine Frau ihn durchschaute. Er wollte frei sein. Mark sehnte sich danach, seine Beziehung offen zu leben. Er hasste diese heimlichen Treffen, nach denen er sich jedes Mal fühlte wie ein Verräter an allem, woran er jemals geglaubt hatte, und an allem, was ihm einmal lieb und teuer gewesen war. Mit den Schuldgefühlen – weil er sein Eheversprechen brach, weil er seine Kollegen hängen ließ, weil er sich für sein einziges Kind etwas anderes wünschte – konnte er leben. Aber womit er nicht leben konnte und womit er nie im Leben gerechnet hätte, war, dass er sich verlieben würde und dass als Folge dieser Liebe jeder Schritt, den er tat, irgendjemanden zutiefst verletzen würde.

Und doch war er nahe daran, diesen Schritt zu tun. So viel zumindest konnte er sich eingestehen. Er wollte Pete und Lilybet verlassen und sich in die Arme der Frau werfen, die er liebte. Sie war seine Seelenfreundin. Sie waren eine einzige Person, zweigeteilt durch … ja, wodurch eigentlich? Das Schicksal, eine ausweglose Situation, seine Unfähigkeit, das

Richtige zu tun? Einerseits musste seine Unfähigkeit nicht seine Zukunft bestimmen – seine Zukunft mit der Frau, die er liebte –, andererseits konnte er sich nicht vorstellen, wie er es anstellen sollte, dass sein Leben sich in die von ihm gewünschte Richtung entwickelte. Das würde Pete niemals zulassen. Und wer sollte es ihr verübeln?

Immerhin hatte sie ein Einsehen gehabt und einen Pfleger eingestellt, einen pensionierten Krankenpfleger namens Robertson, der nicht das Gefühl haben wollte, als Rentner immer weniger von Nutzen für die Gesellschaft zu sein. Er war einundsiebzig, aber noch topfit. In seinen Urlauben unternahm er Wanderungen auf diversen europäischen Pilgerpfaden – seine Lieblingsroute war der Jakobsweg von Rom nach Santiago, die war er schon dreimal gegangen –, und an seinen freien Tagen in England trainierte er für die nächste Wanderung.

Robertson kam tagsüber, deswegen hatte es eine Weile gedauert, bis Mark ihn überhaupt kennengelernt hatte. Als Mark an diesem Abend nach Hause kam, war der Pfleger aber noch da, denn am Nachmittag hatte es »ein klitzekleines Problem mit der Atmung der Kleinen« gegeben, wie er sich ausdrückte. »Ich bin sofort zu ihr, als der Alarm losging, aber ich wollte nicht gehen, solange Mrs Phinney mit ihr allein war.« Und deswegen hatte er auf Mark gewartet, der etwas später nach Hause kam als gewöhnlich. Eine neue Kollegin, Detective Sergeant Jade Hopwood, war seinem Team zugewiesen worden, und seit einer Woche setzte er sich jeden Tag nach Feierabend noch kurz mit ihr zusammen, um sie einzuweisen. Sie begriff schnell – glücklicherweise –, und sie brachte gute Anregungen ein, aber es mussten noch viele Berichte durchgegangen und etliche Einzelheiten besprochen werden.

Mark fragte Robertson, was denn mit Lilybets Atmung

nicht in Ordnung gewesen sei. Wann war das passiert und wie?

»Das kann Ihnen Ihre Frau erklären«, antwortete Robertson. Dann fügte er leise hinzu: »Sie sollten mit der Kleinen zu ihrer Spezialistin gehen. Das Problem ist ganz ohne Vorwarnung aufgetreten. Erst ging es ihr noch gut und dann ganz plötzlich nicht mehr. Eben hat sie noch geatmet, dann hat sie aufgehört. Das sollten Sie besser mal untersuchen lassen.« Dann verabschiedete er sich. An der Tür zog er sich seine Wanderschuhe an und schnappte sich seine Wanderstöcke, die er benutzte, um seine Arme zu trainieren.

Mark ging ins Kinderzimmer. Pete saß auf der Bettkante, einen Arm um die Schultern ihrer kleinen Tochter, die den Kopf an sie geschmiegt hatte. Beide hatten die Augen geschlossen. Nur Pete öffnete ihre, als Mark eintrat.

»Hat Robertson dir alles erzählt?«, fragte sie mit belegter Stimme. Sie räusperte sich. »Einen Moment lang dachte ich, wir hätten sie verloren.«

»Hast du den Notarzt gerufen?«

»Ja, aber du weißt ja, wie das ist. Die brauchen eine halbe Ewigkeit. Als sie hier ankamen, hatten Robertson und ich die Situation schon im Griff. Aber sie ... sie hatte schon ganz blaue Lippen.« Ihre Augen füllten sich mit Tränen.

»Robertson meint, wir sollten sie zu ihrer Spezialistin bringen.«

»Was soll das denn bringen? Die wird sagen, was sie immer sagt. ›Ihr gesamter Organismus ist geschwächt. Sie braucht eben jemand, der sich rund um die Uhr um sie kümmert. Alles kann passieren‹, wird sie sagen. Atemnot, Ersticken, ein Schlaganfall, ein Aneurysma, Herzstillstand. Und dann folgt wie jedes Mal: ›Um das Schlimmste zu verhindern, sollten Sie sie besser in ein Pflegeheim geben, wo sie von medizinischen Fachkräften versorgt wird.‹«

Mark betrachtete Lilybet, deren Kopf kraftlos an der Brust ihrer Mutter lehnte. Im Fernsehen lief eine Episode der Serie »Die Eiskönigin«. Der Ton war ausgeschaltet, nur die bunten Farben waren zu sehen. Wenn Lilybet die Augen öffnete, fragte er sich, würden die leuchtenden Farben dann ihr Gehirn stimulieren? Konnte ihr Gehirn überhaupt durch irgendetwas stimuliert werden? Verbrachte Pete ihr Leben – ihre besten Jahre – damit, einen Berg zu erklimmen, der unbezwingbar war?

»Vielleicht hast du recht«, sagte er. »Aber trotzdem sollten wir noch mal mit Lilybet zu ihr gehen. Es müssen ein paar Tests gemacht werden nach so einem Vorfall.«

»Um was genau festzustellen? Dass sie einen Hirnschaden hat?«, fragte Pete verächtlich.

»Du weißt, was ich meine, Pete.«

»Ich habe keine Lust, mir das alles schon wieder anzuhören.«

»Was alles?«

»Dass wir sie in ein Heim stecken sollen. Dass niemand uns einen Vorwurf machen wird, wenn wir uns dafür entscheiden. Als würde es mich interessieren, ob mir jemand einen Vorwurf macht. Als würde ich nur darauf warten, sie endlich in ein Heim abschieben zu können, wo dreimal am Tag jemand ihre Werte überprüft, nur damit ich die Belastung los bin und endlich ... was weiß ich ... in ein Fitnessstudio gehen oder Golf spielen kann. Sie ist mein Kind, Mark. Sie ist unsere Tochter.«

»Niemand will Lilybet in ein Heim stecken«, entgegnete Mark. »Aber wir müssen wissen, was heute passiert ist, damit wir verhindern können, dass es wieder passiert. Bitte, ruf morgen die Spezialistin an, Pete. Wir fahren alle zusammen hin. Wenn du willst, kann Robertson auch mitkommen.«

»Ich will nicht…« Sie brach ab.

»Was willst du nicht?«

»Dass sie in ein Heim kommt. Bitte, Mark. Ich weiß, dass die Lage schwierig ist, aber du musst doch verstehen…« Sie begann zu weinen. Lilybet hob den Kopf, und Mark drückte ihn wieder an Petes Brust. »Wirklich«, sagte Pete. »Ich kann das nicht.«

»Pete, du bist total erschöpft«, sagte Mark. »Komm, ich bleibe eine Weile bei ihr. Leg dich in die Badewanne. Gönn dir ein Glas Wein.«

»Ich bin ihre Mutter.« Die Tränen, die ihr über die Wangen liefen, sahen nicht aus wie Tränen, sondern wie Säure, die alles verätzen konnte, womit sie in Berührung kam. »Ich will ihre Mutter bleiben. Sie ist meine einzige Möglichkeit, Mutter zu sein. Ich brauche das. Sie ist mein Leben, Mark. Geht es dir nicht genauso?«

Lilybet definierte Petes Welt, aber er konnte sich nicht wirklich auf eine Vater-Tochter-Beziehung einlassen. Also lautete die Antwort Nein. Sie war nicht sein Leben. Sie war ein Teil seines Lebens, ja, ein wichtiger Teil sogar. Aber sie war nicht alles. Nicht so, wie sie es für Pete war.

Trotzdem sagte er: »Natürlich ist sie mein Leben.« Denn er wusste, dass Pete das hören wollte und dass er sie nur so dazu bringen konnte, vom Bett aufzustehen und sich um ihre eigenen Bedürfnisse zu kümmern. Wenigstens eine halbe Stunde lang. Er berührte Lilybets feines Haar. Er berührte Petes dunkle Locken. Und fügte hinzu: »Und auch du bist mein Leben, Pete. Du wirst es immer sein.«

Sie schaute ihm in die Augen. »Meinst du das ernst?«, fragte sie.

»So ernst wie nur etwas, mein Herz.« Er holte tief Luft, um seine Lüge einzusaugen und sie zu einer Wahrheit zu machen, mit der er leben konnte. Dann sagte er noch einmal: »Leg dich in die Badewanne und trink ein Glas Wein. Ich bleibe so lange bei ihr.«

»Wirklich?«

»Klar.«

Langsam löste sie sich von Lilybet und bettete sie auf die Kissen, die sie stützten. Mark setzte sich auf die Bettkante. Er nahm ein Bilderbuch, schlug es auf und las vor: »Mütter und Väter sind komische Leute. Ihr Kind kann noch so ein Ekelpaket sein, sie finden es trotzdem großartig.«

Beim Lesen spürte er, dass Pete noch im Zimmer war. Er fühlte, wie sie ihn beobachtete. Minuten vergingen. Er las weiter vor. Sie schaute ihm zu. Schließlich drehte er sich zu ihr um.

»Ein heißes Bad und ein Glas Wein, Pete. Wird dir guttun.«

Sie nickte, rührte sich jedoch nicht von der Stelle.

»Mark«, sagte sie. »Ich weiß, wer sie ist.«

29. JULI

KINGSLAND HIGH STREET
DALSTON
NORTH-EAST LONDON

Schon seit Langem hielt Adaku ihre Fähigkeit zu warten
für eine ihrer besten Eigenschaften: Sie konnte darauf warten, dass etwas geschah, dass sich etwas änderte, dass sie sich
anders fühlte. Sie konnte warten, bis sie glaubte, dass etwas
ihr Leben sehr bald von Grund auf verändern würde. Darauf
zu warten, dass jemand auftauchte, der die Räumlichkeiten
über Kingsland Toys, Games & Books betrat, war also ein
Kinderspiel für sie. Außerdem hatten sich ihre Lebensver-
hältnisse geändert, sodass sie jetzt sowieso unbegrenzt Zeit
zum Warten hatte.

Sie hatte die Nummer angerufen, die auf der Karte stand,
um Easter Lange zu sagen, sie habe sich alles gründlich überlegt und sei nun bereit. Sie habe das Geld, das Easter verlangte, und sie wolle den Betrag bezahlen und einen Termin
vereinbaren. Also hatten sie zu diesem Zweck ein Treffen
verabredet.

Easter hatte zehn Uhr vorgeschlagen, und nun war es so
weit. Einige Tage zuvor hatte Adaku Kontakt zu einem jungen Musiker aufgenommen, dessen Ein-Zimmer-Apartment
schräg gegenüber von Kingsland Toys, Games and Books gelegen war. Er hieß Richard, und er hatte sofort eingewilligt,
als sie ihm ihr Anliegen erklärt hatte. Seine Freunde nannten

ihn Dickon, sagte er, sie könne ihn also auch Dickon nennen, wenn sie wollte.

Heute Morgen hatte er ihr einen Schlüssel gegeben für den Fall, dass sie in die Wohnung musste, wenn er gerade nicht da war. Er komponiere Filmmusik, hatte er ihr gesagt, und arbeite meistens zu Hause, müsse aber auch immer mal wieder ins Studio. »Fühlen Sie sich wie zu Hause«, hatte er hinzugefügt.

Jemandem seinen Wohnungsschlüssel zu überlassen schien für Dickon kein Problem zu sein, da war er echt locker, aber seine Musik nahm er ernst. Er besaß ein Keyboard, das ziemlich teuer aussah, und einen Synthesizer, außerdem eine Gitarre, ein elektronisches Schlagzeug, eine Trompete und eine Geige. Seinen Nachbarn bescherte er vermutlich interessante Klangerlebnisse, dachte Adaku. Aber ihr war nur wichtig, dass sie an sein Fenster durfte.

Als sie am Morgen um kurz vor sieben eingetroffen war, hatte er noch im Bett gelegen. Aber sie hatte ja einen Schlüssel. Da es sich um ein Ein-Zimmer-Apartment handelte, gab es natürlich kein Extraschlafzimmer, aber immerhin eine Wandnische, in die ein Bett passte. Dickon benutzte als Bettzeug einen Schlafsack, aus dem sein kahlrasierter Schädel hervorlugte, als Adaku fast lautlos zum Fenster schlich.

Sie stellte die Lamellen der Jalousie schräg, um einen besseren Blick zu haben. Sie hatte alles mit äußerster Sorgfalt geplant. Jetzt konnte sie nur noch hoffen, dass das reichte.

Um kurz vor acht kam Easter wie erwartet aus der Richtung Ridley Road. Auf halber Strecke wurde sie von einer Frau eingeholt, die ein Kind im Schlepptau hatte. Die drei setzten ihren Weg gemeinsam fort, wobei die beiden Frauen in ein Gespräch vertieft waren, während das Kind neugierig umherschaute. Adaku erstarrte. Zuerst wollte sie nicht glauben, was sie da sah, redete sich ein, dass die andere Frau einfach eine Freundin von Easter war, doch das Kind ließ eher vermuten, dass ihr lange vorbereiteter Plan bereits jetzt aufging, und zwar direkt vor ihren Augen. Sie konnte ihr Glück kaum fassen.

Easter schloss die Tür auf, die zu den Räumlichkeiten über Kingsland Toys, Games & Books führte, und ließ ihren beiden Begleiterinnen dann den Vortritt. Nachdem die Frau und das Kind im Haus verschwunden waren, schaute Easter die Straße rauf und runter, und als sie den Blick auf die andere Straßenseite richtete, ließ Adaku die Lamellen los, die sie auseinandergebogen hatte. Im nächsten Augenblick sah sie Easter ebenfalls im Haus verschwinden.

Einen Moment lang blieb Adaku reglos am Fenster stehen. So war das eigentlich nicht geplant gewesen. Aber wenn sie jetzt nicht handelte, wo sich ganz unerwartet ideale Bedingungen boten, würde sie jemals wieder eine solche Chance bekommen?

Sie malte sich in allen Einzelheiten aus, wie lange alles dauern würde. Dann nahm sie ihr Handy aus der Rocktasche und wählte die Nummer.

»Kingsland High Street«, sagte sie, als abgenommen wurde. »Es ist so weit. Jetzt.«

Sie legte Dickons Wohnungsschlüssel auf das Keyboard, verließ leise die Wohnung und ging die Treppe hinunter. Dann bezog sie wieder ihren Beobachtungsposten im Eingang des Rio Cinema. Sie wollte dabei sein, wenn Easter und die anderen verhaftet und aus dem Gebäude geführt wurden. Die Frauen würden natürlich alles abstreiten. Aber darauf waren sie alle mehr als vorbereitet.

MAYVILLE ESTATE

DALSTON

NORTH-EAST LONDON

Tani konnte nicht schlafen. Schlimm genug, dass es im Zimmer unerträglich heiß war, aber seine Gedanken kamen einfach nicht zur Ruhe. Kurz vor dem Abendessen waren Abeo, Simisola und Monifa eingetroffen, und was auch immer der Grund dafür gewesen war, dass sie zusammen nach Hause kamen, es konnte nichts Gutes sein. »Geh mir aus den Augen!«, hatte Abeo Monifa angeschnauzt und ihr, als sie an ihm vorbei zur Küche gegangen war, einen Schlag auf den Hinterkopf verpasst. Simi war wortlos in ihrem gemeinsamen Zimmer verschwunden und hatte seitdem nichts mehr gesagt.

Tani lag jetzt schon seit Stunden wach und hörte Simi in ihrem Bett atmen. Er bekam es also sofort mit, als nach Mitternacht das Geflüster begann. Es wurde häufiger nachts geflüstert, was ihn jedoch meistens nicht weiter interessierte. Aber diesmal klang es heftig, wie ein erbitterter Streit. Als seine Mutter kurz aufschrie und dann verstummte, fuhr er hoch und setzte sich auf die Bettkante.

Er schlich zur Tür, öffnete sie einen Spaltbreit und lauschte angestrengt. Er hörte die Stimme seines Vaters. Noch nie hatte er ein Flüstern gehört, in dem solche Wut lag. »Du wirst dich mir nicht widersetzen, Monifa!«

»Warum kannst du nicht verstehen, dass ich es so machen will?«

»*Was* hast du gesagt?«

Monifas Ton änderte sich sofort, sie klang jetzt fast weinerlich. »Abeo, ich kann nicht zulassen …«

»Du tust, was ich dir sage. Es darf nicht viel kosten.«

»Es geht nicht immer ums Geld.«

»Wenn du es wagst, dich mir zu widersetzen, Monifa, ich schwöre bei Gott, dann werde ich...«

»Bitte, hör mir doch zu.«

»Du wirst meine Entscheidungen nicht in Frage stellen. Ich hab genug gehört.«

»Nein, hast du nicht. Was glaubst du wohl, was du als Brautpreis bekommst, wenn Simisola tot ist? Manchmal glaube ich, du kannst die Dinge nicht so sehen, wie sie wirklich sind. Du kannst nicht...« Plötzlich waren Schritte zu hören, dann schrie Monifa auf. »Nein! Abeo! Hör auf!«

Tani ging auf die Tür des Elternschlafzimmers zu, aufgeschreckt von dem Wort »Brautpreis« und dem Aufschrei seiner Mutter.

»Wag es nie wieder, in diesem Ton mit mir zu reden!«, herrschte Abeo Monifa an, ohne sich darum zu scheren, ob ihn jemand hörte.

»Wenn es darum geht, unsere Kinder zu schützen, muss ich sprechen.«

»Du musst überhaupt nichts. *Ich* beschütze unsere Kinder. Hast du das verstanden?«

»Hör auf! Du tust mir weh!«

»Ach, ich tu dir weh? Was erwartest du denn von mir? Du und dein Vater und die Lügen, die ihr mir aufgetischt habt. Was erwartest du? Ich wollte eine Zuchtstute! Stattdessen bin ich mit dir geschlagen, mit dir und deinen Schmerzen und deinen Tränen und... *Es reicht!* Dir muss man beibringen... Du *zwingst* mich dazu, das zu tun, Monifa!« Geräusche eines Gerangels, dann das Schlurfen von Füßen, dann ein Rumms.

»Du tust mir weh! *Bitte nicht*, Abeo!«

Tani riss die Tür auf. Sein Vater hatte Monifa gegen das Bett gestoßen, aber sie stand noch. Seine linke Hand lag um ihren Nacken, mit der rechten hatte er ihr Kinn gepackt, und er drückte so fest zu, dass Monifas Gesicht ganz verzerrt war. »Lass sie los!«, schrie Tani.

Abeo fuhr wütend herum, die eine Hand immer noch an Monifas Kinn, die andere zur Faust erhoben.

»Willst du jemand schlagen?«, fragte Tani. »Okay, schlag mich. Mach schon; ich kann es kaum erwarten, dir die Nase zu brechen. Hast du das kapiert, Pa? Los, schlag zu. Oder schlägst du nur Frauen?«

»Bitte, Tani! So darfst du nicht reden!«

Aber Monifa brauchte keine Angst zu haben, dass sie aufeinander losgehen würden. Abeo fuhr sie an: »Du weißt, was du zu tun hast!«, dann schob er Tani zur Seite. Er ist nicht dumm, dachte Tani. Sein Vater verlangte absoluten Respekt, aber er wusste genau, was passieren würde, wenn er in Tanis Gegenwart die Hand gegen Monifa erhob. Er folgte Abeo aus dem Zimmer.

»Lass ihn gehen, Tani!«, rief Monifa. »Lass ihn einfach gehen!«

Aber Tani hatte nicht die Absicht, auf sie zu hören. Wenn er seinen Vater gehen ließ, würde der Frieden nur bis zum nächsten Morgen anhalten, und alles fing wieder von vorne an. Das musste aufhören, und ihm war klar, dass er der Einzige war, der dafür sorgen konnte. Er hörte eine Tür zuschlagen. Abeo hatte die Wohnung verlassen.

Abeo hatte einen guten Vorsprung, denn Tani musste erst noch nach Simi sehen. Sie war wach, saß mit weit aufgerissenen Augen im Bett und hielt ihr Kopfkissen umklammert. »Geh zu Mum«, sagte Tani. »Ich bin gleich wieder da.« Dann lief er los, ehe ihr ängstliches Flehen ihn aufhalten konnte.

Vor dem Haus schaute er nach rechts und nach links. Er konnte nicht feststellen, wohin sein Vater gegangen war. Um diese Zeit hatte kein Pub mehr geöffnet, und Abeos Club hatte bestimmt auch schon zu.

Schwaches Licht beleuchtete den Bolzplatz auf der anderen Straßenseite. Tani spähte zwischen den Bäumen hindurch. Der Bolzplatz war leer. Er sah sich nach allen Seiten um, aber da war niemand. Seinem Vater war es gelungen, im Dunkel der Nacht zu verschwinden.

31. JULI

ABNEY SIXTH FORM COLLEGE
STOKE NEWINGTON
LONDON

Tanimola konnte sich einfach nicht auf sein Studium konzentrieren, es war zwecklos, und so hatte er kurzerhand drei Vorlesungen und ein Tutorium ausfallen lassen. Er musste unbedingt mit jemandem reden, und eigentlich wollte er nur mit Sophie reden. *Aber...* es gab so einiges, wovon er ihr lieber nichts erzählen wollte, und das hatte mit seiner Familie zu tun. Es war alles so schlimm, dass er es kaum ertrug, darüber nachzudenken, geschweige denn sich jemandem anzuvertrauen. Schließlich jedoch wurde der Druck einfach zu groß. Er brauchte unbedingt einen Plan für eine Situation, die ihm eigentlich ausweglos erschien. Und deswegen musste er mit jemandem reden, ob es ihm gefiel oder nicht.

Er fand Sophie in der College-Bibliothek, wo sie an einem Aufsatz arbeitete. Sie trug ihre ohrumschließenden Kopfhörer und kaute nachdenklich auf ihrem Bleistift herum. Dann nahm sie den Stift aus dem Mund und notierte sich etwas. Tani legte seine flache Hand auf das aufgeschlagene Buch, in dem sie las.

Sie blickte auf, lächelte ihn an und nahm die Kopfhörer ab, aus denen ganz leise weißes Rauschen zu hören war. Es klang wie Regen, fand Tani. Er setzte sich rittlings auf einen Stuhl ihr gegenüber.

Sie warf einen Blick auf die große Uhr über dem Ausleihtresen und fragte: »Wo bist du gewesen, Tani? Und müsstest du nicht eigentlich jetzt in einer Vorlesung sitzen?«

»Ich krieg im Moment zu Hause mehr als genug Vorträge gehalten.«

»Sehr witzig.« Sie lehnte sich vor und küsste ihn über den Tisch hinweg. Sie nahm sich viel Zeit für den Kuss, und das ließ er sich gern gefallen. Als sie sich von ihm löste, zog er sie noch einmal an sich, bis seine Stirn die ihre berührte und er ihr in die dunklen Augen schauen konnte.

»Was ist?«, fragte sie mit einem Lächeln.

»Ja, was?«, fragte er zurück.

»Tani, du schwänzt deine Vorlesung. Das machst du sonst nie. Irgendwas stimmt nicht mit dir. Das seh ich dir doch an.« Sie berührte seine Wange. »Und ich spüre es. Du bist ganz angespannt. Hast du wieder Streit mit deinem Dad?«

Er richtete sich auf, damit er sie richtig anschauen und mit ihr reden konnte. Trotzdem wandte er den Blick ab, als er sagte: »Es geht hauptsächlich um Simisola.«

»Deine Schwester?«, fragte Sophie bestürzt. »Was ist passiert?«

»Hast du Zeit, kurz nach draußen zu gehen?«, fragte er. Sie nickte, nahm ihren Rucksack und folgte ihm, ließ ihre Unterlagen jedoch auf dem Tisch liegen. Auf dem Weg nach draußen fragte er sich, ob er ihr wirklich von seinem Verdacht erzählen konnte, ohne seine Eltern zu verraten. Aber er sah keine andere Möglichkeit. Es fühlte sich an, als versuchte er, einen zugefrorenen Weiher zu überqueren, dessen Eisdecke nur am Rand stabil genug war, um ihn zu tragen. Ohne Sophie anzusehen, sagte er: »Vorgestern Abend hat Simi mir einen ganzen Berg Müll gezeigt. Lauter Zeug, das meine Mutter ihr auf dem Ridley Market gekauft hat. Klamotten und Schmuck und Schminkzeug.«

»Echt? Deine Mutter hat Simisola Schmuck und Schminkzeug gekauft? Das ist aber merkwürdig, oder? Ich meine, in Simis Alter. Und nach allem, was du mir erzählt hast, passt das überhaupt nicht zu deiner Mutter. Ich dachte, sie wäre eher … sehr traditionell.«

»Ja. Aber …« Er überlegte. »Na ja, Simi glaubt, es ist für irgendein großes Fest. Also für *das* große Fest. Mit dem die Initiation gefeiert wird.«

Sophie zog die Brauen zusammen. »Was für eine Initiation?«

»Damit sie eine echte Yoruba wird«, sagte er. »Meine Mutter hat ihr erklärt, dass dafür eine Initiation nötig ist, weil sie hier in England geboren wurde und nicht in Nigeria.«

»Stimmt das? Gilt das für alle Nigerianer, die nicht in Nigeria geboren sind?«

»Natürlich nicht. Das ist kompletter Quatsch. Ich hab versucht, es Simi zu erklären, aber sie wollte nichts davon hören. Sie denkt nur an die große Torte und daran, dass die Leute ihr Geld schenken und dass sie dann die bescheuerten Klamotten vom Ridley Market anziehen und sich das Gesicht bemalen kann. Ich hab versucht, mit meiner Mutter zu reden, aber sie meinte, Simi hätte das alles missverstanden, weil sie zu so einer Ärztin oder Krankenschwester gegangen sind, die sie untersucht hat. Meine Mutter hat ihr erklärt, dass das sein muss, um sicherzustellen, dass ihre Schamteile in Ordnung sind.«

Sophie dachte nach, den Blick auf den Springbrunnen in der Mitte des Hofs geheftet, wo sie auf einem Stützmäuerchen saßen. Nach einer Weile sagte sie: »Wird das mit allen nigerianischen Mädchen gemacht? Diese Untersuchung, meine ich?«

»Ich hab keinen Schimmer. Von nigerianischen Frauen wird erwartet, dass sie viele Kinder kriegen, also nehm ich an, dass erst mal festgestellt werden muss, ob sie überhaupt welche kriegen können.«

»Aber sie ist doch erst acht, oder?«

»Ja, eben. Und noch was. Gestern Abend haben meine Eltern sich fürchterlich gestritten. Ich glaub, das hatte was mit Simisola zu tun. Ich hab meine Mutter sagen hören, dass sie Simi beschützen will.«

Sophie schlug sich die Hand vor den Mund und schaute ihn mit großen Augen an. »Wovor denn?«

Tani überlegte, was er damit über seine Familie preisgeben würde, aber er musste einfach mit Sophie darüber reden. »Davor, dass mein Vater versucht, einen hohen Brautpreis für sie zu bekommen.«

»Einen *Braut*preis?«, fragte Sophie entgeistert. »Heißt das, dein Vater will Simi *verkaufen*? Das ist doch total illegal. Wenn das wirklich stimmt, Tani, musst du zur Polizei gehen.«

»Das wäre zwecklos, sie würden es einfach abstreiten. Jedenfalls mein Vater.«

»Dann musst du deine Schwester in Sicherheit bringen, sobald du *irgendwas* davon hörst, dass sie Geld von jemand annehmen wollen, der für sie bezahlt. Wenn deine Mutter Klamotten und diesen ganzen Plunder für sie gekauft hat, so als müsste Simi ausstaffiert werden, damit man sie vorzeigen kann, dann kann das doch nur bedeuten, dass es schon bald passieren soll.«

»Und wo soll ich sie hinbringen? Wie gesagt, zur Polizei zu gehen ist zwecklos. Aber was zum Teufel kann ich machen?«

Sophie schaute zu dem Gebäude auf der anderen Seite des Hofs hinüber. Er folgte ihrem Blick. Jemand riss gerade Fenster auf, in der Hoffnung auf eine kühle Brise. Sophie schwieg eine ganze Weile, und in der Stille hörte man das Plätschern des Springbrunnens und das Zwitschern der

115

Vögel, die im kühlen Wasser planschten. Alles lief ganz normal weiter, nur nicht in Tanis und Simisolas Leben. Schließlich sagte Sophie: »Wenn es wirklich keinen Zweck hat, die Polizei zu verständigen, kannst du sie zu mir bringen, wenn es so weit ist.«

»Das geht auf keinen Fall.«

»Und wieso nicht? Du hast deinen Eltern doch nichts erzählt, oder? Von uns, meine ich.«

»Nein, aber wir waren schon öfter zusammen auf dem Markt, Sophie. Irgendjemand hat uns garantiert zusammen gesehen. Auf dem Markt würden sie als Erstes nach ihr suchen. Und wenn Simi verschwindet, weiß meine Mutter sowieso sofort, dass ich dahinterstecke, weil Simi nämlich mächtig stolz ist auf alles, was meine Mutter ihr über ihre Initiation und das Fest und den ganzen Quatsch erzählt hat, und auf keinen Fall von allein weglaufen würde. Es braucht nur einer auf dem Markt zu sagen, dass er mich mit dir gesehen hat, und das war's. Dann finden die ruckzuck deinen Namen raus, und als Nächstes stehen sie bei dir vor der Tür. Nein, ich muss irgendeinen Ort für sie finden, wo die nicht an sie rankommen.«

»Wie wär's mit der Fürsorge?«

»Das kann ich Simi nicht antun.«

»Hast du eine bessere Lösung?«

»Ich weiß nicht, aber ich kann sie nicht in eine Pflegefamilie geben. Was ist, wenn sie da wieder rauskommt? Und kommt sie da überhaupt jemals wieder raus?«

»Sie kommt raus, sobald deine Eltern einsehen…«

»Die werden gar nichts einsehen. Niemals. Mein Vater wird sich auf nichts einlassen, und meine Mutter tut, was er ihr sagt. Wenn ich Simi in eine Pflegefamilie stecke, dann wird sie für was bestraft, für das unsere Eltern verantwortlich sind.«

»Die Fürsorge ist keine Strafe, Tani.«

»Von wegen. Und was glaubst du wohl, wie Simi das sehen würde? Sie wird sich zu Tode ängstigen.«

»Aber du musst sie außer Reichweite deiner Eltern bringen. Zumindest, bis jemand mit ihnen reden kann, der ihnen klarmacht, dass sie ihre Tochter nicht einfach verkaufen können.«

»Ach ja? Und wer soll das sein?«

Eine Weile dachten sie darüber nach. Sophie kratzte sich am Kopf, nahm den Bleistift, den sie sich hinters Ohr geklemmt hatte, und spielte damit herum. Dann schien ihr ein Gedanke zu kommen. Sie legte den Kopf schief und sagte: »Tani, glaubst du ...?«

Er wartete. Als sie nicht weitersprach, sagte er: »Was?«

»Na ja, vielleicht ist es eine bescheuerte Idee. Aber gibt es irgendwas, womit du deine Eltern in der Hand hättest? Beide? Oder nur einen von beiden? Um zu verhindern, dass Simisola an den Meistbietenden verkauft wird?«

»Wie meinst du das, dass ich sie in der Hand hätte?«

»Womit du sie erpressen könntest. Vielleicht mit irgendwas, das sie machen, von dem sie nicht wollen, dass jemand davon erfährt? Irgendwas, von dem du aber weißt? Du könntest ihnen sagen, dass du die Klappe hältst, solange sie Simisola in Ruhe lassen.«

»Was sollte das denn sein? Glaubst du etwa, dass mein Vater in seiner Metzgerei mit Drogen dealt oder sowas? Oder dass er einen Sexring mit Minderjährigen betreibt? Vergiss es. Und meine Mutter geht fast nie vor die Tür.«

»Kann es nicht sein, dass dein Vater irgendwas macht, wovon deine Mutter nichts erfahren darf?«

Tani überlegte. Tatsache war, dass sein Vater fast jeden Abend wegging und erst in den frühen Morgenstunden wieder nach Hause kam. Tani hatte immer angenommen, dass sein Vater in einen Pub ging oder in seinen Club, aber es konnte ja auch sein, dass er etwas anderes machte. Was konnte das sein? Glücksspiel? Pferdewetten? Konnte es sein, dass er Immigranten illegal ins Land brachte? Dass er irgendwas schmuggelte?

»Könnte sein«, sagte er schließlich. »Er ist nachts immer weg. Und meistens kommt er erst am anderen Morgen nach Hause.«

»Könntest du ihm nicht einfach mal folgen?«

»Ja, könnte ich. Aber was ist, wenn das, was er macht, weder geheim noch illegal ist? Was dann?«

»Dann lassen wir uns eben was anderes einfallen. Auf jeden Fall musst du schon mal ein paar Sachen für Simi packen, für alle Fälle. Damit du sie notfalls ganz schnell von zu Hause wegbringen kannst.«

MAYVILLE ESTATE
DALSTON
NORTH-EAST LONDON

Noch am selben Abend bekam Tani seine Gelegenheit. Beim Abendessen war Abeo wortkarg und übellaunig. Weder das *Asun*, das Monifa als Vorspeise auf den Tisch gestellt hatte, noch der Eierreis und das Hammelfleisch und auch nicht die *Ewedu*-Suppe konnten seine Stimmung heben. Alles stand bereit, als Abeo in seinem blutbefleckten Hemd aus der Metzgerei nach Hause kam. Er sah mal wieder aus wie ein Pathologe, der den ganzen Tag Leichen aufgeschnitten hatte. Alle würden mit mehr Appetit essen, wenn Abeo sich angewöhnen könnte, sich nach Feierabend ein frisches Hemd anzuziehen, aber niemand wagte es, ihn darum zu bitten. Es war, als herrschte eine unausgesprochene Übereinkunft zwischen den anderen drei Familienmitgliedern, dass es besser war, einfach wegzusehen. Bis auf den Moment, in dem Abeo sich wie jeden Abend geräuschvoll in eine Papierserviette schnäuzte, die er dann auf den Boden warf, waren während der Mahlzeit nur die leisen Kau- und Schluckgeräusche und die Stimmen zu hören, die durch die offenen Fenster in die Wohnung drangen.

Soweit Tani das beurteilen konnte, hatte sich seit der Nacht, als seine Eltern sich gestritten hatten, nichts geändert. Abeo wollte immer noch irgendwas von Monifa. Monifa widersetzte sich nach wie vor. Im Umgang miteinander waren beide wie versteinert.

Nach dem Abendessen schob Abeo seinen Stuhl zurück und verschwand im Bad. Einen Augenblick später hörte man Badewasser laufen. Monifa stand auf, um den Tisch abzuräumen, und sagte: »Simi, hilf mir bitte.« Simi sprang gleich auf. Während sie die Gläser einsammelte, warf sie Tani einen Blick zu. Es war ihr anzumerken, dass sie sich unwohl fühlte, seit bei Tisch mehr oder weniger geschwiegen wurde. Ihre Eltern waren wegen irgendetwas, das sie nicht verstand, zerstritten, und keiner redete mehr über ihr bevorstehendes großes Fest. Letzteres war Tani nur recht. Von ihm aus konnte alles, was mit diesem merkwürdigen Fest zu tun hatte, so schnell wie möglich vergessen werden.

Es dauerte eine Stunde, bis Abeo wieder aus dem Bad kam und im Elternschlafzimmer verschwand. Zuerst dachte Tani, dass sein Vater an dem Abend überhaupt nicht mehr aus dem Zimmer kommen und sie alle mit seinem wütenden Schweigen bestrafen würde.

Tani ging in sein Zimmer und zog den Rucksack unter dem Bett hervor, den er früher als Schultasche benutzt hatte, leerte ihn aus und trat an den Schrank, den er sich mit Simi teilte. Als er gerade eins ihrer Sommerkleider herausnehmen wollte, kam sie ins Zimmer. Er ließ die Hand sinken und drehte sich zu ihr um. Auf keinen Fall konnte er ihr sagen, was er da machte.

Simi sagte: »Papa ist sauer, Tani.«

»Ja«, sagte er, »aber das hat nichts mit dir zu tun.«

»Womit hat es dann zu tun? Ist er sauer, weil du ihm gesagt hast, dass du dieses Mädchen nicht heiraten willst?«

»Diese Omorooki oder wie sie heißt?«, fragte Tani. »Ja, jedenfalls teilweise.«

»Und warum noch? Hat es… hat es vielleicht doch was mit mir zu tun?«

»Du hältst dich am besten aus allem raus, was zwischen Ma und Pa passiert, Squeak. Je weniger du dich darum kümmerst, umso weniger denken sie an dich. Und glaub mir, das ist im Moment das Beste für dich.«

»Das versteh ich nicht.«

»Macht nichts.«

Er hörte, wie die Tür des Elternschlafzimmers geöffnet wurde. Als er in den Flur lugte, sah er Monifa ins Schlafzimmer gehen. Sein ganzer Körper spannte sich an. Er wusste nicht, was seine Mutter zu tun bereit war, um den Familienfrieden zu wahren, und er wollte es auch nicht wissen.

Es war schon dunkel, als die Tür des Elternschlafzimmers erneut geöffnet wurde. Tani saß auf seinem Bett und wartete darauf, dass Simi einschlief und er heimlich ein paar Sachen für sie packen konnte. Er hörte seine Mutter sagen: »Abeo, du kannst nicht…«, dann ging die Tür wieder zu. Er lugte in den Flur. Bekleidet mit einem Anzug und in eine Wolke Aftershave gehüllt strebte sein Vater in Richtung Wohnungstür, was bedeutete, dass er wieder bis zum Morgengrauen unterwegs sein würde.

Tani drehte sich zu Simi um. »Ich bin gleich wieder da«,

flüsterte er. »Und du bist mucksmäuschenstill, kapiert? Mum soll nicht wissen, dass ich weg bin.«

»Okay«, flüsterte Simi. »Aber wo gehst du denn hin?«

»Weiß ich noch nicht. Aber ich bin bald wieder da. Leg dich ins Bett und schlaf.« Er wartete, bis sie sich unter ihre Decke gekuschelt hatte, dann folgte er seinem Vater nach draußen. Er konnte Abeo nirgendwo sehen und lauschte in die schwüle Nacht. Ein Hund bellte. Tani folgte dem Geräusch.

Schon bald entdeckte er die massige Gestalt seines Vaters. Abeo schien keine Eile zu haben, sondern wirkte wie ein Mann, der einen nächtlichen Spaziergang machte, um der Hitze in der Wohnung zu entkommen. Er ging in Richtung Woodville Road. Dort bog er links ab. Tani fiel in einen Laufschritt, um ihn einzuholen, und sah gerade noch, wie Abeo in Richtung Kingsland High Street abbog. Aber die Strecke, die er einschlug, führte ihn durch menschenleere Straßen, an hohen Wohnblocks vorbei, wo Familien trotz der brütenden Hitze zu schlafen versuchten.

Schließlich erreichte Abeo die Hauptstraße. Auch hier war niemand unterwegs. Die Schwüle war drückend, so als wollte die Hitze in die für die Nacht geschlossenen Läden eindringen. Abgase schienen aus dem Asphalt der tagsüber stark befahrenen Straße aufzusteigen, und aus Mülltonnen drang der Gestank von verfaulenden Gemüseabfällen und Essensresten.

Beim Überqueren der Straße warf Abeo einen Blick zurück über die Schulter. Tani drückte sich gegen das dunkelblaue Gitter vor dem Eingang eines Möbelladens in der Hoffnung, dass Abeo ihn nicht entdeckte. Aber Abeo setzte seinen Weg fort und bog kurz darauf in die Ridley Road ein.

Einen Moment lang dachte Tani, sein Vater wollte, da er

nicht schlafen konnte, ein paar Arbeiten in seinem Supermarkt oder seiner Metzgerei erledigen. Aus welchem anderen
Grund sollte er sonst hierhergekommen sein? Hier gab es
weit und breit keinen Pub, und alles andere war geschlossen
und verrammelt. Auf der Straße und auf den Gehwegen lag
noch der Müll des Tages herum und wartete darauf, wegge-
fegt zu werden. Das würde allerdings noch Stunden dauern,
die Kehrmaschinen kamen erst im Morgengrauen, kurz vor
den Marktleuten.

Aber Abeo hatte hier offenbar nichts zu erledigen, im Gegenteil. Er beschleunigte seine Schritte noch, als er die Ridley Road entlangging. Seine Körpersprache hatte fast etwas
Verstohlenes, als er in den Chester Crescent und von dort in
die Dalston Lane eilte. In der Ferne konnte Tani die Eisen-
bahnbrücke über der Dalston Lane sehen, und einen verrückten Moment lang dachte er, sein Vater würde den Zug
nehmen, dabei fuhr mitten in der Nacht gar kein Zug mehr
nach London rein.

Sophies Idee war wirklich genial, dachte Tani aufgeregt. Offenbar hatte sein Vater tatsächlich etwas zu verbergen, und wenn Tani es gegen ihn verwenden konnte, dann
würde Simi erspart bleiben, was ihre Eltern mit ihr vorhatten, was auch immer es sein mochte. Bisher hatte Tani sich
nie Gedanken darüber gemacht, warum sein Vater immer
wieder am späten Abend verschwand. Er war einfach davon ausgegangen, dass verheiratete Männer das so machten,
wenn sie sich mit anderen verheirateten Männern treffen
wollten. Aber was er jetzt beobachtete, hatte nichts mit Ge-
selligkeit unter verheirateten Männern zu tun. Abeo führte
irgendetwas im Schilde, und Tani glaubte auch zu wissen
was, als er seinem Vater am Bahnhof Hackney Downs vorbei die Amhurst Road entlang und dann zum Narrow Way
folgte.

Hier gab es mehrere Pfandhäuser, woraus Tani schloss, dass es um irgendwelche Geschäfte ging, und zwar vermutlich um Geschäfte mit Schmuggelware. Entweder war Abeo also hier, um Ware abzuholen, die er in seiner Metzgerei oder in seinem Supermarkt verkaufte, oder er war gekommen, um einen Teil des Gewinns abzuliefern. Aber eins war sicher: Egal was für Geschäfte hier mitten in der Nacht abgewickelt wurden, sie waren garantiert illegal.

Inzwischen hatte sein Vater sein Ziel erreicht und überquerte die Straße. Dort, an der Ecke Dalston Lane und Clarence Road, erhoben sich die Wohnblocks von Pembury Estate, riesige Backsteingebäude aus den Dreißigerjahren des zwanzigsten Jahrhunderts. Und im Erdgeschoss eines der Wohnblocks befand sich praktischerweise ein Paddy-Power-Wettbüro, wo die Mieter der vielen Wohnungen ihr Geld verzocken konnten.

Tani blieb an der Ecke stehen, während sein Vater zwischen den Wohnblocks verschwand, die noch größer waren als die, in denen die Bankoles wohnten. Und aus der Tatsache, dass Abeo keinen Augenblick zögerte und auch keinen Blick auf den Lageplan am Eingang zu dem weitläufigen Grundstück warf, schloss Tani, dass sein Vater schon öfter hier gewesen war.

Er lief weiter, immer auf der Hut für den Fall, dass sein Vater sich umdrehte, um zu sehen, ob ihm jemand folgte. Aber Abeo drehte sich nicht um. Er ging zielstrebig weiter bis zu einem Aufzug. Daneben befand sich eine Klingeltafel, aber offenbar brauchte Abeo nicht zu klingeln. Stattdessen fischte er etwas aus seiner Hosentasche, womit er die Aufzugstür öffnen konnte, und stieg ein.

Tani ging ein paar Schritte zurück, um zu sehen, wo sein Vater aus dem Aufzug stieg. Er brauchte nicht lange zu warten. Der Aufzug hielt im dritten Stock, und Tani sah Abeo die Außengalerie entlanggehen. Eine Tür wurde von einer Frau geöffnet.

»Du bist spät dran heute«, sagte die Frau.

Tani hatte genug gesehen und gehört.

1. AUGUST

PEMBURY ESTATE
HACKNEY
NORTH-EAST LONDON

Den Rest der Nacht verbrachte Tani auf dem Gelände des Pembury Estate und ging seine Optionen durch. Dabei behielt er den Aufzug im Blick, mit dem sein Vater in den dritten Stock gefahren war. Er war seinem Vater in der Hoffnung gefolgt, auf irgendetwas Nützliches zu stoßen, aber er hätte nie im Leben erwartet, dass das Schicksal ihm eine derart günstige Gelegenheit zuspielen würde.

Um halb sechs kamen mehrere Leute aus dem Aufzug. Um Viertel vor sechs noch ein paar. Um sechs Uhr trat Abeo aus der Tür im dritten Stock. Er ging zum Aufzug und stieg ein. Unbeschwert marschierte er auf Tani zu, als hätte er damit gerechnet, dass sein Sohn auf ihn wartete. In der Hand hielt er einen großen braunen Umschlag.

»Dacht ich's mir doch, dass du das warst, der mir gefolgt ist«, sagte er zu Tani und wedelte mit dem Umschlag. »Du warst vorsichtig, aber nicht vorsichtig genug.«

Abeo roch nach Schweiß und Sex. Der Geruch war so unangenehm, dass Tani einen Schritt zurückwich. Abeo grinste, dann machte er sich auf den Weg.

Tani ging hinter ihm her. »Wenn du schon irgendeine Schlampe ficken musst, könntest du wenigstens hinterher duschen.«

Abeo sagte nichts. Er ging mit federnden Schritten, so als wäre er auch noch stolz darauf, dass man ihn erwischt hatte.

»Ist es zu viel verlangt, dass du dich wäschst?«, fragte Tani. »Ach nein, jetzt kapier ich. Du *willst* stinken, damit auch jeder riechen kann, dass du's grade getrieben hast. Genau darum geht es, stimmt's, Pa? Alle sollen wissen, dass Abeo Bankole Sex hat.«

Abeo blieb stehen, wandte aber nur den Kopf ein bisschen um, damit Tani ihn gut hören konnte. »Du wagst es, so mit deinem Vater zu reden?«

Tani machte einen Schritt auf ihn zu. »Wer ist sie? Wie lange läuft das schon?«

»Das geht dich nichts an«, antwortete Abeo. »Wenn ich der Meinung bin, dass etwas dich betrifft, lass ich es dich schon wissen.« Dann setzte er seinen Weg fort. Beim Gehen schlug er sich mit dem Umschlag gegen den Oberschenkel und pfiff leise vor sich hin.

Tani blieb ihm auf den Fersen. »Dritter Stock«, sagte er. »Ich kann hingehen und klingeln. Willst du das? Dass dein Sohn bei deiner Schlampe vor der Tür auftaucht? Wer ist sie überhaupt? Machst du Mum das Leben nicht schon schwer genug, auch ohne dass du dir eine suchst, die jederzeit die Beine für dich breit macht?«

Ein Straßenfeger arbeitete sich ihnen mit seinem Besen entgegen. Er grüßte erst Abeo, dann Tani mit einem knappen Nicken. Abeo erwiderte den Gruß. Tani reagierte nicht.

Sie gingen weiter. Allmählich kam immer mehr Verkehr auf. Busse schoben sich durch die Straßen. Abgase schwängerten die Luft, und die aufgehende Sonne versprach einen weiteren Hitzerekord.

Abeo blieb stehen und öffnete den Umschlag, den er in der Hand hielt. Er nahm ein Blatt dickes Papier heraus und reichte es Tani. Es war eine Kinderzeichnung: Strichmännchen mit spiralförmigen Haaren. Über den Strichmännchen stand in wackeligen Buchstaben MEINE FAMILIE. Unter den zwei kleineren Figuren stand (offenbar von einem Erwachsenen geschrieben) *Elton* und *Davrina*, und unter den beiden größeren *Mummy* und *Daddy*. Mummy hatte einen kugelrunden Bauch, auf den ein Pfeil zeigte, und neben dem Pfeil stand *Baby*.

»Du fickst 'ne *verheiratete* Frau?«, fragte Tani. »Und die ist auch noch schwanger? Das ist ja krank.«

Abeo gab Tani wortlos den Umschlag. Zuerst dachte Tani, er sollte das Kinderbild wieder hineinstecken, doch dann sagte Abeo: »Dreh ihn um.« Tani tat, wie ihm geheißen. Auf dem Umschlag stand: *Für meinen Daddy von Elton*.

Tani las die Worte, sah Abeo an, las noch einmal die Worte. »Was zum Teufel...?«, murmelte er. »Wer sind diese Leute?«

»Meine Kinder und ihre Mutter«, sagte Abeo. »Elton ist sechs, Davrina ist vier. Im Dezember kommt das dritte Kind. Ein Mann braucht eine Familie. Kinder und Enkel. Deine Mutter ist verbraucht, Lark nicht.«

»Lark?«, wiederholte Tani. »Sie heißt *Lark?*« Dann fiel der Groschen. »Ich werd verrückt. Eine *Engländerin?* Die ganze Zeit schwingst du Reden von wegen Nigeria und Tradition, und gleichzeitig fickst du 'ne Engländerin.«

»Sie ist eine schwarze Engländerin«, sagte Abeo. »Und sie schenkt mir Kinder. So viele ich will. Kinder sind der Beweis für den Wert eines Mannes.«

»Ach, so redest du dir das schön, ja? Mum hat zwei Kinder bekommen, aber weil das nicht genug für dich ist, hast du... *ein Inserat aufgegeben?*« Als sein Vater nicht antwortete, fuhr Tani fort: »Es stimmt also. Im Internet, nehm ich an. Und da hast du nichts von deinen Kindern erwähnt. Was denkt sie denn über uns? Und was glaubt sie, wo du bist, wenn du nicht bei ihr bist?«

»Sie weiß, wo ich bin. Und bei wem. Ihr gefällt es, wie es ist, und mir kommt die Regelung auch entgegen.«

Tani war ein bisschen schwindelig. Er hätte sich gern hingesetzt, um das alles zu verdauen, aber er musste weitergehen, denn er wollte seinem Vater jede Einzelheit entlocken, die er gegen ihn verwenden konnte.

»Was ist, wenn Mum von dieser… wie hieß sie noch… *Lark* erfährt und dich verlässt und dieses verpfuschte Leben hinter sich lässt? Was, wenn Mum sich von dir scheiden lässt?«

»Das tut sie nicht«, sagte Abeo. »Dazu hat sie keinen Grund. Sollten die beiden sich jemals begegnen, wird sie Lark danken für ihre…« Abeo suchte nach dem richtigen Wort. »Für ihre Dienste. Sie macht ihre Sache gut.«

Sein Vater bluffte. Das erkannte Tani daran, wie unruhig seine Augen sich beim Sprechen bewegten, wie sein Blick zwischen Tani und dem Asphalt unter ihren Füßen und den vorbeifahrenden Autos hin und her huschte.

Tani sagte: »Ach ja? Okay, ich erzähl's ihr, dann sehen wir ja, wie sie reagiert.«

»Tu, was du nicht lassen kannst«, sagte Abeo. Anscheinend empfand er weder Scham noch Schuld noch irgendwas. Er war einfach Abeo. Alles an ihm schien zu sagen: So bin ich nun mal. Akzeptier es, oder lass es bleiben. Mir ist das egal.

Tani vermutete, dass Abeo ihm mit allen Mitteln etwas vormachen wollte. Er versuchte es noch einmal: »Ich sag's ihr, Pa.«

Und Abeo antwortete: »Wie du willst.«

»Du wirst Mum, Simi und mich verlieren. Du wirst die Hälfte von allem verlieren, was du besitzt. Willst du das? Denn ich schwöre dir, ich sag's ihr. Es sei denn…«

Endlich sah Abeo ihn an. Er legte den Kopf schief und wartete, was auf das »es sei denn« folgen würde.

»Es sei denn, du schwörst, dass du Simi in Frieden lässt. Hier und jetzt. Du lässt sie in Ruhe, sie bleibt in London, und du verkaufst sie auf keinen Fall an irgendeinen Typen in Nigeria.«

Abeo überquerte die Straße, und Tani folgte ihm. In der Ferne ging die Sonne über den Türmen von Mayville Estate auf. Immer mehr Menschen waren unterwegs: auf Fahrrädern, mit dem Auto, zu Fuß, auf Motorrädern. Bald würden die Geschäfte aufmachen, und auf dem Markt würden die Stände öffnen.

Abeo wandte sich zu Tani um. »Das ist dein Preis?«

»Das ist mein Preis. Simi ist mein Preis. Dass Simi in London bleibt, ist mein Preis. Dass du Simi in Frieden lässt, ist mein Preis.«

Abeo nickte nachdenklich. Sein rechter Mundwinkel zuckte. »Ich werde drüber nachdenken, wenn du vorerst den Mund hältst.«

»Bis heute Abend musst du dich entscheiden«, erklärte Tani.

»Heute Abend«, sagte Abeo.

Als sie zu Hause ankamen, schliefen Monifa und Simi noch. Tani dachte, sein Vater würde als Erstes ins Bad gehen, um sich den Geruch von Lark und Sex und Schweiß abzuwaschen. Stattdessen öffnete er die Tür des Elternschlafzimmers und sagte: »Nifa, komm her.«

Tani hörte seine Mutter schläfrig fragen: »Was ist denn?«

»Ich hab gesagt, komm her. Hast du mich verstanden, Monifa?«

Im Zimmer war ein Rascheln zu hören, und einen Augenblick später erschien Monifa in der Tür. Ihr Gesicht war aufgedunsen vom Schlaf. Oder von Schlafmangel. Ihre Augenlider wirkten schwer. Dann bemerkte sie Tani. Sie schaute erst Tani, dann Abeo, dann wieder Tani an und fasste sich an den Hals.

»Zeig's ihr, Tani«, sagte Abeo und gab ihm den braunen Umschlag. »Das möchtest du doch so gern, oder? Also los.« Als Tani sich nicht rührte, sagte Abeo: »Zeig's deiner Mutter, Tani. Du hast doch gesagt, dass du das tun würdest, wenn ich deinen Forderungen nicht nachkomme.« Und als Tani immer noch stocksteif dastand, drückte er Monifa den Umschlag an die Brust und sagte: »Sieh's dir an. Dein Sohn möchte, dass du das siehst, also sieh's dir an.«

Monifa schaute erst ihren Mann, dann ihren Sohn, dann den Umschlag an, den sie in Händen hielt. Abeo musste ihr nicht noch einmal sagen, was sie zu tun hatte. Sie öffnete den Umschlag, nahm das Blatt Papier heraus und betrachtete, was Tani gesehen hatte. Langsam hob sie den Kopf und schaute Tani an. Dann bedeckte sie ihr Gesicht mit der Hand. »Es tut mir leid«, sagte sie. »Ich wollte nicht, dass du es erfährst.«

Abeo hob den Kopf und schüttelte sich auf eine Art, die Tani unerklärlicherweise an einen Bullen erinnerte. »Mach Kaffee«, sagte er zu Monifa. »Ich geh ins Bad.«

TRINITY GREEN
WHITECHAPEL
EAST LONDON

Narissa Cameron kam bei ihrer Arbeit mit den Mädchen nicht richtig weiter. Obwohl eine der ehrenamtlichen Mitarbeiterinnen vor einer Woche sehr anschaulich demonstriert hatte, wie Narissa sich das mit dem Erzählen vorstellte – Deborah hatte die Frau dabei fotografiert und den gesprochenen Text aufgenommen in der Hoffnung, beides später für ihr Buch verwenden zu können –, begriffen die Mädchen einfach nicht, was von ihnen erwartet wurde. Sobald eine Kamera lief, leierten sie ihre Texte herunter wie Roboter.

Das ging Narissa umso mehr auf die Nerven, als die Mädchen im Umgang mit Deborah – einer Weißen, verdammt noch mal – viel entspannter waren. Was allerdings, wie Deborah wusste, lediglich mit ihrer langjährigen Erfahrung zu tun hatte und nicht daran lag, dass sie ein besonderes Händchen für so etwas hatte. Sowohl während ihres Studiums als auch in all den Jahren, seit sie sich auf Porträtfotografie spezialisiert hatte, hatte sie gelernt, wie man Menschen dazu bringt, aus sich herauszugehen. Diese Fähigkeit schien Narissa noch nicht zu besitzen, und jetzt war sie hin- und hergerissen zwischen ihrer Frustration und dem leidenschaftlichen Wunsch, die Geschichten der Mädchen aufzuzeichnen.

Als Deborah das Gebäude verließ, stand Narissa am Fuß der Eingangsstufen und telefonierte. »Das ist schlecht«, sagte sie gerade in ihr Handy. »Das ist *ganz* schlecht. *Verdammt* schlecht. Victoria, du musst…«

Offenbar fiel Victoria ihr mit irgendeiner längeren Erklärung ins Wort, woraufhin Narissa wütend antwortete: »Ich weiß selbst, was ich brauche. Das nützt mir jetzt auch nichts. Bist du meine Sponsorin oder meine Mutter?«

Dann hörte sie eine Weile zu. Aber was sie zu hören bekam, schien ihr nicht zu gefallen. »Ich kann nicht hinfahren. Das dauert zu lange. Ich würde nicht rechtzeitig ankommen, und…«

Wieder wurde sie unterbrochen. Dann: »Also gut. Ja. Alles klar.«

Sie beendete das Gespräch. Dann bemerkte sie Deborah. »Was gibt's? Was schleichen Sie da rum? Wollten Sie nicht nach Hause? Verschwinden Sie!« Ohne auf eine Reaktion von Deborah zu warten, marschierte Narissa los. Als sie den völlig ausgetrockneten Rasen zur Hälfte überquert hatte, fuhr sie zu Deborah herum, die sich nicht von der Stelle gerührt hatte. »Hören Sie eigentlich auf überhaupt nichts und niemanden?«, rief sie entnervt. »Was ist *los* mit Ihnen?«

Deborah ging zu ihr. »Gibt es irgendetwas…? Sie wirken… Ich… Kann ich Ihnen irgendwie behilflich sein?«

»Seh ich aus wie eine, die Hilfe braucht?«

»Ehrlich gesagt, ja.«

»Und für wen halten Sie sich? Für die heilige Madonna von… von… Ach, verdammt, ist auch egal, von was genau.«

Deborah lachte leise. Dann sagte sie »Verzeihung« und schlug sich die Hand vor den Mund.

Narissa verdrehte die Augen. »Ist es Ihnen schon mal passiert, dass jemand Ihren privilegierten weißen Arsch in eine andere Zeitzone katapultiert?«

Deborah überlegte und antwortete nach einem Moment: »Es gibt einige, die das gern täten, aber bisher haben sie sich noch alle zurückgehalten.«

Narissa drehte sich auf dem Absatz um und ging in Richtung Straße. Als Deborah aufholte und neben ihr her ging, warf Narissa ihr einen finsteren Blick zu. »Was denn noch?«

»Die Filmaufnahmen scheinen… nicht so gut zu laufen, wie Sie gehofft hatten.«

»Ach nee, auch schon gemerkt«, seufzte Narissa.

»Und das kostet Sie… wenn ich das mal so sagen darf… einige Nerven.«

»Ich steh kurz vor einem verfluchten Nervenzusammenbruch!«

»So kann man es auch ausdrücken.«

»Fluchen Sie eigentlich nie?«, fragte Narissa. »Sind Sie immer so… so… stinkfreundlich? Ach, vergessen Sie's. Sagen Sie nichts. Ich brauch ein verdammtes Meeting. Oder einen Drink. Oder eine Pille. Oder irgendwas.«

»Wie wär's mit Reden?«, fragte Deborah. »Ich meine, ich

weiß, dass Sie mich nicht brauchen. Und natürlich habe ich auch keine Ahnung, wie sich das… alles anfühlt. Ihre Besprechungen und all das. Aber mit mir kann man reden. Ich kann zuhören, und Sie können reden. Und wenn Sie wollen, kann ich etwas dazu sagen.«

Narissa sah sie frustriert an. Deborah wusste, dass Narissa versuchte, sie einzuschätzen. Ihr blieb nichts anderes übrig, als abzuwarten. Schließlich sagte Narissa: »Ach, was soll's. Es geht darum: Die Mädchen zeigen mir alles, nur nicht ihre Wut. Ich frage mich die ganze Zeit, warum lassen sie ihre Wut nicht raus? Wir wissen, dass sie von allen verraten und belogen werden, dass ihnen ihre Unschuld geraubt wird, wir wissen, dass Frauen permanent erniedrigt und unterjocht werden. Warum zum Teufel macht sie das nicht wütend? Mich macht es wütend. Und zwar verflucht wütend. Aber von dieser Wut sehe ich überhaupt nichts, wenn ich mir abends mein Material ansehe. Andererseits, wenn die Mädchen mit mir reden… dann sehe ich die Wut. Und wie sie mit Ihnen reden… Ich meine, Sie sind weiß, Sie sind auf der Gewinnerseite, Sie sind charmant, Sie sind… was auch immer. Was zum Teufel mach ich falsch?«

Sie näherten sich der Mauer, die den Komplex von der Straße trennte. Kurz bevor sie das Tor erreichten, blieb Deborah im Schatten einer Akazie stehen. »Ich finde, Sie gehen ziemlich hart mit sich selbst um.«

Narissa stieß ein verbittertes Lachen aus. »Das geht wieder vorbei, keine Sorge. Das ist meine Spezialität.«

»Scherzen Sie ruhig. Aber gestatten Sie mir eine Frage: Wie viele Dokumentarfilme haben Sie bisher gedreht?«

»Ich arbeite mit meinem Vater zusammen, und der dreht seit… ich weiß nicht… seit vierzig Jahren etwa. Ich weiß also, was ich tue, falls das Ihre Frage war. Ich weiß, wie das läuft. Ich hab das alles mit der Muttermilch aufgesogen.«

133

»Was genau?«

Narissas Antwort klang wie auswendig gelernt: »Dass der beste Weg zum Erfolg die Fähigkeit der Filmemacherin ist, objektiv zu bleiben, und dass die Filmemacherin sich beim Drehen wie eine unbeteiligte und dennoch mitfühlende Zeugin verhält.«

»Trotzdem ist das Ihr erster Dokumentarfilm, oder?«

»Das spielt keine Rolle. Ich kann …«

»Was können Sie?« Und als Narissa nicht antwortete, fragte Deborah: »Warum sollten Sie irgendetwas können?«

Narissa überlegte. Schließlich sagte sie: »Weil ich es verdammt noch mal will.«

»Also, vielleicht … Hören Sie, ich kenne mich auf dem Gebiet nicht aus, aber vielleicht betrachten Sie das Ganze aus der falschen Perspektive. Sie wollen, dass die Mädchen ihre Wut herauslassen. Aber sollte der Film nicht eher die Zuschauer wütend machen? Und sollte die Filmemacherin nicht darauf vertrauen, dass die Zuschauer die Wut schon spüren werden? Ich meine, sind Wut und Empörung nicht etwas, das sich im Lauf eines Films aufbaut? Ist nicht die simple Art und Weise, wie die Mädchen ihre Geschichten erzählen, viel eindrucksvoller, als wenn sie … was weiß ich … sich dabei die Haare raufen, den Kopf gegen die Wand schlagen, schluchzen würden? Vielleicht stehen Sie sich einfach selbst im Weg, Narissa. Es kommt mir fast so vor, als würden Ihnen tausend Stimmen in Ihrem Kopf sagen, Sie sollten lieber gleich aufgeben, weil Sie sowieso scheitern werden.«

»Ich hasse Küchenpsychologie. Und – ganz ehrlich? Ich lass mich nicht gern bevormunden, also behalten Sie Ihre Weisheiten gefälligst für sich.«

»Das werde ich nicht tun. Ich bin weiß, und Sie sind schwarz, und mir ist klar, dass wir in einer rassistischen Welt leben. Aber ich sage es trotzdem: Sie kommen nicht vorwärts, weil Sie kein Vertrauen haben – nicht zu den Mädchen und der Aussagekraft ihrer Geschichten, nicht zu der Fähigkeit der Zuschauer, ihre Botschaft zu verstehen. Und Sie glauben nicht an sich selbst.«

»Ich glaube sehr wohl an mich selbst, und Sie reden, als wäre es ein Verbrechen, etwas bewegen zu wollen«, erwiderte Narissa hitzig. »Diese Mädchen, die hierherkommen, die stehen unter einem Druck, den Ihresgleichen sich überhaupt nicht vorstellen kann. Von Geburt an bekommen sie eingetrichtert, dass Frauen zum Wohl der Männer zu einem Ausbund an Keuschheit und Reinheit werden müssen. Alles dreht sich darum, dass sie sich als würdig erweisen müssen für irgendeinen Typen, der seinen Samen in sie reinspritzen will. Möchten Sie da nicht auch nur noch schreien? Und das geht immer so weiter und weiter und weiter, und kein Schwein unternimmt was dagegen.«

»Wie können Sie so etwas sagen? Zawadi unternimmt etwas dagegen. Und Sie auch.«

»Großartig. Da sind wir ja schon zwei.«

»Drei«, sagte Deborah. »Ich tue auch etwas. Und es gibt bestimmt noch jede Menge Leute, die dieselbe Wut empfinden wie Sie und die auch in Ihren Film gehören.«

»Ja, ich kenn ein paar«, sagte Narissa grimmig. »Aus der Zeit, bevor ich mit dem Filmprojekt angefangen habe.«

»Und wer sind die?«

»Ein paar Cops, die auch wollen, dass das aufhört.«

»Und?«

Narissa trat durch das Tor auf den Gehweg. Auf der Mile End Road herrschte starker Verkehr. »Die waren gut, die Cops. Sie haben mit den Leuten geredet, haben Aufklärungsarbeit gemacht, sich den Kopf zerbrochen, was weiß ich. Sie haben mich auch mit einer Chirurgin zusammengebracht, die sich in der Sache engagiert.«

135

»Und die Chirurgin? War die nicht wütend? Gerade eine Chirurgin müsste doch wütend sein.«

»Ich nehme es an, aber sie wollte mir kein Interview geben. Ich konnte schon froh sein, dass sie überhaupt auf meinen Anruf reagiert hat. Die hätte ich gern in meinem Film gehabt, aber das wollte sie nicht. Was echt jammerschade ist, denn gerade kurz vor dem Ende des Films könnte ich sie gut einbauen. Eine von den Polizistinnen hat mal gesagt, gegen die Misshandlung von Frauen vorzugehen, ist, als wollte man ein vollgelaufenes Kanu mit einem Teelöffel leerschöpfen, es wäre also schön, am Ende des Films was Hoffnungsvolles zeigen zu können.« Narissa betrachtete den Straßenverkehr. Sie wirkte nachdenklich, und Deborah fragte sich, was ihr durch den Kopf ging. Sie brauchte nicht lange auf eine Erklärung zu warten. »Wissen Sie was«, sagte Narissa, »Sie sollten mal mit der Frau reden. Also, mit der Chirurgin. Wegen Ihres Projekts. Sie heißt Philippa Weatherall. Ich hab allerdings den Eindruck, dass sie tierisch paranoid ist, sie wird sich also sicher nicht von Ihnen fotografieren lassen, aber vielleicht gibt sie Ihnen ja ein Interview? Das würde sich doch gut als Vorwort oder Nachwort für Ihr Buch eignen. Oder beides? Ich könnte mir vorstellen, dass sie für sowas zu haben wäre.«

Deborah wechselte von einem Bein auf das andere und schaute Narissa Cameron an. »Moment mal«, sagte sie. »Haben Sie mir da gerade einen Vorschlag gemacht, wie ich mein Buch strukturieren könnte? Dass ich es zum Beispiel mit einem Interview mit der Chirurgin enden lasse?«

»Ach herrje. Hab ich das? Und was bedeutet das jetzt? Dass wir einander helfen? Ich meine, Sie und ich …? Warum zum Teufel sollten wir das tun? Wir haben nichts gemein, wir können keine Freundinnen sein. Ich *mag* Sie ja nicht mal.«

»Und ich mag Sie auch nicht. Also haben wir doch etwas gemeinsam.«

Deborah lächelte, und Narissa lachte. Ihr Handy klingelte. Sie warf einen Blick aufs Display. »Das ist meine Sponsorin. Sie wollte sich hier in der Nähe mit mir treffen, da muss ich rangehen.«

»Natürlich. Ich muss mich sowieso auf den Heimweg machen.«

»Wo wohnen Sie denn?«

»Chelsea.«

Narissa lachte laut auf und verdrehte die Augen. »Klar! Wo sonst?«

RIDLEY ROAD MARKET
DALSTON
NORTH-EAST LONDON

Er erzählte Sophie die ganze Geschichte. Während er redete, stieß sie Kommentare hervor wie: »O Gott!« – »Ich glaub's nicht!« – »Deine Mutter hat es die ganze Zeit ...?« – »Hast du eine Ahnung, warum sie ...?« Es machte nichts, dass sie die Fragen nicht einmal zu Ende aussprechen konnte, denn er hätte ihr sowieso keine davon beantworten können. Er hatte ihr berichtet, dass es tatsächlich etwas im Leben seines Vaters gab, das man vielleicht verwenden konnte, um ihn zur Kooperation zu zwingen ... aber erstens sei es nicht illegal, und zweitens sei seine Mutter im Bilde.

Sophie verstand die Welt nicht mehr. Das sei ihr einfach zu hoch, sagte sie. Er stimmte ihr zu, ihm ging es nicht anders. Da er jedoch keine Möglichkeit sah, seinen Vater mit seinem Wissen über Lark zu erpressen, musste er sich etwas anderes einfallen lassen.

Tani überlegte, ob es sinnvoll war, Simi in alles einzuweihen. Sollte er ihr erzählen, dass ihr Vater eine Zweitfamilie hatte, dass ihre Mutter das duldete, dass ihre Eltern sie an irgendeinen Nigerianer verhökern wollten, der bereit war, einen hohen Brautpreis für sie zu zahlen? Aber das war natürlich riskant. Denn er musste damit rechnen, dass Simi schnurstracks zu ihrer Mutter lief, um sie zu fragen, ob das alles stimmte, was ihr Bruder da erzählte. Monifa würde natürlich alles abstreiten, und damit wäre die Sache gegessen. Simis Vertrauen in ihre Mutter war grenzenlos. Dieses Vertrauen musste Tani irgendwie erschüttern – fragte sich nur, wie.

Auf jeden Fall musste er seine kleine Schwester für den Moment vorbereiten, wenn es an der Zeit war zu verschwinden. Als Allererstes musste er ein paar Sachen für sie packen. Er öffnete Simis Seite ihres gemeinsamen Kleiderschranks, nahm ein paar Sommerkleider und Röcke heraus und stopfte sie in seinen alten Rucksack. Dann holte er aus ihrer Kommodenschublade ein paar Unterhosen und T-Shirts. Aus der Kiste unter ihrem Bett nahm er einige Utensilien, die sie für die Herstellung von Head-Wraps benutzte. Dabei achtete er darauf, dass er jeweils nicht so viel einpackte, dass Simi das Fehlen der Teile auffallen würde. Schließlich versteckte er den Rucksack ganz unten auf seiner Seite des Kleiderschranks, wo er ihn jederzeit hervorholen konnte, falls es schnell gehen musste.

Jetzt musste er sich noch überlegen, wo er seine Schwester hinbringen konnte. Viele Möglichkeiten hatte er nicht. Am besten, er hörte sich auf dem Ridley Road Market um, wo Simi jede Menge Leute kannte. Vielleicht war ja dort jemand bereit, seine Schwester ein paar Tage lang bei sich zu verstecken, bis er eine bessere Lösung gefunden hatte.

Er machte sich auf den Weg zum Markt. Ihm war klar, dass er extrem vorsichtig sein musste, denn auf dem Markt verbreitete sich alles wie ein Lauffeuer. Wahrscheinlich waren die Leute, die Simi am besten kannte, auch mit Monifa und Abeo gut bekannt. Dass diese Leute Simi bei sich verstecken würden, war ziemlich unwahrscheinlich, schon allein aus dem einfachen Grund, dass sie damit die Grenze zwischen geschäftlichen und privaten Angelegenheiten überschreiten würden. Das bedeutete, dass er Talatu mit ihrem Laden für Kopfschmuck von der Liste streichen musste, und Masha und alle, die im Tortendekoladen arbeiteten, konnte er ebenfalls vergessen.

Als er ankam, herrschte auf dem Markt bereits reges Treiben, es wurde geschwatzt und gelacht, gefeilscht und gestritten, und aus verschiedenen Lautsprechern dröhnte Musik. Die Hälfte der Straße lag im Schatten der Gebäude, in den man alle verderbliche Ware geschafft hatte, auch wenn das nicht viel nützte.

Tani wollte es als Erstes in dem Friseursalon probieren, wo Simi so gern hinging, um zuzusehen, wie Cornrows geflochten, Extensions angebracht und Flechtfrisuren kreiert wurden. Das Problem war nur, dass es vier Friseursalons in der Ridley Road gab und er keine Ahnung hatte, welcher der richtige war.

Im zweiten Salon hatte er Glück. Zwei der Friseurinnen, Bliss und Tiombe, kannten seine Schwester. Als er im Salon auftauchte, stieß Bliss einen anerkennenden Pfiff aus, während Tiombe ihn von Kopf bis Fuß musterte und ausrief: »Seht mal, da kommt was zum Anbeißen!« Und alle lachten.

Diese Frauen hatten offenbar keine Angst vor Männern, und das war gut so. Wenn Abeo nach seiner Tochter suchte, durfte sich, wer Simi versteckte, nicht von Abeo und seiner Wut einschüchtern lassen.

Tani schaute erst Bliss, dann Tiombe an, dann fragte er: »Kann ich vielleicht mal kurz mit Ihnen sprechen?«

Worauf die beiden wie aus einem Mund zurückfragten: »*Jetzt?*«

»Sehen wir aus, als hätten wir nichts zu tun, Süßer?«, fragte Bliss.

»Es ist wichtig«, erklärte Tani. »Aber ich kann warten.«

»Hm, wird dir wohl nichts anderes übrig bleiben«, sagte Tiombe.

»Oder du kommst in 'ner Stunde noch mal zurück«, sagte Bliss.

»Wie du willst«, sagte Tiombe. »Aber ich sag dir gleich, dass wir keine Männerhaarschnitte machen.«

»Es geht um meine Schwester«, sagte Tani.

»Und wer ist deine Schwester?«

»Simisola Bankole. Simi.«

»Simi Bankole?« Bliss hob eine perfekt gezupfte Braue. »Wir kennen Simi. Ich kauf ab und zu einen von den Turbanen, die sie macht. Und ich hab zwei Wraps von ihr. Und sie ist deine Schwester?«

Tani nickte. »Es ist wichtig.«

»Mit ihr ist doch alles in Ordnung, oder?«, sagte Tiombe.

»Nicht ganz«, antwortete Tani.

Tiombe und Bliss wechselten einen Blick. Tiombe legte ihrer Kundin eine Hand auf die Schulter und sagte: »Würden Sie mich einen Moment entschuldigen, Mrs Okino?« Als Mrs Okino nickte, deutete Tiombe mit einer Kopfbewegung zur Tür, dann folgte sie Tani nach draußen.

Sie zündete sich eine Zigarette an und bot ihm auch eine an, doch er lehnte ab. Sie rauchte wie im Kino, hielt die Zigarette zwischen den Fingern und ließ beim Sprechen den Rauch langsam durch Mund und Nase entweichen. »Was soll das heißen, mit Simi ist nicht ganz alles in Ordnung?«, fragte sie.

»Ich suche eine Unterkunft für sie«, sagte Tani.

»Wie bitte?« Tiombes Augen wurden schmal. »Warum?« Ihren Gesichtszügen nach zu urteilen stammte vermutlich ein Elternteil aus China, ging es Tani durch den Kopf.

Er schaute sich um. Er wollte nicht, dass seine Eltern mit der Polizei in Konflikt gerieten, deswegen war er sich nicht sicher, wie viel er Tiombe anvertrauen konnte. Aber er wollte auch seine Schwester schützen. Er musste sich überlegen, wie er sie alle drei schützen konnte.

Schließlich sagte er: »Mein Vater ist dabei, für Simi was in Nigeria zu organisieren, und sie will da nicht hin.«

»Warum nicht?«

»Weil ihr nicht gefällt, was mein Vater für sie vorgesehen hat.«

»Und was genau hat er für sie vorgesehen?«

»Mein Vater hat sie einem Mann versprochen, der bereit ist, viel Geld für sie zu bezahlen.«

Tiombes Augen weiteten sich. »Soll das heißen, dein Vater will Simi verheiraten? Wie alt ist sie denn?«

»Acht.« Tani sagte nicht, dass Simi nicht sofort verheiratet werden würde. Tiombe war offenbar entsetzt bei der Vorstellung, dass eine Achtjährige einem Mann versprochen wurde, der Geld für sie bezahlte. Und darauf kam es erst einmal an. »Er hat einen hohen Brautpreis für ein Mädchen aus Nigeria bezahlt, das ich heiraten soll. Ich nehme an, es geht ihm darum, das Geld irgendwie wieder reinzukriegen. Und da bietet es sich an, für Simi auch einen hohen Brautpreis zu verlangen.«

Tiombe nahm einen kräftigen Zug an ihrer Zigarette und schüttelte den Kopf. »Das ist echt das Allerletzte«, sagte sie. »Was kann ich tun?«

Tani schaute sich um. Niemand durfte hören, was er jetzt sagte. »Sie können sie verstecken«, sagte er leise. »Nur für ein paar Tage, bis ich was finde, wo sie länger bleiben kann.«

»Am besten, du wendest dich an die Fürsorge. Die finden eine Pflegefamilie für sie, da kann sie lange bleiben.«

»Das würde sie unglücklich machen, und das möchte ich nicht.«

Tiombes Blick ging in die Ferne, und sie legte die Stirn in Falten. »Gibt es denn niemand, der mal mit deinem Vater reden kann? Das ist doch Wahnsinn. Wie steht denn deine Mutter dazu?«

Tani schüttelte den Kopf. »Sie kommt nicht gegen ihn an. Er trifft alle Entscheidungen in der Familie.«

»Hm. Dein Vater ist Abeo Bankole, stimmt's? Ihm gehört der afrikanische Supermarkt und die Metzgerei hier in der Straße, richtig?«

»Woher wissen Sie das?«, fragte Tani.

»Er flirtet mit allen Frauen. Und Bankole ist kein Allerweltsname.«

Tani konnte sich nicht vorstellen, dass sein Vater mit irgendjemandem flirtete. Er kannte ihn nur wütend und ungehalten.

»Er hat schon zweimal versucht, Bliss und mich auf einen Drink im Pub einzuladen. Vielleicht auch dreimal«, sagte Tiombe. »Einmal sind wir mitgegangen. Aber… na ja, dein Vater ist wirklich freundlich, aber für einen verheirateten Mann ein bisschen zu freundlich, das mag ich nicht, und Bliss auch nicht. Das hab ich ihm erklärt, und er hat's akzeptiert. Wir haben ihn danach noch ein paarmal getroffen, und er war immer sehr respektvoll. Also, wenn du willst – ich könnte mal mit ihm reden.«

»Nein! Er darf auf gar keinen Fall erfahren, dass ich mit Ihnen gesprochen habe, denn dann kann er sich gleich denken, was ich vorhabe. Dann schaff ich es nie, Simi da rauszuholen. Wie gesagt, es wär ja nur für ein paar Tage. Könnten Sie…?«

142

Tiombe nickte. Sie ließ ihre Kippe fallen und zermalmte sie mit der Spitze ihres Stilettos. Dann ging sie kurz in den Laden und kam einen Augenblick später mit einem Zettel heraus. »Hier«, sagte sie und gab ihn Tani. »Meine Handynummer. Wenn es so weit ist, ruf mich an, dann hole ich Simi ab. Sie mag doch Tiere, oder?«

»Tiere? Haben Sie einen Hund?«

»Nein, eine Ziege«, sagte Tiombe. »Ist mein Haustier.«

TEIL 2

5. AUGUST

WESTMINSTER
CENTRAL LONDON

Detective Inspector Thomas Lynley saß in seinem Auto und betrachtete die hässliche Betonwand der Tiefgarage, diese riesige graue Fläche, die vergeblich nach einem Banksy schrie. Lynley war total sauer. Er wäre gern auf Daidre Trahair sauer gewesen, die Frau, mit der er schon länger als eigentlich vertretbar eine Beziehung hatte – wenn man es denn als solche bezeichnen konnte, was er ernsthaft bezweifelte. Aber in Wahrheit galt sein Zorn ihm selbst. Das Gespräch, das sie am Abend zuvor geführt hatten, hätte im Grunde nicht stattfinden müssen. Aber er hatte darauf bestanden. Und der Streit, der sich daraus entwickelt hatte – eine Wiederholung der vielen Auseinandersetzungen, die sie bereits wegen der Sache geführt hatten –, war völlig überflüssig gewesen. Offenbar war er jedoch unfähig, etwas zu ignorieren, das seiner Meinung nach eine brauchbare Eröffnung für eine weitere Auseinandersetzung bot, auch wenn es, wie so oft, als unachtsame Bemerkung daherkam.

Doch in diesem Fall war es gar keine unachtsame Bemerkung gewesen, sondern ein Beitrag zu einem Thema, das Daidre selbst aufgebracht hatte. Es war um ihre jüngeren Geschwister gegangen, die Zwillinge Goron und Gwynder, denen Daidre ihr Cottage an der Westküste von Cornwall als Unterkunft aufgedrängt hatte. Bis dahin hatten die beiden bei ihren Eltern gelebt, wo Goron seinem Vater bei seinen vergeblichen Versuchen geholfen hatte, in Flüssen Zinn zu schürfen, und Gwynder ihre Mutter in ihren letzten Lebensjahren gepflegt hatte. Nach dem Tod der Mutter – die lange vergeblich gehofft hatte, den Krebs mithilfe von Kristallen, dem Besuch von katholischen und keltischen Heiligtümern, Wasser aus heiligen Quellen, chinesischer Medizin und spiritistischen Sitzungen zu besiegen – wollte Daidre ihre Geschwister so schnell wie möglich aus dem schäbigen Wohnwagen herausholen, in dem die Familie seit Jahren hauste. Sie hatte gewusst, dass ihr Vater seine Bleibe niemals aufgeben würde. Er wäre vielleicht bereit, den Wohnwagen an einem Fluss in Cornwall abzustellen, aber mehr auch nicht. Bei den Zwillingen war das etwas anderes. Sie waren mittlerweile Ende zwanzig und brauchten endlich mal eine positive Erfahrung im Leben, hatte Daidre argumentiert; sie sollten Gelegenheit bekommen, sich Ziele zu setzen und darauf hinzuarbeiten. Das war natürlich unmöglich, solange sie fernab der Zivilisation in einem Wohnwagen lebten, meinte sie. Ihr Cottage lag zwar auch etwas abgelegen, aber immerhin war es nur eine kurze Autofahrt bis zu dem kleinen Dorf Morenstow, und nicht viel weiter bis zu der Kleinstadt Casvelyn.

Also hatte sie die beiden dazu überredet, in ihr Cottage zu ziehen – was bei Goron, dem Ängstlicheren der beiden, ein bisschen schwieriger gewesen war. Da Daidre leider nicht in der Lage war, ihre Geschwister finanziell zu unterstützen, mussten die beiden sich eine Arbeit suchen. Nach einigem Hin und Her hatte Daidre ihnen Jobs auf einer nahegelegenen Cider-Farm organisiert: Goron wurde als Handlanger und Apfelpflücker eingestellt und Gwynder als Hilfsarbeiterin in der Marmeladenküche.

Doch nach mehreren Wochen hatten die Zwillinge erklärt, sie wollten wieder zu ihrem Vater zurück. Goron hatte keine

Lust, sich um den Maschinenpark der Cider-Farm zu kümmern, und Gwynder sah ihre Zukunft nicht darin, den ganzen Tag in riesigen Marmeladenbottichen zu rühren. Daidre jedoch glaubte ganz fest daran, dass die Zwillinge nur ein bisschen Zeit brauchten: Zeit, um sich an ihre neue Situation zu gewöhnen, Zeit, um im Ort Leute kennenzulernen, Zeit, um zu begreifen, wie beengt und eingeschränkt ihr Leben bis dahin gewesen war.

»Sie haben einfach Angst«, hatte Daidre am Abend zuvor in ihrer Wohnung in Belsize Park zu Lynley gesagt. Sie war gerade aus Cornwall zurückgekehrt, und er war sofort nach Feierabend zu ihr gefahren. Er hatte vom Inder etwas zu essen mitgebracht, was jedoch unangetastet geblieben war, weil sie sofort im Schlafzimmer gelandet waren.

Als sie später noch im Bett gesessen und geplaudert hatten, hatte Daidre ihm erzählt, dass ihre Geschwister wieder zu ihrem Vater zurückwollten. »Sie wollen mir einfach nicht glauben, dass sie sich schon noch an alles gewöhnen werden und dass sie, wenn sie jetzt in den Wohnwagen zurückkehren, niemals wissen werden, wie ihr Leben hätte verlaufen können. Ihr Vater – also, unser Vater, obwohl ich ihn eigentlich nicht mehr als meinen Vater betrachte, seit wir Kinder ihm und meiner Mutter weggenommen wurden – wird nicht ewig leben, und was machen sie dann? Wenn er nicht mehr da ist?«

»Vielleicht warst du zu voreilig«, meinte Lynley. »Ich meine, vielleicht hast du sie zu bald nach dem Tod deiner Mutter aus dem Wohnwagen geholt.«

»Dafür hätte es nie einen richtigen Zeitpunkt gegeben, Tommy. Und wenn sie jetzt zu ihm zurückgehen, dann wird sie das nur in ihrer Haltung bestätigen, dass man am besten vor allem wegläuft, was einem Angst macht. Aber wenn einem etwas Angst macht, dann kann man sich meiner Meinung nach davon nur befreien, indem man sich dem Problem stellt.«

Und da war sie, die Angriffsfläche. Er hätte sie meiden sollen wie der Teufel das Weihwasser, stattdessen hatte er sich sofort darauf gestürzt. »Was dieses Thema angeht, Daidre ...«

»Welches Thema?«

»Sich seinen Ängsten zu stellen.«

»Ja?«

Sie war nicht gewillt, sich auf das Thema einzulassen, das erkannte er an ihrem vorgeschobenen Kinn. Er betrachtete ihr Profil, während sie neben ihm, mit ein paar Kissen im Rücken ans Kopfteil des Betts gelehnt, stur geradeaus schaute.

»Ich möchte dich so gern in meinem Leben haben«, sagte er.

»Ich *bin* in deinem Leben, Tommy. Wo befinden wir uns denn gerade?«

»Ja, du hast recht. Aber ich meine ...« Was genau meinte er eigentlich, fragte er sich. Was wollte er von ihr, über das hinaus, was er bereits hatte? Eine Liebeserklärung? Ein Versprechen, dass sie die Zukunft mit ihm teilen würde? Sie hatte, um ihre Gefühle für ihn zu beschreiben, noch nie das Wort *Liebe* benutzt – aber war das so wichtig? Er ließ seinen Blick über das Laken wandern, das sie beide bedeckte und unter dem sich ihre beiden Körper abzeichneten. Ja, eine Liebeserklärung war ihm wichtig, dachte er. Aber dann musste er sich auch fragen, warum. Auf diese Frage hatte er jedoch keine Antwort. »Weil ich es möchte« war eigentlich kein hinreichender Grund. Schließlich sagte er: »Ich wünsche mir einfach so etwas wie ein *Wir*, ein *Unser*. Ich liebe dich, und ich würde gern einen Schritt weitergehen.«

Sie wandte sich ihm zu. »Ich bin da. Ich bin für dich da.

Ich möchte dich in meinem Leben haben. Ich finde es großartig, dich in meinem Leben zu haben. Warum reicht dir das nicht?«

»Weil es uns nirgendwohin führt.«

»Warum muss es uns irgendwohin führen?«

»Weil die Liebe das tut. Zumindest tut es meine Liebe zu dir. Oder sie möchte es tun.« Er hatte ihr eine Tür geöffnet, dachte er. Sie konnte durch sie hindurchgehen, oder sie konnte sie zuknallen.

Sie schob sich das aschblonde Haar aus dem Gesicht. Sie nahm ihre Brille von dem großen Karton, der ihr immer noch als Nachttisch diente, und setzte sie auf. Sie sagte nichts, und ein kluger Mann hätte es dabei belassen. Aber ... Lynley seufzte. Was Daidre anging, war er kein kluger Mann. Er fragte: »Wovor hast du Angst?«

»Ich habe keine Angst.« Sie sprang aus dem Bett, sammelte ihre Sachen vom Boden auf und begann sich anzuziehen. Dann sagte sie: »Ehrlich gesagt ...«

Die angekündigte Ehrlichkeit war kein gutes Zeichen, das war Lynley klar.

»... der Punkt, an dem wir beide jetzt angekommen sind, Tommy, ist genau der Punkt, an dem ich noch mit jedem Mann gelandet bin. Die Männer wollen etwas von mir, und ich begreife nicht, was. Und ich verstehe auch nicht, warum das, was wir haben, nicht genug ist.« Sie legte sich eine Hand auf die Brust und schaute ihn an. »So bin ich nun mal. So bin ich jetzt, und so werde ich immer sein. Ich habe mehr als einmal versucht, dir das zu erklären, aber du scheinst zu glauben, dass du, wenn du ... ich weiß nicht ... nur lange genug auf dem verdammten Thema rumreitest, wenn du in mich dringst, um mich zu ... ich weiß nicht mal, wie ich es nennen soll. Aber du scheinst anzunehmen, dass du, wenn du nicht lockerlässt, noch irgendwas von mir bekommen

151

kannst, das du noch nicht hast. Aber mehr ist bei mir einfach nicht zu holen.«

Er stand ebenfalls auf und zog sich an. »Und *du* scheinst immer noch zu glauben, dass es nichts in dir gibt, was dich auf Distanz zur Welt im Allgemeinen und zu mir im Besonderen hält. Das bedeutet, dass du das Leben nur halb lebst, und ich glaube nicht, dass du ein halbes Leben möchtest. Du hast Angst davor, dich auf eine Zukunft mit mir einzulassen, und ich weiß nicht, *warum* das so ist. Und ich werde es auch nie erfahren, wenn du es mir nicht sagst.«

»Das hat nichts mit Angst zu tun. Bei dem, was wir haben oder nicht, geht es nicht um Angst. Wer ich bin, hat nichts mit Angst zu tun.«

»Womit hat es dann zu tun? Wie willst du es überwinden, wenn du nicht mal darüber reden kannst?«

»Also wirklich, Tommy.« Sie zog sich ihre Jeans an und ging zur Tür. Die Hand an der Klinke drehte sie sich zu ihm um und sagte: »Für wen hältst du dich eigentlich? Für meinen Analytiker? Meinen Psychiater? Meinen Beichtvater? Meinen … was weiß ich …?«

»Ich bin der Mann, der dich liebt«, sagte er.

So ging es eine Weile hin und her, und sie trennten sich im Streit. Lynley zog es vor, nicht die Nacht bei ihr zu verbringen. »Tu, was du tun musst«, lautete ihr Kommentar zu seiner Entscheidung.

Wie immer war nichts geklärt. Aber im Gegensatz zu sonst begleitete sie ihn nicht zur Tür.

Und jetzt saß er in der Tiefgarage von New Scotland Yard, starrte an die Betonwand und ärgerte sich über sich selbst. Er wünschte, er hätte das Rauchen nicht aufgegeben. Jetzt könnte er eine Zigarette gebrauchen.

Wie ein Geist aus der Flasche, der seinen unausgesprochenen Wunsch gehört hatte, erschien seine langjährige Part-

152

nerin Detective Sergeant Barbara Havers am Fenster der
Fahrertür seines Healey Eliott und zog ein letztes Mal an
einer fast aufgerauchten Player's. Er wartete, bis sie die Kippe
ausgetreten hatte, dann öffnete er die Tür. Barbara trat zur
Seite, und er stieg aus. Sie war in ihrem üblichen Stil gekleidet: zu kurze Hose, wahrscheinlich bei Oxfam erstanden,
die knöchelhohen, knallroten Turnschuhe – ihr Markenzei-
chen –, ein T-Shirt mit der Aufschrift »DIE KLAPSE HAT
HEUT WANDERTAG«. Lynley seufzte. Zumindest hatte sie
sich irgendeine Art Pullover über die Schultern gelegt, den
konnte sie zur Not überziehen, falls die Kollegen an ihrem
T-Shirt Anstoß nahmen.

Sie sah ihn mit schmalen Augen an. »Fix und fertig oder
Schnauze voll?«

»Weder noch.« Er ging in Richtung Aufzug, und sie folgte
ihm dicht auf den Fersen.

»Ach?«, sagte sie. »Und warum sehen Sie dann aus, als
hätten Sie sich grade mit Bohnen in Tomatensoße beklee-
ckert?« Sie trat näher an ihn heran, um sein Hemd zu begutachten. »Haben Sie sich tatsächlich bekleckert?«

»Metaphorisch gesprochen, ja.« Er drückte den Knopf für
den Aufzug.

»Ah. Also Daidre«, bemerkte Barbara.

»Der Vergleich mit Bohnen in Tomatensoße wird ihr nicht
gefallen.«

»Ich werd's ihr nicht verraten. Sie etwa?«

»Vielleicht, wenn wir wieder miteinander reden. Aber
wahrscheinlich nicht. Nebenbei bemerkt esse ich keine Bohnen in Tomatensoße zum Frühstück, Barbara.«

»Sieh mal einer an«, sagte sie, »hab ich Sie etwa mit meiner Vorliebe für Pop-Tarts angesteckt?«

Er bedachte sie mit einem warnenden Blick. Im selben
Moment gingen die Aufzugtüren auf.

Oben angekommen liefen sie als Erstes Dorothea Harriman über den Weg, der berüchtigten Sekretärin der Abteilung. Wie üblich war sie wie aus dem Ei gepellt, und Lynley fragte sich nicht zum ersten Mal, wie sie es schaffte, sich den ganzen Tag auf ihren hochhackigen Schuhen zu halten, die aussahen wie Folterinstrumente. »Ah, Acting Detective Chief Superintendent Lynley«, sagte Harriman, »Sie werden an höchster Stelle gewünscht. Judi-mit-I hat…«, sie warf einen Blick auf ihr Handgelenk, an dem sie eins von diesen armbanduhrartigen Geräten trug, die alles konnten außer kochen, »…vor zwanzig Minuten angerufen. Soll ich ihr Bescheid geben, dass Sie auf dem Weg sind? Sie sagte, Stephenson Deacon ist bei ihm. Nur dass Sie Bescheid wissen.«

»Besser, es trifft Sie als mich«, sagte Barbara leise zu Lynley. Sie verabscheute die Pressestelle beinahe genauso sehr wie er.

»Wissen wir, um was es geht?«, wollte Lynley von Dorothea wissen.

»Es ist streng geheim, aber laut Buschfunk ist irgendwas im Empress State Building mächtig schiefgelaufen.«

Das verhieß nichts Gutes, dachte Lynley. Im Empress State Building befand sich eine von drei großen Polizeidienststellen der Metropolitan Police, die eingerichtet worden waren, seit im Zuge der großen Sparmaßnahmen immer mehr lokale Polizeireviere geschlossen wurden. Wenn New Scotland Yard eingeschaltet wurde, musste es sich um eine ernste Angelegenheit handeln. Und dass die Pressestelle beteiligt war, ließ darauf schließen, dass es sich um nichts Erfreuliches handelte.

Barbara sprach aus, was Lynley dachte: »Irgendjemand hat was getan, was ihm gleich auf die Füße fällt. Wenn das nicht schon passiert ist.«

»Ich werde Sie so bald wie möglich ins Bild setzen«, sagte er und machte sich auf den Weg zum Büro von Assistant Commissioner Hillier.

WESTMINSTER
CENTRAL LONDON

Kaum war Lynley verschwunden, wandte Dorothea sich Barbara zu und musterte sie von oben bis unten. Sie trat von einem Fuß auf den anderen und sagte: »Barbara…« in einem Ton, der erkennen ließ, dass ein längerer Vortrag über ihren Kleidungsstil folgen würde, auf den sie keine Lust hatte. »Ich weiß, ich weiß«, erklärte sie deswegen hastig. »Ich hab was zum Umziehen im Auto. Ich war halt vor dem Dienst joggen.«

»Sie waren joggen«, sagte Dorothea. »Das soll ich Ihnen glauben? Und wieso waren Sie gestern Abend nicht beim Stepptanztraining?«

»Ich hab 'nen eingewachsenen Zehennagel«, erwiderte Barbara versuchsweise.

»Soll das ein Witz sein? Nächste Woche zerre ich Sie notfalls an den Haaren zum Training. Wie viel haben Sie abgenommen?«

· »Keine Ahnung«, sagte Barbara. »Meine Waage und ich gehen uns in letzter Zeit aus dem Weg. Aber wahrscheinlich hab ich nichts abgenommen, Dee. Wenn ich was abnehme, hol ich mir hinterher jeden Tag beim Inder ein Curry. Und Naan. Stapelweise Naan.«

»Sie sind echt unmöglich«, sagte Dorothea.

»Klingt gut.«

»Ärgern Sie mich nicht, Barbara. Ich weigere mich einfach,

mich von Ihnen ärgern zu lassen. Und jetzt kommen Sie mit an den Computer. Ich hab was Großartiges entdeckt.«

Großartig bedeutete für gewöhnlich, dass Dorothea etwas gefunden hatte, das sie – und leider auch Barbara – in Kontakt mit einem Mann bringen konnte. In diesem Fall stellte sich jedoch heraus, dass es etwas war, wo sie mit jeder Menge Männer in Kontakt kommen konnten. Es handelte sich um eine Webseite namens GroupMeet, die Dorothea jetzt auf Barbaras Computer aufrief.

»Das ist absolut formidabel«, sagte Dorothea.

Formidabel? War das nicht ein Ausdruck aus den Zwanzigerjahren des letzten Jahrhunderts?, fragte sich Barbara. Vermutlich zog Dee sich mal wieder irgendeine historische Serie rein.

»Was ist es denn?«, fragte Barbara und beugte sich über Dees Schulter. Bunte Farben, Fotos von lachenden, gackernden, grinsenden Menschen zwischen fünfunddreißig und siebzig bei unterschiedlichen Aktivitäten. Männer mit Frauen, Männer mit Männern, Frauen mit Frauen, Alte mit Alten, Junge mit Jungen, ältere Männer mit jungen Frauen, jüngere Männer mit älteren Frauen. Abgebildet beim Tennisspielen, beim Rudern, bei der Gartenarbeit, beim Reiten, in der Oper oder beim Balletttanzen. Und alle amüsierten sich prächtig. »Was zum Teufel ist das, Dee?«, fragte Barbara noch einmal. »Das ist doch keine Partnerbörse, oder?«

»Lieber Himmel, nein«, sagte Dorothea. »Gott bewahre. Das ist eine Webseite für die unterschiedlichsten Aktivitäten. Sehen Sie mal, es gibt sogar Stepptanz! Man klickt einfach an, was einen interessiert. Dann geht ein Fenster auf, sodass man sehen kann, wann die nächste Aktivität stattfindet. Passen Sie auf.«

Dorothea klickte auf »Wandern«. Sofort erschienen mehrere Fotos von fröhlichen Wanderern und eine Liste von

156

geplanten Wanderungen. Als Nächstes klickte Dorothea auf Pub-Wanderungen, und es wurden Wanderungen aufgelistet, die zu bestimmten Pubs in verschiedenen Teilen Englands führten. Dorothea klickte auf Oxfordshire, und es wurden zwei für die kommende Woche geplante Wanderungen in der Grafschaft angezeigt. Sie klickte eine davon an, und es erschien eine Namensliste. »Man trägt seinen Namen in die Liste ein, dann muss man nur noch rechtzeitig am Treffpunkt erscheinen«, sagte sie. »Ist das nicht fantastisch? Egal für welche Aktivität man sich interessiert, es gibt Leute, denen man sich anschließen kann. Sehen Sie mal«, sagte sie, ging zurück auf die Hauptseite und las vor: »Zeichnen, Aquarellmalerei, Klettern, Segeln, Standardtanz, Laientheater, Chorsingen, Chinesische Küche, Geschichte der Weltkriege, Architektur, ein Kurs über die Landschaftsmalerei von Inigo Jones. Und so weiter und so fort. *Irgendwas* davon müssen wir unbedingt zusammen machen, Barbara. Das wird bestimmt lustig!«

Für Barbara klang es eher wie die Hölle.

Aber Dee war nicht zu bremsen. »Also, immerhin haben wir ja unseren Stepptanz. Aber das Leben hat noch eine Menge mehr zu bieten.«

»Genau. Nach dem Stepptanztraining ein Curry vom Inder, beispielsweise.«

»Das hab ich jetzt nicht gehört! Ich melde uns jedenfalls für etwas an«, murmelte Dee, während sie die Liste durchging. »Zeichnen«, sagte sie dann. »Ich melde uns für einen Zeichenkurs an. Zeichnen wollte ich schon immer lernen, Sie nicht auch? Wenn nicht, macht nichts. Sie sagen einfach, dass Sie noch nie übers Zeichnen nachgedacht haben. Aber ich kenne Sie besser, als Sie sich selbst kennen, und ich weiß, dass es genau das Richtige für Sie ist. Und schauen Sie mal, die bieten auch Sprachen an. Französisch, Deutsch, Kantonesisch, Hebräisch, Arabisch, Italienisch, Spanisch, Finnisch – lieber Himmel, gibt es heutzutage wirklich noch Leute, die Finnisch sprechen? Interessieren Sie sich für Italienisch, Barbara? Eine sehr nützliche Sprache, wenn man verreisen will. Dann kann man sich mit den Einheimischen unterhalten.«

Barbaras Augen wurden schmal. Dee war echt raffiniert. Sie näherte sich langsam, aber sicher dem Thema, das Barbara schon seit Wochen tunlichst vermied. Inspector Salvatore Lo Bianco von der Polizei in Lucca war Anfang Juli nach England gekommen, um Englisch zu lernen – und er war immer noch in England, soweit Barbara wusste –, und nachdem Dee ihn kennengelernt hatte, war ihr sofort klar gewesen, dass er ein absoluter Traummann war, oder zumindest Barbaras Traummann. Nur dass Barbara nicht von Männern träumte und Salvatore auch nicht als potenziellen Lebensgefährten für sich betrachtete.

Sie sagte: »Zwei Abendessen in einer Weinbar im Holland Park. Zum Abschied südeuropäische Wangenküsschen.«

Dorothea blinzelte. »Wie bitte?«

»Dee, ich bitte Sie. Ich kenne Sie besser als Sie sich selbst, wie mal jemand zu mir gesagt hat. Sie wollen doch bloß wissen, ob ich Salvatore Lo Bianco getroffen hab, seit er in London ist, abgesehen von unserer Tanzvorstellung – wobei, die Veranstaltung als Tanzvorstellung zu bezeichnen würde ja bedeuten, dass wir tatsächlich *getanzt* ...«

»Was wir absolut getan haben, und das wissen Sie ganz genau.«

»Alles klar. Wie auch immer. Ich bin also zweimal mit ihm essen gegangen, davon einmal zusammen mit Lynley und Dr. Trahair, das zählt also eigentlich nicht.« Mehr hatte sie mit dem italienischen Polizisten nicht zu tun gehabt, und sie hatte auch nicht vor, daran etwas zu ändern. Aber Dee war fest entschlossen, sowohl für Barbara als auch für sich selbst einen Mann zu finden. »Außerdem kann ich schon Italienisch«, fügte Barbara hinzu.

»O mein Gott! Wirklich?«

»*Ciao, grazie, Pizza* und *prego*, aber fragen Sie mich nicht, was die Wörter bedeuten. Also, was *Pizza* heißt, weiß ich natürlich.«

»Sehr witzig«, bemerkte Dorothea. »Zum Totlachen. Ich melde uns jedenfalls für den Zeichenkurs an. Und wenn Sie nicht brav sind, trage ich uns auch noch für einen Kochkurs ein. Chinesische Küche.«

»Meinetwegen. Toll. Einverstanden«, sagte Barbara. »Sie sehen sich nach einem Zeichenkurs um und sagen mir Bescheid, wenn Sie was gefunden haben, und ich besorge inzwischen Papier und Bleistifte.«

Kurz darauf kam Lynley von seiner Besprechung zurück, ein paar Aktenordner unterm Arm. Mit einer Kopfbewegung gab er Barbara zu verstehen, dass er sie in seinem derzeitigen Zimmer sprechen wollte. DS Winston Nkata gab er ebenfalls ein Zeichen. Nkata war allerdings gerade damit beschäftigt, Filmmaterial aus den Überwachungskameras der U-Bahn-Station Gloucester Road zu sichten. Das langweilte ihn offenbar derart, dass er kaum noch die Augen offen halten konnte, um zu sehen, wonach er suchte. Barbara musste dreimal seinen Namen rufen, bis er aufblickte. Dann machte sie es wie Lynley und bedeutete ihrem Kollegen mit einer Kopfbewegung, er möge sich in Lynleys Zimmer begeben.

Winston stand auf. Bei seiner Größe von über eins neunzig musste er, wenn er von einem Stuhl aufstand, seine Wirbelsäule erst einmal neu ausrichten. Als er auf den Beinen war, setzte Barbara sich in Bewegung. Wenn Lynley sie beide sprechen wollte, standen die Chancen nicht schlecht, dass es bald was zu tun gab.

Beim Eintreten fiel ihr auf, dass Lynley nichts im Zimmer verändert hatte. Die Frau, die er vertrat, Isabelle Ardery, war für mindestens acht Wochen zur Kur auf der Isle of Wright. Die Tatsache, dass hier alles aussah wie immer, sprach dafür, dass Lynley Ardery zutraute, ihr Alkoholproblem in den Griff zu bekommen, ehe sie ihr Leben vollends ruinierte. Persönliche Gegenstände wie Fotos von ihren Kindern hatte Ardery selbst entfernt. Alles andere war geblieben; Lynley hatte nicht einmal die Möbel verrückt.

Lynley bat Havers und Nkata, an dem runden Besprechungstisch Platz zu nehmen, der auf einer Seite des Raums stand. »Dorothea hat richtig vermutet«, sagte er. »Uns wurde ein Fall aus dem Empress State Building übertragen.«

»Was Zwielichtiges, Sir?«, fragte Barbara.

»Mord«, sagte Lynley.

»Und wieso hat sich die Pressestelle eingeschaltet?«

»Das Übliche: Den Ball flach halten und die Angelegenheit so lange wie möglich aus den Medien heraushalten.«

EMPRESS STATE BUILDING
WEST KENSINGTON
SOUTH-WEST LONDON

Das Empress State Building erhob sich in der Lillie Road, nicht weit von der U-Bahn-Station West Brompton und den mit Flechten überzogenen viktorianischen Grabmälern des West Brompton Cemetery entfernt. Der Wolkenkratzer, eine der vielen grauen Glas-und-Stahl-Konstruktionen, die das moderne London ausmachten, verfügte über drei geschwungene Flügel, die vage an ein Kleeblatt erinnerten. Ebenso wie New Scotland Yard wurde das Gebäude schwer bewacht. Da konnte man nicht einfach hineinspazieren und mit irgendeinem Bobby plaudern.

Lynley war angemeldet. Nachdem er knapp fünf Minuten vor dem Peeler's Café gewartet hatte, trat ein flachsblonder Mann mittleren Alters aus einem der Aufzüge, passierte die Drehtür und sagte: »DCS Lynley?«

»Thomas«, sagte Lynley. »Und DCS bin ich nur in Vertretung. Ich bin eingesprungen, weil meine Chefin ein paar Wochen Urlaub genommen hat. Sie sind DCS Phinney?«

»Mark.« Er reichte Lynley die Hand. Er hatte einen festen Händedruck, dachte Lynley. »Ah, Sie haben einen Besucherausweis«, sagte Phinney. »Gut. Kommen Sie mit. Wir sind im siebzehnten Stock, aber ich fahre mit Ihnen zum Orbit rauf, da hat man eine fantastische Aussicht.«

Er ging Lynley voraus durch die Drehtür und zu den Aufzügen, die nur die obersten Stockwerke des Gebäudes bedienten. Der Aufzug war schnell und fast geräuschlos.

Der Orbit war eine Mischung aus Lounge und Café. Die Küche befand sich im mittleren Bereich, also im Zentrum des Kleeblatts. Die Aussicht war wirklich fantastisch, Phinney hatte nicht übertrieben. Lynley hatte das Gefühl, bis weit ins Londoner Umland sehen zu können.

Phinney ging an den Tresen, um Kaffee zu holen, und Lynley fand einen freien Tisch an der Glasfront, die das gesamte Café umgab. Nach einer Weile bemerkte Lynley, dass sich das ganze Stockwerk langsam drehte. Wenn man lange genug dort sitzen blieb, bekam man einen Rundblick über ganz London und seine Vorstädte geboten.

Phinney kam mit zwei Tassen Kaffee und zwei Croissants, stellte alles auf den Tisch und nahm Lynley gegenüber Platz. »Was kann ich für Sie tun, Thomas?«

»Sie können mir etwas über Detective Sergeant Bontempi erzählen.«

»Teo?«, fragte Phinney. »Sie ist doch hoffentlich auf dem Weg der Besserung, oder? Ich habe nichts mehr von ihr gehört.«

Eine seltsame Reaktion, dachte Lynley. Er fragte: »Wann haben Sie sie denn zuletzt gesehen?«

»Im Krankenhaus. Vor drei Tagen.«

»Hatte das Krankenhaus Sie angerufen?«

»Nein. Worauf wollen Sie hinaus, Thomas?«

»Tut mir leid, aber sie ist tot.«

Phinney starrte ihn verständnislos an. »Wie kann das sein?« Lynley war sich nicht sicher, ob Phinney mit sich selbst sprach, aber ehe er etwas sagen konnte, fuhr der fort: »Aber ich habe sie doch gesehen. Da war sie sehr lebendig. Ich habe sie gefunden.«

»Wo?«, fragte Lynley.

»In ihrer Wohnung. Ich bin reingegangen und habe sie im Bett vorgefunden. Ich habe sie nicht wach bekommen, aber… Großer Gott, sie hat geatmet. Ich habe sofort den Notarzt gerufen. Als die endlich gekommen sind…«

»Endlich?«

»Es hat mindestens eine halbe Stunde gedauert. Sie haben ihren Puls gefühlt, sie an einen Tropf gehängt, auf eine Trage gelegt und ins Krankenhaus gebracht. Ich bin in meinem Wagen gefolgt.«

»Konnten Sie mit ihr sprechen?«

Phinney schüttelte den Kopf. »Als ich sie zuletzt gesehen habe, wurde sie gerade in die Notaufnahme gefahren. Ich habe vergeblich auf Informationen gewartet. Nach zwei Stunden wurde mir gesagt, dass man sie auf die Intensivstation verlegt und ihre nächsten Angehörigen benachrichtigt hätte. Ich weiß nicht, wer genau benachrichtigt wurde, ihr Mann, ihre Eltern oder ihre Schwester, aber ich nehme an, ihr Mann. Als ich gefahren bin, war noch niemand von der

Familie da.« Er stand auf und trat ans Fenster. »Sie lag im Bett, als ich sie gefunden habe«, sagte er zu seinem vagen Spiegelbild. »Sie hatte ihre Schlafsachen an. Wie kann sie gestorben sein?«

»Wie sind Sie in ihre Wohnung gekommen?«, fragte Lynley.

Phinney drehte sich um. Lynley fiel auf, dass er sehr blass geworden war. »Ich habe dem Hausmeister meinen Polizeiausweis gezeigt und ihm die Situation erklärt.«

»Nämlich ...?«

»Wie bitte?«

»Die Situation. Aus welchem Grund sind Sie zu ihrer Wohnung gefahren?«

Phinney ballte die rechte Hand zur Faust und knetete damit beim Sprechen die linke Handfläche. »Sie war kürzlich zu einer Dienststelle in South London versetzt worden und hatte um ein paar Tage Urlaub gebeten, bevor sie ihre Stelle dort antrat. Aber als sie ihren Dienst antreten sollte, ist sie nicht erschienen. Ich wurde angerufen, um zu bestätigen, dass das Datum ihres Dienstantritts stimmte. Das Datum war korrekt, und da ich Teo, äh, DS Bontempi, als engagierte Kollegin kenne, hat es mich stutzig gemacht, dass sie ihre neue Stelle nicht angetreten hatte. Zuerst dachte ich, es wäre was mit ihrem Vater. Er hatte Anfang des Jahres einen Schlaganfall. Also hab ich bei ihren Eltern angerufen, aber da war alles in Ordnung. Dann habe ich mehrmals vergeblich versucht, sie auf ihrem Handy zu erreichen. Und nach ein paar Stunden bin ich dann zu ihr nach Hause gefahren.«

»Hätten Sie nicht einen Kollegen aus dem Bezirk bitten können, mal bei ihr zu klingeln?«

»Doch. Natürlich. Aber daran habe ich nicht gedacht. Ich bin einfach hingefahren und habe den Hausmeister gebeten, mich in die Wohnung zu lassen.«

»Sie wussten, wo sie wohnte? Waren Sie schon mal bei ihr gewesen?«

»Ich habe sie mal nach einer Feier auf dem Revier nach Hause gefahren. Sie war ohne Auto da, und es war schon ziemlich spät. Da ich nur ein Glas Wein getrunken hatte, dachte ich, ich bringe sie nach Hause, damit sie nicht mit den Öffentlichen fahren muss.«

»War sie betrunken?«

»Beschwipst, nicht betrunken. Hören Sie, was hat das Ganze zu bedeuten? Warum wurde die Met eingeschaltet?«

Lynley sah keinen Grund, ihm die Antwort auf die Frage zu verweigern. »Sie wurde ermordet«, sagte er.

»Ermordet«, wiederholte Phinney tonlos und zugleich fassungslos. Dann: »*Ermordet*? Im Krankenhaus?«

»Sie ist im Krankenhaus gestorben, aber ermordet wurde sie in ihrer Wohnung.«

Phinney runzelte die Stirn. »Wie ist das möglich? Was ist denn passiert?«

»Sie hatte ein Epiduralhämatom«, sagte Lynley. »Jemand hat ihr den Schädel eingeschlagen. Sie lag im Koma, als Sie sie gefunden haben. Deswegen ist es Ihnen auch nicht gelungen, sie zu wecken.«

»Sie sagen, es war Mord. Kann es nicht sein, dass sie gestürzt ist und sich den Kopf angeschlagen hat? Ich meine, sie hatte ihre Nachtsachen an. Sie lag im Bett. Es gab überhaupt keine Anzeichen für… Ich meine, es war nichts zu sehen, was darauf hingedeutet hätte, dass sie einen Schlag abbekommen hatte. Es gab nichts, was… Wer weiß noch davon?«

»Dass es Mord war? Ihre Angehörigen wissen nur, dass sie gestorben ist, nachdem sie dem Abschalten der Geräte zugestimmt haben. Dass sie ermordet wurde, hat sich erst bei der Obduktion herausgestellt. Jetzt gerade ist ein Kollege unterwegs zu den Angehörigen, um ihnen mitzuteilen, dass es kein natürlicher Tod war.«

»Aber *Mord*? Und ohne ein offensichtliches Anzeichen für einen Schlag an ihrem Kopf?«

»Sie wurde am Hinterkopf getroffen, sodass Sie es vielleicht nicht sehen konnten. Und die Kopfhaut war unversehrt. Es muss eine Waffe benutzt worden sein, darauf deutet die Schädelfraktur hin.«

»Was für eine Waffe war das?«

»Das wissen wir noch nicht. Die Kriminaltechniker sind gerade dabei, die Wohnung danach abzusuchen. Falls sie dort nichts finden, müssen wir davon ausgehen, dass der Mörder die Waffe mitgebracht hat. Und auch wieder mitgenommen hat.«

»Warum gehen Sie dann davon aus, dass sie erschlagen wurde?« Dann beantwortete er sich die Frage selbst. »Die Autopsie, klar. Das sagten Sie ja bereits. Mein Gott, ich hätte sie vielleicht retten können. Ich bin doch dazu ausgebildet, Spuren zu erkennen, und ich habe nichts gesehen.«

»Sie konnten unmöglich wissen, was vorgefallen war, Mark. Sie lag im Bett, mit ihren Nachtsachen an, wie Sie sagten. Was hätten Sie denn annehmen sollen? DS Bontempi hat vermutlich nicht einmal selbst gewusst, dass sie so schwer verletzt war. Sie hat einen Schlag auf den Kopf bekommen, aber es ist durchaus denkbar, dass sie nicht gleich das Bewusstsein verloren hat. Oder wenn doch, hat sie, als sie wieder zu sich gekommen ist, gedacht, es war nur ein leichter Schlag, mehr nicht. Vielleicht war ihr ein bisschen schwindlig. Vielleicht hatte sie leichte Kopfschmerzen und hat eine Paracetamol genommen. Oder sie konnte sich nicht erinnern, was passiert war, und hat sich ins Bett gelegt, ohne zu begreifen, in welcher Gefahr sie sich befand. Dann hat sie wieder das Bewusstsein verloren und ist ins Koma gefallen.

Sie hätte nur gerettet werden können, wenn jemand sie früh genug gefunden und sofort ins Krankenhaus gebracht hätte, wo man den Druck auf ihr Gehirn hätte mindern können. Aber das ist nicht passiert. Und der Einzige, der schuld an ihrem Tod ist, ist ihr Mörder.«

»Glauben Sie, dass sie ihren Mörder gekannt hat?«

»Wenn sie auf der Straße oder an einem anderen öffentlichen Ort angegriffen worden wäre, hätte man sie schnell gefunden. Die Tatsache, dass sie in ihrer Wohnung angegriffen wurde, legt den Schluss nahe, dass sie den Mörder selbst hereingelassen hat.«

»Oder der Mörder hatte einen Schlüssel.«

»Oder das. Ja.«

»Ihre Angehörigen könnten einen Schlüssel haben. Ihre Eltern, ihre Schwester. Vielleicht sogar ihr Mann. Ross Carver.«

»Sogar?«

»Sie lebten getrennt. Seit ungefähr zwei Jahren, vielleicht auch länger. Aber früher haben sie zusammen in der Wohnung gewohnt. Vielleicht hat er ja immer noch einen Schlüssel.«

Phinney nahm wieder auf der Sitzbank Platz, wo er zuvor gesessen hatte. Er riss die Hälfte von seinem Croissant ab, hob das Stück an den Mund, konnte sich nicht zum Essen überwinden, legte es wieder ab und nahm stattdessen seine Kaffeetasse. Lynley fiel auf, dass seine Hand zitterte. Nicht so sehr, dass es einem ungeübten Auge aufgefallen wäre, aber ziemlich deutlich für jemanden, der regelmäßig Verhöre durchführte.

»Was können Sie mir über DC Bontempis Versetzung sagen?«, fragte Lynley. »War sie freiwillig?«

Phinney zögerte. Lynley sah ihn schlucken. »Leider nein«, sagte er. »Ich habe sie veranlasst. Sie wäre lieber hiergeblieben.«

»Sie sprachen vorhin von einem Team. Ich nehme an, Bontempi gehörte dazu?«

»Ja«, sagte Phinney. »Sie war eine gute Polizistin und eine erfahrene Ermittlerin.«

»Warum haben Sie dann ihre Versetzung veranlasst?«

»Das ist schwierig zu erklären; ich hätte es jedenfalls gerne vermieden. Aber es gab Probleme wegen ihrer Arbeitsweise. Wenn sie auf etwas gestoßen ist, das sie für eine wichtige Spur hielt, ist sie der Sache am liebsten allein nachgegangen. Außerdem war ihre Vorgehensweise ziemlich eigenwillig, was bedeutet, dass sie nicht so teamfähig war, wie ich das für nötig halte. Wenn ihr etwas in den Sinn kam, hat sie es einfach gemacht, selbst wenn es gar nicht zu unserem Aufgabenbereich gehörte, und erst später – wenn ich Glück hatte – Bericht erstattet. Wir sind immer wieder aneinandergeraten, wenn es darum ging, was das Beste für das Projekt war.«

»Woran haben Sie denn gearbeitet?«, fragte Lynley. Er hatte den Eindruck, dass der Begriff »Projekt« etwas Langfristiges betraf.

»Misshandlung von Frauen«, sagte Phinney. »Vor allem FGM, also weibliche Genitalverstümmelung. DS Bontempi hat sich da sehr reingehängt, sie wollte dieses Übel unbedingt aus der Welt schaffen. Das Problem war, dass sie immer wieder eigenmächtig gehandelt hat, und das während einer Ermittlung, die sowieso schon unglaublich schwer zu führen ist.«

Lynley brach ein Stück von seinem Croissant ab. Es war sehr gut, stellte er fest. Und der Kaffee ebenso. »Ich finde ihre Leidenschaft verständlich«, sagte er.

»Ja. Natürlich. Als Frau…«

»In dieser Situation war sie nicht nur einfach eine Frau«, fiel Lynley ihm ins Wort.

»Wie meinen Sie das?«

»Sie war selbst Opfer einer fürchterlichen Genitalverstümmelung. Das wurde bei der Autopsie festgestellt. Ich glaube nicht, dass sie irgendjemandem außer ihrem Mann davon erzählt hat.«

Phinney fiel buchstäblich die Kinnlade herunter, doch er brachte eine ganze Weile keinen Ton heraus. Eine Gruppe ausgelassener Leute betrat das Café, offenbar auf dem Weg zu ihrem zweiten Frühstück. Schließlich sagte Phinney: »Nein, davon hat sie mir natürlich nichts erzählt.« Mit einer Kopfbewegung deutete er auf die Aktenordner, die Lynley mitgebracht hatte, und fragte: »Sie sagten fürchterliche Verstümmelung?«

»Infibulation.«

»Großer Gott.« Phinney schluckte. Tränen traten ihm in die Augen. Er hob die Hand, als wollte er sie vor Lynley verbergen. Als Leiter einer Ermittlung, bei der es um FGM ging, wusste er natürlich, was Infibulation bedeutete.

»Laut Bericht des Pathologen wurde sie vor vielen Jahren verstümmelt, wahrscheinlich, als sie noch ein Kind war. Wir wissen nur, dass es sehr stümperhaft gemacht war. Sie war fast komplett zugenäht.«

Phinney hob abwehrend eine Hand. Lynley konnte es ihm nicht verdenken, dass er nicht mehr hören wollte. Die Frau war schließlich seine Kollegin gewesen. Es war ein Schock, so etwas zu erfahren, und eine Belastung, es zu wissen. Und Mark Phinney hatte ihre Versetzung veranlasst. Als hätte er Lynleys Gedanken gelesen, sagte er: »Ich hätte nie im Leben ihre Versetzung forciert, wenn ich … Warum zum Teufel hat sie mir nichts davon gesagt? Sie hätte mir doch *sagen* können, warum sie …« Ihm fehlten die Worte.

»Warum sie sich nicht an Ihre Regeln gehalten hat?«

»Alles wäre anders gewesen, wenn sie es mir gesagt hätte.«

»Dazu hätte sie Ihnen ganz und gar vertrauen müssen«,

sagte Lynley. »Nach dem, was ihr angetan wurde, kann man annehmen, dass es nur sehr wenige Menschen gab, denen sie wirklich vertraute.« Er trank seinen Kaffee aus und erhob sich. »Wir werden uns alles ansehen müssen, was sie in Ihrem Team gemacht hat, und auch, was sie auf eigene Faust unternommen hat. Das heißt, wir brauchen ihre Akten, ihre Notizen, ihren Computer, ihre Berichte, ihre digitalen Fotos, digitale Tonaufnahmen, alles, was sie dokumentiert und Ihnen übergeben oder auch vor Ihnen verborgen hat. Außerdem werde ich mit ihren Kollegen sprechen müssen.«

»Außer mir gibt es noch zwei DCs und Teos Nachfolgerin DS Jade Hopwood.«

»Vier Leute insgesamt?«, fragte Lynley ungläubig. »Wie wollen Sie der Gewalt gegen Frauen ein Ende setzen mit nur einem Sergeant und zwei DCs?«

»Mehr wollte die Met uns nicht zugestehen«, sagte Phinney. »Sie sehen also, mit welchen Schwierigkeiten wir zu kämpfen haben.«

NEW END SQUARE
HAMPSTEAD
NORTH LONDON

Die Anweisung, Teo Bontempis Angehörigen mitzuteilen, dass sie ermordet worden war, hatte DS Winston Nkata seiner Hautfarbe zu verdanken, das war ihm klar. Aber glaubte Lynley tatsächlich, eine derart schlimme Nachricht ließe sich leichter verkraften, wenn sie von jemandem überbracht wurde, der die gleiche Hautfarbe hatte? Nkata hatte die Anweisung kommentarlos akzeptiert, auch wenn er nicht begeistert war. Wer riss sich schon darum, eine Schreckensbotschaft überbringen zu müssen?

Es wunderte ihn, dass die Familie in Hampstead wohnte. In Hampstead wohnten Leute mit massenhaft Kohle, und massenhaft Kohle bedeutete entweder, dass man eine fette Erbschaft gemacht hatte, die von der Erbschaftssteuer nicht ganz aufgefressen worden war, oder dass man richtig Schotter verdiente. Nkata, aufgewachsen in einer Wohnanlage im Süden Londons, die noch darauf wartete, hip zu werden, war an riesige Wohntürme, ethnische Vielfalt und Bandenkriege unter meist schwarzen Jugendlichen gewöhnt. Die meisten Eltern in seinem Viertel – vor allem seine eigenen – erlaubten ihren Kindern nur, die Wohnung zu verlassen, wenn sie genau sagen konnten, wo sie hinwollten, und wenn der Weg dorthin nicht durch das Territorium irgendwelcher Banden führte. Was leider nicht geholfen hatte. Nkata hatte sich als Junge den Brixton Warriors angeschlossen, genau wie sein Bruder Harold, der derzeit im Gefängnis saß, wo er noch mindestens siebzehn weitere Jahre vor sich hatte. Ein freundlicher Cop – auch ein Schwarzer – hatte Winston aus den Fängen der Warriors gerettet und ihn auf einen anderen Weg gebracht. So hatte sich sein Leben über die Jahre extrem verändert, und dennoch war er überzeugt davon, dass Schwarze, die es sich leisten konnten, in Hampstead zu wohnen, nur Berühmtheiten sein konnten – Filmstars, berühmte Sportler und dergleichen.

Die Adresse, die man ihm gegeben hatte, führte ihn nach New End Square, wo Bäume am Straßenrand angenehmen Schatten spendeten und die Veranden mit Glyzinien berankt waren. Dort bewohnten die Bontempis eine eindrucksvolle Hütte: eine Backsteinvilla, und zwar die größte weit und breit. Sie war von einem hohen schmiedeeisernen Zaun umgeben, der einen prächtigen Garten einschloss. Die Villa hatte drei Geschosse mit je fünf Kreuzsprossenfenstern, und auf dem Dach erhoben sich mehrere Kamine. Es gab sogar einen flachen Anbau, was Nkata wunderte. Wozu brauchte man bei so einem Riesenkasten noch einen Anbau? Ein Auto parkte vor dem Haus, ein ziemlich neuer Land Rover. Nkata parkte seinen Fiesta direkt dahinter.

Er stieg aus und ging zum Tor. Zaun und Tor waren nicht höher als ein Meter zwanzig, trotzdem war das Tor abgeschlossen. Nkata drückte auf den Klingelknopf. Nach dem dritten Klingeln meldete sich eine Frauenstimme, die ziemlich affektiert klang, wie Nkata fand: »Ja, bitte?« Er wies sich aus, und das Tor ging auf. Er durchquerte den Vorgarten und ging auf eine riesige Glyzinienlaube zu, unter der er eine Veranda vermutete. Er vermutete richtig. Die Glyzinie, aus deren mächtigem Stamm sich in drei Richtungen Äste wanden, sah aus wie der Baum aus dem Garten Eden, unter dem Adam und Eva gestanden hatten, als die Schlange sie dazu verführt hatte, die verbotene Frucht zu essen. Ihre Ranken bedeckten die gesamte Veranda, hingen wie Gardinen vor allen Fenstern des Erdgeschosses und kletterten an der Hauswand hoch in Richtung Dach.

Noch bevor Nkata einen Fuß auf die Treppe gesetzt hatte, wurde die Haustür geöffnet. Vor ihm stand, die Hand am Türknauf, eine hochgewachsene, extrem attraktive Frau. Sie schien etwa in seinem Alter zu sein, Ende zwanzig, und sie trug ein weißes, mit Blumen bedrucktes Sommerkleid, das in der Taille gerafft war. Der Stoff hob sich hübsch von ihrer Haut ab. Nkata fiel auf, dass sie barfuß war. Ihre Zehennägel waren knallrot lackiert, ihr Haar war geglättet und zu einem kinnlangen Bob geschnitten, der ihr sehr gut stand. Ihr Make-up und ihr Schmuck waren dezent. Alles in allem wirkte sie wie von einem Profi zurechtgemacht.

»New Scotland Yard?«, fragte sie zögernd, während sie die lange Narbe in Nkatas Gesicht musterte. Vielleicht machte die sie misstrauisch, dachte er.

Er zeigte ihr seinen Dienstausweis. Sie betrachtete erst das Foto, dann sein Gesicht, dann fragte sie: »Wie war noch Ihr Name?« Es klang wie eine Art Test.

»N-kata«, sagte er.

»Sie sind also Afrikaner.«

»Mein Vater stammt aus Afrika, meine Mutter aus Jamaika.«

»Sie haben aber weder einen afrikanischen noch einen jamaikanischen Akzent.«

»Ich bin hier geboren.«

»Und Sie sind wirklich von der Met?«

»Ja. Ich muss mit Ihren Eltern sprechen.«

Sie drehte sich schwungvoll um, sodass ihr Rock ein bisschen flog und ihre Beine zur Geltung brachte. Dann verschwand sie im Haus, ließ jedoch die Tür offen, und er trat ein. Auf dem dunklen Eichenparkett in der Eingangshalle lagen mehrere ausgebleichte Perserteppiche. An den Wänden standen einige antike Tische, darüber hingen in Gold gerahmte Landschaftsgemälde, und die Türen hatten blankpolierte Messingbeschläge. Die Bontempis nagten offensichtlich nicht am Hungertuch, wie Barb Havers sich vermutlich ausgedrückt hätte.

Die junge Frau kam zurück. Sie trug ein Tablett mit einer Flasche Pellegrino und vier Gläsern. »Sie kommen gleich«, sagte sie. »Hier entlang, bitte.« Sie führte ihn in ein Wohnzimmer, das aussah wie aus einer Schöner-Wohnen-Zeitschrift: mit geblümtem Stoff bezogene Sofas und Sessel, glänzende Mahagonitische, eine Vitrine mit einer merkwürdigen Sammlung antiker Porzellanfiguren, die Frauenbüsten darstellten. Nkata konnte sich nicht vorstellen, wozu diese Figuren einmal gedient hatten oder noch dienten.

»Ich bin übrigens Rosalba«, sagte die junge Frau. »Also, Rosie. Sind Sie wegen Teo hier? Ich bin ihre Schwester.«

Nkata wandte sich von der Vitrine ab. »Okay. Äh, ja.«

»Pellegrino?« Rosie hielt die Flasche hoch.

»Klingt gut.« Dann, weil er zu gern gewusst hätte, wie eine Familie wie diese in so einer Gegend gelandet war: »Darf ich fragen, was Ihre Eltern machen?«

»Das ist aber eine unhöfliche Frage.«

»Hm, stimmt. Sorry. War nur neugierig.«

Sie runzelte die Stirn. »Mein Vater hat eine Veterinärklinik in der Nähe von Reading. Das müssen Sie sich wie ein ganz normales Krankenhaus vorstellen – Betrieb rund um die Uhr, Spezialisten, OP-Säle und so weiter. Meine Mutter ist Privatpilotin.« Rosie verdrehte die Augen. »Sie fliegt die gelangweilten Gattinnen von reichen Bankern zum Shoppen nach Florenz und zum Lunchen nach Paris.«

»Du bist voreingenommen, Rosie«, sagte eine Frauenstimme mit französischem Akzent, die aus derselben Richtung ertönte, aus der Rosie mit den Gläsern gekommen war. Nkata fuhr herum. Rosies Mutter war so hellhäutig, wie eine Weiße nur sein konnte. Ihre Haut bildete einen starken Kontrast zu ihrem schwarzen Nadelstreifenanzug. Die Frau würde Dee Harriman begeistern, dachte Nkata: schmale Hose, weiße Bluse mit hochgeschlagenem Kragen, der ihr Gesicht hübsch einrahmte, auf Figur geschnittenes Jackett, flache Schuhe mit goldenen Schnallen. Ihr Goldschmuck war vermutlich echt: Ringe, Ohrringe und eine Halskette mit einem schweren Anhänger von undefinierbarer Form. »Ich bin Solange Bontempi«, stellte sie sich vor. »Rosie sagt, Sie wollen mich wegen Teo sprechen.«

Auf Nkata wirkte sie nicht wie eine trauernde Mutter. Das machte ihn stutzig. Dann wunderte er sich über sich selbst, dass ihn das stutzig machte. In seinem Beruf wusste man eigentlich, dass jeder auf seine Weise trauert. Er überlegte flüchtig, ob er ihren Gefühlen misstraute, weil sie eine Weiße war. Ehe er etwas sagen konnte, fragte Rosie: »Braucht *Papá* Hilfe?«

»Ja, aber lass ihn in Frieden, *ma belle*. Es ist heute … nicht anders als gestern.« Dann, an Nkata gewandt, als spürte sie seine Vorbehalte ihr gegenüber: »Cesare – meinem Mann – ist Teos Tod sehr nahegegangen. Rosie und ich bemühen uns, ihn mit unserer Trauer nicht noch zusätzlich zu belasten. Im Moment kommt es uns noch so unwirklich vor … als wäre das alles anderen Leuten widerfahren. Und man lässt uns nicht einmal ihre Leiche abholen.«

»Das liegt daran, dass sie noch in der Gerichtsmedizin ist. Ich fürchte, es wird auch noch ein bisschen dauern.«

»Ich verstehe das nicht«, sagte Solange. »Wir bekommen überhaupt keine Informationen.«

»Deswegen ist er hier, *Maman*. Das ist Sergeant Nkata von der Met.«

»Und warum will Sergeant Nkata von der Met mit uns sprechen?«, ertönte eine Männerstimme, ebenfalls mit einem Akzent, der jedoch nicht französisch war. Der Mann kam aus derselben Richtung wie zuvor seine Frau und seine Tochter, allerdings mit dem Unterschied, dass er sich sehr langsam bewegte und auf einen Rollator stützte. Nkata sah, dass er ein Bein stark nachzog.

»Er ist wegen Teo hier, Cesare«, sagte Solange Bontempi.

»Ich verstehe nicht, warum wir sie nicht nach Hause holen dürfen«, sagte Cesare Bontempi zu Nkata. »Wir wollen sie ordentlich beerdigen. Im Kreis unserer Freunde. Wir möchten, dass unser Priester …« Er brach ab und machte eine vage Geste.

»*Papá*, setz dich«, sagte Rosie. »Bitte. Komm, wir helfen dir. *Maman*?«

Er wedelte unwirsch mit dem Arm, um die Frauen von sich fernzuhalten, und ging mühsam weiter. Auf seiner Stirn und auf seiner Oberlippe hatten sich Schweißperlen gebildet. Alle warteten schweigend, bis er sich stöhnend auf eins der Sofas fallen ließ.

Er schob den Rollator beiseite und wandte sich an Nkata: »Warum können wir unsere Tochter nicht nach Hause holen?«

Nkata wartete darauf, dass die beiden Frauen Platz nahmen. Was ihnen zu widerstreben schien. Rosie wirkte, als hätte sie am liebsten die Flucht ergriffen, so wie sie dauernd zur Haustür schielte. Nkata zeigte auf zwei Sessel und setzte sich an das andere Ende des Sofas, auf dem Cesare saß. »Ich habe schlechte Nachrichten, und es tut mir leid, dass ich sie Ihnen überbringen muss.«

»Was gibt es denn noch?«, fragte Solange und fasste sich an den Hals, wie manche Frauen das taten, wenn sie sich wappneten, doch ihr Blick ging zu ihrem Mann. »Cesare, vielleicht…?«

»Nein! Sagen Sie, was Sie uns zu sagen haben, Mr Sergeant wie auch immer.«

»Nkata«, sagte Nkata. »Winston Nkata. Ich bin hier, um Ihnen mitzuteilen, dass sie ermordet wurde. Deswegen wird auch die… ihre Leiche noch nicht freigegeben.«

»Ermordet?«, sagte Cesare. »Teo wurde *ermordet*? Sie war Polizistin. Wer ermordet denn eine Polizistin?«

Solange stand auf und ging zu ihm. Er stieß sie wieder von sich. »Cesare, bitte«, sagte Solange. »Du musst…«

»Was muss ich? Ruhig bleiben? Teodora ist ermordet worden, und ich soll ruhig bleiben?«

»Es geht dir nicht gut, Liebling. Rosie und ich machen uns Sorgen um dich.«

Cesare warf Rosie einen Blick zu. Sie senkte den Kopf.

175

Sie betrachtete ihre Hände, die sie in ihrem Schoß fest verschränkt hatte, wie Nkata auffiel.

»Ich verstehe nicht«, sagte Solange. »Wer hat denn festgestellt, dass es Mord war? Warum wurde sie ermordet? Und wie?«

Nkata erklärte ihnen, wie Teo Bontempi laut dem Bericht des Pathologen, den Lynley ihm und Barbara Havers gezeigt hatte, vermutlich umgebracht worden war. Dabei überging er die Einzelheiten, die der Familie bereits bekannt waren: dass Teo von einem Kollegen gefunden worden war, dass dieser den Notarzt gerufen hatte, dass im Krankenhaus eine Hirnblutung festgestellt worden war, dass man vergeblich versucht hatte, ihr Leben zu retten, indem man die Schädeldecke geöffnet hatte, um den Druck auf das Gehirn zu mindern. Die Autopsie wurde angeordnet, so Nkata, nachdem feststand, dass die Verletzungen nicht von einem Unfall herrühren konnten. Die Erkenntnisse des Pathologen würden einer gerichtsmedizinischen Jury vorgelegt, aber es bestehe kein Zweifel daran, dass es sich um Mord handle.

Eine Weile sagte niemand etwas. Eltern und Schwester mussten die Information erst einmal verdauen. Schließlich brach Solange das Schweigen.

»Wer kann Teo das angetan haben? Und warum?«

»Das versuchen wir rauszufinden«, sagte Nkata. »Auch deswegen bin ich hier. Als Erstes wollen wir wissen, *wer* es getan haben kann.«

»Glauben Sie etwa, einer von *uns* hat sie umgebracht?«, fragte Rosie, ohne den Kopf zu heben. Nkata sah, dass ihre verschränkten Hände immer noch in ihrem Schoß lagen.

Ihre Mutter sagte: »Sie können doch nicht im Ernst annehmen ...«

»Brauchen wir jetzt etwa alle ein Alibi?«, fiel Rosie ihr ins Wort.

»Ja, aber das ist reine Formsache«, sagte Nkata.

»Und als Nächstes werden Sie uns fragen, ob sie Feinde hatte.«

Cesare Bontempi schnaubte. »Teodora hatte keine Feinde.«

»Das kann man von außen immer schwer beurteilen, denke ich«, sagte Nkata. »Wir brauchen also die Namen ihrer Freunde, die Namen von allen Personen, mit denen sie zu tun hatte. Wir haben den Namen ihres Ehemannes…«, er ging die Notizen durch, die er sich bei dem Gespräch mit Lynley und Barbara gemacht hatte, »…Ross Carver. Aber das ist bisher alles.«

Bei der Erwähnung von Ross Carvers Namen tauschten die Bontempis einen Blick aus. Als Nkata gerade fragen wollte, wie das Verhältnis zwischen Teo Bontempi und Ross Carver gewesen war, fragte Rosie: »Sie werden wissen wollen, wann wir sie zuletzt gesehen haben.«

»Das wäre schon mal ein Anfang.«

»Sie war vor ungefähr drei Wochen hier«, sagte Solange. »Sie wollte sehen, wie es ihrem *Papá* ging.«

»Wir haben uns zusammen diesen alten Cowboyfilm angesehen, wo sie am Ende von der Klippe springen«, sagte Cesare.

»Ja, genau, *Butch Cassidy*, jetzt fällt's mir wieder ein. Euer Lieblingsfilm. Wie oft ihr euch den angesehen habt…« Ein Lächeln huschte über ihr Gesicht, vielleicht in Erinnerung an die gemeinsame Vorliebe von Vater und Tochter für diesen Film. »Teo wäre gern häufiger zu Besuch gekommen, aber das war nicht so einfach bei ihrem Job, und der war ihr sehr wichtig.«

»Sie hat für ihre Arbeit gelebt«, sagte Rosie.

»Das geht vielen von uns so«, sagte Nkata. »Deswegen zerbrechen auch so viele Polizistenehen.«

»Das war bei ihr nicht anders«, sagte Cesare. »Ihre Ehe ist auch zerbrochen.«

»Wann war das?«

»Vor über zwei Jahren«, sagte Rosie. »Seitdem leben sie getrennt, aber sie … sie sind noch nicht geschieden. Teo fand allerdings, es würde allmählich Zeit. Und sie hatte ja auch recht. Es bringt doch nichts, eine Ehe aufrechtzuerhalten, wenn zwei Menschen sich nichts mehr zu sagen haben.«

»Sie waren beide …«

»Ross …«

Solange und Rosie hatten gleichzeitig zu sprechen angesetzt. Solange überließ Rosie den Vortritt.

»Sie wollten es beide«, sagte Rosie und schaute Nkata dabei an, während ihre Eltern sie anschauten.

»Hatte sie einen Freund?«, fragte Nkata.

»Möglich. Aber Teo hat nie mit mir über private Dinge gesprochen. Das lag vielleicht am Altersunterschied. Sie war sieben Jahre älter als ich.«

»Und ihr Mann? Hat der eine Neue?«

Einen Moment lang herrschte Schweigen, dann fragte Solange: »Meinen Sie Ross?«, so als wäre Ross Carver einer von mehreren Ehemännern ihrer Tochter gewesen. Sie schaute erst Cesare, dann Rosie an. Dann wandte sie sich wieder Nkata zu. »Wir sehen Ross ab und zu, aber das hätte er uns bestimmt nicht gesagt.«

»Weil …?«

»Er hätte sicherlich nicht gewollt, dass Teo davon erfährt. Weil sie ja noch verheiratet waren.«

Das ergab für Nkata überhaupt keinen Sinn. Die beiden hatten in Scheidung gelebt. Sie waren seit zwei Jahren getrennt gewesen. Was hätte es für Teo Bontempi bedeutet, wenn sie die Wahrheit über ihren Ex erfahren hätte? Er musterte die drei eine Weile, bis er sich ganz sicher war: Sie sagten ihm nicht die Wahrheit. Irgendwas war faul in dieser Familie, und das hatte nicht nur mit dem Tod der Tochter zu tun.

Er ließ das Schweigen sacken, wie er es von Lynley kannte. Mittlerweile wusste er, dass die meisten Menschen Stille nicht gut ertragen konnten. Aber diese drei waren nicht wie die meisten Menschen.

Irgendwann sagte Cesare: »Ich bin müde. Ich werde mich jetzt zurückziehen«, woraufhin seine Frau sofort aufsprang, um ihm auf die Beine zu helfen.

Zu Nkata sagte sie: »Bitte, entschuldigen Sie, Sergeant. Ich muss ... *ma belle*, gib ihm unsere Handynummern. Die brauchen Sie doch bestimmt, Sergeant, oder?«

Er nickte, und Solange führte ihren Mann aus dem Zimmer. Nkata hörte die beiden leise miteinander sprechen. Dann wurde irgendwo eine Tür geöffnet und wieder geschlossen, und sie waren weg.

Aber Rosie war noch da. Nkata hatte das Gefühl, dass sie sowohl eigene Geheimnisse als auch die anderer gut hüten konnte. Er war davon überzeugt, dass sie wesentlich mehr wusste, als sie zugab. Fragte sich nur, ob das, was sie wusste, mit ihren Eltern, ihrer Schwester oder dem Exmann ihrer Schwester zu tun hatte.

HACKNEY
NORTH-EAST LONDON

Da sein Arbeitgeber ihm ein paar Tage freigegeben hatte, traf Barbara Havers Ross Carver zu Hause an. Ihn ausfindig zu machen war nicht schwierig gewesen. Sie hatte einfach die Handynummer gewählt, die in der Akte stand, und ihn sofort erreicht. Ob er bereit sei, mit ihr über den Tod von Teo Bontempi zu sprechen, fragte sie. Sie könnten sich irgendwo treffen, oder sie könne zu ihm nach Hause kommen.

Eine Weile herrschte Stille in der Leitung, dann fragte er mit einem Seufzer: »Teo?« Es klang irgendwie resigniert, fand Barbara. Dann sagte er: »Selbstverständlich.« Er gab Barbara seine Adresse, und sie machte sich auf den Weg.

Er wohnte in Hackney in einem von mehreren Wohnblocks, die die Goldsmith Row säumten. Die meisten dieser Gebäude hatten trostlose verrußte Backsteinfassaden, aber der Block, in dem sich Carvers Wohnung befand, schien neueren Datums zu sein, die Fassade war noch nicht Opfer von Abgasen, Staub und anderem Dreck geworden.

Wie überall in London gab es natürlich nirgendwo einen Parkplatz für Barbaras Mini. Aus unerfindlichen Gründen war die Goldsmith's Row sogar durch drei massive Poller für den Autoverkehr gesperrt. Die Straße war Fußgängern und Radfahrern vorbehalten. Also parkte sie auf dem Gehweg, direkt vor einem schmiedeeisernen, von Unkraut überwucherten Zaun, kramte ihr altes, eselsohriges Polizeischild aus dem vollgestopften Handschuhfach und legte es gut sichtbar aufs Armaturenbrett. Sie hoffte, dass das Polizeischild jeden Neugierigen von den leeren Pizzakartons im Fußraum des Wagens und dem überquellenden Aschenbecher ablenken würde. Die Verpackungen der Schokoladenriegel, die sie immer hinter ihren Sitz warf, waren sowieso von außen kaum zu sehen.

Als sie die Fahrertür öffnete, schlug ihr der penetrante Gestank von Stallmist entgegen, der in der Luft waberte und sich durch die Hitze verstärkt schwer über die ganze Gegend gelegt hatte. Irgendwo krähte sich ein Hahn die Seele aus dem Leib, Enten schnatterten im Chor, und ein Esel schrie. Das konnte nur bedeuten, dass sie sich in der Nähe der Hackney City Farm befand. Sie spähte durch das Gestrüpp auf der anderen Seite des schmiedeeisernen Zauns, und tatsächlich, dort befand sich ein etwas verwilderter Blu-

180

mengarten, an dessen Ende sich eine Scheune erhob. Zwei junge Frauen in Gummistiefeln und mit Strohhüten auf dem Kopf kamen gerade aus der Scheune. In den Händen hielten sie Gartenwerkzeuge und flache Körbe. Aha, Erntezeit, dachte Barbara. Offenbar wurde der Stallmist auf der Farm effektiv genutzt.

Der Gestank begleitete sie, als sie auf der Suche nach der Hausnummer die Goldsmith's Row entlangging. Sie konnte sich nicht vorstellen, gegenüber einer Farm zu wohnen. Wahrscheinlich konnte man hier zehn Monate im Jahr die Fenster nicht aufmachen.

Obwohl der Wohnblock, in dem Carver wohnte, sich am Ende der Straße befand, war die Luft hier auch nicht besser. Barbara merkte, dass sie die ganze Zeit schon die Luft anhielt. Sie wagte auch nicht, durch den Mund zu atmen, aus Angst, sich auf diese Weise mit Dutzenden der Wissenschaft bisher unbekannten Bakterien zu infizieren.

Per Knopfdruck ließ sich die Haustür öffnen. Sie betrat das Gebäude und fuhr mit dem Aufzug ins oberste Stockwerk. Anscheinend hatte Ross Carver nach ihr Ausschau gehalten, denn als sie gerade die Hand hob, um an seine Tür zu klopfen, wurde diese aufgerissen, und vor ihr stand ein gut aussehender, braungebrannter Mann.

Außer dass er von Beruf Statiker war, wusste sie eigentlich nichts über ihn. Er war unrasiert, die schwarzen Locken hatte er sich mit einer Art Gel aus dem Gesicht frisiert und im Nacken zu einem Männerdutt gedreht. Im linken Ohrläppchen hatte er zwei kleine Creolen und einen winzigen Ohrstecker, der aussah wie ein Brilli, dessen Zwilling im rechten Ohrläppchen steckte. Er trug eine Weste, die ziemlich verschlissen und ihm mehrere Nummern zu groß war, und Jeans. Kein Hemd – ein echter Prince Charming.

»Ross Carver?«, fragte Barbara.

»DS Havers?«, fragte er.

Nachdem die Formalitäten geklärt waren, ließ er sie in seine Wohnung, die so spärlich möbliert war, dass sie sich fragte, ob er tatsächlich dort wohnte. Ein halbwüchsiger Junge kam aus einem Zimmer. »Mein Sohn Colton«, sagte Carver hinter Barbara. Sie nickte zum Gruß, und der Junge nickte zurück, warf seine langen Haare mit einer für Teenager typischen Kopfbewegung aus dem Gesicht und sagte zu seinem Vater: »Soll ich gehen?«

»Ist vielleicht besser«, sagte Carver. »Sie ist hier, um über Teo zu reden. Frag deine Mutter wegen der Gibraltarreise. Sag ihr, ich ruf sie heute Abend an.«

»Sie sagt sowieso Nein.«

»Ich versuch, sie zu überreden.«

Colton schnaubte. »Vergiss es.« Dann schlurfte er zur Tür. Nachdem Carver die Tür hinter seinem Sohn zugemacht hatte, sagte er: »Ich hol mir ein Bier. Wollen Sie auch eins?«

»Zu früh für mich. Ich nehm ein Glas Wasser.«

»Einen Moment.« Er verschwand um die Ecke, vermutlich in die Küche.

Barbara trat ans Fenster. Am liebsten hätte sie es geöffnet, denn in der Wohnung herrschte eine Hitze wie in einem Brutkasten, und ihr Deo ließ sie zusehends im Stich, doch sie fürchtete, dass der Gestank von der Farm sie beide umhauen würde. Zu ihrer Linken führte eine doppelflügelige Glastür auf einen Balkon. »Machen Sie die manchmal auf?«, rief sie. Neben mindestens zwei Dutzend mit Klebeband verschlossenen Pappkartons befanden sich auf dem Balkon ein Fahrrad und ein Paar Hanteln.

Carver kam aus der Küche, in einer Hand eine Flasche Wasser, in der anderen eine Flasche Stella Artois. »Ich hab den Mietvertrag im Winter unterschrieben. Der viele Regen hatte den Gestank gemildert, er war mir gar nicht aufgefallen. Außerdem hatte ich es eilig. Jetzt zieh ich wieder nach Streatham.« Er zeigte in Richtung Süden.

»In Teos Wohnung?«

»Es war unsere gemeinsame Wohnung, als wir noch zusammen waren.«

»Sie haben ja schon gepackt«, sagte sie und deutete mit einer Kopfbewegung auf die Kartons auf dem Balkon.

»Ich hab nie ausgepackt.« Er trank einen Schluck Bier. »Ich hab immer gehofft, es wär nicht nötig. Teo wollte sich trennen, nicht ich. Ich hab gehofft, sie würde mich wieder zurücknehmen.« Er kühlte sich die Stirn mit der Bierflasche. Hätte er ihr die Flasche für den Zweck angeboten, sie hätte nicht abgelehnt. »Sie wollten mit mir über sie reden?«

Barbara kramte in ihrer geräumigen Umhängetasche und förderte ihren Notizblock und einen Druckbleistift zutage, den sie von Nkatas Schreibtisch stibitzt hatte. Dabei folgte sie Carver ins Wohnzimmer, in dessen Mitte vier Liegestühle, ein Kartentisch und eine Stehlampe standen. Ein echter Minimalist, dachte sie. Es gab keinen Krimskrams – befand sich vermutlich noch in den Umzugskartons –, es lagen keine Zeitschriften, keine Zeitungen, keine Schuhe und keine Kleidungsstücke herum. Dafür gab es Fotos. Jede Menge Fotos. Die meisten standen an den Wänden entlang auf dem Boden. Einige sahen aus wie Hochzeitsfotos von ihm und seiner Exfrau.

»Darf ich mich setzen?«, fragte Barbara.

»Tun Sie sich keinen Zwang an«, sagte er.

»Sie haben viele Fotos«, bemerkte sie.

Er betrachtete die gerahmten Fotos, die aufgereiht waren wie eine Militärparade. »Teo wollte sie nicht behalten, als wir uns getrennt haben«, sagte er. »Aber ich sehe sie mir gern an. Es sind Erinnerungen.«

»Woran?«

»Daran, wer wir waren. An glücklichere Zeiten. Alles Mögliche. Wir sind zusammen aufgewachsen; unsere Eltern waren befreundet.«

»Wie haben sie sich kennengelernt?«

Er überlegte. »Soll ich Ihnen mal was sagen? Ich hab tatsächlich keine Ahnung. Irgendwie war Teos Familie immer da. Ich kann mich an keine Zeit erinnern, wo sie nicht da waren. Es kann nichts Kirchliches gewesen sein. Meine Eltern – also, unsere ganze Familie – sind immer schon … wie soll ich sagen … Ungläubige gewesen. Teos Familie war katholisch – das heißt, sie sind es immer noch.«

»Und Teo selbst?«

»Sie ging an Ostern und Weihnachten in die Kirche, und das auch nur, wenn ihre Eltern und ihre Schwester sie baten, sie zu begleiten. Aber das war's auch schon. Teo steht – stand – ganz allgemein nicht auf Brimborium.«

»Aber das Brimborium einer Hochzeitsfeier scheint ihr doch gefallen zu haben«, bemerkte Barbara, während sie die Hochzeitsfotos betrachtete.

»Da stehen doch alle Frauen drauf, selbst die, die anfangs behaupten, es ist alles nur überflüssiger Zirkus. Außerdem hat ihre Mutter drauf bestanden. Mir hätte das Jawort auf dem Standesamt und hinterher ein Essen in einem schicken Restaurant gereicht. Champagner und mit Schokolade überzogene Erdbeeren. Aber Solange – Teos Mutter – legt Wert auf Tradition, und wir wollten ihr halt eine Freude machen.«

»Und wie hat sie auf Ihre Trennung reagiert?«

»Genauso wie alle anderen. Überrascht. Traurig. Wir waren schon so lange zusammen, wir gehörten einfach zusammen. In unseren Familien wurden wir immer nur in einem Atemzug genannt. TeoundRoss.«

»Und Sie haben das genauso gesehen.«

Er betrachtete die Bierflasche in seiner Hand, dann nickte

er langsam. »Wie gesagt, ich wollte die Trennung nicht. Aber letztlich bin ich schuld daran.«

»Eine andere Frau?«

Er schüttelte den Kopf. »Für mich hat es immer nur Teo gegeben.«

»Und Colton? Er ist doch der Sohn einer anderen Frau, oder?«

»Colton… Ich war mal sehr aktiv beim Turniertanz. Ich war achtzehn, meine Partnerin auch, und wir haben sehr intensiv Salsa trainiert. Salsa verdreht einem den Kopf, zumindest bei mir war das so, und irgendwann war meine Partnerin schwanger. Sie meinte, wir sollten heiraten. Ich nicht.«

»Wusste Teo von Colton?«

»Er gehört seit seiner Geburt zu meinem Leben. Mit seiner Mutter wollte ich keine Beziehung – worauf ich nicht stolz bin –, aber das galt nicht für ihn. Das hat Teo gewusst.«

»Wo ist seine Mutter jetzt?«

»Sie wohnt in Hammersmith. Sie ist glücklich verheiratet, hat zwei Kinder, ist mit ihrem Leben zufrieden.« Er trank einen großen Schluck von seinem Bier. »Okay, Letzteres ist geraten«, gab er zu. »Aber ich wüsste nicht, warum sie nicht mit ihrem Leben zufrieden sein sollte. Colton hat jedenfalls noch nie was in die Richtung verlauten lassen, und mit Kieran, seinem Stiefvater, versteht er sich blendend. Der Typ, also Kieran, ist echt in Ordnung.«

»Hat Teo sich nie verraten gefühlt?« Es klang alles so erwachsen, so *angesagt*, oder auch *trendy*, wie auch immer.

»Weil Telyn schwanger geworden ist? Nein. Teo war drei Jahre jünger als sie, sie war also erst fünfzehn, als das passiert ist, da waren Teo und ich noch gar kein Paar. Und seit wir zusammen waren, hab ich nie wieder eine andere Frau angeguckt. Kein Bedürfnis.«

»Wenn das stimmt und Sie nie auf Abwege geraten sind,

wie kann es dann sein, dass Sie die Trennung verschuldet haben?«

»Ich hab sie zu sehr geliebt.«

»Zu sehr?«

»Das geht tatsächlich. Es ist wie…« Er schaute auf seinen Balkon hinaus, als könnte er dort die richtigen Worte finden. Schließlich sagte er: »Wie wenn man einer Pflanze zu viel Wasser gibt. Man meint es gut, aber die Pflanze ersäuft.«

Ein seltsamer Vergleich, dachte Barbara, in Anbetracht der Tatsache, dass Teo tot war. Sie fragte: »Wann haben Sie sie zuletzt gesehen?«

»Zwei Tage bevor sie ins Krankenhaus kam.«

»Wo?«

»In Streatham. In ihrer Wohnung.«

»Sind Sie einfach so hin, oder hat sie Sie eingeladen?«

»Sie hat mich eingeladen. Sie musste mit mir reden.«

»Musste?«

»Musste. Wollte. Ist doch egal. Es ging um ein Gespräch. Sie hat mich gebeten vorbeizukommen, um zu reden. Und ich bin hingefahren.« Er zog die Brauen zusammen, als versuchte er, sich genau zu erinnern. »Sie wollte… ›ein paar Sachen besprechen‹, so hat sie sich ausgedrückt. Hat gefragt, ob ich nach Streatham kommen könne. Und da ich nichts vorhatte, bin ich hin. Aber als ich geklingelt hab, hat sie nicht den Türdrücker betätigt.«

»Und da sind Sie wieder gegangen?«

»Ich hab einen Schlüssel, also…«

»Hat sie Ihnen den Schlüssel gegeben?«

»Ich hab den, den ich hatte, nie abgegeben. Nach unserer Trennung bin ich vier- oder fünfmal hingefahren, um meine Sachen abzuholen. Da brauchte ich den Schlüssel, weil sie ja nicht immer zu Hause war, und danach hat sie ihn nie verlangt.«

»Sie haben ihn also nach Ihrem Umzug nicht abgegeben?«

»Nein. An dem Abend bin ich also mit meinem Schlüssel rein. Ich dachte, sie ist wahrscheinlich nur mal aus dem Haus, um irgendwas einzukaufen oder so. Sie wusste ja, dass ich kommen würde, also dachte ich, ich warte, bis sie zurückkommt, weil ich nie wusste, wann ich wieder eine Chance haben würde.«

»Eine Chance?«

»Sie zu sehen.« Er trank seine Flasche aus. »Ich nehm noch ein Bier. Sie wollen wirklich keins?«

Barbara lehnte dankend ab. Dann kam er jedoch mit zwei geöffneten Flaschen aus der Küche zurück und stellte eine vor Barbara auf den Tisch. »Für alle Fälle«, sagte er und setzte sich. Er schwieg. Vermutlich hatte er mit der Bieraktion Zeit schinden wollen, dachte Barbara.

Sie fragte: »Haben Sie eine Ahnung, worüber sie mit Ihnen reden wollte?«

Ehe er antworten konnte, klingelte sein Handy. Er zog es aus seiner Gesäßtasche und warf einen Blick auf das Display. »Sorry«, sagte er. »Da muss ich rangehen.«

Sie nickte. »Ja?« Dann hörte er zu. Nach einem Moment stand er mit dem Handy am Ohr auf, öffnete die Balkontür, trat auf den Balkon, schloss die Tür hinter sich und hörte weiter zu. Barbara sah, wie seine Miene sich verfinsterte. Als er merkte, dass sie ihn beobachtete, wandte er sich ab und senkte den Kopf. Er schien etwas zu sagen. Es war ein kurzes Gespräch, keine drei Minuten, und als er wieder ins Zimmer kam, war sein Gesichtsausdruck düster.

»Sie wurde *ermordet*?«, fragte er. »Wann hatten Sie denn vor, mir das zu sagen?«

»Wer hat Ihnen die Information gegeben?«

»Spielt das eine Rolle?«

»Da es sich um Mord handelt, ja.«

»Vielleicht sagen Sie mir zuerst mal, was hier gespielt wird, Sergeant ... wie war noch Ihr Name?«

»Havers.«

»Sergeant Havers. Warum sagen Sie mir nicht einfach, was los ist? Teo war im Krankenhaus. Sie war ...«

»Sie lag im Koma, nachdem sie einen Schlag auf den Kopf erhalten hatte.«

»Ein Schlag auf den Kopf?«, fragte er verblüfft. »Ein verdammter Schlag auf den Kopf?« Er betrachtete unwillkürlich sein Handy.

»Wer hat Sie da grade angerufen?«

»Teos Schwester. Rosalba. Sie sagt, die Polizei war bei ihnen und hat es ihnen mitgeteilt. Warum wurde ich nicht informiert? Weil wir getrennt sind? Weil Sie glauben, ich hab ihr was angetan? Wollten Sie darauf hinaus? Jetzt hören Sie mal gut zu: Ich bin mit meinem Schlüssel in die Wohnung. Sie lag auf dem Klo auf dem Boden. Sie hatte sich ins Klo übergeben und meinte, ihr sei furchtbar übel. Ich wollte sie in die Notaufnahme bringen, aber das hat sie abgelehnt. Sie wollte sich nur hinlegen, und ich hab ihr ins Bett geholfen.«

»Im Polizeibericht steht, sie hatte ihre Nachtsachen an. Hatte sie die schon an, als Sie sie auf dem Klo gefunden haben?«

Er trank einen Schluck Bier. »Nein. Ich ... Hören Sie, ich hab sie ausgezogen, aber es war nicht so, wie Sie denken.«

»Was denke ich denn?«

»Dass ich sie sexuell belästigt und die Situation ausgenutzt hab. Aber das stimmt nicht. Das war vorbei. Weil sie es so wollte. Trotzdem, ich hab sie immer noch geliebt. Also habe ich ihr ihre Nachtsachen angezogen, zwei Paracetamol aus ihrem Medizinschränkchen genommen und sie ihr verabreicht. Und dann habe ich sie ins Bett gelegt.«

»Und dann sind Sie gegangen? Sie hat Ihnen nicht gesagt, was sie mit Ihnen besprechen wollte?«

»Nein.«

»Heißt das, nein, Sie sind nicht gegangen, oder nein, sie hat Ihnen nicht gesagt, was sie von Ihnen wollte?«

»Sie hat mir nicht gesagt, was sie mit mir besprechen wollte.«

»Und nachdem Sie sie ins Bett gelegt haben, sind Sie gegangen?«

»Nein. Ich bin noch eine Weile bei ihr geblieben.«

»Sie sind bei Ihrer von Ihnen getrennt lebenden Frau geblieben?«

»Ich wollte sie nicht allein lassen, also hab ich mich neben sie gelegt. Und dann bin ich eingeschlafen. Das hatte ich nicht vor, aber es ist eben passiert. Als ich wach geworden bin, war es … ich weiß nicht … vielleicht halb vier? Sie hat geschlafen, und ich wollte sie nicht wecken. Ich hab ihr Handy neben das Bett gelegt und bin gegangen.«

»Warum haben Sie nicht versucht, sie zu wecken?«

»Warum hätte ich das tun sollen? Wie gesagt, sie hat fest *geschlafen*. Es war mitten in der Nacht, und ich hatte keinen Grund, sie zu wecken.«

»Nicht mal, um zu erfahren, warum sie Sie gebeten hatte, zu ihr nach Streatham zu kommen, um über was zu reden? Waren Sie nicht neugierig? Ich an Ihrer Stelle wär verdammt neugierig gewesen.«

Barbara betrachtete den Schweißfilm auf Carvers Stirn. Bei der tierischen Hitze, die im Zimmer herrschte, würde sogar einem Leguan der Schweiß ausbrechen, aber irgendwie hatte sie das Gefühl, dass es sich in seinem Fall um Angstschweiß handelte.

»Wenn ich nicht eingeschlafen wäre«, sagte er, »wenn ich mich durchgesetzt und sie in die Notaufnahme gebracht hätte…« Dann hielt er inne, und als hätte er ihre Frage nicht gehört, fuhr er fort: »Sie sagten eben, sie hat einen Schlag auf den Kopf bekommen. Was für ein Schlag war das?«

»Ihr wurde der Schädel eingeschlagen. Mit einem schweren Gegenstand. Wissen Sie, was ein Schädel-Hirn-Trauma ist?« Er nickte. »Daran ist sie gestorben.«

Er sah ihr direkt in die Augen. »Ich war das nicht. Nie im Leben hätt ich Teo was antun können. Ich habe sie *geliebt*. Ich wollte sie wiederhaben.«

»Wie haben Sie erfahren, dass sie ins Krankenhaus gebracht wurde?«

»Von ihren Eltern. Sie haben mich angerufen. Sie haben gesagt, dass sie ins Krankenhaus gebracht worden war, dass ein Scan gemacht würde. Als ich ankam, hatten sie sie grade auf die Intensivstation…«

»Haben ihre Eltern Sie gebeten, ins Krankenhaus zu fahren?«

»Was? Mich gebeten? Nein. Aber ich musste hin. Ich wollte bei ihr sein. Ich konnte nicht verstehen, wie ein simpler Sturz zu sowas führen konnte – Koma, Gehirnscan und… und alles.«

»Mit ›alles‹ meinen Sie ihren Tod?«

»Nein, ich meinte alles, was vor ihrem Tod passiert ist – künstliche Beatmung, Monitore, Herz-Rhythmus-Maschine, lebenserhaltende Maßnahmen.«

»Und Hirntod«, fügte Barbara unverblümt hinzu und versuchte gleichzeitig, seinen Gesichtsausdruck zu interpretieren. Sie wollte herausfinden, was Ross wusste. Er wirkte glaubwürdig, aber das galt für die meisten Psychopathen. Sich wie ein normaler Mensch zu geben war ihre Spezialität. Sie fragte: »Wollen Sie dem noch irgendwas hinzufügen? Über Ihre Frau? Über Ihre Ehe?«

Carver schüttelte den Kopf. »Ich will nur aufwachen und feststellen, dass das alles ein Albtraum war.«

»Das geht den meisten so«, sagte Barbara.

PEMBURY ESTATE
HACKNEY
NORTH LONDON

Tani wusste, dass nur er seine kleine Schwester davor bewahren konnte, von Abeo an irgendeinen reichen Nigerianer verkauft zu werden, der bereit war, den von ihm geforderten Brautpreis zu berappen. Und er wusste auch, dass Monifa nichts dagegen unternehmen würde, obwohl sie nichts weiter zu tun brauchte, als einen Koffer für Simi und einen für sich zu packen und abzuhauen, wenn Abeo aus dem Haus war.

Und das war Abeo meistens. Jetzt, wo seine Zweitfamilie kein Geheimnis mehr war – zumindest für Tani –, verbrachte Abeo noch mehr Zeit bei seinen anderen Kindern, offenbar davon überzeugt, dass weder Monifa noch Tani Simi von ihnen erzählen würden. Eigentlich kam er nur noch nach Hause, um seine blutigen Hemden in den Wäschekorb zu werfen, die Monifa brav wusch und bügelte. Inzwischen hatte Tani geschnallt, dass Abeo Monifa auch die ganze Zeit die Wäsche seiner Zweitfamilie brachte, was die riesigen Wäscheberge erklärte, die seine Mutter dauernd abarbeiten musste.

Aber Tani hatte eine zweite Gelegenheit gefunden, seinen Vater zu konfrontieren. Jetzt wartete er auf Abeo vor der Wohnung von dessen Zweitfamilie, um seinen Plan in die Tat umzusetzen. Er war schon seit zwei Tagen nicht

in Abeos Supermarkt gewesen, um nicht mit ihm aneinan-
derzugeraten, ehe er wusste, wie er vorgehen wollte. Jetzt
wusste er es, und er war bereit. Er hatte sich an einer Stelle
postiert, wo er den Aufzug im Auge behalten konnte, den
Abeo nehmen musste, um in die Wohnung seiner Zweitfamilie zu gelangen. Als sein Vater sich am frühen Abend nach
einem langen Tag auf dem Ridley Road Market näherte,
wirkte er erschöpft, doch er trug ein frisch gewaschenes und
gebügeltes Hemd, um Lark und ihre Kinder nicht mit dem
unappetitlichen Anblick von Tierblut zu konfrontieren, mit
dem er sich bei der Arbeit regelmäßig besudelte. Tani blieb
in seinem Versteck. Er wollte seinem Vater Zeit geben, bei
seiner Familie anzukommen, ehe er ihn zur Rede stellte.

Er wartete eine knappe halbe Stunde, dann machte er sich
auf den Weg. Um diese Uhrzeit kamen viele Leute von der
Arbeit oder vom Einkaufen, und er betrat den Aufzug hinter einer Frau mit so vielen vollen Einkaufstüten, dass sie sie
kaum tragen konnte. Er nickte zum Gruß und drückte den
Knopf für den dritten Stock.

Die meisten Wohnungstüren auf der Außengalerie stan-
den offen, auch die von Abeos Zweitfamilie. Tani hörte die
Kinder durcheinanderrufen und Abeo etwas zu ihnen sagen.
Dann sagte eine Frauenstimme: »Ja, genau da. Oh, tut das
gut!« Die Frau lachte auf. »Nein, das kitzelt! Nein, nein!
Abeo! Hör auf damit!«

»Und wie gefällt dir das?«, fragte Abeo, woraufhin die
Frau noch schriller lachte und rief: »Elton, hilf mir! Rette
mich vor deinem Vater!«

Tani näherte sich der Tür. Die Geliebte seines Vaters lag
ausgestreckt auf dem Sofa, einen feuchten Waschlappen auf
der Stirn und die Füße in Abeos Schoß. Abeo tat so, als
wollte er ihr in den Fuß beißen, dabei machte er knurrende
Geräusche, während sie lachte. Die Kinder, die an einem

Tisch saßen und aus einem Berg Legos etwas Grünes bauten, kicherten über die Albernheiten der Erwachsenen. Jetzt hörte Abeo auf zu knurren und begann, Larks Fußsohlen mit Eiswürfeln zu massieren. Neben ihm lag ein Handtuch, und zu seinen Füßen stand eine Flasche Körperlotion.

»Besser?«, fragte er.

»Du bist ein Engel«, seufzte sie.

Sie sah Tani als Erste, als sie sich den Waschlappen von der Stirn nahm und zu ihrer Tochter sagte: »Mummy braucht frisches Eis, Liebes.«

Davrina sprang von ihrem Stuhl und sah Tani ebenfalls. »Wer ist das?«, fragte sie, woraufhin Abeo in die Richtung schaute, in die sie zeigte.

»Das hast du für Mum auch gemacht, als sie schwanger war, stimmt's?« Die Worte blieben ihm fast im Hals stecken.

»Was willst du?«, fragte Abeo. »Warum warst du gestern und heute nicht in der Arbeit?«

Tani betrat die Wohnung. Er ging zu dem Tisch, an dem die Kinder saßen. »Soll ich ihnen sagen, wer ich bin, oder willst du das selbst machen?«, fragte er Abeo.

»Das ist mir egal«, sagte Abeo. »Kinder, das ist euer Bruder, der Sohn von meiner Frau Monifa und mir; zumindest behauptet sie das. Er heißt Tani. Sagt ihm hallo und spielt weiter.« Dann massierte er wieder Larks Füße.

Tani sah, dass die Kinder einen T-Rex bauten. Er nahm einen Legostein in die Hand und betrachtete ihn. Überlegte, wie es aussähe, wenn er ihn seinem Vater ins Auge rammte.

»Spielst du auch gern mit Legos?«, fragte ihn Davrina.

»Ich hatte nie welche«, sagte er.

»Überhaupt keine?«

»Nein. Ihr habt übrigens eine Schwester. Sie heißt Simisola. Sie hat auch noch nie mit Legos gespielt.« Dann wandte er sich seinem Vater zu. »Blüht Davrina in ein paar

Jahren dasselbe Schicksal wie Simi? Oder hast du nur mit Simi solche Pläne?«

Lark schaute erst ihn, dann Abeo an, verwirrt, wie es Tani schien.

»Lark ist Engländerin«, sagte Abeo. »Unsere Kinder sind Engländer.«

»Ach ja? Was bedeutet ›Lark ist Engländerin‹, wenn es darum geht, kleine Mädchen – kleine *Zuchtstuten* – an den Meistbietenden zu verkaufen?«

Lark setzte sich auf. Ihr Gesichtsausdruck hatte sich verändert. In ihrem Blick lag Argwohn, als sie Abeo ansah.

»Durch dich ist Davrina doch zur Hälfte Nigerianerin, oder?«, fuhr Tani fort. »Und nigerianische Mädchen werden mit Männern verheiratet, die bereit sind, einen hohen Brautpreis zu zahlen, richtig? Das sagst du zumindest die ganze Zeit, wenn es um Simisola geht.« Dann wandte er sich an Lark: »Hat er Ihnen gar nichts davon erzählt?«

»Abeo, wovon redet…«

»Wenn sie nur zur Hälfte Engländerin ist, kannst du wahrscheinlich nur eine Hälfte von ihr verkaufen, oder? Welche Hälfte von Davrina willst du also verhökern? Die obere oder die untere? Die linke oder die rechte? Oder soll ich einfach raten?«

»Mach, dass du wegkommst«, sagte Abeo.

»Abeo, wovon redet er?«, fragte Lark beunruhigt.

»Von gar nichts. Er hört zufällig irgendwas und glaubt, er versteht, worum es geht. Und dann macht er einem Vorhaltungen. So ist er nun mal.«

»Wem macht er Vorhaltungen? Und weswegen?«

»Er will Simisola verkaufen«, sagte Tani. »Verstehen Sie, was ich sage? Sie soll für einen reichen Typen in Nigeria Kinder produzieren. Sobald sie so weit ist, verkauft er sie an den Meistbietenden. Das passiert natürlich erst, wenn sie tatsächlich schwanger werden kann, aber dann ist sie immer noch ein Kind, und sie ahnt nicht mal, was ihr blüht.« Er schaute kurz zu den beiden Kindern hinüber, die das Ganze mit großen Augen verfolgten.

»Geh in dein Zimmer, Davrina«, sagte Lark. »Und du auch, Elton.«

»Aber der T-Rex ...«

»Verschwindet!«

»Daddy!«

»Tut, was eure Mutter euch sagt. Wir müssen mit dem jungen Mann reden.«

Mit ängstlichen Blicken in Tanis Richtung liefen die Kinder aus dem Zimmer. Einen Moment lang herrschte Stille, dann wurde eine Tür zugeschlagen, und Abeo brüllte: »Du bist nicht mein Sohn! Deine Mutter ist schuld, dass du ein halber Engländer geworden bist und unser Volk mit den Augen eines Engländers siehst!«

»Ganz genau, Pa. Wir sind *Engländer*. Wenn dir das nicht passt, hättest du in Nigeria bleiben sollen. Aber du bist nach London gekommen und hast geglaubt, hier würde alles genauso laufen wie in Nigeria. Hast geglaubt, wir würden hier alle nach deiner Pfeife tanzen, damit du dich wichtig fühlen kannst. Du wolltest unsere Zukunft so planen, dass so viel wie möglich für dich dabei rausspringt.« Er wandte sich Lark zu, die das silberne Kreuz befingerte, das sie an ihrer Halskette trug. »Mein Vater macht, was er will, ohne Rücksicht auf irgendwen. Und jetzt will er Geld. Ich schätz mal, er hat Ihnen nicht erzählt, dass er in Nigeria eine Jungfrau für mich gekauft hat, die ich heiraten soll, oder? Hat er aber. Und das Geld, das er für das Mädchen bezahlt hat, kann er nur wieder reinkriegen, wenn er für Simisola einen hohen Brautpreis bekommt.«

Abeo schüttelte langsam den Kopf, um seine Enttäuschung zum Ausdruck zu bringen. »Monifa behauptet, dieser Kerl ist mein Sohn, Lark. Vor achtzehn Jahren habe ich ihr das sogar noch geglaubt. Aber er und ich…« Abeo stand auf, zeigte erst auf sich, dann auf Tani. »Sieh uns an. Wir sind total verschieden. Er weiß schon lange, dass er nicht mein Sohn ist, und dafür gibt er *mir* die Schuld. Seit Jahren macht er alles, um meine Ehe mit seiner Mutter zu zerstören, und jetzt will er auch noch zerstören, was wir beide haben: unsere Familie. Die Geschichte, die er dir da erzählt… Ich frage dich: Warum sollte ich meiner Tochter Simisola so etwas antun? Oder unserer Tochter Davrina? Nie im Leben würde ich sowas machen. Warum behauptet er es dann? Ich sage dir, warum: Er glaubt, dass du mich verlässt, wenn er dich davon überzeugen kann, dass ich Simisolas oder Davrinas Leben zerstören will. Dass du mit den beiden Kindern und dem Kind in deinem Bauch einfach verschwindest. Das habe ich in seinen Augen verdient, weil ich ihn hab glauben lassen, er wäre mein Sohn.«

Tani fiel die Klappe herunter. Die Dreistigkeit seines Vaters machte ihn sprachlos. Abeo war der größte Heuchler aller Zeiten, das musste Lark doch begreifen. Er schaute sie an. Sie musterte Abeo. Sie war vom Sofa aufgestanden und streichelte ihr ungeborenes Kind. Dann ging sie zu Abeo und legte ihm die Hand an die Wange.

»Es tut mir leid, dass du solchen Schmerz ertragen musst, Abeo«, sagte sie. Offenbar hatte sie sich entschieden.

Tani konnte es Lark nicht verübeln, dass sie Abeo glaubte. Zwei Kinder und ein drittes im Bauch? Sie brauchte Abeo, keine hässlichen Wahrheiten. Tani hatte gehofft, sie auf seine Seite ziehen zu können; leider hatte er sich verkalkuliert.

Doch er hatte noch einen letzten Trumpf. Er sagte zu Abeo: »Ich heirate das Mädchen.«

Abeos Augen wurden schmal. »Was soll das heißen?«

»Wenn du versprichst, dass du Simi in Ruhe lässt, gehe ich nach Nigeria und heirate Omorinsola. So heißt sie doch, oder? Omorinsola, die garantiert fruchtbare Jungfrau? Ich heirate sie. Ich mach ihr Kinder. Ich hole deine Schwiegertochter und deine Enkelkinder nach London, Pa. Ich mach, was du willst. Ich übernehme sogar Into Africa.«

Abeo lachte in sich hinein. »Was du über Simisola gesagt hast, ist eine freche Lüge. Also, warum erklärst du dich bereit, irgendwas für mich zu tun?«

»Hier sind heute viele Lügen ausgesprochen worden, Pa, aber das über Simi war keine.«

Abeo schnaubte. »Hau ab!«, sagte er, doch in seinen Augen sah Tani, dass er überlegte, ob er sein Angebot annehmen sollte.

BELGRAVIA
CENTRAL LONDON

Lynley hatte schon immer eine Abneigung gegen die politischen Implikationen der Polizeiarbeit gehabt, und es sah ganz so aus, als könnte der Mord an Detective Sergeant Teo Bontempi zum Politikum werden. Im Gegensatz zur staatlichen Politik, bei der gegnerische Seiten debattierten, diskutierten und stritten, um zu Kompromissen zu gelangen, die sich in der Gesetzgebung niederschlugen, bedeutete Politik in der Polizeiarbeit unter anderem, dass man kontrollieren musste, welche Informationen an die Presse gingen. Bei dieser morgendlichen Besprechung mit Assistant Commissioner Sir David Hillier und dem Chef der Presseabteilung Stephenson Deacon waren die politischen Bedenken so groß geschrieben, dass nicht einmal ein Blinder sie übersehen konnte. Hillier und Deacon hatten sehr deutlich zu verstehen gegeben, dass Teo Bontempi nicht nur eine Polizistin, sondern eine *schwarze* Polizistin gewesen war. Und sie war nicht nur schwarz, sondern eine schwarze Polizist*in* gewesen. Und das Allerletzte, was die Metropolitan Police gebrauchen konnte, war der Vorwurf, man würde den Fall nicht gründlich genug untersuchen, weil das Opfer schwarz oder weiblich oder beides gewesen war. Rassismus, Sexismus, Frauenfeindlichkeit… Nicht einmal ein Hauch davon durfte die Ermittlungen überschatten. Ob der Acting Detective Superintendent das begriffen habe?

Ehe Lynley anmerken konnte, dass er diesen Fall wie jeden anderen Fall zu behandeln beabsichtige, riss Deacon zwei Boulevardzeitungen aus seiner Aktentasche und hielt sie Lynley unter die Nase. Auf beiden Titelseiten wurde über ein vermisstes Kind berichtet. Das Mädchen war seit mehreren Tagen verschwunden, man hatte Zeter und Mordio geschrien, der Vater war Anwalt, die Mutter Ärztin. Das Mädchen war zuletzt in Begleitung zweier Jugendlicher in der U-Bahn-Station Gants Hill gesehen worden. Der Artikel wurde begleitet von mehreren Fotos, und ein paar Seiten weiter gab es eine ausführliche Fortsetzung. Lynley war über den Fall im Bilde, denn seine Morgenzeitung hatte – wesentlich weniger reißerisch – ebenfalls über das Verschwinden des Mädchens berichtet. Ihm leuchtete allerdings nicht recht ein, was der Fall mit dem Mord an Teo Bontempi zu tun hatte, was er Deacon gegenüber auch zum Ausdruck brachte.

Überhaupt nichts, lautete die Antwort, aber sobald die Regenbogenpresse das Interesse an dem Fall verlor, würde sie sich auf den Mord an Teo Bontempi stürzen wie eine Horde Aasgeier. Die Pressestelle wolle sich lediglich vergewissern, dass Lynley für diesen Fall ausreichend Informationen bereithatte – und zwar Informationen, die belegten, dass die Metropolitan Police keine Mühen und keine Ausgaben scheute, um den Mord an einer Kollegin aufzuklären.

»Apropos Ausgaben…« Lynley erklärte, dass sie mehr Leute brauchten.

Deacon versprach ihm, er werde alles bekommen, was er brauchte, woraufhin Hillier den Pressechef mit einem Blick bedachte, in dem sich Empörung und Fassungslosigkeit mischten. Empörung, weil es Deacon nicht zustand, Personalzuteilungen zu verfügen. Und Fassungslosigkeit, weil Deacon offenbar keine Ahnung hatte, wem er da so freimütig Versprechungen machte. Lynley war gegangen und hatte die beiden ihrem Kompetenzgerangel überlassen.

Als er jetzt seine Haustür in Eaton Terrace aufschloss, klingelte sein Handy. Er hoffte, dass es Daidre war, die sich nach ihrem Streit am vergangenen Abend meldete. Aber es war Barbara Havers, die ohne Umschweife loslegte, als er sich meldete.

»Der Ex war bei ihr in der Nacht, als sie eins auf die Rübe gekriegt hat, Sir. Und zwar fast die ganze Nacht. Angeblich hat sie ihn gebeten, auf 'nen Plausch vorbeizukommen. Sie wollte reden.«

»Worüber?«

»Keine Ahnung. Also, weder er noch ich. Angeblich wollte sie mit ihm quatschen, er ist hin, und das war's auch schon. Dürfte sich leicht klären lassen. Wir brauchen nur ihre Handys zu überprüfen.«

»Hmm.« Lynley nahm seine Post aus der alten Plastikschale auf dem halbmondförmigen Tisch aus Walnussholz. Offenbar hatte Charlie vergessen, sie mit in die Küche zu nehmen. »Sonst noch was?«

»Er sagt, sie wollte die Scheidung, nicht er. Er sagt, er hätte sie ›zu sehr geliebt‹, damit hätte sie nicht umgehen können, was auch immer das heißen soll. Er hat sein ganzes Wohnzimmer voll mit Fotos von ihr und von ihm mit ihr zusammen. Er meinte, er sieht sie sich gern an.«

»Was Zwanghaftes?«

»Kann sein.«

»Nach dem Motto, wenn ich dich nicht haben kann, soll dich auch kein anderer haben?«

»Würd ich nicht ausschließen. Alles schon vorgekommen. Er will übrigens wieder in die Wohnung einziehen.«

»Interessant.«

Sie berichtete ihm den Rest: dass Ross Carver einen Wohnungsschlüssel besaß, wie er seine Frau vorgefunden, was sie zu ihm gesagt hatte, dass ihr übel und schwindlig gewesen war und sie sich nicht erinnern konnte – oder nicht sagen wollte –, was passiert war. »Er ist übrigens ein Weißer, falls das 'ne Rolle spielt.«

Lynley fragte sich, ob diese Tatsache Hillier und Deacon entgegenkommen oder sie durchdrehen lassen würde. »Vielleicht hatte sie ja einen neuen Partner, und das hat dem Ex nicht gefallen.«

»Möglich. Aber davon hat er nichts gesagt. Vielleicht wissen ja die Angehörigen was. Hat Winston sich schon gemeldet?«

»Nein, noch nicht.«

»Und, wie geht's jetzt weiter?«

»Wir nehmen uns die Wohnung in Streatham noch mal gründlich vor, gleich morgen früh. Sind die Kollegen von der Spurensicherung dort schon fertig?«

»Auf jeden Fall hatten sie genug Zeit. Ich frag mal nach. Wo sind Sie jetzt? In Belsize Park?«

»Zu Hause. Ich lasse die Sache mit Daidre ein bisschen ruhen.«

»Ah. Halten Sie das für 'ne weise Entscheidung?«

»Also, inzwischen dürfte selbst Ihnen klargeworden sein, Barbara, dass ich bei Herzensangelegenheiten nicht die geringste Ahnung habe, was weise ist und was nicht.«

6. AUGUST

EEL PIE ISLAND
TWICKENHAM
GREATER LONDON

Am frühen Morgen bog Deborah gegenüber der Themse-Insel Eel Pie Island in eine Parklücke. Sie war noch nie hier gewesen. Sie hatte auch noch nie von dieser Insel gehört, obwohl sie schon seit ihrem siebzehnten Lebensjahr in London lebte. Natürlich hatte niemand versucht, die Existenz der Insel vor ihr geheim zu halten, aber ihre Glanzzeit lag schon eine Weile zurück. Und selbst die Tatsache, dass die Insel in den späten Sechzigerjahren für kurze Zeit ein Mekka der britischen Rockmusik gewesen war, hatte nicht verhindern können, dass sie schließlich in Vergessenheit geriet.

Narissa hatte Deborah geraten, zu dieser frühen Stunde hierher zu fahren, wenn sie Dr. Philippa Weatherall sprechen wollte. Sie selbst hatte die Chirurgin auch so früh am Morgen aufgesucht, in der Hoffnung, sie in einem direkten Gespräch bei ihr zu Hause davon überzeugen zu können, dass ihr Auftritt in dem Dokumentarfilm Mädchen, die in Gefahr waren, und Frauen, die bereits verstümmelt waren, Hoffnung machen könnte. Leider hatte Narissa jedoch keinen Erfolg gehabt, sondern nur mehrere Stunden Schlaf, wertvolle Zeit und teures Benzin geopfert. Dr. Weatherall hatte ihr erklärt, sie sei aus Angst vor Vergeltung nicht gewillt, Aufmerksamkeit auf sich zu ziehen.

»Sie können es ja mal versuchen«, hatte Narissa zu Deborah gesagt. »Da Sie keinen Film drehen wollen, haben Sie vielleicht mehr Glück.« Sie hatte ihr alles Material gegeben, das sie über die Ärztin mithilfe verschiedener Suchmaschinen im Internet zusammengetragen hatte, bevor sie zu ihr gefahren war. »Sie können sie natürlich vorher anrufen, würde ich aber an Ihrer Stelle nicht machen. Ich hab mich nämlich telefonisch angekündigt, und das hat ihr Zeit gegeben, ihre Ablehnung zu formulieren und auswendig zu lernen.«

Deborah würde Dr. Weatheralls Haus auf Eel Pie Island schon finden, hatte Narissa ihr erklärt. Die wenigen Häuser auf der Insel hätten keine Hausnummern, dafür aber Namen. Das mit dem Namen Mahonia sei cremefarben gestrichen mit blauen Dachpfannen und stehe etwas zurückgesetzt von der Straße, die die Insel in zwei Hälften teilte. Es gebe kein Namensschild. Der Vorgarten sei eingefasst von einem Lattenzaun, im Garten stehe eine ziemlich morsche Laube, der Rasen, die Sträucher und Ziergräser seien vertrocknet.

Deborah hatte gefragt, wie man denn auf die Insel gelangte, da sie sich schließlich mitten in der Themse befand. Narissas Antwort »Das werden Sie schon sehen, machen Sie sich keine Sorgen«, hatte nicht sehr beruhigend geklungen, aber Deborah hatte Narissa vertraut. Sie war in aller Herrgottsfrühe aufgestanden, hatte einen Zettel auf die Kücheninsel gelegt und sich auf den Weg gemacht, als alle im Haus noch schliefen. In Twickenham angekommen verstand sie sofort, was Narissa gemeint hatte. Eine gewölbte, mit Ampeln voller farbenfroher Minipetunien geschmückte Fußgängerbrücke führte auf die Insel.

Von der Brücke aus, wo eine sanfte frühmorgendliche Brise von der Themse her ein Ende der Hitzewelle zu versprechen schien, sah Deborah, dass Eel Pie Island nicht besonders groß war. Die Häuser auf der Insel hatten vom Garten aus direkten Zugang zum Wasser, und an den Stegen schaukelten Motorboote, Kajaks und Ruderboote im Wasser. Die Insel war ausgesprochen grün. Entlang des Ufers standen große alte Weiden und Pappeln, Kastanien und Linden warfen ihre Schatten auf einen gepflasterten Weg, der hinter einer Biegung verschwand. Kein Mensch war zu sehen, dafür hörte man überall Vogelgezwitscher. In einer Stunde würde sicherlich die ganze Insel zum Leben erwachen, dachte Deborah.

Das Haus mit dem blauen Dach war leicht zu finden, Narissa hatte es gut beschrieben. Die leeren Blumenkästen auf den Fensterbänken und ein Spalier, an dem nichts rankte, hatte sie zwar nicht erwähnt, trotzdem war Deborah sich sicher, dass sie an der richtigen Adresse war. Allerdings waren alle Vorhänge zugezogen. Entweder war die Ärztin schon zur Arbeit aufgebrochen, oder sie schlief noch, oder sie befand sich im hinteren Teil des Hauses. Aber da Deborah nun schon den weiten Weg auf sich genommen hatte, würde sie es wenigstens versuchen. Sie öffnete das Törchen, das schief in seinen Angeln hing, und betrat den Vorgarten.

An der Haustür suchte sie vergeblich nach einer Klingel. Sie hob die Hand und klopfte kräftig an. Drinnen rührte sich nichts, aber eine schlanke rote Katze kam um die Hausecke gelaufen und rieb sich kläglich miauend an Deborahs Beinen. Dann ging eine Lampe über der Haustür an, obwohl Deborah im frühen Morgenlicht deutlich sichtbar war. Die Tür wurde geöffnet, was die Katze ausnutzte, um ins Haus zu schlüpfen.

»Wer sind Sie? Und was zum Teufel fällt Ihnen ein, zu nachtschlafender Zeit an meine Tür zu klopfen?«

Das fing ja gut an, dachte Deborah.

»Dr. Weatherall?«, fragte sie.

»Was wollen Sie? Wer sind Sie überhaupt?« Die Ärztin trat

einen Schritt vor. Groß war sie nicht, höchstens eins sechzig, und sie trug einen schwarzen Neoprenanzug. In einer Hand hielt sie eine dünne Windjacke mit Reflektoren. Und sie war barfuß. »Moment.« Es klang wie ein Kommando. »Hat diese verdammte Filmemacherin Sie etwa geschickt? Diese Marissa soundso?«

»Narissa Cameron. Eigentlich wollte ich ...«

»Nein heißt nein, das können Sie ihr von mir ausrichten. Dem habe ich nichts hinzuzufügen.«

»Es geht nicht um den Dokumentarfilm«, sagte Deborah. »Ich bin Fotografin. Ich würde mich gern mit Ihnen unterhalten. Es dauert nur fünf Minuten. Ich verspreche Ihnen, es hat nichts mit Narissas Film zu tun.«

»Es interessiert mich nicht, womit es zu tun hat. Ich habe keine fünf Minuten übrig. Ich bin jetzt schon spät dran.« Sie wandte sich ab, und Deborah rechnete schon damit, dass sie ihr die Tür vor der Nase zuschlagen würde, doch dann drehte die Ärztin sich wieder um, die Katze unterm Arm, die sie nach draußen warf. Die Katze schrie empört auf und flitzte zurück ins Haus. »Verdammte Katze!«

Deborah sah, dass auf der Stufe vor der Haustür zwei leere wie Katzenköpfe geformte Näpfe standen. »Das Futter und das Wasser sind offenbar ausgegangen«, sagte sie.

»Das ist nicht mal *meine* Katze«, sagte Dr. Weatherall entnervt. »Ach, verdammt.« Dann ging sie hinein und kam mit einer Kanne Wasser und einer Tüte Trockenfutter zurück. »Komm raus, wenn du was zu fressen willst, Darius!«, rief sie, während sie die Näpfe füllte.

Darius?, dachte Deborah, als der Kater triumphierend in der Tür erschien.

»Ich kann Katzen nicht ausstehen«, erklärte Philippa Weatherall.

»Und warum füttern Sie dann diesen Kater?«

»Ist doch klar, weil ich bescheuert bin.« Dr. Weatherall brachte Wasserkanne und Trockenfutter zurück ins Haus, schnappte sich ein Paar Sportschuhe und zog die Tür hinter sich zu. Dann beugte sie sich mit gestreckten Beinen nach unten und zog sich die Schuhe an. Diese Frau war von Kopf bis Fuß topfit.

»Wenn Sie fünf Minuten haben wollen, müssen Sie mich schon begleiten«, sagte sie und marschierte los durch das offene Gartentörchen.

Dr. Weatherall schritt beherzt aus, was Deborah jedoch nicht davon abhielt, ihr zu folgen. Überzeugt, dass die Ärztin ihr keine vollen fünf Minuten ihrer Zeit schenken würde, legte sie los: Sie beschrieb das Projekt, mit dem das Bildungsministerium sie betraut hatte, berichtete von Orchid House, von dem Fotoband, den sie herausgeben wollte, von der Idee, die Fotoserie in dem Buch durch ein Interview mit der Ärztin abzurunden. Zum Schluss fügte sie noch hinzu: »Narissa hat sehr anerkennend über Sie gesprochen.«

»Na, das ist aber nett von ihr«, sagte die Ärztin. »Dagegen habe ich nichts. Aber ich habe ihr deutlich erklärt, warum ich es vorziehe, so weit wie möglich im Hintergrund zu bleiben. Bei Familien aus Nigeria und Somalia, die ihre Frauen verstümmeln, bin ich nicht gerade beliebt, ganz zu schweigen von den zutiefst unsicheren Männern, die sich nur an Frauen rantrauen, die zugenäht sind. So können sie ganz sicher sein, dass ihre Technik – wenn man es überhaupt als solche bezeichnen kann, was ich bezweifle – niemals mit der eines anderen verglichen wird. Haben Sie mit diesen Frauen gesprochen?«

»Ja. Ich wurde aber nicht gerade mit offenen Armen empfangen – was kein Wunder ist, wenn man bedenkt, um welches Thema es geht, ganz zu schweigen vom Zustand unserer Gesellschaft. Aber ich habe mit ihnen gesprochen, ja.

Darf ich Sie fragen, wie Sie als Weiße dazu gekommen sind, rekonstruktive Chirurgie zu betreiben?«

»Ich habe meine Spezialausbildung in Frankreich gemacht. Frankreich war auf diesem Gebiet Vorreiter, also bin ich dorthin gegangen.«

»War es von Anfang an Ihr Ziel, auf diesem Gebiet der Chirurgie tätig zu werden?«

»Nein, überhaupt nicht. Wie die meisten Menschen in England hatte ich keine Ahnung, dass Frauen auf so brutale Art und Weise zugerichtet werden. Ich bin eigentlich Gynäkologin und Geburtshelferin.«

»Und wie sind Sie zur Rekonstruktionschirurgie gekommen?«

Sie waren vor einem hohen Tor angelangt, das mit einem Zahlenschloss gesichert war. Dr. Weatherall gab die Kombination ein, drückte das Tor auf und ging hindurch. »Ich wurde einmal zu einem komplizierten Fall hinzugezogen«, sagte sie. »Ein Mädchen im Krankenhaus hatte eine üble Infektion, die niemand in den Griff bekam. Die Entzündung ließ nach, schien überwunden zu sein und kam dann umso stärker wieder. Die Kleine war etwa zehn Wochen zuvor beschnitten worden.«

»Und was ist mit ihr passiert?«

»Sie ist gestorben. Die Eltern hatten sie zu spät ins Krankenhaus gebracht.«

»Wie schrecklich.«

»Sie war erst drei Jahre alt.«

»Großer Gott. Das ist ja… Mir fehlen die Worte.«

»Das ist entsetzlich, grauenhaft, unmenschlich, entwürdigend, abstoßend, abscheulich, verachtenswert. Aber Sie haben recht, man kann es mit Worten nicht beschreiben«, sagte die Ärztin. »Damals ist mir klar geworden, dass ich etwas tun muss. Aber, wie Sie bereits erwähnten, ich bin eine

Weiße, noch dazu Engländerin. Ich wusste, dass es fast unmöglich sein würde, einer Frau aus einer Einwanderer-Community, in deren Kultur immer noch FGM praktiziert wird, zu erklären, dass es sich dabei um eine überkommene Tradition handelt, die die Gesundheit, die Zukunft, die Gebärfähigkeit der Mädchen aufs Spiel setzt. Aber Leute zu überzeugen liegt mir nicht, deshalb konzentriere ich mich auf Frauen, die bereits verstümmelt wurden.«

Sie gingen um ein Bootshaus herum und gelangten auf eine breite Bootsrampe aus Beton. Im Bootshaus brannte Licht, und jemand hatte ein hohes Gestell mit Skullbooten auf die Rampe geschoben. Dr. Weatherall hob mühelos ein Boot herunter und legte es vorsichtig auf den Boden. »Es hat eine Ewigkeit gedauert, bis die Frauen mir vertraut haben, aber Zawadi hat mich unterstützt. Sie hatte verstanden, um was es bei meiner Arbeit ging, und was ich erreichen konnte. Seitdem schickt sie junge Frauen zu mir.«

»Wie sind Sie auf Orchid House gestoßen?«

»Über das Internet. Heutzutage läuft doch alles übers Internet, oder? Ich habe alle Anti-FGM-Gruppen kontaktiert, die ich im Netz gefunden habe. Orchid House war unter den Ersten, die sich bei mir gemeldet haben. Ich habe ihnen erklärt, was ich mache: Ich repariere den Schaden, versuche, alles wiederherzustellen, sogar die Klitoris, falls diejenigen, die die Mädchen so übel zugerichtet haben, genug Nerven übrig gelassen haben. Zumindest *versuche* ich, die Klitoris so weit wie möglich wiederherzustellen, dass die Frau wenigstens ein bisschen sexuelle Lust erfahren kann.« Dr. Weatherall betrachtete das Wasser und sagte in einem Ton, der andeutete, dass das Gespräch hiermit beendet war: »Vielleicht werden Frauen ja irgendwo auf diesem vermaledeiten, sterbenden Planeten noch schlimmer misshandelt, ich weiß es nicht. Jedenfalls gibt es meiner Erfahrung nach nichts, was

Frauen nicht irgendwo auf der Welt angetan wird, und sei es noch so abwegig.« Sie nickte, wie um ihre Worte zu bekräftigen, nahm zwei Ruder vom Gestell und trug sie zum Rand der Rampe. Als sie zurückkam, sagte sie: »Ich wünschte, ich könnte Ihnen helfen, aber es geht einfach nicht. Wenn ich diesen Frauen weiterhin helfen will, kann ich es nicht riskieren, dass mich irgendwelche Leute, die etwas gegen meine Arbeit haben, aus dem Verkehr ziehen.«

Deborah wusste jedoch, wie wertvoll es wäre, Dr. Weatheralls Arbeit in ihrem Buch erwähnen zu dürfen. Es wäre ein Zeichen der Hoffnung für Tausende Frauen, die in Großbritannien oder in ihren Heimatländern grausam verstümmelt worden waren. »Das verstehe ich«, sagte sie. »Aber könnten wir vielleicht einen Kompromiss finden? Zum Beispiel ein Interview und ein paar Fotos von einer Operation. Da tragen Sie OP-Kleidung und eine Gesichtsmaske. Und wir würden Ihren Namen nicht erwähnen.«

Dr. Weatherall hob das Boot auf und trug es ebenfalls zum Rand der Rampe, wo sie die Ruder abgelegt hatte. »Und was versprechen Sie sich davon?«

»Hoffnung«, sagte Deborah. »Unterstützung. Es könnte andere Chirurgen und Chirurginnen dazu animieren, auch solche Operationen durchzuführen.«

Die Ärztin schien darüber nachzudenken, wirkte jedoch zunehmend genervt von Deborahs Beharrlichkeit. Nach einer Weile sagte sie: »Es werden keine Namen genannt. Weder meiner noch der der Anästhesistin noch der der OP-Schwester oder der Patientin. Wobei noch fraglich ist, ob Sie überhaupt eine Patientin finden, die bereit ist, sich fotografieren zu lassen. Wenn nicht, hätten wir dieses Gespräch umsonst geführt. Können wir uns darauf einigen?«

Deborah hatte keine andere Wahl, aber immerhin hatte sie schon mehr erreicht als Narissa. »Ja natürlich.«

209

STREATHAM
SOUTH LONDON

Das Gebäude, in dem sich Teo Bontempis Wohnung befand, lag an der Streatham High Road, einer Straße mit breiten Gehwegen, auf denen kräftige Platanen angenehmen Schatten spendeten, auch wenn ihr Laub nach der langen Trockenheit grau und welk war.

Lynley stellte seinen Healey Elliott in der größten Parklücke ab, die er finden konnte, direkt vor einem Beerdigungsinstitut und ein paar Meter entfernt von Carpetright, wo gerade Laminat im Sonderangebot war. Der Wohnblock auf der anderen Straßenseite war ein architektonisches Gräuel aus grauem Beton, mit grauen Balkonen und vertrockneten Sträuchern neben den Eingängen, das an die Plattenbauweise der ehemaligen Ostblockstaaten erinnerte.

Lynley überquerte die Straße. Barbara hatte es offenbar vor ihm nach Streatham geschafft. Ihr zerbeulter Mini stand direkt vor dem Gebäude in der prallen Sonne, mit drei Rädern auf dem Gehweg und einer Polizeiplakette hinter der Windschutzscheibe.

Neben den Eingängen befanden sich graue Briefkästen und graue Klingeltafeln und darüber, wie neuerdings an allen Londoner Gebäuden, eine Überwachungskamera. Als Lynley bei Bontempi klingelte, ertönte Barbaras Stimme aus der Gegensprechanlage: »Ja? Wer ist da?«

»Ich bin's«, sagte Lynley.

»Alles klar«, sagte sie. »Zweiter Stock, Sir. Der Aufzug eiert. Würd ich eher meiden. Die Treppe ist am Ende des Flurs.«

Der Türöffner summte. Der Eingangsbereich war genauso öde wie die Fassade. Gelblich gesprenkelte Linoleumfliesen bedeckten den Fußboden, die Wohnungstüren waren mit metallenen Nummern, zwei Schlössern und einem Spion versehen. Die Treppe – vom Flur getrennt durch eine dieser scheußlichen Feuerschutztüren, wie sie in allen Wohnblocks im Land zu finden waren – war ebenso wie die Eingangsstufen aus Beton, die ehemals glänzende schwarze Farbe des metallenen Handlaufs war weitgehend abgeblättert. Lynley stieg in den zweiten Stock hoch und öffnete die Tür zum Flur. Barbara erwartete ihn vor einer offenen Wohnungstür. In ihren Schuhüberziehern aus Papier und ihren Latexhandschuhen erinnerte sie ihn an Minnie Maus, was er jedoch für sich behielt.

»Seit wann sind Sie hier?«, fragte er sie.

»Seit ungefähr zwanzig Minuten. Hab mir schon die Küche angesehen, aber nichts Interessanteres gefunden als 'nen verwelkten Eisbergsalat. Passen Sie auf, wenn Sie da reingehen, Sir, es ist alles voll Fingerabdruckpulver. Die Leute von der Spurensicherung haben das Zeug mal wieder großzügig verteilt.« Nachdem er sich ebenfalls Schuhüberzieher und Handschuhe übergestreift hatte, folgte er Barbara.

Die Wohnung war ziemlich geräumig. Rechts lag ein großes Schlafzimmer mit angeschlossenem Bad, auf der linken Seite des Flurs standen zwei geräumige Schränke, und am Ende des Flurs befand sich ein Esszimmer mit Balkon auf die Streatham High Road hinaus. Die Balkontür stand offen, ein Deckenventilator summte leise vor sich hin und ließ einen Stapel Unterlagen rascheln, die auf dem Tisch lagen und von einem afrikanischen Kochbuch an Ort und Stelle gehalten wurden.

»Das müssen wir uns alles genauer ansehen«, sagte Lynley und schaltete den Ventilator aus.

Während Barbara sich die Unterlagen vornahm, trat Lynley auf den Balkon. Außer den üblichen Balkonpflanzen in Kästen, die inzwischen vertrocknet waren, gab es dort acht verschiedene Bonsais. In einer Ecke stand eine Werkzeugkiste, die eine Gartenschere sowie Draht und die typischen Bonsai-Werkzeuge enthielt.

Lynley ging wieder hinein. In einem großen, unverschlossenen Karton unter einem Flachbildfernseher befanden sich lauter persönliche Gegenstände, die offenbar vom Büroschreibtisch der Polizistin im Empress State Building stammten, unter anderem eine unbenutzte Henkeltasse mit der Aufschrift *Hurra George, es ist ein Junge!*, ein Käsemesser, eine Schere, ein paar von einem Gummiband zusammengehaltene Briefe, ein Kalender, zwei Schachteln Earl-Grey-Teebeutel und mehrere gerahmte Fotos. Die Fotos zeigten anscheinend ihre Familienmitglieder – Mutter, Vater, zwei kleine Mädchen und zwei Hunde. Ein Foto war an Weihnachten aufgenommen, ein anderes während eines Sommerurlaubs. Die Eltern waren weiß, die Kinder schwarz.

Während Barbara sich die Unterlagen auf dem Tisch ansah, ging Lynley ins Schlafzimmer. Es war eingerichtet mit einem Doppelbett, einer Kommode mit Spiegel darüber, zwei Nachtschränkchen mit jeweils einer Lampe darauf, einem Kleiderschrank und einem Bücherregal. Das Regal enthielt verschiedene Biografien – unter anderem von Winnie Mandela, Mary Prince, Efunroye Tinubu, Harriett Tubman – und Romane von Autorinnen, die Lynley nicht bekannt waren: Chimamanda Ngozi Adichie, Leila Aboulela, Ama Ata Aidoo. Lynley zog die Schubladen der Nachtschränkchen auf. Die erste enthielt nichts. In der zweiten befanden sich ein Päckchen Papiertaschentücher, ein Päckchen Silikon-Ohrenstöpsel, wie Schwimmer sie häufig benutzten, eine Augenmaske, Lippenbalsam und eine Tube Fußbalsam. Neben der Lampe lag ein Handyladegerät. Auf der Kommode lagen auf einem kleinen emaillierten Tablett mit einer Abbildung des Guinness-Tukans fünf goldene Armreifen, ein

Schlüsselbund mit einem finster dreinblickenden Tweetie und zwei Ringe, von denen Lynley annahm, dass es sich um den Ehe- und den Verlobungsring des Opfers handelte, denn auf der Innenseite waren jeweils die Initialen RC und TB sowie ein kleines Herz eingraviert. Die Kommodenschubladen enthielten säuberlich gefaltete Pullover, Nachthemden und Unterwäsche, außerdem jede Menge Modeschmuck.

An einem Haken an der Schlafzimmertür hing eine Umhängetasche aus Leinen, deren Inhalt Lynley auf dem Bett ausleerte. Zum Vorschein kamen ein Portemonnaie mit fünfundvierzig Pfund in Scheinen, ein kleiner lederner Beutel mit einer Handvoll Münzen und ein Kreditkartenetui, in dem eine Geldkarte, zwei Kreditkarten, eine Oyster Card, ein Führerschein und ein Organspenderausweis steckten. Als Lynley die Sachen gerade wieder in den Beutel packte, erschien Barbara in der Tür und sagte: »Ich hab was ganz Merkwürdiges gefunden, Sir.«

»Was denn?«

»Es lag zwischen den Unterlagen unter dem Kochbuch. Möchte wissen, woher Teo Bontempi die hatte«, sagte Barbara und reichte ihm eine Visitenkarte.

Nachdem er einen Blick darauf geworfen hatte, sagte er verblüfft: »Ich habe keine Ahnung.« Er steckte die Karte ein. »Dem werde ich nachgehen.« Dann: »Nkata soll herkommen, sobald er es einrichten kann. Wir brauchen genauere Informationen über Teo Bontempis Leben, privat und im Dienst. Das heißt, wir müssen wissen, wer hier gesehen wurde, wer hier gehört wurde, wer von der Überwachungskamera über dem Eingang aufgenommen wurde. Wir müssen uns auch die Filme aus den Überwachungskameras in der näheren Umgebung ansehen. Alles, von dem Tag an, an dem sie ermordet wurde. Leute, Autos, Autokennzeichen. Haben wir ihr Handy?«

»Ihr Ex sagt, er hat es auf den Nachttisch gelegt. Liegt es da nicht?«

»Nein. Ganz sicher, dass er das gesagt hat?«

»Klar. Ich hab's mir notiert. Kann natürlich sein, dass er gelogen hat.«

»Finden Sie das Handy. Vielleicht ist es bei der Spurensicherung. Haben wir schon die Liste der Gegenstände, die die Kollegen mitgenommen haben?«

»Noch nicht. Ich nehm an, die haben alles eingesackt, was als Tatwaffe in Frage kommt, und es ins Labor gebracht.«

»Besorgen Sie sich die Liste.« Sie gingen ins Wohnzimmer. »Laptop?«, fragte er.

»Der wird in dem Dings unter dem Fernseher sein, da hab ich noch nicht reingeguckt.«

Er schaute nach. Das Möbelstück verfügte über drei breite Schubladen und drei Türen darunter. Die mittlere Schublade entpuppte sich als ausziehbare Schreibtischplatte, auf der sich ein Laptop befand, dessen Akku jedoch leer war. Lynley packte den Laptop samt Netzkabel ein, sollte Nkata sich damit rumschlagen. Auf der Schreibtischplatte lag außerdem ein kleiner Kalender, in der Woche aufgeschlagen, in der Bontempi ermordet worden war. Lynley überflog kurz die Einträge und packte ihn ebenfalls ein. Den Kalender sollte Barbara sich vornehmen, dachte er. Sie mussten unbedingt die letzten Tage von Bontempis Leben rekonstruieren.

Nachdem er im Wohnzimmer fertig war, ging er zu Barbara, die immer noch in der Küche beschäftigt war. Er erwähnte Bontempis Kalender und bat sie, sobald sie in der Wohnung fertig war, sämtliche Bewohner des Gebäudes zu befragen. Nkata solle ihr dabei helfen, sobald er eintraf. Er selbst werde sich jetzt auf den Weg machen, um herauszufinden, warum sich in der Wohnung einer toten Polizistin eine Visitenkarte der Ehefrau seines besten Freundes befand.

MAYVILLE ESTATE
DALSTON
NORTH-EAST LONDON

Vermutlich ahnte sein Vater nicht, dass er zu Hause war, dachte Tani, denn sonst hätte er nie im Leben die Frau mitgebracht. Monifa und Simi waren nicht da, was Tani beunruhigte. Normalerweise war Tani um diese Uhrzeit auch nicht zu Hause, aber sein Vater genauso wenig. Abeo hätte jetzt eigentlich auf dem Ridley Road Market sein müssen, entweder in seiner Metzgerei oder an seinem Fischstand.

Als Tani die Stimme seines Vaters hörte, dachte er zuerst, seine Mutter wäre bei ihm, denn Abeo redete über Geld. Das war nichts Ungewöhnliches, Abeo redete dauernd über Geld. Aber diesmal ging es um einen ganz bestimmten Betrag: dreihundert Pfund.

»Dreihundert verdammte Pfund«, schimpfte er. »Die kriegt meine flache Hand zu spüren, wenn sie nicht…«

Eine Frauenstimme fiel ihm ins Wort. »Ihre flache Hand, mehr nicht?«, sagte sie leicht amüsiert. »Sie kapieren es scheint's nicht, Abeo. Als wenn Sie damit was erreichen würden.« Tani erschrak. Diese Stimme hatte er noch nie gehört. Aber die Frau sprach mit nigerianischem Akzent, genau wie Abeo und Monifa.

»Dann eben meine Gürtelschnalle«, sagte Abeo. »Ich weiß nicht, wer meiner Frau neuerdings solche Flöhe ins Ohr setzt.«

»Ach, das. Wir müssen eben von unseren Männern hin und wieder gemaßregelt werden«, sagte die Frau. »So ist das nun mal. Das ist unsere Natur. Haben Sie das immer noch nicht begriffen?«

Tani stand von seinem Bett auf und schlich in den Flur. An dem bogenförmigen Durchgang zum Wohnzimmer blieb er stehen und streckte den Kopf gerade so weit vor, dass er sehen konnte, wer mit Abeo sprach. Der sagte gerade: »Doch, natürlich. Vielleicht habe ich ihr einfach in letzter Zeit zu viele Freiheiten gelassen.«

Die Frau bei Abeo war älter als er, mindestens Ende sechzig, mit kurzem eisgrauem Haar. Im Gegensatz zu dem, was Tani aufgrund ihres Akzents erwartet hatte, war sie nicht nach afrikanischer Tradition gekleidet, sondern trug einen pflaumenfarbenen Hosenanzug aus Leinen und eine cremefarbene Bluse, dazu schwarze Schuhe und unter dem Arm eine schwarze Aktentasche. Tani zog seinen Kopf zurück und lauschte.

»Und jetzt haben Sie also ein Problem?«, sagte die Frau. »Sie hätten sich sofort an mich wenden sollen. Dann wäre es längst vorbei, und Sie hätten kein *wahala*.«

»Es ist nie zu spät, sich durchzusetzen.«

»Wenn ich hierherkommen soll, wird es teurer.«

»Was soll das heißen, teurer?«

»Das Risiko ist größer, und das kostet. Haben Sie Tanten, die helfen kommen?«

»Keine Tanten.«

»Dann wird es noch teurer. Das Mädchen muss festgehalten werden. Das machen normalerweise die Tanten.«

»Ich werde das übernehmen. Außerdem hatten wir uns auf einen Preis geeinigt.«

»Das stimmt. Aber das war, bevor ich wusste, dass Monifa – so heißt sie doch, oder? – versucht hat, etwas anderes zu arrangieren. Aber selbst wenn sie mit dem einverstanden wäre, was wir hier machen wollen, würde ich die Hilfe von Tanten brauchen.«

»Ich werde Ihnen helfen.«

»Ärgern Sie mich nicht, Abeo! Ich lasse keine Männer dabei zu! Andere machen das, ich nicht.«

»Aber ich hatte Ihnen doch erzählt, was ihre Mutter wünscht, wie können Sie also jetzt sagen ...«

»Wenn wir uns nicht auf den Preis einigen können, Abeo«, fiel die Frau ihm ins Wort, »suchen Sie sich jemand anders. Bei den Somalis finden Sie bestimmt ...«

»Also gut, einverstanden«, sagte Abeo, und Tani wunderte sich nicht, als sein Vater voller Verachtung hinzufügte: »Kein dreckiger Somali fasst meine Tochter an.«

»Dann sollten wir uns jetzt über die Vorkehrungen unterhalten, die Sie treffen müssen. Ich lasse Ihnen diese Informationen hier. Bestimmte Voraussetzungen müssen erfüllt sein.«

Tani schlich zurück in sein Zimmer. Er war nass geschwitzt. Es kribbelte in seinen Handflächen. Sein Herz raste. Wie naiv er doch gewesen war. Er hatte überhaupt nicht kapiert, was seine Eltern planten. Er hatte geglaubt, es ginge darum, einen Mann zu finden, der bereit war, einen hohen Brautpreis für Simi zu zahlen. Aber was er da eben gehört hatte, war noch viel schlimmer. Offenbar sollte zunächst einmal dafür gesorgt werden, dass Simi einen hohen Brautpreis überhaupt wert war.

Jetzt war ihm klar, dass er nie eine Chance gehabt hatte, seinen Vater unter Druck zu setzen mit dem Angebot, die Jungfrau zu heiraten, die er für ihn gekauft hatte. Er war ein Idiot gewesen, das anzunehmen. Als er bei Lark weggegangen war, hatte er tatsächlich geglaubt, Simi wäre endlich in Sicherheit. In Wirklichkeit hatte er gar nichts erreicht. Er nahm den Rucksack aus dem Kleiderschrank, in dem er ein paar von Simis Kleidern und ihre Bastelsachen verstaut hatte, stieg auf sein Bett, öffnete das Fenster und kletterte nach draußen.

Er überquerte die Straße und den Spielplatz auf der gegenüberliegenden Seite, und als er außer Sichtweite von Bronte

House war, rief er Sophie an. Er erreichte sie zu Hause. Sie war gerade dabei, den Text für ihre Rolle in *Ein Sommernachtstraum* auswendig zu lernen, das in einem ganz winzigen Theater aufgeführt werden sollte. Sie spielte eine Elfe im Gefolge der Elfenkönigin Titania. Viel lieber hätte sie die Rolle der Helena übernommen, stattdessen hatte sie sich mit der Rolle der Elfe Senfkorn begnügen müssen, die fast gar keinen Text hatte. Die Elfen hatten fast nichts anderes zu tun, als umherzuschwirren und mit Begeisterung allen Wünschen der Elfenkönigin nachzukommen.

Sophie und er lebten in Welten, die unterschiedlicher nicht sein konnten. Trotzdem versuchte Tani, sich angesichts ihrer Probleme mitfühlend zu zeigen, erst dann berichtete er, was gerade in seiner Welt schieflief. Nachdem er geendet hatte, sagte Sophie: »Großer Gott! Sie wollen sie *beschneiden* lassen? Bist du dir wirklich sicher? Hast du dich auch nicht verhört?«

»Ich hab gehört, wie diese Frau gesagt hat, dass sie Tanten brauchen, um Simi festzuhalten.«

»Wahnsinn. Ich wusste gar nicht, dass es das überhaupt noch gibt. Wann soll es denn passieren?«

Das wusste Tani nicht. Falls die Frau und Abeo einen Termin festgelegt hatten, mussten sie es getan haben, nachdem Tani mit Simis Sachen aus dem Fenster geklettert war. Er erklärte Sophie, dass er seine Schwester auf jeden Fall sofort verstecken musste und dass er bereits Vorbereitungen getroffen hatte.

»Ruf mich an, wenn du so weit bist, okay? Und … sei bloß vorsichtig, Tani. Dein Vater findet bestimmt raus, wer Simisola so schnell vor ihm in Sicherheit gebracht hat.«

Sie beendeten das Gespräch. Tani ging schneller. Als Erstes wollte er zu Xhosa's Beauty gehen und Tiombe ins Bild setzen, danach würde er sich auf die Suche nach seiner Schwester machen. Simi war vermutlich auf dem Markt. Für den Fall, dass sie sich gegen seine Pläne sträubte, wollte er den Rucksack mit ihren Sachen im Friseursalon lassen, damit sie nicht sofort durchschaute, was er vorhatte.

Auf dem Weg dorthin wollte Tani auf keinen Fall von jemandem gesehen werden, der ihn kannte. Er schlich hinter den Ständen auf der anderen Straßenseite entlang, den Kopf gesenkt, um sein Gesicht zu verbergen.

Auf der Höhe des Friseursalons sah er sich nach allen Seiten um, ehe er die Straße überquerte. Plötzlich hörte er jemanden seinen Namen rufen. »Scheiße!«, murmelte er und fuhr herum. Es war Talatu, die Frau, die Simis Head Wraps verkaufte. Sie rief: »Wo ist deine Schwester? Sie sollte mir Head Wraps bringen!«

Tani winkte ihr zu und hob die Schultern, um anzudeuten, dass er keine Ahnung hatte, wo seine Schwester steckte. Er hörte sie gerade noch rufen: »Sag ihr, Talatu wartet auf Ware, okay, Tani?«, bevor er im Friseurladen verschwand.

Aber Tiombe war nicht da. Wie hieß noch gleich die andere?, überlegte Tani fieberhaft. Dann fiel es ihm wieder ein: Bliss. »Hallo, Bliss«, sagte er. »Ist Tiombe irgendwo auf dem Markt?«

Bliss stand an den Tresen gelehnt, vor sich ein Boulevardmagazin, daneben einen Becher mit einem kalten Getränk, an dem das Kondenswasser abperlte. Sie blickte auf, brauchte jedoch einen Moment, bis sie Tani erkannte.

»Nein, sie ist nicht auf dem Markt«, sagte sie.

»Wo ist sie denn? Ich muss unbedingt mit ihr sprechen.«

»In Wolverhampton. Ihre Mutter hat sich gestern Abend die Hüfte gebrochen, und sie ist sofort raufgefahren. Die Mutter muss natürlich operiert werden und anschließend in die Reha. Ihre Geschwister haben alle Familie, und Tiombe ist als Single die Einzige, die sich um ihre Mutter kümmern kann. Also ist sie gleich losgefahren.«

»Wann kommt sie wieder zurück?«

Bliss blätterte eine Seite ihrer Zeitschrift um. Auf der Doppelseite prangte die Schlagzeile »Was haben sie sich dabei gedacht???«, und darunter waren diverse Stars und Sternchen abgebildet in Kleidern, von denen eins ausgefallener war als das andere. »Woher soll ich das wissen?«, sagte Bliss. »Sie weiß es ja selber nicht mal. Das hat sie jedenfalls gesagt.«

»Wann?«

»Sie hat heute Morgen angerufen.«

»Sie hat Sie angerufen?«, fragte Tani. »Hat sie was von meiner Schwester gesagt? Simisola?«

»Nein, kein Wort.«

»Aber wir hatten 'ne Abmachung, Tiombe und ich. Tiombe sollte auf Simi aufpassen. Meine Eltern wollen sie nämlich beschneiden lassen.«

Bliss blieb ziemlich gelassen und sagte nur mit leicht geweiteten Augen: »Beschneiden? Das ist ja abartig. Bist du dir sicher?« Und als er nickte: »Hast du die Cops angerufen?«

»Das will ich nicht. Ich will nur Simi in Sicherheit bringen, bis ich meine Eltern zur Vernunft gebracht hab.«

Bliss nahm eine Zigarette aus der Schachtel auf dem Tresen und zündete sie sich an. Sie bot Tani auch eine an, doch er lehnte ab. Sie nahm einen langen Zug, sog den Rauch tief in ihre Lunge ein. »Du traust dir allen Ernstes zu, deine Eltern zur Vernunft zu bringen?«

»Weiß nicht. Aber als Erstes sollte Tiombe sich um Simi kümmern.«

»Dann tut's mir echt leid, dass sie nicht hier ist.«

»Und Sie?«, fragte Tani, ohne nachzudenken. Bliss schien es tatsächlich einen Moment in Erwägung zu ziehen. Doch dann schüttelte sie den Kopf. »Nicht dass du denkst, ich hätte nichts dagegen, dass Mädchen beschnitten werden. Im Gegenteil, ich find es grausam, mir dreht sich der Magen um, wenn ich nur dran denke. Aber ich bin auch Geschäftsfrau, und ich muss meinen Laden am Laufen halten. Heißt, ich muss mich mit allen Leuten auf dem Markt gut stellen, also auch mit deinem Vater. Das sind alles meine Kunden, verstehst du? Ich kann's mir nicht leisten, dass die Leute glauben, ich würd hier Mädchen vor ihren Eltern verstecken. Tut mir echt leid. Ich wünschte, Tiombe wär hier. Aber sie ist nun mal nicht da, und …«

Eine Frau und ein Mädchen von etwa zwölf Jahren betraten den Laden, und Bliss brach ab. Bliss lächelte die beiden an. »Ah, hat Alice sich durchgesetzt, Fola?«, fragte sie die Frau.

»Cornrows sind okay«, sagte Fola. »Extensions gibt's erst, wenn sie fünfzehn ist.«

»Das ist *gemein*!«, sagte Alice.

»Ach ja?«, entgegnete Fola. »Ich zeig dir gleich, was gemein ist, wenn du weiter so frech bist.«

Alice zog einen Flunsch, stolzierte zu Bliss' Friseurstuhl und ließ sich hineinfallen. Anscheinend hatte sie begriffen, dass mehr als die Cornrows heute nicht drin waren.

»Nett, dass du vorbeigekommen bist, Tani«, sagte Bliss und drückte ihre Zigarette aus. »Ich hab jetzt zu tun, aber wenn Tiombe anruft, sag ich ihr, dass du da warst.«

CHELSEA
SOUTH-WEST LONDON

Während Barbara in Bontempis Wohnung weitermachte und auf Nkata wartete, fuhr Lynley nach Chelsea, wo die Parkplatzsuche wie immer, wenn alle nach Feierabend zu Hause waren, eine große Herausforderung darstellte. Schließlich stellte er den Healey Elliott vorsichtig am Paultons Square ab. Es war auch um diese Uhrzeit noch heiß, und auf dem Weg zur Cheyne Row zog er sich das Jackett aus und warf es sich über die Schulter.

An der Ecke Lordship Place stieg er die Eingangsstufen zu einem Backsteinhaus hoch und drückte die Klingel, was normalerweise das freudige Gebell des Langhaardackels zur Folge hatte. Anscheinend war Peach jedoch nicht zu Hause, denn sie ließ sich auch nicht blicken, als Simon St. James die Tür öffnete. Er hielt einen kleinen Stapel Blätter in der Hand, die Lynley für einen Bericht hielt, bei denen es sich jedoch, wie er auf seine Frage hin erfuhr, um einen wissenschaftlichen Aufsatz eines Kollegen handelte, den St. James vor der Veröffentlichung in einer Fachzeitschrift lesen sollte.

»Ah, du bist also noch bei der Arbeit«, sagte Lynley. »Ich mach's kurz.«

»Quatsch, komm rein. Ich komme sowieso nicht voran. Seit mindestens einer halben Stunde verkneife ich mir einen Whisky. Trinkst du einen mit?«

»Gern.«

»Lagavulin oder Macallan?«

»Ich würde beide nicht ablehnen, aber ich nehme Ersteren.«

»Sehr gute Wahl.« St. James ging voraus in sein Arbeitszimmer auf der linken Seite, wo zu edwardianischen Zeiten einmal das Speisezimmer gewesen war. Das offene Fenster sprach von St. James' Hoffnung auf einen kühlenden Luftzug, der jedoch aufgrund der Windstille und der fehlenden Möglichkeit einer Querlüftung nicht zu erwarten war. Im Haus war es kaum weniger heiß als draußen, dennoch war das Zimmer, wenn nicht körperlich, so doch psychisch eine Wohltat. Bis zur Decke reichende, vollgestopfte Bücherregale, eine Auswahl von Deborahs wundervollen Schwarz-

Weiß-Fotografien an den Wänden, abgenutzte Ledersessel, ein mit Papieren und offenbar seit Tagen ungeöffneter Post übersäter Schreibtisch.

St. James schenkte Whisky ein und reichte Lynley ein Glas. Sie stießen an, und nachdem sie beide einen Schluck getrunken hatten, fragte St. James: »Gehe ich recht in der Annahme, dass dies kein Freundschaftsbesuch ist?«

»Du hast mich mal wieder durchschaut«, sagte Lynley. »Aber ich muss mit Deborah sprechen. Falls sie hier ist.« Er reichte St. James die Visitenkarte, die Barbara Havers gefunden hatte. »Die befand sich unter den persönlichen Hinterlassenschaften eines Mordopfers. Ich hoffe, dass Deborah mir etwas dazu sagen kann.«

St. James gab ihm die Karte zurück. »Sie ist im Garten«, sagte er. »Peach brauchte Bewegung, und sie gibt ihr Bestes. Also, Deborah, meine ich. Freiwillig bewegt sich Peach keinen Millimeter, und sie wird dankbar sein für eine Verschnaufpause.«

Lynley folgte seinem Freund in den Flur, an dessen Ende eine Treppe ins Souterrain führte. Die Küche, in der früher einmal drei oder mehr Bedienstete geschnippelt, gespült, gebraten und wieder gespült hatten, war jetzt mit modernstem Komfort ausgestattet. Auf der Kücheninsel standen ein Schokoladenkuchen nebst Tellern und Besteck bereit, um ins Esszimmer hochgetragen zu werden.

Die Tür zum Garten stand offen, und sie konnten Deborahs Stimme hören. »Sie glaubt, sie ist zu alt, Dad. Man sollte ihr ein Schild um den Hals hängen, auf dem steht: *Ich spiele nur für Leckerli*. Aber gib ihr bitte nur eins, wenn sie den Ball holt.«

»Du bist eine Foltermeisterin«, sagte St. James zu seiner Frau, als er aus der Tür trat. »Hier ist jemand, der dich zu sprechen wünscht.«

223

»Ah, da weiß ich jemand, der sich mindestens genauso sehr freut wie ich!«

Dicht gefolgt von Peach ging Deborah zu einem kleinen Teakholztisch, an dem ihr Vater saß. Auf dem Tisch stand ein mit Wasser – das einmal Eis gewesen war, vermutete Lynley – gefüllter Eimer mit zwei Flaschen Limonade und mehreren Flaschen Mineralwasser. Deborah schenkte sich selbst und ihrem Vater Wasser nach, Lynley und St. James blieben bei ihrem Whisky.

»Wie geht es dir, Tommy?«, fragte Deborah. »Und wie geht es Daidre?«

»Ähem«, sagte Lynley mit einem schiefen Grinsen.

»Dann gehe ich mal wieder an die Arbeit«, sagte Simon lachend. Deborahs Vater nahm Peach auf den Arm, und die beiden gingen ins Haus.

»Hast du dich mal wieder danebenbenommen?«, fragte Deborah Lynley.

»Das scheint meine Spezialität zu sein, wenn auch unabsichtlich«, antwortete Lynley. »Ich habe etwas gefunden«, fügte er hinzu und gab ihr ihre Visitenkarte.

Sie warf einen Blick darauf, legte den Kopf schief und fragte: »Und …?«

»Sie befand sich in der Wohnung eines Mordopfers. Barbara hat sie gefunden.«

»Und wer ist das Mordopfer?«

»Detective Sergeant Teo Bontempi. Sie hat im Empress State Building gearbeitet.«

»Wie merkwürdig.« Deborah drehte die Karte um, vielleicht, um nachzusehen, ob sie etwas auf die Rückseite geschrieben hatte. Die Karte war makellos, was darauf schließen ließ, dass Bontempi sie erst kürzlich erhalten hatte. »Ich habe keine Ahnung, warum die Frau meine Karte hatte, Tommy. Oder wie sie daran gekommen ist. Teo Bontempi hieß sie? Ich habe den Namen noch nie gehört. Jemand muss die Karte an sie weitergereicht haben.«

»Hast du in letzter Zeit irgendwelchen Leuten deine Karte gegeben?«

»Ja. Vor ein paar Wochen war ich bei einer Besprechung im Bildungsministerium. Da waren außer mir... lass mich überlegen... fünf Personen? Ich habe allen eine Karte gegeben. Aber da war keine Teo Bontempi.«

»Sonst noch jemandem?«

Sie zog die Brauen zusammen und trommelte mit den Fingern auf ihre Stuhllehne. »Hm. Bei Orchid House. Den Frauen, die dort angestellt sind, und den Ehrenamtlichen. Aber die Frauen kenne ich alle, und von denen heißt keine Teo.«

»Orchid House?«

»Das ist ein Verein von Frauen, die gegen FGM kämpfen und Mädchen davor zu schützen suchen. Ich mache dort Fotos für eine Broschüre, die das Ministerium herausgeben will: Fotos von Mädchen, die versuchen, der Verstümmelung zu entgehen, Fotos von Mädchen, die beschnitten wurden, Fotos von Mädchen, denen es gelungen ist, sich rechtzeitig in Sicherheit zu bringen. Aber ich nehme auch ihre Aussagen auf – was auch immer sie zu dem Thema sagen wollen. Die Broschüre soll an allen Londoner Schulen verteilt werden.«

»Ah, das ist also die Schnittstelle.«

»Wie meinst du das?«

»Teo Bontempi gehörte zu einer Sondereinheit zur Bekämpfung von Gewalt gegen Frauen, besonders von FGM. Man hat mir gesagt, dass sie in Schulen und somalischen und nigerianischen Kulturzentren mit den Mädchen und deren Eltern gesprochen hat. Möglicherweise ist sie auch mal bei Orchid House gewesen.«

»Kann sein, aber nicht, als ich dort war. Wenn ich dort

eine Polizistin gesehen hätte, wüsste ich das, Tommy. Und mir gegenüber hat auch niemand eine Polizistin erwähnt. Deswegen vermute ich eher, dass sie meine Karte irgendwo anders herhatte.«

»Woher zum Beispiel? Hast du eine Idee?«

Deborah überlegte. »Nein.« Sie trank einen Schluck Wasser und nahm ihren Sonnenhut ab. Ihre prächtigen roten Locken, die sie daruntergestopft hatte, fielen ihr über die Schultern. Sie schüttete sich den Rest Wasser aus ihrem Glas über den Kopf. »Entschuldige«, sagte sie, während ihr das Wasser von den Wangen tropfte. »Diese Hitze bringt mich noch um.«

Lynley lächelte. »Praktische Methode, sich abzukühlen!«, sagte er, lehnte jedoch lachend ab, als sie eine Flasche Pellegrino aus dem Eimer nahm und ihm hinhielt.

»Das müssen wir auf jeden Fall klären«, sagte er.

»Was? Das mit der Hitze? Da kann ich dir nur beipflichten. Aber du meinst vermutlich die Frage, wie meine Visitenkarte in Teo Bontempis Wohnung gekommen ist, nicht wahr? Lass mich überlegen. Bei Orchid House habe ich auch Narissa Cameron eine Karte gegeben. Das heißt, sie muss jetzt zwei haben, denn ich hatte ihr auch schon nach der Besprechung im Bildungsministerium eine gegeben.«

»Und wer ist sie?«

»Eine Filmemacherin, die im Auftrag des Ministeriums einen Dokumentarfilm dreht. Jetzt fällt mir ein, dass ich bei Orchid House auch Zawadi eine zweite Karte gegeben habe.«

»Und die war auch bei der Besprechung im Ministerium dabei?«

»Ja.«

»Wie heißt sie mit Nachnamen?«

»Soweit ich weiß, benutzt sie nur diesen einen Namen. Ach

ja, und Adaku habe ich auch eine Karte gegeben, das ist eine von den Ehrenamtlichen. Sie hat Narissa beim Filmen unterstützt. Den Mädchen fiel es schwer, vor laufender Kamera unbefangen von ihrem Schicksal zu berichten, deswegen hat Adaku ihre Geschichte als Erste erzählt, um es ihnen leichter zu machen.« Deborah senkte den Blick. »Es war grauenhaft, Tommy, ich konnte mir das kaum anhören. Sie wurde als kleines Mädchen in Afrika vollkommen verstümmelt.«

»Darf ich fragen, warum du dieser Frau deine Karte gegeben hast?«

»Ich arbeite an einem Fotoband, so in der Art wie der, den ich über London gemacht habe, aber über das Thema FGM. Ich möchte ein Porträt von ihr in dem Buch abdrucken. Als ich sie darauf angesprochen habe, hat sie eher ablehnend reagiert, und um ihr zu zeigen, was ich mir so vorstelle, habe ich ihr ein paar Schnappschüsse gezeigt, die ich von ihr gemacht hatte, als sie ihre Geschichte erzählt hat. Bei der Gelegenheit habe ich ihr meine Karte gegeben und sie gebeten, mich anzurufen, falls sie es sich anders überlegt. Aber es kann gut sein, dass ich sie verschreckt habe.«

»Womit denn?«

»Sie war schon seit Tagen nicht mehr bei Orchid House. Dabei heißt es, sie hätte einen ganz besonderen Draht zu den Mädchen.«

Lynley wurde hellhörig: Afrikanerin, als Kleinkind beschnitten, seit Tagen vermisst. »Teo Bontempi war Afrikanerin, Deb. Und sie ist auch als Kind brutal verstümmelt worden.«

Deborah betrachtete ihre Füße. Dann sagte sie langsam: »Du hast gesagt, sie gehörte zu einer Sondereinheit?« Als Lynley nickte, fragte sie: »Kann es sein, dass sie Leute undercover in die Community geschickt haben? Frauen, meine ich?«

»Teo Bontempi war die einzige Frau im Team, und ihr Vorgesetzter hat nichts von Undercoverarbeit erwähnt.«

»Könnte Adaku eine Polizeiinformantin sein? Sie wurde in Nigeria geboren. Falls sie eine Informantin von Teo Bontempi war und von Teos Tod gehört hat... könnte das vielleicht erklären, warum sie nicht mehr bei Orchid House aufgetaucht ist.«

»Ja, das stimmt. Hast du eine Idee, wie man sie kontaktieren kann?«

Sie schüttelte den Kopf. »Ich nehme an, Zawadi hat ihre Handynummer. Ich weiß, dass ihre Eltern in der Nähe wohnen, denn sie hat von ihnen gesprochen und davon, dass sie adoptiert wurde.«

Lynley stutzte. »Adoptiert?«

»Ja, sie hat es erwähnt, als sie ihre Geschichte für den Film erzählt hat. Ihre Eltern sind weiß, und ich hatte den Eindruck, dass das für sie... ich weiß nicht... Ich glaube fast, dass das für sie ein Problem ist.«

»Teo Bontempi wurde auch adoptiert, Deb. Und ihre Eltern sind auch Weiße.«

Deborah schaute ihn direkt an, schien jedoch vor ihrem geistigen Auge etwas ganz anderes zu sehen, denn im selben Moment legte sie ihm eine Hand auf den Arm und sagte: »Komm mit.« Sie sprang auf und lief, gefolgt von Lynley, ins Haus, durch die Küche und die Treppe hoch. An der Haustür hob sie einen schwarzen Metallkoffer vom Boden auf und ging damit zu Simons Arbeitszimmer. »Stören wir?«, fragte sie ihren Mann.

Ohne von seiner Arbeit am Schreibtisch aufzublicken, bedeutete er ihnen, hereinzukommen und zu tun, was sie tun wollten.

Deborah stellte den Koffer auf einen der Ledersessel und öffnete ihn.

Sie nahm ihre Digitalkamera heraus, hielt sie mit dem Display nach oben und schaltete sie ein. Sie ging die Fotos so schnell durch, dass Lynley nichts darauf erkennen konnte. Schließlich fand sie, was sie suchte, und hielt Lynley die Kamera hin. Auf dem Foto war eine gehetzt wirkende Schwarze abgebildet. Die Frau trug ein traditionelles afrikanisches Kleid, einen dazu passenden Turban, dazu eine schwere Holzperlenkette und große goldene Creolen.

»Das ist Adaku«, sagte Deborah.

»Das ist Teo Bontempi«, sagte Lynley.

7. AUGUST

EMPRESS STATE BUILDING
WEST BROMPTON
SOUTH-WEST LONDON

Lynley hatte sich telefonisch bei DS Jade Hopwood angekündigt. Er wollte keine Zeit verlieren, und vor allem wollte er nicht auf sie warten müssen, was ihm Zeit zum Nachdenken gegeben hätte. Das wollte er unbedingt vermeiden, denn seine Gedanken würden sofort zu Daidre wandern, und dann würde er sich fragen, warum er sie noch immer nicht angerufen hatte.

Er fragte sich, ob er den Anruf vor sich herschob, weil eine Entschuldigung seinerseits anstand. Er war sich nicht sicher, ob das so ein typischer Ein-Gentleman-tut-so-etwas-nicht-Moment war, der sein schlechtes Gewissen aktivierte, bis er sich aus lauter Gewohnheit genauso verhielt, wie es seiner Erziehung entsprach, oder ob es einfach so ein Moment war, in dem er das überwältigende Bedürfnis verspürte, alles zu klären, was zwischen ihnen vorgefallen und vor allem, was zwischen ihnen gesagt worden war, und was davon er sich selbst zuzuschreiben hatte.

Er musste sich eingestehen, dass er sich in die außergewöhnlichsten Frauen verliebte, Frauen, die sich immer als wesentlich komplizierter entpuppten als erwartet. Er hatte keine Erklärung dafür, es sei denn, er verstand Frauen einfach nicht – und er neigte immer mehr dazu, das für möglich zu halten. Vielleicht wollte er ja eine Frau, die leicht errötete, die die Kunst der gepflegten Konversation beherrschte, sich unfallfrei auf dem gesellschaftlichen Parkett zu bewegen wusste, sanft und devot war, für ihn akzeptable Meinungen äußerte, die ihn gedanklich nicht weiter beschäftigte, außer wenn sie Klavier spielte, und auch dann für ihn nur als Objekt existierte, das er besitzen und bewundern konnte. Aber das konnte doch nicht sein. Oder? Nein. Das war undenkbar. Er wollte eine Lebensgefährtin, eine selbstständige Frau, eine, die mehr war als ein dekoratives Element mit dem Talent, Blumen zu arrangieren und Taschentücher mit seinen Initialen zu besticken. Wie zum Teufel sollte er sich also jetzt verhalten? Das war die große Frage, denn Daidre Trahair war alles andere als ein dekoratives Element, mit dem ein Mann angeben konnte, und was Blumen anging, die würde sie vermutlich eher an ihre Zootiere verfüttern, als sie hübsch in Vasen zu arrangieren. Leider blieb jedoch ein Problem bestehen: Er konnte ziemlich genau sagen, was Daidre Trahair *nicht* war, aber er wusste immer noch nicht genug über sie, um sagen zu können, was sie war. Und jedes Mal, wenn er etwas Neues über sie erfuhr, war er unfähig, damit umzugehen.

Als Lynley das Empress State Building betrat, kam DS Jade Hopwood ihm mit einem Besucherpass entgegen. Er hatte sich erkundigt und wusste, dass sie fünfundfünfzig und zweifache Großmutter war. Sie wirkte jedoch wesentlich jünger, ihre schwarze Haut war faltenfrei, und er entdeckte keine Spur von Grau in ihrem Haar, das sie zu lauter dünnen Zöpfen geflochten hatte. In einem Ohr trug sie drei Ohrstecker, in dem anderen eine große goldene Creole, und sie war sehr elegant gekleidet. Sie wirkte ernst und geschäftsmäßig. Als er sich vorstellte, nickte sie knapp und führte ihn ebenso wie Phinney zu den Aufzügen, die die oberen Stockwerke des Gebäudes bedienten. Anders als Phinney fuhr sie jedoch nicht mit ihm in den Orbit, sondern in den 17. Stock. Als die Aufzugtüren sich lautlos öffneten, ging sie schnurstracks zu ihrem Schreibtisch und schnappte sich unterwegs einen Plastikstuhl, den sie vor ihrem Schreibtisch abstellte und Lynley als Sitzgelegenheit anbot. Dann setzte sie sich.

Der Schreibtisch war über und über bedeckt mit Ordnern, Internetausdrucken, Zeitungen und Zeitschriften, Büchern, Broschüren und CDs. Auf einem Ablagekorb standen zwei gerahmte Fotos. Das eine Foto zeigte zwei kleine Mädchen, die einen riesigen Winnie Puuh umklammerten, das andere dieselben kleinen Mädchen mit ihren Eltern, wie Lynley vermutete. Eine hübsche Familie.

Als DS Hopwood sah, dass er die Fotos betrachtete, sagte sie: »Drei weitere sind unterwegs. Meine Tochter ist für nächste Woche ausgerechnet, und mein Sohn – nicht der auf dem Foto – erwartet im Dezember Zwillinge. Falls meine Schwiegertochter so lange durchhält. Wenn man sie reden hört, sollte man meinen, sie erwartet Fünflinge. Aber jetzt zur Sache. DCS Phinney hat mich gebeten, Sie auf den neuesten Stand zu bringen. Unter uns gesagt wäre er dazu besser geeignet, denn ich bin selbst noch dabei, mich in den Fall einzuarbeiten. Er unterstützt mich, so gut er kann, aber Sie sehen ja…«, sie zeigte auf das Chaos auf ihrem Schreibtisch, »…womit ich mich herumplagen muss. Im Moment bin ich dabei, alle verfügbaren Akten und Berichte zu lesen. Ich weiß nicht, inwieweit ich Ihnen helfen kann, aber ich gebe mein Bestes.«

»Hat DS Bontempi das alles zusammengetragen?«

»Ja, sie hat alles hiergelassen und nur ihre persönlichen Sachen mitgenommen. Wenn ich DCS Phinney richtig verstanden habe, war sie nicht begeistert von der Versetzung. Ich vermute sogar, sie war ziemlich sauer, als sie gegangen ist, und hat sich gesagt: Soll sich jemand anders durch das Chaos arbeiten. Ich kann's ihr nicht verübeln. Sie war schon seit Jahren bei der Sondereinheit.«

»Haben Sie mit ihr gesprochen, nachdem Sie ihre Stelle übernommen haben?«

»O ja. Also, wir haben telefoniert. Ich habe sie gefragt, was sie von den Sachen, die sie hiergelassen hatte, behalten wollte. Sie hat gesagt, nichts. Ich könne alles haben und damit machen, was ich wollte. Ihretwegen könne ich es auch wegwerfen. Danach habe ich sie noch mehrmals angerufen, wenn ich eine Frage hatte, und sie hat mich auch einmal angerufen.«

»Hat sie geholfen, Sie ins Bild zu setzen?«

»Ja, da war sie sehr hilfsbereit, und sie hat alle meine Fragen bereitwillig beantwortet. Wenn Sie mich fragen, hat sie hier sehr gute Arbeit geleistet.«

»Alles, was Sie mir über sie und ihre Tätigkeit sagen können, hilft mir sehr. Wir wissen bisher noch kaum etwas über sie.«

DS Hopwood lehnte sich in ihrem Stuhl zurück und verschränkte die Hände im Schoß. »Soweit ich weiß, hatte sie intensiven Kontakt zu verschiedenen Communitys, hauptsächlich über deren Begegnungsstätten. Außerdem hat sie in Schulen Vorträge gehalten und in Kontakt mit verschiedenen Selbsthilfegruppen in der ganzen Stadt gestanden. Vor allem zur nigerianischen Gemeinde hatte sie gute Beziehungen, mit einigen Leuten war sie sogar persönlich bekannt. Sie war selbst Nigerianerin – was Ihnen vermutlich bekannt ist –, das hat natürlich geholfen. Die Kollegen sagen, sie war gut im Umgang mit Menschen.«

Lynley legte eine Hand auf einen Stapel Ordner. »Ist Ihnen in all diesen Unterlagen irgendetwas besonders aufgefallen? Namen, Daten, Orte? Irgendwelche Hinweise darauf, dass es jemanden erschrecken könnte zu erfahren, dass DS Bontempi nicht nur über bestimmte Informationen verfügte, sondern außerdem Polizistin war? War das überhaupt in den Communitys bekannt? Also, dass sie Polizistin war?«

»Das kann ich Ihnen nicht sagen. Aber soweit ich weiß, hat sie es nicht verheimlicht. Wie gesagt, sie hat in Schulen und in Selbsthilfegruppen Vorträge gehalten. Ich kann mir nicht vorstellen, dass man sie zum Beispiel in Schulen hätte reden lassen, wenn sie den Lehrern nicht gesagt hätte, dass sie Polizistin ist.«

Lynley nickte. Das klang plausibel. »Sonst noch etwas?«, fragte er.

DS Hopwood betrachtete nachdenklich den Berg an Material auf ihrem Schreibtisch. »Also, es gibt da eine Sache ...«, setzte sie dann an und nahm aus dem untersten Fach des Ablagekorbs einen Stapel Unterlagen, die von einer schwarzen Büroklammer zusammengehalten wurden. Sie löste die Büroklammer und zog ein Blatt heraus, an das ein weißes Kärtchen von der Größe einer Visitenkarte getackert war. Das Kärtchen war auf der einen Seite unbedruckt, auf der anderen stand eine längere Ziffernfolge, bei der es sich nur um eine Handynummer handeln konnte.

»Haben Sie die Nummer angerufen?«, fragte Lynley.

»Zweimal«, sagte DS Hopwood. »Aber beide Male bin ich nur an eine Mailbox geraten und wurde aufgefordert, eine Nachricht zu hinterlassen. Das habe ich getan. Ohne Ergebnis.«

»Haben Sie DS Bontempi gefragt, was es mit der Nummer auf sich hat?«

»Dazu bin ich nicht mehr gekommen. Ich habe diese Karte erst gestern Nachmittag gefunden, als ich ihre Berichte für Sie zusammengestellt habe.«

»Und Sie haben die Nummer noch nicht überprüft?«

»Nein, noch nicht.«

»Ist das das einzige Detail, das Ihnen ins Auge gesprungen ist?«

»Es ist noch nicht einmal gesprungen, eher gerutscht«, sagte sie und lachte in sich hinein. Dann schien ihr etwas einzufallen. »Ah, Moment. Genau. Kurz bevor sie versetzt wurde, hat es zwei Festnahmen gegeben, das könnte eine Rolle spielen.«

»Welche Art Festnahmen?«

»Sekunde …« Sie stand auf und begann, die Unterlagen auf ihrem Schreibtisch zu durchsuchen. »Zwei Frauen wurden zu einer Befragung ins Polizeirevier gebracht. Es gibt dazu einen Bericht. Irgendwo hier muss er sein …« Sie zog einen Ordner aus dem Stapel, schlug ihn auf und sagte: »Hier. In Nordlondon war das. Die Kollegen in Stoke Newington haben die Befragung durchgeführt und den Bericht an DS Bontempi geschickt. Wie gesagt, sie stand in Kontakt mit verschiedenen Begegnungsstätten, ich nehme also an, dass sie da auch ein paar Informanten hatte. Jedenfalls hat sie in einer Anlage zu dem Bericht vermerkt, dass es in Nordlondon Frauen gibt, die FGM praktizieren, und zwar in Familien, die es sich nicht leisten können, dafür nach Afrika zu reisen. Bei diesen Frauen handelt es sich offenbar um Afrikanerinnen, die schon in Afrika Beschneidungen durchgeführt haben und jetzt hier davon leben.«

»Das werden sie bestimmt nicht hinausposaunen.«

»Das brauchen sie auch nicht. Es läuft alles über Mundpropaganda.«

»Und was hat das mit den Festnahmen zu tun, die Sie eben erwähnten?«

»Es sah zuerst so aus, als hätten die Kollegen einen Fang gemacht – die Frauen hatten ein kleines Mädchen bei sich. Aber am Ende ist nichts dabei rumgekommen. Die eine

Frau hat eine gynäkologische Praxis in der nigerianischen Gemeinde, weil die meisten Nigerianerinnen nicht zu einem männlichen Gynäkologen gehen wollen. Die andere war ganz zufällig da, als der Zugriff erfolgte. Könnte was dran sein oder auch nicht, weiß der Himmel.«

»Die Namen der Frauen?«

»Stehen im Bericht.« Sie reichte ihm den Ordner und betrachtete noch einmal das Chaos auf ihrem Schreibtisch. »Wissen Sie, wie viele afrikanische Einwanderer es in London gibt? Vor allem aus Nigeria und Somalia?«

»Nein«, sagte Lynley.

»Ich auch nicht. Aber in diesen Communitys finden die Verstümmelungen statt. Natürlich nicht in allen, aber ich habe keine Ahnung, wie wir diejenigen, die das Gemetzel veranstalten, daran hindern sollen.«

Lynley klopfte sich nachdenklich mit der Kante des Ordners auf die Handfläche. Er musterte DS Hopwood. In ihrer Stimme hatte Wut mitgeschwungen, aber er sah auch Resignation in ihrem Gesicht. »Sergeant Hopwood, wussten Sie, dass DS Bontempi auch beschnitten war?«, fragte er.

Sie sah ihn entgeistert an. »O Gott, nein«, sagte sie. »Das wusste ich nicht. Aber woher auch? Wir haben nur telefoniert, und sie hatte keinen Grund, es mir zu erzählen.« Sie schüttelte langsam den Kopf. »Es tut mir schrecklich leid, das zu hören, aber es erklärt einiges, nicht wahr?«

»Finden Sie?«

»Nach allem, was ich gehört habe, hatte sie sich ihrer Aufgabe mit Leib und Seele verschrieben. Jetzt wird mir klar, dass es für sie etwas Persönliches war.«

»Sehr persönlich«, stimmte Lynley ihr zu. Er hielt den Ordner hoch. »Kann ich den mitnehmen?«

»Klar«, sagte sie. »Rufen Sie mich an, falls Sie noch Fragen haben. Ich helfe Ihnen gern, wo ich kann.«

»Vielen Dank«, sagte er, verabschiedete sich und fuhr mit dem Aufzug nach unten. Im Peeler's Café las er bei einem doppelten Espresso den Bericht über die Festnahme der beiden Frauen. Er enthielt nicht viele Informationen. Ein Anruf hatte die örtliche Polizei zu einer Praxis geführt, wo zwei Frauen – eine Easter Lange und eine Monifa Bankole – festgenommen wurden. Bei dem Kind, das DS Hopwood erwähnt hatte, handelte es sich um die Tochter von Monifa Bankole. Die Anwesenheit des Mädchens war der Grund für den sofortigen Zugriff durch die Polizei gewesen.

Im Vorfeld war die örtliche Polizei darüber informiert worden, dass in der besagten Praxis sogenannte »medikalisierte« Beschneidungen durchgeführt wurden. Was wohl bedeutete, dass die Ärztin den Eingriff unter Narkose durchführte. Aber die Polizei von Stoke Newington hatte keine Beweise, und nur auf einen solchen vagen Hinweis hin gab es keine Möglichkeit, die Praxis zu durchsuchen. An dem Vormittag, als die Frau mit ihrer Tochter in die Praxis gegangen war, hatte es so ausgesehen, als wäre Gefahr im Verzug, daher der polizeiliche Zugriff.

Letztlich bestätigte der Bericht alles, was DS Hopwood Lynley erzählt hatte. Bei den durchsuchten Räumlichkeiten handelte es sich tatsächlich um eine gynäkologische Praxis, wo Krebsvorsorgeuntersuchungen, Schwangerschaftsvorsorgeuntersuchungen und Entbindungsnachsorge durchgeführt wurden. Easter Lange war die alleinige Inhaberin von Women's Health of Hackney. Als Hebamme war sie dazu berechtigt, eine Praxis zu führen.

Monifa Bankole hatte einen Termin bei Easter Lange gehabt – wegen »Schmerzen da unten«, wie sie sich ausgedrückt hatte. Die Tochter hatte sie nur mitgenommen, weil es ihr widerstrebt hatte, das Kind allein zu Hause zu lassen.

Alle Angaben der Frauen waren überprüft und als korrekt befunden worden, und die Polizei von Stoke Newington nahm den Fehlschlag mehr oder weniger gelassen hin. Diesmal war es eben schiefgelaufen, der Informant war zu eifrig gewesen, und die Polizei hatte Zeit verschwendet.

Mehr war dem Bericht nicht zu entnehmen. Am Ende hatte es nichts gegeben, was man den beiden Frauen hätte vorwerfen können, und man hatte sie wieder gehen lassen. Aber Lynley kam die Geschichte merkwürdig vor. Wer war die Person gewesen, die der Polizei all diese Informationen gegeben hatte? Und vor allem: Wie war Teo Bontempi in den Besitz des Berichts gekommen?

STOKE NEWINGTON

NORTH-EAST LONDON

Am nächsten Morgen rief Tani bei Sophie an. Jetzt, wo Tiombe weg war und Bliss nichts mit der Sache zu tun haben wollte, fiel ihm nichts anderes mehr ein, obwohl er sich die ganze Nacht den Kopf zerbrochen hatte. Seiner Mutter konnte er nicht trauen, das war klar. Mit seinem Vater zu verhandeln war zwecklos. Er musste eine andere Lösung finden, und irgendwann war er zu dem Schluss gekommen, dass die Lösung Sophie hieß. Also rief er sie an und fragte, ob sie sich treffen könnten, er wolle etwas mit ihr bereden.

Sie sagte, na klar, sie sei gerade im Abney Park, am Schauplatz ihrer Verwandlung in die Elfe Senfkorn für *Ein Sommernachtstraum*. Der Park gehörte zu einer Reihe von großartigen viktorianischen Friedhöfen in London, die schon lange nicht mehr als solche genutzt wurden. Die großen Bäume, die verwilderten Sträucher und die von Grünzeug überwucherten Grabsteine bildeten die perfekte Kulisse für das Stück.

Sie erwarte ihn an einem der Seiteneingänge, sagte sie, und zwar an dem zur High Street. Der Park befinde sich ganz in der Nähe ihres Elternhauses, aber dort sei es viel, viel kühler. In ihrem Zimmer habe sie sich in der vergangenen Nacht gefühlt wie in einem Brutkasten.

Tani machte sich sofort auf den Weg. Er brauchte eine Weile, der Park lag nicht gerade um die Ecke, doch als er vom Bahnhof in Richtung des Eingangs High Street ging, sah er Sophie auf der Mauer sitzen, wo sie geduldig auf ihn wartete. Als sie ihn kommen sah, sprang sie mit einem strahlenden Lächeln herunter, diesem Lächeln, das ihm jedes Mal das Herz höher schlagen ließ.

»Hi!«, rief er.

»Hi!«, rief sie freudig. »Weißt du was, Tani? Ich bin als Zweitbesetzung für die Titania eingesetzt. Der Regisseur hat gleich nach dir angerufen!«

»Genial«, sagte er. »Jetzt musst du nur noch die Erstbesetzung vergiften, haha!«

»Ganz genau. Krieg ich jetzt einen Kuss, oder muss ich dich erst überreden?«

»Nicht nötig«, sagte er und küsste sie so, wie sie es gern hatte, zuerst ganz sanft, und dann, sobald sie seine Zunge spürte, öffnete sie die Lippen.

Ohne sich von ihm zu lösen, flüsterte sie: »Du hast mir gefehlt, Tani.«

»Du mir auch«, flüsterte er. Es war ein Segen, dachte er, eine Freundin zu haben, die so ganz die seine war. Diese Omo-wie-auch-immer in Nigeria hatte anfangs eine Gefahr für ihn dargestellt. Aber seit er von Abeos Beschneidungsplänen erfahren hatte, existierte Nigeria für Tani gar nicht mehr. Jetzt gab es für ihn nur noch Sophie.

Sie nahm seine Hand. »Komm, wir gehen in den Park. Wir suchen uns ein Plätzchen, wo wir uns hinsetzen können. Ich kann dir auch die alte Kapelle zeigen, da werden die meisten Szenen gedreht.«

Tani wollte keine Kapellen besichtigen, er wollte reden. Aber er brachte es nicht übers Herz, Sophie zu enttäuschen. Er folgte ihr in den Park, wo sie ihn über einen schmalen Weg zwischen Grabsteinen hindurchführte, die halb versunken waren unter Gestrüpp, Ranken und Blumen. Riesige Bäume spendeten angenehmen Schatten, und die Luft duftete regelrecht nach Sauerstoff, was man in London nur selten erlebte. Während Sophie vorausging, erzählte sie aufgeregt von dem Theaterstück, von Titania, und er machte hin und wieder kleine zustimmende Geräusche, um zu signalisieren, dass er ihr zuhörte. Als sie schließlich vor der Kapelle standen – bei der es sich eher um eine Ruine handelte, dachte Tani zerstreut, und wofür das eine Kulisse sein sollte, konnte er sich auch nicht vorstellen –, wandte Sophie sich ihm zu und sagte: »Das Ganze ist schon irgendwie ein verrücktes Projekt, aber wenn alles gut geht, läuft das Stück bis September.«

»Cool«, sagte er, bemüht, begeistert zu klingen, aber offenbar war er kein guter Schauspieler. Sophie setzte sich auf eine steinerne Bank in der Nähe und sagte: »Okay, schieß los.«

Er setzte sich neben sie. Ihre Schultern berührten sich, und schon das beruhigte ihn, während er Sophie berichtete, was er mit Tiombe vereinbart hatte, und warum der Plan gescheitert war. Dass er seinem Vater angeboten hatte, im Austausch gegen Simis Freiheit in Afrika eine Jungfrau zu heiraten, erwähnte er nicht; von Omorinsola brauchte Sophie nichts zu erfahren. Das Thema war erledigt, seit er wusste, dass Abeo eine nigerianische Beschneiderin in London angeheuert hatte. Es war zwar ein bisschen riskant, ihr nicht alles zu erzählen. Aber wenn er es tat, lief er Gefahr, dass sie ihn verließ, weil er nicht von Anfang an mit der Wahrheit herausgerückt war. Und jetzt brauchte er sie mehr denn je, denn Simi musste so schnell wie irgend möglich an einen sicheren Ort gebracht werden.

Sophie schaute ihn mit großen Augen an, als er ihr erzählte, dass Tiombe nicht mehr in London war. »Dann bring Simi zu mir«, sagte sie spontan. »Uns fällt schon ein Vorwand ein. Es ist die einzige Möglichkeit. Außerdem wird es sowieso Zeit, dass Simi und ich uns kennenlernen.« Als er etwas darauf erwidern wollte, legte sie ihm die Hand auf den Arm und fuhr fort: »Sag ihr einfach, meine Schwester hat Geburtstag, und sie ist eingeladen.«

»Hat sie wirklich Geburtstag?«

»Natürlich nicht.«

»Meinst du nicht, dass sie sofort wieder nach Hause will, wenn ich mit Simi zu dir komme, und es gibt keine Party und keinen Kuchen? Sie kapiert nämlich überhaupt nicht, was die mit ihr vorhaben. Sie weiß nicht mal, was eine Beschneidung ist.«

»Das kann doch nicht sein; sie muss es wissen. Die machen in letzter Zeit richtig viel Aufklärungsarbeit in den Schulen.«

Tani schüttelte den Kopf. »Meine Mutter unterrichtet sie zu Hause, Sophie. Das hat sie mit mir genauso gemacht, zumindest während der Grundschulzeit. Ich dachte immer, dass sie das gemacht hat, weil mein Vater nicht wollte, dass wir ›verdorben‹ werden oder sowas. Ich dachte, er wollte nicht, dass wir Engländer werden.«

»Dann musst du ihr erklären, was ihr blüht, wenn sie zu Hause bleibt, und zwar haarklein.« Offenbar sah sie ihm sein Entsetzen an, denn sie fügte hinzu: »Das *musst* du, Tani. Du hast keine andere Wahl. Du erklärst ihr, was es mit dieser Beschneidung auf sich hat, und dann kommst du heute Abend mit ihr zur Geburtstagsparty. In der Zwischenzeit erkläre ich meinen Eltern, was los ist, damit sie ...«

»Nein, sag ihnen nichts, Sophie! Wenn du das machst ...« Er wusste nicht, wie er den Satz zu Ende bringen sollte. Sie hatte ihn ihren Eltern vorgestellt, und da hatte er sich alle Mühe gegeben, so englisch zu wirken wie Sophie. Wenn sie erfuhren, was für Leute seine Eltern waren und was sein Vater Simisola antun wollte, würden sie bestimmt denken, dass er der Falsche für ihre Tochter war, und von Sophie verlangen, dass sie sich von ihm trennte. Und wer sollte es ihnen auch verübeln? Aber er sagte nur: »Sag's ihnen einfach nicht, okay?«

»Aber wenn sie bei uns bleiben soll, werden meine Eltern wissen wollen, was zum Teufel bei euch los ist, Tani.«

»Dann kann sie eben nicht zu euch. Dann geht es nicht ... Es muss noch eine andere Lösung geben.«

Sophie runzelte die Stirn. »Also gut. Ich lass mir was einfallen, was ich ihnen sage. Und ich suche mal im Internet nach ... Ich weiß auch nicht. Es muss doch eine Möglichkeit geben, sie zu beschützen.«

»Ich gebe sie auf keinen Fall in eine Pflegefamilie!«

»Das meinte ich doch auch nicht. Ich weiß selbst nicht, was ich meine. Aber ich mach mich mal schlau. Jetzt müssen wir sie erst mal vor deinen Eltern in Sicherheit bringen, ehe einer von ihnen ihr was antut.«

OXFORD STREET
CENTRAL LONDON

»Die Frage ist leicht zu beantworten.« Rosie Bontempi strich ihren leinenen Bleistiftrock glatt. Was völlig überflüssig war, soweit Nkata das beurteilen konnte, aber die Geste lenkte seine Aufmerksamkeit auf ihre Beine und auf ihre Knöchel, die schlanksten Knöchel, die er je gesehen hatte, was noch betont wurde durch ihre Stilettos. Sie standen an einem Stehtisch am Fenster eines Cafés in der Oxford Street in der Nähe von Selfridge's, wo Rosie arbeitete, bis sich – wie sie Nkata anvertraut hatte – etwas Besseres fand, am liebsten eine Stelle als Visagistin für einen Krimi auf ITV, für den die Filmarbeiten demnächst in Norwich anlaufen sollten.

Sie hatte sich bereit erklärt, ein zweites Mal mit ihm zu sprechen, aber nur in ihrer Frühstückspause, und auf keinen Fall bei Selfridge's. Sie hatte ihm ein Café und eine Uhrzeit genannt, und er hatte sie dort erwartet.

»Teo wollte plötzlich nur noch Afrikanerin sein«, sagte Rosie. »Das Gleiche hat sie von mir verlangt. Aber das war nicht mein Ding. Und sie hat noch nicht mal versucht zu verstehen, warum nicht.« Sie stieß ein kurzes, humorloses Lachen aus. »Unsere Eltern haben uns aus einem Scheiß-waisenhaus geholt, verdammt noch mal! Man sollte meinen, dass sie ihnen dafür dankbar war. Zumindest dankbar genug, um ihnen nicht wehzutun, indem sie sie aus ihrem Leben ausschließt. Aber das hat sie. Und glauben Sie mir, wenn *Papá* nicht diesen Schlaganfall gehabt hätte, dann wären sie auch aus ihrem Leben ausgeschlossen geblieben.«

»Und deswegen haben Sie sich gestritten?«, fragte Nkata.

»Nicht direkt«, lautete die Antwort.

Sie beobachtete die Taxis und Busse, die sich in der Straße drängelten. So früh am Tag war die Hitze noch nicht so extrem, dass die Abgase einem den Atem raubten. Dafür war Nkata dankbar. In einer Stunde würde sich die Oxford Street in einen Hexenkessel verwandelt haben.

Er war direkt von New Scotland Yard hierhergekommen, wo er und Barbara Havers die ersten zwei Stunden ihres Arbeitstags damit zugebracht hatten, die telefonischen Anweisungen von DCS Lynley abzuarbeiten. Sie hatten ihre Berichte über die Befragungen von Teo Bontempis Nachbarn verfasst, die sie am Tag zuvor am Nachmittag und Abend durchgeführt hatten, und den Laptop der Toten den Kollegen ins Labor geschickt. Das Videomaterial aus den Überwachungskameras des Gebäudes hatten sie noch nicht sichten können, und Bontempis Handy war auch noch nicht aufgetaucht. Lynley seinerseits hatte sie darüber aufgeklärt, dass Teo Bontempi vor ihrer Versetzung bei einer Sondereinheit zur Bekämpfung der verschiedenen Formen von Gewalt gegen Frauen gearbeitet hatte und gleichzeitig unter dem Namen Adaku als Ehrenamtliche bei Orchid House tätig gewesen war. Letzteres war der Grund, warum Nkata Rosie Bontempi jetzt ein zweites Mal befragte, während Barbara nach East London unterwegs war, um sich bei Orchid House ein bisschen umzusehen.

Auf Rosies Wunsch hin hatte er ihr einen Caffè macchiato mitgebracht. »Für Sie selbst keinen Kaffee?«, hatte sie gefragt, als sie ihn mit dem Becher in der Hand gesehen hatte, woraufhin er seine Flasche Mineralwasser hochgehalten und geantwortet hatte: »Meine Mutter versorgt mich morgens mit ausreichend Koffein. Nach einer Tasse von ihrem Kaffee fühle ich mich wie auf Speed.«

Er wollte mit ihr über den Streit reden, den sie und ihre Schwester zwei Tage vor deren Tod gehabt hatten. Es musste sich um einen Jahrhundertstreit gehandelt haben, denn sämtliche Nachbarn, die über, unter und neben Teo wohnten, hatten von einem Mordsgezeter berichtet. Eine Nachbarin erinnerte sich sogar, gehört zu haben, wie Teo Bontempi »Mach, dass du rauskommst, Rosie!« geschrien und dann die Tür zugeknallt hatte. Daher war es nicht schwer gewesen herauszufinden, wer sich da mit wem gefetzt hatte. »Wundert mich nicht, dass die Leute uns gehört haben. Wir streiten uns seit Jahren«, lautete Rosies Kommentar dazu. Und auf Nkatas Frage hin, um was es bei dem Streit gegangen war, hatte Rosie ihm das mit »Teos Afrika-Tick« erzählt.

Ob sie wisse, dass Teo sich Adaku genannt hatte, wollte Nkata wissen.

»Na klar. Das war ihr ursprünglicher Name. Adaku Obiaka. Ich hab Ihnen doch grade gesagt, dass sie plötzlich nur noch Afrikanerin sein wollte«, sagte Rosie. »Die Klamotten, die Frisur, der Schmuck… Wir haben sie überhaupt nicht mehr wiedererkannt. Zum Glück hat sie nicht auch noch von uns verlangt, sie Adaku zu nennen. Obwohl das auch keine große Rolle gespielt hätte, denn sie hat sich sowieso kaum noch zu Hause blicken lassen. Und genau darüber haben wir uns an dem Tag gestritten. Ich war zu ihr gegangen, weil sie *Papá* seit Wochen nicht mehr besucht hatte. Er hatte einen Schlaganfall – na, Sie haben ihn ja gesehen –, da hätte man doch erwarten können, dass sie sich irgendwie Sorgen um ihn macht. Wenigstens ein *bisschen* Sorgen. Meinetwegen hätte sie sogar nur *so tun können*, als machte sie sich Sorgen. Aber unser Vater ist eben nicht schwarz, deswegen zählt er nicht. *Maman* auch nicht. Für Teo existierten die beiden überhaupt nicht mehr. Es war, als hätte sie eines Morgens in den Spiegel gesehen, und das war's. Es war total bescheuert. Ich glaube, sie wollte unsere Eltern bestrafen.«

»Wofür? Dafür, dass sie weiß sind?«

»Na ja, das auch. Es lässt sich nicht leugnen, dass sie ihren Wohlstand der Tatsache verdanken, dass sie weiß sind. Aber das eigentliche Problem war, dass sie Teo adoptieren *mussten*, sonst hätten sie mich nämlich nicht bekommen. Ich war damals noch ein Baby, und sie wollten unbedingt ein Baby. Sie war eine Dreingabe, mit der sie sich abfinden mussten.«

Nkata sah, wie ihre Mundwinkel zuckten, so als unterdrückte sie ein Grinsen. »Klingt ziemlich hart.«

»Na ja. Das haben Tatsachen so an sich.« Sie schaute ihn kritisch an. »Woher kommen die Narben in Ihrem Gesicht? Wurden Sie mal angegriffen?«

»Messerstecherei«, sagte er.

»O Gott, wie schrecklich!«

»Da war kein Gott beteiligt. Und ich hab freiwillig mitgemacht.«

»Ist das bei einer Verhaftung passiert oder so?«

»Ich gehörte zu einer Bande«, sagte er.

Ihre Augen weiteten sich. »Eine *Bande*? Das heißt, Sie waren an Revierkämpfen beteiligt, oder wie man das nennt?«

Er schüttelte den Kopf. »Wir hatten einfach nur Lust, uns zu prügeln.«

»Aber Sie sind ziemlich groß und kräftig. Wundert mich, dass sich jemand an Sie rangetraut hat.«

»Ja, hat mich auch gewundert«, erwiderte er. »Und ich hab mich noch mehr gewundert, als der Typ plötzlich ein Messer in der Hand hatte und auch noch wusste, wie man damit umgeht. Ich kann von Glück reden, dass ich kein Auge verloren hab.«

»Und dann haben Sie sich von der Bande getrennt?«

»Tja, das wäre klug gewesen, aber Klugheit war damals nicht grade meine Stärke. Ich bin noch drei Jahre dabeigeblieben, und irgendwann konnte ich auch mit einem Messer umgehen. Dann hat mich ein Kerl da rausgeholt, und das war's.«

»Ach, Sie sind schwul?«

Seine Augen wurden schmal. »Wie bitte?«

»Ich hab gefragt, ob Sie schwul sind. Sie haben doch gesagt, ein Kerl hat Sie da rausgeholt. Und, na ja, Sie flirten
nicht mal mit mir, da dachte ich ... Ich meine, Sie haben
meine Beine angeguckt, aber mehr auch nicht. Stehen Sie
nicht auf schwarze Frauen? Sind Sie verheiratet? Und erzählen Sie mir nicht, es liegt daran, dass Sie im Dienst sind.
Wir könnten uns mal auf einen Drink treffen, wenn Sie Lust
haben.«

»Ich bin nicht schwul«, sagte er. »Und vielen Dank für
das Angebot, aber ich verabrede mich grundsätzlich nicht
mit ...« Er wusste nicht weiter. Genau genommen war sie
eine Verdächtige, aber sie als solche zu sehen, widerstrebte
ihm.

»... mit potenziellen Mördern?«, beendete sie den Satz für
ihn. Sie trank ihren Macchiato aus und ging zu einem Mülleimer, um ihren Becher zu entsorgen und ihm noch eine
Gelegenheit zu bieten, ihre wohlproportionierte Figur zu
begutachten. Sie war eine Schönheit, keine Frage. Sie war
verdammt sexy. Aber Nkata hatte einen guten Riecher für
Ärger, und Rosie Bontempi verhieß zweifellos jede Menge
Ärger.

»Wie hat sie es rausgefunden?«, fragte er Rosie, als sie sich
wieder an den Stehtisch lehnte.

Sie rieb an einem imaginären Fleck am Ärmel ihrer Bluse,
die cremefarben und anscheinend aus Seide war. »Wer?«,
fragte sie. »Was?«

»Ihre Schwester. Wie hat sie rausgefunden, dass Ihre
Eltern sie nur genommen haben, um Sie zu bekommen?«

»Keine Ahnung. Vielleicht haben sie's ihr gesagt. Oder
vielleicht hatte sie es von Ross. Der könnte es von seinen
Eltern gewusst haben.«

»Ross ist Ihr Schwager, richtig?«

247

»Mehr oder weniger. Wir sind alle zusammen aufgewachsen. Seine und meine Eltern waren sehr eng befreundet.«

»Was meinen Sie mit ›mehr oder weniger‹?«, wollte Nkata wissen.

»Ross und Teo lebten in Scheidung. Das haben wir doch erwähnt, als Sie bei uns waren. Er ist also eigentlich schon länger nicht mehr mein Schwager.«

»So wie ich das verstanden habe, war er nicht unbedingt damit einverstanden.«

»Mit der Scheidung?« Sie betrachtete ihre Stilettos. Sie bestanden nur aus ein paar schmalen Riemchen und Absätzen, die aussahen wie Degen. Nkata wollte sich lieber nicht vorstellen, wie ihre Füße sich nach einem Tag in diesen Schuhen anfühlten.

»Hören Sie. Es war folgendermaßen«, sagte Rosie. »Teo hat Ross fallen gelassen. Er ist kein Afrikaner, und wie gesagt, Teo wollte auf einmal nur noch Afrikanerin sein. Ross ist weiß, und nachdem sie erfahren hatte, warum sie adoptiert worden war, konnte sie keine Weißen mehr in ihrer Nähe ertragen. Es war ein fürchterlicher Schlag für sie. Was soll ich sonst noch sagen?«

Sie könnte sagen, dass *sie* ihrer Schwester die Geschichte mit der Adoption erzählt hat, dachte Nkata. Das würde jedenfalls genau zu ihr passen.

TRINITY GREEN
WHITECHAPEL
EAST LONDON

Barbara Havers fürchtete, dass zweierlei ein Gespräch mit irgendwem bei Orchid House problematisch machen würde. Nämlich erstens die Tatsache, dass sie Polizistin war: Sobald sie sich als solche zu erkennen gab, würden alle dichtmachen wie die Austern. Zweitens der Umstand, dass sie eine Weiße war. Lynley meinte zwar, Deborah St. James hätte in der Hinsicht schon ein bisschen Terrain gewonnen, aber Deborah St. James hatte auch nur Fotos gemacht und keine Fragen gestellt. Als Lynley Barbara nach seinem Gespräch mit DS Hopwood die Aufgabe zugeteilt hatte, war sie entsprechend skeptisch gewesen und hatte gefragt: »Sollte Winston das nicht lieber übernehmen, Sir?«

»Deborah meint, dass Männer in dem Haus nicht willkommen sind«, hatte Lynley geantwortet. »Versuchen Sie, nicht alles sofort auszusprechen, was Ihnen in den Sinn kommt, dann wird es schon klappen.«

»Und wenn ich denen sag, dass eine Adaku Obitami...«

»Adaku Obiaka, Barbara.«

»Obiaka, alles klar. Was glauben Sie, wie die darauf reagieren, wenn sie erfahren, dass Adaku Obiaka Polizistin war?«

»Sie werden hoffentlich nicht mit der Tür ins Haus fallen«, hatte Lynley gesagt. »Bis Sie dieses Detail erwähnen – falls Sie es überhaupt erwähnen müssen –, haben Sie die Frauen sicher längst mit Ihrem unwiderstehlichen Charme um den Finger gewickelt.«

Und so fuhr sie jetzt kreuz und quer durch die Stadt zur London Wall und von dort weiter zur Mile End Road. Alles, was sie über dieses Orchid House wusste, hatte sie von Deborah St. James, die sie auf dem Handy erreicht hatte.

»Der Verein hat seine Räumlichkeiten in der ehemaligen Kapelle von Trinity Green«, hatte Deborah ihr gesagt. »Der Komplex, also Trinity Green, besteht aus zwei Reihen ehemaliger Armenhäuser, die von einer Backsteinmauer umgeben sind. Wenn Sie die Statuen von Catherine und William Booth sehen, sind Sie zu weit gefahren – das ist mir passiert.« Dann hatte sie die wenig hilfreiche Information hinzugefügt, dass Mr und Mrs Booth die Heilsarmee gegründet hatten und dass es in der Gegend ein Gebäude der Heilsarmee gab, und falls sie das vor sich sah, wäre sie ebenfalls zu weit gefahren.

Mit diesen Anweisungen im Sinn suchte Barbara, nachdem sie es mit ihrem Mini bis in die Mile End Road geschafft hatte, nach Backsteinmauern und Armenhäusern und den Statuen von Catherine und William Booth. Sie fand allerdings, dass das keine Gegend war, wo man damit rechnen würde, Armenhäuser vorzufinden, hinter einer Backsteinmauer oder nicht. Dieser Teil von Whitechapel schien eher ein Gewerbegebiet zu sein. Auf den Straßen fuhren fast ausschließlich dicke Lastwagen, die die heiße Luft mit Dieselabgasen verpesteten. Der Straßenlärm war ohrenbetäubend, ganz anders als das gleichmäßige Motorengeräusch, an das man sich, selbst wenn man dicht an einer Straße wohnte, gewöhnen konnte, bis man es gar nicht mehr wahrnahm. Der Motorenlärm hätte als weißes Rauschen durchgehen können, aber das Bremsenquietschen, das Kreischen von Schaltgetrieben und das markerschütternde Hupen machten den Krach schier unerträglich.

Auf beiden Seiten der breiten Straße reihte sich Gewerbe aller Art aneinander, Friseursalons, ethnische Restaurants, leer stehende Läden mit heruntergelassenen Metallgittern, an denen Zettel in allen möglichen Farben klebten, ein Teppichladen mit dem obligatorischen »Räumungsverkauf«-

Schild, eine chinesische Imbissbude, hinter deren Fenster sich Mitnehmkartons mit giftgrünen, feuerspeienden Drachen stapelten, daneben eine Fish-'n'-Chips-Bude, wo zwei Portionen zum Preis von einer im Sonderangebot waren. Man konnte nicht sicher sein, woraus genau die Portionen bestanden, außer dass es sich um etwas Essbares handelte, aber das reichte Barbara. Sie nahm sich vor, nach ihrem Besuch bei Orchid House in der Frittenbude Mittagspause zu machen. Inzwischen brannte die Sonne mal wieder gnadenlos, als wollte sie es allen heimzahlen, die sich ihr Leben lang über das feuchte graue Wetter in England beschwert hatten. Irgendetwas waberte über der Motorhaube des Mini, und Barbara konnte nur hoffen, dass das die Hitze war.

Wie Deborah es vorausgesehen hatte, sah Barbara plötzlich die beiden Statuen vor sich. Mr und Mrs Booth standen einander gegenüber auf einer Grünfläche neben der Straße. Catherine Booth, mit Mantel und Haube, ein Buch an die Brust gedrückt, das nur die Bibel sein konnte, stand so dicht an der Straße, als würde sie trampen. William Booth, den rechten Arm erhoben und den Zeigefinger gen Himmel gereckt, sah aus, als würde er predigen. Hinter dem Gebäude, vor dem die beiden standen und das ein Schild als die Tower Hamlets Mission auswies, verbreiterte sich der Grünstreifen, und dort parkte Barbara ihren Mini.

Dann ging sie zu Fuß in die Richtung zurück, aus der sie gekommen war. Schon bald sah sie die Backsteinmauer, die Deborah erwähnt hatte. Trinity Green war wirklich leicht zu übersehen, denn lediglich ein kleines Schild an der Mauer wies darauf hin, dass sich der Komplex dahinter befand. In der Mauer gab es zwei Durchgänge, ein doppelflügeliges schmiedeeisernes Tor, das durch ein schweres Vorhängeschloss gesichert war, und eine schmale Tür, die offen stand. Beide Eingänge waren knallgrün angestrichen.

Die ehemaligen Armenhäuser standen einander in zwei Reihen gegenüber, dazwischen breitete sich der obligatorische, derzeit total ausgetrocknete Rasen aus, auf dem zwei Reihen gedrungener Bäume etwas Schatten spendeten. Neben dem schmiedeeisernen Tor verkündete eine bronzene Plakette, dass die Häuser von Trinity Green aus dem 17. Jahrhundert stammten und ursprünglich für »ehemalige Schiffskapitäne oder deren Witwen« errichtet worden waren. Die Häuser waren aus rotem Backstein, mit Zahnfriesen unter dem Dachfirst und dekorativen Konsolen, auf denen schmale Dächer ruhten, die ein bisschen Schutz vor den Elementen boten. Neben den Stufen, die zu den Haustüren führten, befanden sich kleine, ummauerte Veranden, vor denen an einigen Häusern hübsch bepflanzte Blumenkübel standen, an anderen diverse Spielsachen oder Grillutensilien.

Barbara vermutete, dass es sich bei dem auffälligen Gebäude am Ende des Rasens, an dessen Turm eine blaue Uhr die Zeit anzeigte, um die Kapelle handelte, in der sich die Räumlichkeiten von Orchid House befanden. Eine breite Steintreppe führte zu einer doppelflügeligen Tür, darüber befand sich ein gewölbter Ziergiebel, den Schimmel, Moos und Mehltau über die Jahre schwarzgrün gefärbt hatten.

Barbara betrat die achteckige Eingangshalle. Auf vier großen Anschlagtafeln wurden diverse Veranstaltungen angekündigt: von einer Vorstellung einer Akrobatentruppe bis hin zu wöchentlichen Meditationskursen. An einer Wand stand ein länglicher Tisch, wie man sie auch in Schulen fand, auf dem Schachteln mit Schreibpapier, Schnellheftern und anderem Büromaterial aufgereiht waren. Auf einem handgeschriebenen Schild prangte in Großbuchstaben das Wort EMPFANG, allerdings ohne Empfangsdame.

Barbara schaute sich um, konnte jedoch niemanden entdecken. Sie ging durch eine Tür in den Raum, der früher einmal für Gottesdienste vorgesehen war, jetzt jedoch durch hässliche, knapp drei Meter hohe Trennwände in kleinere Bereiche aufgeteilt war. Hinter den Trennwänden waren Stimmen zu hören. Die Kapelle verfügte immer noch über ein paar hübsche, wenn auch vom Alter gezeichnete Elemente: ein aus Holz geschnitztes, vergoldetes Gesims sowie cremefarbene Wandpaneele waren am auffälligsten. Früher hatte es auch Kronleuchter gegeben – aus Kristall, Messing, Silber... wer wusste das schon? –, von deren Existenz nur noch von der Decke baumelnde Ketten zeugten. Jetzt kam das Licht aus fluoreszierenden Neonröhren, von denen zwei flackerten, und der Fußboden, woraus auch immer er bestand – Steinfliesen? Eichenparkett? –, war mit Teppichboden in einem deprimierenden Graublau ausgelegt. Das war zugegebenermaßen besser als Teppichfliesen, aber nicht weniger hässlich.

»Kann ich Ihnen helfen?«

Barbara drehte sich um. Vor ihr stand eine große, korpulente Frau in einem rot und gold gemusterten, langen Kleid, und einem kompliziert geknoteten Kopftuch aus demselben Stoff. Ihre Körperhaltung – eine Hüfte vorgereckt und die Arme unter ihrem üppigen Busen verschränkt – wirkte sehr abweisend.

»DS Barbara Havers«, sagte Barbara und fischte ihren Ausweis aus ihrer geräumigen Umhängetasche. »New Scotland Yard. Bin ich hier richtig bei Orchid House?«

»Ja«, sagte die Frau misstrauisch und gab Barbara ihren Ausweis zurück. »Was wollen Sie?«

»Mit Ihnen reden.« Sie zückte ihren Notizblock und Nkatas Druckbleistift. »Ich bin wegen einer Ihrer ehrenamtlichen Mitarbeiterinnen hier, einer Frau namens Adaku.« Den Nachnamen nannte sie nicht. Vermutlich gab es nicht allzu viele Frauen namens Adaku.

»Was hat sie getan?«

»Sie wurde ermordet.«

»*Ermordet?*«

Barbara schaute sich um. »Wo könnten wir hier denn ungestört reden? Ach ja, und wer sind Sie?«

»Zawadi. Ich bin die Gründerin und Leiterin des Vereins. Aber hat Adaku …«

»Können Sie das buchstabieren, bitte? Also, Zawadi, nicht Adaku, den Namen hab ich hier schon stehen.«

Zawadi tat ihr den Gefallen. Sie habe keinen Familiennamen, erklärte sie Barbara, den habe sie schon vor Jahren offiziell abgelegt, nachdem sie sich entschieden hatte, den Kontakt zu ihrer Familie abzubrechen.

Ziemlich krass, dachte Barbara. Andererseits hatte es Zeiten gegeben, da war es ihr in Bezug auf ihre Familie nicht anders ergangen. Sie notierte den Namen und wiederholte ihre Bitte, denn sie hatte keine Lust, die Befragung durchzuführen, wenn jemand mithören konnte.

Zawadi bat sie, ihr zu folgen, und ging voraus nach draußen. Unter der breiten Treppe, über die Barbara in die Kapelle gelangt war, führte eine Tür in den Keller, der ebenfalls durch Trennwände in verschiedene Bereiche aufgeteilt war.

Durch einen Flur gelangten sie in einen Raum, bei dem es sich um Zawadis Büro zu handeln schien. Der Raum war sehr klein und mit den drei Frauen, die sich dort aufhielten – eine Frau gemischter ethnischer Herkunft, eine Inderin, eine Asiatin – bereits überfüllt. Zawadi machte eine vage Geste in Richtung der Frauen und nannte kurz deren Namen, von denen Barbara nur einen verstand: Narissa Cameron, Filmemacherin. Bei den anderen beiden handelte es sich um eine Beleuchterin und eine Tontechnikerin.

»Adaku ist tot«, verkündete Zawadi knapp. »Ihr müsst ohne sie weitermachen.«

Den drei Frauen verschlug es einen Moment lang die Sprache. Schließlich fragte Narissa: »Was ist *passiert?*«

»Sie wurde ermordet«, sagte Barbara. »Ich muss mit allen hier sprechen, die sie gekannt haben. Mit Zawadi fange ich an. Alle anderen muss ich bitten, das Gelände nicht zu verlassen.«

Narissa schaute Zawadi an, als erhoffte sie sich von ihr weitere Informationen oder irgendwelche Anweisungen. Zawadi sagte: »Macht weiter. Sagt den Mädchen, dass Adaku sich verspätet.«

So konnte man es auch ausdrücken, dachte Barbara.

Nachdem die drei Frauen nach draußen gegangen waren, setzte Zawadi sich an ihren Schreibtisch und zeigte auf einen Klappstuhl, der zusammengeklappt an einer Wand lehnte. Barbara holte den Stuhl, bei dem es sich um den unbequemsten handeln musste, den sie je gesehen hatte, und stellte ihn neben den Schreibtisch und nicht davor, wie Zawadi vielleicht erwartet hatte.

»Warum hat man Sie geschickt?«, fragte Zawadi.

Barbara setzte sich, dann sagte sie: »Wir reden mit allen, die Adaku gekannt haben.«

»Das meinte ich nicht. Ich meinte: Warum Sie und keine schwarze Polizistin?«

»Wäre Ihnen eine Schwarze lieber gewesen?«

»Na, was glauben Sie wohl? Und nicht nur mir, wie Sie feststellen werden.«

»Der einzige Schwarze in unserem Team ist ein Mann. Mein Chef meinte, Männer sind hier unerwünscht.«

»Soll das heißen, dass es bei der Metropolitan Police keine schwarzen Polizistinnen gibt?«

»Nein, es heißt, dass es in unserem Ermittlungsteam keine gibt. Es gibt nicht mal *Frauen* im Team, außer mir. Adaku war übrigens auch Polizistin. Sie war bei einer Sondereinheit zur Bekämpfung von FGM und allem anderen Scheißdreck, der Frauen aus weiß der Teufel was für Gründen angetan wird. Wir versuchen rauszufinden, ob sie ermordet wurde, weil sie Adaku war oder weil sie Teo Bontempi war.«

Plötzlich hatte sie Zawadis volle Aufmerksamkeit. »Uns hat sie sich nicht als Polizistin vorgestellt«, sagte sie. »Dann hieß sie gar nicht Adaku?«

»Adaku war ihr Geburtsname. Den Namen Teo Bontempi hat sie bekommen, als sie adoptiert wurde. Als Polizistin – sie war Detective Sergeant – hat sie den Namen Bontempi benutzt.«

»Warum hat sie mir das nicht gesagt?«

Barbara zuckte die Achseln. »Vielleicht hat sie Ihnen nicht vertraut. Oder vielleicht hat sie hier nach was gesucht, von dem sie fürchtete, dass sie es nicht finden würde, wenn sie sich als Polizistin zu erkennen gibt. Wie hat sie Sie denn kontaktiert? Ist sie einfach so hier reinspaziert?«

»Die Schulen in der Gegend kennen uns. Dort wird sie von uns erfahren haben – wenn es denn stimmt, dass sie in Schulen mit den Mädchen über FGM gesprochen hat.«

»Ja, in dem Fall hat sie die Wahrheit gesagt.«

»Sie ist hergekommen und hat mit mir gesprochen, und ich habe schnell gemerkt, dass sie den Mädchen etwas geben kann.«

»Sie meinen, weil sie selbst verstümmelt worden ist?«

»Ich meine, weil sie gewillt war, mit den Mädchen darüber zu reden, dass sie verstümmelt worden ist.« Sie sah Barbara herausfordernd an.

»Ach du Scheiße«, entfuhr es Barbara. »Soll das heißen, dass Ihnen das auch angetan wurde?«

Zawadis Blick wanderte zu einem Kalender an der Wand, in den geplante Aktivitäten eingetragen waren, einschließlich der Namen der Frauen, die diese leiteten. Der Name *Adaku Obi-*

aka tauchte dreimal auf. Dann wandte sie sich wieder Barbara zu und sagte emotionslos: »Ich war sechs. Angeblich sollte es ein Familienausflug werden mit der ganzen Verwandtschaft. Im Haus meiner Großmutter wurde ich von mehreren Frauen festgehalten, während eine andere sich mit einem Scherenblatt über mich hergemacht hat. Sie haben mir gesagt, was ich für ein Glück hätte, dass sie es mit einer frisch geschliffenen Klinge machte, anstatt mit einem der üblichen Werkzeuge.«

»Und was sind die üblichen Werkzeuge?«, fragte Barbara.

»Eine Rasierklinge, ein Messer, eine Glasscherbe. Einfach irgendwas, womit man schneiden kann.«

Barbara wurde schwindelig. »Das tut mir leid«, murmelte sie. »Das tut mir echt leid.«

»Ich will kein Mitleid von Ihnen«, sagte Zawadi.

Barbara winkte ab. »Es ist kein Mitleid, was ich empfinde, glauben Sie mir. Warum tut man das den Mädchen an, verflucht noch mal?«

»Weil niemand es schafft, es zu verhindern. Es ist verboten, man wird verhaftet und kommt ins Gefängnis, wenn man erwischt wird, und trotzdem gelingt es nicht, den Brauch abzuschaffen. Und wir können nicht mehr tun – wir hier oder andere ähnliche Vereine –, als die Mädchen zu beschützen, die sich an uns wenden.«

»Und das tun sie?«

»Ja. Adaku wollte sie dabei unterstützen. Zumindest hat sie das gesagt, und ich habe ihr geglaubt. Und dass sie Polizistin war ... Darüber weiß ich nichts, und ich nehme auch nicht an, dass die anderen etwas wissen. Wenn Sie also keine weiteren Fragen haben ...«

»Ich würde gern mit dieser Narissa und den anderen beiden Frauen sprechen. Wenn sie Adaku gekannt haben, könnten sie vielleicht etwas wissen, was wir noch nicht rausgefunden haben.«

THE MOTHERS SQUARE
LOWER CLAPTON
NORTH-EAST LONDON

Um Lilybet vom Mothers Square in die Great Ormond Street zu bringen – zu einem Arzttermin, der zig Telefonate gekostet hatte –, brauchten sie ein speziell für Krankentransporte ausgerüstetes Fahrzeug, in das man sie mitsamt ihrem Rollstuhl und ihrem Sauerstoffgerät schieben konnte. Mark befestigte den Rollstuhl, ließ Pete hinten einsteigen, damit sie sich während der Fahrt um Lilybet kümmern konnte, und stieg selbst vorne neben dem Fahrer ein. Robertson blieb zu Hause, er würde Pietra und Mark helfen, wenn sie mit Lilybet zurückkamen. »Ich warte auf euch. Egal wie lange es dauert«, hatte er gesagt. »Schließlich will ich auch wissen, was die Spezialistin sagt.«

Während der Fahrt sagte niemand etwas.

Pete hatte sich Marks iPhone geschnappt, während er geschlafen hatte. Soweit er wusste, hatte sie das noch nie zuvor getan. So hatte sie die Nachrichten entdeckt. Sie hatte »ihr Lied« gefunden, sich den Refrain angehört, daraufhin das ganze Stück gesucht und viel mehr als nur »I never want to fall in love with you« herausgehört. Sie hatte außerdem die Sprachnachrichten abgehört, die zu löschen er nicht übers Herz gebracht hatte, Idiot, der er war. Sie hatte also ihre Stimme gehört, die sie wohl nicht erkannt hatte. Aber sie hatte die Worte gehört: *Mark, Darling* und *Mir geht es genauso* und *Ich will auch mit dir zusammen sein*. Er hatte all die Nachrichten aufbewahrt, weil er von der Echtheit seiner Gefühle überzeugt gewesen war, weil er immer noch dem Wahnsinn anhing, dass sie füreinander bestimmt gewesen waren. Was man sich eben so vormacht, um vor sich selbst zu rechtfertigen, dass man vor der Begierde kapitu-

258

liert. Wer traute sich schon, offen zu sagen: »Ich weiß, was ich will, und ich nehme es mir«? Auch wenn das ein ehrlicher Umgang mit den eigenen Trieben wäre. Nein, es musste in den Sternen geschrieben stehen, es musste Schicksal sein, der ultimative Rausch, der einen vergessen ließ, dass man alles in Wirklichkeit schon mehrfach erlebt hatte. Ein eindeutiger Fall von *Sowas-hab-ich-noch-nie-erlebt*, alles, was bisher passiert ist, war nur eine Generalprobe für diesen *einzigartigen Moment*. Und deswegen konnte man sich natürlich von nichts trennen, was diese großen Gefühle wiederaufleben ließ, was einen immer wieder davon überzeugte, dass das alles real war, dass man sich endlich total lebendig fühlte, viel lebendiger als all die Male zuvor, in denen man sich total lebendig gefühlt hatte.

Als Pete ihn zur Rede gestellt hatte, hatte er ihr geschworen, dass er sein Eheversprechen nicht gebrochen hatte – und sich damit in die Scharen von untreuen Ehemännern eingereiht, die sich einredeten, wenn sie sich von einer Frau einen blasen ließen, sei das kein Sex. Denn nur wer *richtigen* Sex mit einer anderen hatte, betrog seine Frau, und nur Ficken war richtiger Sex. Und da es dazu nicht gekommen war, konnte er Pete guten Gewissens in die Augen sehen und behaupten, es sei »nichts« zwischen ihm und der anderen passiert. Okay, er hatte mehr gewollt. Er hatte *richtigen* Sex gewollt, aber solange seine Frau ihn nicht danach fragte, was er *gewollt* hatte, brauchte er sie wenigstens nicht anzulügen.

Anfangs hatte er geglaubt, er wäre noch mal glimpflich davongekommen, weil es nichts gab, was verraten könnte, wer die andere gewesen war. Zwar hatte er ihre Nummer auf seinem Handy gespeichert, aber ohne Namen. Aber Pietra war schlauer gewesen als er. Sie hatte kurzerhand an die Nummer ohne Namen eine Textnachricht geschickt – *Ruf mich an, es ist dringend –*, und als Teo angerufen hatte, hatte sie natür-

259

lich gefragt: »Liebling, was ist passiert? Mark...? Hast du mir nicht grade geschrieben?«

Da hatte Pete also noch mal die Stimme gehört, eine Stimme, die sie nicht zuordnen konnte; die Handynummer jedoch hatte sie sehr wohl zuordnen können, nämlich zu seiner Kollegin Teo Bontempi. Und Teo im Internet zu finden war dann ein Kinderspiel gewesen. In Zeiten der sozialen Medien war es schwierig, seine Identität zu verbergen.

»Wir haben einfach so eng zusammengearbeitet«, lautete seine lahme Entschuldigung. »Und dann... Manchmal war es... Manchmal ist es... Mensch, Pete, manchmal ist die Einsamkeit einfach...« Aber was war das für ein Argument? Egal wie sehr es der Wahrheit entsprach. Außerdem wusste sie ja, dass er sich hin und wieder Erleichterung verschaffte, sie wusste, dass seine »Männerabende mit Paulie«, zu denen sie ihn sogar ermunterte, nicht immer nur ein paar Bier in einem Pub bedeuteten.

Aber die Sache mit Teo war etwas anderes, als für eine Massage mit Happy End zu bezahlen. Mit Letzterem konnte seine Frau umgehen, sie konnte ihn sogar dazu ermutigen, denn das war ihre Rettung. Die »Männerabende mit Paulie« sicherten sie gegen zwei Gefahren ab: die Gefahr, dass er sie und Lilybet verließ und dass er von ihr die Erfüllung ihrer ehelichen Pflichten verlangte. Solange er seine »Männerabende mit Paulie« hatte, brauchte sie sich keine Sorgen zu machen.

Trotzdem hatte ihn ihre Reaktion auf seine Ausrede überrascht. »Du brauchst mir nichts vorzumachen, Mark«, hatte sie gesagt. »Ich weiß, wie schwierig die Situation für dich ist, vor allem, wo ich... na ja... wo ich so bin, wie ich bin. Ich möchte, dass du ein Sexualleben hast, Mark. Ich freue mich, dass du jemanden gefunden hast. Ich gönne es dir.«

»Was? Wie meinst du das?«

»Ich gönne dir die Leidenschaft, Mark, die Erfüllung, die wir beide früher hatten, aber jetzt nicht mehr haben. Ich mache dir keine Vorwürfe. Es hilft dir, für Lilybet da zu sein. Und wenn du für Lilybet da bist, bist du auch für mich da.«

Aber jetzt gab es keine Teo Bontempi mehr. Jetzt war Teo tot. Und jetzt hatte sich auch noch herausgestellt, dass es kein Unfall, sondern Mord war.

Plötzlich sagte Pete leise: »Ich verstehe immer noch nicht, wie das passieren konnte.«

Er glaubte, sie hätte seine Gedanken gelesen, sie würde von Teos Tod sprechen, wovon er ihr noch gar nichts erzählt hatte. Er sagte nichts.

»Mark, hörst du mir zu?«, fragte sie. »Hast du gehört, was ich gesagt habe?«

»Tut mir leid, Liebes, nein«, sagte er. »Ich war in Gedanken.«

»Ich hab gesagt, ich verstehe nicht, wie das passieren konnte. Der Alarm ist ganz plötzlich losgegangen. Aber ich habe sie … nicht mal fünf Minuten allein gelassen. Und da ging es ihr gut. Sie hat sich *Die Schöne und das Biest* noch mal angesehen, du weißt ja, wie sehr sie den Film mag. Ich bin nur ganz kurz …«

»Wo war Robertson?«

»In der Küche. Er hat Tee für mich gemacht und Saft für Lilybet geholt. Ich bin nur kurz aufs Klo gegangen, so wie immer.«

»Hattest du ihr die Kanüle nicht angelegt?«

»Es ging ihr doch gut. Ich war nur ganz kurz aus dem Zimmer. Der Sauerstoff ist ja nur für alle Fälle da. Falls sie ihn braucht. Ich weiß, dass es auch eine Vorsichtsmaßnahme ist, aber eigentlich für die Nacht. Und ich wusste, dass ich nicht länger als fünf Minuten aus dem Zimmer sein würde. Aber dann ist der Alarm losgegangen. Robertson war zuerst bei ihr. Er hat ihr sofort die Maske angelegt und den Sauerstoff aufgedreht. Wenn er nicht gewesen wäre … Wenn er nicht so schnell reagiert hätte … Der kleinste Fehler kann das Ende bedeuten, und ich habe ihn gemacht.«

»Aber es ist doch nichts Schlimmes passiert, Pete.« Er drehte sich um und schaute erst seine Frau, dann seine Tochter an. Lilybet blickte aus dem Fenster und beobachtete das Treiben auf den Londoner Straßen: Busse, Taxis, Autos, Frauen mit Kinderwagen, Jungs in Hoodies und Baggy Jeans, eine Gruppe Kindergartenkinder, die ihrer Erzieherin im Gänsemarsch folgten, eine Frau, die einen schlaksigen Teenager anschrie, der neben einem auf dem Boden liegenden E-Roller stand, während zwei Kleinkinder sich an ihre Beine klammerten. Er sagte zu Pete: »Ich glaube, wir können ihrer Spezialistin ruhig vertrauen. Wenn sie sagt, Lilybets Zustand hat sich nicht verschlimmert, dann ist alles gut.«

»Es tut mir so leid. Ich komme mir vor wie eine Verbrecherin.«

»Sag nicht sowas, Pete. Solche Dinge passieren.«

»Aber das dürfen sie nicht«, entgegnete sie. »Das wissen wir beide.«

TRINITY GREEN
WHITECHAPEL
EAST LONDON

Barbara Havers kam zu dem Schluss, dass, was auch immer der Auslöser für die Ermordung Teo Bontempis gewesen war, seinen Ursprung nicht bei Orchid House hatte. Es sei denn, Zawadi, die Leiterin des Vereins, war eine erstklassige

Lügnerin. Diese Möglichkeit bestand natürlich immer. Aber dennoch …

Teo alias Adaku war offenbar nicht nur von den Mitarbeiterinnen bewundert worden, sondern hatte auch für die Mädchen eine wichtige Rolle gespielt – sie hatte sie getröstet, inspiriert und war ihnen ein Vorbild gewesen. Sie hatte als Ehrenamtliche zahlreiche Aufgaben übernommen: Sie hatte Gruppendiskussionen geleitet, sich an Gemeindeaktivitäten beteiligt, mit Eltern gesprochen, Projekte mit entwickelt, die die Mädchen an Orchid House binden würden, Vorträge über die körperlichen, emotionalen und psychischen Langzeitfolgen von FGM gehalten. Dass sie Polizistin war, hatte sie geheim gehalten, was Barbara anfangs gewundert hatte. Doch dann war ihr klargeworden, was für ein schwerer Schritt es für die Mädchen gewesen sein musste, ihr Elternhaus zu verlassen. Wie groß ihre Angst sein musste, dass einer ihrer Elternteile – oder beide – schlimmstenfalls verhaftet, vor Gericht gestellt, verurteilt und ins Gefängnis gesteckt werden konnten, wenn ihre Töchter nicht höllisch aufpassten, was sie preisgaben und wem sie es anvertrauten. Einzig die Eltern von Mädchen, die zu ihrem Schutz in Pflegefamilien untergebracht worden waren, überlegte Barbara, könnten auf die Idee gekommen sein, Nachforschungen über Adaku anzustellen, auf diese Weise herausgefunden haben, dass die Frau, die sie aufgesucht hatte, in Wirklichkeit eine Polizistin war, und dann beschlossen haben, sie aus dem Weg zu räumen. Andererseits konnte Barbara sich nicht vorstellen, wie irgendjemand hätte dahinterkommen können, dass Adaku Polizistin war, es sei denn, jemand wäre ihr zufällig in Uniform über den Weg gelaufen.

Das Gespräch mit der Filmemacherin stand noch aus. Barbara hatte nicht bei den Filmarbeiten stören wollen und lieber auf eine Pause gewartet, in der sie sich zu den drei

Frauen gesellen konnte, die ihr von Zawadi vorgestellt worden waren. Anscheinend war das Filmen ohne Adakus Anwesenheit nicht so gut gelaufen.

Adaku hatte den Mädchen ihre eigene Geschichte erzählt, wie Barbara von Narissa erfuhr, und das hatte die Mädchen dazu bewogen, ihre Geschichten ebenfalls zu erzählen, vor allem, da keine von ihnen etwas so Schreckliches erlebt hatte wie Adaku.

Barbara erkundigte sich, ob Narissa Adakus Bericht aufgenommen hatte und ob sie das Video sehen könne, worauf Narissa verständlicherweise fragte: »Warum?«

»Ich bin mir nicht sicher«, antwortete Barbara ehrlich. »Aber vielleicht hat sie irgendwas gesagt, das uns weiterhilft… Man kann nie wissen, und das ist das Problem. Es kann ein einziges Wort sein. Ein Blick. Wir haben eine Visitenkarte von Deborah St. James in Teo Bontempis Wohnung gefunden. Mein Chef hat mit ihr gesprochen – also, mit Deborah –, sie hat ihm den Zusammenhang erklärt, und so bin ich auf Sie gekommen. Ihr Film könnte mich auf eine Spur bringen. Mehr kann ich Ihnen nicht sagen.«

Narissa betrachtete ihre Kamera. »Adaku hat mich gebeten, die Aufnahme zu löschen. Aber ich hatte gehofft, dass sie es sich anders überlegt und mir erlaubt, das Material doch zu benutzen. Ich habe ohne ihr Wissen noch weitergefilmt, nachdem sie zu Ende gesprochen hatte. Die Aufnahme zeigt… Ich weiß gar nicht richtig, wie ich das beschreiben soll, aber sie hatte eine ausgesprochen starke Wirkung auf Menschen. Es war, als *wüsste* sie, dass sie etwas bewegen konnte, während andere das nur hoffen können.«

Narissa schlug vor, sich die Aufnahme auf einem Computermonitor anzusehen, statt auf dem kleinen Display der Kamera. Barbara setzte sich. Nachdem Narissa alles vorbereitet hatte, nahm sie neben Barbara Platz, und dann erschien die Frau, die bei Orchid House unter dem Namen Adaku bekannt gewesen war, auf dem Bildschirm. Sie setzte sich auf einen Hocker und begann zu sprechen.

Sie nannte ihren Namen, Adaku Obiaka, und gab ihr Alter zum Zeitpunkt der Beschneidung an – nicht einmal drei. »Später sagte man mir, dass man das Alter, in dem ich beschnitten wurde, als ›pre-memory‹ bezeichnet. Das bedeutet, dass ich beschnitten wurde, bevor ich in der Lage war, Erinnerungen an die Prozedur zu bilden, was angeblich eine Gnade ist. Und doch habe ich flüchtige Erinnerungen daran. Bis heute.«

Barbara betrachtete Adakus Gesicht. Sie sah unendlich tiefen Schmerz, der sich in ihren ganzen Körper eingebrannt hatte und zu einem Teil ihrer selbst geworden war. Dieser Schmerz war nicht vergänglich.

Adaku wirkte in vielerlei Hinsicht sehr afrikanisch, aber zugleich sehr englisch. »Es heißt Infibulation. Aber diejenigen, die das den Mädchen antun – und die, die es mir angetan haben –, nennen es nicht so. Sie bezeichnen es als Initiationsritus oder weibliche Beschneidung. Sie sagen, es macht ein Mädchen zur Frau, oder es reinigt ein Mädchen von den bösen Teilen, es bereitet auf die Ehe vor, es erhöht den Wert eines Mädchens für einen Mann, es erhöht das Vergnügen des Mannes, wenn er die Frau nimmt, denn es ist die Pflicht einer Frau, sich ihrem Mann hinzugeben. Aber letztlich läuft es auf dasselbe hinaus. Es ist nichts anderes als eine Verstümmelung.«

Bei der Infibulation, so erklärte sie, werde der äußerlich sichtbare Teil der Klitoris entfernt, ein Teil der kleinen Schamlippen sowie der äußeren Schamlippen abgeschnitten und die Vaginalöffnung bis auf ein winziges Loch, durch das Urin und Menstrualblut abfließen können, zugenäht.

»Großer Gott«, murmelte Barbara. Sie spürte, wie ihre Handflächen zu schwitzen begannen.

»Soll ich das Video anhalten?«, fragte Narissa.

»Nein«, antwortete Barbara grimmig. Sie würde nicht zugeben, dass sie genug gehört hatte. Sie würde sich das alles anhören, das war sie der Toten schuldig.

Adaku sagte, weil sie nicht gewusst habe, wie unbeschnittene weibliche Genitalien aussehen, sei ihr noch nicht einmal klar gewesen, was man ihr angetan hatte. Aber als im Alter von fünfzehn Jahren bei ihr immer noch keine Monatsblutung eingesetzt hatte, sei ihre Adoptivmutter mit ihr zum Gynäkologen gegangen. Dort habe sie dann die Wahrheit erfahren. Aber damals konnte man nicht viel für sie tun, zu viele Jahre waren schon seit der Verstümmelung vergangen.

Anfangs habe sie geglaubt, diese grausame Tradition werde nur in ihrem Heimatland gepflegt, doch dann habe sie erfahren, dass sie auch in England lebendig ist. Deswegen habe sie sich dem Kampf gegen diese abscheuliche Praxis verschrieben.

»Ich bin Nigerianerin«, sagte sie. »Wir sind ein stolzes Volk, und das ist gut so. Aber aus Unwissenheit tun wir unseren Mädchen an, was mir als Kind angetan wurde, was meiner Mutter und meiner Großmutter angetan wurde. Früher war das einfach so, und da meine Mutter auch beschnitten worden war, wusste sie es nicht besser, als das, was sie als ›Tradition‹ betrachtete, weiterzugeben. Aber als ich sieben war, ist sie bei der Geburt meiner Schwester gestorben, und ich wurde zusammen mit meiner neugeborenen Schwester zu meiner Tante, der Schwester meines Vaters, geschickt. Unser Vater glaubte, er könne nicht für uns sorgen, aber unsere Tante konnte es auch nicht, denn sie hatte schon sieben eigene Kinder. Und so wurden wir in einem katholischen Waisenhaus abgegeben. Das war unser Glück. Ein englisches Ehepaar hat uns adoptiert und nach England geholt. Ich war damals acht Jahre alt, und weil ich gesund war, wurden meine Genitalien nicht untersucht. Warum auch? Und so wusste niemand von meiner Verstümmelung. Erst als ich fünfzehn war, ist die Wahrheit ans Licht gekommen. Ich weiß nicht, wer mich beschnitten hat. Aber ich weiß, dass dort, wo FGM immer noch praktiziert wird, fast immer Frauen diejenigen sind, die sie durchführen. Ich wiederhole: Es wird *Frauen* von *Frauen* angetan. Damit wir *keusch* bleiben, werden uns genau die Körperteile abgeschnitten, die dazu da sind, dass wir sexuelle Freuden erleben können. Diese Freuden sollen wir aber nicht haben, weil bestimmte Männer glauben, dass Frauen, die sexuelle Lust empfinden, zur Untreue neigen. Aber ich sage euch: Das, was mir angetan wurde, macht mein Leben weitgehend unerträglich, und ich fühle mich, als wäre ich nur eine halbe Frau.«

Narissa hielt das Video an. Eine Großaufnahme von Adakus Gesicht, von Teo Bontempis Gesicht, füllte den Bildschirm. Barbara konnte den Blick gar nicht abwenden, während sie sich vorzustellen versuchte, was in dieser Frau vorgegangen sein musste, während sie den Mädchen ihre Geschichte erzählte. Oberflächlich betrachtet wirkte sie emotionslos. Über Gefühle wie Wut, Zorn, Verzweiflung schien sie lange hinaus zu sein. Übrig geblieben schien einzig die Bereitschaft, mit denen zu sprechen, die ebenfalls verstümmelt worden waren, mit denen, die Gefahr liefen, verstümmelt zu werden, und mit denen, die glaubten, dass diese Verstümmelungen weiterhin durchgeführt werden mussten, um zu verhindern, dass Mädchen den Ansprüchen ihrer zukünftigen Ehemänner nicht genügten.

»Was passiert mit den Mädchen, die hierherkommen?«, fragte Barbara.

»Mädchen, die gefährdet sind, werden von Zawadi versteckt«, sagte Narissa.

»Wo?«

»Es gibt sichere Orte an verschiedenen Stellen in London. Wo, weiß ich nicht. Das wird streng geheim gehalten. Familien nehmen die Mädchen auf und beschützen sie, bis die Eltern zur Vernunft gebracht wurden«, sagte sie, während sie die Kabel ausstöpselte.

»Zur Vernunft gebracht?«, fragte Barbara. »Wie hat man sich das vorzustellen? Wer bringt die Eltern zur Vernunft? Und wie?«

»Zuerst redet Zawadi mit den Leuten, normalerweise in Begleitung einer Sozialarbeiterin«, sagte Narissa. »Sie suchen die Eltern auf und reden mit ihnen. Erklären ihnen, dass sie sich strafbar machen mit dem, was sie vorhaben. Normalerweise müssen mehrere Gespräche geführt werden, und wenn alles gut geht, können die Mädchen wieder zurück zu ihren Eltern. Aber sie bleiben weiterhin in Kontakt mit Orchid House.«

»Und wenn die Eltern es trotzdem durchziehen?«

»Ja, genau das ist das Problem. Man kann sich natürlich nicht hundertprozentig darauf verlassen, dass die Mädchen in Sicherheit sind. Aber die Eltern werden auf eine Beobachtungsliste gesetzt. Sie müssen sich verpflichten, an Gesprächsrunden bei Orchid House teilzunehmen. Außerdem nehmen die Mädchen weiterhin an den Aktivitäten von Orchid House teil, auch das müssen die Eltern unterschreiben. Also, dass sie das erlauben.«

»Das heißt, sie verlieren die Kontrolle, richtig?«

Narissa, die gerade ihre Kamera in einem Koffer verstaute, blickte auf. Ihre Assistentinnen waren in den Raum zurückgekehrt und packten ihre Ton- und Lichtausrüstung ein. »Sie meinen, das könnte ein Mordmotiv für ein Elternteil sein?«

»Was meinen Sie denn?«

»Ich denke, die meisten Leute wollen keinen Ärger mit der Polizei. Die Eltern sitzen in der Klemme. Wenn sie ihrer

Tochter was antun, wandern sie den Knast. Aber wenn sie jemand anders was antun, wandern sie auch in den Knast.«

RIDLEY ROAD MARKET
DALSTON
NORTH-EAST LONDON

Der Rucksack, den Tani für seine Schwester gepackt hatte, lag im Schrank versteckt. Den musste er holen und dann Simisola finden. Er ging nach Hause. Seine Mutter war in der Küche. Auf Knien und mit gelben Gummihandschuhen bewehrt, neben sich einen pinkfarbenen Eimer, war sie dabei, mit einem großen Schwamm den Fußboden zu schrubben.

Sie bemerkte nicht, dass er in die Wohnung kam, und das war gut so. Er ging in das Zimmer, das er sich mit Simi teilte. Sie war nicht da. Also musste sie auf dem Markt sein. Jetzt, wo ihre Freundin Lim nicht mehr da war, konnte sie nirgendwo anders hin. Er nahm den prall gefüllten Rucksack aus dem Schrank. Er hoffte, dass er nichts vergessen hatte, ging jedoch davon aus, dass Sophie und ihre Schwester notfalls würden aushelfen können.

Er warf den Rucksack aus dem Fenster und kletterte hinterher. Dann ging er auf direktem Weg zum Markt, und dort, eingehüllt in eine Wolke aus Fleisch- und Fischgerüchen, versteckte er sich hinter den Ständen gegenüber der Metzgerei und spähte hinüber. Sein Vater war gerade dabei, eine riesige Schweinehälfte zu zerteilen, während einer der Lehrlinge ihm zuschaute und der andere vergeblich versuchte, die Fliegenschwärme von einem Stapel Schafskeulen und einem Berg Innereien fernzuhalten, die in der Sonne schwitzten.

Tani wusste, wo Simi sich am liebsten aufhielt, und er fand sie schon bald in einem großen Raum im ersten Stock über dem Party Shop, wo Masha ihre Kurse in Sachen Tortendeko abhielt. Offenbar war der Nachmittagskurs gerade zu Ende, und es wurde alles für den Abendkurs vorbereitet. Simi stand an der Spüle. Auf dem Abtropfgestell stapelten sich bereits alle möglichen Kuchenformen und bunte Plastikschalen. An den Rührlöffeln, Spateln und Quirlen, die Simi spülte, befanden sich noch Reste von farbenfrohem Zuckerguss.

Mitten im Raum stand ein langer grüner Tisch, den Masha gerade mit einem Lappen sauber wischte. Sie verschwand in einem Lagerraum, und als sie gleich darauf wieder herauskam, trug sie alle möglichen kleinen Behälter mit Gewürzen und Dekomaterial in ihrer Schürze. »Der nächste Kurs fängt erst um halb acht an«, sagte sie zu Tani. »Aber der ist schon voll. Du musst bis nächste Woche warten.«

»Ich komme Simisola abholen«, sagte er.

Als Simi seine Stimme hörte, drehte sie sich um. »Tani! Du bringst mich nach Hause?«, rief sie strahlend.

»Ja«, sagte er. Es war nur die halbe Wahrheit; er würde sie zwar begleiten, aber nicht nach Hause.

»Ich muss erst hier sauber machen«, sagte sie. »Wartest du, bis ich fertig bin?«

Er warf einen Blick auf die Wanduhr. Es würde vermutlich ein paar Stunden dauern, bis sie zu Hause vermisst wurde, dachte er, und ihn würde auch niemand so schnell vermissen. Sein Vater würde erfahren, dass er nicht zur Arbeit erschienen war, aber das machte nichts, denn er war sowieso dabei, alle Brücken hinter sich abzureißen. Trotzdem mussten sie sich in Bewegung setzen, wenn er Simi zu den Franklins bringen wollte.

»Hör mal«, sagte er zu ihr. »Sophie möchte dich kennenlernen. Wir sind beide zur Geburtstagsparty ihrer Schwester eingeladen.«

»Ein Geburtstag? Super! Gibt es auch eine Torte? Wann ist denn die Party?«

»Heute Abend. Deswegen bin ich ja hier. Um dich abzuholen.«

»Was? Nein, das geht nicht! Heute Abend will Mum mit mir die Entwürfe für meine Torte zeichnen. Masha macht die Torte, das hab ich dir doch erzählt. Und ich darf mir die Deko aussuchen. Wir müssen bis nach meiner Initiation warten, Tani.«

»Darüber müssen wir auch reden, Squeak.«

»Wieso?«

»Es muss einfach sein. Komm, mach Schluss und lass uns gehen.«

Offenbar hatte er sie neugierig gemacht, denn sie beeilte sich, und zwanzig Minuten später hatte sie das Geld in der Tasche, das sie bei Masha verdient hatte, und sie waren draußen auf dem Markt. Um zu verhindern, dass sie von Abeos Metzgerladen oder seinem Fischstand oder dem Supermarkt aus gesehen wurden, liefen sie hinter den Ständen auf der gegenüberliegenden Seite entlang, bis sie das Ende des Markts erreichten. Dort kaufte er für Simi eine kleine Portion Fritten und eine Cola und für sich nur eine Cola. Am Ende der Ridley Road setzten sie sich unter einer schattigen Buche auf den Boden – eine Bank gab es nicht – und lehnten sich gegen den dicken Stamm.

Seine Schwester hielt ihm eine Fritte hin, die er sich in den Mund steckte und nachdenklich kaute, während er Simi beim Essen zuschaute. Er öffnete beide Coladosen und gab Simi eine davon.

»Es ist superwichtig, dass du mit zu Sophie kommst, Squeak. Die Franklins möchten dich gern kennenlernen.«

»Aber Mummy und ich…«

»Squeak, hör mal zu.« Er trank einen großen Schluck Cola, als könnte ihm das Mut machen. »Es gibt gar keine Initiation. Mum meint was ganz anderes, wenn sie das sagt. Sie nennt es nur Initiation, weil sie glaubt, dass du dich darauf einlässt, wenn du nicht weißt, was in Wirklichkeit mit dir passiert.«

Simi schaute ihn mit großen Augen an. »Aber Mummy hat gesagt…«

»Ja, ich weiß. Sie hat das gesagt, um dich hinters Licht zu führen. Du sollst denken, das alles passiert, um dich zu einer Yoruba zu machen. Aber du bist schon eine Yoruba, Squeak. Seit du auf der Welt bist. Es gibt keine Initiation, sowas hat es nie gegeben.«

»Doch, die gibt es wohl«, sagte Simi. »Ich hab dir doch erzählt, dass ich mit Mummy bei der Frau war, die mich zu einer Yoruba macht. Sie heißt Easter, und sie hat gesagt, ich krieg 'ne Spritze, und das ist die Initiation.«

Tani überlegte, was er ihr erzählen konnte, ohne die Beziehung zu ihrer Mutter zu untergraben. »Hör zu, Squeak«, sagte er. »Mum will nicht, dass du alles weißt, weil sie nicht will, dass es dir Angst macht. Aber was die mit dir machen wollen, ist was, das manche Stämme in Nigeria mit den Mädchen machen. Und anderswo auch.«

Sie betrachtete ihre Füße, die in Sandalen steckten und ganz schmutzig waren. »Aber die machen das wegen der Initiation, Tani.«

Tani schüttelte den Kopf. »Nein, Squeak.«

»Und was genau machen die?«

Tani wandte sich kurz ab. Er brauchte eine Frau, die es seiner Schwester erklären konnte, und er ärgerte sich über sich selbst. Warum hatte er nicht vorher daran gedacht? Sophie könnte das zwar übernehmen, aber es hätte viel mehr Gewicht, wenn es ihr eine Frau erklärte, die selbst beschnitten war. Er schaute seine Schwester wieder an und versuchte sein Bestes. »Die schneiden an den Mädchen rum. Zwischen den Beinen. Es ist richtig schlimm, Squeak. Mit Mum haben die das auch gemacht, und jetzt will sie, dass sie es auch mit dir machen. Das ist der reine Wahnsinn, auch wenn es in Nigeria Tradition ist. Und deswegen musst du jetzt mit mir zu Sophie kommen. Denn wenn ich dich nicht in Sicherheit bringe, dann schneiden die auch bei dir zwischen den Beinen rum. Wenn Mum dich hätte zur Schule gehen lassen, wüsstest du über das alles Bescheid. Hast du dich noch nie gefragt, warum Mum dich zu Hause unterrichtet? Das macht sie, weil einem in der Schule solche Sachen erzählt werden. Da kannst du Sophie fragen. Die kann dir das alles erklären. Sie braucht keine Angst zu haben, weil sie Engländerin ist. Aber wir beide sind Nigerianer, und…«

»Und was ist mit meinem Fest?«, fragte sie mit Tränen in den Augen. »Mum hat ganz viele Leute eingeladen, sogar unsere Verwandten aus Peckham. Alle bringen Geschenke für mich mit, und es gibt eine Torte, und…« Jetzt begannen die ersten Tränen zu fließen, und ihre Unterlippe zitterte. Tani hatte plötzlich einen Kloß im Hals.

»Stimmt, da hat Mum nicht gelogen«, sagte er. »Also, was die Torte und die Geschenke und alles angeht. Aber…« Verflucht, dachte er. Sie war erst acht. Wie sollte sie verstehen, was eine Beschneidung für sie bedeutete – jetzt und für ihre Zukunft? Und was passieren konnte, wenn irgendwas schieflief. Selbst er wusste das nicht so genau. Aber Sophies Reaktion, als er ihr erzählt hatte, dass die nigerianische Beschneiderin bei ihnen zu Hause gewesen war, hatte ein Feuer der Entschlossenheit in ihm entfacht, das niemand würde löschen können.

»Ich wette, niemand hat dir die Wahrheit über Lim erzählt, oder?«

»Lim ist über die Sommerferien zu ihrer Oma gefahren, Tani. Sie kommt wieder nach Hause, wenn…«

»Sie kommt nicht mehr nach Hause«, sagte er.

»Warum denn nicht?«

»Weil sie tot ist.«

Simis Augen weiteten sich. Sie schüttelte den Kopf. »Nein, sie ist bei ihrer Oma! Das hat Mummy selbst gesagt. Sie kommt wieder nach Hause, wenn die Schule anfängt. Ich weiß nicht genau, wo ihre Oma wohnt, aber nach den Ferien kommt Lim wieder. Das hat Mum gesagt.«

Er wischte ihr mit dem Daumen die Tränen von den Wangen. »Sie hat sich umgebracht, Squeak. Nach ihrer Initiation, wenn du es unbedingt so nennen willst. Sie haben dasselbe mit ihr gemacht, was sie auch mit dir machen wollen. Bei ihr ist es schiefgegangen, richtig schief, und sie konnte es nicht aushalten. Also hat sie einen Turban von ihrer Mutter abgewickelt und sich damit erhängt.«

Sie war zwölf gewesen, dachte Tani. Simisolas Freundin und Vorbild vom anderen Ende ihrer Straße. Bei ihr hatte sich die Wunde entzündet, und es war immer schlimmer geworden, bis sie die Schmerzen nicht mehr ertragen konnte. Sie wollte lieber sterben, als ein Leben zu leben, das im Namen der Keuschheit, im Namen der Reinheit, im Namen von weiß der Teufel was noch zerstört worden war.

»Nein, das stimmt nicht!«, schluchzte Simi. »Du lügst! Mummy hat gesagt…«

»Hör mir zu, Simi. Mum hat dich angelogen. Was Lim angeht, und auch was diesen Quatsch mit der Initiation angeht. Sie hat dich von vorne bis hinten angelogen. Du *musst* mit mir kommen, Squeak. Pa hat eine Nigerianerin zu uns nach Hause bestellt, die dich beschneiden soll. Mum war nicht da, als er das alles mit ihr abgemacht hat, und er hat nicht gemerkt, dass ich da war. Er glaubt, er kann das alles vor uns geheim halten. Die Frau soll kommen, wenn Mum und ich nicht zu Hause sind. Sie bringt mehrere Frauen mit, die dich festhalten sollen, und …«

»Nein!«, schrie Simi. »Nein! Nein!«

Sie warf die Fritten und die Coladose auf den Boden, sprang auf und rannte quer über den Markt, ohne sich darum zu scheren, mit wem sie zusammenstieß.

BELSIZE PARK
NORTH LONDON

Es war schon spät, als Lynley in Belsize Park eintraf. Er hatte Daidre am Nachmittag eine Nachricht auf Voicemail hinterlassen. Jetzt um diese Uhrzeit hierherzukommen war ein bisschen riskant. Aber seit ihrem verunglückten Gespräch über Angst und so weiter hatten sie sich nicht mehr gesprochen, und er ertrug die Verunsicherung in Bezug auf Daidre und die Zukunft ihrer Beziehung nur schwer. Im Moment allerdings ging es ihm nur um das Ende ihres letzten Gesprächs, das heißt, er wollte ihr sagen, dass es ihm leidtat. Schließlich hatte er das unselige Thema aufs Tapet gebracht, indem er das, was sie über ihre Geschwister gesagt hatte, aufgegriffen und gegen sie verwandt hatte. Worauf er nicht stolz war.

Seine Besprechung mit Havers und Nkata hatte länger gedauert als erwartet. Die beiden hatten eine Menge zu berichten gehabt, und gemeinsam hatten sie anschließend versucht, alle Informationen zu ordnen und zu verstehen.

Dass das Handy immer noch nicht aufgetaucht war, konnte Verschiedenes bedeuten: Jemand, der wusste, dass Teo Bontempi ins Krankenhaus eingeliefert worden war, könnte in ihre Wohnung gegangen sein, um das Handy verschwinden zu lassen, weil es belastende Informationen enthielt; oder Ross Carver hatte gelogen, als er behauptet hatte, das Handy habe auf dem Nachttisch gelegen, als er dort war; oder Mark Phinney hatte es an sich genommen, als er sie bewusstlos in ihrem Bett vorgefunden hatte. Die erste Möglichkeit würde vermuten lassen, dass derjenige, der Teo Bontempi niedergeschlagen hatte, noch einmal zurückgekommen war, um das Handy zu holen – was jedoch gleichzeitig die Frage aufwarf, warum die Person das Handy nicht gleich an sich genommen hatte. Die zweite Möglichkeit könnte bedeuten, dass sich irgendetwas auf dem Smartphone befand, das Teo Bontempis Exmann in Schwierigkeiten bringen könnte. Und die dritte Möglichkeit konnte bedeuten, dass Mark Phinney wissen wollte, was sich auf dem Smartphone befand. Und dann gab es natürlich noch eine vierte Möglichkeit, nämlich die, dass noch jemand ganz anderes aus bisher unbekannten Gründen das Handy aus der Wohnung gestohlen hatte.

Barbara Havers hatte sich den Terminkalender der toten Polizistin angesehen. Unter dem 24. Juli stand »Begutachtung«, ein Eintrag, dessen Bedeutung geklärt werden musste. Die Tatsache, dass Bontempi sich außer diesem einen Wort nur eine Uhrzeit notiert hatte, ließ darauf schließen, dass sie mit dem Ort, wo diese »Begutachtung« stattfinden sollte, vertraut war. Es war naheliegend, dass es sich bei diesem Ort um das Empress State Building handelte, vor allem, da sie unmittelbar danach versetzt worden war.

Nkata hatte von seinem Gespräch mit Teo Bontempis Schwester berichtet. Das reichlich seltsam verlaufen war, wie er fand. Die Frau sei undurchsichtig, hatte er gesagt. Bei dem Streit zwischen den Schwestern war es laut Rosie darum gegangen, dass Teo ihren Vater nach dessen Schlaganfall nicht oft genug besuchte. Das kam Nkata komisch vor, da Teos Mutter berichtet hatte, Teo sei erst drei Wochen vor ihrem Tod bei ihrem Vater gewesen. Aber es sei nicht nur das, hatte Nkata gesagt. Rosies Behauptung, Teo habe plötzlich nur noch Afrikanerin sein wollen und sich von ihrem Mann getrennt, weil dieser weiß war, passte nicht zu dem, was Ross Carver Barbara Havers gegenüber ausgesagt hatte, nämlich dass die beiden sich getrennt hatten, weil er sie »zu sehr geliebt« hatte. Nkata war zu dem Schluss gelangt, dass entweder Rosie oder Ross die Tatsachen ein bisschen verdrehten und dass beide noch genauer unter die Lupe genommen werden mussten.

Lynley hatte sich bei Nkata erkundigt, ob er sich die Videos aus den Überwachungskameras schon vorgenommen hatte. Hatte er. Und zwar mehrere Stunden Material. Es sei allerdings eine gigantische Aufgabe. Dutzende Menschen gingen in dem Gebäude den ganzen Tag und sogar nachts ein und aus. Es würde ihm helfen, wenn man ihm ein kleineres Zeitfenster geben oder ihm genauer sagen könnte, wonach er suchen solle.

»Das ist noch jede Menge Filmmaterial«, hatte Nkata gesagt, und da er außer Rosie und den Eltern niemanden kannte, der mit Teo Bontempi zu tun gehabt hatte, stochere er völlig im Dunkeln. Natürlich sei es möglich, die Gesichter der Leute zu isolieren, die in den Stunden, bevor Ross Carver seine Frau angeblich halb bewusstlos in ihrer Wohnung vorgefunden hatte, das Gebäude betreten oder verlassen hatten, und er könne sich auch noch die Videos aus den Überwachungskameras der benachbarten Geschäfte ansehen. Es gebe jedoch keine Kameras in der Nähe mit einer automatischen Nummernschilderkennung, von daher sei das alles eine Sisyphos-Aufgabe.

»Ich könnte da echt Unterstützung gebrauchen, Chef«,

hatte er hinzugefügt. »Gibt doch bestimmt 'n paar DCs, die wir rekrutieren können.«

Lynley hatte versprochen, sein Bestes zu tun. Allerdings könne er nichts garantieren, da die Anforderung über Hillier laufen müsse.

Zwischendurch hatte Dorothea Harriman den Kopf zur Tür reingesteckt und Barbara daran erinnert, dass ihr Zeichenkurs am Wochenende anfing, und zwar am Sonntagvormittag um 10 Uhr vor der Peter-Pan-Statue im Hyde Park.

Schließlich waren sie so verblieben, dass Barbara sich am kommenden Tag noch einmal mit Ross Carver unterhalten würde, während Nkata versuchte, Bilder aus den Videos von der Nacht herauszufiltern, in der Ross Carver in dem Gebäude in Streatham gewesen war, und Lynley erneut mit DCI Phinney reden würde, der als Letzter in Teo Bontempis Wohnung gewesen war, bevor man sie ins Krankenhaus gebracht hatte.

Havers hatte noch wissen wollen, was mit der Telefonnummer sei, die Jade Hopwood Lynley gegeben habe, worauf er ihr erklärt hatte, er erwarte Informationen dazu am kommenden Morgen.

Jetzt stand Lynley vor Daidres Haus und überlegte. Daidre hatte auf seine Nachricht nicht reagiert, was er jedoch darauf zurückführte, dass sie einfach im Zoo alle Hände voll zu tun hatte.

Er stieg die Eingangsstufen hoch. Er hatte einen Schlüssel, aber es schien ihm klüger, den nicht zu benutzen und lieber zu klingeln. Da ihre Wohnung sich im Erdgeschoss befand, kam sie normalerweise an die Haustür. Diesmal jedoch meldete sie sich über die Gegensprechanlage. »Wer ist da?« Sie klang hundemüde. »Kannst du mich ertragen?«, fragte er. »Oder willst du faulenzen?«

»Mit dir zusammen zu faulenzen wäre noch besser«, antwortete sie. »Hast du deinen Schlüssel vergessen?«

»Nein.«

»Ah. Du wolltest mich nicht überfallen. Wie nett. Komm rein.«

Er schloss die Wohnungstür auf und ging hinein. Sie saß in der Küche, wo sie offenbar noch Papierkram erledigte. Eine offene Flasche Rotwein stand auf dem Tisch.

»Billige Plörre«, sagte sie. »Nicht empfehlenswert. Das Zeug ätzt einem die Mandeln weg.«

»Zum Glück habe ich keine Mandeln mehr«, sagte er.

»Das Zeug kann man nicht trinken, Tommy. War ein Sonderangebot, zwei Pfund die Flasche. Kauf ich nie wieder. Im Kühlschrank steht weißer, mach den lieber auf.«

»Kommt gar nicht in Frage«, sagte er, schenkte sich von dem Rotwein ein und trank einen Schluck. »Großer Gott, Daidre.«

»Kannst du nicht *einmal* auf einen Rat hören?«

»Eine meiner Charakterschwächen, von denen ich zahlreiche habe, wie du ja immer wieder feststellen musst.«

»Ja, leider. Bitte, schütt das Gesöff weg und spül dein Glas aus. Meins auch. Und dann mach den weißen auf.«

»Nur wenn du dir sicher bist.«

»Absolut. Der weiße hat sechs Pfund gekostet, also dreimal so viel. Der kann also nicht so schlecht sein.«

»Bestimmt ein guter Jahrgang.« Er spülte die Gläser aus, nahm den Wein aus dem Kühlschrank und setzte sich zu ihr an den Tisch.

»Hast du schon gegessen?«, fragte sie.

»Ein Sandwich von Peeler's. Zumindest hat Barbara behauptet, dass es von Peeler's war. Mit Eiersalat. Das ist der einzige Belag außer Hähnchensalat, bei dem man nichts falsch machen kann. Woran arbeitest du denn da?«

Sie schob die Unterlagen in die Ordner zurück, in die sie gehörten. »Beurteilungen meiner Mitarbeiter. Nicht gerade meine Lieblingsbeschäftigung. Deswegen schiebe ich es schon viel zu lange vor mir her.«

»Das passt ja überhaupt nicht zu dir«, sagte er. Genauso wenig wie der scheußliche Wein. Der weiße war zum Glück viel besser.

»Ich weiß«, sagte sie.

»Du machst dir Sorgen wegen Cornwall.«

Sie schaute ihn an, offenbar widerstrebte es ihr, schon wieder auf das Thema zurückzukommen. Sie nahm ihr Glas und trank einen Schluck. »Ich muss was essen«, sagte sie.

Er stand auf und trat an den Kühlschrank.

»Lieber Himmel, Tommy, damit wollte ich nicht sagen, dass du was kochen sollst!«

»Da bin ich aber erleichtert. Ich nehme an, Charlie Denton hat dich gewarnt.«

»Na ja, er hat mir ein paar Tipps gegeben. Wieso redet er dich eigentlich immer noch mit ›Ihre Lordschaft‹ an? In seiner Gegenwart komme ich mir immer vor wie in einem viktorianischen Kostümdrama ohne Kostüm.«

»Betrachte es einfach als Rollenspiel. Er steht halt immer irgendwie auf der Bühne. Ich habe versucht, es ihm abzugewöhnen, aber ich hab's irgendwann aufgegeben und bin einfach nur froh, dass er für mich kocht und mir den Haushalt macht. Mit dem Staubsauger könnte er ein bisschen geschickter umgehen, aber meine Hemden sind immer perfekt gewaschen und gebügelt.«

»Für sowas gibt es Reinigungen.«

»Hmm. Stimmt. Aber er macht sich halt gern nützlich, wenn er nicht gerade für eine Rolle vorspricht, und er ist mir ans Herz gewachsen. Ah, du hast ja Käse. Auch Kräcker? Äpfel? Nein. Bleib sitzen, Daidre. Ich komme zurecht.«

Er stellte Äpfel, Käse und Kräcker auf den Tisch. Er fand sogar eine Tüte Nüsse und eine Packung Rosinen. Die zwei Pfirsiche, die ganz hinten in der Obstschublade lagen, waren hinüber, aber es gab eine Banane, die noch einigermaßen genießbar wirkte. Zum Schluss nahm er noch zwei Teller und passendes Besteck aus dem Schrank und setzte sich wieder.

Sie sagte: »Ja.«

Er fragte: »Hm? Ach so. Cornwall?«

»Cornwall. Ich dachte, es würde ihnen gefallen, dass das Haus so abgelegen ist. Der Wohnwagen meines Vaters steht ja weit weg von jeglicher Zivilisation, also dachte ich, dass sie froh sein würden, wenn sie sich nicht mit Nachbarn abgeben müssten. Kontakt mit Leuten haben sie ja auf der Cider-Farm.«

»Vielleicht kommen sie damit nicht zurecht.«

»Aber irgendwas müssen sie doch machen, Tommy.«

»Haben sie etwas gemacht, als sie bei deinem Vater wohnten?«

»Goron ja.« Sie schaute ins Leere. Inzwischen war es dunkel geworden, und Lynley betrachtete ihr Spiegelbild in der Fensterscheibe. Der obere Fensterflügel stand offen, und man konnte den Duft des Jasmins riechen, den Daidre unter dem Fenster gepflanzt hatte. In der Nähe miaute eine Katze. Daidre stand auf und öffnete die Tür. Ein schwarzer Kater mit weißer Brust und weißen Vorderpfoten kam herein. Wie alle Katzen benahm er sich wie der Hausherr, sprang auf einen Stuhl und schaute Daidre erwartungsvoll an.

»Hast du den Kater adoptiert?«, fragte Lynley.

»Nein, er mich. Weil ich ihm Futter und frisches Wasser gebe. Aber ab und zu schaut er mich auch voller Bewunderung an.«

»Ein Kater? Und er bewundert dich? Das klingt wie ein

Widerspruch. Womit ich nicht sagen will, dass du nicht über bewundernswerte Eigenschaften verfügst.«

»Katzen können einen durchaus bewundern, Tommy. Es wirkt nur nicht so.«

Daidre öffnete die unterste Schublade des Schranks neben dem Herd, nahm eine Tüte Trockenfutter heraus und schüttete etwas davon in einen Napf, der neben einem Napf mit Wasser in der Ecke stand. Die Näpfe waren Lynley bisher noch nie aufgefallen. Sein Interesse galt eben normalerweise anderen Dingen, wenn er hier war, dachte er.

Daidre klopfte mit der flachen Hand auf den Boden. »Na, komm schon«, sagte sie. »Ich weiß doch, dass du Hunger hast.«

Der Kater sprang lautlos vom Stuhl und beschnupperte das Futter. Lynley nutzte die Gelegenheit, Daidre zu mustern, solange sie dort hockte und mit dem Kater beschäftigt war.

In ihrem Gesicht lag ein Leuchten, das nur sie zu haben schien und das ihn unwiderstehlich anzog. Vielleicht war das der Grund, warum er sie begehrte, sobald er sie sah. Mit seiner früheren Frau hatte ihn eine lange, tiefe Freundschaft verbunden, ehe sie sich verliebt und geheiratet hatten. Aber mit Daidre hatte er von Anfang an etwas Gemeinsames schaffen wollen, eine gemeinsame Zukunft, auch wenn er die nicht beschreiben konnte.

Aber er war klug genug, seine Gedanken für sich zu behalten. Stattdessen fragte er: »Hast du ihm einen Namen gegeben?«

»Ja.« Sie schob sich das aschblonde Haar aus dem Gesicht, klemmte es hinter die Ohren und rückte ihre Brille zurecht.

»Und?«

»Wally. Ich finde, er sieht einfach aus wie ein Wally. Findest du nicht?«

Lynley betrachtete den Kater, der sich gerade, den Schwanz um das Hinterteil gelegt, über das Futter hermachte und dabei vernehmlich schnurrte. »Auf jeden Fall ein Wally«, sagte er.

Daidre stand auf. Er reichte ihr eine Hand und half ihr auf die Füße. Sie standen dicht voreinander. Am liebsten hätte er sie jetzt geküsst, tat es jedoch nicht.

Sie sagte: »Du hast mir noch gar nichts von deinem neuen Fall erzählt.«

Er gab ihr eine kurze Zusammenfassung: Mord an einer Polizistin, Mitglied einer Sondereinheit zur Bekämpfung von Gewalt gegen Frauen mit Schwerpunkt FGM.

»Schrecklich, dass es das immer noch gibt«, sagte Daidre. »Also, das Verstümmeln von Mädchen.«

»Es soll sie für ihren zukünftigen Ehemann reinhalten.«

»Und müssen Männer für ihre zukünftigen Frauen auch rein bleiben?«

»Was glaubst du wohl?«

Sie stieß ein sarkastisches Lachen aus. »Warum wundert mich das nicht?« Sie nahm ihr Weinglas und trank einen Schluck. »Manchmal frage ich mich, wie du deinen Job aushältst, Tommy. Der *Homo sapiens* ist eine perverse Spezies. Wir hätten beim *Homo habilis* stehen bleiben sollen. Alles, was danach kommt, taugt nichts. Verzweifelst du nicht manchmal an der Menschheit? Tiere sind anders. Sie folgen ihrem Instinkt. Sie haben es nicht nötig, ihre Artgenossen zu töten oder zu verstümmeln.«

»Außer während der Paarungszeit«, wandte Lynley ein.

»Stimmt. Aber auch da folgen sie nur ihrem Instinkt. Es geht ums Überleben. Die schwachen Männchen werden vertrieben. Die stärksten setzen sich durch, damit die Gruppe überlebt. Ein schwaches Männchen kann die Gruppe nicht schützen, ein starkes schon.«

»Vielleicht sind Tiere einfach besser als wir.«

»Allerdings. Sie sind nicht falsch. Sie sind, wer sie sind und was sie sind.«

Lynley trank einen Schluck Wein. Sie legte ein Stück Käse auf einen Kräcker, biss ein Stück ab, verzog das Gesicht und legte beides auf ihrem Teller ab.

Sie begannen beide gleichzeitig zu sprechen. Sie: »Tommy, ich weiß, dass wir…« Er: »Eigentlich müsste alles…«

Sie brachen beide ab. Er nickte ihr zu. »Du zuerst.«

»Ich wollte sagen, dass ich weiß, dass wir über einiges reden müssen.«

»Und ich wollte sagen, dass zwischen uns eigentlich alles einfacher sein müsste. Ich liebe dich. Ich habe den starken Verdacht, dass du mich auch liebst. Und ich versuche immer wieder, dich dazu zu bringen, dass du es zugibst. Aber ich mache alles falsch. Irgendwie bin ich von der Vorstellung besessen, dass du dein Innerstes nach außen kehren musst, damit ich mir endlich sicher sein kann, dass…« Er seufzte.

»Dass was?«

»Ehrlich gesagt weiß ich es selbst nicht. Das ist es ja gerade. Ich versuche mich davon zu überzeugen, dass es die Mühe wert ist.«

»Dabei kann ich dir nicht helfen. Aber manchmal müssen wir einfach akzeptieren, dass ein Mensch psychisch gestört ist, dass es dafür auch keine Heilung gibt und wir diese Person so hinnehmen müssen, wie sie ist.«

»Damit meinst du dich selbst, ich weiß, aber ich kann das einfach nicht glauben. Ich glaube, dass du – dass jeder Mensch die Summe vieler Teile ist, und dass die Vergangenheit nur ein Teil von vielen ist. Natürlich tragen wir die Vergangenheit alle in uns, aber diese Last muss uns nicht erdrücken.«

»Ich bin gestört, Tommy. Vielleicht gibt es für mich keine

Heilung, ich weiß es nicht. Aber falls es so ist, dann bedeutet das für mich…« Sie zögerte. Er sah, dass sie schluckte. Sie schaute in ihr Weinglas, dann blickte sie ihn an. »Ich habe so viel darüber nachgedacht. Ich habe auch über uns nachgedacht, darüber, was es mit uns beiden auf sich hat, und ich habe versucht, mir Handlungsmöglichkeiten zu überlegen oder zumindest eine Antwort auf meine Fragen zu finden.«

»Das hört sich nicht so an, als wäre es dir gelungen.«

»Ich möchte dich nicht verletzen, indem ich dir etwas vormache, Tommy, indem ich versuche, die Daidre zu sein, die du dir wünschst. Das würde dich eine Zeitlang beruhigen, aber dann wäre ich nicht die, die ich wirklich bin, und irgendwann würde die echte Daidre wieder zum Vorschein kommen und dir das Herz brechen. Und das möchte ich nicht. Aber wenn wir zusammenbleiben, weiß ich nicht, wie ich das verhindern soll.«

»Willst du damit sagen, wir sollten Schluss machen?«

»Ich will damit sagen, dass ich nicht so empfinde wie andere Menschen. Ich würde es gerne, ich wünsche es mir, aber ich kann einfach nicht. Du nennst es Angst, aber ich habe keine Angst. Wirklich nicht. Glaub mir, manchmal wäre ich *froh*, wenn es nur Angst wäre. Aber ich bin innerlich… aus Stein, und das kannst du dir nicht wünschen, Tommy. Das darfst du dir nicht wünschen.«

»Daidre«, flüsterte er.

»Nein. Bitte.«

»Komme ich dir wirklich so schwach vor?«

»Das hat nichts mit Schwäche zu tun.«

»Doch. Du scheinst anzunehmen, dass es mich umbringen würde, wenn du mir das Herz brichst. Aber als wir uns kennengelernt haben, hatte ich gerade das Schlimmste erlebt, was ich mir vorstellen kann: Meine schwangere Frau war vor unserer Haustür erschossen worden. Helen kam gerade vom

Einkaufen. Zehn Sekunden später wäre sie im Haus und in Sicherheit gewesen. Alles wäre anders gelaufen. Für sie. Für mich. Für unser Kind. Aber es ist passiert, und sie wurden mir beide genommen. Und ich lebe noch.«

»Du hast sie sehr geliebt.«

»Ja. Absolut. Sie konnte mich fürchterlich auf die Palme bringen, aber sie war auch unglaublich lustig. Sie war nicht perfekt. Als ich sie anfangs kannte, hätte ich nie gedacht, dass ich sie einmal heiraten würde. Aber das Leben schert sich nicht um unsere Pläne und Absichten. Das Leben passiert einfach. Und ich bin dir passiert. Du bist mir passiert. Und wir können beide nicht wissen, wie unser gemeinsames Leben endet.«

Daidre setzte sich wieder hin. Sie stellte ihr Weinglas ab und drehte es am Stiel hin und her und betrachtete die Lichtreflexe der Deckenlampe im Wein. Wally hatte seinen Napf leergefressen und war mit dem katzentypischen Reinigungsritual beschäftigt. Plötzlich hielt er inne, blinzelte und schaute erst Daidre, dann Lynley an. Dann sprang er mit einem eleganten Satz auf Daidres Schoß. Er schnurrte so laut, dass man es wahrscheinlich in der ganzen Wohnung hören konnte, dachte Lynley. Er war mit sich und der Welt zufrieden. Futter, Wasser, ein Schoß, auf dem er sich einrollen konnte. Mehr brauchte er nicht für sein Glück. Daidre hatte vollkommen recht: Tiere folgten einzig und allein ihrem Instinkt.

Sie schmiegte ihre Wange an Wallys Kopf. Er ließ es sich so lange gefallen, wie seine Katzennatur es ihm erlaubte, dann sprang er auf den Boden und stolzierte zur Tür. Lynley ließ den Kater hinaus, dann wandte er sich wieder Daidre zu.

»Jetzt bin ich erleichtert«, sagte er.

»Worüber?«

»Dass Wally weg ist.«

»Wieso?«

»Er wirkt so besitzergreifend. Es hätte mir nicht gefallen, ihn heute Nacht bei uns im Bett zu haben.«

»Wirst du denn die Nacht mit mir im Bett verbringen?«

»Ich hoffe es doch. Und du mit mir?«

»Auf jeden Fall.«

8. AUGUST

STREATHAM
SOUTH LONDON

Ross Carver hatte Barbara Havers am Telefon gesagt, er sei am frühen Morgen in Streatham zu sprechen, denn er habe vor, auf dem Weg zu einer Baustelle, einem großen Projekt in Thornton Heath, über Streatham zu fahren und ein paar von seinen Sachen in die Wohnung zu bringen. Barbara hatte akzeptiert. Sie hatte sogar auf ihr Frühstück verzichtet, was in diesem Fall ein echtes Opfer war, denn es gab ihre geliebten Pop-Tarts gerade in einer neuen Geschmacksrichtung – Wildbeeren! –, wovon sie sich eben erst einen Vorrat zugelegt hatte. Natürlich hätte sie sich eine davon schon mal am Abend zuvor gönnen können, andererseits war die Vorfreude natürlich der halbe Spaß, und außerdem gab es schließlich Grenzen. Und Frühstück um Mitternacht ging gar nicht. Das überließ sie alten Jungfern, die in schlecht beheizten Wohnungen auf abgewetzten Sesseln vor einem elektrischen Kaminfeuer hockten und sich als Mitternachtssnack ein weichgekochtes Ei und eine Scheibe ungebuttertes Toastbrot reinzogen. Vielleicht stand ihr dieses Schicksal ja auch bevor, dachte Barbara, aber solange sie noch klar im Kopf war, ihren Job hatte und sich Essen von der Imbissbude um die Ecke leisten konnte, hatte sie vorerst nichts zu befürchten.

Wenigstens einen Kaffee hatte sie sich gemacht – leider

nur einen Pulverkaffee, allerdings mit richtiger Milch und einem gehäuften Teelöffel echtem Zucker –, den sie unterwegs trank, was eine echte Herausforderung darstellte, da ihr alter Mini weder über ein Automatikgetriebe noch über Becherhalter verfügte. Sie hatte jedoch über die Jahre eine gewisse Übung darin entwickelt, den Kaffeebecher zwischen ihre Schenkel zu klemmen, und diesmal hatte sie sogar nur ein paar Tropfen Kaffee auf ihr T-Shirt gekleckert und nicht zwischen den Beinen verschüttet, was auch schon vorgekommen war. Zum Glück hatte sie sich ein schwarzes T-Shirt angezogen, und der Aufdruck – *Schokolade löst keine Probleme, aber das tut ein Apfel auch nicht* – entsprach immerhin der Wahrheit.

Die Fahrt nach Streatham verlief problemlos, offenbar war in der Nacht kein viktorianisches Wasserrohr geplatzt, niemand hatte im Morgengrauen irgendwelche Radfahrer umgenietet, und die meisten Leute waren um die Zeit sowieso stadteinwärts unterwegs. Nachdem sie die Themse überquert hatte, schaffte sie es also problemlos – bis auf das kleine Malheur mit dem verschütteten Kaffee – in die Streatham High Road und parkte gegenüber dem Gebäude, in dem sich Teo Bontempis Wohnung befand – und in der Ross Carver bald wieder wohnen würde.

Sie überquerte die Straße und betrat das Gebäude. Da der Aufzug immer noch außer Betrieb war, stieg sie die Treppe hoch. Sie ging in die Wohnung und öffnete die Balkontür, um etwas halbwegs kühle Morgenluft hereinzulassen. Dann sah sie sich noch einmal gründlich um, für den Fall, dass sie und Nkata etwas übersehen hatten. Sie hatte gerade alle Bilder und sonstigen Gegenstände überprüft, die an den Wänden hingen, als sie einen Schlüssel im Schloss hörte. Im nächsten Augenblick stand Ross Carver in der Tür.

Bei ihrer letzten Begegnung war er noch im Sonderurlaub

wegen des Trauerfalls gewesen und hatte ziemlich abenteuerlich ausgesehen. Diesmal war er formell gekleidet, wenn auch nicht mit Stock und Hut. Er trug einen khakifarbenen Anzug, ein Baumwollhemd und eine locker gebundene Krawatte. Keine Ohrringe und auch kein Männerdutt, nur ein Gummiband, das seine Locken im Nacken zusammenhielt. Neben ihm standen ordentlich gestapelt drei Umzugskartons. Er nickte zum Gruß, hob die Kartons auf und trug sie in die Wohnung. Nachdem er die Tür geschlossen hatte, nahm er seine Designersonnenbrille ab.

»Sie fangen ja echt früh an«, bemerkte Barbara.

»Ist mir lieber so. Ich bin zwar noch nicht hundertprozentig konzentriert, aber die Arbeit lenkt mich ab, und das brauch ich jetzt. Was haben Sie rausgefunden?« Er ließ die Sonnenbrille in seine Brusttasche gleiten.

»Adaku Obiaka.«

»Teos Geburtsname. Das war kein Geheimnis.«

»Sie hat teilweise unter diesem Namen gearbeitet. Von Kopf bis Fuß afrikanisch gekleidet. Ihre Kollegen im Empress State Building wussten nichts davon, es war also kein Undercovereinsatz für die Sondereinheit. Das hat sie auf eigene Rechnung gemacht. Können Sie sich vorstellen, warum sie das getan hat?«

Er ging ins Wohnzimmer und setzte sich an den Esstisch. Barbara gesellte sich zu ihm. Er schaute auf den Balkon hinaus, wo die Bonsais ordentlich aufgereiht standen. »Hat sie ihren Geburtsnamen ganz offiziell wieder angenommen?«, fragte er, und sein Ton – er versuchte vergeblich, gleichgültig zu klingen – ließ Barbara vermuten, dass das für ihn kein nebensächliches Detail war.

»Das haben wir noch nicht überprüft«, sagte sie. »Möglicherweise hat sie ihn nur für ihre Tätigkeit bei Orchid House benutzt, weil sie sich nicht als Polizistin zu erkennen geben wollte. Aber ihre Schwester hat meinem Kollegen gesagt, dass sie auf einmal nur noch afrikanisch sein wollte. Ich nehm also an, dass das mit dem Namen was damit zu tun hatte.«

»Orchid House? Nie gehört.«

»Ein Verein, der Mädchen vor der Verstümmelung zu schützen versucht. Teo hat dort als Adaku ehrenamtlich gearbeitet. Bisher sieht es nicht so aus, als hätte das irgendwas mit ihrem Job als Polizistin zu tun gehabt, aber ausschließen können wir es noch nicht.«

Er schwieg einen Moment lang, als müsste er diese Information erst einmal verdauen. Schließlich sagte er: »Das passt ins Bild, dass sie da als Ehrenamtliche gearbeitet hat.« Und dann sagte er, während er Barbaras Gesicht musterte: »Ich schätze, Sie wissen inzwischen, dass sie beschnitten war.«

»Ja, das hat die Autopsie ergeben.«

»Klar. Autopsie. Das gehört natürlich dazu.« Er schwieg einen Moment lang. Er hatte angefangen zu schwitzen, aber das ging Barbara nicht anders. Sie stand auf, schaltete den Ventilator ein, auch wenn es nicht viel brachte, und setzte sich wieder an den Tisch.

»Sie hat's mir vor Jahren erzählt, als ich zum ersten Mal mit ihr schlafen wollte. Wir waren noch Teenager, und die Hormone spielten verrückt. Ich hab sie bedrängt und verstand überhaupt nicht, wo das Problem lag. Ich hab nicht lockergelassen, und dann hat sie's mir schließlich gesagt.«

»Und da…?«

Er seufzte. »Sie wollen wissen, was ich empfunden habe, was ich getan habe, wie es weitergegangen ist? Ich war neunzehn, Sergeant. Ich war höllisch geil, und ich wollte Sex mit ihr. Ich wusste nicht mal, was das bedeutete, dass sie beschnitten war. Ich hab gesagt: Alles klar, kriegen wir hin, aber ich bin scharf auf dich und will endlich mit dir schlafen.

Und da hab ich natürlich rausgefunden, was genau es bedeutet, dass sie beschnitten ist.«

»Wie haben Sie reagiert?«

»Für mich spielte es keine Rolle, und das habe ich ihr deutlich gesagt. Ich wollte nicht, dass es eine Rolle spielt. Ich war total vorsichtig, und sie hatte keine Schmerzen. Und dann haben wir es jahrelang so gemacht, einfach so getan, als wäre nichts. Dann haben wir geheiratet und immer noch so getan, als wäre nichts. Aber irgendwann hab ich es nicht mehr ausgehalten. Ich wusste, dass sie immer nur mir zuliebe mitgemacht hat und selbst überhaupt nichts davon hatte. Wie denn auch?«

»Vielleicht hat ihr die Nähe gereicht? Die Intimität zwischen Ihnen, mein ich.«

»Würde Ihnen das reichen?«, fragte er. Dann: »Sorry. Das war daneben. Jedenfalls bin ich immer mehr davor zurückgeschreckt – also vor dem Sex, meine ich. Ich hatte das Gefühl, als würde ich sie nur benutzen. Draufsteigen, bisschen rammeln, Orgasmus und fertig. Es kam mir völlig entmenschlicht vor, und ich fühlte mich beschissen. Ich konnte einfach nicht so weitermachen.«

»Und sie wollte die Trennung?«

»Ja.«

»Bei unserem ersten Gespräch sagten Sie, Teo hätte Sie verlassen, weil Sie sie zu sehr geliebt haben. Was haben Sie damit gemeint?«

»Ich wollte was unternehmen, damit sie… ich weiß nicht… es genießen konnte.«

»Den Sex mit Ihnen?«

»Genau. Ich hab angefangen, nach einer Lösung zu suchen. Welche, war mir egal. Ich wusste nicht mal, wonach genau ich suchte. Aber als ich es gefunden…«

»Was haben Sie gefunden?«

»Rekonstruktive Chirurgie. Es gibt tatsächlich Chirurgen, die das Ganze operieren und wiederherstellen können. Ich hab ihr davon erzählt; ich hatte sogar schon eine Spezialistin gefunden. Aber Teo wollte nichts davon wissen. Sie wollte nicht mal zu der Ärztin hingehen, damit die sich ein Bild machen konnte. Um wenigstens zu sehen, was möglich ist. Ich hab überhaupt nicht kapiert, warum sie nicht wissen wollte, was die machen konnten. Oder nicht machen konnten, je nachdem. Es gab eine reelle *Chance*, verstehen Sie? Das Thema hat mich nicht mehr losgelassen. Ich konnte es nicht loslassen. Ich hab nur noch gedacht: Ich will, dass du was spürst. Ich wünsche mir, dass du scharf auf mich bist. Ich wünsche mir, dass du Sex mit mir willst. Und irgendwann konnte sie es einfach nicht mehr hören.«

Barbara nickte, war jedoch abgelenkt, da sie sich plötzlich an etwas erinnert hatte. Sie sagte: »Sie wollten eine Begutachtung?« Dann holte sie ihre Umhängetasche, die sie auf einem Sessel abgelegt hatte, nahm Teo Bontempis Terminkalender heraus, schlug ihn auf der Seite für den 24. Juli auf und gab ihn Carver.

Er betrachtete den Eintrag, dann schaute er Havers an. »Sie glauben, sie hatte einen Termin bei einem Chirurgen?«

»Sie hat Sie angerufen und um ein Gespräch gebeten. Können Sie sich noch etwas anderes vorstellen, worüber sie mit Ihnen reden wollte?«

»Keine Ahnung. Ich weiß nur, dass es etwas war, das sie nicht am Telefon bereden wollte.«

»Gute Nachrichten? Schlechte Nachrichten? Irgendein Hinweis?«

»Sie hat nichts weiter dazu gesagt.« Er blickte wieder ins Leere, so als versuchte er, aus den Informationen schlau zu werden. Barbara wartete, während er weiter grübelte. Schließlich sagte er: »Ich könnte einen Schluck Wasser gebrauchen.«

Barbara holte eine angebrochene Flasche Mineralwasser aus dem Kühlschrank und schenkte ihm ein. Das Mineralwasser war schal, aber er trank es in einem Zug aus. Er betrachtete die Anrichte. Dann stand er auf und fragte: »Wo sind eigentlich die Skulpturen? Die Sammlung wurde doch nicht gestohlen, oder? Teo sammelt… Teo hat afrikanische Skulpturen gesammelt.«

»Ich nehm an, die sind im Labor und werden auf Spuren untersucht.«

Er schaute sie an. »Hat der… Wurde sie mit einer der Skulpturen erschlagen?«

»Keine Ahnung. Das wird wie gesagt noch untersucht.«

Er schwieg nachdenklich. »Ja. Die sind jedenfalls ziemlich schwer«, sagte er dann mehr zu sich selbst. »Damit könnte man einen erschlagen.«

Wie um Carvers Worte zu unterstreichen, ging die Wohnungstür auf. Eine schlanke junge Schwarze trat ein. Sie trug eine weiße Bluse, eine dreiviertellange dunkelblaue Hose, die ihre wohlgeformten Knöchel zur Geltung brachte, und rote Stilettos, mit denen man jemandem ein Auge hätte ausstechen können. Sie war sehr hübsch. »Der Hausmeister hat mich reingelassen«, sagte sie gut gelaunt. »Ich dachte, ich könnte mich vielleicht nützlich machen.«

»Wobei?«, fragte Ross Carver. Dann sagte er zu Barbara: »Das ist Rosalba, Teos Schwester.«

MAYVILLE ESTATE
DALSTON
NORTH-EAST LONDON

»Was ist passiert, Tani? Wo bist du? Warum hast du Simi gestern Abend nicht hergebracht?«

»Meine Mutter hat rausgefunden, dass ich's ihr gesagt
hab. Keine Initiation, Simi, hab ich gesagt, sondern eine Beschneidung. Sie wollte mir nicht glauben und ist prompt zu
unserer Mutter gerannt.«

»Aber warum hat sie dir denn nicht geglaubt? Sie muss
doch wissen, dass du sie nie belügen würdest.«

»Wahrscheinlich, weil ich Lim ins Spiel gebracht hab.«
Er erzählte Sophie von Simis Freundin Lim. Deren Mutter Halimah war gerade bei Monifa gewesen, als Simi nach
Hause gerannt kam. Sie hatte beide Frauen unter Tränen zur
Rede gestellt und sich in eine regelrechte Hysterie hineinge-
steigert, bis Monifa sie mit einer schallenden Ohrfeige zum
Schweigen gebracht hatte. Daraufhin hatte Halimah sich
hastig aus dem Staub gemacht, und Monifa hatte Simi mit
einem Glas Johannisbeersirup getröstet und ihr versichert,
dass alles, wo auch immer sie es gehört hatte, Unsinn und
böses Gerede gewesen war. »Sieh mich an, Simisola«, hatte
sie gesagt. »Würde ich jemals zulassen, dass meiner lieben
Tochter etwas Schlimmes angetan wird?«

»Meine Mutter konnte sich denken, dass Simi das alles
von mir hatte. War nicht schwer zu erraten, Simi redet ja
sonst mit fast niemand. Okay, sie kennt Masha vom Torten-
dekokurs und noch ein paar Leute auf dem Markt, aber
wieso sollten die ihr sowas erzählen? Außerdem sind das alles
keine Nigerianer. Also kam nur ich in Frage.«

Als Tani nach Hause gekommen war, so berichtete er
Sophie, war Monifa dabei gewesen, Simis Sachen in ihr Zim-

295

mer zu räumen, wo Simi ab sofort schlafen würde. Was kein Problem war, weil Abeo mittlerweile ganz zu Lark gezogen war. Auf Tanis Frage hin, was das sollte, hatte Monifa geantwortet: »Ich weiß genau, was du vorhast, aber wenn du es verhinderst, werden wir alle dafür büßen.«

»Ach ja? Wir werden alle dafür büßen?«, hatte Tani geantwortet. »Dann müssen wir eben alle abhauen. Was wir jetzt haben, ist doch kein Leben, Mum, das weißt du ganz genau. Und eins sag ich dir: *Niemand* tut meiner kleinen Schwester was an. Sie wird nicht nach Nigeria verkauft, egal für welchen Brautpreis, und sie wird auf gar keinen Fall beschnitten!«

Jetzt sagte er zu Sophie: »Aber ich weiß nicht, wie ich es verhindern soll, denn jetzt sind sie beide komplett durchgedreht, und ich kapier einfach nicht, warum meine Mutter sowas macht.«

»Du musst versuchen, deine Mutter auf eure Seite zu bringen.«

»Unmöglich.«

Sophie schwieg einen Moment. Dann sagte sie: »Ich wünschte, du hättest es geschafft, Simi zu uns zu bringen.«

»Ich auch«, sagte er. »Ich kann nicht mit ihr zur Fürsorge gehen, Sophie. Aber irgendwas muss ich unternehmen, damit die sie nicht beschneiden.«

»Das seh ich auch so. Ich dachte, mit meinem Vorschlag gewinnen wir ein bisschen Zeit. Aber vielleicht fällt mir ja noch was anderes ein.«

Sie legten auf. Tani stand von seinem Bett auf und ging in den Flur. Die Tür zu Monifas Zimmer war zu. Entweder schlief Simi noch, oder Monifa hatte sie eingeschlossen. Das wäre allerdings eine rein psychologische Maßnahme, denn die Wohnungstüren ließen sich gar nicht richtig abschließen. Dafür hatte Abeo gesorgt.

Er klopfte leise an und sagte: »Bist du wach, Squeak?«
Nichts. Ängstlich öffnete er die Tür. Seine Mutter und seine
Schwester lagen noch im Bett. Monifa war wach, Simi schlief
noch.

Seine Mutter stand leise auf und zog sich einen dünnen
Morgenmantel über. Sie bugsierte ihn in Richtung Wohnzimmer. Dort baute sie sich mit verschränkten Armen vor
ihm auf.

»Wenn du Simisola noch einmal solche Angst machst,
schlag ich dich windelweich«, zischte sie.

»So, wie du sie geohrfeigt hast? Ich hab ihr die *Wahrheit*
gesagt. Willst du sie auch hören?« Da sie nichts erwiderte,
fuhr er fort: »Pa hat 'ne Beschneiderin aufgetrieben. Sie war
hier, in der Wohnung. Pa wusste nicht, dass ich zu Hause
bin. Aber ich hab gehört, wie sie alles geplant haben. Und
das Einzige, was die Prozedur hier von der in Nigeria un-
terscheidet, ist die Tatsache, dass diese Beschneiderin möglicherweise mit 'nem Skalpell umgehen kann. Oder dass sie
ein paar frische Rasierklingen hat und nicht nur eine, die
sie immer und immer wieder benutzt und zwischendurch
mal kurz mit 'nem Lappen abwischt. Kannst du mir folgen,
Mum?«

Monifa sagte nichts. Ihre Augen wurden schmal.

»Die Frau hat Pa gesagt, sie bringt Frauen mit, die Simi
festhalten. Pa hat gesagt, prima, ganz prima. Darauf hab ich
Simi gesucht und ihr alles erzählt. Denn solange sie glaubt,
dass es irgendeine Scheißinitiationsparty gibt, krieg ich sie
nicht von hier weg. Solange sie das glaubt, spielt sie nicht
mit. Aber sie muss mitspielen, genau wie du, aber das machst
du nicht. Denn du willst ja auch, dass sie beschnitten wird,
stimmt's? Der einzige Unterschied ist, dass es auf deine
Weise durchgezogen wird, aber gemacht werden soll es auf
jeden Fall.«

Monifa ließ seine Worte einen Moment lang sacken. Dann sagte sie: »Es gibt Dinge, die du nicht verstehst. Manche Dinge werden gemacht, obwohl wir es nicht wollen, aber sie dienen einem Zweck.«

Er schnaubte verächtlich. »Spar dir den Quatsch, Mum. Zweck, dass ich nicht lache. Welchem Scheißzweck soll es denn wohl dienen, kleinen Mädchen zwischen den Beinen rumzuschnippeln?«

»Hüte deine Zunge. Sei vernünftig, Tani. Die Beschneidung löst ein Problem für sie.«

»Klar, ich kann mir auch genau vorstellen, welches. Sie sorgt dafür, dass Simi 'ne Jungfrau bleibt, oder?« Er lachte höhnisch. »Ihr glaubt, Mädchen sind Sexmaschinen – dauergeil rund um die Uhr. Dann sag mir doch mal eins: Warst du etwa so? Hast du als Mädchen an nichts anderes gedacht? Hast du nur drauf gewartet, dass irgendein Typ daherkommt und dir sein Ding reinsteckt?«

»So redest du nicht mit …«

»Ihr glaubt, Mädchen würden es mit jedem treiben, wenn man sie lässt. Und damit das nicht passiert, sorgt ihr dafür, dass es der absolute Horror für sie ist. Hast du 'ne Ahnung, wie rückständig das ist? Wie bescheuert? Wie ignorant? Wie grausam?«

Monifa schaute kurz in Richtung Flur. »Sprich leiser, wenn du mit mir reden willst. Es geht um die Zukunft deiner Schwester.«

»Ihr zerstört ihre Zukunft. Vielleicht will sie ja gar keinen alten Nigerianer heiraten, der genug Schotter hat, um sich 'ne Jungfrau zu kaufen. Vielleicht erwartet sie mehr vom Leben als das. Vielleicht will sie studieren, Karriere machen, und …«

»Es konserviert sie.«

»Es *konserviert* sie? Als wär sie 'ne Dosentomate?«

»Es erhöht ihren Wert für ihren Ehemann. Es ermöglicht ihr, eine gute Partie zu machen.«

»Was soll der Scheiß? Du redest ja schon wie Pa! Es geht die ganze Zeit nur darum, wie viel irgendein Typ für sie *bezahlt*!«

»Nein, das meine ich nicht. Dabei geht es weder um Geld noch um Güter oder Land. Es geht nur darum, dass sie von ihrem Mann in Ehren gehalten wird. Was wir machen, zeigt ihm, dass sie bereit war, sich herrichten zu lassen, um ...«

»Beschneiden, Mum! *Verstümmeln*! Nenn es wenigstens beim Namen!«

»So bleibt sie rein. Ein Gefäß für die Liebe ihres Mannes. Es erhöht sein Verlangen und auch sein Vergnügen.«

»Genau, alles klar. Und wie ist das für dich so? Macht es dir Spaß, das Gefäß für Pas Liebe zu sein? Und bevor du mir antwortest, will ich dich an die Wände in unserer Wohnung erinnern. Die sind nämlich wie aus Papier. Ich hab mir jahrelang anhören dürfen, was für 'ne Wonne es für dich war, das *Gefäß* für Pas Liebe zu sein.«

»Einer Frau steht es nicht zu, solche Dinge zu genießen.«

»Schwachsinn! Scheiße, du weißt doch genau, was das für ein Schwachsinn ist! Wie kannst du sowas sagen? Wovor hast du solche Angst?«

Endlich schien sie unsicher zu werden. Einen Moment lang glaubte Tani schon, sie würde seine Frage tatsächlich beantworten. Und wenn sie das täte, dachte er, dann wäre das womöglich ein Anfang. Vielleicht gelang es ihnen dann, sich und Simi und vielleicht sogar ihn in Sicherheit zu bringen.

»Ich hab versucht, es auf eine sichere Art und Weise machen zu lassen«, sagte sie. Sie sprach so leise, dass er einen Schritt auf sie zu machen musste, um sie zu verstehen. »Glaubst du wirklich, ich möchte, dass Simi so leidet wie ich?«

»Aber genau das wird passieren, Mum. Also *tu* was.«

»Das wollte ich ja. Aber dann ist die Polizei gekommen ...
Und jetzt muss ich warten, bis die Praxis ...«

»Ich rede nicht von 'ner verdammten Praxis oder weiß
der Teufel, was das war. Ich red davon, dass wir Simi von
hier wegschaffen müssen. Du hast doch zwei gesunde Füße.
Wieso kannst du nicht auf deinen eigenen Füßen stehen?
Was kann er denn schlimmstenfalls tun? Dich umbringen?
Mich umbringen? Simi umbringen und riskieren, dass ihm
sein Scheißbrautpreis flöten geht?«

»Umbringen?«, wiederholte sie. »Abeo bringt niemanden
um. Aber zu allem anderen ist er fähig.«

»Dann lass dich von ihm scheiden!«, brüllte Tani. »Lass
dich scheiden, verdammt noch mal! Was hindert dich daran?«

In dem Moment ging die Wohnungstür auf, und Abeo
kam herein.

STREATHAM
SOUTH LONDON

»Rosie«, sagte die junge Frau zu Barbara. »Ross ist der Einzige, der mich Rosalba nennt.«

»Was machst du hier?«, fragte Carver.

Ihr Lächeln verrutschte kurz, bevor sie antwortete. »Ich
hatte doch gesagt, dass ich dir helfen will, Ross.« Barbara
hatte den Eindruck, als versuchte Rosie, dem Exmann ihrer
Schwester mit ihrem Blick etwas mitzuteilen. Und er schien
es verstanden zu haben und darauf zu reagieren. Sie hätte
allzu gern gewusst, was da zwischen den beiden hin- und
hergegangen war, und hoffte, es bald zu erfahren.

»Musst du nicht arbeiten?«, fragte Carver seine Schwägerin.

»Heute fang ich erst mittags an«, sagte sie. »Wir haben also Zeit.« Sie schloss die Tür lautlos hinter sich und kam ins Esszimmer. Ohne den Blick von Carver abzuwenden, sagte sie: »*Maman* und *Papá* machen sich Sorgen, weil sie nichts von dir hören. Vor allem *Papá*, und wir wollen nicht, dass er sich beunruhigt. Ich hab ihm versprochen, dich zu besuchen, um mich zu vergewissern, dass du zurechtkommst.« Sie senkte den Blick. »Wir hatten alle gehofft, du würdest mal nach Hampstead kommen, Ross. Das musst du doch wissen.« Sie schaute erst ihn, dann Barbara, dann wieder ihn an. »Wir haben sie alle geliebt, Ross.«

Sie würde eine Spitzhacke brauchen, um all die geheimen Botschaften auszugraben, die die junge Frau hinter ihren Worten verbarg, dachte Barbara. Sie würde Rosie fragen, woher sie gewusst hatte, wo sie ihren Schwager finden würde. Vermutlich hatte er es ihr mitgeteilt, was sonst? Was bedeutete, dass entweder er sie oder sie ihn angerufen hatte. Oder Rosie war bei Carver gewesen, als Barbara ihn am Abend zuvor angerufen und um ein weiteres Gespräch gebeten hatte. In dem Fall war das, was sich jetzt vor Barbaras Augen abspielte, perfektes Theater.

Sie rief sich Nkatas Bericht über Rosalba Bontempi in Erinnerung. Sie hatte behauptet, dass sowohl Carver als auch ihre Schwester die Scheidung gewollt hatten. Also hatte entweder Rosie Nkata angelogen, oder Ross Carver hatte Barbara angelogen.

»Ich hätte deine Eltern wenigstens anrufen sollen«, räumte Carver ein. »Das hole ich nach.«

»Und was willst du ihnen sagen?«

»Tja, genau das ist die Frage. Ich weiß nicht, was ich ihnen sagen soll.«

»Sie geben dir nicht die Schuld an dem, was zwischen euch passiert ist. Die Scheidung und so weiter. Sie wissen, dass sich die Gefühle zwischen zwei Menschen ändern können. Ihr beide habt sehr jung geheiratet, ihr hattet vorher keine Zeit, die Welt zu erkunden und andere... ich weiß nicht... Beziehungen auszuprobieren. Na, du weißt schon, was ich meine.«

Sie meinte auf jeden Fall irgendwas ganz Bestimmtes, dachte Barbara. Allerdings war ihr nicht klar, ob Carver kapierte, was sie ihm durch die Blume zu sagen versuchte. Trotzdem hatte Barbara irgendwie das Gefühl, dass er es begriff.

»Die Polizei hat Teos Skulpturen mitgenommen«, sagte Carver zu Rosie.

»Wieso denn?«

»Um sie auf Spuren zu untersuchen.«

Rosie schaute zu der Anrichte hinüber, wo die Bronzen gestanden hatten. »Glauben die, dass eine von den Statuen benutzt wurde, um...?«

»Die Forensiker untersuchen alles, was als Tatwaffe gedient haben könnte«, sagte Barbara.

»Im Grunde wundert es mich, dass sie die Dinger behalten hat«, sagte Rosie.

»Warum wundert Sie das?«, fragte Barbara.

»Na ja, wenn Leute sich scheiden lassen?« Rosie zuckte graziös die Schultern. »Oder wenn sie sich trennen? Erinnerungsstücke können doch wehtun, oder? Und das waren die Skulpturen schließlich. Sie stellten eine Verbindung zu Ross dar, die sie nicht mehr wollte.«

»Und Sie meinen, wenn sie die Skulpturen behalten hat, bedeutet das, dass sie insgeheim die Verbindung zu Mr Carver doch aufrechterhalten wollte?«

»Ich sage nur, wie es unter anderen Umständen hätte sein können, nicht, wie es war.«

Barbara unterdrückte ein Schnauben. Sie fragte sich, wie stabil Rosies Fassade war, denn in allem, was die junge Frau von sich gab und wie sie es sagte, schwangen irritierende Untertöne mit, genau wie Nkata es auch empfunden hatte.

»Ihr Handy ist übrigens immer noch nicht aufgetaucht«, sagte Barbara zu Carver.

»Ich verstehe nicht, wie das sein kann«, antwortete er.

»Wir brauchen die Nummer. Die haben Sie doch sicher.«

»Klar.« Er diktierte sie Barbara, die sie sich in ihrem Notizblock notierte. Dann blickte sie auf und fragte: »Sie haben das Handy nicht zufällig an sich genommen?«

»Nein, warum auch? Ich hatte keinen Grund dazu.«

»Sind Sie sicher, dass es hier war, als Sie in der Nacht bei ihr waren?«

»Total. Es hing am Lade…«

»Du warst in der Nacht bei ihr? Das hast du mir ja gar nicht erzählt«, fiel Rosie ihm ins Wort. »Wieso hast du die Nacht bei ihr verbracht?«

»Teo konnte sich nicht erinnern, was passiert war. Ihr war übel, und sie hatte sich übergeben. Ihr war total schwindlig. In dem Zustand wollte ich sie nicht allein lassen. Ich hab mir Sorgen um sie gemacht.«

»Wenn du mich angerufen hättest, wär ich hergekommen und bei ihr geblieben. Oder *Maman* wäre gekommen. Ich versteh das nicht. Was hat das alles zu bedeuten?«

»Nichts«, sagte Carver gereizt.

»Aber irgendwas muss…«

»Hör auf damit, Rosalba!«, fuhr er sie an wie ein Offizier einen Untergebenen. »Deine Schwester ist tot, und wir versuchen rauszufinden, was mit ihr passiert ist.«

Rosie sagte nichts. Barbara beobachtete die beiden und sah, dass Rosies Augen sich mit Tränen füllten. Offenbar bemerkte Carver es ebenfalls. Etwas wie Unmut huschte über

303

sein Gesicht. Er trat an die Balkontür und atmete die Morgenluft tief ein. Nach einer Weile drehte er sich zu den beiden Frauen um und sagte ruhig: »Sie war immer noch meine Frau, Rosalba. Trotz allem. Ich war hier, weil sie mir eine Nachricht geschickt hatte. Sie hat mich gebeten herzukommen, weil sie mit mir reden wollte.«

»Und worüber?«, fragte Rosie genauso ruhig.

»Das weiß ich nicht. Das hat sie nicht gesagt.«

»Sie sind zwei Tage zuvor auch hier gewesen«, sagte Barbara zu Rosie und fügte schnell hinzu, ehe Rosie antworten konnte: »Laut Aussage der Nachbarn haben Sie sich mit Ihrer Schwester gestritten.«

Das konnte Rosie kaum abstreiten, dachte Barbara. Sie war nicht dumm, und sie konnte sich denken, dass Nkata ihre Aussage weitergegeben hatte. Aber Barbara vermutete, dass Ross Carver nichts von dem Streit wusste, und die Art, wie er zu sprechen ansetzte und dann abrupt abbrach, zeigte ihr, dass sie mit ihrer Vermutung richtiglag.

»Sie hatte unsere Eltern lange nicht besucht«, sagte Rosie. »Obwohl sie das regelmäßig hätte tun sollen. Deswegen war ich sauer. Und sie hat sich darüber aufgeregt, dass ich sauer war. Es war ein dummer Streit. Wie die meisten Streitigkeiten.«

»Haben Sie und Ihre Schwester sich häufig gestritten?«, fragte Barbara.

»So ist das nun mal zwischen Schwestern.«

»Sie meinen, mit Anschreien und allem, was dazugehört? So laut, dass die Nachbarn es hören konnten? Das haben die zumindest berichtet. Wann hatte Ihre Schwester Ihre Eltern denn das letzte Mal besucht?«

Rosie presste die Lippen zusammen. Offenbar erkannte sie die Falle, aber sie hatte keine Wahl. Sie konnte direkt hineinlaufen, oder sie konnte ihre Eltern bitten, für sie zu lügen. In beiden Fällen würde die Polizei das überprüfen. Und in diesem Fall wäre es ein Leichtes, die Wahrheit herauszufinden.

CHELSEA
SOUTH-WEST LONDON

Als sie in die Küche hinunterging, hörte Deborah schon auf der Treppe den Fernseher. Jemand sagte gerade: »Bitte versuchen Sie, meinen Standpunkt nachzuvollziehen. Derartigen von außen diktierten Forderungen nachzugeben würde bedeuten, dass wir unser Leben von einer Anschuldigung beschmutzen lassen, die nicht nur falsch, sondern auch moralisch verwerflich ist. Damit würden wir unseren Ruf als Einzelpersonen und als Paar ruinieren. Wir verwahren uns aufs Schärfste gegen eine derartige Verleumdung. Offenbar sollen wir aufs Korn genommen werden, weil einer von uns beiden ein Einwanderer ist.«

»Worum geht's?«, fragte Deborah. Ihr Mann und ihr Vater waren in der Küche. Simon lehnte an der Anrichte und aß eine Scheibe Toastbrot, während ihr Vater Melonenstücke auf einen Teller legte. Beide schauten in ihre Richtung, als sie die Küche betrat.

»Ein Interview mit den Eltern von diesem verschwundenen Mädchen«, sagte ihr Vater.

»Gibt es Neuigkeiten?«

»Wir haben gerade erst eingeschaltet«, sagte ihr Vater.

»…nicht nachvollziehbar, wenn man überlegt, wo sie hingegangen ist, Mr Akin«, brachte die Interviewerin vor, eine Asiatin mit prächtigem Haar, schön geformten Lippen und ausdrucksvollen Augen.

»Wir wünschen, dass man sich bei der Berichterstattung

305

um Korrektheit bemüht«, sagte Charles Akin. »Wir wissen Folgendes: Bolu hat sich nicht freiwillig an diese Organisation gewandt. Sie wurde aus dem Yoruba-Kulturzentrum dorthin gebracht. Wir wissen nicht, warum, und wir wissen nicht, von wem. Die Leiterin der Organisation verlangt von uns, dass wir uns mit ihr und einer Sozialarbeiterin treffen. Und *das* werden wir nicht tun.«

»Ihnen ist aber doch sicherlich bewusst, dass Ihre Weigerung zu kooperieren den Eindruck verstärkt, dass die Leitung von Orchid House mit der Nichtbekanntgabe die richtige Entscheidung…«

»Es interessiert mich nicht, welchen Eindruck meine Weigerung macht. Ich möchte, dass unsere Tochter zu uns zurückkehrt. Sie wurde entführt. Habe ich das noch nicht deutlich genug gemacht? Sie ist nicht weggelaufen. Und ihre Mutter und ich haben nicht die Absicht, mit irgendjemandem zu kooperieren, bis die Polizei die Leiterin dieser Anti-FGM-Organisation verhaftet, die dafür verantwortlich ist, dass man unsere Tochter versteckt. Das ist Freiheitsberaubung. Die Polizei sollte mit Bolu selbst sprechen. Dann wird sich herausstellen, dass unsere Familie sich nichts hat zuschulden kommen lassen.«

»Das sieht die Leiterin von Orchid House aber ganz anders. Warum sollte sie Bolu an einen sicheren Ort bringen, wenn Bolu ihr keine Veranlassung gegeben hat, das zu tun?«

Simon schaute Deborah an. »Wusstest du das?«

»Was?«

»Dass Orchid House etwas mit dem Verschwinden des Mädchens zu tun hat. Also, zumindest die Leiterin des Vereins.«

Sie schaute aus dem Fenster. Der Garten lag voll in der Sonne. Es würde wieder ein heißer Tag werden. »Ich habe es aufgrund einiger Bemerkungen vermutet, mehr nicht.«

306

Charles Akins Frau hatte eine Hand auf die ihres Mannes gelegt. Jetzt sagte sie zu der Interviewerin: »… eine voreilige Maßnahme, die ergriffen wurde, weil mein Mann Nigerianer ist. Ja, in einigen Teilen Nigerias wird FGM immer noch praktiziert, aber das ist in Nigeria ebenso verboten wie hier in England.«

»Aber auch hier in London werden in manchen Familien der nigerianischen und somalischen Communitys Beschneidungen durchgeführt«, sagte die Interviewerin.

»Wir würden niemals zulassen, dass unserer Tochter so etwas angetan wird«, sagte Aubrey Hamilton nachdrücklich. »Wir werden aufgrund der Herkunft meines Mannes diskriminiert.«

Hier endete das Interview, es wurde zurück ins Studio geschaltet, und dort saß Zawadi mit zwei Moderatorinnen, von denen eine sie fragte: »Bitte sehr. Wollen Sie das kommentieren?«

Deborah schien es, als wäre Zawadi völlig unbeeindruckt von dem Interview, das sie gerade gesehen hatte, ebenso wie von der Frage der Moderatorin, einer blonden Frau in Rot mit einer Frisur, die aussah, als würde sie selbst einem Wirbelsturm standhalten. »Es ist ganz einfach«, sagte Zawadi ruhig und sachlich. »Wenn Eltern tatsächlich nichts zu verbergen haben und wollen, dass ihre Töchter zu ihnen zurückkehren, dann kooperieren sie normalerweise. Wir von Orchid House betrachten es als unsere Aufgabe, Mädchen sowohl vor tatsächlichem als auch potenziellem Schaden zu bewahren.«

»Heißt das, Sie glauben nach wie vor, dass die Tochter der Akins ohne Ihren Schutz zu Schaden kommen wird?«

»Alles, was ich sage, ist, dass Boluwatife sich derzeit in Sicherheit befindet – so wie alle Mädchen, die sich in unsere Obhut begeben –, und sie wird bleiben, wo sie ist, bis wir davon überzeugt sind, dass ihr kein Schaden zugefügt wird.«

»Aber wenn sie nicht freiwillig zu Ihnen gekommen ist, wenn sie von zwei Jugendlichen zu Ihnen gebracht wurde, deren Identität Sie nicht preisgeben ...«

Cotter schaltete den Fernseher aus. Er schaute erst Deborah, dann Simon an. Deborah entging die stumme Verständigung zwischen den beiden Männern nicht. »Was ist los?«, fragte sie.

Während Cotter Eier aus dem Kühlschrank nahm, schenkte Simon Kaffee ein und reichte Deborah Milch und Zucker. »Deborah«, sagte er, »du hast doch sicherlich die Möglichkeit in Betracht gezogen, dass diese Frau einen Kreuzzug führt, oder?«

Der väterliche Tonfall, der Hauptgrund für jeden Streit zwischen ihnen, brachte Deborah sofort auf die Palme. »Nein, diese Möglichkeit sehe ich nicht. Es sei denn, du bezeichnest den leidenschaftlichen Einsatz ›dieser Frau‹ für eine gute Sache als Kreuzzug.«

»Das war nur eine Redewendung, bitte verzeih. Und ich bin mir bewusst, dass du es nicht ausstehen kannst, belehrt zu werden, vor allem von mir.«

»Ganz genau. Und trotzdem kannst du es nicht lassen.«

Cotter räusperte sich. Deborah wusste ganz genau, dass die Loyalität ihres Vaters immer zuerst ihrem Mann galt, und deswegen wunderte es sie nicht, als er sagte: »Könnte doch sein, dass diese Frau nur sieht, was sie sehen will, Deb. Falls du also weißt, wo das Mädchen ist ...«

»Ich habe euch bereits gesagt, dass ich es nicht weiß.«

»Aber wie ist das möglich?«, fragte Simon. »Du gehst doch jeden Tag da hin, seit ...«

»Herrgott noch mal, Simon, ich bin eine *Weiße*, falls dir das noch nicht aufgefallen ist. Das macht mich nicht gerade vertrauenswürdig. London hat sich nicht zu einem Paradies der ethnischen Gleichberechtigung entwickelt, während ich mit anderen Dingen beschäftigt war!«

»Aber die Mädchen reden doch mit dir, oder?«

»Das ist etwas ganz anderes, und das weißt du genau.«

Einen Moment lang herrschte Schweigen. Die Katzentür klapperte und kündigte Alaskas Ankunft an. Peach, die in ihrem Korb schlief, bemerkte den lautlosen Eindringling nicht.

Simon, der seine Schuhe betrachtet hatte, blickte auf. »Glaubst du, dass diese Leute – ein Anwalt und eine Ärztin – tatsächlich vorhatten, ihrer Tochter etwas Schlimmes anzutun?«

»Das weiß ich nicht. Man hat mich in keiner Weise in diese Sache eingeweiht. Aber Orchid House wurde gegründet, um Mädchen zu beschützen, und dieses Mädchen wurde aus irgendeinem Grund dorthin gebracht. Das muss auf jeden Fall geklärt werden.«

»Meinst du nicht, dass das Aufgabe der Polizei wäre?«, fragte ihr Vater.

»Ich habe keine Ahnung, und ihr auch nicht. Du hast es eben selbst gesagt, Simon: Ich habe mit diesen Mädchen gesprochen, ich habe mir ihre Geschichten angehört. Ich habe ihre Angst gesehen. Und deswegen sage ich: Wenn man Eltern auf die Füße treten muss, weil sie sich weigern, mit Leuten zu sprechen, denen es um nichts anderes als Bolus Wohlergehen …«

»Bolu?«, fiel Simon ihr ins Wort.

Die Schärfe in seinem Ton machte sie wütend. Er musste einfach viel zu oft vor Gericht als Sachverständiger aussagen. »Bolu«, wiederholte sie. »So *heißt* das Mädchen. Das haben sie eben im Fernsehen gesagt. Dass ich den Namen verwende, hat überhaupt nichts zu bedeuten. Hör auf, zwischen den Zeilen lesen zu wollen, wo es nichts zu lesen gibt, verdammt noch mal.«

Sie wandte sich zum Gehen. Der Appetit aufs Frühstück war ihr gründlich vergangen. Aber die beiden Männer waren noch nicht fertig mit ihr. Bevor sie die Treppe hochgehen konnte, sagte ihr Vater, er mache sich durchaus Sorgen um »die Kleine«, wie er sich ausdrückte, habe aber auch Verständnis für den Vater des Mädchens, denn er brauche sich nur vorzustellen, was er selbst durchmachen würde, wenn Deborah verschwunden wäre. »Der Mann ist einfach krank vor Sorge«, schloss ihr Vater.

Simon machte sich ganz andere Sorgen, nämlich was ihnen allen passieren konnte, wenn sie etwas wusste und es nicht preisgab. »Du bringst uns alle mit dem Gesetz in Konflikt, wenn du schweigst.«

»Ich bringe niemanden in Konflikt«, konterte sie. »Und von welchem Gesetz redest du überhaupt? Ich weiß nicht, wo das Mädchen ist. Ich weiß nur, dass sie sich in Gefahr befindet.«

»Das Mädchen wird vor seinen Eltern versteckt. Die Polizei sucht nach ihr!«

»Ja, genau, anstatt das Richtige zu tun.«

»Und das wäre?«

»Dafür zu sorgen, dass keine Mädchen mehr verstümmelt werden. Was viel wichtiger wäre, als eine Frau zu schikanieren, die sich für den Schutz dieser Mädchen einsetzt.«

Dann hatte sie Simon und ihren Vater stehen lassen, ohne dass der Frieden wiederhergestellt war. Für Simon und Cotter schien es nur eine Lösung zu geben: die Person ausfindig zu machen, die Bolu in ihrer Obhut hatte, und dann die Polizei zu verständigen. Aber mit dieser Lösung waren verschiedene Szenarien verbunden, über die Deborah lieber nicht nachdenken wollte.

ISLE OF DOGS
EAST LONDON

Deborah entschloss sich, auf dem Weg zur Isle of Dogs einen kurzen Abstecher nach Trinity Green zu machen. Der Streit mit ihrem Mann hatte sie beunruhigt, und um sich wieder zu beruhigen, musste sie herausfinden, was genau hinter der Tatsache steckte, dass zwei Jugendliche Bolu Akin zu Orchid House gebracht hatten. Sie machte sich keine Hoffnungen, dass Zawadi ihr die Wahrheit sagen würde. Aber bei Narissa hatte sie vielleicht mehr Glück.

Sie traf die Filmemacherin in der Kapelle an, wo sie sich gerade ein paar Sequenzen ansah, die in dem Dokumentarfilm begleitend zu Hintergrundkommentaren gezeigt werden sollten. Als sie Deborah erblickte, sagte sie: »Ich weiß einfach nicht, ob das funktioniert. Würden Sie mir Ihre ehrliche Meinung sagen?«

»Werden Sie mir denn glauben, dass sie ehrlich ist?«, fragte Deborah.

Narissa runzelte die Stirn. Dann sagte sie: »Interessante Frage. Sie zwingt mich, mir darüber klarzuwerden, ob Sie eine herablassende weiße Zicke sind oder nicht, stimmt's?«

»Ich hätte es vielleicht anders ausgedrückt, aber das trifft es in etwa.«

Narissa nickte langsam und musterte Deborah von Kopf bis Fuß. »Okay, ich riskier's.«

Narissa hatte bisher vier Sequenzen gedreht: von einem Abenteuerspielplatz, einem Straßenmarkt, einer Gruppe Mädchen in Schuluniform und vom St. Thomas' Hospital. Nachdem Deborah sich die Aufnahmen angesehen hatte, sagte sie: »Der Markt und die Mädchen passen. Die anderen beiden eher nicht.«

»Auch nicht der Spielplatz?«

»Ich finde nicht. Was meinen Sie denn?«

Narissa betrachtete den Bildschirm. Dann sagte sie: »Mein Vater...«

»...könnte das viel besser beurteilen«, fiel Deborah ihr ins Wort.

»...hat dasselbe gesagt.« Sie sah Deborah von der Seite an. »Sie haben Talent für diese Dinge.«

»Das hat nur mit meiner Arbeit als Fotografin zu tun. Ich könnte Ihnen gar nicht sagen, *warum* etwas funktioniert oder nicht. Ich mache das mehr aus dem Bauch heraus.«

Narissa nickte. »Das würd ich liebend gern auch wieder machen.«

»Ach?«

»Ja, einfach... Aber leider... ach, egal.«

»Ich würde es sowieso nicht verstehen?«

»So in etwa.«

Deborah nickte. »Okay«, sagte sie und zog es vor, es dabei zu belassen.

Aber Narissa sagte: »Das hier.« Dabei zeigte sie auf den Monitor, schien aber darüber hinaus alles Mögliche einzuschließen. »Was das Bauchgefühl angeht. Diesmal geht es nicht nur um Schwarz und Weiß. Es geht um Drogen und Alkohol. Man kommt an einen Punkt, an dem man nichts mehr fühlt. Oder nicht mehr weiß, was man fühlt. Zumindest geht es mir so.«

»Ah.«

Narissa grinste kurz. »Danke, dass Sie nicht gesagt haben ›Verstehe‹.«

Deborah fühlte sich ermutigt genug, um ihr Anliegen anzusprechen. »Ich habe Zawadi heute Morgen im Fernsehen gesehen. Die Akins auch.«

Narissa schwieg, wie jedes Mal, wenn die Rede auf die Akins kam. Deborah fuhr fort: »Die Akins wirken ziemlich überzeugend.« Und als Narissa immer noch nichts sagte: »Haben Sie die Sendung auch gesehen?«

»Worauf wollen Sie hinaus?«, fragte Narissa scharf. Das Visier war wieder heruntergeklappt.

»Eigentlich auf nichts. Ich dachte nur…«

»Unsinn. Sie wollen mir auf den Zahn fühlen.«

»Na gut, stimmt. Warum haben diese Jugendlichen das Mädchen hergebracht? Wissen Sie das?«

»Keine Ahnung. Wahrscheinlich hat sie ihnen irgendwas erzählt. Fragen Sie Zawadi.«

»Sind Sie denn im Bilde?«

»Wenn Zawadi sagt, dass ein Mädchen in Gefahr ist, brauche ich nicht mehr zu wissen.«

»Und dann?«

»Dann…? Dann helfe ich, wo ich kann, so wie andere in der Community ebenfalls. Außerdem ist die Verstümmelung nicht die einzige Gefahr, die den Mädchen droht. Ich nehme an, das wissen Sie inzwischen, Deborah.«

Deborah runzelte nachdenklich die Stirn. »Wollen Sie damit sagen, wenn die Eltern wirklich nicht vorhaben, sie beschneiden zu lassen, könnten sie ihr etwas anderes antun? Was könnte das sein?«

»Wie wär's mit Brustbügeln, zum Beispiel?«

»Brust*bügeln*? Was in aller Welt meinen Sie damit?«

»Die Brüste werden platt gedrückt. Um die Mädchen für Männer unattraktiv zu machen.«

»Aber wie alt ist Bolu denn? Hat sie überhaupt schon Brüste?«

»Herrgott noch mal. Darum geht's doch nicht. Hören Sie: Eine Mutter geht mit ihrer Tochter los, um alles zu kaufen, was sie für ihre Monatsblutung braucht, und das ist das Signal. Das Mädchen ist dabei, zur Frau zu werden, also muss sie beschnitten werden.«

»Aber das kann doch nicht für alle Mädchen gelten.«

»Natürlich nicht. Aber in den Familien, die sich an die alten Traditionen halten, kann mit dem Einsetzen der Periode der Reinigungsprozess ausgelöst werden. Das wissen diese Mädchen nicht. Aber andere wissen es und bringen die Mädchen in Sicherheit.«

»Wollen Sie damit sagen, dass Bolu deswegen hierher gebracht wurde? Weil ihre Mutter mit ihr losgegangen ist, um zu kaufen, was sie für ihre Monatsblutung braucht? *Mehr* hat die Mutter nicht getan? Das hat das Mädchen Zawadi erzählt? Narissa, das könnte bedeuten...«

»Vergessen Sie's«, sagte Narissa. »Mist. Verflucht. Hören Sie, ich habe zu tun. Gehen Sie. Okay?«

Deborah tat ihr den Gefallen. Doch sie war jetzt noch beunruhigter als zuvor. Sie fuhr zur Isle of Dogs und dort mithilfe ihres Navi zum Inner Harbour Square.

Philippa Weatherall wartete schon auf sie, und sie war sehr geschäftsmäßig – ein kurzes Nicken zum Gruß, dann: »Wir gehen in mein Büro. Da lang.« Deborah folgte Dr. Weatherall vom Empfangsbereich durch eine Tür in einen Korridor, von dem drei Türen abgingen. Aus den Räumen waren leise Stimmen und klappernde Geräusche zu hören. Dies sei der OP-Bereich der Praxis, erklärte ihr Dr. Weatherall, in dem zwei OP-Schwestern und eine Anästhesistin, die ihr alle ehrenamtlich assistierten, gerade dabei seien, alles für die bevorstehende OP vorzubereiten.

Sie bat Deborah in ihr Büro, wo sie sie einem schwarzen Paar vorstellte, das dort wartete. Die Frau, die etwa in Deborahs Alter war, hieß Leylo, und der Mann, der vielleicht zehn Jahre älter war als seine Frau, hieß Yasir. Er wirkte sehr nervös. Aber beide waren bereit, sich fotografieren zu lassen und die Einverständniserklärung zu unterschreiben, die es Deborah erlaubte, die Fotos zu verwenden, ihre Worte zu zitieren und auch ihre Namen zu nennen, falls es ihr für den Zweck des Projekts sinnvoll erschien.

Yasir erhob sich und bot Deborah höflich seinen Stuhl an, doch sie lehnte dankend ab. Während sie das Wenige an Ausrüstung auspackte, das sie brauchte, unterhielt sie sich mit den beiden. Leylo hielt ein in buntes Papier gewickeltes Päckchen auf dem Schoß, das eine kunstvoll gebundene Schleife zierte. Deborah vermutete, dass es sich um ein Geschenk für Dr. Weatherall handelte, ein Dankeschön für den bevorstehenden Eingriff, der, wenn er erfolgreich verlief, Leylo ihre chronischen Schmerzen nehmen und das Leben des Paars verändern würde. Es verhielt sich jedoch genau umgekehrt, wie sie erfuhr: Jeder Frau, die sich zu der Operation entschloss, überreichte die Chirurgin ein Geschenk zur Erinnerung an ihren Mut.

»Sich unters Messer zu legen ist keine Kleinigkeit«, erklärte sie Deborah, bevor sie das Büro verließ, um sich für die OP umzuziehen. »Wir kämpfen gegen ein antiquiertes Glaubenssystem, das den Frauen Schaden zufügt, aber wir unterstützen auch die Frauen dabei, ihre Angst zu überwinden.«

Leylo sagte, sie habe keine Angst, worauf Yasir sagte, er habe genug Angst für sie beide. Alle lachten ein bisschen, Dr. Weatherall machte sich auf den Weg, und Deborah bereitete sich auf ihre Arbeit vor: Sie machte die Kamera bereit, um während des Gesprächs mit dem Ehepaar fotografieren zu können, und schaltete den Rekorder ein, um das Gespräch aufzunehmen.

Sie erfuhr, dass die beiden schlimme Zeiten hinter sich hatten. Leylo war sechzehn gewesen, als man sie beschnitten hatte, und am selben Tag waren noch vier weitere Mädchen verstümmelt worden. Sie hatte versucht wegzulaufen, als sie die Schreie der Mädchen gehört hatte, doch ihr Onkel hatte sie eingeholt, zurückgetragen und der Beschneiderin ausgeliefert. »Nimm sie als Nächste dran«, hatte er zu der Frau gesagt. »Sonst rennt sie wieder weg, und noch mal renne ich nicht hinterher.«

Yasir nahm die Hand seiner Frau. In ruhigem Ton beschrieb er, was Leyla in den zwanzig Jahren seit ihrer Verstümmelung durchgemacht hatte: Es war ein einziger Leidensweg aus Abszessen, Blutvergiftungen, Blasenentzündungen und Zysten gewesen. Sie hatten ein Kind gehabt, die Geburt hatte sie fast umgebracht, und das Kind hatte nicht überlebt. »Sie ist eine gute Ehefrau«, sagte er. »Leider bin ich ihr nicht so ein guter Ehemann.«

Leylo schnalzte mit der Zunge. Das sei nicht wahr. Er habe einfach nicht verstanden, wo das Problem lag. Und sie auch nicht. Aber jetzt seien sie auf dem Weg in eine bessere Zukunft.

Eine Schwester kam Leylo holen. Yasir stand auf. Er nahm seiner Frau das Geschenk ab, stellte es auf den Stuhl, auf dem sie gesessen hatte, und legte seine Hände an ihre Wangen.

»Gott ist mit dir«, sagte er.

Während die Schwester Leylo für die OP vorbereitete, kam Dr. Weatherall noch einmal, um zu erklären, was im OP-Saal passieren würde, während Deborah fotografierte. Sie würde mithilfe von Leylos eigenem Gewebe die inneren und äußeren Schamlippen wiederaufbauen. Sie würde das Narbengewebe öffnen, das nach der Entfernung des oberen Teils der Klitoris geblieben war, in der Hoffnung, dass noch einige Nerven intakt waren, die Leylo zu sexuellem Genuss verhelfen konnten. Falls dies nicht der Fall war, würde die junge Frau nach der Operation zumindest ein schmerzfreies Leben führen können.

»Leylos Mann hat das Ergebnis der Verstümmelung nie gesehen«, sagte sie abschließend. »Es kommt häufig vor, dass

Frauen das nicht zulassen. Yasir weiß, was seiner Frau angetan wurde, und auch, was das bedeutet. Aber er hat keine Vorstellung davon, wie es aussieht.«

»Und das kommt tatsächlich häufig vor?«

»Ja. Die Frauen fühlen sich einerseits erniedrigt, und andererseits schämen sie sich fürchterlich. Die Erniedrigung erfolgt durch die Menschen in ihrer Kultur, die ihnen einreden, sie müssten beschnitten werden. Und dann schämen sie sich.«

»Für ihren Körper.«

»Genau.«

»Obwohl es nicht ihre Schuld ist? Ich nehme nicht an, dass sich irgendeine Frau freiwillig beschneiden lässt.«

»Das hat damit nichts zu tun. Sie schämen sich, sobald sie anfangen, Vergleiche zu ziehen. Und das beginnt, wenn sie herausfinden, wie eine unverstümmelte Frau aussieht.«

EMPRESS STATE BUILDING
WEST BROMPTON
SOUTH-WEST LONDON

Nach der Frühbesprechung fuhr Mark Phinney unter dem Vorwand, er brauche ein spätes Frühstück, in den Orbit hoch. Er wusste, dass man ihm das abkaufen würde, denn die Kollegen kannten seine familiäre Situation und wussten, dass er häufig zu Hause nicht zum Frühstücken kam. Als er zu DS Hopwood sagte: »Sie wissen ja, wo Sie mich finden, Jade«, blickte sie kurz von ihrem Bildschirm auf und nickte freundlich. »Ich könnte auch einen Kaffee gebrauchen, wenn Sie fertig sind«, sagte sie. »Aber das hat keine Eile.«

Er rang sich ein Lächeln ab. Er mochte Jade. Es war nicht

ihre Schuld, dass sie nicht sein konnte, was Teo für ihn gewesen war.

Eigentlich hatte er gar keinen richtigen Appetit, aber um den Schein zu wahren, holte er sich einen in Zellophan eingeschweißten *Biscotto*, den er jederzeit auspacken konnte, außerdem einen Kaffee, nichts Ausgefallenes, nichts mit einem fremdländischen Namen, einfach einen guten alten Kaffee mit Milch, in den er ein Tütchen Zucker schüttete. Dann setzte er sich an einen Tisch am Fenster und versuchte vergeblich, nicht daran zu denken, wie er neulich mit Teo hier gesessen hatte.

Er war mit ihr vom siebzehnten Stock heraufgefahren, um sie über ihre Versetzung zu informieren. Für ihre Versetzung hatte er gesorgt in der Überzeugung – so naiv die auch gewesen sein mochte –, dass sie ihn nicht bei der Stelle melden würde, die zuständig war, wenn es um Vorwürfe wegen sexueller Belästigung, sexuellem Fehlverhalten, sexuellem Irgendwas ging, egal was, solange das Adjektiv *sexuell* mit im Spiel war. Er hätte sich in jedem einzelnen Punkt schuldig bekennen müssen, und genau das war der Grund, warum er alle Beziehungen hatte spielen lassen, um ihre Versetzung auf eine Stelle durchzusetzen, die so weit wie nur irgend möglich von seinem Arbeitsplatz entfernt war.

Von Anfang an hatte er sich ihrer sinnlichen Ausstrahlung nicht entziehen können, obwohl sie sie überhaupt nicht bewusst einsetzte. Sie hatte einfach nur ihre Arbeit gemacht, sonst nichts. Sie war ein Mitglied seines Teams und mit Leidenschaft Polizistin gewesen, Punkt, aus. Aber für ihren Vorgesetzten hatte sie keine Leidenschaft empfunden, und er hatte sich alle Mühe gegeben, sich von ihr fernzuhalten. Er hatte sich eingeredet, er könne sie ja einfach bewundern – ihre Haut, ihr Haar, ihre Augen, ihre Hände, ihre Arme, ihre Beine, die Lippen, die… Es hatte nicht funktioniert. Er durfte nicht an ihre Brüste, ihre schmale Taille, ihren Arsch denken, und an all das, was er mit Pete nicht mehr hatte, wonach er sich aber sehnte. Und er wollte erst recht nicht daran denken, was es für ihn bedeuten würde, wenn er den falschen Schritt machte.

Und doch hatte er am Ende genau das getan: Er hatte den falschen Schritt gemacht. Es war auf einer After-Work-Party auf dem Revier passiert. Er hatte schon öfter vorgeschlagen, dass man mal als Team zu so einer Party gehen sollte. Ein paar andere Kollegen aus dem Empress State Building waren mitgegangen. Und Teo auch. Sie hatten an dem Abend nicht beisammengesessen. Sie waren beide am Ende des Abends nicht betrunken gewesen. Ein bisschen beschwipst vielleicht, aber nicht bis zu dem Punkt, wo man zu laut lacht und sich noch über den dreckigsten Witz amüsiert. Sie waren beide nicht so beschwipst, dass einer von ihnen auf die Idee gekommen wäre, dem anderen eine Hand auf die Schulter zu legen, erst recht nicht irgendwohin, wo Freunde sich nicht anfassten. Aber es war spät geworden, und da Teo ohne Auto da war und die Fahrt von West Brompton bis nach Streatham mit öffentlichen Verkehrsmitteln ziemlich mühsam gewesen wäre, hatte er ihr höflicherweise angeboten, sie nach Hause zu fahren. Obwohl er am anderen Ende der Stadt wohnte, hatte er ihr versichert, es sei überhaupt kein Umweg für ihn.

Also hatte er sie nach Streatham gefahren. Unterwegs hatten sie sich unterhalten, und vor dem Haus hatten sie ein bisschen weitergeredet. Und es war die ganze Zeit um den Job gegangen … bis es nicht mehr darum gegangen war. Und das lag an ihm. Sie war so intelligent, sie war so schön in dem dunklen Auto, ein Teil ihres Gesichts schimmerte im Licht einer Straßenlaterne, sie war so weiblich, sie war … einfach unglaublich. Und doch hatte er immer noch keine Absichten.

Schließlich hatte sie sich bei ihm fürs Fahren bedankt und sich verabschiedet, und als sie die Hand auf den Griff legte, um die Tür zu öffnen, hatte er ihren Namen gesagt. Einfach nur: »Teo?« Und als sie sich ihm noch einmal zugewandt hatte, da war alles zu spät gewesen. Etwas in ihm hatte aufgeschrien: *Tu's nicht!* Aber nur ganz kurz.

Er hatte sie geküsst, und sie hatte es zugelassen. Der Kuss hatte lange gedauert. Er hatte sie angefasst. Nur die Brust, hatte er gedacht, nur so lange, bis er spüren würde, wie ihr Nippel unter seiner Hand hart wurde. War es zu viel, was er da tat, was er wollte, wonach er sich sehnte? In seiner Situation? Wo er doch gar nichts zu bieten hatte? Das hatte er sich gefragt.

Solche Dinge nahmen nie ein gutes Ende. Das wusste er jetzt, und er hatte es auch damals gewusst, aber er hatte keine Lust gehabt, darüber nachzudenken. Er hatte nur gewusst, dass er sie begehrte, und er hatte sich eingeredet, dass es ihm reichen würde, wenn er sie wenigstens einmal haben könnte.

Es hätte womöglich sogar gereicht, aber sie wollte nicht. Er hatte idiotischerweise angenommen, dass es etwas mit Macht und Kontrolle zu tun hatte. Wenn sie sich ihm nicht hingab, behielt sie die Macht und somit die Kontrolle darüber, was zwischen ihnen lief, egal was er sich ersehnte, egal worauf sein animalischer Instinkt abzielte. Er hatte nur seine Bedürfnisse gesehen und ihre Entschlossenheit, nicht auf seine Bedürfnisse einzugehen. Die Möglichkeit, dass es etwas gab, das sie vor ihm verbergen wollte, war ihm überhaupt nicht in den Sinn gekommen. Erst nach ihrem Tod hatte er das begriffen, und nur der Mord an ihr hatte es zutage gefördert.

Er hatte versucht, ihr zu erklären, dass ihre Versetzung – obwohl sie ihre Arbeit liebte und sie so verdammt gut machte – nichts damit zu tun hatte, dass sie ihm ihren Körper nach wie vor verweigerte. Es war ihre Anwesenheit, hatte er zu ihr gesagt. Er könne einfach keinen klaren Gedanken fassen, wenn sie mit ihm im selben Raum war oder wenn sie gemeinsam in einer Besprechung saßen oder wenn er sie an ihrem Schreibtisch oder am Kopierer sah, egal wie und wo, er könne einfach nicht mehr arbeiten. Er hatte sie angefleht, sie solle wenigstens versuchen zu verstehen, wie er sich fühlte. Wie sie sich fühlen musste, darüber hatte er gar nicht nachgedacht.

»Warum lässt du dich dann nicht versetzen?«, hatte sie gefragt. »Meine Versetzung zu veranlassen ist sexuelle Belästigung, Mark.«

»Darauf kannst du dich natürlich berufen«, hatte er geantwortet. »Ich hoffe, dass du es nicht tun wirst, aber ich weiß, dass du es könntest.«

»Es wäre alles ganz anders, wenn ich mit dir schlafen würde, stimmt's?«, hatte sie gekontert. »Dann gäbe es keine Versetzung.«

»Teo, bitte, versuch mich zu verstehen«, hatte er geantwortet.

Worauf sie grimmig erwidert hatte: »Ich hätte dich in mein Bett lassen können, dann hättest du bekommen, was du wolltest. Und hinterher wärst du zu deiner Frau zurückgelaufen. Was für ein Leben hätten wir dann gehabt, du und ich?«

Es lief immer genau darauf hinaus, wenn man die von Kultur und Religion gezogenen Grenzen der Ehe überschritt, hatte er gedacht. Es lief immer darauf hinaus, dass einer der Beteiligten irgendwann mehr wollte, als der andere bereit oder fähig war zu geben. Er hatte sich gesagt, dass er hätte wissen müssen, dass dieser Moment kommen würde. Er hatte seine Karriere aufs Spiel gesetzt, und wenn er die Situation nicht in den Griff bekam, würde er sein ganzes Leben wegwerfen, weil er sie ebenso sehr begehrte, wie sie ihn nicht wollte. Er war ein Idiot gewesen, und er war immer noch ein Idiot.

Sie hatte ihn stehen lassen – im Orbit, wo er auch jetzt war –, und er hatte damit gerechnet, dass sie gegen ihn vorgehen würde. Stattdessen war sie ohne viel Aufhebens gegangen, genauso, wie er es indirekt gefordert hatte. So weit war sie ihm entgegengekommen. Sie hatte Jade eingearbeitet, sie hatte ihre Ermittlungen in Kingsland beendet, und nachdem sie um ein paar Tage Urlaub gebeten hatte, bevor sie ihre neue Stelle antrat, war sie aus seinem Leben verschwunden.

Oder auch nicht. Jedenfalls nicht ganz.

Er legte sein Smartphone auf den Tisch und betrachtete es eine ganze Weile, dann rief er seine Textnachrichten ab. Er hatte Spuren hinterlassen, die er nicht hatte sehen wollen, von denen er nicht einmal hatte glauben wollen, dass sie existierten.

Ich denke an dich. Es ist verrückt, aber ich kann nicht aufhören, an dich zu denken.

Es kann doch nicht vorbei sein. Ich weiß, was du fühlst. Ich weiß, was ich fühle.

Ich habe von uns geträumt. Ich habe dich im Traum gesucht und konnte dich nicht finden. Bitte, können wir uns sehen?

Liebling, ich will in dir sein, nur noch einmal.

Sie hatte auf keine einzige Nachricht geantwortet. Aber am Ende hatte das keine Rolle gespielt.

Er nahm das rechteckige Kärtchen, das er in Petes Portemonnaie gefunden hatte, aus seiner Brusttasche und legte es neben das Smartphone. Er hatte an dem Morgen Geld gebraucht und keine Zeit gehabt, zum Geldautomaten zu gehen. Deswegen hatte er Petes Portemonnaie aus ihrer

Handtasche genommen. Pete war gerade dabei gewesen, Lilybet eine frische Windel anzuziehen, und er hatte ihr zugerufen, dass er sich zwei Zwanziger von ihr borgen müsse. »Kein Problem«, hatte sie geantwortet. »Du weißt ja, wo du sie findest!« Er hatte die Zwanziger gefunden. Und dahinter das Kärtchen.

Er hatte sofort gewusst, dass es ein Pfandbon war. Diese Dinger hatte er von klein auf tausendmal gesehen. Sie waren beige, mit vier Ziffern bedruckt, am oberen Rand perforiert, damit man die andere Hälfte, auf der ein Name, ein Datum, ein Betrag und die Beschreibung des Gegenstands vermerkt waren, leicht abreißen konnte. Diese andere Hälfte wurde sorgsam aufbewahrt. Damit man sie bei Bedarf leicht finden konnte.

Am liebsten würde er den Pfandbon in kleine Stücke zerreißen und in den Müll werfen. Es wäre ganz einfach, hier oben im Orbit, und eigentlich hatte er genau das vorgehabt, als er in das Café hochgefahren war, das Café mit der spektakulären Aussicht über die Stadt, deren Schutz er sich verschrieben hatte, als einer von vielen, von denen einige schon bei der Ausübung ihrer Pflicht ihr Leben gelassen hatten.

Er legte den Pfandbon in seine Handfläche, der kleine Papierfetzen war kaum zu spüren und schien sich zugleich in seine Haut zu brennen. Er überlegte, welche Bedeutung der Bon hatte, vor allem in Anbetracht des Orts, an dem er ihn gefunden hatte. Er dachte an Loyalität. Er dachte an Verpflichtung. Er verglich beides mit Verantwortung.

Schließlich nahm er sein Smartphone vom Tisch und stand auf. Er steckte es ein und verließ das Café. Den Pfandbon und was er bedeutete, nahm er mit.

WESTMINSTER
CENTRAL LONDON

Als Barbara Havers nach ihrem Gespräch mit Ross Carver
bei New Scotland Yard eintraf, begab sie sich in Lynleys
Büro, wo sich auch Nkata bereits eingefunden hatte. Lynley
war es gelungen, zwei DCs aus dem Team von DI Hale ab-
zuzweigen, allerdings inoffiziell, wie Lynley ihnen erklärte.
Assistant Commissioner Hillier vertrat den Standpunkt, zwei
Detective Sergeants – in dem Fall Barbara und Winston –
entsprächen vier Detective Constables, und mehr Personal
sei nicht nötig, um diesen Mordfall zu lösen.

Lynley teilte die beiden Kollegen Nkata zu. Zu dritt sollten sie sich der undankbaren und mühseligen Sichtung der
Überwachungsvideos widmen. Die Aufgabe bestand darin,
die Gesichter aller Personen zu isolieren, die das Gebäude
betreten hatten, in dem Teo Bontempi gewohnt hatte, und
die Kennzeichen der Autos zu notieren, die von den Video-
kameras der beiden Geschäfte auf der gegenüberliegenden
Straße aufgenommen worden waren. Da es in der Straße
leider keine Kamera mit automatischer Nummernschilderkennung gab, mussten alle Kennzeichen zur Identifizierung
nach Swansea geschickt werden. Natürlich konnte niemand
wissen, ob die Identifizierung der Gesichter und Nummern-
schilder irgendetwas bringen würde, trotzdem mussten die
Videos ausgewertet werden.

Lynley hatte inzwischen einen Namen zu der Handynummer, die DS Jade Hopwood ihm im Empress State Building
gegeben hatte. Die Nummer gehörte einer gewissen Easter
Lange.

Er habe nicht lange gebraucht, um herauszufinden,
warum der Name ihm bekannt vorkam, sagte er. Easter
Lange war eine der beiden Frauen, die von der Polizei von

Stoke Newington in der Praxis in Hackney verhaftet worden waren. Easter war ein eher seltener Frauenname, und als sich herausgestellt hatte, dass die Besitzerin der Nummer, die Jade Hopwood von Teo Bontempi bekommen hatte, Easter Lange hieß, hatte Lynley sich sofort die Berichte der Kollegen vorgenommen, die die Verhaftungen in der Praxis durchgeführt hatten.

Easter Lange war zusammen mit einer Frau namens Monifa Bankole, die sich mit ihrer Tochter in der Praxis befunden hatte, aufs Revier in Stoke Newington gebracht worden. Dort waren beide Frauen mehrere Stunden lang befragt worden, was jedoch zu keinem Ergebnis geführt hatte. Aber jetzt war der Name Easter Lange im Zusammenhang mit einer ermordeten Kollegin aufgetaucht, und der Sache musste auf den Grund gegangen werden.

»Wie weit sind Sie mit den Videos?«, fragte Lynley Nkata, der an den Türrahmen gelehnt stand.

»Zäh wie Kaugummi«, lautete sein Kommentar. »Ich könnte meine Zeit auf Besseres verwenden, Chef.«

»Dann sollen die DCs damit weitermachen.« Lynley schaute ihn über seine Lesebrille hinweg an. »Sie können sich woanders nützlich machen.« Er zeigte auf den Bericht. »Monifa Bankole, wohnhaft in Dalston. Teo Bontempi hat vor ihrer Versetzung Informationen über diese Praxis gesammelt. Knöpfen Sie sich diese Monifa Bankole mal vor.« Nkata notierte sich die Adresse mit einem dankbaren Nicken.

»Die DCs sollen alle halbwegs brauchbaren Bilder zur Bearbeitung an die Technik schicken. Ansonsten läuft alles weiter wie gehabt.«

»Alles klar«, sagte Nkata und wandte sich zum Gehen.

»Moment!«, sagte Barbara. »Ich hab mit Rosie Bontempi gesprochen.«

Sie berichtete von ihrem Treffen mit Ross Carver und

dessen Schwägerin. Zweierlei war ihr verdächtig erschienen, sagte sie: Erstens Rosies Reaktion, als sie erfahren hatte, dass ihr Schwager die Nacht bei ihrer Schwester verbracht hatte, und zweitens die Tatsache, dass Rosie offenbar gewusst hatte, dass sie Ross an dem Morgen in Streatham antreffen würde. »Über den Streit mit ihrer Schwester, von dem die Nachbarn berichtet haben, hat sie mir dieselbe Geschichte erzählt, die sie auch Winston aufgetischt hat, Sir, aber ich werd das Gefühl nicht los, dass das zum Himmel stinkt.«

»Sie glauben, die beiden sind involviert?«, fragte Lynley.

»Na ja, nicht unbedingt in den Mord.«

»Dann also miteinander? Der Ehemann und die Schwester?«

»Wenn sie nichts miteinander haben, dann wette ich zumindest drauf, dass Rosie gern was mit ihm hätte. Warum sonst regt sie sich dermaßen auf, weil er die Nacht bei Teo verbracht hat? Warum sollte es sie überhaupt interessieren, wo er seine Nächte verbringt?«

Lynley schaute Nkata an. »Was sagen Sie dazu?«

»Dann werden wir noch mal mit ihr reden müssen«, sagte der. »Aber ich kann mir nicht vorstellen, dass sie ihre Schwester umgebracht hat.«

»Ist sie zudringlich geworden?«, fragte Barbara, und bevor er antworten konnte: »Ich will ihr ja nichts unterstellen, aber ich hab das Gefühl, sie kann nicht anders, als jeden Mann anzubaggern.«

»Das seh ich genauso«, sagte Nkata. »Aber ich wüsste nicht, warum sie deswegen ihre Schwester hätte umbringen sollen. Teo und Carver lebten doch schon getrennt, er wäre auch so bald ein freier Mann gewesen.«

»Aber Carver behauptet, Teo hätt ihn zu 'nem Plausch in ihre Wohnung bestellt«, wandte Barbara ein. »Deswegen war er bei ihr.«

»Aber da haben wir nur seine unbestätigte Aussage, oder?«

»Ja. Stimmt. Zumindest, bis wir ihr Handy gefunden haben. Aber Tatsache ist, dass wir bisher nicht mehr als die Aussagen aller Beteiligten haben.«

»Von denen noch keiner von der Liste der Verdächtigen gestrichen wurde«, bemerkte Lynley. »Also, machen wir uns an die Arbeit. Barbara, Sie kommen mit mir.«

THE NARROW WAY
HACKNEY
NORTH-EAST LONDON

So unterbesetzt, wie sie waren, wunderte Barbara sich, dass Lynley sie mitnahm. Als sich jedoch herausstellte, dass sie zu Marks & Spencer unterwegs waren, vermutete sie, dass Seine Lordschaft fürchtete, die kontaminierte Atmosphäre nicht zu überleben, sollte er das Kaufhaus ohne Begleitung betreten müssen. Zumindest konnte sie sich über den Gedanken amüsieren, und sowas brauchte sie jetzt unbedingt als Ablenkung, denn Lynleys Auto – Baujahr ungefähr 1948 – hatte keine Klimaanlage, die die Sommerhitze erträglicher gemacht hätte, und er hatte nur wortlos den Kopf geschüttelt, als sie überflüssigerweise gefragt hatte, ob sie sich eine Kippe anzünden dürfe.

Kaum waren sie losgefahren, fragte er sie, wie es mit dem Zeichnen laufe.

Zuerst begriff sie nicht, wovon er redete, bis ihr dieses GroupMeet wieder einfiel, wo Dorothea Harriman sie und sich selbst für irgendwelche Kurse eingetragen hatte. Mit dem Zeichnen, erklärte sie Lynley, laufe überhaupt nichts. Jedenfalls noch nicht. »Und wenn's nach mir geht«, fügte sie hinzu, »wird da auch nichts draus. Wie kommt Dee überhaupt auf die Idee, ich bräuchte ein Liebesleben, Sir? Seh ich vielleicht so aus, als bräuchte ich ein Liebesleben? Wie sieht überhaupt jemand aus, der ein Liebesleben braucht? Und wie zum Teufel soll ein Zeichenkurs einem zu einem Liebesleben verhelfen?«

»Ich sehe mich außerstande, auch nur eine Ihrer Fragen zu beantworten«, sagte Lynley. »Schließlich habe ich in puncto Liebesleben selbst genug Probleme.«

Barbara schnaubte. »Ich brauch einfach einen, der sich als mein Geliebter ausgibt.« Im Stillen ging sie die Männer in ihrem Bekanntenkreis durch, von denen die meisten Kollegen waren. Dann hatte sie eine Idee. »Wie wär's mit Charlie Denton, Sir? Glauben Sie, der würde bei sowas mitmachen? Da wär natürlich 'ne ordentliche Portion Schauspielkunst gefragt. Andererseits, vielleicht reicht es ja schon, wenn er ein bisschen rumseufzt und mir Blumen und Pralinen schickt. Dee kennt ihn doch nicht, oder? Er hat Sie doch noch nie bei der Met besucht, stimmt's? Natürlich ist Denton nicht grade mein Typ, aber ich glaub, das können wir vernachlässigen.« Als Lynley nichts sagte, fuhr sie fort: »Also, was meinen Sie, Sir? Denton ist doch nicht mein Typ, oder?«

»Haben Sie denn einen Typ?«, fragte er.

»Dee behauptet, jeder hat einen Typ. Man muss sich nur mal ein bisschen Zeit nehmen, um den Weizen vom Dings zu trennen.«

»Die Spreu vom Weizen, meinen Sie?«

»So heißt das? Und woher weiß ich, ob der Weizen mein Typ ist oder die Spreu? Außerdem, was zum Teufel ist das überhaupt, *Spreu*?«

»Das Strandgut der Getreidewelt vielleicht?«

»Sehr witzig, Sir.«

Sie hatten sich auf den Weg gemacht, um Easter Lange an

ihrem regulären Arbeitsplatz aufzusuchen, und hatten damit gerechnet, dass sie im medizinischen Bereich tätig war. Zu ihrer Verwunderung jedoch führte die Adresse, die sie ermittelt hatten, sie ans Ende der Mare Street in Hackney, genauer gesagt zu einem Marks & Spencer-Kaufhaus gegenüber einem mit Zinnen bewehrten Turm am Ende eines kleinen Parks. Das Viertel nannte sich The Narrow Way, und in der Fußgängerzone wimmelte es von Leuten, die mit ihren Kindern unterwegs waren, um sie für das in Kürze beginnende Schuljahr mit allem Nötigen auszustatten – Schuluniform, Schuhe, Schreibzeug und so weiter.

In der Personalabteilung des Kaufhauses zeigte Lynley seinen Polizeiausweis und fragte nach Easter Lange, wobei er auf fast übertriebene Weise den Aristokraten herauskehrte, um zu verhindern, dass man ihnen Schwierigkeiten machte, weil sie eine Angestellte während der Arbeitszeit sprechen wollten. Sie erhielten die Information, dass Easter Lange in der Damenabteilung arbeitete, und zwar im Bereich Dessous. Barbara kicherte. Es war klar, dass Lynley schon normalerweise nicht bei Marks & Spencer einkaufen würde – aber Dessous? Doch er ließ sich nichts anmerken und ging voraus in die Damenabteilung.

Easter Lange war eine stämmige Frau in den Sechzigern. Sie trug ihr Haar knallrot gefärbt, was Barbara und Lynley stutzen ließ, doch es stand ihr gut. Ihr gesamter Körper war rund: Arme, Beine, Hintern, Brüste. Sie hatte Grübchen in den Handrücken und Grübchen in den Wangen. Wahrscheinlich wirkte sie freundlich und zugänglich auf Kundinnen, die sich beraten lassen wollten, aber als Lynley sich und Barbara vorstellte und ihr erklärte, dass die Personalabteilung ihnen erlaubt hatte, mit ihr zu sprechen, funkelte sie sie wütend an.

»Das hat ja verdammt lange gedauert«, fauchte sie. »Wie

schwer kann es denn sein, ein paar verdammte Kids zu schnappen?«

Lynley und Barbara tauschten einen Blick aus. Easter Lange schien ihre Verwirrung zu registrieren, denn sie sagte: »Polizei, oder?« Dann: »Sie sind nicht hier wegen dem Überfall gestern Abend?«

»Nein.«

»Also, das ist doch echt das Letzte. Hier sind über hundert Kids reingestürmt! Das war ein geplanter Überfall, die sind hier rein wie die Heuschrecken, und wir konnten nichts machen. Da hätten wir Sie gebraucht. Die haben sich die Taschen vollgestopft, und keiner war hier, der sie dran hindern konnte, außer uns Verkäuferinnen und zwei Sicherheitsleuten. Als die hier fertig waren, hat's ausgesehen wie nach 'nem Erdbeben. Wir haben natürlich Sicherheitskameras, die alles aufgenommen haben, aber was soll das bringen? Erst mal müssen wir hier aufräumen.« Sie zeigte auf die Dessous-Abteilung, die ziemlich gerupft aussah. Dann wandte sie sich wieder ihrer Arbeit zu, die darin bestand, BHs zu sortieren und wieder ordentlich aufzuhängen. »Als sie abgehauen sind, haben sie gerufen: ›Heute Abend kommen wir wieder!‹ und gelacht, als kämen sie aus 'ner Irrenanstalt. Die verabreden sich mit ihren Handys. Sie geben Ort und Uhrzeit durch, und dann stürmen sie den Laden und greifen sich alles, was sie in die Finger kriegen. Können Sie mir vielleicht verraten, wie wir diese johlenden Horden aufhalten sollen? Sind Sie deswegen hier? Um mir zu sagen, wie ich sowas verhindern kann? Und wieso kommen Sie ausgerechnet zu mir? In anderen Abteilungen haben sie viel schlimmer gewütet. In der Schuhabteilung zum Beispiel.«

Lynley entschuldigte sich für die Kollegen vom örtlichen Revier, erklärte, sie seien sträflich unterbesetzt und gegenüber den jugendlichen »Horden« sicherlich in der Unterzahl. Dann erklärte er Easter Lange, dass sie gekommen waren, um mit ihr über ihr Handy zu sprechen.

»Mein Handy?«, fragte sie verdutzt. »Was hat Scotland Yard mit meinem Handy zu schaffen?«

»Eine Polizistin hatte Ihre Nummer auf ihrem Handy gespeichert«, sagte Lynley.

»Eine Polizistin, die jetzt tot ist«, fügte Barbara hinzu.

Easter hatte angefangen, BHs in allen Regenbogenfarben zu sortieren und ordentlich aufzuhängen. Jetzt stemmte sie eine Hand in die Hüfte. »Davon weiß ich nichts. Ich kenne überhaupt keine Polizistin.«

»Es handelt sich um eine Polizistin, die Sie als nigerianische Zivilistin namens Adaku Obiaka gekannt haben könnten. Vermutlich ohne zu wissen, dass sie Polizistin war.«

Easter schnaubte. »Ich kenne definitiv keine Nigerianerin namens … Wie war das noch?«

»Adaku«, sagte Barbara. »Nachname Obiaka. Kann auch sein, dass sie sich Ihnen gegenüber Teo Bontempi genannt hat.«

»Ich hab noch nie mit einer Nigerianerin oder einer nigerianischen Polizistin oder überhaupt *irgendeiner* Polizistin gesprochen.«

»Wahrscheinlich doch, und zwar bevor Sie verhaftet und verhört wurden«, sagte Lynley. »Und Adaku – Teo Bontempi – war diejenige, die der Polizei den Tipp gegeben hat, aufgrund dessen die Praxis durchsucht wurde.«

Easter Langes Augen weiteten sich so sehr, dass Barbara schon fürchtete, sie würden ihr aus dem Kopf treten. »Was *wollen* Sie von mir?«, sagte sie. »Ich bin in meinem ganzen Leben noch nie verhaftet worden. Und ich hab keine Ahnung, von welcher Praxis Sie da reden. Und wieso sollte mich jemand in 'ner Praxis verhaften? Wo ist die überhaupt? Was zum Teufel hat das alles zu bedeuten? In meinem ganzen Leben hab ich noch nicht mal ein Knöllchen wegen Falschparken gekriegt.«

Barbara schaute Lynley kurz an. Easter Lange war die Empörung in Person. Lynley zog die Visitenkarte aus der Tasche, auf der die Handynummer stand, und sagte: »Ist das nicht Ihre Handynummer?«

Easter Lange betrachtete die Karte und schüttelte den Kopf. »Nein. Definitiv nicht.«

»Wenn das nicht Ihre Handynummer ist…«

Easter Lange drehte ihnen den Rücken zu und machte sich wieder an die Arbeit. »Sie können die Nummer ja anrufen, dann werden Sie sehen, dass es nicht meine ist.« Sie drehte sich zu ihnen um. »Na los, machen Sie schon. Dann werden Sie sehen, dass Sie sich irren.«

»Mrs Lange, das Handy ist auf Ihren Namen registriert.«

»Es gibt keinen Mister. Es hat nie einen gegeben, und es wird auch keinen geben.«

»Miss Lange, wie gesagt, das…«

»Ms Lange«, sagte Barbara. »Eine Polizistin ist tot. Sie hat diese Nummer einer Kollegin gegeben. Die Person, zu der diese Nummer gehört, benutzt Ihren Namen. Wir müssen wissen, wer das ist.«

»Sie benutzt meinen *Namen*, sagen Sie? Ah, das ist natürlich was anderes. Das ist Mercy. Und das ist dann wohl ihre Nummer, nehm ich an.«

»Mercy?«, sagte Lynley.

Barbara zückte ihr Notizheft und wartete auf weitere Einzelheiten. »Meine Nichte. Das hat sie schon mal gemacht – also, meinen Namen benutzt. Fragen Sie mich nicht, warum sie das jetzt bei 'nem Handy macht, denn ich weiß es nicht, und ich will es auch nicht wissen, glauben Sie mir. Aber dieses Mädchen… Ich schwör Ihnen, die macht seit Jahren nichts als Ärger. Sie hat ihre Mutter ins Grab gebracht. Fünfundvierzig war die erst. Ist im Waschsalon tot umgefallen. Wir anderen dachten, das bringt Mercy zur Vernunft, und das hat's eine Zeitlang auch. Sie ist wieder zur Schule gegangen und war sogar in irgend'nem Fach Klassenbeste. Sie wollt eine Ausbildung zur Krankenschwester machen, das ist zumindest das Letzte, was ich gehört hab. Sie ist nicht dumm, ich nehm also an, dass sie die Ausbildung tatsächlich angefangen hat. Sie hat jetzt ihr eigenes Leben, ich hab schon ewig nicht mehr mit ihr gesprochen. Aber wegen dem Handy müssen Sie sich an sie wenden. Wegen allem anderen vermutlich auch, denn ich bin jedenfalls nicht verhaftet und verhört worden.«

»Haben Sie die Adresse Ihrer Nichte?«, fragte Lynley.

»Sie heißt Mercy Hart. Ich hab nur 'ne alte Adresse, die kann ich Ihnen geben. Aber da ist sie wahrscheinlich nicht. Sie hat's noch nie irgendwo lange ausgehalten. Sie sagt, sie langweilt sich. Aber sie ist bestimmt in London, wenn sie in dieser... Was für 'ne Praxis war das noch? Und wieso ist sie überhaupt verhaftet worden?«

»Wir sind noch dabei, das alles zu klären«, sagte Lynley. Er nahm eine Visitenkarte aus der Innentasche seines Jacketts, während Barbara in ihrer Umhängetasche nach einer Karte kramte.

»Rufen Sie einen von uns an, falls Sie von ihr hören«, sagte Barbara. »Es ist wichtig.«

Easter Lange nahm die Karten entgegen, las sie beide und steckte sie ein. Sie versprach anzurufen, sobald sie etwas erfuhr, und sie nannte ihnen die einzige ihr bekannte Adresse von Mercy, betonte jedoch noch einmal, dass sie sie seit Ewigkeiten nicht gesehen hatte und auch nicht damit rechnete, sie in nächster Zeit wiederzusehen. Sie wisse nicht, wie sie ihnen weiterhelfen solle.

»Jede Hilfe ist besser als keine«, sagte Lynley.

KINGSLAND HIGH STREET
DALSTON
NORTH-EAST LONDON

Als Lynley und Havers in der Kingsland High Street eintrafen, fiel ihnen als Erstes auf, dass an der Adresse, die sie dem Polizeibericht entnommen hatten, nichts auf die Praxis hinwies, in der Mercy Hart – alias Easter Lange – und Monifa Bankole verhaftet worden waren. Es gab lediglich einen Spielzeugladen mit dem Namen Kingsland Toys, Games & Books, der in bunten Buchstaben auf violettem Grund über den Schaufenstern im Erdgeschoss prangte. Als Zweites fiel ihnen auf, dass die Praxis anscheinend gerade geschlossen wurde. Vor dem Gebäude stand ein großer Transporter mit offenen Hecktüren und einer Rampe, die auf die Ladefläche führte. Der Wagen behinderte den Verkehr, hinter ihm hatte sich bereits eine lange Schlange gebildet, wütende Fahrer hupten, was das Zeug hielt, und pöbelten aus ihren offenen Fenstern. Leider war weit und breit kein Verkehrspolizist zu sehen.

»Ach, London. Diese Ruhe!«, sagte Barbara mit einem Blick gen Himmel. Dann zeigte sie auf einen Imbiss neben dem Spielzeugladen. »Die stehen hier noch 'ne Weile – Taste of Tennessee könnte ein Mordsgeschäft machen.«

»Wieso stinkt das hier so?«, fragte Lynley.

»Frittierfett und Abgase, Sir. Auch Götterduft genannt. Ich könnt übrigens 'n Häppchen vertragen. Hab nicht gefrühstückt, und Mittag ist schon vorbei.«

»Haben Sie in letzter Zeit mal über den Zustand Ihrer Arterien nachgedacht?«, fragte Lynley.

»Morgen ess ich dann wieder Gemüse, Sir. Frühstück, Mittag- und Abendessen. Und zwar roh. Und dazu Wasser. Und keine Kippen. Großes Pfadfinderehrenwort. Ich

334

würd's auch auf die Bibel schwören, aber ich fürchte, Sie haben keine dabei.«

Lynley verzog das Gesicht. »Wollen Sie mich auf den Arm nehmen?«

»Wie käm ich dazu?«

»Sie sind unverbesserlich, Barbara.«

»Seien Sie nicht so herzlos, Inspector.«

»Ich denke eher an Ihr Herz, nicht an meins«, sagte er. »Und an Ihre Arterien. Sie könnten einen Herzinfarkt erleiden.«

»Lieber Himmel.«

»Der hilft Ihnen auch nicht. Kommen Sie, Sergeant.«

Sie überquerten die Straße. Aus einer Tür neben Kingsland Toys, Games & Books, die mit einem Keil offen gehalten wurde, kamen zwei Männer in blauen Overalls mit dem Logo *Pack 'n' Go* auf dem Rücken. Sie trugen einen Schreibtisch, aus dem die Schubladen entfernt worden waren. Lynley hielt die Männer an, zeigte seinen Ausweis und bat sie, kurz mit ihnen sprechen zu dürfen.

Die Männer schoben den Schreibtisch in den Transporter und wandten sich Lynley zu. Ja, die Praxis werde geschlossen, sie seien beauftragt worden, sie leerzuräumen, sagten sie. Nein, sie wüssten nicht, von wem der Auftrag kam. Ihr Chef schicke sie los, und sie machten sich an die Arbeit, ohne Fragen zu stellen. Die Sachen würden alle in eine Lagerhalle »draußen in Beckton« geschafft. Sie hätten bereits eine Fuhre dort abgeliefert, und weil ihr Chef zu geizig sei, um für große Aufträge einen größeren Wagen anzuschaffen, würden sie womöglich auch noch ein drittes Mal nach Beckton fahren müssen. Aber was sollten sie machen?

»Meine Kollegin und ich müssen uns in den Räumlichkeiten umsehen«, sagte Lynley. »Haben Sie schon zu Mittag gegessen?«

Die Männer lachten laut auf, was darauf schließen ließ, dass ihnen nicht einmal eine Mittagspause zugestanden wurde. Als Lynley sagte, sie sollten eine ausgiebige Mittagspause einlegen und ihrem Chef erklären, die Polizei habe sie dazu aufgefordert, ließen sie sich nicht zweimal bitten. Sie fragten noch nicht einmal nach einem Durchsuchungsbeschluss. Der Duft von Taste of Tennessee wirkte offenbar auf sie genauso verlockend wie auf Barbara, und in Nullkommanichts waren sie in dem Imbiss verschwunden.

»Um deren Arterien machen Sie sich wohl keine Sorgen, was?«, knurrte Barbara.

»Ich muss jemanden schon mit Namen kennen, ehe ich mir Gedanken um sein Gefäßsystem mache oder mich darum sorge, dass er das Zeitliche segnen könnte«, sagte Lynley, dann zeigte er auf die offene Tür. »Nach Ihnen.«

Im Treppenhaus roch es modrig, und auf dem Boden lag Post verstreut. Lynley sammelte die Post ein und sah sie durch. Nichts, was für sie von Interesse war, nichts, was an die Praxis adressiert gewesen wäre.

»Dahinten ist die Treppe, Sir«, rief Barbara, die tiefer in den Flur vorgedrungen war. »Sieht ziemlich runtergekommen aus, aber sie wird schon halten.«

Er ging nach hinten und sah, dass die Treppe tatsächlich ziemlich alt aussah. Der Handlauf war zerkratzt und voller Kerben, diverse Geländerstäbe fehlten, und der Läufer war abgetreten und ausgefranst. Insgesamt wirkte das Treppenhaus wenig einladend.

Die einzige offene Tür, die sie vorfanden, befand sich im obersten Stockwerk, und an den halb leergeräumten Räumen war leicht zu erkennen, dass es sich um die inzwischen geschlossene Praxis handelte. Abgesehen von den Namen der beiden festgenommenen Frauen wussten Lynley und Havers nur, was die Kollegen des örtlichen Reviers aus diesen beiden Frauen herausbekommen hatten, nämlich dass es sich um eine gynäkologische Praxis handelte, wo Frauen neben der Behandlung von Krankheiten auch Beratung in allen Fragen der Frauengesundheit geboten wurde.

Frauengesundheit, dachte Lynley. Das war ein weites Feld. Vermutlich schloss es von Fortpflanzung über Hormonstörungen bis hin zu Krebserkrankungen alles ein. Er zeigte auf zwei Aktenschränke mit je vier Schubladen, die an einer Wand standen. Der Schreibtisch, dessen Schubladen auf dem Boden gestapelt waren, hatte wohl zwischen diesen Aktenschränken und dem Wartebereich gestanden. Wortlos ging Lynley zu den Aktenschränken, während Barbara sich die Schreibtischschubladen vornahm – zwei normale, zwei, die wahrscheinlich ein Hängeregister enthalten hatten, und eine, die vermutlich über die Öffnung für die Knie gepasst hatte.

Lynley öffnete die Schubladen des ersten Aktenschranks. Die oberen beiden enthielten medizinisches Material, die unteren beiden Büromaterial. Im zweiten Aktenschrank befanden sich Patientenakten. Keine der Akten war jedoch so prall gefüllt mit Notizen und Unterlagen, wie man es in einer Arztpraxis erwarten würde. Lynley nahm zehn Akten heraus und setzte sich damit auf einen Stuhl in der Ecke, der noch nicht abtransportiert worden war. Er klappte die erste Akte auf. Sie enthielt eine Krankengeschichte, ein Formular für eine Einverständniserklärung und ein Blatt mit unleserlichen Notizen, die anscheinend bei drei Terminen gemacht worden waren. Die zweite Akte enthielt so ziemlich das Gleiche, ebenso die dritte. Insgesamt gewann Lynley bei der Durchsicht der Patientenakten den Eindruck, dass in dieser Praxis bei jedwedem gesundheitlichen Problem schnell Abhilfe geschaffen worden war.

»Hier ist was, Sir.« Barbara, die immer noch neben den Schreibtischschubladen hockte, hielt ein schwarzes Spiralheft hoch, bei dem es sich offenbar um einen Terminkalender handelte. Sie begann, darin zu blättern.

»Nur Namen, Sir«, sagte sie. Sie ging die Termine mehrerer Tage durch, dann blickte sie auf. Sie wirkte ziemlich ratlos.

»Barbara?«, sagte Lynley.

Sie schaute ihn an. »Ich weiß auch nicht, Sir, aber irgendwie ist das komisch.«

»Ja?«

»Hier wohnen Leute jeder Hautfarbe, oder? Na ja, in ganz London wohnen Leute jeder Hautfarbe. Außer natürlich in Belgravia und Mayfair und überall da, wo die Reichen und Schönen wohnen und – nix für ungut, Sir.«

»Ja, ja.«

»Sie wissen doch, was ich meine, oder?«

»Natürlich.«

»Es ist komisch. Ich finde nur afrikanische Namen in dem Terminkalender hier. Was sagen Sie dazu? Ich meine, Easter Lange ist keine Afrikanerin, die ist so englisch wie Sie und ich. Also, vielleicht nicht ganz so englisch wie Sie mit Ihrem, äh, sechshundert Jahre alten Familienstammbaum ...«

»Sie meinen vielleicht die Percys«, sagte er. »Deren Stammbaum reicht eine Ewigkeit zurück. Die Lynleys sind ein lächerlich junges Geschlecht.«

»Nicht im Vergleich zu uns armen Schluckern, deren Vorfahren ihre Wurzeln in irgendeiner sächsischen Hütte haben.«

»Das sind sehr tiefe Wurzeln, Barbara.«

»Äh, alles klar. Ich meinte von wegen lächerlich.«

Er lachte. »Und was hat das mit Easter Lange zu tun?«

»Ah, ja. Ich wollte sagen, wenn Easter Lange 'ne Weiße ist, dann ist Mercy Hart es auch. Vermutlich. Wieso arbeitet die dann in 'ner Praxis, wo nur Afrikanerinnen hingehen?

338

Vor allem, wo hier in der Gegend jede Menge Frauen wohnen, die keine Afrikanerinnen sind. Und hier kommen nur Afrikanerinnen her?«

»Sie meinen schwarze Engländerinnen. Oder schwarze Afrikanerinnen. Und was schließen Sie daraus?«

»Ist Ihnen aufgefallen, dass es an der Tür überhaupt kein Schild mit dem Namen der Praxis gibt? Nicht hier oben und auch nicht unten am Hauseingang. Normalerweise macht so 'ne Praxis doch Werbung für sich.«

»Es sei denn, mit der Praxis ist irgendetwas faul.«

»Genau. Es sei denn, da läuft was Illegales. Gehen wir noch mal alles durch, was wir haben. Teo Bontempi war bei 'ner Sondereinheit zur Bekämpfung von Gewalt gegen Frauen. Irgendwie sind ihr die Berichte über die Verhaftung von zwei Frauen in die Finger gekommen, die mit dieser Praxis hier in Verbindung standen. Woher hat sie davon gewusst?«

»Von der Praxis? Vielleicht hatte sie eine Informantin in einer der afrikanischen Communitys.«

»Okay. 'ne Informantin. Durchaus möglich. Und diese Informantin hat ihr vielleicht gesteckt, dass hier 'ne Praxis ist, aber die Kollegen hätten keine Verhaftung vorgenommen, wenn sie nicht von irgendjemand 'n handfesten Tipp gekriegt hätten.«

Lynley ging in Gedanken die Zeitschiene des Falls durch. Dann sagte er: »Kurz vor ihrer Versetzung war Teo Bontempi mit der Vorbereitung einer Aktion beschäftigt. Das hat DS Hopwood erwähnt.«

»Das hier war die Aktion. Darauf wette ich 'n Fünfer. Sie erfährt, was die hier treiben, und dann wird sie versetzt, ehe sie rausfindet, was sie wissen muss, und dann? Fängt sie an, den Laden in ihrer Freizeit auszukundschaften? Dann setzt sie die Kollegen vom örtlichen Revier ins Bild? Und die treten auf den Plan und nehmen die zwei Frauen mit.«

»Hm. Durchaus möglich. Da fällt mir ein: Sie hat um ein paar Tage Urlaub gebeten, bevor sie ihre neue Stelle antreten musste.«

»Aber dann fliegt sie auf, und kurz danach ist sie tot. Ermordet. Ich weiß ja nicht, wie Sie das sehen, aber mir sagt es Folgendes: Abgesehen von allem anderen – Ross Carver, ihre Schwester, ihr sonstiges Privatleben – gibt's 'ne Verbindung zwischen dem, woran Teo Bontempi gearbeitet hat, und ihrem Tod. Und das hat mit dieser Praxis hier zu tun.«

»Glauben Sie etwa, dass Mercy Hart, eine Engländerin, hier Beschneidungen an Mädchen durchgeführt hat?«

»Ganz genau. Easter hat ja auch gesagt, dass sie so 'ne Art Krankenschwester ist.«

»Womit sie noch lange nicht qualifiziert ist...«

»Genau das ist ja der springende Punkt, Sir. Sie ist auf jeden Fall viel besser qualifiziert als irgendeine alte Frau mit 'ner Rasierklinge. Frauen werden nicht nur in Afrika beschnitten, sondern auch in England. Wenn dem nicht so wär, bräuchte die Met kein Team auf das Problem anzusetzen. Wie gesagt, diese Praxis hat kein Schild am Hauseingang, noch nicht mal eins hier oben an der Tür. Das hat doch 'nen Grund, und eine von diesen Frauen...«, sie hielt den Terminkalender hoch, »...oder eine von denen da...«, sie zeigte auf die Patientenakten, die Lynley in der Hand hielt, »...kann uns sagen, welcher das ist.«

MAYVILLE ESTATE
DALSTON
NORTH-EAST LONDON

Nachdem er stundenlang vor dem Bildschirm gesessen und sich die Videos aus den Überwachungskameras angesehen hatte, war Winston Nkata froh über einen Tapetenwechsel. Immerhin war es ihm bis jetzt gelungen, einigermaßen brauchbare Bilder von drei Personen, die das Gebäude in Streatham an dem Abend und in der Nacht von Teo Bontempis Tod betreten hatten, zu isolieren, zu vergrößern und zur weiteren Bearbeitung an die Technik zu schicken. Mithilfe der von DI Hales abgestellten Kollegen ging das Sichten der Videos jetzt zügiger voran. Falls keins der isolierten Bilder Resultate erbrachte, würden sie sich die Videos noch einmal vornehmen und nachsehen, ob eine der Personen das Gebäude in Begleitung betreten hatte. Sie konnten es sich nicht leisten, irgendjemanden auf den Videos zu ignorieren, denn soweit Nkata wusste, stand immer noch nicht fest, ob sie nach einem oder mehreren Tätern suchten. Ebenso konnte nicht ausgeschlossen werden, dass ein Bewohner des Hauses die Tat begangen hatte. Es mussten alle Möglichkeiten in Betracht gezogen werden.

Im Norden von London angekommen parkte Nkata in der Nähe eines Schilds, das den Gebäudekomplex als Mayville Estate auswies. Die Adresse, die er suchte, lautete Bronte House, und ein Blick auf den Plan neben dem Schild sagte ihm, dass es einfach zu finden war. Als er sich dem Gebäude näherte, sah er, dass die Wohnungen, deren Türen größtenteils wegen der Hitze offen standen, über Galerien erreichbar waren. Zu einer dieser Wohnungen gehörte die Hausnummer, die Monifa Bankole bei der Polizei angegeben hatte.

Auf dem Weg hierher hatte Barbara ihn angerufen. »Es

gibt keine Easter Lange«, hatte sie gesagt. »Also, ich meine, es gibt zwar eine Easter Lange, aber das ist nicht die Frau, die zusammen mit Monifa Bankole verhaftet wurde.«

»Und was heißt das jetzt, Barb?«

»Die echte Easter Lange arbeitet bei Marks & Spencer, und sie hat das örtliche Revier noch nie von innen gesehen. Sie glaubt, dass es ihre Nichte war, die verhaftet wurde. Die heißt Mercy Hart. Das schwarze Schaf der Familie, wie's aussieht. Jedenfalls hatte Tante Easter keinen Schimmer, wo ihre Nichte steckt, aber das müssen wir natürlich rausfinden.«

»Will Lynley, dass ich diese Nichte suche?«, hatte er gefragt.

Er hörte Barbara etwas zu Lynley sagen, dann war sie wieder am Telefon. »Er sagt, du sollst zu dieser anderen Frau fahren. Und, Winnie...?«

»Ja?«

»Wir glauben, dass das alles was mit FGM zu tun hat, und vermutlich wurde das auch in dieser Praxis gemacht, wo die zwei Frauen verhaftet wurden. Der Laden hat inzwischen dichtgemacht, aber Lynley sagt, du sollst das im Hinterkopf behalten, wenn du mit dieser Monifa Bankole redest.«

Nkata stieg ein paar Stufen hoch, die zu den Erdgeschosswohnungen führten. Hier brauchte er nicht wie in Streatham einen Schlüssel, um sich Zugang zu dem Gebäude zu verschaffen. Aus der Wohnung, die er ansteuerte, drangen Stimmen. Eine Frau schrie: »Ich hab's versucht! Es hat nicht geklappt. Das hab ich dir doch gesagt. Au, du tust mir weh, Abeo!« Worauf ein Mann sie anfuhr: »Taugst du denn zu gar nichts? Ich hab dir gesagt, was ich will. Und du wirst es jetzt tun.« Beide erschienen in der Tür. Der Mann hatte die Frau am Arm gepackt und schien sie aus der Wohnung zerren zu wollen. Beide sahen Nkata nicht, und auch nicht der junge Mann, der ihnen folgte. »Lass sie gefälligst los. Lass sie verdammt noch mal in Ruhe!«, schrie er. Von drinnen rief ein weinendes Kind: »Papa!«

Mit wenigen schnellen Schritten war Nkata an der Tür und hielt seinen Ausweis hoch. »Polizei!«, sagte er, laut genug, um sich Gehör zu verschaffen. In den oberen Stockwerken waren Leute aus ihren Wohnungen gekommen und beugten sich über das Geländer.

Der Mann schubste die Frau in Nkatas Richtung, fuhr herum und herrschte den jungen Burschen an. »Du hast keinen Respekt vor mir, deinem Vater!« Worauf der Sohn konterte: »Na los, versuch's doch, Pa. Schlag mir ins Gesicht, du …«

»Tani!«, kreischte ein Mädchen, das aus der Wohnung gelaufen kam, während die Frau schrie: »Abeo, Tani, nicht!«

Nkata schob sich zwischen den Mann und seinen Sohn und sagte noch einmal: »Polizei. Wollen Sie beide in Handschellen abgeführt werden?«

»Ich bin das Oberhaupt dieser Familie«, sagte Abeo.

»Meinetwegen, Mann. Lassen Sie mich eins klarstellen, für den Fall, dass Sie's noch nicht wissen: Seine Frau zu verprügeln gehört in diesem Land nicht zu den Aufgaben eines Familienoberhaupts. Kapiert?«

Abeo schubste den Jungen zurück in die Wohnung, weg von der Tür. Das kleine Mädchen lief weinend hinterher. »Tani!«, schluchzte sie. »Ich wollte das nicht! Sie hat mich gezwungen!«

Nkata wandte sich an die Frau. »Monifa Bankole, nehme ich an?« Als sie nickte, stellte er sich vor und fügte hinzu: »Ich muss mit Ihnen reden. Unter vier Augen.«

»Das gestatte ich nicht«, sagte Abeo Bankole. »Sie redet mit keinem Mann, wenn ich nicht dabei bin.«

»Es ist mir egal, ob Sie das gestatten oder nicht, Mann«, sagte Nkata liebenswürdig. »Sie können entweder verschwinden, oder ich nehme Ihre Frau mit aufs Revier und rede mit ihr im Verhörzimmer, was Ihnen sicher noch weniger gefallen würde, stimmt's? Die Entscheidung liegt bei Ihnen. Mein Auto steht ganz in der Nähe. Aber entscheiden Sie sich schnell, ich hab heute noch 'ne Menge zu tun.«

Abeo schaute Nkata, der ihn mit seinen eins zweiundneunzig um Haupteslänge überragte, lange an. Dann sah er seine Frau an, die sich unter seinem Blick wand, aber stehen blieb. Er zeigte mit dem Finger auf sie und sagte: »Du bringst Schande über mich. Sieh dir an, was aus dir geworden ist. Du bist fett, und du stinkst, dein Fleisch ist so schlaff, dass kein Mann...«

»Das reicht«, sagte Nkata.

Abeo knurrte irgendwas, dann drehte er sich um und ging zurück in die Wohnung. Es widerstrebte Nkata, ihn mit seinen Kindern allein zu lassen, denn er schien ein Mann zu sein, der seinen Frust gern an Schwächeren ausließ, vor allem, wenn er einen schlechten Tag hatte. Aber er hatte das Gefühl, dass der Junge seine kleine Schwester beschützen würde und notfalls auch in der Lage wäre, sich gegen seinen Vater zur Wehr zu setzen.

Nkata überlegte, wo er mit der Frau ungestört würde reden können. Monifa zitterte, gab sich jedoch alle Mühe, sich das nicht anmerken zu lassen. Sie hielt ihr buntes Wickelkleid vor der Brust zusammen, ihr Kopftuch war ihr auf die Schulter gerutscht.

Nkata entschloss sich, mit Monifa auf den Spielplatz zu gehen, den er auf der anderen Straßenseite entdeckt hatte, und wo zwei Platanen etwas Schatten spendeten. Sie gingen durch das Tor im Maschendrahtzaun und steuerten die Ecke unter den Platanen an, wo vier Holzkisten als Sitzgelegen-

heiten dienten. Monifa setzte sich auf eine davon, und Nkata
hockte sich vor sie. Sie hatte angefangen zu weinen. Er zog
sein Taschentuch heraus – hübsch bestickt von seiner Mutter, die gern beim Fernsehen ihre Hände beschäftigte – und
reichte es ihr. Sie betrachtete das Taschentuch, dann schaute
sie ihn an und wollte es ihm zurückgeben, aber er sagte:
»Nein, benutzen Sie es ruhig. Dazu ist es da.«

Sie nahm ihre Brille ab und betupfte sich die Augen.
Nkata deutete mit einer Kopfbewegung in Richtung Bronte
House. »Ihr Mann ist nicht besonders nett.«

»Er ist manchmal verrückt. Aber nicht immer. Jetzt häufiger, aber als er jung war, nicht.«

»Schlägt er Sie?«

Sie wandte sich ab. Sie sagte nichts.

»Klar, ich wette, er schlägt Sie. Es gibt Orte, wo Sie sich
mit Ihren Kindern in …«

»Nein!«

Nkata hob die Hände. »Ist ja gut. Aber ich lass Ihnen
nachher meine Karte da, und falls Sie sich doch entschließen, diesen Typen zu verlassen, rufen Sie mich an. Ich kenn
Leute, die Ihnen helfen können.«

Sie betrachtete sein Taschentuch, fuhr mit der Finger-
spitze die Initiale nach: J. Nkata lächelte. »Das steht für
Jewel. So nennt meine Mutter mich. Ich hab auch welche mit
meinen richtigen Initialen, aber das hier ist ein besonderes,
ein Scherz zwischen uns. Ich bin nämlich alles andere als ein
Juwel, was die Narbe in meinem Gesicht beweist. Aber ich
hab nichts dagegen, dass sie mich so nennt, weil mein Bruder ihr schon genug Kummer macht, und ich will ihr nicht
noch mehr machen.«

Sie hob den Kopf und schaute ihn an. Nkata hatte das Gefühl, eine zutiefst gequälte Frau vor sich zu haben, eine, die
das Leben mehr ertrug, als es zu leben.

Er sagte: »Sie waren in der Praxis drüben in der Kingsland High Street, als die Polizei kam. Was ist das für eine Praxis, was passiert da?«

»Ich hatte ihr Geld gegeben«, antwortete Monifa. »Und Abeo wollte, dass ich es zurückverlange.«

»Deswegen waren Sie da? Um Geld zurückzuverlangen? Von wem?«

»Sie heißt Easter. Abeo sollte nicht erfahren, dass ich Geld aus der Familienkasse abgezweigt hatte, aber bevor ich es zurücklegen konnte, brauchte er welches für Lark. Sie musste Schuluniformen für die Kinder kaufen. Da hat er gemerkt, dass Geld fehlte.«

Nkata notierte sich den Namen und bat um den Nachnamen, den Monifa ihm jedoch nicht nennen konnte. Sie konnte ihm auch sonst nichts über die Frau sagen, außer dass sie Abeos Geliebte war und dass die beiden mehrere gemeinsame Kinder hatten.

»Woher kam das Geld, von dem Sie etwas abgezweigt haben?«, fragte Nkata.

»Von uns allen. Wir tun alle Geld in die Kassette.«

»Auch Ihre Kinder?«

»Ja, wir alle. Die Kinder dürfen etwas Taschengeld behalten, ich darf etwas für die wöchentlichen Einkäufe behalten, der Rest ist Familiengeld und geht in die Kassette.«

»Dann gehört Lark also zur Familie?«

Monifa schaute zu einem der Basketballkörbe hinüber. »Sie schenkt Abeo Kinder. Ich kann ihm keine mehr schenken. Mit Lark hat er zwei, und ein drittes ist unterwegs.«

»Und Sie und Ihre Kinder sollen für deren Lebensunterhalt sorgen?«

»Die Kinder – also, meine Kinder – wussten nichts davon. Sie dachten, das Geld wäre nur für unsere Familie.«

»Und Sie haben das mitgemacht?«

Sie wandte sich ihm wieder zu. »Ich hatte keine andere Wahl.«

Nkata hätte ihr gern gesagt, dass man immer eine Wahl hatte, hatte jedoch das Gefühl, dass es wenig Sinn haben würde und sie vermutlich tatsächlich keine andere Wahl gehabt hatte. So sagte er stattdessen: »Sie haben also Geld aus der Familienkasse genommen und es dieser Easter gegeben. Warum? Weil sie es brauchte, so wie Lark?«

Sie schaute zu ihrer Wohnungstür auf der anderen Straßenseite hinüber. Er folgte ihrem Blick, doch es stand niemand vor der Tür. Trotzdem wirkte sie verängstigt, wie eine Frau, die nichts Gutes zu erwarten hatte, egal was sie tat.

Er sagte ihr, was er von Barbara erfahren hatte. »Diese Praxis, Mrs Bankole…« Sie schaute ihn an. »Sie wurde geschlossen. Das hat mein Chef mir vor einer halben Stunde mitgeteilt. Er war mit 'ner Kollegin dort, und da war schon ein Umzugsunternehmen dabei, den Laden leerzuräumen.«

»Das… das darf nicht passieren.«

»Es ist leider schon passiert. Irgendjemand hat es veranlasst, vielleicht diese Easter«, sagte er.

»Aber ich habe ihr doch Geld gegeben!«

»Hmmm. Verstehe. Aber als mein Chef und meine Kollegin dort ankamen, standen da nur noch ein paar Stühle und Kisten rum. Ich fürchte, Ihr Geld können Sie abschreiben. Und diese Easter Lange ist auch verschwunden. Sie heißt übrigens in Wirklichkeit Mercy Hart.«

»Verschwunden«, murmelte Monifa. Dann wurden ihre Augen schmal. »Sagen Sie mir die Wahrheit.«

»Das tu ich gerade, Mrs Bankole. Ich glaube, dass Folgendes passiert ist: Die Polizei filzt die Praxis und verhaftet zwei Frauen, von denen eine 'nen falschen Namen angibt. Es wird keine Anzeige erstattet, aber die Praxis macht trotzdem dicht. Ich weiß ja nicht, was Sie daraus schließen. Aber

ich sag Ihnen, was ich denke: Jemand hat ganz schnell geschnallt, dass er oder sie noch mal mit knapper Not davongekommen ist und dass niemand zweimal so viel Schwein hat.
Woraus ich schließe, dass in dieser Praxis irgendwas Illegales
vonstattengeht, denn ein anderer Grund fällt mir nicht ein,
warum sie so plötzlich geschlossen wird. Was meinen Sie?«

»Jetzt wird er ihr wehtun«, lautete ihre Antwort. Offenbar
machte sie sich große Sorgen um jemanden.

»Jemand wird Mercy Hart wehtun?«

»Er wird ihr wehtun. Ich kann es nicht verhindern.«

»Mrs Bankole, Sie müssen mir sagen, wen Sie meinen. Ich
kann Ihnen nicht helfen, wenn Sie mir nicht …«

»Sie können überhaupt nichts tun. Niemand kann was
tun. Er wird ihr wehtun, und niemand kann ihn jetzt noch
dran hindern. Nicht einmal ich kann das, dabei ist sie meine
Tochter.«

Nkata setzte ihre Worte in Zusammenhang mit Barbaras
Vermutungen in Bezug auf die Praxis. »Mrs Bankole«, sagte
er. »Das kleine Mädchen, das eben an die Tür gekommen
ist – wollen Sie andeuten, dass sie sich in Gefahr befindet?«

»Gehen Sie!«, schrie Monifa und sprang auf. »Gehen Sie
weg! Bitte!«

THE NARROW WAY
HACKNEY
NORTH-EAST LONDON

Auf dem Heimweg machte Mark Phinney einen Abstecher
nach Hackney und parkte in der Nähe seiner Eltern. Er
wollte nicht zu seinen Eltern, aber die kleine Straße, in der
sie wohnten, befand sich in der Nähe der Fußgängerzone

The Narrow Way, wo er hinwollte. Mark hatte extra früh Feierabend gemacht, um seinen Bruder noch auf der Arbeit zu erwischen.

Paulie betrieb zwei Pfandleihhäuser in der Fußgängerzone. Er hatte vor Jahren den Laden ihres Vaters an der Ecke Mare Street und Amhurst Road übernommen, und als vor vier Jahren am anderen Ende der Einkaufsmeile ein Handarbeitsgeschäft zugemacht hatte, hatte er dort einen zweiten Laden aufgemacht, der jedoch nicht unter dem Namen der Familie lief.

Paulie arbeitete meistens im Phinney Pawn, hauptsächlich, weil er gleich um die Ecke wohnte. Nicht dass er es von dem anderen Laden aus weit nach Hause gehabt hätte, aber Paulie meinte, je weniger Energie er auf die Arbeit und den Heimweg vergeudete, desto mehr blieb ihm für Eileen und die Kinder. Vor allem für Eileen. Um den anderen Laden kümmerte sich Eileens Bruder. Paulie hatte ihm den Job aus Herzensgüte gegeben, und weil Eileen ihn dazu gedrängt hatte. Stuart war das schwarze Schaf der Familie. In Paulies Augen war der Mann ein Sozialfall. Was seinen Schwager anging, hatte Paulie die Wahl, ihm entweder immer wieder Geld zuzustecken oder ihm einen Job zu geben und zu hoffen, dass er regelmäßig aufkreuzte und keine allzu großen Verluste verursachte.

Bei Phinney Pawn hing ein Schild in der Tür mit der Aufschrift BIN HEUTE IM HOWE'S. Mark machte sich auf den Weg zu Paulies zweitem Laden, vorbei an einem McDonald's, vor dem die übliche Duftwolke hing, vorbei an einem Pound Shop, aus dem gerade die letzten Kunden kamen, und vorbei an einem grell erleuchteten Supermarkt, dessen Kundschaft hauptsächlich aus Frauen bestand, die dort afro-karibische Lebensmittel kauften.

Die Türglocke bimmelte, als er das Howe's betrat. Da

niemand zu sehen war, rief er nach Paulie, dessen Stimme im Hinterzimmer zu hören war. »Ich frage dich noch einmal, Stuart: Wie viele letzte Chancen soll ich dir noch geben?« Keine Antwort. »Eins sag ich dir, lieber Schwager: Die Welt ist dir nichts schuldig. Und auch sonst ist dir keiner was schuldig, mich eingeschlossen. Du kannst von Glück reden, dass du Eileens Bruder bist!«

»Hey!«, rief Mark, als eine kurze Pause entstand. »Bist du das, Paulie?«

»Boyko?« Paulie kam durch den Vorhang, der das Hinterzimmer vom Laden trennte, gefolgt von dem betreten dreinblickenden Stuart.

»Hi«, sagte Stuart, dann fragte er Paulie: »Kann ich jetzt gehen?«

Paulie verdrehte die Augen. »Klar, hau ab. Das kannst du ja am besten.«

»Sorry«, sagte Stuart, setzte sich den Fahrradhelm auf das schüttere Haar, schnappte sich sein Fahrrad, das im Laden mehr oder weniger im Weg stand, und schob es nach draußen.

»Ich hab echt 'n Orden verdient für meine Engelsgeduld«, stöhnte Paulie.

»Was hat er denn diesmal verbrochen?«

»Es reicht, dass er atmet.« Paulie sah sich missmutig im Laden um. »Er sollte hier aufräumen. Bisschen staubwischen. Staubsaugen. Stattdessen macht er zwei Stunden Mittagspause und behauptet, er wär beim Zahnarzt gewesen wegen seiner ›Wurzeln‹. Der Typ redet Stuss, sobald er den Mund aufmacht. Wenn er nicht Eileens kleiner Bruder wäre, hätt ich ihn längst rausgeworfen.«

»Du hast halt schon immer ein weiches Herz gehabt, Paulie.«

»Ganz genau.« Paulie ließ die Rollläden herunter und

nahm den Schmuck aus den Schaukästen im Fenster. Es versetzte Mark jedes Mal einen Stich, wenn er die Ehe- und Verlobungsringe, die Armbänder und Orden sah, die die Leute in ihrer Not versetzten. Von Paulie wusste er, dass diese Sachen fast nie wieder ausgelöst wurden und am Ende von Schnäppchenjägern gekauft wurden. Paulies Preise waren immer fair. Er war noch nie geldgierig gewesen.

Mark sah zu, wie sein Bruder zuerst die Wertsachen und dann das Geld aus der Kasse im Hinterzimmer im Safe verstaute. Als Paulie fertig war, zog er den Vorhang zu und stützte sich auf den Tresen, unter dessen Glasplatte diverse Gegenstände aus Silber ausgestellt waren – Vorlegebesteck, Schnupftabaksdosen, Visitenkartenhalter, Puderdosen.

»Und?«, sagte er. »Auf dem Weg zu Massage Dreams? Soll ich dir 'n Termin machen? Erinnerst du dich noch an ihren Namen?«

»Deswegen bin ich nicht hier«, sagte Mark.

»Nicht? Ich wette, du hättest es nötig.«

Mark ging nicht auf die Bemerkung ein. Stattdessen nahm er den beigefarbenen Pfandbon aus der Tasche, den er in Petes Portemonnaie gefunden hatte. Das Gegenstück war entweder hier oder in dem Laden am anderen Ende der Straße. Paulie betrachtete den Bon, dann schaute er Mark an. Seine Miene war ausdruckslos. Mark hatte damit gerechnet, Wachsamkeit in Paulies Blick zu sehen, aber da war nichts.

»Was hat sie versetzt?«, fragte er.

»Nein«, sagte Paulie.

»Was soll das heißen? Nein, sie hat nichts versetzt, oder nein, der Bon ist nicht von hier?«

»Du kennst doch die Regeln. Boyko. Alles streng vertraulich.«

»Als Polizist …«

Paulie lachte laut auf. »Komm mir nicht damit. Erstens

brauchst du einen Durchsuchungsbeschluss, den du nicht kriegst. Zweitens läuft hier alles vertraulich, was du ganz genau weißt, da du oft genug in Pas Laden gejobbt hast, als wir noch in der Schule waren.«

»In diesem Fall spielt das alles keine Rolle. Es ist wichtig, Paulie. Pete hat es vor mir verheimlicht. Aber es könnte sich um etwas extrem Wichtiges handeln.«

»Wichtig für wen, Boyko? Wichtig wofür?«

Mark brachte es nicht über sich, es Paulie zu sagen. Er musste einfach nur wissen, was seine Frau versetzt hatte. Der Pfandbon war am 3. August ausgestellt worden. Das Datum wäre bedeutungslos gewesen, wenn es sich nicht um den Tag gehandelt hätte, nach dem er Teo bewusstlos in ihrem Bett vorgefunden hatte.

Als Mark schwieg, sagte Paulie: »Wenn du was Genaueres wissen willst, musst du Pete selbst fragen.«

»Das, was sie versetzt hat, ist es hier? Hier in diesem Laden? Werde ich es finden, wenn ich mich ein bisschen umsehe?«

»Willst du mit mir Heiß und Kalt spielen? Vergiss es, Boyko.«

»Herrgott noch mal, ich bin dein Bruder.«

»Das vergess ich nicht, keine Sorge.«

»Also musst du …«

»Ich muss überhaupt nichts, Boyko. Sie hat mir vertraut, und ich werde ihr Vertrauen nicht missbrauchen, und wenn du dich auf den Kopf stellst. Wollen wir noch ein Bier trinken gehen? Meinetwegen auch gern was Stärkeres. Ich geb einen aus.«

Mark schüttelte den Kopf. Ein Bier mit seinem Bruder war das Letzte, was er jetzt brauchte. Er wollte die Wahrheit wissen, aber aus Paulie würde er sie nicht herausbekommen, das hatte er begriffen.

9. AUGUST

NEW END SQUARE
HAMPSTEAD
NORTH LONDON

Es war kurz vor sieben am Morgen, als Winston Nkata in die Straße einbog, in der die Bontempis wohnten. Er hatte schon seit Jahren keine Nacht mehr durchgearbeitet, und er fühlte sich reichlich erschlagen, trotz der drei Tassen Kaffee, die er sich im Büro reingezogen hatte, bevor er losgefahren war. Während er die ganze Nacht lang zusammen mit den von DI Hale ausgeliehenen DCs auf den Bildschirm gestarrt und die Videos aus den Überwachungskameras ausgewertet hatte, hatte er sich auch schon mit literweise Kaffee wachgehalten. Das Ergebnis ihrer Mühen bestand aus Standbildern von neunzehn Personen, die ihnen verdächtig erschienen waren oder die am Tag und in der Nacht von Teo Bontempis Tod an der Haustür geklingelt hatten, um eingelassen zu werden. Die Bilder waren nicht besonders gut, aber sie waren das Beste, was er und die DCs zu bieten hatten, jetzt mussten die Techniker ran. Bevor er sich auf den Weg gemacht hatte, hatte er den DCs gesagt, sie sollten zwei Stunden schlafen und dann versuchen, die Frauen ausfindig zu machen, deren Namen Lynley und Barb in den Patientenakten der Praxis in der Kingsland High Street gefunden hatten.

Als er vor der Villa der Bontempis hielt, hätte er am liebsten ein kurzes Nickerchen gemacht. Stattdessen hörte er sich den Wetterbericht zu Ende an, nur um zu erfahren, dass noch kein Ende der Hitzewelle in Sicht war, die das Land seit Wochen quälte. Immerhin fuhr die Bahn, dachte er. Die nahmen ja sonst alle nur möglichen Wetterphänomene zum Vorwand, um den Betrieb einzustellen, einschließlich – in einem Jahr tatsächlich geschehen – großer Mengen Herbstlaubs auf den Schienen. Aber die Züge fuhren, wenn auch nicht gerade pünktlich. Ein Streckenabschnitt der Circle Line war zwar derzeit wegen Wartungsarbeiten außer Betrieb – wann war das mal nicht der Fall? –, aber das restliche Londoner U-Bahn-Netz lief reibungslos.

Er nahm sich die Zeit, kurz bei seiner Mutter anzurufen, die inzwischen sicher beim Frühstück saß und sich wunderte, warum er nicht am Tisch erschien. Als sie erfuhr, dass er die Nacht im Büro verbracht hatte, war sie nicht begeistert. »Du hast doch hoffentlich was gegessen, oder?«, lautete ihre erste Frage. Aber nachdem er ihr versichert hatte, dass er sich ein warmes Mittagessen gönnen würde, beruhigte sie sich.

Er nahm die Bilder aus den Videos, die er sich ausgedruckt hatte, und stieg aus seinem Wagen. Die Morgenluft war noch kühl, und es roch nach frisch gemähtem Gras. Entweder hielt sich irgendein Anwohner nicht an das Rasensprengverbot, oder aber er benutzte das Grauwasser aus Spül- und Waschmaschine, um seinen Rasen grün zu halten.

Er ging zur Tür der Bontempis und klingelte. Als sich nichts rührte, klingelte er erneut. Diesmal drückte er zweimal auf den Knopf. Kurz darauf waren Schritte zu hören, es wurden Riegel zurückgeschoben, und dann stand Solange Bontempi vor ihm, bekleidet mit einem schmalen Hosenanzug und einer konservativen Bluse, die sie bis unters Kinn zugeknöpft hatte. Sie trug einen Nackenknoten, aus dem kein einziges Haar herauslugte.

Sie wirkte überrascht, ihn vor sich zu sehen, sagte jedoch dann hoffnungsvoll: »Detective. Sie haben Neuigkeiten für uns?«

»Nur ein paar Fragen«, antwortete er. »Kann ich reinkommen?«

Sie hielt die Tür auf. »Selbstverständlich. Ich bin gerade dabei, das Frühstück für Cesare zu bereiten. Wen möchten Sie denn sprechen? Rosie? Mich? Meinen Mann? Bitte, kommen Sie mit.«

Nkata folgte ihr in die Küche. Auf der Anrichte lagen verschiedene Wachspapierpäckchen, die vermutlich Wurst enthielten, und ein großes Stück Käse, daneben standen eine Schale mit Obst und ein Korb mit frischen Brötchen. Ein ziemlich kleiner, seltsam anmutender Espressokocher zischte und blubberte auf dem Herd.

Solange nahm ein Tablett aus dem Schrank und sagte: »Cesare kann sich einfach nicht an das englische Frühstück gewöhnen. Also, eigentlich hat er sich überhaupt nicht an die englische Küche gewöhnt.« Sie wickelte ein paar Scheiben Wurst, vermutlich italienische Salami, aus dem Papier und legte sie auf einen Teller. Dann schnitt sie ein Stück von dem extrem aromatischen Käse ab, dessen Duft Nkata zu seiner eigenen Überraschung das Wasser im Mund zusammenlaufen ließ. Sie nahm eine Konservendose aus dem ausgeschalteten Ofen, öffnete sie und holte etwas heraus, das aussah wie Mohnkuchen, und schnitt eine Scheibe davon ab. Nach einem Seitenblick in Richtung Nkata schnitt sie auch eine Scheibe für ihn ab. Schließlich legte sie noch zwei Brötchen auf das Tablett. Auf ihren fragenden Blick hin lehnte er dankend ab. Nachdem sie noch etwas Obst hinzugefügt hatte, deckte sie das Tablett mit einem Küchentuch ab und warf einen Blick auf die Uhr. »Seine Pflegerin ist spät dran«, sagte sie. »Normalerweise kommt sie um halb sieben. Als es geklingelt hat, dachte ich, sie hätte ihren Schlüssel vergessen.« Sie schaltete die Herdplatte aus, ließ den Espressokocher jedoch darauf stehen. Dann nahm sie ein Kännchen aus dem Schrank und füllte es mit Milch. »Die Milch trinkt er sowieso nicht, aber wenn keine auf dem Tablett steht, fragt er, wo die Milch ist«, sagte sie mit einem Seufzer. »Männer. Also gut. Fragen Sie.«

»Wollen Sie Ihrem Mann nicht zuerst das Tablett bringen?«

»Das hat Zeit. Er schläft noch. Jedenfalls schlief er noch, als ich das Zimmer verlassen habe. Was wollen Sie von mir wissen?«

»Wann haben Sie das letzte Mal mit Teo gesprochen?« Er schlug sein Notizheft auf. »Sie haben ausgesagt, dass Teo vor drei Wochen hier war, um ihren Vater zu besuchen. Haben Sie danach noch mal mit ihr gesprochen?«

Solange konsultierte einen Wandkalender, der über dem Telefon hing. »Ja«, sagte sie langsam, »aber die Frage ist schwierig zu beantworten. Ich bin mir nämlich nicht ganz sicher, wann das war … vielleicht vor zehn Tagen?« Solange erklärte ihm, dass Teo sich zwar bemüht hatte, ihren Vater nach seinem Schlaganfall ein- oder zweimal pro Woche zu besuchen, dass ihre Arbeit das aber manchmal nicht zugelassen hatte. Sie habe aber auf jeden Fall täglich angerufen. »Deswegen haben wir uns an den Tagen nach ihrem letzten Besuch Sorgen gemacht. Sie hat nur einmal angerufen. Und dann haben wir ja erfahren, warum.«

»Sie meinen, als sie bewusstlos in ihrer Wohnung gefunden wurde?«

»Ja. Sie haben sie nicht gekannt«, sagte Solange mit einem traurigen Lächeln, »aber als Eltern hätten wir uns keine bessere Tochter wünschen können.«

»Und haben Sie sich Teo gewünscht?«

Solange wich ein bisschen vor ihm zurück, sie war sichtlich verwirrt. »Ich verstehe nicht, was Sie meinen«, sagte sie.

»Laut meinen Informationen haben Sie sich ein Baby gewünscht, und das konnten Sie nur bekommen, wenn Sie Teo dazunahmen. Deswegen habe ich mich gefragt, ob Sie sie lieber nicht genommen hätten.«

»Aber nein«, sagte Solange. »Nein, nein. Natürlich wollten wir ein Baby. Dann haben wir erfahren, dass das Baby, das wir adoptieren wollten, noch eine ältere Schwester hatte. Anfangs waren wir uns nicht sicher. Aber als wir sie dann kennengelernt haben – damals hieß sie Adaku –, haben wir sie sofort ins Herz geschlossen. Und selbst wenn das nicht so gewesen wäre, hätten wir es nicht übers Herz gebracht, die Mädchen zu trennen. Sie hatten schon so viel verloren: ihre Mutter, ihren Vater, ihre Tante, ihre Vettern und Kusinen. Sie hatten keine Blutsverwandten mehr. Es wäre grausam gewesen, die beiden zu trennen.«

»Hat sie das gewusst?«, fragte Nkata.

Im selben Augenblick wurde die Tür geöffnet, die von der Küche in den Garten führte, und eine junge Frau trat ein. »Ah, Katie, da sind Sie ja endlich«, rief Solange aus, worauf Katie sagte: »Tut mir schrecklich leid, Madame. Kommen Sie, ich übernehme das.«

»Wir haben Glück, dass er sich noch nicht beschwert.« Solange goss den Inhalt des Espressokochers, der aussah wie altes Motoröl, in ein Kaffeekännchen aus weißem Porzellan und stellte es auf das Tablett, das Katie entgegennahm. Mit einem freundlichen Nicken in Nkatas Richtung verließ sie die Küche.

»Wie lautete noch Ihre Frage?«, sagte Solange.

»Ob Teo gewusst hat, dass sie auch gewollt war.«

Solange warf einen Zuckerwürfel in eine kleine Tasse und

357

goss Espresso darauf. Sie bot Nkata die Tasse an, doch er hatte nicht die Absicht, sich noch mehr Koffein einzuverleiben. »Wir haben es ihr oft gesagt«, antwortete Solange, während sie in ihrem Espresso rührte. »Ich bin mir sicher, dass sie es gewusst hat. Und sie war Cesares Augenstern. Die beiden waren ... wie sagt man gleich? Wie zwei Herzen?«

»Ein Herz und eine Seele?«

»Ja, das meinte ich.«

»*Maman!*« Rosie kam in die Küche gestürmt und sagte etwas auf Französisch zu ihrer Mutter, während sie den Gürtel ihres gelben Morgenmantels fester zog. »Warum hast du mir das nicht *gesagt*?«

»Ich habe dich nicht geweckt«, antwortete Solange, »weil der Detective sich ausdrücklich mit _mir_ unterhalten wollte.«

»Ich wollte Ihre Mutter über den neuesten Stand unserer Ermittlungen informieren«, sagte Nkata. »Ich wurde gebeten, die Familie auf dem Laufenden zu halten.«

Rosies Augen wurden schmal. »Und worüber haben Sie geredet?«

»Ihre Mutter hat mir von den Umständen Ihrer Adoption berichtet. Und ich muss gestehen, ich hab den Eindruck, dass Sie da was falsch verstanden hatten.«

Nkata sah eine Vene an ihrer Schläfe pulsieren. Sie wollte anscheinend wissen, woher der Wind wehte und wie stark er war und ob sie irgendwas unternehmen musste, bevor ein Unwetter losbrach. Schließlich sagte sie: »Ach, wirklich? Ist ja merkwürdig.«

»Da sind wir uns allerdings einig. Ich frage mich also, warum Sie mir gegenüber behauptet haben, Ihre Eltern hätten eigentlich nur Sie gewollt und seien leider gezwungen gewesen, auch Teo als Dreingabe zu nehmen. Da scheint Ihnen was durcheinandergeraten zu sein.«

»Meine Güte, Rosie«, sagte Solange. »Wie kannst du so

etwas auch nur denken? Hat Teo das auch geglaubt? Hat sie mit dir darüber gesprochen?«

»Darüber können wir später reden«, antwortete Rosie. »Ich muss mich jetzt für die Arbeit fertig machen.«

»Zuerst müssen wir beide uns noch unterhalten«, sagte Nkata. Er reichte ihr den Stapel Fotos, die er mitgebracht hatte, und bat sie, sie sich anzusehen. »Kommt Ihnen irgendeiner von denen bekannt vor?«

Stirnrunzelnd betrachtete sie die ersten beiden Ausdrucke. »Wie soll man denn darauf jemand erkennen?« Sie kniff die Augen zusammen, als könnte das helfen. Nachdem sie alle Fotos durchgegangen war, gab sie sie Nkata mit einem »Sorry« zurück, worauf er sagte: »Kein Problem. Wir versuchen, die Bilder noch schärfer zu bekommen. Aber das dauert. Wenn wir die besseren Bilder haben, zeig ich sie Ihnen noch mal.« Sie wirkte alles andere als begeistert. Nkata sagte: »Ich muss Sie bitten, mir noch ein bisschen mehr darüber zu erzählen, was zwischen Ihnen und Ihrer Schwester gelaufen ist.«

»Was soll denn da gelaufen sein?«, fragte sie.

»Na ja, ich werd den Eindruck nicht los, dass Sie mir, was Sie und Teo betrifft, nicht die ganze Wahrheit sagen. Wenn ich mich nicht täusche, dann ist da was im Busch. Und da fällt mir natürlich als Erstes der Streit zwischen Ihnen und Ihrer Schwester ein.« Er schaute Solange an. »Sieht so aus, als wär zwischen Rosie und ihrer Schwester nicht alles so gelaufen, wie Rosie es wollte, und als würde sie alles ein bisschen anders darstellen, als es in Wirklichkeit gewesen ist. Wenn das stimmt, ist da irgendwas faul. Und dann würde mich vor allem der Streit interessieren, den die Leute im ganzen Haus gehört haben.«

»Ein Streit? Was hat das zu bedeuten, Rosie?«

»Rosie hat mir gesagt, sie und ihre Schwester hätten sich

gestritten, weil Teo ihren Vater nicht oft genug besucht hat. Aber so wie Sie das darstellen, klingt das ganz anders.«

Solange trat von der Anrichte weg, wo sie seit Katies Ankunft gestanden hatte. »Rosie, hast du etwa…« Dann überlegte sie kurz und fragte: »Warum hast du denn die Polizei angelogen, *ma belle?*«

»Weil es die Polizei nichts angeht, worüber wir uns gestritten haben«, fauchte Rosie. »Sie hatte ihn weggeworfen, *Maman.* Sie wollte ihn nicht mehr. Sie hat sich nur noch für Afrika interessiert. *Afrika.* Egal was Ross ihr früher mal bedeutet hat, er war jedenfalls nicht Afrika, er hatte keine Chance mehr bei ihr. Das mit Afrika war ihr wichtig. Mir ist es nicht wichtig. Mir ist es nicht wichtig, und das wird es auch nie sein.«

»Was meinst du mit ›das ist mir nicht wichtig‹?«, fragte Solange.

»Ich nehm an, es hat was mit Teos Ehe und mit ihrer Trennung zu tun«, sagte Nkata.

»Stimmt das?«, fragte Solange ihre Tochter.

»Er war drüber weg«, sagte Rosie. »Sie wollte ihn nicht mehr, und er hatte sich endlich damit abgefunden. Er war drüber weg. Ich hätte ihn niemals weggeworfen. Das wusste er, und er weiß es immer noch. *Wir* sind jetzt zusammen, und das konnte sie nicht ertragen. Sie wollte ihn nicht mehr, aber ich sollte ihn auch nicht haben. Jetzt spielt das sowieso keine Rolle mehr, jetzt ist es zu spät.«

Solange setzte sich an den Tisch am Küchenfenster. Nkata blieb an den Herd gelehnt stehen, die Arme vor der Brust verschränkt. Rosie hielt sich ihren Morgenmantel unterm Kinn zusammen. »Ich hab ihn zuerst geliebt, *Maman.* Er hat mir das Leben gerettet. Weißt du noch? Ich wäre im Meer ertrunken, wenn er mich nicht gerettet hätte. Er hat als Einziger gesehen, wie ich verzweifelt gestrampelt hab, und ist zu mir gekommen. Er hat gesagt: ›Keine Angst, Rosie, ich hab dich‹, und dann hat er mich gerettet. Seitdem weiß ich, dass wir füreinander bestimmt sind.«

»Da warst du sechs«, sagte Solange. »Alle sind ins Wasser, um dir zu helfen, Rosie. Ross war einfach nur der Schnellste, das ist alles.«

»Nein! Ross war der Einzige! Wir waren füreinander bestimmt. Aber dann hat Teo sich zwischen uns gedrängt, dabei hat sie ihn nicht mal geliebt. Sie hat ihn nie geliebt, und seine ganze Liebe zu ihr war umsonst. Das ist vorbei, und jetzt sind wir zusammen, aber sie konnte es nicht ertragen. Sie hat ihn nie geliebt, aber sie wollte auch nicht, dass ich ihn liebe. Jetzt kann sie uns nicht mehr aufhalten, Ross und mich. Ich kann tun, was sie nicht konnte und was sie sowieso nicht wollte.«

Nkata schaute erst Rosie, dann Solange, dann wieder Rosie an, als Solange sagte: »Was wollte Teo nicht?«

Mit einem Seitenblick in Nkatas Richtung – vielleicht, um seine Reaktion abzuschätzen – sagte sie: »Ich sag's dir, obwohl wir es dir erst später sagen wollten, wenn Teo… Alles ist total durcheinander. Wir wollten es euch gemeinsam sagen, Ross und ich. Euch beiden, dir und *Papá*. Teo wollte kein Kind, nicht nur nicht von Ross, von niemand. Aber ich will Kinder, und ich bin endlich schwanger, und um ihr das zu sagen, war ich bei ihr.«

»Sie sind zu Ihrer Schwester gegangen, um ihr zu sagen, dass Sie ein Kind von Ross erwarten?«

»Ja! Ganz genau.« Rosie warf trotzig den Kopf in den Nacken, wie eine Figur aus einer Seifenoper. »Früher oder später hätte sie sowieso rausgekriegt, dass Ross und ich zusammen sind. Das läuft schon seit Monaten. Ich wollte ihn, und er wollte mich. Und ich schenke ihm das Kind, das er sich von ihr gewünscht hat.«

Solange hatte die Augen geschlossen. Sie hatte ihre Sitzposition nicht verändert, nur die rechte Hand an ihre Stirn gelegt. »Rosie«, murmelte sie. *»Mon dieu, ma belle.«*

»Was denn?«, sagte Rosie. »Ross und ich schenken euch das Enkelkind, das ihr euch wünscht. Und jetzt sag mir nicht, ihr wünscht euch keine Enkelkinder, denn ich weiß ganz genau, dass ihr das tut. Ross' Eltern sehnen sich auch nach Enkelkindern, und die werden sich freuen wie die Schneekönige, wenn wir's ihnen sagen.«

»Was hast du zu ihr gesagt?«, fragte Solange ihre Tochter. Sie ließ ihre Hand sinken.

»Maman«, sagte Rosie, »sie hat ihm immer wieder Hoffnungen gemacht. So war sie eben. Ich wollte, dass sie damit aufhört, und das hab ich ihr klipp und klar gesagt. Was spielt es überhaupt für eine Rolle? Sie hat ihn nicht geliebt. Sie wollte ihn nicht mehr. Sie wollte kein Kind mit ihm, sie ...«

»Natürlich wollte sie ein Kind mit ihm!«, schrie Solange. »Sie haben es jahrelang versucht, aber sie war versehrt. Und zwar seit fast dreißig Jahren!«

Rosie starrte ihre Mutter entgeistert an. Dann sah sie Nkata an. Er verzog keine Miene. »Was meinst du mit ›versehrt‹?«, fragte sie.

Solange begann zu weinen. Sie versuchte etwas zu sagen, brachte jedoch kein Wort heraus. Schließlich stand sie auf und lief aus der Küche.

Rosie wandte sich an Nkata. »Was hat sie damit gemeint?«

Er sah keinen Sinn darin, Rosie im Dunkeln zu lassen. »Ihre Schwester wurde verstümmelt, bevor Sie geboren waren. In Nigeria.«

»Verstümmelt? Was soll das heißen?«

»Sie wurde beschnitten, oder wie auch immer Sie das nennen wollen. Und zwar richtig schlimm. Ich nehm an, Ihre

Eltern wollten nicht, dass Sie das erfahren. Oder Teo wollte es nicht.«

Rosie schluckte. Ihre Lippen sahen trocken aus. »Sie lügen«, sagte sie. »Das ist doch typisch. Die Polizei lügt die Leute an, um sie dazu zu bringen, dass sie über was reden, worüber sie nicht reden wollen.«

»Nein, ich lüge nicht«, sagte Nkata. »Im Fernsehen läuft das vielleicht so, aber nicht im richtigen Leben. Und was diese Sache angeht, hätt ich überhaupt keinen Grund zu lügen.«

»Aber Ross hat nie was davon erwähnt. Er hätte es mir doch gesagt.«

»Vielleicht hat er es als seine Privatsache angesehen. Also, ich meine, eine Privatsache zwischen ihm und Ihrer Schwester. Vielleicht wusste er, dass sie es Ihnen nicht erzählt hat, und wollte das respektieren.«

»Sie *wollte* ihn nicht mehr. Und er war drüber weg.« Sie ließ den Kopf hängen. »O mein Gott«, flüsterte sie.

THE MOTHERS SQUARE
LOWER CLAPTON
NORTH-EAST LONDON

Lilybets beschmutztes Bettzeug musste abgezogen werden, und das hätte Mark die Gelegenheit geboten, auf die er gewartet hatte, denn das ging nur zu zweit. Schon in der Nacht war der Geruch eindeutig gewesen, und jetzt war der Gestank so extrem, dass er nicht durch die Nase atmen konnte. Pete dagegen schien überhaupt kein Problem damit zu haben. Er begriff nicht, wie sie das hinbekam. Aber so war sie eben: eine Frau, die an jeder neuen Aufgabe wuchs.

Sie sah aus wie immer, trotz der frühen Morgenstunde – ruhig und gelassen, das weiße T-Shirt ordentlich in die Jeans gesteckt, das Haar gekämmt und hinter die Ohren geschoben. Inzwischen hatte sie ein paar graue Strähnen, aber sich die Haare zu färben kam ihr nicht in den Sinn.

Zuerst hatten sie Lilybet zu zweit sauber gemacht – einer hatte sie hochgehalten, und der andere hatte sie von Schlafanzug und Windel befreit. Dann hatte Mark mit einem Schwamm die Reste ihres Unfalls – wie sie es immer nannten – abgewaschen, während Pete sie beruhigt und ihr dieses Lied vorgesungen hatte, *Con Te Partirò,* von diesem blinden italienischen Sänger, dessen Namen er sich nie merken konnte. Anschließend hatten sie Lilybet ins Bad gebracht, und als sie gerade dabei gewesen waren, sie abzuduschen, war Robertson gekommen. »Wir sind im Bad!«, hatte Mark gerufen. Auf dem Weg zu ihnen kam der Pfleger an Lilybets Zimmer vorbei und rief: »Soll ich mich darum kümmern oder lieber im Bad helfen?« Mark war es egal, aber Pete sagte: »Machen Sie bitte das Bett, Robertson«, denn sie wollte nicht, dass Lilybet sich für das Malheur schämte, auch wenn niemand wissen konnte, ob Scham überhaupt etwas war, das in ihrer Welt vorkam.

Auch gut, hatte Mark gedacht. So hatte er mehr Zeit, sich den Kopf darüber zu zerbrechen, was Pete wohl zum Pfandleihhaus gebracht hatte, und sich zu fragen, warum sie es für nötig gehalten hatte, etwas zu versetzen. Er wusste nicht, welche Frage ihn mehr beunruhigte.

Er überlegte, ob er wirklich eine Antwort auf diese Fragen haben wollte. Ging ihn das alles überhaupt etwas an? Unter normalen Umständen hätte er die Frage wahrscheinlich verneint. Aber weil sie über Teo Bescheid wusste und auch noch mit ihr kommuniziert hatte, fand er, dass ihn das alles durchaus etwas anging.

Seine körperliche Beziehung zu Teo würde sie nicht kratzen, das wusste er, egal ob sie »echten« Sex gehabt hatten oder nicht. Sie sagte ihm schon seit Jahren, er solle sich »Erleichterung verschaffen«, wie sie es nannte. Sie wusste natürlich nicht, dass er mit seinen sexuellen Gelüsten bei Teo nicht weit gekommen war. Aber irgendwie war sie dahintergekommen, dass er sein Herz verschenkt hatte. Und das war ihr Schreckensszenario: Er war ihr sexuell untreu gewesen, und zwar mit ihrem Segen. Auf diese Weise hatte er eine Frau gefunden, in die er sich verliebt hatte, und jetzt würde er sie verlassen, weil er das Leben, das er mit ihr teilte, nicht mehr ertragen konnte. Die Angst, dass er sie verlassen könnte, war der Hauptgrund, warum Pete fast die gesamte Last mit der Pflege ihrer Tochter auf sich nahm, das war Mark schon lange klar.

»Genug gebadet?«, fragte Pete Lilybet jetzt. Dann hob sie ihre Tochter, die schwer war wie ein Sack Kartoffeln, aus der Badewanne. Über die Jahre hatte Pete unglaubliche Kräfte entwickelt.

Mark nahm das große Badetuch vom Haken, ein Kinderbadetuch mit einer Kapuze, die aussah wie ein Entenkopf mit Schnabel. Während Pete Lilybet aufrecht hielt, wickelte Mark das Badetuch um ihren dünnen Körper und zog ihr die Kapuze über den Kopf. »Jetzt siehst du aus wie eine Ente!«, rief er lachend, um die Stimmung ein bisschen zu heben.

»Wir haben den Rollstuhl vergessen«, sagte Pete. »Kannst du ihn holen?«

Als Mark ins Kinderzimmer kam, wo Robertson gerade dabei war, das Bett frisch zu beziehen, sagte der Pfleger: »Ich kann den Rollstuhl auch ins Bad bringen. Sie müssen doch bestimmt zur Arbeit, oder?«

»Später«, antwortete Mark.

»Dann machen Sie sich ein ordentliches Frühstück. Sie haben doch sicher einen langen Tag vor sich.«

Mark nickte. Er ging in die Küche, setzte Kaffee auf und nahm Cornflakes aus dem Schrank.

Während er den Frühstückstisch deckte, fragte er sich, wie es wohl weitergegangen wäre, wenn Teo nicht gestorben wäre. Hätte er Pietra verlassen? Hätte er angefangen, sich insgeheim zu wünschen, dass Lilybet starb, damit er Pietra verlassen konnte? Es widerstrebte ihm zu glauben, dass er zu so etwas fähig war: sich den Tod seiner Tochter zu wünschen, um frei zu sein für eine andere Frau. Aber er war sich nicht sicher. Und er war auch nicht auf die Probe gestellt worden, denn Teo hatte nie irgendetwas von ihm verlangt.

Vielleicht musste er sich eingestehen, dass Teo in Wirklichkeit nur ein Produkt seiner Fantasie gewesen war. Vielleicht war sie in seinen schlimmsten Momenten vor allem dazu da gewesen, seine Gedanken mit dem Bild abzulenken, wie er sich ihr gemeinsames Leben vorstellte: Teo und er in tiefer Liebe verbunden, zwei, die sich auf das Abenteuer einließen, sich offen als Paar zu bekennen; er mit dieser umwerfenden Frau am Arm, die alle Blicke auf sich zog, wenn sie ... ja, was? Im Skiurlaub waren? In teuren Restaurants aßen? In Londons Parks spazieren gingen? Wenn sie einander unterstützten, einander zuhörten, gemeinsame Interessen entwickelten? Männer, die sie zusammen sahen, würden Teo begehren. Frauen, die sie zusammen sahen, würden sie beneiden. Seine Familie würde sie wegen ihrer Warmherzigkeit mögen. Ihre Familie würde ihn wegen seiner Liebe zu ihr mögen. Sie würden eine Stadtwohnung und ein Ferienhaus auf dem Land besitzen, und sie würden ... ja, was? Gemüse anbauen? Ihre Hunde Gassi führen? Hand in Hand aufs Dorffest gehen und mit ihren Nachbarn plaudern? Am Abend des Guy Fawkes Day Feuerwerk zünden? Mit all diesen Wunschträumen hatte er sich die Zeit vertrieben, und das bewies, dass es ihm immer nur um das gegangen war, was er wollte, und nie darum, wie es Teo ging. Und warum war das so gewesen? Weil er gar nicht gewusst hatte, dass es ihr schlecht ging, weil sie ihm nie erzählt hatte, wie sehr sie litt. Weil sie für ihn die Erfüllung all seiner Träume dargestellt hatte, war er nie auf die Idee gekommen, sich zu fragen, wie ihre Träume aussahen, und ob er überhaupt fähig gewesen wäre, in irgendeiner Weise zu deren Erfüllung beizutragen.

Die Stimmen von Robertson und Pete rissen ihn aus seinen Gedanken. »Da müssen Sie ein Auge drauf haben«, sagte Robertson gerade. »Kann sein, dass sie eine Intoleranz entwickelt. Was sagt der Hausarzt denn dazu?«

»Ich hab ihn noch nicht angerufen.«

»Das sollten Sie aber machen, bevor es schlimmer wird. Sie dürfen nicht vergessen, dass bei einem Krankheitsbild wie dem Ihrer Tochter jederzeit etwas Schlimmes passieren kann.«

Mark hatte keine Ahnung, was mit Lilybet los war. Auch das musste er sich vorwerfen. Seit mindestens einem Jahr drehte er sich nur um sich selbst. Er hatte nicht gesündigt, weil er etwas begehrte. Seine Sünde bestand darin, etwas völlig blind zu begehren, sodass er um sich herum nichts mehr mitbekommen hatte.

Er musste unbedingt mit Pete reden. Von Angesicht zu Angesicht. Pete konnte nicht gut lügen – seiner Erfahrung nach konnten das eigentlich nur Psychopathen –, und wenn er mit ihr redete, würde ihr Gesicht ihm beide Fragen beantworten: Was und warum? Er musste es wissen. Selbst wenn dabei herauskam, was er wirklich für Teo empfunden hatte. Selbst wenn die Wahrheit ihre Welt zerstörte, so erbärmlich klein sie auch sein mochte.

»Da sind wir, Daddy!«, rief Pete, als sie Lilybet in die

Küche schob. »Wir wollen Rührei mit Toastbrot zum Frühstück. Mit Butter und Erdbeermarmelade. Klingt das nicht toll? Kannst du dich darum kümmern, Daddy? Aber ich kann es auch machen. Es ist ganz einfach. Genau, setz dich einfach an den Tisch. Für dich nur Cornflakes? Das ist nicht gesund. Lass uns ein richtig ordentliches Frühstück machen, für uns alle drei. Robertson kann auch mitessen, wenn er will. Robertson!«, rief sie in Richtung Kinderzimmer. »Wie wär's mit Rührei und Toastbrot? Und Erdbeermarmelade?«

»Ich mach schon, Pete.«

»Unsinn. Du machst sowieso schon so viel, stimmt's, Lilybet? Macht dein Daddy nicht sowieso schon mehr als genug?«

Lilybet saß kraftlos in ihrem Rollstuhl und wedelte mit den Händen.

»Sie klatscht!«, rief Pete aus. »Sie versteht alles!«

»Pete, wir müssen reden«, sagte Mark.

»Schau mal, wie sie klatscht! Sie *klatscht*! Das hat sie noch nie gemacht!«

»Robertson?«, rief Mark. »Wollen Sie mit uns frühstücken?« Als der Pfleger mit der zusammengeknüllten Bettwäsche vor dem Bauch in der Küchentür erschien, sagte Mark: »Ich muss nur kurz was mit Pete besprechen. Können Sie so lange nach Lilybet sehen?«

»Klar«, sagte Robertson. »Sie kann mir helfen, das Rührei zu machen, nicht wahr, Kleines?«

Lilybet fuchtelte mit den Händen.

Mark führte seine Frau am Ellbogen ins Schlafzimmer. Er schloss die Tür und schaute sie an.

»Können wir über das Pfandleihhaus reden?«

Sie legte den Kopf schief. »Pfandleihhaus? Welches? Eins von deinem Bruder?«

»Ich nehme an, es ist das, wo Stuart arbeitet. Den kennst

du doch: Paulies Schwager. Paulie arbeitet in dem Laden am Anfang der Straße, Stuart in dem am Ende der Straße.« Mark nahm den Pfandbon aus der Hosentasche und hielt ihn ihr hin. »Ich möchte wissen, was du versetzt hast. Und ich möchte wissen, warum.«

Sie stand reglos da und betrachtete den Bon. Er wartete. Sie sagte nichts.

»Pete?«

»Nichts«, sagte sie. »Ich hab keine Ahnung, wofür der Pfandbon ist und wo der herkommt. Ich hab nichts versetzt. Was in aller Welt könnte ich denn schon versetzen?« Sie machte eine Geste, die die ganze Wohnung einzubeziehen schien. »Ehrlich, Mark. Was habe ich denn, was sich zu versetzen lohnte?«

»Wenn du Geld gebraucht hast, warum bist du nicht zu mir gekommen? Ich hab dir doch noch nie Geld verweigert. Wenn du was brauchst, wenn Lilybet was braucht… Pete, würdest du mir bitte sagen, was hier los ist?«

»Nichts ist los«, sagte sie und malte Anführungszeichen in die Luft, als sie seine Worte wiederholte. »Und wann sollte ich überhaupt Zeit haben, zu einem Pfandleihhaus zu gehen?«

»Ich hab das hier in deinem Portemonnaie gefunden«, sagte er.

»Durchsuchst du etwa mein…«

»Ich hab's dir gesagt. Ich hab mir ein paar Pfund aus deinem Portemonnaie genommen. Und dabei habe ich zufällig diesen Bon gefunden.«

»Und warum hast du mich nicht sofort darauf angesprochen?«

Das war eine gute Frage. Und er kannte die Antwort: Er hatte es nicht wirklich wissen wollen. Und warum nicht?, fragte er sich jetzt. Hast du Angst, was du rausfinden könntest, Kumpel?

»Es ist mir nicht in den Sinn gekommen«, sagte er. »Aber jetzt frage ich dich.«

»Es ist nichts, Mark«, sagte sie. »Ich gehe jetzt wieder in die Küche und helfe Robertson dabei, Lilybets Frühstück zu machen.«

Sie wandte sich zum Gehen. Der Pfandbon schien sich in seine Handfläche zu brennen. Sie öffnete die Tür, doch bevor sie das Zimmer verließ, sagte er: »Dein Geheimnis ist bei Paulie gut aufgehoben. Er hat mir nichts gesagt. Weiß *er*, warum du etwas versetzt hast?«

Sie schüttelte den Kopf. »Ich habe nichts versetzt, Mark.«

Dann ging sie. Er fragte sich, warum sie ihm, seit er ihr den Bon gezeigt hatte, nicht mehr in die Augen gesehen hatte.

HACKNEY
NORTH-EAST LONDON

»Ich habe Ihnen alles gesagt, Sergeant. Mehr habe ich dem nicht hinzuzufügen.«

»Tja, das scheint so nicht zu stimmen. Kann ich reinkommen?«

»Wissen Sie eigentlich, wie spät es ist?«

»Hören Sie, mir macht das genauso wenig Spaß wie Ihnen, Mr Carver«, sagte Barbara Havers. Sie drehte sich um. Auf dem Bauernhof auf der gegenüberliegenden Straßenseite krähte ein Hahn wie verrückt. »Wie können Sie bei dem Lärm schlafen?«

»Silikonohrstöpsel. War meine erste Investition, nachdem ich hierher gezogen bin.«

»Ich hoffe, die zweite waren Räucherstäbchen«, sagte sie.

»Also noch mal: Kann ich reinkommen? Sie wollen doch sicher nicht, dass die Nachbarn mich sehen. Die könnten auf Ideen kommen, und schwupps, ist Ihr guter Ruf dahin.«

Das einzig Gute an diesem frühen Morgen war die Wildbeeren-Pop-Tart gewesen, die sie sich zum Frühstück genehmigt hatte, dachte Barbara. Na ja, eigentlich hatte sie zwei verdrückt, wenn sie brutal ehrlich war. Allerdings hatte sie die Pop-Tarts unterwegs essen müssen, dabei war die Hälfte ihres Tees auf den Fußboden ihres Mini geschwappt, und es war reine Glückssache gewesen, dass sie sich nicht selbst bekleckert hatte.

Ihr Handy hatte nämlich genau in dem Moment geklingelt, als ihre zwei Pop-Tarts aus dem Toaster gepoppt waren und ihre Wohnung mit dem Duft von 1001 Konservierungsstoffen erfüllt hatten. Sie hatte die Dinger hastig in ein Küchentuch gewickelt, nachdem Winston ihr von seinem Gespräch mit Rosie und ihrer Mutter berichtet hatte, und sich auf den Weg nach Hackney gemacht. Sie hatte darauf gebaut, Carver zu dieser unchristlichen Stunde zu Hause anzutreffen, und sie hatte richtiggelegen. Seit ihrem letzten Besuch war er nicht faul gewesen. Auf seinem Balkon stapelten sich nur noch halb so viele Kartons wie beim letzten Mal, offenbar hatte er die anderen inzwischen nach Streatham geschafft.

»Da ich schon mal auf bin, können Sie auch reinkommen«, sagte er jetzt und ging von der Tür weg, wie um ihr Zeit zu lassen, sich zu entscheiden.

Er trug nichts als eine Trainingshose, die ihm locker um die Hüften hing. Er hatte einen muskulösen Oberkörper wie ein Gewichtheber. Dee Harriman hätte ihn wahrscheinlich als göttlich bezeichnet. Er ging ins Schlafzimmer, was Barbara jedoch nicht als Aufforderung deutete, ihm zu folgen. Sie hörte, wie eine Schublade geöffnet und wieder geschlossen wurde, und eine Minute später kam er wieder heraus, bekleidet mit Jeans und einem T-Shirt mit dem Logo des Londoner Marathons. Er war immer noch barfuß, und seine ungekämmten Locken fielen ihm fast bis auf die Schultern.

Er ging in die Küche, füllte den Wasserkocher, nahm eine Henkeltasse aus dem Schrank und fragte Barbara, ob sie Kaffee wolle. Sie antwortete, sie stehe eher auf Tee und würde nicht Nein sagen, falls er welchen hätte. Ja, aber nur Yorkshire-Tee. Sie willigte ein.

Er öffnete den Kühlschrank und nahm einen großen Milchkarton heraus. Sie sah, dass der ganze Kühlschrank vollgestopft war mit Fertiggerichten. Er nahm eine Packung heraus, leerte den Inhalt auf einen Teller, schob den Teller in die Mikrowelle und schaltete sie ein. »Also«, sagte er. »Ich nehme nicht an, dass das ein Höflichkeitsbesuch ist. Aber ich habe Ihnen schon alles gesagt, was ich weiß.«

»Kann durchaus sein«, sagte Barbara. »Aber heißt das, Sie wissen nicht über Rosie Bescheid?«

Er wirkte sofort wachsam. »Was ist mit Rosie? Ist ihr was passiert?«

»Ja und nein. Kommt drauf an, was Sie unter *passieren* verstehen. Sie hat Ihnen die frohe Botschaft also noch nicht verkündet?«

Die Mikrowelle bimmelte, und er nahm den Teller heraus. Er holte Besteck aus einer Schublade, lehnte sich mit dem Hintern an die Anrichte und aß im Stehen. »Wovon reden Sie?«, fragte er.

»Von ihrer Schwangerschaft.«

»Schwangerschaft?«

»Rosie ist schwanger. Von Ihnen, sagt sie. Sie behauptet, es ist Bestimmung, es ist die Frucht Ihrer wahren, unsterblichen Liebe, was weiß ich. Sie sagt, es steht schon seit Ewigkeiten in den Sternen. Also, dass Sie beide füreinander bestimmt sind. Nicht Sie und Teo.«

Ross hatte aufgehört zu essen, den Teller in der Hand. »Wie kann sie ... Wie ist es passiert?«

»So wie alle schwanger werden, nehm ich an. Es sei denn, der Erzengel Gabriel hat sie mit dem Heiligen Geist bekannt gemacht. Sie scheinen sich zu wundern, Mr Carver. Oder seh ich das falsch?«

Er stellte den halbvollen Teller in die Spüle, offenbar hatte er den Appetit verloren. Während er einen Teebeutel in eine Henkeltasse hängte und Kaffee in eine Cafetière füllte, fuhr Barbara fort: »Wenn Rosie also die Wahrheit sagt und Sie beide Matratzenpolka getanzt haben, dann könnt es doch sein, dass Teo deswegen mit Ihnen reden wollte. Rosie hat's ihr nämlich verraten, wissen Sie. Das war der Grund für den Streit, den die Nachbarn gehört haben. Anfangs hat sie meinen Kollegen gegenüber behauptet, sie hätten sich in die Wolle gekriegt, weil Teo ihren kranken Vater nicht oft genug besucht hat. Aber jetzt sagt Rosie, dass es um Sie beide ging und um ihre Schwangerschaft. Sie behauptet, Teo hätte Sie nicht geliebt. Sie hätte Sie nicht mehr haben wollen und weggeworfen. Und deswegen muss ich Sie jetzt fragen: War das mit Rosie für Sie 'ne einmalige Sache, oder war es mehr? Ich frage das, weil wir einfach nicht aus ihr schlau werden. Ist sie Ihre neue große Liebe, oder haben Sie nur ein bisschen mit ihr rumgemacht, während Sie mit ihrer Schwester verheiratet waren?«

Er machte den Kühlschrank wieder auf. Diesmal nahm er eine Flasche Saft heraus, Granatapfel oder Cranberry. Er füllte ein Glas und trank es aus. Der Wasserkocher schaltete sich ab, doch Carver schien sowohl den Tee als auch die Cafetière vergessen zu haben. »Sind Sie eigentlich immer so grob oder nur mir gegenüber?«

373

»Erzählen Sie mir doch einfach, wie genau Ihr Verhältnis zu Teo Bontempis Schwester aussieht, Mr Carver. Ich versuche, Ihnen zuzuhören, ohne grob zu werden, auch wenn ich nichts versprechen kann.«

»Also gut.« Anscheinend waren ihm Tee und Kaffee wieder eingefallen. Er füllte die Henkeltasse mit heißem Wasser und schob sie zusammen mit einer Schachtel Würfelzucker in Barbaras Richtung, dann füllte er auch die Cafetière. Er ließ sich viel Zeit. Sie sagte: »Mr Carver.« Er sagte: »Teo.«

»Teo was?«

»Für mich gab es immer nur Teo. Ich habe Teo geliebt.«

»Und wie sind Sie dann bei Rosie gelandet?«

»Sie wusste es. Ich hab ihr nichts vorgemacht. Ich hab sie nicht angelogen.«

»Wovon reden Sie?«

»Rosalba *wusste*, dass es für mich immer nur Teo gab. Alle haben das gewusst. Das hab ich Ihnen schon gesagt. Wir waren zusammen, seit sie sechzehn war. Aber als Teo sich von mir trennen wollte, dachte Rosalba... Ich weiß nicht... Sie wollte mich trösten, jemand sein, bei dem ich mich ausweinen konnte. Sie wollte meine Vertraute sein. Sie hat sich als eine Art Vermittlerin angeboten. So hat es angefangen.«

»Anscheinend haben Sie sich nicht nur bei ihr ausgeweint.«

»Ich hab's nicht drauf angelegt. Sie ist einfach immer wieder bei mir aufgekreuzt. Und nachdem es einmal angefangen hatte...«

»›Es‹?«

»Das mit dem Sex, okay? Ich hab mir jedes Mal gesagt, nur dieses eine Mal. Und das habe ich auch so gemeint, und ich hab es ihr gesagt. Aber dann stand sie wieder vor der Tür. Was hätte ich denn *tun* sollen, verdammt noch mal?«

»Sie einfach nicht reinlassen, zum Beispiel? Aber Sie haben sie reingelassen, stimmt's? In diese Wohnung hier?«

Er verdrehte die Augen himmelwärts, als könnte ihm jemand von da oben einen Tipp geben, wie er das, was passiert war, verständlich machen und sich selbst als unschuldig darstellen konnte. Barbara rechnete schon damit, dass er als Nächstes ausrufen würde: *Was soll ein Mann denn machen?* Stattdessen sagte er: »Ja, ich hab sie reingelassen. Sie ist schön. Sie ist umwerfend schön. Sie war scharf auf mich, und das hat sie mehr als deutlich zu erkennen gegeben. Und ich war unglücklich. Am Boden zerstört. Das ist keine Rechtfertigung – okay? –, nur eine Erklärung. So ist es passiert. Ich hab sie nicht geliebt. Ich liebe sie nicht. Das hab ich ihr gesagt. Ich habe gesagt: ›Das hat nichts mit Liebe zu tun, Rosalba. Ich liebe deine Schwester.‹ Und sie hat gesagt… So wahr mir Gott helfe, sie hat gesagt: ›Tu einfach so, als wär ich Teo. Nenn mich Teo.‹ Und das hab ich getan.«

Barbara blinzelte, aber am liebsten hätte sie sich selbst geohrfeigt wie eine Comicfigur, um sich zu vergewissern, dass sie richtig gehört hatte. »Soll das heißen, sie hat für Sie 'ne Rolle gespielt? Sie haben es mit ihr getrieben, weil sie ihre eigene Schwester gespielt hat?«

»Ich sage, wie und warum es passiert ist. Es hat mir einen Vorwand geliefert, mit ihr ins Bett zu gehen. Und sie wusste, dass ich, um mit ihr zu vögeln – was *sie* unbedingt wollte –, einen Vorwand brauchte. Und als sie mir gesagt hat, dass sie die Pille nimmt, hab ich ihr geglaubt.«

»Tja, so ein Pech aber auch. Hat sie nicht. Sie hat's ihrer Mutter übrigens gesagt. Ihre Mutter war dabei, als mein Kollege sich mit Rosie unterhalten hat. Er ist noch mal zu ihr gefahren, um ein paar Details zu klären, die sie ihm beim ersten Mal untergejubelt hat.«

»Was für Details?«

»Sie hat behauptet, ihre Eltern hätten Teo gar nicht adoptieren wollen, sie hätten sie nur notgedrungen genommen, um Rosie zu bekommen. Sie hat behauptet, die vom Waisenhaus hätten gesagt, wenn sie die große Schwester nicht nehmen, kriegen sie das Baby nicht.«

»Das hat sie wirklich gesagt? Rosalba?«

Barbara nickte. »Aber ihre Mutter hat sie offenbar aufgeklärt.« Dann fügte sie hinzu: »Rosie wusste auch nicht, dass Teo beschnitten war.«

Ross schaute zu Boden, holte tief Luft, hob den Kopf wieder und schaute Barbara an. »Teo wollte nicht, dass jemand davon erfährt, der es nicht schon wusste oder unbedingt davon wissen musste: ihre Eltern, ihr Hausarzt und ich.«

»Aber für einen Film hat Teo darüber gesprochen.«

Er drehte sich um und schenkte sich Kaffee in die Henkeltasse, auf der ein Bild von einer Kathedrale prangte und darunter die Worte *Piazza San Marco.* »Für einen Film? Warum?«

»Eine Filmemacherin dreht 'ne Doku über FGM, also über Genitalverstümmelung bei Frauen. Sie hat versucht, Mädchen dazu zu bringen, dass sie ihre Geschichte erzählen. Aber es hat nicht so funktioniert, wie sie sich das vorstellte. Die Mädchen sind regelrecht erstarrt, sobald die Kamera lief. Und um die Mädchen zu ermutigen, hat Ihre Frau ihre Geschichte erzählt. Die Szene soll in den eigentlichen Film nicht aufgenommen werden, das hat die Filmemacherin Teo versprochen, aber als ich mit ihr über Teo gesprochen hab, hat sie sie mir gezeigt. Teo wirkte …« Barbara suchte nach dem richtigen Wort, um zu beschreiben, was sie in Teo Bontempis Augen gesehen zu haben glaubte. »Teo wirkte versehrt. Es war, als wäre ein wesentlicher Teil von ihr… ihr Wesen oder ihre Seele … bei der Beschneidung mit verstümmelt worden.«

Carver ging mit seiner Tasse ins Wohnzimmer. Er trat an die Balkontür und schaute hinaus zu dem Miniaturbauernhof auf der anderen Straßenseite. »Das, was Sie da zu beschreiben versuchen, hat sie meistens gut verbergen können. Diese seelische Verletzung war ein Teil von ihr, aber ich dachte, dass sich das heilen lassen könnte.«

»Sie meinen, mit irgendeiner Art Therapie?«

»Ja. Aber ich dachte auch, dass sich das Körperliche heilen lassen könnte. Ich wollte, dass sie zu einer Ärztin geht, das hatte ich Ihnen ja schon erzählt. Aber sie hat immer nur gefragt: ›Und was soll das bringen?‹ Trotzdem habe ich nicht lockergelassen, und irgendwann hat sie das nicht mehr ertragen.«

Barbara konnte sich ungefähr vorstellen, was er meinte. Sie sagte: »Damit wären wir wieder bei ihrem Terminkalender, nicht wahr? Wo sie für den 24. Juli ›Begutachtung‹ eingetragen hat.«

Carver wandte sich von der Balkontür ab. »Kann es sein, dass sie tatsächlich mit einer Ärztin über ihr Problem gesprochen hat?«

»Sie haben ausgesagt, dass sie Sie angerufen und um ein Gespräch gebeten hat. Könnte das der Grund dafür gewesen sein?«

»Dass sie mit einer Chirurgin gesprochen hatte? Aber wenn sie das mit ›Begutachtung‹ gemeint hat, warum hat sie mir dann nicht gleich davon erzählt? Wenn es das denn war, worüber sie mit mir reden wollte.«

»Vielleicht wollte sie ja auch mit Ihnen über Rosie reden. Darüber, dass Sie Rosie geschwängert hatten. Oder über beides? Nach dem Motto: ›Ich hab das für dich gemacht, ich hab das für uns gemacht, und jetzt erfahr ich, dass du die ganze Zeit meine Schwester vögelst.‹«

»Ich wollte es nicht. Ich hatte das nicht beabsichtigt. Ich...«

»Alles klar. Trotzdem glaub ich nicht, dass Rosie Sie gefesselt und sich gegen Ihren Willen über Sie hergemacht hat. Wie klang Teo denn, als sie Sie angerufen hat?«

»Sie hat mich nicht angerufen. Sie hat mir eine SMS geschickt.«

»War das normal?«

»Nein. Wieso? Was vermuten Sie denn? Die Nachricht kam von ihrem Handy. Sie glauben doch nicht etwa, dass jemand anders… Das Handy lag in ihrem Schlafzimmer. Ich hab's gesehen.«

»Wir können es nicht finden.«

»Können Sie es nicht orten lassen?«

»Das dauert. Wir sind da dran. Aber…«, sie hob die Schultern, »wir müssen Schlange stehen.«

»Und was ist mit Verbindungsnachweisen?«

»Da sind wir auch dran.« Sie kramte eine Visitenkarte aus ihrer Umhängetasche. »Wenn Sie regelmäßig Glotze gucken, kennen Sie das ja: Falls Ihnen noch irgendwas einfällt, falls Sie was sehen oder hören, egal wie nebensächlich es Ihnen erscheint, rufen Sie mich an. Falls ihre Schwester sich bei Ihnen meldet, will ich das wissen. Falls ihre Eltern sich melden, ebenfalls. Falls Ihnen ein Detail einfällt, das Sie noch nicht erwähnt haben, dito. Haben wir uns verstanden?«

Er nahm die Visitenkarte entgegen und steckte sie ein. »Verstanden.«

KENNINGTON
SOUTH LONDON

Deborah war nervös, sie konnte sich überhaupt nicht richtig auf ihre Arbeit konzentrieren. Ihre Gedanken kreisten um die Diskussion, die sie mit ihrem Mann und ihrem Vater geführt hatte, und um ein Telefongespräch mit Narissa Cameron am späten Abend.

Zuerst dachte Deborah, sie wollte über ihren Dokumentarfilm reden, aber Narissa hatte aus einem ganz anderen Grund angerufen. Sie sei aufgeflogen, sagte sie. Die Polizei sei auf einen Anruf von Nachbarn hin bei ihren Eltern gewesen. Als sie von Orchid House nach Hause gekommen war, habe sie vor der Tür einen Zettel vorgefunden, eine Nachricht in der Handschrift ihres Vaters: *Bitte komm nach oben. Die Polizei war da.*

»Es war das verdammte Kätzchen«, sagte Narissa. »Ich hab gleich gewusst, dass das Kätzchen Ärger machen würde.«

Deborah nahm nicht an, dass die Polizei wegen eines Kätzchens bei Leuten klingelte, aber sie dachte sofort daran, wie oft sie Narissa und Zawadi hatte miteinander tuscheln sehen, und dann brauchte sie nur noch zwei und zwei zusammenzuzählen. »Sie haben Bolu Akin versteckt«, sagte sie.

»Sie sollten eigentlich nichts davon mitbekommen. Zumindest wollte ich es ihnen nicht sagen.«

»Ihren Eltern?«

»Ich will schließlich nicht auf der Straße landen. Aber als die Polizei weg war, ist mein Vater in meine Wohnung gegangen – ich wohne im Souterrain –, und da hat er sie gefunden. Er hatte die Nachrichten gesehen, meine Mutter auch. Daher wussten sie natürlich, wer sie ist. Mein Vater finanziert mir die Doku zu einem großen Teil, und er hat mir angedroht, mir die Mittel zu streichen, wenn ich das Problem nicht löse. Es widerstrebt mir zutiefst, Sie damit zu behelligen, Deborah, aber…«

»Bei uns kann ich sie nicht verstecken«, sagte Deborah. Ihr Vater sei regelrecht süchtig nach Nachrichtensendungen, erklärte sie Narissa, und er habe eine klare Meinung zum Verschwinden von Boluwatife Akin. Ihr Mann vertrete den Standpunkt, dass es Sache der Polizei sei, die Angelegenheit zu regeln. »Wenn Sie Bolu herbringen, ruft einer von den beiden sofort die Polizei, Narissa, das schwöre ich Ihnen. Mein Vater glaubt Charles Akin jedes Wort. Und mein Mann will nicht, dass wir uns in Dinge einmischen, für die die Polizei zuständig ist. Ich hoffe, Sie glauben mir, dass ich Bolu jederzeit bei mir aufnehmen würde, aber ich kann die beiden einfach nicht davon überzeugen, dass sich das Mädchen in Gefahr befindet.«

Narissa fluchte leise vor sich hin. Deborah fragte: »Was ist mit der Frau, die Sie immer wieder anrufen?«

»Welche Frau? Wovon reden Sie?«

»Die Frau von Ihrer Besprechung.«

»Victoria?« Narissa schwieg einen Moment.

»Könnte Bolu nicht eine oder zwei Nächte bei ihr bleiben?«

»Wenn Zawadi rausfindet, dass ich Bolu woanders untergebracht habe, dreht *sie* mir den Hahn ab. Himmelherrgott, das würde alles nicht passieren, wenn Zawadi Schutzanordnungen beantragen würde.«

»Schutzanordnungen?«

»Sagen Sie mir nicht, Sie wissen nicht, was das ist, Deborah. Meine Fresse. Egal. Sie sind weiß, Sie haben jede Menge… also warum sollten Sie sich mit sowas auskennen?«

»Jede Menge…?«

»Chelsea? Ich bitte Sie.«

»Also gut. Ich würde gern sorry sagen, aber das hatten

wir ja schon. Bitte erklären Sie mir, was eine Schutzanordnung ist.«

»Eine gerichtliche Schutzanordnung ist eine Waffe, die man gegen FGM einsetzen kann. Die Eltern werden vom Gericht aufgefordert, ihre Pässe abzuliefern, sie werden darüber informiert, dass sie verhaftet, angeklagt und wahrscheinlich verurteilt werden, wenn sie ihre Tochter beschneiden lassen. Jeder kann so eine Schutzanordnung beantragen, aber Zawadi weigert sich stur, das zu tun. Wenn sie es täte, könnte Bolu sofort wieder nach Hause.«

»Und warum ...«

»Weil sie findet, Schutzanordnungen sind nur dazu gut, dass Weiße sich einbilden können, sie würden was Gutes tun, während sie gleichzeitig keinen Finger krumm machen, um anderen Leuten zu helfen. Und falls Ihnen das noch nicht aufgefallen ist: Zawadi hält sowieso nichts von den guten Taten der Weißen – in Anführungszeichen. Und da es Weiße waren, die sich das mit den Schutzanordnungen ausgedacht haben ...«

»Moment mal. Wollen Sie damit sagen, dass alle schwarzen Aktivistinnen die Schutzanordnungen ablehnen?«

»Nein. Es gibt jede Menge schwarze Aktivistinnen, die sie befürworten. Aber Zawadi findet, dass viel zu viele Leute Schutzanordnungen beantragen – und zwar vor allem Weiße –, und dann dauert das alles zu lange. Sie glaubt, es ist einfacher und geht schneller, wenn wir potenzielle Opfer bei Familien unterbringen, die was gegen FGM unternehmen wollen.«

»Und für wie lange?«

»So lange, bis Sozialarbeiterinnen eine Beziehung zu den Eltern aufgebaut und sich davon überzeugt haben, dass das Mädchen auf keinen Fall verstümmelt werden wird.«

Aber Charles Akin und seine Frau hatten mehr als deutlich

381

gemacht, dass sie sich aus Prinzip weigerten, mit irgendwelchen Sozialarbeiterinnen zu reden. Und es sah nicht so aus, als bestünde die Chance, dass sie einlenkten.

Da Deborah Bolu nicht zu sich nehmen konnte, hatte sie sich entschlossen, am nächsten Morgen mit Zawadi über Bolu, deren Eltern, Schutzanordnungen und alles andere zu reden. Sie hatte sich von Narissa Zawadis Adresse geben lassen und war extra früh aufgebrochen, um genug Zeit zu haben, vor der nächsten Fotosession bei Orchid House einen Abstecher nach Kennington zu machen.

Zawadi wohnte in der Hillingdon Street in einem riesigen grauen Betonklotz mit zahllosen Satellitenschüsseln und grauen Balkonen, auf denen Wäsche zum Trocknen hing. Es waren insgesamt fünf Wohnblocks, und sie standen nur einen Steinwurf vom Kennington Park und eine Viertelstunde Fußweg von dem berühmten Kricketstadion The Oval entfernt.

Als Deborah gerade aus ihrem Auto stieg, fuhr Zawadi an ihr vorbei – und zwar in Richtung der Wohntürme. Sie bremste, als sie im Rückspiegel sah, dass Deborah ihr zuwinkte, setzte zurück und ließ ihre Scheibe herunter. Ehe sie fragen konnte, was Deborah wollte, erklärte Deborah, dass sie sich gerne über Boluwatife Akin unterhalten würde.

Zawadis Augen wurden schmal. »Was ist mit ihr? Wenn Sie hier sind, um mich auszuhorchen …«

»Narissa hat mich gestern Abend angerufen. Sie wollte Bolu zu mir bringen, aber mein Vater ist auf der Seite von Bolus Vater, und mein Mann … Na ja, ich kann den beiden nicht trauen.« Deborah berichtete Zawadi, was Narissa ihr am Telefon erzählt hatte.

Zawadi hörte sich das alles mit bewundernswerter Gelassenheit an. Dann musterte sie Deborah eine ganze Weile und sagte schließlich: »Kommen Sie mit.« Sie fuhr zu dem

Parkplatz, der zu dem ersten Wohnblock gehörte. Deborah parkte neben ihr. Zawadi nahm eine Umhängetasche vom Rücksitz ihres Wagens und sagte: »Ich war heute mit dem Transport zur Schule an der Reihe. Haben Sie schon bei mir geklingelt?«

»Nein, ich bin gerade erst angekommen. Ich wusste gar nicht, dass Sie Kinder haben.«

»Einen Sohn, Ned. Er ist zwölf. Was genau wollen Sie von mir? Wenn Sie Bolu nicht bei sich aufnehmen können, was gibt es dann zu bereden?«

»Ich dachte, wir könnten uns vielleicht… in Ihrer Wohnung unterhalten?«

Zawadi warf einen Blick auf ihre Armbanduhr. »Okay, zehn Minuten.« Dann ging sie voraus. Als sie im Hausflur auf den Aufzug warteten, sagte sie: »Ihr Vater hat vermutlich das Interview im Fernsehen gesehen.«

»Er verfolgt die Geschichte von Anfang an. Ich bin seine einzige Tochter. Er sagt, er kann dem Vater seine Sorge nachfühlen. Und er glaubt ihm.«

Zawadi betrachtete sie von Kopf bis Fuß, wie es ihre Art war. In ihrem Blick lagen Missfallen und Ablehnung. »Und Sie?«, fragte sie.

»Was FGM angeht, bin ich vollkommen auf Ihrer Seite. Aber wollen wir nicht lieber oben weiterreden?« Sie zeigte auf den Aufzug.

Sie stiegen ein, und Zawadi drückte den Knopf für den siebten Stock. Oben angekommen führte sie Deborah einen schummrigen Flur hinunter. Es gab zwar genug Lampen, aber in den meisten waren die Birnen durchgebrannt. An den Wänden wurden offenbar immer wieder irgendwelche Graffiti überstrichen, ohne Rücksicht darauf, ob die Farbe zur Originalfarbe – dieses für Sozialbauten im ganzen Land charakteristische Gelb – passte oder nicht. An den Wänden hingen keine Bilder, nur auf halbem Weg ein Schwarzes Brett.

In Zawadis Wohnung herrschte das typische Chaos, das Kinder verursachen. Überall lag Spielzeug herum: eine kleine Drohne, ein fernsteuerbares Auto, Rollschuhe, Brettspiele, eine Xbox, Sportschuhe, mehrere Fußbälle. Es gab nur ein Schlafzimmer, und darin standen zwei Betten. Ein Mann schien hier nicht zu wohnen. Zawadi erriet wohl Deborahs Gedanken, denn sie sagte: »Hier wohnen nur wir zwei, Ned und ich. Sein Vater hat was Besseres gefunden.«

Zawadi machte keine Anstalten, sich zu setzen, also blieb Deborah auch stehen und überlegte, wie sie ein Thema ansprechen sollte, bei dem Zawadi wahrscheinlich ausrasten würde. Schließlich sagte sie: »Also, es ist so. Ich habe so meine Zweifel, was Bolus Eltern angeht.«

»Gut.« Zawadi sammelte die Spielsachen vom Boden auf und legte sie mit der Sorgfalt von einer, die weiß, dass, was kaputtgeht, nicht so leicht würde ersetzt werden können, in einen großen Korb. »Das ist der Zweck der Übung. Alle sollen Zweifel bekommen.«

»Ja. Sicher. Aber ich wollte sagen, dass ich bezweifle …«

»Hören Sie mir gut zu. Dieser Typ, der sich Charles Akin nennt, hieß früher Chimaobi Akinjide, und er ist schlau wie ein Fuchs. Wenn er eine Frage hört, erkennt er sofort an der Wahl der Worte und an der Art, wie sie ausgesprochen werden, welches Gefühl er zeigen muss. Dieses Gefühl kann er aus dem Stand abrufen, er leitet das Gespräch in eine andere Richtung, und am Ende haben die Leute Mitleid mit *ihm* anstatt mit seiner Tochter. Ihnen geht es genauso, stimmt's? Sie haben Mitleid mit Mr Akin. Deswegen sind Sie hier. Hab ich recht?«

»Ich bin mir einfach nicht sicher, ob es richtig ist, Bolu von ihren Eltern fernzuhalten.«

»Ach nein? Und wie kommen Sie darauf, dass sich irgendjemand für Ihre Meinung interessiert?«

»Weil es mir wichtig …«

»Hören Sie. Der vornehme Mr Charles Akin weiß genau, was er tun muss, um sie wiederzubekommen. Schließlich verlangen wir kein Lösegeld. Aber er weigert sich zu tun, was nötig ist, damit Bolu wieder nach Hause kann. Er behauptet, es geht ihm ums Prinzip. Aber ich sage Ihnen: Solange dieser Mann nicht kooperiert, gibt es nichts zu bereden.«

»Aber Sie können sich doch vorstellen, wie er sich fühlen muss? Dass er plötzlich zur öffentlichen Zielscheibe wird?«

Zawadi lachte spöttisch auf. »Was wissen Sie denn schon davon, wie es ist, zur öffentlichen Zielscheibe gemacht zu werden?« Sie hob den Korb auf, setzte ihn sich auf die Hüfte und fuhr fort: »Es geht nicht darum, Akins zarte Gefühle nicht zu verletzen. Es geht um ein schutzloses Mädchen.«

»Aber er ist doch nur ins Visier geraten, weil er Nigerianer ist, oder?«

Zawadi nahm ein Sweatshirt und einen Turnschuh vom Sofa und verstaute beides im Korb. »Natürlich gerät er ins Visier, weil er Nigerianer ist. Das würde auch passieren, wenn er Somalier wäre. Er würde unter Verdacht stehen, wenn er egal aus welchem Land käme, wo Mädchen immer noch beschnitten werden.«

»Aber er lebt schon ewig in England, und seine Frau ist Engländerin. Sie ist *Ärztin*. Ich sehe einfach nichts, was darauf hindeutet …«

»Haben Sie schon vergessen, dass das Mädchen von sich aus zu uns gekommen ist?«, fragte Zawadi. »Sie ist aus freien Stücken bei Orchid House durch die Tür marschiert. Soll ich das vielleicht ignorieren, bloß weil ein paar Fernsehjournalisten und Boulevardblätter diesen Mann als Opfer darstellen, während niemand sich für die wirklichen Opfer interessiert, von denen es Hunderte gibt, Tausende, Millionen?«

»Narissa hat mir von der Möglichkeit einer Schutzanordnung erzählt.«

»Wir werden jetzt nicht über diese verdammten Schutzanordnungen diskutieren!«

»Warum denn nicht? Hören Sie, Zawadi, bitte. Ich verfolge die Geschichte auch von Anfang an, und zwar sowohl in den Tageszeitungen als auch in den Boulevardblättern. Und auch in den Fernsehnachrichten. Überall wird das Gleiche berichtet. Meinen Sie nicht, das könnte bedeuten, dass…«

»Es bedeutet, dass dieses Mädchen womöglich in Gefahr ist. Es bedeutet, dass ihre Eltern alles erzählen würden, nur um sie wiederzubekommen. Dass ihre Eltern sonst was schwören, dass sie jedem, der Ohren hat, versichern, sie würden ihrer Tochter niemals ein Leid zufügen, bedeutet überhaupt nichts. Denn wenn diese Leute vorhaben, Bolu beschneiden zu lassen, dann werden sie es tun, sobald sie wieder zu Hause ist. Sie wissen genau, dass das Mädchen sie nicht anzeigen wird. Denn wenn sie das tut, dann kommen sie ins Gefängnis, und was wird dann aus Bolu? Ich kann Ihnen genau sagen, was dann mit Bolu passiert: Die staatliche Fürsorge steckt sie in eine Pflegefamilie.« Zawadi hatte die Brettspiele ihres Sohnes in ein Regal neben dem Fernseher geräumt. Jetzt schaute sie mit grimmiger Miene zu Deborah hoch und fügte hinzu: »Sie wissen doch, was es mit FGM auf sich hat, oder?«

»Sie wissen, dass ich es weiß.«

»Gut. Schön. Aber Sie haben das nicht über sich ergehen lassen müssen, und deswegen steht es Ihnen nicht zu zu behaupten, dass jemand anders – vor allem ein Mädchen, das fast noch ein Kind ist – sich nicht in Gefahr befindet. In der

Hinsicht sind Sie auch nicht anders als Narissa. Sie will nur ihren Film. Und Sie wollen nur Ihr Buch.«

»Wollen Sie damit sagen, dass mich das alles kaltlässt? Dass es Narissa kaltlässt? Dass wir Sie und Orchid House und die Mädchen nur benutzen?« Deborah spürte, wie ihr die Hitze ins Gesicht stieg. »Ich wäre jetzt nicht hier, und Narissa hätte Bolu nicht bei sich aufgenommen, wenn wir diese Mädchen nicht retten wollten.«

Zawadi stand auf. Sie hatte die Xbox, das fernsteuerbare Auto und einen Fußball aufgehoben. »Ihnen und Narissa geht es in erster Linie um Ihre Projekte. Auch wenn Sie glauben, ich wüsste das nicht. Und mir ist auch klar, dass die Geschichte von Bolu und ihren Eltern einen schönen Wendepunkt in dem FGM-Drama liefern würde, an dem Sie beide arbeiten. Darum geht es Ihnen doch. Sie wollen mich zu einer Entscheidung nötigen, die Ihnen beiden ein Happy End liefert.«

»Nein, das stimmt ganz und gar nicht«, sagte Deborah. »Ich habe den Eindruck, dass Sie überall nur Feinde sehen.«

»Und mit verdammt gutem Grund.«

»Zawadi, bitte. Ich bin nicht Ihre Feindin, und Sie können diesen Kampf nicht allein ausfechten. Das muss Ihnen doch klar sein. Warum lehnen Sie etwas ab, das Sie im Kampf gegen all das unterstützen könnte?«

»Weil ich mir geschworen habe, jedem Mädchen zu helfen, das zu uns kommt und uns um Hilfe bittet. Und das bedeutet, dass ich sie erst nach Hause schicke, wenn ich mich davon überzeugt habe, dass ihr kein Leid geschieht. Bolus Eltern haben mich bisher nicht davon überzeugt, und solange sie das nicht tun, werden sie ihre Tochter nicht wiedersehen.«

»Und was ist, wenn Sie wegen Entführung, Freiheitsberaubung, oder als was auch immer man Ihre Aktion bezeichnet, verhaftet werden? Was dann? Wie soll Orchid House ohne Sie weiterbestehen?«

»Ich gehe davon aus, dass meine Anwältin dem Richter genau diese Frage stellen wird, bevor man mich einsperrt. So.« Sie schaute sich im Zimmer um und schien mit dem Ergebnis zufrieden. »Ich muss jetzt los. Bei Orchid House wartet Arbeit auf mich, und wie Sie soeben richtig bemerkt haben, bin ich die Einzige, die sie übernehmen kann.«

MAYVILLE ESTATE

DALSTON

NORTH-EAST LONDON

Als Monifa in der Praxis verhaftet worden war, hatte die Polizei ihr viele Fragen gestellt, und sie hatte sie beantwortet, ohne preiszugeben, was es mit den dreihundert Pfund auf sich hatte, die sie von Easter Lange zurückverlangt hatte. Sie hatte behauptet, es handle sich um eine Anzahlung für einen gynäkologischen Eingriff kosmetischer Art, den sie nun aber doch nicht vornehmen lassen wolle, weil ihr Mann ihr erklärt hatte, dass sie sich so etwas derzeit nicht leisten könnten. Und selbst wenn das Geld dafür ausreichte, sei er dagegen, da er ihren Körper so liebe, wie er war. Diese Erklärung hatten die Polizisten ihr abgenommen, denn sie hatten in der Praxis nichts gefunden, was darauf hindeutete, dass sie log. Also hatten sie sie gehen lassen, und sie hatte angenommen, dass sie auch Easter Lange würden gehen lassen. Und so machte sie sich erneut auf den Weg, um die dreihundert Pfund zurückzuverlangen. Simisola nahm sie mit.

Zwar hatte der schwarze Polizist ihr am Abend zuvor gesagt, die Praxis sei geschlossen, und es sei nicht damit zu rechnen, dass Easter Lange alias Mercy Hart, die gerade noch mal davongekommen sei, als die Polizei auftauchte, sie wieder eröffnete. Aber Monifa konnte nicht glauben, dass der Mann die Wahrheit gesagt hatte. Das durfte einfach nicht sein. Dass eine Beschneiderin bei ihnen zu Hause gewesen war, wie sie von Tani erfahren hatte, änderte alles. Sie musste unbedingt handeln, so schnell wie möglich.

Als sie nach ihrem Gespräch mit dem Polizisten nach Hause gekommen war, hatten Abeo und Tani im Wohnzimmer gesessen. Abeo war sofort aufgesprungen und hatte sie angefahren: »Du bringst immer noch mehr Ärger in die Familie! Was wollte der Mann?«

»Lass sie in Ruhe, Pa!«, sagte Tani.

»Das ist eine Sache zwischen uns beiden, das geht dich nichts an!«, schäumte Abeo.

Tani lachte auf. »Ach ja? So siehst du das also? Ich war *hier*. Das wusstest du nicht, stimmt's?«

»Du warst hier, du warst hier. Und was soll das heißen?«

»Ich war hier, als du die verdammte Hexe mitgebracht hast. Du dachtest, du wärst allein mit ihr. Du dachtest, du könntest heimlich Simis Beschneidung planen, und alle würden erst davon erfahren, wenn es vorbei ist. Aber du hast dich zu früh gefreut, weil ich nämlich alles gehört hab, und ich lasse nicht zu, dass dieses Miststück Simi auch nur ein Haar krümmt. Nur über meine Leiche!«

Er wandte sich an Monifa: »Du hast dem Cop doch von ihr erzählt, oder? Von der Beschneiderin?« Monifa senkte den Blick. »Dieser verdammte Cop kommt extra hierher, um mit dir zu reden, und du erzählst ihm nicht, was hier abgeht?«, brüllte Tani. »Was ist *los* mit dir? Warum hast du dem denn nicht…«

»Weil sie weiß, dass es getan werden muss«, fiel Abeo ihm ins Wort.

»Es muss überhaupt nichts getan werden«, sagte Tani. »Und wenn diese Beschneiderin mir irgendwo unter die Augen kommt, knöpf ich sie mir vor!«

»Du tust gar nichts!«

»Darauf würde ich mich an deiner Stelle nicht verlassen«, hatte Tani gekontert.

Jetzt stand Monifa mit Simisola vor der Tür der Praxis und drückte auf die Klingel. Sie hoffte inständig, dass jemand aufmachen würde. Die dreihundert Pfund konnte sie im Moment gut gebrauchen.

»Madam? Madam?«

Monifa drehte sich um. Bei Taste of Tennessee stand ein Mann mit einer fleckigen weißen Schürze in der Tür. »Die sind weg«, rief er ihr zu. »Nachdem die Cops vor ein paar Tagen hier waren, haben sie die Fliege gemacht. Gestern waren die Möbelpacker da. Und ein paar Cops. Das war's. Alles in Ordnung mit Ihnen? Sie sehen ein bisschen mitgenommen aus. Soll ich jemand für Sie anrufen?«

Monifa schüttelte den Kopf. »Nein danke, es geht uns gut.« Es war eine Lüge, mit der sie sich selbst schon seit Jahren beruhigte. Sie überlegte, was sie tun sollte, aber es fiel ihr nichts ein. Alles, was sie hatte, waren zwei Telefonnummern. Eine gehörte Easter Lange oder wie auch immer diese Frau hieß, was aber auch egal war, weil sie nie ans Telefon ging. Die andere gehörte dem schwarzen Polizisten.

WESTMINSTER
CENTRAL LONDON

Als Barbara Havers ins Büro zurückkehrte, stand eine große Einkaufstüte auf ihrem Schreibtisch. Sie betrachtete sie stirnrunzelnd. Ein Briefumschlag lag obenauf, den sie jedoch erst einmal weglegte. Sie öffnete die Tüte und förderte ein Sortiment Zeichenstifte, einen faustgroßen Radiergummi, einen kleinen Skizzenblock, einen mittelgroßen Skizzenblock und ein Lineal zutage. Natürlich war ihr sofort klar, von wem die großzügige Gabe kam, aber sie las die angehängte Nachricht trotzdem: *Ich vermute, dass Sie im Moment keine Zeit zum Einkaufen haben*, hatte Dee auf ein Blatt ihres Schreibtischkalenders (sie hatte immer einen mit Kalendersprüchen) geschrieben, auf dem stand: »Lass deine Augen ein Spiegel deiner Seele sein!« Darunter hatte sie mit einem großen, schwungvollen *D* unterschrieben.

Barbara seufzte. Der Samstag rückte unaufhaltsam näher. Dee setzte sicher keine großen Hoffnungen in Barbaras Zeichentalente, aber sie rechnete fest damit, dass sie zu dem Zeichenkurs erschien, wo am Fuß der Peter-Pan-Statue diverse Traummänner auf sie warteten.

»Heiliger Strohsack«, murmelte Barbara. Sie packte die Zeichenutensilien wieder ein und schob die Tüte unter ihren Schreibtisch, fest entschlossen, sie zu vergessen. Was allerdings bedeutete, dass sie in den nächsten Tagen höllisch aufpassen musste, Dee nicht über den Weg zu laufen.

Sie fand Lynley am runden Tisch in der Ecke seines derzeitigen Zimmers. Zusammen mit Nkata brütete er über zwei Reihen Fotos, die auf dem Tisch ausgelegt waren. Neben diesen beiden Reihen befand sich ein ganzer Stapel weiterer Fotos.

Beim Eintreten sagte sie: »Carver gibt's mehr oder weniger zu.«

Nkata blickte auf. »Hast du ihm von Rosie erzählt?«

»Ja. Aber entweder steht er in seiner Freizeit als Hamlet auf der Bühne, oder er hatte tatsächlich keine Ahnung, dass sie schwanger ist.«

»Wissen wir, ob die beiden wirklich ein Liebespaar sind?«, fragte Lynley und legte das Vergrößerungsglas weg, mit dem er ein Foto untersucht hatte.

»Wie ich Winnie schon gesagt hab. Er gibt zu, dass er mit ihr in der Kiste war. Aber er behauptet, dass sie ihn quasi dazu genötigt hat. Er sagt, er wollte nicht mit ihr ins Bett gehen, aber sie hat ihn so lange bearbeitet, bis er nicht mehr Nein sagen konnte. Er sagt, sie hätte ihm versichert, dass sie die Pille nimmt. Außerdem hätte er ihr klargemacht, dass er nur Teo liebt, aber das hätte sie nicht gestört, im Gegenteil. Sie hätte ihm sogar angeboten, so zu tun, als wär sie Teo, falls es ihm die Sache erleichterte. Anscheinend fühlt er sich reingelegt.«

»Ich hatte den Eindruck, dass Rosie das ganz anders sieht«, sagte Nkata.

»Traust du es Rosie denn auch zu, dass sie ihrer eigenen Schwester den Schädel einschlägt?«

»Tja, schwer zu sagen.«

»Setzen Sie sich doch, Barbara«, sagte Lynley und drehte sechs der Fotos so, dass sie sie ansehen konnte.

»Standbilder von den Überwachungskameras?«, fragte sie und betrachtete die Fotos. »Totaler Müll«, sagte sie. »Was für 'ne Auflösung benutzen die denn? Ein Pixel pro Quadratzentimeter? Man kann ja nicht mal den Zeitstempel richtig lesen.«

»Was Besseres haben wir bisher nicht«, sagte Lynley.

»Die Kameras sind halt uralt«, fügte Nkata hinzu.

»Im Moment interessiert Winston sich mehr für das, was passiert ist«, sagte Lynley, »als dafür, wer die beteiligten Personen sind. In dem Punkt stehen wir bisher noch auf dem Schlauch.«

»Und was ...« Barbara studierte die Fotos. Auf vieren davon waren Personen zu sehen, die das Gebäude allein betraten – es war anzunehmen, dass der Mörder allein gekommen war. Auf zweien war eine Frau abgebildet, die die Tür aufmachte, um mit einer Person zu sprechen, die anscheinend bei ihr geklingelt hatte. Es handelte sich jeweils um eine andere Frau. »...ist das hier? Soll das heißen, dass das Teo ist, die die Tür aufmacht?«

»Wir nehmen es zumindest an. Wir haben den Film zur Technik geschickt, vielleicht können die Kollegen noch etwas mehr da rausholen. Bis dahin müssen wir mit dem Material arbeiten, das uns vorliegt. Angenommen, die Frau an der Tür ist Teo ...«

»Ziemlich weit hergeholt, wenn Sie mich fragen«, sagte Barbara. »Ich finde, die Frau sieht aus wie ein Klecks.«

»Für den Fall, dass sie es war, sind wir gerade die Möglichkeiten durchgegangen, warum sie diesen beiden Frauen persönlich die Tür aufgemacht hat, anstatt den Türdrücker zu betätigen.«

»Vielleicht, weil sie sie nicht kannte?«, sagte Barbara. »Oder sie kannte sie und hat ihnen nicht über den Weg getraut?«

»Könnte auch sein, dass jemand in ihrer Wohnung war, von dem die Frauen nichts wissen sollten«, sagte Nkata.

»Könnte aber auch sein, dass *etwas* in ihrer Wohnung war, von dem die Frauen nichts erfahren sollten«, meinte Barbara. »Aber vielleicht sollten wir diese ganzen Fotos auch einfach in die Tonne treten, sie beweisen nämlich überhaupt nichts, ehrlich gesagt.«

»Stimmt. Aber dann haben wir noch das hier.« Lynley schob die Fotos weg, auf denen möglicherweise Teo mit den

393

beiden Frauen zu sehen war, und legte ihr die anderen Fotos vor, die er und Nkata ausgewählt hatten.

Auf dem ersten Foto standen vier Personen vor der Eingangstür des Gebäudes, und es sah so aus, als warteten sie darauf, eingelassen zu werden. Auf dem zweiten Foto drehten sich drei dieser vier Personen um, so als hätten sie hinter sich etwas gehört. Auf dem dritten Foto war eine fünfte Person dazugekommen. Sie trug ein Kapuzen-Sweatshirt, und es war unmöglich zu erkennen, ob es sich um einen Mann oder eine Frau handelte. Sie gingen alle hinein. Auf dem letzten Foto sah man vier Leute das Haus wieder verlassen, aber ohne die Person in dem Hoodie, die mit ihnen zusammen das Gebäude betreten hatte.

Barbara schaute Lynley an. »Wenn Sie jetzt erwarten, dass mich das vom Hocker haut, Sir, dann hab ich offenbar was übersehen«, sagte sie. »Fünf Leute gehen rein. Vier kommen wieder raus. Vielleicht wohnt der Typ – oder die Frau – mit dem Hoodie ja da und hat den anderen was zugerufen, damit sie auf ihn oder sie warten. Dann gehen sie alle rein, jeder in eine andere Wohnung. Dann kommen vier wieder raus, aber das würde erklären, was ich eben meinte, dass Hoodie da wohnt und keinen Grund hatte, das Haus wieder zu verlassen.«

»Möglich«, sagte Lynley. »Fast alles ist möglich. Aber sehen Sie sich diese Person einmal genauer an.«

»Sieh dir an, was sie dabeihat«, sagte Nkata.

Barbara nahm sich Lynleys Vergrößerungsglas und betrachtete das Foto. Hoodie hatte etwas dabei, das aussah wie die Kuriertasche eines Fahrradboten mit einem hellen horizontalen Streifen, vermutlich ein fluoreszierender Reflektor.

Sie nahm die beiden Fotos vom Tisch, auf denen möglicherweise Teo Bontempi zu sehen war, die mit zwei Frauen sprach. Auf dem zweiten dieser beiden Fotos war ebenfalls die Kuriertasche zu sehen. Auf beiden Fotos war die Person mit der Kuriertasche ganz in Schwarz gekleidet. Beide Male trug sie eine Kopfbedeckung. Auf diesem Foto eine Baseballkappe.

»Okay«, sagte Barbara. »Könnte dieselbe Person sein. Mit 'nem Rucksack, in dem man einen Knüppel transportieren kann, falls man jemand den Schädel einschlagen will. Aber wenn Hoodie Teo Bontempi getötet hat, warum kommt er oder sie nach vollbrachter Tat nicht wieder raus?«

»Es gibt garantiert einen Notausgang«, sagte Nkata. »Und den kann man nur von innen öffnen. Vielleicht ist Hoodie ja so aus dem Gebäude gekommen.«

»Aber derjenige hätte wissen müssen, wo sich der Notausgang befindet, oder? Ein Mörder würde doch nicht nach der Tat im Haus nach dem Notausgang suchen.«

»Kann doch sein, dass der- oder diejenige vorher schon mal in dem Gebäude war«, sagte Nkata.

»Die Kuriertasche, die auf zwei Fotos zu sehen ist, spricht zumindest nicht gegen diesen Schluss«, sagte Lynley.

»Rosie?«, fragte Barbara.

»Möglich. Und jetzt, wo wir wissen, dass Rosie von Teos Ex schwanger ist...«

»Gibt es Fotos von ihm?«, fragte Barbara. »Er sagt, er war bei ihr. Er behauptet, sie lag auf dem Boden, als er kam, und er hat sie ins Bett gelegt. Kann ich mir die Fotos da mal ansehen?« Sie nahm sich die Fotos vor, die Lynley und Nkata bereits aussortiert hatten, fand die Aufnahme, die sie suchte, und schob sie Lynley und Nkata zu. »Sieht für mich aus wie Ross Carver. Die Größe, die Statur, der Männerdutt, die...«

»Männer was?«, fragte Lynley und sah sie über seine Lesebrille hinweg an. »Oder ist das eine dumme Frage?«

»Ein Haarknoten«, sagte Nkata. »Wird neuerdings von

langhaarigen Typen getragen. Sieht aus wie die Frisur von 'nem Sumoringer.«

»Ah. Interessante Stilvariante«, lautete Lynleys Kommentar.

»Gibt's irgendwelche Fotos von einem Typen, auf den die Beschreibung passt?«

»Wenn er klingeln musste, um reinzukommen, auf jeden Fall.«

»Verdammt. Fehlanzeige. Carver hat 'nen Schlüssel.«

»Wissen wir, um wie viel Uhr er dort war?« Lynley nahm sich das Foto vor, auf dem zu sehen war, wie die Person mit der Kuriertasche das Gebäude betrat und eine der vier anderen Personen ihr die Tür aufhielt. »Laut Zeitstempel hat die Person mit der Kuriertasche das Gebäude siebenundvierzig Minuten vor Ross Carver betreten«, sagte er. »Das ist nicht viel Zeit, um sich bei Teo Bontempi Einlass zu verschaffen, sie abzulenken – mit einem Gespräch? einem Streit? irgendeinem Angebot? –, sie niederzuschlagen und das Gebäude wieder zu verlassen. Und das alles vor der Ankunft von Ross Carver, von dem die Person – das ist zumindest anzunehmen – nicht wusste, dass er kommen würde.«

»Aber wieso hat sie oder er die Sache nicht zu Ende gebracht, bevor Carver aufgekreuzt ist? Nur Teo wusste, dass er kommen würde. Ihr Mörder hat es sicher nicht gewusst.«

»Panik?«, sagte Lynley.

»Oder im Affekt, und dann nichts wie weg?«, sagte Barbara.

»Was die Vermutung nahelegt, dass der Mord an Teo überhaupt nicht geplant war. Dass wer auch immer sie ermordet hat, zu ihr gegangen war, um mit ihr zu reden.«

»Rosie zum Beispiel«, sagte Nkata.

»Willst du damit andeuten, dass Rosie unsere Täterin ist

und dass sie die Tatwaffe für alle Fälle dabeihatte?«, fragte Barbara.

»Jedenfalls haben wir diese Person mit dem Rucksack«, sagte Nkata.

»Vielleicht war's ja Colonel Mustard mit dem Kerzenleuchter«, spottete Barbara.

Lynley schob alle Fotos beiseite. »Vielleicht hat die Kuriertasche auch gar nichts zu bedeuten«, sagte er. »Womöglich ist es bloß ein Rucksack, den der- oder diejenige gewohnheitsmäßig benutzt.«

»Womöglich hat nicht nur der Rucksack, sondern auch die Person mit dem Hoodie nichts zu bedeuten«, sagte Barbara. Dann fragte sie: »Irgendwelche Spuren auf den Skulpturen?«

»Die Kollegen von der Forensik sagen, morgen wissen sie mehr. Aber das haben sie ja schon öfter gesagt.« Lynley wandte sich an Nkata: »Haben wir die Schwester eigentlich auf irgendeinem Video?«

»Die DCs sind noch nicht durch mit dem Sichten«, sagte Nkata. »Wir gehen grade die Tage vor dem Mord durch. Wir finden sie schon noch. Sie hat selbst gesagt, dass sie dort war. Es wär natürlich hilfreich, wenn die digitale Forensik die Bilder, die wir ihnen gegeben haben, verbessern könnte.«

»Also«, sagte Barbara, »abgesehen von Rosie haben wir zwei bisher nicht identifizierte Frauen, die sich mit Teo Bontempi vor dem Eingang unterhalten. Aber sie lässt die Frauen nicht rein, oder?«

»Soweit wir das beurteilen können, nein«, sagte Nkata.

»Eine der beiden Frauen kommt später noch mal, betritt das Gebäude gleichzeitig mit mehreren Leuten und kommt nicht wieder raus. Wenn Hoodie also *nicht* Rosie ist, dann suchen wir nach einer Person, die Teo besucht hat, um über irgendwas mit ihr zu reden.«

»Und wohin führt uns das, wenn nicht zu Rosie?«, fragte Nkata.

»Zu ihrem Job vielleicht«, sagte Lynley. »Zu dem, woran sie im Empress State Building gearbeitet hat.«

»Da sollen wir ansetzen?«, fragte Barbara. »Bei der Sondereinheit, zu der sie gehört hat?«

»Da und beim Thema FGM.«

»Glauben Sie, es hat was mit dieser Praxis zu tun?«

»Hauptsächlich ihretwegen wurde sie jedenfalls geschlossen.«

»Dann müssen wir uns Mercy Hart vorknöpfen, oder?«

»Dazu müssen wir sie erst einmal finden.«

WESTMINSTER
CENTRAL LONDON

»Wir haben gute und schlechte Neuigkeiten.«

Lynley blickte vom Computerbildschirm auf. Er hatte sich das Videomaterial angesehen, das Nkata und die DCs ihm geschickt hatten. Über seine Lesebrille hinweg schaute er zur Tür, wo eine junge Chinesin stand. Die Frau war Lynley unbekannt. »Wie bitte?«, sagte er.

»Marjorie Lee«, stellte sie sich vor. »Digitale Forensik. Wir haben versucht, das Handy aufzuspüren, dessen Nummer Sie uns gegeben haben.«

»Ah.« Er bedeutete ihr, sie möge eintreten. Sie hatte einen Ordner mitgebracht, dem sie ein Blatt entnahm und ihm reichte.

»Zuerst die gute Nachricht«, sagte sie. »Wir leben in einer Metropole. Na ja, eigentlich in einer Megalopolis. Das heißt, wir haben Tausende Sendemasten, was es uns ziemlich leichtmacht, ein Handy zu orten. Zumindest, wenn es eingeschaltet ist.«

»Das klingt ja vielversprechend. Und die schlechte Nachricht?« Lynley überflog das Blatt, das sie ihm gegeben hatte. Es handelte sich um ein kompliziertes Diagramm, das ihn an die Navigationskarten von Schiffen erinnerte, wie es sie vor dem Aufkommen von Satelliten, Computern und GPS gegeben hatte.

»Kennen Sie sich mit der Technik aus?«, fragte sie.

»Den Begriff Ping habe ich schon mal gehört«, sagte er. »Allerdings muss ich zugeben, dass ich nie verstanden habe, was es damit tatsächlich auf sich hat.«

»Das ist ganz einfach. Darf ich …?« Sie zeigte auf einen der Besucherstühle vor seinem Schreibtisch.

»Bitte.«

Sie setzte sich und schob sich die Haare hinter die Ohren. Eine pinkfarbene Strähne in ihrem schwarzen Haar passte farblich zu den rautenförmigen Gläsern ihrer Brille, die sie sich beim Sprechen immer wieder hochschob. »Solange ein Handy eingeschaltet ist, sendet es permanent Signale und kommuniziert so mit den Sendemasten in seiner Umgebung. Auf dem Land gibt es nur wenige Sendemasten, in großen Städten dafür umso mehr, quasi überall. Man sieht sie nicht, weil man nicht nach ihnen Ausschau hält. Die meisten befinden sich auf den Dächern von Gebäuden. Und wenn man die Nummer eines Handys hat, kann man leicht herausfinden, wo es zuletzt Signale ausgesendet hat. Und man kann auch herausfinden, auf welchem Weg es zu dem Ort gelangt ist, wo es zuletzt gesendet hat. Wo sich das Handy nun tatsächlich befindet, lässt sich allerdings nur ungefähr bestimmen.«

»Und in welchem Gebiet hat es zuletzt gesendet?«

Sie hob den Ordner kurz an. »Wir haben ein Signal vom

Vodafone-Mast in Hackney Downs und eins vom Vodafone-Mast in Regal House und vom O2-Turm in Cornerstone. Wenn wir die drei Punkte miteinander verbinden, bekommen wir ein Dreieck, dessen südöstliche Spitze einen Dreiviertelkilometer von Hackney Downs entfernt ist.« Sie reichte ihm den Ordner, der weitere Diagramme enthielt. »Das Problem ist, dass Sie und Ihre Kollegen mit jedem Handybesitzer innerhalb des Kreises sprechen müssen, den wir um die südöstliche Spitze des Dreiecks gezogen haben. Wo wohnt denn der Besitzer des Handys?«

»Wohnte. Sie wurde ermordet. Sie wohnte in der Streatham High Road.«

»Ermordet? Oh, das tut mir leid. Also, wenn Sie die Adresse haben, können wir feststellen, auf welchem Weg das Handy nach Hackney Downs gelangt ist. Würde Ihnen das helfen?«

Lynley klappte den Ordner zu. »Ich glaube nicht, dass das nötig ist. Ich melde mich bei Ihnen.«

»Chef?«

Nkata trat ein und nickte Marjorie Lee zu, die im selben Moment das Zimmer verließ. »Die DCs haben die Patientenakten überprüft, die Sie und Barbara in dieser Praxis sichergestellt haben. Nur ein Name kann überhaupt einer Frau zugeordnet werden, die in London lebt, und die sagt, sie war noch nie in der Praxis, warum auch, sie wohnt schließlich am anderen Ende der Stadt. Sie sagt, sie hat keinen Schimmer, wie ihr Name in die Patientenakte gelangt ist.«

»Und weswegen ist sie laut dieser Akte in der Praxis gewesen?«

»Es sind zwei Termine vermerkt, eine Brustuntersuchung und eine Nachuntersuchung. Aber die Frau sagt, das ist alles Quatsch. Und wie gesagt, alle anderen Namen sind anscheinend Fantasienamen.«

»Warum wundert mich das nicht?«, sagte Lynley. »Wie weit sind Sie mit dem Terminkalender der Praxis?«

»Einer der DCs ist dabei, alle Patientinnen anzurufen, die da drinstehen. Die Namen gehören zumindest zu realen Personen. Aber falls die in dem Laden Mädchen verstümmelt haben, redet garantiert keine von den Frauen mit der Polizei darüber. Irgendwas Neues über das Handy?«

»Hackney Downs, genauer geht's anscheinend nicht. Die Forensiker haben um den dortigen Sendemast einen Kreis gezogen.«

»Also Tür-zu-Tür-Befragung?«

»Wenn es sein muss. Dafür würden wir allerdings verdammt viele Leute brauchen. Ich kann noch ein paar Leute zur Unterstützung beantragen, aber ich kann mir nicht vorstellen, dass Hillier seinen Segen dazu gibt.«

»Also nein?«

»Also nein.«

»Acting Detective Chief Superintendent Lynley«, sagte jemand an der Tür. Das konnte nur Dorothea Harriman sein, denn sie war die Einzige, die jeden mit Rang und Namen anredete.

»Ja, Dee?«, sagte er.

»Eine Nachricht von Judi-mit-I. Sie werden erwartet. Umgehend. ›Zu einem Plausch‹, hat sie gesagt. Aber ich habe noch nie erlebt, dass der Assistant Commissioner mit irgendjemandem ›plaudert‹, wenn Sie verstehen, was ich meine. Vor allem nicht mit Ihnen. Mit Verlaub.«

Lynley stand auf und bat Winston, in Erfahrung zu bringen, ob es schon Informationen zu den Autokennzeichen auf den Videos aus den Überwachungskameras in der Streatham High Road gab, dann machte er sich auf den Weg zu seinem Vorgesetzten.

Sir David Hilliers Gesicht war noch tiefer gerötet als gewöhnlich, obwohl der Mann eigentlich immer so aussah, als könnte er jeden Augenblick von einem Schlaganfall dahingerafft werden. Er begrüßte Lynley mit den Worten: »Wo zum Teufel stehen wir? Was wissen wir? Wie geht es voran?«

Er bot Lynley keinen Sitzplatz an. Was bedeutete, dass die Besprechung nicht lange dauern würde, was Lynley nur recht war. Er sagte, es gehe langsam voran, aber es gehe voran. Das Problem sei der Mangel an Personal.

»DCs wachsen nicht auf Bäumen«, bemerkte Hillier. »Fahren Sie fort.«

Sie seien auf dem besten Weg, das Handy des Opfers zu orten, erklärte ihm Lynley. Es gebe Erkenntnisse über die Praxis, in der die örtliche Polizei aufgrund der Ermittlungsarbeit des Opfers zwei Frauen verhaftet hatte. Unter anderem wüssten sie jetzt, dass die Leiterin der Praxis unter falschem Namen als Ärztin praktizierte. Außerdem gebe es Standbilder aus den Videos der Überwachungskameras in der Nähe der Wohnung des Opfers, und zwar sowohl vom Tag als auch dem Abend, an dem Teo Bontempi ermordet worden sei.

»Geben Sie diese Bilder an die Pressestelle«, sagte Hillier.

»Sir, darf ich …«

»Man macht mir die Hölle heiß, Superintendent.«

Superintendent in Vertretung, dachte Lynley. Gott sei Dank.

»Das Interesse der Medien an der Geschichte des nigerianischen Anwalts und seiner Frau, die ihre Tochter suchen, lässt allmählich nach«, sagte Hillier. »Falls die Tochter wieder auftaucht, landet das vielleicht noch mal einen Tag lang auf den Titelseiten. Aber dann fangen die Journalisten an, nach dem nächsten Skandal zu lechzen, und wir wissen beide, dass der Mord an einer Polizistin für diese Bluthunde fast so gut ist wie ein Skandal im Königshaus oder ein Abgeordneter, der es mit Kindern treibt. Der Commissioner und die Pressestelle wollen etwas in der Hand haben, was sie denen hinwerfen können, wenn es losgeht. Und Standbilder aus den Videos von Überwachungskameras sind genau das, was wir dann brauchen, also werden wir sie zum Einsatz bringen. Und zwar mit Unterschriften wie: ›Wer kennt diese Person? Haben Sie diese Person gesehen? Kommt Ihnen an dieser Person irgendetwas bekannt vor? – Wenn ja, kontaktieren Sie Scotland Yard.‹ Sie wissen ja, wie das läuft.«

»Im Moment versuchen wir noch, die Qualität der Bilder zu verbessern, Sir. Bisher sind sie leider noch ziemlich unbrauchbar.«

»Das spielt keine Rolle. Der blutrünstige Mob...«

Damit konnte Hillier nur die Journalisten meinen, die über die Geschichte berichteten, dachte Lynley.

»...gibt sich zufrieden mit dem, was wir ihm hinwerfen.« Hillier überlegte einen Moment lang. »Eigentlich ist es doch umso besser, je unschärfer die Bilder sind, oder? Das beweist nur, unter was für schwierigen Bedingungen wir arbeiten.«

Nach all den Jahren, die er unter AC Hillier arbeitete, wusste Lynley den stählernen Blick zu deuten, der ihm sagte, dass es zwecklos war, mit dem Mann zu argumentieren. Hilliers devote Haltung den Medien gegenüber hatte ihn schon immer geärgert. Sich von der Boulevardpresse diktieren zu lassen, wie eine Ermittlung abzulaufen hatte, widersprach nicht nur dem gesunden Menschenverstand, es war auch gefährlich. Ihm war jedoch bewusst, dass Hillier, der Commissioner und die Pressestelle in Unkenntnis der Videos aus den Überwachungskameras alles akzeptieren würden, was er ihnen als Beweis für den Fortschritt der Ermittlungen vorlegte. Also versprach er Hillier, sich umgehend um die Bilder zu kümmern. Dann ging er zu Winston Nkata und bat ihn, ein paar Standbilder an die Pressestelle zu schicken, auf denen Leute zu sehen waren, die das Wohngebäude in der Streatham High Road betraten. Er könne wahllos irgendwelche Bilder nehmen, fügte er hinzu, Hauptsache, es sei niemand zu erkennen.

10. AUGUST

BELGRAVIA
CENTRAL LONDON

Es hatte noch etliche Stunden länger gedauert als erwartet, aber am Ende hatten die Techniker von der Forensik die Standbilder aus den Überwachungsvideos extrem verbessert. Als Lynley am späten Abend nach Hause gekommen war, hatte er sein Abendessen ordentlich abgedeckt im Ofen vorgefunden. An der Ofenklappe hatte eine Karte mit der Katze aus *Alice im Wunderland* und einem Gruß von Denton geklebt, und auf der Anrichte wartete eine Flasche exzellenter Rotwein auf ihn, den Denton freundlicherweise geöffnet hatte, damit er atmen konnte. Lynley hatte sich flüchtig gefragt, ob Denton gerade für die Rolle der Grinsekatze in dem Stück *Alice im Wunderland* probte. Mit der Rolle des verrückten Hutmachers wäre er nach Lynleys Meinung vermutlich überfordert, was er Charlie natürlich niemals sagen würde.

Er hatte sich sein Essen aufgewärmt, war erschöpft ins Bett gefallen und viel zu früh aufgewacht. Nachdem er geduscht, sich rasiert und angezogen hatte, nahm er sich einen Moment Zeit für einen Anruf, ehe er zum Frühstücken nach unten ging.

»Du bist aber früh auf«, sagte Daidre ohne Umschweife. »Oder bist du etwa gerade erst nach Hause gekommen?«

»Nein, so schlimm ist es noch nicht«, sagte er. »Ich bin

schon früh auf und wollte nur kurz fragen, ob Wally meinen Platz eingenommen hat.«

»Ja, hat er, aber nur vorübergehend. Er schnurrt im Schlaf, das ist ein angenehmes Hintergrundgeräusch.«

»Verflixt, dann sieht meine Zukunft ja düster aus.«

»Wie sieht's bei dir aus? Macht ihr Fortschritte?«

»Vielleicht. Wir vermuten, dass wir es mit einer Mörderin zu tun haben. Auch wenn es kein typisch weibliches Verbrechen ist.«

»Ach nein? Warum nicht?«

»Meiner Erfahrung nach töten Frauen lieber aus der Distanz. Ein Mord mit körperlichem Einsatz ist eher untypisch. Vergiften, ja. Erschießen, ja. Aber jemandem den Schädel einschlagen? Nicht sehr wahrscheinlich. In diesem Fall neigen wir allerdings aufgrund der Ergebnisse der Videoauswertung zu der Annahme, dass es sich um eine Täterin handelt.«

»Jemandem den Schädel einzuschlagen klingt nicht sehr effizient«, bemerkte Daidre. »Gleich, Wally«, sagte sie in den Raum hinein, dann zu Lynley: »Sorry, ich muss ihn kurz rauslassen.« Er hörte den Kater miauen, dann das Quietschen der Gartentür, dann wurde ein Wasserhahn aufgedreht, vermutlich setzte sie Kaffee auf. Schließlich kam sie wieder an den Apparat. »Wisst ihr, womit die Frau erschlagen wurde? Es klingt mir eher nach einer spontanen Tat, nicht nach etwas, das sorgfältig geplant war. Vielleicht ein Streit, der in Gewalt ausgeartet ist? Irgendwie sowas?«

»Ein Verbrechen aus Leidenschaft«, sagte Lynley. »Gut möglich. Wir lassen gerade ein paar Skulpturen aus ihrer Wohnung von den Forensikern untersuchen. Eine davon könnte die Tatwaffe sein.«

»Das würde jedenfalls ausschließen, dass die Täterin ihrem Opfer aufgelauert hat.«

»Hm. Vielleicht. Es sei denn, die Mörderin wusste von den Skulpturen und hatte von Anfang an vor, eine davon als Waffe zu benutzen.«

»Grenzt das die Möglichkeiten ein oder eher nicht?«

»Sie sind schon ziemlich eingegrenzt.«

»Verstehe.« Dann: »Ah, Wally kommt wieder rein, jetzt will er natürlich sein Frühstück. Ich schwöre dir, Tommy, dieser Kater frisst, als gäbe es kein Morgen.«

»Er weiß einfach ein weiches Herz zu schätzen. Was übrigens auf mich auch zutrifft. Wollen wir uns bald sehen?« Er hörte wieder die Gartentür, dann das Geräusch von Trockenfutter, das in den Aluminiumnapf gefüllt wurde. Er konnte sich genau vorstellen, wie Wally vor dem Napf saß und triumphierend mit der Schwanzspitze zuckte, bis Daidre zur Arbeit aufbrach und er wieder in den Garten entlassen wurde.

Daidre sagte: »Das hängt ja wohl eher von dir ab, oder?«

Er seufzte. »Leider. Heute Nacht war ich bis zwei im Büro. Es ist übrigens erstaunlich, wie viele Informationen man von diesen Sendemasten bekommen kann.«

»Sollte mich das beruhigen oder eher beunruhigen?«

»Falls du neuerdings kriminell geworden bist, eher beunruhigen. Wenn nicht, brauchst du dir vermutlich keine Gedanken zu machen.«

Sie verabschiedeten sich und legten auf. Als Lynley ins Esszimmer kam, lagen dort die Tageszeitungen für ihn bereit: Die *Times*, der *Guardian*, die *Financial Times.* Auf allen Titelseiten prangte dasselbe Foto, begleitet von mehr oder weniger der gleichen Schlagzeile. Im Fall des vermissten Mädchens Boluwatife Akin hatte es eine Festnahme gegeben.

THE MOTHERS SQUARE
LOWER CLAPTON
NORTH LONDON

Mark Phinney vergrößerte das erste der beiden Fotos auf der Titelseite des Boulevardblatts, soweit es auf seinem Smartphone möglich war. Es war komplett unbrauchbar, um irgendjemanden zu identifizieren, dachte er. Er begriff nicht, wie Scotland Yard die Veröffentlichung dieser Fotos hatte autorisieren können, außer sie dienten nur dazu, die Journalistenmeute noch einen oder zwei Tage beschäftigt zu halten. Denn die Ermittler konnten unmöglich erwarten, dass sich irgendjemand meldete, der auf diesen Fotos jemanden erkannt hatte. Es sei denn, die Kuriertasche, die eine der abgebildeten Personen auf dem Rücken trug, unterschied sich von allen anderen Kuriertaschen, was er für ziemlich unwahrscheinlich hielt. Mark konnte eine Art Leuchtstreifen am unteren Ende der Tasche erkennen. Vielleicht hofften die Ermittler ja, dass ein Fahrradkurier sich bei ihnen meldete, der irgendwas in dem Wohnblock abgeliefert hatte.

Er vergrößerte das zweite Foto, mit ebenso wenig Erfolg. Mit der Vergrößerung wurde alles nur noch verschwommener. Er konnte ein helles Hemd erkennen und eine dunkle Hose, möglicherweise Jeans. Diese Person war größer und kräftiger als die mit der Kuriertasche. Mark hatte den Eindruck, dass es sich um eine Frau handelte, aber es konnte genauso gut ein Mann sein. Begleitet wurden die Fotos von dem üblichen Aufruf der Met: Die Polizei wolle mit den abgebildeten Personen sprechen. Falls jemand sie kenne … und so weiter und so fort.

»Mark?«, rief Pete aus dem Kinderzimmer. »Kannst du mir kurz helfen?«

Er steckte das Handy in die Hosentasche. Pete hatte Lilybet gewaschen – letzte Nacht war zum Glück kein Malheur passiert –, und jetzt brauchte sie seine Hilfe, um sie anzuziehen. Das machte Robertson normalerweise, aber der hatte angerufen, um Bescheid zu geben, dass es heute etwas später werden würde. In der U-Bahn gebe es eine unverhoffte Weichenstörung. Er hatte tausendmal um Entschuldigung gebeten. Kein Problem, hatte Mark gesagt, er werde Pete so lange zur Hand gehen.

Mark mochte es nicht, Lilybet nackt zu sehen. Das kam zwar häufig vor, aber er versuchte es nach Möglichkeit zu vermeiden. Nicht dass ihr schlaffes Fleisch ihn anwiderte. Was ihn irritierte, war vielmehr die Tatsache, dass seine Tochter allmählich zur Frau wurde – als er Pete das letzte Mal beim Windelwechseln geholfen hatte, waren ihm ein paar Schamhaare aufgefallen. Was das bedeutete, war zum jetzigen Zeitpunkt undenkbar, und wenn es so weit war, würden sie alle damit überfordert sein.

Als er das Zimmer betrat, hielt Pete Lilybet in den Armen. Sie hatte sie aufgerichtet und gegen sich gelehnt und es irgendwie geschafft, ihr ein pinkfarbenes Hello-Kitty-T-Shirt anzuziehen. Neben ihr auf dem Bett lagen ein lilafarbener Rock und pink und lila geringelte Söckchen bereit. »Wie hübsch du wieder bist, meine Kleine!«, sagte Mark. Er nahm einen ihrer Füße und küsste ihr die Zehen. »Du brauchst bald eine Pediküre, was?« Er zog ihr ein Söckchen an. Als er nach dem anderen greifen wollte, klopfte es an der Tür.

»Hat Robertson schon wieder seinen Schlüssel vergessen?«, fragte Pete. »Wir sollten vielleicht mal einen draußen deponieren.«

Mark machte auf, aber es war nicht Robertson. Es war der Detective von der Met, der ihn im Empress State Building aufgesucht hatte. Und nach allem, was Mark über die Ar-

409

beit der Mordkommission wusste, war es kein gutes Zeichen, wenn einer der Ermittler am frühen Morgen bei jemandem klingelte – erst recht nicht, wenn es sich auch noch um den Chef handelte.

MAYVILLE ESTATE
DALSTON
NORTH-EAST LONDON

Tani war zu Hause geblieben. In der Wohnung war es still wie in einem Grab und heiß wie in einem Brutkasten, trotz der offenen Fenster. Selbst die Vögel in den Bäumen des Spielplatzes auf der anderen Straßenseite waren verstummt. Er konnte es ihnen nicht verdenken.

Er würde die Wohnung nicht verlassen. Am Morgen hatte er in einem Schrankfach über dem Teil, in dem Abeo seine Sachen aufhängte, vier Plastiktüten gefunden, die offenbar dort versteckt worden waren. Es war kein Zufallsfund gewesen, er hatte danach gesucht und sich dafür sogar von den Nachbarn eine Trittleiter geliehen. Er hatte die Tüten aus dem Schrank genommen und den Inhalt auf das Bett seiner Eltern geschüttet. Ein eiskalter Schauder war ihm über den Rücken gelaufen.

Auf den ersten Blick sah alles ziemlich harmlos aus. Wäre er nicht zu Hause gewesen, als die Beschneiderin gekommen war, hätte er sich beim Anblick der Sachen nichts weiter gedacht: ein Bettlaken, eine große Plastiktischdecke, zwei neue Teppichmesser, eine große Tüte Watte, eine Flasche Reinigungsalkohol und vier Packungen Verbandmull. Doch da er im Bilde war, wusste er genau, was da vor ihm lag. Die Frage war nur: Wann sollte es passieren?

Zwischen den Sachen auf dem Bett befand sich auch ein gelbes Blatt Papier. Es war der Ausdruck der Liste, die die Beschneiderin Abeo gegeben hatte. Außerdem stand auf dem Blatt eine Telefonnummer, und zwar ganz oben, direkt unter dem Namen der Frau: Chinara »Sarah« Sani. Klar hatte sie ihren Namen auf dem Zettel vermerkt, dachte Tani. Schließlich verdiente sie mit dem Verstümmeln von kleinen Mädchen ihren Lebensunterhalt und war daran interessiert, dass Eltern, die Mädchen im entsprechenden Alter hatten, von ihrer Dienstleistung erfuhren. Niemand braucht für so etwas nach Nigeria zu fliegen, lautete ihre Botschaft. Ich biete einen Rundumservice einschließlich Hausbesuch. Sie brauchen mich nur anzurufen und zu beweisen, dass Sie sich meine Dienste leisten können.

Tani wählte die Nummer. Natürlich bekam er kein menschliches Wesen an die Strippe. Wie gewünscht hinterließ er eine Nachricht: »Wenn du meine Schwester verstümmelst… Wenn du meiner Schwester auch nur ein Haar krümmst, bring ich dich um, du Hexe. Hier spricht Tani Bankole, B-a-n-k-o-l-e. Meine Schwester heißt Simisola, mein Vater Abeo, und ich mein es ernst.«

Hinterher fühlte er sich auch nicht besser. Also stopfte er die Sachen, die er im Schlafzimmer seiner Eltern gefunden hatte, wieder in die Tüten und trug sie zum Müllplatz. Er wählte den Container in der hintersten Ecke, leerte die Tüten hinein und ließ den Deckel mit einem lauten Knall zufallen. Zurück in der Wohnung füllte er die Tüten mit zerknülltem Zeitungspapier und legte sie dorthin zurück, wo er sie gefunden hatte.

Während er gerade die Kommodenschubladen im Schlafzimmer seiner Eltern durchwühlte für den Fall, dass es noch etwas gab, von dessen Existenz er wissen musste, rief jemand von draußen seinen Namen. Sophie!

Sie stand vor der Tür und wirkte unsicher. Tani lief nach draußen, zum ersten Mal an diesem Tag hatte er einen Grund zur Freude. Er nahm sie in die Arme und spürte ihr Herz an seiner Brust pochen. Doch sie schob ihn von sich und sagte atemlos: »Ich hab was gefunden, wo wir sie hinbringen können!«

»Meine Mutter ist mit ihr weggegangen«, erwiderte Tani. »Ich weiß nicht, wohin, und ich weiß nicht, warum, und ich weiß auch nicht, wo ich nach ihnen suchen soll.«

»Macht nichts«, sagte Sophie. »Ich weiß jetzt, wo wir sie hinbringen können. Ich hab's im Internet gefunden. Es ist eine Organisation, wo Mädchen, die Angst haben, dass sie beschnitten werden sollen, Hilfe bekommen. Da gehen wir mit Simi hin. Und dann hab ich noch das hier…« Sie kramte ein paar an einer Ecke zusammengetackerte Blätter aus ihrer großen Umhängetasche und reichte sie ihm. »Das ist ein Formular für eine Schutzanordnung. Wir müssen es ausfüllen und einreichen.«

Er zog die Brauen zusammen. »Aber wenn es doch einen Ort gibt…«

»Ja, und da bringen wir sie auch hin. Aber wir müssen auch alles andere versuchen. Da, wo wir Simi hinbringen, kann sie bleiben, bis die Schutzanordnung wirksam ist.«

»Und wo ist das?«

»In Whitechapel.«

»*Whitechapel?* Bist du verrückt geworden?«

»Es ist die beste Möglichkeit. Die bringen die Mädchen bei Familien unter; sie *verstecken* sie. Sie haben auch das Mädchen irgendwo versteckt, das neuerdings dauernd in den Nachrichten ist. Das hast du doch bestimmt mitgekriegt, oder?«

Er schüttelte den Kopf, denn er war in letzter Zeit viel zu sehr mit dem beschäftigt gewesen, was sich in seinem eigenen Leben abspielte, um sich für das Leben anderer Leute zu interessieren.

»Egal«, sagte Sophie. »Es geht um ein Mädchen, das da hingebracht wurde, und die Leiterin der Organisation sagt, das Mädchen bleibt, wo es ist, bis sichergestellt ist, dass ihr nichts passiert, wenn sie wieder nach Hause kommt.«

»Hast du mit ihr gesprochen?«

»Ist nicht nötig. Wir brauchen Simi nur da hinzubringen und denen zu erklären, was hier los ist. Wo ist sie überhaupt?«

»Ich hab dir doch gesagt, ich weiß es nicht. Meine Mutter lässt sie keine Sekunde mehr aus den Augen. Und ich fürchte, sie hat jetzt rausgefunden, wo sie Simi…«

»O Gott. Glaubst du, sie lässt es jetzt gerade machen?«

»Sie hat was von 'ner Frau erzählt, der sie schon was bezahlt hat. Mein Vater wusste nicht, dass sie Geld aus der Familienkasse genommen hatte, und er will das Geld zurückhaben. Und… Sophie, ich hab tütenweise Zeug gefunden, lauter Sachen, die auf der Liste standen, die die Beschneiderin meinem Vater gegeben hat. Ich hab alles in den Müll geworfen.«

»Okay. Super. Jetzt müssen wir nur noch Simisola finden.«

THE MOTHERS SQUARE
LOWER CLAPTON
NORTH-EAST LONDON

»Kann ich Sie kurz sprechen?«, fragte Thomas Lynley höflich.

»Ich helfe gerade meiner Frau, unsere Tochter anzuziehen«, erwiderte Mark.

»Ich kann warten«, sagte Lynley. »Es ist wichtig.«

»Können wir nicht später reden? Wenn ich im Büro bin?«

»Leider nicht. Darf ich...?« Lynley machte deutlich, dass er eintreten wollte.

»Sie ist behindert«, sagte Mark.

Lynley sah ihn fragend an.

»Unsere Tochter. Ihr Pfleger ist noch nicht da, und ich muss meiner Frau helfen. Deswegen wäre ich froh, wenn wir...«

Ausgerechnet in diesem äußerst ungünstigen Moment tauchte Robertson auf. Mark sah ihn um die Ecke biegen und auf die Haustür zukommen. »Da bin ich!«, rief er und winkte gutgelaunt. »Verdammte U-Bahn. Ist die Prinzessin schon auf?«

»Ja. Wir ziehen sie gerade an.«

»Okay, dann übernehm ich jetzt.« Er schob sich an Lynley vorbei, den er mit einem Nicken grüßte, und ging in Richtung Kinderzimmer.

Mark blieb nichts anderes übrig, als Lynley einzulassen. »Warum hier?«, fragte er. »Wenn Sie unter vier Augen mit mir reden wollen, hätten wir uns auch wieder im Orbit treffen können.«

»Ich dachte, Sie würden ein Gespräch in einer etwas privateren Umgebung vorziehen«, sagte Lynley.

Mark führte ihn in die Küche, weit weg vom Kinderzimmer, wo Pete und Robertson mit Lilybet beschäftigt waren. Sie hatten vorgehabt, Lilybet in den Rollstuhl zu setzen und mit ihr einen Spaziergang zu machen. Mark hoffte, dass es dabei blieb und dass Pete sich möglichst bald mit ihr auf den Weg machte. Sie wollte nach Hackney Downs gehen, wo ein Weg am Rand des Parks das Schieben des Rollstuhls besonders einfach machte.

Er räumte das benutzte Frühstücksgeschirr vom Küchentisch auf die Anrichte, wo neben einer Kaffeemaschine, einer Mikrowelle, einem Standmixer, einem benutzten Pürierstab, vier Schachteln Frühstücksflocken, mehreren überreifen Bananen und einem Milchkarton kaum Platz war. In einer Ecke stand ein überquellender Mülleimer und daneben eine schwarze Mülltüte, die, dem Gestank nach zu urteilen, mit gebrauchten Windeln gefüllt war. Unwillkürlich sah Mark die Küche mit den Augen des elegant gekleideten Polizisten. Wahrscheinlich hatte Thomas Lynley noch nie irgendwo gewohnt, wo es auch nur im Entferntesten so ausgesehen hatte.

Er bot Lynley Kaffee an, den dieser höflich ablehnte. Auf Marks Aufforderung hin nahm Lynley Platz, legte einen Ordner auf den Tisch und entnahm ihm die gleichen beiden Fotos, die Mark eben auf seinem Handy betrachtet hatte. Diese Abzüge waren jedoch wesentlich schärfer als die, die in den Boulevardblättern abgedruckt worden waren. Die Kriminaltechnik hatte gute Arbeit geleistet. Während Mark die Fotos betrachtete, fragte er sich erneut, ob die Kollegen von der Met absichtlich total unscharfe Bilder an die Medien gegeben hatten, um die, die darauf abgebildet waren, in Sicherheit zu wiegen.

Lynley beantwortete seine unausgesprochene Frage: »Die haben wir erst letzte Nacht bekommen.«

Mark blickte auf. Er setzte sich Lynley gegenüber an den Tisch, zog die Fotos zu sich heran und betrachtete sie demonstrativ gründlich. »Sind Sie hier, weil Sie glauben, ich könnte Ihnen behilflich sein?«, fragte er.

»Sie waren in Teo Bontempis Wohnung. Sie könnten also durchaus einer dieser beiden Personen begegnet sein.«

»Ich würde sagen...« Mark räusperte sich. »Ich schätze, Sie würden deutlich weiterkommen, wenn Sie diese Fotos den Leuten zeigen würden, die in dem Gebäude wohnen.«

»Das geschieht bereits«, sagte Lynley. »Aber von Ihnen wüsste ich gern: Erkennen Sie eine dieser beiden Personen? Eine scheint eine Frau zu sein.«

Mark besah sich noch einmal die Fotos. »Warum sollte ich eine von denen kennen? Sind das Bilder von der Nacht, in der Teo erschlagen wurde?«

»Wir haben uns die Videos von mehreren Tagen angesehen. Diese Bilder wurden zwei Tage vor der Tat aufgenommen«, sagte Lynley. »Es handelt sich natürlich um Momentaufnahmen. Auf den Videos ist auch Teo selbst zu sehen. Sie steht in der Haustür.«

»Zusammen mit diesen beiden Personen?«

»Mit jeweils einer davon. Anscheinend haben sie bei ihr geklingelt. Aber anstatt den Türöffner zu betätigen, ist sie nach unten gegangen, um kurz mit der jeweiligen Person zu sprechen.«

»Und dann hat sie sie reingelassen?«

»Den Anschein hat es nicht. Aber wir müssen beide Personen finden, denn beide wollten offensichtlich zu Teo Bontempi.«

Mark schüttelte den Kopf. »Ich wünschte, ich könnte Ihnen helfen«, sagte er. »Dann hätte sich Ihr Besuch wenigstens gelohnt.«

»Was meinen Besuch angeht…« Lynley schob die Fotos wieder in seinen Ordner.

»Ja?«

»Der eigentliche Zweck meines Besuchs gilt einem Beweisstück, das sich in Ihrem Besitz befindet. Das möchte ich gern mitnehmen.«

Mark wurde erst heiß, dann kalt. »Und was soll das sein?«

»Das Handy der Toten. Entweder Sie haben es, oder Ihre Frau hat es. Oder der Gentleman, der eben zur Unterstützung eingetroffen ist. Das letzte Signal, das das Handy gesendet hat, kam aus dieser Gegend hier. Von allen, die Teo Bontempi auch nur entfernt gekannt haben, wohnen Sie als Einziger in der Nähe des Funkmastes, von dem das Signal kam. Und da das Handy laut Aussage des Ehemannes auf dem Nachttisch lag, als er die Wohnung verlassen hat, und da laut Ihrer eigenen Aussage Sie derjenige waren, der Teo Bontempi später gefunden hat, scheint es naheliegend, dass Sie im Besitz des Handys sind. Die Frage ist nur, wann Sie das Handy an sich genommen haben – bevor der Notarzt kam, oder als Teo Bontempi bereits im Krankenhaus war.«

Mark wusste, wenn er leugnete, würde Lynley als Nächstes mit einem Durchsuchungsbeschluss anrücken. Er wusste auch, dass er das Handy sofort hätte entsorgen sollen, was er nicht getan hatte, weil er ein verdammter Idiot war. Mit belegter Stimme sagte er: »Ich habe es eingesteckt, nachdem ich den Notarzt gerufen hatte.«

Lynley sagte nichts. Er beobachtete ihn nur mit durchdringendem Blick.

»Ich weiß, ich hätte es liegen lassen müssen. Oder zumindest hätte ich es abliefern müssen. Aber ich konnte nicht riskieren, es in der Wohnung zu lassen.« Er nahm das Handy aus seiner Hosentasche und gab es Lynley. »Jemand hätte es mitgehen lassen können.«

»Aber das durfte nicht passieren«, bemerkte Lynley.

»Ich wollte es ihr zurückgeben, wenn sie aus dem Krankenhaus kommt. Aber dann...«

»Dann ist sie gestorben, und Sie wähnten sich in Sicherheit. Vor allem, da Sie nicht wussten, dass sie ermordet worden ist. Aber als Sie die Wahrheit erfahren haben... Das ist der springende Punkt, DCS Phinney, und ich nehme an, dass Ihnen das klar ist. Als Sie erfuhren, dass sie ermordet worden war, haben Sie das Handy behalten. Sie sind Polizist. Sie müssen wissen, wie das aussieht.«

»Es sieht so aus, als hätte ich bei unserem ersten Gespräch gelogen.«

»Und? Haben Sie?«

»Sie hat tatsächlich auf eigene Faust gehandelt, als sie in unserem Team war.«

»Aber das war nicht der Grund, warum Sie für ihre Versetzung gesorgt haben, nicht wahr? Ich denke, der Grund war persönlicher Natur. Und ich denke, wenn wir dieses Handy untersuchen, werden wir den Grund erfahren.«

Mark wandte sich ab. Er wusste natürlich genau, was Lynley auf dem Handy finden würde: Fotos von ihnen beiden und Fotos, die sie einander geschickt hatten, zahllose Textnachrichten, Nachrichten auf der Mailbox, ein ziemlich eindeutiges Video. Er schaute Lynley wieder an. »Was Sie finden werden, ist der Wahnsinn, der die Liebe begleitet, und ich glaube, dass Ihnen das nicht fremd ist. Ich habe das Handy behalten, weil ich nicht wollte, dass Sie das alles zu sehen bekommen. Ich wollte nicht, dass Sie davon erfahren. Niemand hat davon gewusst.«

»Und Ihre Frau?«

»Nein, nein. Sie kann es nicht gewusst haben. Unmöglich.«

»Viermal«, sagte Lynley.

»Viermal was?«

»Sie haben es jetzt viermal verneint.« Lynley nahm die Fotos, die er Mark bereits gezeigt hatte, wieder aus dem Ordner und legte sie nebeneinander auf den Tisch. »Bitte, sehen Sie sich die noch einmal an.«

»Ich kenne keine der beiden Personen. Sie sind überhaupt nicht zu erkennen. Ich habe keine Ahnung…« Er brach ab. Dreimal geleugnet, dachte er.

Liebling, ich will in dir sein, nur noch einmal.

»Wollen Sie mir etwas zu dem sagen, was ich auf dem Handy finden werde?«, fragte Lynley.

»Ich war verrückt nach ihr. Total verrück. Das ist es, was Sie sehen werden. Zumindest ist es das, was Sie von mir sehen werden.«

»Und von anderen?«

»Keine Ahnung.« Mark spürte, wie sein ganzer Körper taub wurde. »Keine Ahnung«, sagte er noch einmal. »Nachdem das Handy sich abgeschaltet hat, bin ich nicht mehr reingekommen.«

Die Küchentür ging auf, und beide drehten sich um. Pete stand da, mit Lilybet im Rollstuhl, daneben Robertson. »Lilybet möchte ihrem Daddy einen Abschiedskuss geben.«

Ehe er etwas sagen, ehe er verhindern konnte, dass das Schlimmste passierte, schob Pete Lilybet in die Küche.

LEYTON

NORTH LONDON

Monifa Bankole hatte mehrmals bei der Nummer angerufen, die man ihr gegeben hatte, als sie zum ersten Mal mit Simi in der Praxis gewesen war. Sie hatte niemanden erreicht, und am Ende hatte sie nicht einmal mehr eine Nachricht hinterlassen können. Dabei war der Terminkalender doch komplett voll gewesen, und deswegen konnte sie einfach nicht glauben, dass die Praxis endgültig geschlossen war. Wahrscheinlich war sie einfach umgezogen. Sie musste also nur herausfinden, wohin.

Doch bisher hatte sie kein Glück gehabt, und jetzt musste sie etwas unternehmen. Tani hatte noch Öl ins Feuer gegossen. Er hatte ihr erzählt, dass Abeo schon alles besorgt hatte, worum die nigerianische Beschneiderin Chinara Sani ihn gebeten hatte. Tani hatte alles in den Müll geworfen, dann

419

hatte er ihr die Liste gezeigt und gesagt, er wolle Simi an einen sicheren Ort bringen, denn Abeo könne jederzeit die gleichen Sachen noch einmal besorgen und Simi an einem anderen Ort beschneiden lassen. Als Monifa sich geweigert hatte, ihm Simisola zu übergeben, hatte er ihr irgendwelche Unterlagen unter die Nase gehalten und behauptet, es handle sich um den Antrag auf eine Schutzanordnung, und dann hatte er gedroht, wenn sie nicht kooperierte, werde er diesen Antrag an die entsprechenden Behörden übergeben.

Da war für sie Schluss gewesen. Dass ihr eigener Sohn von ihr verlangte, mit ihm zu *kooperieren*, dass er glaubte, sie sei dazu verpflichtet, bloß weil sie eine Frau war, hatte sie auf die Palme gebracht. »Du erteilst mir keine Befehle!«, hatte sie ihn angefaucht.

Er hatte sofort einen anderen Ton angeschlagen. »Mum, bitte. Ich will sie doch nur irgendwohin bringen, wo sie in Sicherheit ist.«

Aber sie hatte nicht nachgegeben. Natürlich bestand die Gefahr, dass Simisola in staatliche Fürsorge kam, wenn sie sie nicht mit ihrem Bruder gehen ließ, das war ihr klar. Wenn er den Antrag tatsächlich einreichte. Monifa hatte schreckliche Angst, Simi für viele Monate oder vielleicht sogar für immer zu verlieren.

Sie nahm Simi an die Hand und machte sich auf den Weg zu Halimah, der Mutter von Simis bester Freundin Lim. Sie wohnte auch in Mayville Estate, aber auf der anderen Seite, im zweiten Stock von Lydgate House an der Woodville Road. Monifa war noch nie bei Halimah gewesen – Abeo hatte etwas gegen sie, weil sie geschieden war –, aber Simisola hatte ihre Freundin oft besucht, und sie kannte den Weg.

Lim war Halimahs einzige Tochter gewesen, ihr einziges Kind. Halimah war es gar nicht besonders wichtig gewesen,

Lim beschneiden zu lassen, aber da sie selbst beschnitten war, hatte sie eine Frau aufgesucht, die das Ritual durchführte. Denn mehr hatte sie darin nicht gesehen als ein Ritual der Reinigung, das ein Mädchen zur Frau machte. Sie hatte ihrer Tochter kein Leid zufügen wollen.

Niemand, am allerwenigsten Halimah, hatte damit gerechnet, dass alles so schiefgehen würde. Niemand hatte etwas anderes erwartet als eine kurze Zeit des Unwohlseins für Lim, und anschließend wäre Lim rein und keusch gewesen. Aber es war alles anders gekommen, und Lim hatte sich das Leben genommen.

Als Halimah auf ihr Klopfen hin aufmachte, sagte Monifa: »Abeo hat eine Frau gefunden. Er hat sie mit in unsere Wohnung gebracht. Tani hat alles mitbekommen, und ich habe Angst, dass er Simisola deswegen wegbringen will.«

Halimah brauchte nicht zu fragen, wovon die Rede war. »Er wird Sie hier suchen«, sagte sie und schaute sich um, als könnte Abeo sich wie Tarzan an einer Liane vom nächsten Baum schwingen, um auf Monifa loszugehen und ihr Simi wegzunehmen. »Hier wird er als Erstes herkommen.«

»Deswegen bin ich nicht hier. Ich muss dem ein Ende setzen. Wo wohnt sie? Ich muss von Angesicht zu Angesicht mit ihr reden.«

»Mit wem?«

»Sie wissen, wen ich meine, Halimah.«

Halimah schaute zwischen Monifa und Simisola hin und her. Dann sagte sie: »Kommen Sie rein.«

Es war dunkel in der Wohnung und nicht ganz so heiß wie draußen. Die Fenster waren geschlossen und die Vorhänge zugezogen. Es war der Versuch, etwas von den kühleren Nachttemperaturen zu konservieren, aber über kurz oder lang würde Halimah lüften müssen.

Halimah verschwand in der Küche, wo sie, den Geräu-

421

schen nach zu urteilen, in der Besteckschublade kramte. Einen Augenblick später kam sie mit einem gefalteten Blatt von einem linierten Notizblock zurück. Sie habe die Adresse auf dem Zettel notiert, erklärte sie Monifa. Leider sei es nicht einfach, dort hinzufinden. Monifa bedankte sich und machte sich mit Simisola auf den Weg.

Sie fand die Adresse in Leyton Grange. Es handelte sich um einen Wohnturm, dessen Backsteinfassade auf jeder Etage durch einen cremefarbenen Querstreifen unterbrochen war. Die Balkons unterschieden sich sehr von den üblichen an Londoner Wohntürmen. Die Balkonbrüstungen waren verkleidet mit roten Metallplatten und zur Durchlüftung mit kleinen achteckigen Löchern versehen. Auf dem braunen Rasen vor dem Gebäude stand ein ausrangiertes blaues Sofa. Vereinzelte Sträucher waren grau vom Staub und verloren schon die Blätter. Alles war ausgetrocknet und verdorrt.

Sie hatten fast anderthalb Stunden bis hierher gebraucht. Sie waren mit schlecht belüfteten Bussen gefahren, hatten mehrmals umsteigen müssen und waren dann noch ein gutes Stück zu Fuß gegangen, weil sie von Leuten, die sie nach der Richtung gefragt hatten, in die falsche Richtung geschickt worden waren. Aber endlich standen sie vor dem richtigen Gebäude, und Monifa drückte die Klingel neben der Wohnungsnummer, die Halimah ihr aufgeschrieben hatte. Sie wartete. Nichts geschah. Sie klingelte noch einmal. Diesmal meldete sich eine Frauenstimme: »Ja?« Monifa nannte ihren Namen und fragte, ob sie bei der Wohnung von Chinara Sani geklingelt habe. Die Gegenfrage lautete: »Sind Sie mit Abeo Bankole verwandt?«, woran Monifa erkannte, dass sie an der richtigen Adresse waren. Als sie sagte, sie sei Abeos Ehefrau, antwortete Chinara: »Und Sie wünschen?«

»Ich möchte mit Ihnen über das sprechen, was Abeo für Simisola geplant hat.«

»Einen Moment, bitte.«

Monifa wartete. Sie stellte sich vor, wie Chinara Sani sich einen Fluchtplan zurechtlegte. Nach mehreren Minuten klingelte Monifa noch einmal, und diesmal wurde der Türöffner betätigt. Monifa und Simisola betraten das Gebäude und riefen den Aufzug. Chinara wohnte im zehnten Stock.

Im Aufzugsschacht krachte und kreischte es metallisch, und als sich nach einer gefühlten Ewigkeit die Tür öffnete, schob Monifa Simi in den Aufzug, und sie fuhren nach oben. Chinara musste mit der Hand am Türknauf auf sie gewartet haben, denn kaum hatte Monifa an der Tür geklopft, wurde sie auch schon aufgerissen.

Monifa hatte mit einer sehr alten Frau gerechnet, auch wenn sie nicht hätte sagen können, warum, abgesehen von der Assoziation mit der uralten Tradition der Beschneidung. Außerdem hatte sie mit einer im traditionellen nigerianischen Stil gekleideten Frau gerechnet. Stattdessen stand eine grauhaarige Frau mittleren Alters vor ihr, die von ihrer Aufmachung her gut eine Bankangestellte hätte sein können. Nur der knallrote Lippenstift wirkte ein bisschen unpassend und ließ ihren Mund wie eine blutige Wunde in ihrem Gesicht aussehen.

»Sie sind Chinara?«, fragte Monifa.

»Ja. Und das ist Simisola?«, erwiderte Chinara lächelnd. Sie hatte Lippenstift an einem Schneidezahn. »Haben Sie sie hergebracht, damit sie mich kennenlernt? Das erleichtert die Sache natürlich. Wie geht es dir, Simisola? Bist du bereit, eine Frau zu werden?«

Simi wich einen Schritt zurück. Sie wusste nicht, was sie von dieser Fremden halten sollte.

»Genau darüber wollten wir mit Ihnen sprechen.«

»Ach, wirklich? Das ist schön. Es ist nicht üblich, dass der Vater die Absprachen macht, während seine Frau nicht

423

zu Hause ist. Haben Sie denn Vorbehalte? Oder Fragen?«, sagte sie. Als Monifa nicht antwortete, wandte Chinara sich an Simi. »Möchte Simi mir vielleicht Fragen stellen?«, fuhr sie fort. »Mit diesem Ritual wirst du zur Frau, Simisola. Das hat man dir doch gesagt, oder?«

Monifa spürte, wie Simi sich zitternd an sie drückte. Sie sagte zu Chinara: »Es hat ein Missverständnis gegeben. Wir werden Sie nicht brauchen. Wir haben etwas anderes geplant. Das wusste Abeo nicht, als er Sie zu uns nach Hause bestellt hat. Aber ich habe das mit ihm geklärt.«

»Etwas anderes? Ich bin, wie Sie wissen, die einzige echte nigerianische Beschneiderin in Nordlondon. Es gibt natürlich Somalierinnen, und die sind zugegebenermaßen viel billiger als ich. Aber ich würde niemals eine Somalierin in meine Wohnung lassen, geschweige denn zulassen, dass sie meine Tochter anrührt. Darf ich fragen, wie Sie mich gefunden haben? Wie haben Sie herausgefunden, wo ich wohne?«

»Ich habe es von der Mutter des Mädchens erfahren, das sich umgebracht hat, nachdem Sie sie beschnitten haben. Sie erinnern sich vielleicht? Sie hieß Lim. Sie war zwölf. Sie hat sich erhängt.«

»Zwölf«, murmelte Chinara. »Man macht das am besten, wenn ein Mädchen viel, viel jünger ist. Das sage ich auch den Eltern, wenn sie zu mir kommen. Ich bin nicht für das verantwortlich, was passiert, wenn Eltern nicht auf mich hören.«

»Dann hören Sie mir gut zu«, sagte Monifa. »Wenn Sie Simisola anrühren, rufe ich die Polizei. Wenn Sie noch einmal in meine Wohnung kommen, rufe ich die Polizei.«

»Ich glaube nicht, dass Sie das entscheiden können. Ihr Mann hat mir gesagt, dass er…«

»Mich interessiert nicht, was er Ihnen gesagt hat.«

»…und Sie sich einig sind. Wollen Sie etwa behaupten, dass er mich angelogen hat?«

»Ich will nicht, dass Sie meine Tochter anrühren. Ich rufe die Polizei, falls Sie meine Wohnung noch einmal betreten.«

Chinara trug große goldene Ohrringe, die wie die Uhr einer Hypnotiseurin pendelten, als sie den Kopf schief legte. »Wie kommt es, dass Sie es sich anders überlegt haben, Mrs Bankole? Als ich mit Ihrem Mann gesprochen habe, hat er mir gesagt, Sie seien mit allem einverstanden.«

»Er hat Sie angelogen.«

»Warum hätte er das tun sollen?«

»Mummy?«, flüsterte Simisola. »Kann ich mal aufs Klo?«

»Ja natürlich«, sagte Chinara und zeigte ihr, wo die Toilette war. Monifa wollte Simi begleiten, doch Chinara sagte schnell: »Das kann Ihre Tochter doch sicher allein. Es ist niemand anders hier, falls Sie sich deswegen Sorgen machen.«

Alles an Chinara machte Monifa Angst, doch sie sagte zu Simi: »Na, lauf schon. Aber beeil dich.«

Als Simi außer Hörweite war, sagte Chinara: »Sie wissen, was passieren wird, nicht wahr? Sie werden sie nicht verheiraten können, wenn sie nicht beschnitten ist.«

»Wie gesagt, ich habe etwas anderes geplant.«

»Für eine Ehe? Mit einem Nigerianer? Der Mann wird Ansprüche…«

»Das geht Sie nichts an. Falls Abeo Sie schon bezahlt hat, behalten Sie das Geld. Aber kommen Sie nicht wieder zu uns. Haben wir uns verstanden?«

»Ihr Mann will sicherlich…«

»Mir geht es nur um Simisola.«

Es klingelte. Jemand drückte ziemlich lange auf die Klingel, und Monifa fragte sich, ob das vielleicht ein Signal war. Plötzlich hatte sie Angst, auch wenn sie nicht genau wusste, warum, außer dass sie sich in der Wohnung einer Frau befand, die ihren Lebensunterhalt mit etwas verdiente, für das sie im Gefängnis landen konnte. Sie war schon einmal von der Polizei abgeführt worden und hatte keine Lust, das ein zweites Mal zu erleben.

Anstatt über die Gegensprechanlage zu fragen, wer da war, betätigte Chinara sofort den Türöffner. Monifa begriff, dass sie und Simi schnellstens die Wohnung verlassen mussten. Sie rief Simi zu, sie solle sich beeilen.

Monifa wartete. Endlich hörte sie die Toilettenspülung rauschen. Dann hörte sie, wie Simi sich die Hände wusch. Als sie aus der Toilette kam, legte Monifa ihr einen Arm um die Schultern und sagte zu Chinara: »Wir gehen jetzt.«

Im nächsten Augenblick wurde dreimal laut an die Wohnungstür geklopft.

»Ah«, sagte Chinara. »Dann werden wir ja gleich die Wahrheit erfahren.«

Sie ging an Monifa und Simi vorbei, um die Tür zu öffnen und Abeo hereinzulassen.

DEPTFORD
SOUTH-EAST LONDON

Leylo und Yasir bewohnten in Deptford eine Wohnung mit Blick auf den Pepys Park, ganz in der Nähe des Fußgängertunnels, der unter der Themse hindurchführte und die Isle of Dogs mit dem Royal Naval College verband. Der Pepys Park war ein öffentlicher Park, im Gegensatz zu einigen Londoner Parks, zu denen nur diejenigen Zugang hatten, die sich einen Schlüssel leisten konnten. Der Park wirkte ziemlich schlicht, aber als Deborah aus ihrem Wagen stieg, sah sie, dass es Picknickplätze gab, gepflegte Wege mit Bänken und

eine große Rasenfläche – leider derzeit braun und vertrocknet – für Ballspiele und reichlich Bäume, die Schatten spendeten. Es war ein schöner Ort, um in Ruhe ein Buch zu
lesen, sich zu sonnen oder seinen Hund auszuführen.

Als sie angerufen hatte, war nur Leylo zu Hause gewesen,
die sich freute zu hören, dass Deborah St. James vorbeikommen wollte, um ihnen ein Foto zu bringen. Jetzt klopfte
Deborah an die Wohnungstür, unterm Arm ein großes, fla-
ches Päckchen und ihre Kameratasche über der Schulter.

Leylo hatte sich verändert. Früher hätte man gesagt, sie sei
»aufgeblüht« – sie strahlte Gesundheit und Energie aus. Sie
begrüßte Deborah mit einem strahlenden Lächeln. »Kommen Sie doch rein! Kann ich Ihnen einen kühlen Tee anbieten?«

Deborah nahm das Angebot dankend an. Als sie im Wohnzimmer stand, fragte sie sich, wo in aller Welt Leylo und ihr
Mann das Porträt aufhängen sollten. In dem Raum – an allen
Wänden und auf allen Flächen – befand sich mehr afrikanische Kunst, als sie in ihrem Leben gesehen hatte: Gemälde,
Masken, Skulpturen, Steinschnitzereien, Statuen, Körbe und
gerahmte Textilien. Neben einer Statue, die eine schwert-
schwingende Person darstellte, gab es eine Vitrine mit kleinen Figürchen aus Messing.

»Das sind Yasirs Goldgewichte. Er sammelt sie, seit er ein
Junge ist.« Leylo kam mit einem Tablett herein, auf dem
zwei Gläser Eistee und eine Schale mit Vollkornkeksen standen.

»Wozu sind die gut?«, fragte Deborah.

»Die hat man benutzt, um Goldstaub zu wiegen, als es
noch keine Münzen und Geldscheine gab.«

»Sie sind schön«, sagte Deborah. »Vor allem der Alliga-
tor. Oder ist es ein Krokodil? Ich kann die nicht auseinan-
derhalten.«

Leylo stellte das Tablett auf dem Glastisch ab, auf dem verschiedene Möbelkataloge lagen, hauptsächlich mit Schlafzimmereinrichtungen. Als sie Deborahs Blick gewahrte, sagte sie mit einem verlegenen Lächeln: »Unsere Ehe hat eine ganz neue Qualität bekommen. Um das zu würdigen, möchte Yasir ein neues Schlafzimmer. Es soll ein Ort sein, der nicht an Leid und Schmerz erinnert.«

»Das ist eine wunderbare Idee«, sagte Deborah. »Ihr Mann scheint sehr fürsorglich zu sein.«

»Er ist ganz anders als die meisten traditionellen Ehemänner. Es ist ein Glück, dass ich ihn gefunden habe.«

»Und für ihn ist es auch ein Glück«, sagte Deborah. »Aber das weiß er bestimmt.«

»Sind Sie verheiratet?«

»Ja.«

»Und wie ist Ihr Mann?«

»Ich habe schon mit sieben für ihn geschwärmt.«

»Meine Güte! Da waren Sie ja noch Kinder!«

»Ich war ein Kind, er nicht.«

»Er ist also viel älter als Sie?«

»Nein, nein. Also, elf Jahre. Aber ohne diese Jahre und alles, was in diesen Jahren geschehen ist, hätten wir vielleicht beide jemand anderen geheiratet.«

»Was für eine Geschichte.« Leylo reichte Deborah ein Glas Tee. Der Tee war zwar nicht eisgekühlt, doch der Zitronengeschmack machte ihn sehr erfrischend.

»Aber sie ist viel zu lang, um sie jetzt zu erzählen«, sagte Deborah. »Sie sehen übrigens fantastisch aus. Ich nehme also an, die Operation war erfolgreich?«

Leylo nickte. »Ich war neulich zur Nachsorge, und Dr. Weatherall sagt, wir können bald noch einmal versuchen, ein Kind zu bekommen. Haben Sie Kinder?«

Deborah schüttelte den Kopf. »Nein.« Sie zeigte Leylo

das Päckchen. »Würden Sie sich gern das Foto ansehen? Ich bringe heute allen ihr Porträt.«

»Au ja, ich würde es mir sehr gern ansehen!«

Das Bild war in braunes Packpapier gewickelt, das Deborah mit Klebestreifen gesichert hatte. Leylo riss es begierig auf. Es war kein typisches Studiofoto, das man auf eine Anrichte oder einen Tisch stellte, es war dazu gedacht, an der Wand zu hängen. Es war ein Schwarz-Weiß-Foto – wie fast alle Porträts, die Deborah machte – in einem schlichten schwarzen Alurahmen mit weißem Passepartout. Yasir saß auf der Sessellehne und schaute Leylo an, die zu ihm hochblickte. Er war im Profil zu sehen, sie im Dreiviertelprofil. Deborah mochte dieses Foto ganz besonders, weil es so schön zur Geltung brachte, worauf die Beziehung der beiden basierte: Geduld, Liebe, Leidenschaft, Rückhalt.

Leylo verschränkte die Hände unter dem Kinn. »Das ist wunderschön! Danke, dass Sie es sogar vorbeibringen, das ist wirklich nett von Ihnen.«

»Ich habe Ihnen dafür zu danken, dass ich das Foto machen durfte«, sagte Deborah. »Apropos… Dürfte ich vielleicht jetzt noch ein paar von Ihnen machen? Es ist einfach… Sie wirken so unglaublich verändert.«

»Hier?«, fragte Leylo verblüfft. »Jetzt? Ohne meinen Mann?«

»Nur wenn es Ihnen nichts ausmacht. Ich habe die Kamera dabei. Und das Licht hier drin ist sehr gut.«

Leylo zog die Brauen zusammen. Doch dann lächelte sie. »Also gut. Und wo? Hier?«

Sie saß auf dem Sofa, die Hälfte des Gesichts wurde von einem Streifen Sonnenlicht beleuchtet. Das Licht war perfekt, aber der Hintergrund gefiel Deborah nicht. Die Kunstobjekte selbst wären jedes für sich ein Foto wert gewesen, aber sie würden von Leylos Gesicht ablenken. Die Tiefenschärfe zu ändern, würde auch nicht helfen. Deshalb sagte Deborah: »Vielleicht könnten wir einen Sessel vor das Fenster rücken?«

»Klar, kein Problem.« Leylo schob den Sessel vors Fenster und setzte sich darauf. Deborah gab ihr Anweisungen für ihre Sitzhaltung und knipste eine Lampe an, die hinter dem Sessel auf einem Beistelltisch stand. Sie drehte die Lampe ein bisschen und schob die Skulptur und die Vitrine ein wenig zur Seite, damit sie aus dem Bild waren.

Dann trat sie ein paar Schritte zurück, um das Arrangement zu überprüfen: die Frau mit Sonnenlicht auf der Wange, das Haar von der Lampe beleuchtet. »Das wird ein schönes Foto«, sagte Deborah lächelnd. »Aber natürlich muss ich auch noch eins von Yasir machen und später von Ihren Kindern. Vielleicht auch noch von Ihren Eltern? Ihren Geschwistern? Ich werde Ihnen noch so lästig werden, dass Ihnen nichts anderes übrig bleibt, als mich in die Familie aufzunehmen.«

Darüber musste Leylo lachen. Es war der Moment, auf den Deborah gewartet hatte. Sie drückte auf den Auslöser.

LEYTON
NORTH LONDON

Monifa begriff sofort, warum es so lange gedauert hatte, bis Chinara sie eingelassen hatte – sie hatte Abeo angerufen und ihn gefragt, was seine Frau und seine Tochter von ihr wollten. Vermutlich hatte er Larks Auto genommen oder sich ein Taxi geleistet, dachte Monifa, sonst hätte er unmöglich so schnell hier sein können.

Abeo betrat die Wohnung mit versteinerter Miene. Er schloss die Tür hinter sich, ging an Chinara vorbei und baute sich vor Monifa auf. »Was machst du hier, Monifa?«, fragte er leise. Monifa fühlte sich an eine Kobra erinnert. Mit einem Blick zu Simi, die sich in eine Ecke verzogen hatte, fragte er: »Und was macht Simisola hier?«

Monifa holte tief Luft. Sie fragte sich, inwieweit er es wagen würde, vor einer Zeugin, die nicht zur Familie gehörte, sein wahres Gesicht zu zeigen. »Ich bin hier, um dieser Frau mitzuteilen, dass ich die Polizei rufen werde, falls sie es wagt, meine Tochter anzurühren«, sagte sie einigermaßen gefasst.

»Sie ist *meine* Tochter!«, konterte Abeo. »Das hast du zumindest immer behauptet, oder nicht? Und wenn sie meine Tochter ist, dann bin *ich* derjenige, der darüber bestimmt, was mit ihr passiert, nicht du. *Du* würdest sie am liebsten zu dem machen, was du selbst bist – eine saure Frucht vom Baum deines Vaters. Komm her, Simisola.«

Simi rührte sich nicht.

»Simisola, komm sofort her«, wiederholte er. »Zwing mich nicht, dich zu holen.«

»Mummy?« Simi schaute Monifa an. »Was soll ich …«

Jetzt reichte es Abeo. Er durchquerte das Zimmer, packte Simi am Arm und sagte zu Chinara: »Wir machen es jetzt.«

Monifa stellte sich zwischen Abeo und die Beschneiderin. »Nein!«, sagte sie. »Ich lasse nicht zu, dass …«

Abeo ließ Simisola los, ergriff Monifa und schubste sie hinter sich. Sie stolperte gegen einen Sessel. Während sie sich wieder aufrappelte, packte er Simisola erneut am Arm und bugsierte sie zu Chinara. »Jetzt!«, sagte er.

»Ich kann das nicht hier …«

»O doch, Sie können. Ich hab Sie bezahlt. Holen Sie Ihr Werkzeug und was Sie sonst noch brauchen.« Dann drehte er sich zu Monifa um. »Du bleibst, wo du bist. Wenn nicht, werde ich …«

»Was?«, schrie sie und ging auf ihn zu. »*Was* wirst du mit mir machen, Abeo?«

Als er auf seine Frau losgehen wollte, fauchte Chinara: »Aufhören! Ich werde es nicht tun. Sie haben mir versichert, dass sie mit der Beschneidung einverstanden ist. Das war gelogen. Ich führe keine Beschneidung durch, wenn Sie sich nicht einig sind. Das hab ich Ihnen klipp und klar gesagt.«

»Wir sind uns einig«, sagte Abeo. »*Ich* muss mich nur mit mir selbst einigen. Dieser Streit ist eine Sache zwischen Monifa und mir – das hat nichts mit Simisolas Beschneidung zu tun.«

»Ich sehe keine Einigung, wenn die Mutter mit der Polizei droht. Vergessen Sie's. Ich werde sie nicht beschneiden. Heute nicht und an keinem anderen Tag.«

Abeos Gesicht wurde starr. Für Monifa sah es aus, als hätte er eine Art Anfall. Simi lief zu ihrer Mutter und klammerte sich an sie.

»Ich habe alles gekauft, was Sie verlangt haben«, sagte Abeo drohend. »Ich habe Geld ausgegeben. Ich habe *Ihnen* Geld gegeben. Sie werden …«

»Ich werde überhaupt nichts. Und jetzt machen Sie, dass Sie aus meiner Wohnung kommen. Alle drei. Sofort.«

»Ich hab Ihnen erklärt, was ich will!«, schrie Abeo.

»Und ich habe Nein gesagt«, entgegnete Chinara. »Sie werden jetzt gehen. Sonst werde *ich* nämlich die Polizei rufen. Und dann werden *Sie* verhaftet. Raus jetzt!«

In der darauffolgenden Stille, in der die beiden einander anstarrten, fürchtete Monifa, Abeo würde der Frau jeden Moment Gewalt antun. Aber schließlich wandte Abeo sich Monifa zu. Er packte sie am Arm und schubste sie in Richtung Tür, dann machte er das Gleiche mit Simi.

Kaum standen sie im Hausflur, knallte Chinara die Tür zu

und schloss sie ab. Abeo schob seine Frau und seine Tochter in den Aufzug. »Das war's. Wir schicken sie nach Nigeria«, sagte er zu Monifa.

WESTMINSTER
CENTRAL LONDON

Es war halb elf, als Dorothea Harriman zu ihnen sagte: »Judi-mit-I hat angerufen. Assistant Commissioner Hillier will einen von Ihnen sprechen.«

Winston Nkata blickte von seinem Bildschirm auf und schaute zu Barbara Havers hinüber. Sie hob beide Hände. Er sah Dorothea an und sagte: »DI Lynley ist nicht hier.«

»Das habe ich Judi gesagt. Zuerst meinte sie, dann soll er eben rüberkommen, sobald er da ist. Aber dann hat sie noch mal angerufen, und deswegen bin ich hier.«

»Soll das heißen, er will einen von uns sprechen?«

Dorothea verlagerte das Gewicht und klopfte mit der Spitze ihres Stilettos auf das Linoleum. »Ja, und zwar unverzüglich. Judi sagt, es kann nicht warten, bis der Acting Chief Superintendent zurück ist. Der Assistant Commissioner will jetzt sofort mit einem von Ihnen sprechen.«

»Und um was genau geht's, Dee?«, fragte Barbara.

»Das sagt Judi nie, das wissen Sie doch, Detective Sergeant Havers. Wo würde da die Spannung bleiben? Oder das Überraschungsmoment?«

»Also«, sagte Barbara zu Nkata. »Wie machen wir's, Winnie? Stein-Schere-Papier? Oder werfen wir 'ne Münze? Du darfst wählen. Zum Glück hab ich heute mein professionelles Outfit an, für den Fall, dass ich verlier.«

»Professionell, aha«, sagte Dorothea, während sie Barbara

433

von oben bis unten musterte. »Und was ist mit diesen Turnschuhen aus Leopardenfell?«

»*Künstliches* Leopardenfell, Dee«, sagte Barbara. »Ich bin schließlich tierlieb. Gefallen sie Ihnen? Ich kann Ihnen verraten, wo…«

»Nicht nötig«, sagte Dorothea. Dann wandte sie sich an Nkata, der gerade eine Münze aus seiner Hosentasche gefischt hatte. »Und?«

»Ich nehm Kopf«, sagte Barbara zu ihm. »Aber vergiss nicht, dass Hillier nicht unbedingt mein größter Fan ist.«

Nkata warf die Münze, und sie landete neben Barbaras Stuhl. Sie warf einen Blick darauf, dann sagte sie zu Nkata: »Viel Spaß!«

Nkata seufzte. »Ich war noch nie bei dem.«

»Für alles gibt's ein erstes Mal«, sagte Barbara. »Wahrscheinlich bietet er dir sogar ein Stück Schokolade an, wenn er sieht, dass ich's nicht bin.«

Nkata sammelte ein paar Unterlagen ein, und ehe er sichs versah, stand er vor Judis Schreibtisch. Weder hatte er bisher Hilliers Sekretärin kennengelernt, noch war er jemals in diesen heiligen Hallen gewesen, wo nebenan auch der Commissioner residierte. »DS Nkata in Vertretung für DI Lynley«, stellte er sich vor.

Judi-mit-I musterte ihn und sagte: »Sie sind aber echt groß.« Ihrem Tonfall nach zu urteilen, schien sie seine Größe für kein gutes Omen für den Ausgang des Gesprächs zu halten.

»Stimmt«, sagte er.

»Und?«

»Liegt in der Familie.«

»Ich meinte nicht, woher es kommt, dass Sie so groß sind, sondern wie groß Sie genau sind.«

»Ach so. Sorry. Knapp eins dreiundneunzig.«

Judi nickte. »Alles klar. Hätte ich mir denken können.« Sie nahm den Telefonhörer ab und ließ den Assistant Commissioner wissen, dass DS Nkata eingetroffen war. Sie hörte kurz zu, dann sagte sie: »Selbstverständlich.«

»Gehen Sie rein«, sagte sie dann zu Nkata. »Und versuchen Sie, kleiner zu wirken. Das hilft.«

Nkata hatte keine Ahnung, wie er das anstellen sollte, versuchte jedoch, wenigstens die Schultern ein bisschen einzuziehen, und betrat das Zimmer von Assistant Commissioner Hillier. Das Erste, was ihm auffiel – außer Hillier, der hinter seinem Schreibtisch stand, die Fäuste aufgestützt –, waren die Boulevardblätter, die auf dem Schreibtisch ausgebreitet lagen. Anscheinend hatte die Pressestelle dem Assistant Commissioner ein Exemplar von jedem einzelnen Revolverblatt besorgt, das in London zu haben war. Durch die breite Fensterfront hinter Hillier hatte man einen herrlichen Blick auf den St. James's Park, dessen grüne Baumkronen sich vor dem wolkenlosen Himmel abhoben.

Hillier blickte auf. Nkata hatte die Tageszeitungen noch nicht gesehen, aber wenn Hillier einen von ihnen in sein Zimmer zitierte und es um die Schlagzeilen des Tages ging, hatte er garantiert nicht vor, das Team für seine großartige Arbeit zu loben.

Hilliers Augen wurden schmal. »Und wo ist Ihr Vorgesetzter?«

»Er ist nach Lower Clapton gefahren. Um das Handy des Opfers abzuholen und sich den Kollegen vorzuknöpfen, der die Versetzung veranlasst hat.«

»Was Sie nicht sagen.«

»Außerdem wollte er dem Kollegen noch ein paar Fotos zeigen.«

Hillier zeigte auf die Boulevardblätter. »Dann wollen wir hoffen, dass er inzwischen bessere Bilder hat. Auf denen hier kann doch kein Mensch etwas erkennen.« Er blickte auf. »Haben Sie sie mitgebracht?«

Nkata betrachtete den Ordner, den er in der Hand hielt. Im Grunde wusste er gar nicht genau, was er in der Eile zusammengerafft und warum er es mitgenommen hatte. »Die besseren Fotos?«, fragte er. »Der Chef hat sie erst letzte Nacht von den Technikern bekommen. Wir anderen haben sie noch nicht.«

Hillier schien nachzudenken. Schließlich sagte er: »Sie sind sehr loyal, nicht wahr?«

»Sir?«

»Lynley gegenüber. Ein nobler Zug, Sergeant.«

Nkata wusste nicht so recht, was er darauf antworten sollte, deswegen nickte er nur. Im Vorzimmer klingelte das Telefon.

»Besorgen Sie mir so schnell wie möglich Kopien von den besseren Bildern.«

Nkata schaute aus dem Fenster und überlegte, was der Befehl zu bedeuten hatte. »Um sie an die Medien weiterzuleiten, Sir?«

»Um damit nach meinem Belieben zu verfahren.«

»Es ist nur …« Nkata war sich nicht sicher, wie er mit der Situation umgehen sollte.

»Es ist was?« Hillier hatte einen Ton drauf, dachte Nkata, da konnte einem ganz anders werden.

»DI Lynley möchte den Täter nicht wissen lassen, dass wir bessere Bilder haben.«

»Sie haben mich doch verstanden, oder?«, sagte Hillier. »Das war kein Vorschlag.«

»Ah. Okay. Es ist nur so, wenn die Bilder veröffentlicht werden auf einem oder mehreren der Täter oder die Täterin zu erkennen ist, dann geben wir unseren Trumpf aus der Hand, Sir.«

»Das ist eine Sichtweise«, entgegnete Hillier. »Aber es gibt auch noch andere, die Ihnen vielleicht nicht bekannt sind.«

»Ja, Sir.«

»Und darf ich fragen«, fuhr Hillier fort, »was Lynley mit zwei Detective Sergeants macht, obwohl einer ausreichen würde? Ich habe ihn schon selbst gefragt, aber bisher ist er mir die Antwort schuldig geblieben. Und ich kann mir auch nicht vorstellen, dass Detective Sergeant Havers sich nach einer anderen Arbeitsstelle umgesehen hat, so wünschenswert das auch wäre.«

»Das Problem sind die Kürzungen, Sir.« Nkata war froh, ein Thema anschneiden zu können, bei dem er sich sicherer fühlte, denn er wollte Hillier von Barbara ablenken. »Im aktuellen Fall, dem Mord an DS Bontempi, haben wir alle Kräfte zusammengezogen, die uns zur Verfügung stehen, aber DI Hale konnte uns nur zwei DCs ausleihen. Der eine sieht sich die Videos aus den Überwachungskameras an. Es gibt eine an dem Gebäude, in dem Bontempi gewohnt hat, und je eine vor zwei Läden auf der anderen Straßenseite. Die andere Kollegin sichtet die Videos von der Streatham High Road nach Autos und Taxen vom Tag des Mords. Für den Tag des Mords wurde nichts Verwertbares gefunden, deswegen ist die Kollegin ein paar Tage zurückgegangen, in der Hoffnung, da was zu finden. Die Kennzeichen, die sie findet, muss sie aber dann nach Swansea schicken, um Informationen über die Fahrzeughalter zu bekommen. In der Gegend gibt es keine Kennzeichenscanner.«

»Und Swansea?«, fragte Hillier. »Nun lassen Sie sich doch nicht jede Information einzeln aus der Nase ziehen, Sergeant.«

»Das einzig Interessante bisher ist, dass ein auf Mark Phinney zugelassenes Fahrzeug – der war Teo Bontempis Vorgesetzter, bis sie versetzt wurde – mehrmals in der Gegend erfasst wurde. Dabei wohnt der nicht mal in der Nähe von Streatham. Und auf dem Überwachungsvideo an ihrem Gebäude haben wir ihn auch.«

»Und wie passt das zum Datum des Mords?«

»Zwei Daten passen zu dem, was er ausgesagt hat. Zwei überhaupt nicht.«

»Dann klären Sie das.«

»Ich nehme an, dass Lynley gerade genau daran arbeitet, Sir. Wie gesagt, er ist heute Morgen losgefahren, um mit Phinney zu reden.«

Hillier durchbohrte Nkata mit seinem Blick. Das machte er vermutlich mit jedem, den er einzuschüchtern versuchte, dachte Nkata. »Sonst noch was?«, fragte der Assistant Commissioner ruhig.

»Wir überprüfen gerade einen Terminkalender, den wir in einer inzwischen geschlossenen Praxis gefunden haben, mit der DS Bontempi irgendwas zu tun hatte. Es war eine Praxis für Frauenheilkunde, und da sind vor Kurzem schon mal zwei Frauen verhaftet worden. Aber jetzt wird's interessant: Keine einzige der Frauen, deren Namen in dem Terminkalender stand, war bereit, uns zu sagen, was sie in der Praxis eigentlich wollten. Außerdem stand hinter jedem Namen noch ein weiterer Frauenname in Klammern. Wir vermuten, dass das Mordopfer die örtliche Polizei auf die Praxis aufmerksam gemacht hat, weil da kleine Mädchen beschnitten wurden. Die Namen in dem Terminkalender gehören also vermutlich Frauen, die ihre Töchter, deren Namen in Klammern stehen, zum Beschneiden da hingebracht haben. Leider können wir das noch nicht beweisen. Aber wir suchen derzeit nach der Frau, die in der Praxis gearbeitet hat.«

»Und?«

»Sie ist untergetaucht. Und sie hat dort auch nicht unter ihrem richtigen Namen gearbeitet. Im Moment versuchen wir rauszufinden, wer der Eigentümer des Gebäudes ist, in dem sich die Praxis befand. Wir hoffen, dass der uns die Adresse der Frau nennen kann.«

»Wer kümmert sich darum?«

»Barbara Havers. Aber ehrlich gesagt könnten wir noch mehr Unterstützung gebrauchen. Die Auswertung der Videos aus den Überwachungskameras dauert ewig, aber ohne die Ergebnisse können wir die notwendigen Befragungen nicht durchführen.«

Hilliers Augen wurden wieder schmal. »Sie haben mir doch eben erst gesagt, dass DI Hale Ihnen zwei DCs ausgeliehen hat.«

»Und die sind auch großartig, Sir. Aber wir brauchen noch mehr Leute, denn jedes Mal, wenn wir einen Namen ausgraben, müssen wir die entsprechende Person überprüfen. Und sobald wir die besseren Bilder haben, müssen wir die überall in der Nachbarschaft rumzeigen. Sie kennen ja das Prozedere.« Bei Letzterem war Nkata sich allerdings nicht ganz sicher. Er bezweifelte, dass Sir David Hillier im Lauf seiner steilen Karriere jemals mit Mordermittlungen zu tun gehabt hatte. Aber er wollte nichts unversucht lassen.

Er hatte Glück. »Ich kann Ihnen zwei weitere Kollegen zugestehen«, sagte Hillier. »Aber mehr nicht. Damit arbeiten dann insgesamt sieben Personen an dem Fall, mehr können wir nicht erübrigen. Schließlich haben wir es nicht mit einem Serienmörder zu tun. Wenn DI Lynley nicht in der Lage ist, mit so viel Personal einen Fall zu lösen, haben nicht nur wir ein ernstes Problem, sondern auch er selbst. Besorgen Sie mir die Fotos, und in der Zwischenzeit beten wir alle, dass irgendwas das Interesse der Boulevardpresse in eine andere Richtung lenkt. Meinetwegen eine nette kleine Naturkatastrophe.«

Das sah Nkata genauso.

MAYVILLE ESTATE
DALSTON
NORTH-EAST LONDON

Tani holte den Rucksack, den er für Simi vorbereitet hatte,
und zeigte Sophie den Inhalt. Sie ging die Sachen durch
und riet ihm, noch zwei T-Shirts und ein Paar Sandalen ein-
zupacken. Er nahm zwei T-Shirts aus einer Schublade und
hielt fragend ein Paar lila Crocs hoch. Zum Schluss stopfte
Sophie noch eins von Simis Stofftieren in den Rucksack –
einen Tiger, dem ein Auge fehlte. Sie schlug vor, es auf dem
Ridley Road Market zu versuchen, es sei ja gut möglich, dass
Monifa mit Simi dorthin gegangen sei. Und so machten sie
sich gemeinsam auf den Weg.

Am Anfang des Markts trennten sie sich. Sophie nahm
sich die Straßenseite vor, auf der sich Abeos Metzgerei und
Fischstand befanden, Tani die gegenüberliegende. Eine
halbe Stunde später trafen sie sich am anderen Ende wieder.
Keiner von beiden hatte Simisola gesehen. Aber Tani hatte
auch keine Spur von Abeo entdecken können, weder im Into
Africa Groceries Etc. noch im Metzgerladen, und das war
viel merkwürdiger als die Tatsache, dass Monifa und Simisola
nicht auffindbar waren.

»Sie sind vor über drei Stunden losgegangen«, sagte Tani.
»Was, wenn Simi jetzt grade beschnitten wird? Ich bin ihr
großer Bruder, Sophie, ich muss doch auf sie …«

»Immer mit der Ruhe, Tani«, sagte Sophie. »Bestimmt
sind sie nur …« Aber ihr fiel auch kein Ort ein, an dem sie
sein konnten. »Sie kommen bestimmt bald wieder.«

»Ich hätte ihnen folgen müssen«, sagte er. »Ich hab doch
gehört, wie sie weggegangen sind. Aber ich dachte, ich kann
Simi ja schlecht auf der Straße entführen. Jetzt frag ich mich,
warum ich es nicht einfach gemacht hab.«

»Du hast alles richtig gemacht. Sie können nicht weit sein; sie kommen bald wieder.«

Sie kamen eher wieder, als Tani geglaubt hatte. Er und Sophie gingen zu ihm nach Hause und setzten sich auf sein Bett. Keine zehn Minuten später hörte Tani die Stimme seines Vaters, der die Treppe hochkam. Er klang ungehalten.

»Und jetzt das«, sagte Abeo. »Du wirst dich zurückhalten. Du wirst auf keinen Fall...«

»Du tust ihr weh, Papa!«, rief Simi.

»Halt den Mund!«, blaffte Abeo.

Tani und Sophie sahen einander an. Tani stand auf und drückte die Zimmertür so weit zu, bis sie nur noch einen kleinen Spaltbreit offen war, sodass sie alles hören konnten. Dann setzte er sich wieder neben Sophie aufs Bett.

Die Wohnungstür wurde geöffnet. Schritte waren zu hören, dann wurde die Tür geschlossen.

»Jetzt sieh dir an, was du getan hast!«, schimpfte Abeo.

»Ich habe verhindert, dass Simi etwas zuleide getan wird.«

»Ich werde heute noch den Flug buchen. Und das hat sie dir zu verdanken.«

»Ich lass nicht zu, dass du sie außer Landes bringst, Abeo. Das werde ich verhindern.«

»Ich will nicht weg, Papa«, sagte Simi.

»Und wie willst du das verhindern?«, bellte Abeo.

»Ich rufe die Polizei.«

Er lachte spöttisch auf. »Und dann? Die Polizei kommt, fuchtelt mir mit dem Zeigefinger vor der Nase, sagt: ›Das dürfen Sie aber nicht, Sir!‹, und erwartet, dass ich gehorche. Glaubst du im Ernst, so könntest du mich aufhalten?«

»Man wird dich verhaften.«

»Mummy, wo soll ich denn hin?«, fragte Simi.

»Er will dich nach Nigeria bringen, und dort sollst du...«

»Du dummes Weibsstück!«, schrie Abeo, dann war zu

441

hören, wie er Monifa ohrfeigte. »Du triffst in dieser Familie nicht die Entscheidungen!«

»Abeo, du darfst sie nicht…«

»Ich will jetzt nichts mehr hören! Halt gefälligst endlich den Mund!«

»Ich werde nicht zulassen, dass du…«

»Hast du mich nicht verstanden?« Ein Möbelstück wurde verrückt. »*Ich* bin derjenige, der hier etwas zulässt oder nicht. Was muss denn noch passieren, damit du das endlich kapierst?«

»Papa!«

»Simisola, geh in dein…«

»Nein, sie bleibt, wo sie ist! Sie wird alles mitansehen und dabei lernen, dass sie zu gehorchen hat, wenn etwas von ihr verlangt wird.«

»Abeo, tu das nicht.«

»Halt den Mund!«

»Bitte.«

»Was hab ich gesagt? Hast du mich immer noch nicht verstanden?« Wieder waren Schläge zu hören, ein tiefes Grunzen von Abeo, ein erstickter Schrei von Monifa und Simis ängstliche Stimme: »Hör auf, Papa! Du tust Mummy weh!«

»So ergeht es Frauen, die ihren Ehemännern nicht gehorchen. Pass gut auf und hör gut zu. Was glaubst du eigentlich… Ich bin noch nicht fertig!« Ein Rumms war zu hören, offenbar war jemand gestürzt, dann noch einer.

Dann schrie Monifa: »Abeo, hör auf, du machst mir Angst!«

»Dir werd ich's zeigen…« Abeo schnaufte und grunzte. Faustschläge waren zu hören, Monifa schnappte hörbar nach Luft. Simi fing an zu weinen und schrie: »Nein, Papa, nicht!«

»Halt dich da raus!«, schrie Abeo. »Siehst du, was du aus

ihr gemacht hast? Du verdirbst alles, was du anfasst! Simisola, lass das! Du verdammtes kleines ...«

Simi kreischte, Monifa schrie, und im nächsten Augenblick war Tani auf den Beinen. Doch Sophie hielt ihn fest.

»Nicht!«, flüsterte Sophie. »Wenn du dazwischengehst, verletzt er dich am Ende auch noch!«

»Mach, dass du auf dein Zimmer kommst, sonst bring ich deine Mutter hier und jetzt um!«, brüllte Abeo.

»Papa«, schluchzte Simi.

»Willst du, dass sie stirbt?«

Simi schluchzte auf, dann kam sie ins Zimmer gestürzt und knallte die Tür zu. Tani schnappte sie und drückte sie an sich, und Sophie bedeutete ihr, still zu sein. Aus dem Flur waren Kampfgeräusche und Schreie zu hören.

»Er tut Mummy weh!«, flüsterte Simi. »Tani ...?«

»Ja, ich weiß, Squeak«, sagte Tani. »Wir haben alles gehört.«

»Du musst was tun! Er soll damit aufhören!«

»Mach ich. Aber zuerst musst du mit Sophie und mir mitkommen, und zwar jetzt sofort.«

»Aber ... Mummy!«

»Wir haben jetzt keine Zeit«, sagte Sophie. »Dein Vater will dir wehtun. Wir müssen dich ganz schnell in Sicherheit bringen.«

»Mum würde auch wollen, dass du mitkommst«, sagte Tani und schnappte sich Simis Rucksack. Im selben Augenblick brüllte Abeo: »Glaubst du etwa, ich wüsste nicht, was du da treibst? Damit ist es vorbei!« Dann ertönte ein schrecklicher Schrei, den Tani nicht so bald vergessen würde.

Sophie war bereits aus dem Fenster geklettert. Tani hob seine Schwester nach draußen, und Sophie nahm sie an der Hand und rannte mit ihr die Treppe hinunter. Tani folgte ihnen auf den Fersen.

WESTMINSTER
CENTRAL LONDON

Nkatas Plausch mit Hillier bot Barbara Havers die Gelegenheit, auf die sie gewartet hatte. Kaum war er verschwunden, sagte sie mit einem Ausdruck tiefsten Bedauerns zu Dorothea: »Sieht so aus, als würde nichts aus unserem Zeichenkurs, Dee. Wir müssen hier durcharbeiten, darauf können Sie wetten. Vor allem jetzt, wo Hillier uns noch Feuer unterm Hintern macht. Da braucht der Inspector alle Mann an Bord.« Sie runzelte die Stirn. »Also, äh, alle Frauen, alle Mann. Sie verstehen schon.«

Die Enttäuschung brachte Dorotheas perfekte Fassung kurz ins Wanken. »Wenn ich Sie nicht besser kennen würde, Barbara, würde ich jetzt denken, dass Sie versuchen, sich zu drücken.«

»Das würd ich nie wagen«, entgegnete Barbara.

»Hm. Na gut. Aber darf ich fragen: Ist es das Zeichnen, das Ihnen widerstrebt? Ich habe übrigens gesehen, dass Sie die Tüte mit dem Material unter den Schreibtisch geschoben haben.«

»Ach so, das…« Darauf fiel Barbara keine Antwort ein.

»Es gibt keinen Grund, deswegen nervös zu werden«, versicherte ihr Dorothea. »Ich wette, dass drei Viertel der Teilnehmer noch nie gezeichnet haben. Wahrscheinlich wollen sie es auch gar nicht wirklich lernen, sondern gehen aus demselben Grund hin wie wir: Weil sie hoffen, die wahre Liebe zu finden.«

Das war zu viel für Barbara. »Das glauben Sie doch alles selber nicht, Dee, oder?«

»Was? Dass die Leute die wahre Liebe suchen?«

»Nein, dass es die wahre Liebe gibt. Sowas gibt's nur im Märchen. Punkt, aus.«

»Und was stört Sie an Märchen?«

»Überhaupt nichts, bis auf das Ende«, erwiderte Barbara.

»Bis auf das Ende?«

»Na ja, das mit dem ›… glücklich und zufrieden bis an ihr Lebensende‹. Es müsste lauten: ›… einigermaßen zufrieden, bis etwas dazwischenkam.‹ Jedes Märchen bräuchte einen Teil zwei, das sag ich Ihnen.«

»Also wirklich«, sagte Dorothea. »Sie geben viel zu schnell auf.«

»Tja, der Job hier kann einen schon zynisch machen.«

»Ich habe mir vorgenommen, Sie davon zu kurieren.«

»Von meinem Job oder von meinem Zynismus?«

»Sehr witzig. Auf jeden Fall habe ich verstanden, dass Zeichnen nichts für Sie ist. Geben Sie mir die Tüte. Ich bringe alles zurück.«

Barbara zog die Tüte unter ihrem Schreibtisch hervor und gab sie Dorothea. »Vielen Dank!«

»Keine Sorge, Detective Sergeant Havers. Ich werde schon noch was finden, wovon ich Sie überzeugen kann. Nur Geduld.« Mit diesen Worten drehte sie sich auf dem Absatz um und stöckelte zu ihrem Schreibtisch.

Nachdem Dorothea weg war, rief Barbara bei der Forensik auf der anderen Seite der Themse an, und nach dem dritten Versuch bekam sie den Kollegen an die Strippe, der für die Skulpturen aus Teo Bontempis Wohnung zuständig war. Man hatte nicht die geringste verwertbare Spur gefunden, erfuhr sie. Ein paar Fingerabdrücke, ja, aber die gehörten dem Mordopfer; nichts wies darauf hin, dass eine der Skulpturen als Mordwaffe gedient hatte. Schon wieder ein Schlag ins Wasser. Barbara veranlasste, dass die Skulpturen nach Streatham zurückgebracht wurden, dann suchte sie im Internet nach der Telefonnummer der Imbissbude Taste of Tennessee.

Es dauerte eine Weile, bis jemand sich meldete: »Ja! Fass dich kurz, das Fett ist heiß!«

Barbara gab sich Mühe. Sie sei von der Metropolitan Police und bräuchte den Namen des Eigentümers des Gebäudes nebenan.

»Woher zum Teufel soll ich wissen, wie der heißt? Und wieso interessiert sich die Met überhaupt für den?«

Ob ihm schon aufgefallen sei, dass die Praxis nebenan geschlossen habe, fragte Barbara den Mann. Ja? Okay, die Polizei suche nach der Leiterin dieser Praxis und hoffe, dass der Hauseigentümer ihnen Namen und Adresse der Frau nennen könne.

»Was hat die Frau denn verbrochen?«

Nichts, sagte Barbara. Aber die Polizei habe ein paar Fragen zu der Praxis, die die Frau vermutlich beantworten könne, da sie schließlich dort gearbeitet habe.

»Da kann ich Ihnen leider nicht weiterhelfen«, sagte der Mann. »Aber ich kann mich mal umhören. Sind da etwa dubiose Geschäfte gelaufen? Also, da gab's schon 'ne Menge Kommen und Gehen, aber eigentlich ist mir das immer seriös vorgekommen. Verdammt, die haben doch nicht etwa mit Drogen gehandelt? Oder mit Sexsklavinnen? Frauen, die mit der Aussicht auf einen lukrativen Job nach England gelockt wurden? Sie wissen schon, was ich meine. Also, ich hab da immer nur Ausländerinnen rein- und rausgehen sehen.«

Nein, nein, nichts dergleichen, sagte Barbara. Sie gab dem Mann ihre Telefonnummer für den Fall, dass er den Namen des Hauseigentümers ausfindig machen sollte.

Der Mann notierte sich die Nummer und versprach, sich zu melden, falls er etwas in Erfahrung brachte. Dann fragte er noch, ob jemand Bestimmtes in Schwierigkeiten steckte, und beantwortete sich die Frage gleich selbst: »Klar, warum sollte die Met sonst hier anrufen?«

Kurz darauf kam Nkata von seinem Besuch bei Sir David Hillier zurück, dicht gefolgt von Lynley. »Was gibt's Neues?«, fragte Lynley.

»Winnie musste Sie grade bei Hillier vertreten«, sagte Barbara.

Lynley schaute Nkata an. »Ah, vielen Dank, Winston! Das war aber wirklich sehr nett von Ihnen!«

»Wie war's denn?«, fragte Barbara Winston. »Hast du einen Diener gemacht? Und seinen Ring geküsst? Ich hoff doch sehr, dass du rückwärts aus dem Zimmer gegangen bist.«

»Nein, ich bin gekrochen«, sagte Nkata und warf seinen Ordner auf seinen Schreibtisch.

»Gekrochen?«

»Wurde mir empfohlen.«

»Von Judi-mit-I?«

»Sie meinte, es würde ihn gnädig stimmen. Der Mann ist ja 'n bisschen kurz geraten.«

»Ich glaub, Hilliers Motto ist: Ich bin klein, aber gemein. Oder vielleicht: Ich bin gemein, weil ich klein bin. Mich hat's ja nie gestört, dass ich klein bin, aber ich bin wahrscheinlich die berühmte Ausnahme von der Regel«, bemerkte Barbara.

»Gelinde gesagt«, bemerkte Lynley. Dann fragte er Nkata: »Was wollte Hillier denn?«

»Die schärferen Bilder. Ich hab ihm gesagt, die sind erst letzte Nacht aus der Forensik gekommen, und dass Sie ihm deswegen die anderen gegeben haben. Aber jetzt will er die neuen.«

»Na ja, immerhin haben wir einen Tag Zeit gewonnen.«

»Wir brauchen irgendwas, um ihn abzulenken«, sagte Nkata. »Immerhin hab ich ihm noch zwei DCs aus dem Kreuz geleiert.«

»Ausgezeichnete Arbeit, Winston.« Lynley zog einen Stuhl heran und setzte sich. Dann nahm er ein Handy aus der Jackentasche und legte es auf Barbaras Schreibtisch. »Wie weit sind wir?«, fragte er.

»Bei den Skulpturen ist nichts rausgekommen«, sagte Barbara. »Teos Fingerabdrücke, aber keine DNS, die auf einen Schlag auf den Kopf schließen lässt. Kann natürlich sein, dass man die DNS-Spuren beseitigt hat, aber dann wären ja auch die Fingerabdrücke weg. Ich würde sagen, eine Tat im Affekt können wir ausschließen. Ich lasse die Skulpturen morgen zurück nach Streatham bringen. Im Prinzip könnte ich mein Glück auch mit 'nem Ouija-Brett versuchen.«

»Tja, so weit kommt's vielleicht noch«, sagte Lynley. »Winston?«

»Wir gehen grade die Videos aus den Kameras in der Streatham High Road durch«, sagte Nkata. »Also, an den Tagen vor dem Mord. Und wir haben Mark Phinneys Wagen viermal in der Gegend auf Video. Einmal einen Tag vor dem Mord, einmal an dem Tag, als er sie gefunden hat, und zweimal, nachdem Teo ins Krankenhaus gebracht wurde.«

Lynley runzelte die Stirn. »Nachdem sie ins Krankenhaus gebracht wurde? Oder nachdem sie gestorben war?«

»Nachdem sie ins Krankenhaus gebracht wurde. Wie ist denn das Gespräch mit ihm gelaufen?«

Lynley machte eine Kopfbewegung in Richtung des Handys. »Das ist Teos. Phinney hatte es. Er behauptet, er hat es an sich genommen, nachdem die Sanitäter sie aus der Wohnung getragen haben.«

»Und wie haben Sie ihn dazu gebracht, dass er's rausrückt?«, fragte Barbara.

»Ich habe ihn auf das Handy angesprochen, und er hat weder abgestritten, dass er es an sich genommen noch dass er es behalten hatte. Er sagt, er wollte nicht, dass sein Verhältnis mit Teo ans Licht kommt und dass seine Frau etwas davon erfährt.«

»Kapier ich nicht«, sagte Barbara. »Wollte er Nachrichten löschen, oder was? Er musste doch davon ausgehen, dass Teo sich erholt, oder? Und dass sie ihr Handy vermissen würde, oder?«

»Es sei denn«, meinte Lynley, »er wusste, dass sie sich nicht mehr erholen würde.«

»Hatte Phinney denn die PIN für das Handy?«, wollte Nkata wissen.

»Er behauptet Nein«, sagte Lynley.

»Warum hat er es dann nicht weggeworfen? Oder einfach liegen lassen?«

»Tja, das kann man sich fragen. Aber er wusste natürlich, dass es für unsere Spezialisten ein Leichtes gewesen wäre, das Handy zu knacken.«

»Und das wollte er verhindern«, sagte Nkata.

»Oder er wollte es als Andenken aufheben«, sinnierte Barbara. »All die süßen Erinnerungen an Teo.«

»Auch möglich. Die Liebe macht die Menschen…« Lynley seufzte. »Mir fehlen die Worte. *Blind* scheint mir in diesem Fall nicht zu passen.«

»Ich finde, *dumm* passt«, sagte Barbara.

Lynley stand auf. »Ich bringe das Handy zu Marjorie Lee. Dann werden wir bald wissen, ob Phinney noch andere Gründe gehabt hat, es an sich zu nehmen.«

Nachdem Lynley gegangen war, näherte sich eine der von Hale ausgeliehenen Kolleginnen.

»Was Neues?«, fragte Nkata sie.

»Ich bin mir nicht sicher«, sagte die Frau. »Es ist ein Name aufgetaucht, der mir irgendwie bekannt vorkommt. Monifa Bankole. Er steht in dem Terminkalender aus dieser Praxis,

449

den ich grade durchgehe, und ich meine, den Namen schon mal in einem Bericht gelesen zu haben.«

»Ja, das haben Sie richtig in Erinnerung«, sagte Nkata. »Das ist die Frau, die zusammen mit der Frau verhaftet wurde, die sich als Easter Lange ausgibt. Sie hat behauptet, sie wäre dort gewesen, um Geld zurückzuverlangen, eine Anzahlung für einen Eingriff, den sie dann doch nicht durchführen lassen wollte.«

»Ja, aber da ist noch mehr. Es hat mit dem Terminkalender zu tun.«

»Na, da bin ich aber gespannt«, sagte Barbara.

»Uns ist aufgefallen, dass neben jedem Namen in dem Kalender noch ein weiterer Name in Klammern steht, auch bei Monifa Bankole. Aber in dem Bericht stand, sie hätte ausgesagt, dass sie in der Praxis war, um einen Eingriff abzusagen, der bei ihr selbst gemacht werden sollte. Irgendeine Frauengeschichte, richtig? Kann es sein, dass sie gelogen hat?«

»Da die Kollegen den Laden auseinandergenommen haben, können wir das sicher rausfinden«, sagte Barbara.

»Also, ich würde sagen, die knöpf ich mir noch mal vor«, sagte Nkata. »Könnten Sie mir die Seite mit dem Termin kopieren?«

Die Frau nickte und machte sich auf den Weg. In dem Augenblick kam Lynley zurück.

»Was Neues, Inspector?«, fragte Barbara.

»Die Kollegen laden alles herunter und schicken es uns zu. Wenn auf dem Handy so viel drauf ist, wie ich vermute, werden wir eine Menge zu tun bekommen. Ein Glück, dass Sie Hillier überreden konnten, uns noch zwei weitere DCs zur Verfügung zu stellen, Winston. Die werden wir brauchen. Und, wie sieht's bei Ihnen aus?« Er schaute erst Barbara, dann Nkata an.

450

»Monifa Bankole«, sagte Nkata. »Anscheinend hat sie uns nicht die ganze Wahrheit gesagt. Ich werde noch mal mit ihr reden.«

»Wurden außer Mark Phinneys Wagen noch weitere Fahrzeuge von Interesse in der Nähe des Tatorts registriert?« Als Barbara und Nkata beide den Kopf schüttelten, bat Lynley sie, sich ein aktuelles Foto von Mark Phinney zu besorgen und es mit den Bildern aus der Videokamera des Gebäudes in Streatham zu vergleichen, und zwar von den Tagen, an denen sein Auto dort gesichtet worden war. Abschließend sagte er: »Allmählich muss sich etwas tun, die Ermittlungen kommen zu langsam voran. Aber das wissen Sie ja selbst.«

TRINITY GREEN
WHITECHAPEL
EAST LONDON

»Was ist das hier?«, fragte Tani. »Das soll ein sicheres Haus sein?«

»Es muss hier irgendwo sein«, antwortete Sophie. »Auf der Webseite stand Trinity Green, und das hier ist Trinity Green.«

Sie hatten eine Ewigkeit bis hierher gebraucht, mit dem Regionalzug, mit der U-Bahn und zu Fuß. Jetzt standen sie vor einer Backsteinmauer, aber nirgendwo gab es ein Schild mit dem Namen Orchid House. Tani fühlte sich ganz benommen, und er fürchtete, dass sie am falschen Ort gelandet waren. Aber Sophie meinte, es sei auch nicht zu erwarten, dass Orchid House mit einem Schild an der Mauer oder an dem großen schmiedeeisernen Tor für sich werben würde, und bugsierte ihn und Simi durch das kleinere Fußgängertor. Am Rand einer großen, vertrockneten Rasenfläche blieben sie stehen und überlegten, wohin sie sich von hier aus wenden sollten.

Sophie vermutete, dass sie zu dem großen Gebäude am Ende der Rasenfläche mussten, einfach, weil es das größte war. Tani fand, dass es mit seinen Bogenfenstern und der breiten Treppe vor dem Eingang aussah wie eine Kapelle.

Sie konnten nur herausfinden, ob sie am gesuchten Ort waren, indem sie hingingen. Also überquerten sie die Rasenfläche. Zu beiden Seiten standen eine Art Reihenhäuser, vor denen alle möglichen Gegenstände herumstanden oder -lagen – darunter ein Dreirad, dem ein Rad fehlte, ein altes Krocketspiel, ein rostiger Grill. Einige der kleinen Häuser waren gut in Schuss, andere in einem bedauernswerten Zustand. Vermutlich befanden sich Erstere in Privatbesitz, während Letztere Eigentum der Gemeinde und entsprechend vernachlässigt waren.

In der Kapelle brannte Licht, was Tani hoffnungsfroh stimmte. Leider war die Tür jedoch abgeschlossen, und auf ihr Klopfen hin rührte sich nichts.

»Das ist nicht gut«, seufzte Tani und legte Simi einen Arm um die Schultern. Simi schaute ihn mit ihren dunklen Augen ängstlich an. »Hast du nicht gesagt, die haben immer geöffnet?«, fragte er Sophie, die gerade versuchte, durch ein Fenster ins Innere der Kapelle zu spähen.

»Auf der Webseite stand, dass sie bis neun offen haben«, sagte sie. »Vielleicht gibt's ja noch einen anderen Eingang.«

Simi zeigte auf ein Schild in einem Fenster. Es war handgeschrieben und schien in aller Eile angefertigt worden zu sein. *Vorerst geschlossen*, stand darauf. Außerdem eine Telefonnummer mit dem Zusatz: *Für Notfälle*. Sophie wählte die Nummer, aber sie geriet nur an einen Anrufbeantworter, der sie bat, eine Nachricht zu hinterlassen, was sie tat. Dann ging sie die Stufen hinunter und bedeutete Tani und Simi, ihr zu folgen.

Sie fanden eine weitere Tür, die in den Keller zu führen schien. Auf einem Messingschild stand: Büro. Aber auch diese Tür war abgeschlossen. Von drinnen war kein Lebenszeichen zu hören.

»Verdammt«, murmelte Sophie. »Also gut. Plan B. Wir fahren zu mir. Deine Eltern wissen doch immer noch nichts von mir, oder?«

Simi schaute von Sophie zu Tani. »Ist sie deine Freundin?«, fragte sie ihren Bruder. »Hast du wegen ihr gesagt, dass du die Nigerianerin nicht heiraten willst?«

Sophie sah Tani entsetzt an. »Das hat mein Vater sich ausgedacht«, sagte er hastig. »Ich hab ihm sofort gesagt, dass er das vergessen kann. Ich hab's dir nicht erzählt, weil ich dachte, was soll das bringen? Wenn ich mal heirate, dann auf keinen Fall irgendeine Frau, die ich noch nie gesehen hab, Sophie. Und im Moment will ich sowieso noch nicht heiraten.«

Sie gingen noch einmal zur Vorderseite der Kapelle. Drei junge Mädchen wollten gerade die Stufen zum Eingang hochgehen. Tani erklärte ihnen, dass Orchid House geschlossen war. In dem Augenblick kam ein sehr alter Weißer aus einem der Häuser. Mit seinem wilden weißen Haarschopf und den buschigen weißen Augenbrauen sah er aus wie eine Vogelscheuche. Trotz der Affenhitze trug er eine Strickjacke, ein Baumwollhemd und eine Krawatte.

»He, ihr da!«, rief er. »Hier wird nicht rumgelungert. Macht, dass ihr wegkommt!« Er kam auf sie zu. »Ich hab's ihr von Anfang an gesagt: Es kommt nicht in Frage, dass hier welche von euch rumlungern. Sie hat's mir versprochen, und was ist jetzt? Außerdem hat sie gesagt, es wär nur für Mädchen, also wüsste ich gern, was du hier zu suchen hast!«

453

Tani wollte etwas sagen, aber eins der drei Mädchen kam ihm zuvor: »Wir haben eine Versammlung.«

»Heute nicht«, sagte der Alte. »Und vielleicht sowieso nie wieder. Die Polizei war hier und hat sie mitgenommen. Also, verzieht euch!«

»Aber wir haben wirklich eine Versammlung«, protestierte ein anderes Mädchen. »Die haben uns gesagt, es ist immer jemand hier. *Immer*.«

»Tja, und was soll ich da machen? Ich hab nicht den ganzen Tag Zeit, mich mit euch rumzuärgern, nachher verpass ich noch mein Fernsehprogramm. Ich sitz am Fenster, seit die Polizei sie mitgenommen hat. Ohne Handschellen. Aber seit die weg sind, ist alles abgeschlossen.«

»Und wer hat abgeschlossen?«, fragte Sophie.

»Ich natürlich. Ich hab einen Schlüssel.«

»Dann könnten Sie uns ja reinlassen.«

»Ja, *könnte* ich«, sagte der Alte. »Aber ich werd den Teufel tun. Ich kenn euch doch überhaupt nicht. Selbst sie kenn ich ja kaum. Zawadi heißt sie. Möchte wissen, was das für ein Name ist. Ich wette, den hat sie sich selbst ausgedacht. Und jetzt macht, dass ihr Land gewinnt, denn solange der Laden dicht ist, habt ihr hier nichts zu suchen.«

»Aber Sie wissen doch, was das hier für ein Ort ist, oder?«, sagte Sophie. »Die Organisation heißt Orchid House. Sie wissen doch, was die machen, stimmt's? Die Frauen helfen kleinen Mädchen, solchen wie Simisola hier. Sie könnten ihr also auch helfen, wenn Sie wollten.«

»Davon weiß ich nichts«, knurrte der Alte. »Ich kümmere mich um meine eigenen Angelegenheiten. Solange mein Fernseher läuft, brauch ich meine Nase nicht in irgendwas anderes zu stecken.«

THE NARROW WAY
HACKNEY
NORTH-EAST LONDON

Normalerweise fuhr Mark Phinney am Ende seiner Schicht nicht sofort nach Hause, denn es war eine ziemlich lange Fahrt, und er wartete meist, bis der Berufsverkehr abgeebbt war. Die zwei Stunden vertrieb er sich meist mit Papierkram, manchmal ging er aber auch mit ein paar Kollegen auf ein Bier in einen Pub in der Lillie Road. So traf er gewöhnlich gegen acht Uhr zu Hause ein, gerade rechtzeitig, um Robertson zu verabschieden und mit Pete zu Abend zu essen. Lilybet hatte um diese Zeit längst ihr Abendessen bekommen, das fast immer aus Rührei mit Cheddar und Toastbrot bestand. Nach dem Essen schlief sie gewöhnlich eine Weile in ihrem Rollstuhl, sodass Pete Zeit hatte, für sie beide zu kochen. Manchmal blieb Robertson auch noch zum Essen. Manchmal lief alles reibungslos, manchmal nicht.

Heute jedoch wartete er nicht, bis der Berufsverkehr abgeebbt war, und heute fuhr er auch nicht nach Lower Clapton, sondern nach Hackney. Er fuhr am Holland Park vorbei und dann diagonal durch die ganze Stadt. Es war die reinste Stadtrundfahrt, und sie führte ihn vorbei an tristen Reihenhaussiedlungen, an teuren Villen und durch eine Gegend, die früher einmal als ziemlich verrufen gegolten hatte, heute jedoch unerschwinglich war. Er wollte zu einem von Paulies Pfandleihhäusern, und die hatten bis neun Uhr geöffnet, er hatte also reichlich Zeit.

Aber er wollte nicht zu Paulie, sondern zu Paulies Schwager Stuart.

Mark schaute auf die Uhr, als er gegenüber von Pembury Estate vor einem Wettbüro hielt. Er stieg aus und überquerte die Straße. In der Fußgängerzone The Narrow Way wim-

455

melte es von Leuten mit Kindern. Die Läden boten ihnen ein bisschen Abwechslung, und wahrscheinlich war es hier draußen auch etwas kühler als in den überhitzten Wohnungen.

Die beiden Neonreklameschilder am Pfandleihhaus leuchteten grell, und die Glöckchen über der Tür bimmelten disharmonisch, als er den Laden betrat. Es herrschte eine Hitze wie in einem Brutkasten, denn es gab keine Klimaanlage, und Querlüften war auch nicht möglich. Mark wunderte sich, dass die Feuchtigkeit nicht an den Wänden herunterlief.

»Komme!«, rief Stuart aus dem Hinterzimmer. Es klang, als hätte er den Mund voll, was Mark nicht wundern würde. McDonald's war gleich um die Ecke.

»Lass dir Zeit!«, rief Mark. »Ist Paulie da?«

»Mark? Moment…« Stuart kam durch den Perlenvorhang und wischte sich die Hände an einer Papierserviette ab, mit der er sich anschließend den Schweiß von der Stirn tupfte. »Paulie ist drüben«, sagte er, womit er den anderen Laden meinte. »Soll ich ihn anrufen?«

»Nein, ich wollte zu dir«, sagte Mark. »Mit Paulie hab ich schon gesprochen.« Er nahm den Pfandbon heraus und schob ihn über den Tresen. »Den hab ich in Petes Portemonnaie gefunden«, sagte er.

»Oh«, sagte Stuart. »Also, wenn Paulie dir nicht…«

»Vielleicht hab ich mich ihm gegenüber nicht klar genug ausgedrückt«, sagte Mark. »Ich versuche rauszufinden, was Pete mit dem Geld für das Dings gemacht hat, das sie versetzt hat. Was war das überhaupt?«

»Das darf ich dir nicht sagen«, antwortete Stuart. Er wirkte allerdings ziemlich verlegen, was Mark sehr entgegenkam. »Das geht nur den Kunden und den Laden was an. Warum fragst du sie nicht einfach?«

»Ist doch klar«, sagte Mark. »Sie möchte nicht, dass ich es erfahre.«

»Na dann …«

»Ich muss nicht unbedingt wissen, wie viel Geld du ihr gegeben hast, Stuart«, sagte Mark. »Ich brauch nicht mal zu wissen, welches Teil genau sie versetzt hat.«

»Teile«, sagte Stuart und sah sich um, als könnte sich ein Lauscher im Laden verstecken.

Mark überging die Information. »Ich will nur wissen – wegen ihr und wegen Lilybet –, welche *Kategorie* von Gegenständen sie versetzt hat.«

»Hä? Welche Kategorie?«

Mark sah sich im Laden um in der Hoffnung, etwas zu entdecken, mit dessen Hilfe er Stuart erklären konnte, was er meinte. Auf einem Glasregal hinter Stuart standen sechs Humidore. Er zeigte darauf und sagte: »Zum Beispiel Gegenstände, die was mit Zigarren zu tun haben, oder …«, in einer Vitrine lagen Armbanduhren, »…was mit Uhren.« Dann zeigte er auf die Wand und sagte: »Gegenstände, die was mit Gemälden oder mit Kunst zu tun haben.«

Stuart überlegte angestrengt. Mark drängte ihn nicht. Schließlich meinte Stuart: »Also, ich denke, das kann ich dir sagen.«

Dann zog er aus einem Fach unter dem Tresen ein dickes Kassenbuch hervor. Mark konnte es nicht fassen, dass Paulie noch nicht alles digitalisiert hatte. Andererseits machte so ein antiquiertes Kassenbuch in einem Pfandleihhaus auch wirklich etwas her.

Stuart blätterte ein paar Seiten zurück, dann fuhr er mit dem Zeigefinger eine Spalte entlang. Mark vermutete, dass er das tat, um die Sache etwas theatralischer zu machen. Stuart zog die Brauen zusammen und sagte langsam: »Ah, hier ist es … hm. Wie nennt man das? Also zumindest kann ich dir sagen: Schmuck und Silber.« Er blickte auf. »Ich hoffe, damit kannst du was anfangen.«

Pete besaß so gut wie keinen Schmuck, und Mark konnte sich nicht erinnern, was sie an Silber im Haus gehabt hätten. »Ist das alles?«, fragte er.

»Ja. Aber…« Stuart klappte das Buch zu und verstaute es wieder unter dem Tresen. »Also, es geht mich ja nichts an, aber warum fragst du sie nicht einfach?«

Mark überlegte, was er auf diese Frage antworten sollte. Schließlich sagte er: »Du hast recht. Das geht dich nichts an.«

Er verließ den Laden. Hinter sich hörte er Stuart vor sich hin grummeln, woraus er schloss, dass der Mann als Nächstes bei Paulie anrufen würde. Daran ließ sich nichts ändern, und eigentlich ließ sich an überhaupt nichts irgendetwas ändern, dachte er. Er hatte noch immer keine Ahnung, was Pete versetzt hatte. Und er hatte auch keine Ahnung, ob sie etwas ins Pfandleihhaus gebracht hatte, weil sie Geld brauchte oder welches haben wollte, oder ob sie es aus einem ganz anderen Grund getan hatte.

11. AUGUST

BELSIZE PARK
NORTH LONDON

Er erwachte mitten in der Nacht aus einem Traum, den er im
ersten halben Jahr nach Helens Tod immer wieder geträumt
hatte. In dem Traum sagte sie klar und deutlich: »Tommy,
Liebling«, in diesem Ton, den sie immer anschlug, wenn sie
eine Bitte an ihn hatte, von der sie wusste, dass er sie ihr
am liebsten abschlagen würde. Oder wenn sie einen Vorschlag machte, von dem klar war, dass er ihn gerne abgelehnt
hätte. In den Jahren, die sie zusammen gewesen waren – sowohl vor als auch während ihrer Ehe –, hatte sie die Worte
Tommy, Liebling auf verschiedene Art und Weise ausgesprochen. Und jede Tonart hatte eine andere Bedeutung gehabt.

In seinem Traum hatte er aufgeblickt, als er sie hörte. Er
hatte Herzklopfen bekommen. Ihre Stimme hatte geklungen, als hätte sie ihm seinen Namen direkt ins Ohr geflüstert. Aber er konnte sie nirgendwo im Zimmer sehen, also
hatte er nach ihr gesucht, in dem Wissen, dass sie in der
Nähe war, in der Gewissheit, dass sie im Haus war. Diese Gewissheit hatte eine so tiefe Sehnsucht in ihm ausgelöst, dass
er sie zu suchen beschloss, bis er sie fand. Er ging von Zimmer zu Zimmer, immer in dem Gefühl, dass sie zum Greifen nah war.

Die Zimmer, die er durchstreifte, befanden sich jedoch
nicht in London. Aber auch nicht im Familiensitz der Lyn-

leys an der Küste von Cornwall. Die Zimmer waren ihm unbekannt, was seine Verzweiflung noch vertiefte. Er spürte, wie sich eine schmerzhafte Leere in ihm auftat.

Als er aufwachte, erkannte er zunächst gar nichts. Er nahm nur Umrisse wahr, die erst langsam Form annahmen. Dann hörte er wieder seinen Namen: »Tommy?« Er drehte sich in die Richtung, aus der die Stimme gekommen war.

Er sah, dass er mit Daidre im Bett lag, aber die schmerzhafte Leere, die er im Traum empfunden hatte, wollte nicht weichen. Ihm war, als hätte er einen Verrat begangen, als würde er sich ganz und gar unfair verhalten. Dabei wusste er selbst nicht, wem oder was gegenüber er unfair war: gegenüber der Erinnerung an Helen oder gegenüber der Frau, die neben ihm lag, einen Arm unter ihrem Kopf, und die ihn verschlafen anschaute, eine aschblonde Strähne auf der Wange.

»Alles in Ordnung, Tommy?«, murmelte sie. »Wie spät ist es? Musst du schon weg?«

Das nicht, aber er wollte weg. Er fühlte sich elend in seiner Treulosigkeit. Wie konnte er dieser wunderbaren Frau seine Liebe erklären? Wie konnte er mit ihr schlafen und danach bei ihr bleiben – denn dort waren sie, in ihrer Wohnung, nicht in seinem Haus in Belgravia –, während allein der Gedanke an Helen ihm Höllenqualen verursachte? Und dennoch war Daidre ihm ein unschätzbarer Trost in Momenten wie diesem. Sie war ein ruhender Pol, bei dem er Zuflucht suchte, obwohl er ihr im Gegenzug so wenig zu bieten hatte.

Er war am Abend zuvor erst spät angekommen, dabei hatte er eigentlich gar nicht vorgehabt, noch zu Daidre zu fahren. Den Kopf voll mit allem, was sie inzwischen über Teo Bontempi wussten, was sie über die letzten Wochen ihres Lebens in Erfahrung gebracht hatten und was das alles bedeuten könnte, war er wie auf Autopilot gefahren. Erst bei seiner Ankunft war ihm klargeworden, dass er sich in Belsize Park befand, und eigentlich hätte er sofort wenden und nach Hause fahren sollen. Aber das hatte er nicht fertiggebracht, vor allem, als er gesehen hatte, dass in Daidres Wohnzimmer noch Licht brannte. Eine ganze Weile hatte er dagesessen, Daidres Wohnzimmerfenster angestarrt und über das nachgedacht, was er von Marjorie Lee erfahren hatte.

Sie hatte nicht lange gebraucht, um mithilfe von Cyber Kiosk, einer speziellen Polizeisoftware, alle Informationen von Teo Bontempis Handy herunterzuladen. Das Programm war genau für diesen Zweck entwickelt worden, und Polizisten wurden in seiner Anwendung geschult. Infolgedessen waren die Daten, die die Leute auf ihren Handys speicherten, nicht so gut vor den Augen anderer geschützt, wie die moderne Technologie gern glauben machte. Sobald ein Handy in die Hände der Polizei geriet, war das Leben seines Besitzers ein offenes Buch. Mithilfe eines Cyber Kiosk dauerte es gewöhnlich nicht einmal zwanzig Minuten, um sämtliche Daten von einem Handy herunterzuladen. Normalsterbliche brauchten sich deswegen keine allzu großen Sorgen zu machen, Verbrecher dagegen umso mehr.

Lynley hatte Barbara und Winston gesagt, sie sollten ruhig nach Hause gehen, während er auf die Ergebnisse von Marjorie Lee warten werde, was sie aber nicht getan hatten. »Also, bei mir zu Hause wartet niemand auf mich – kein Hund, kein Mann, nicht mal ein Abendessen«, hatte Barbara gesagt. Woraufhin Nkata gemeint hatte: »Ich ruf meine Mutter an, Chef. Die hält mir das Essen warm, solange ich ihr verspreche, dass ich's irgendwann esse.«

Und so hatten sie gemeinsam gewartet. Als die Informationen aus dem Handy der Toten bei ihnen angekommen waren, hatten sie sie untereinander aufgeteilt – und es war eine Menge Material gewesen. Abgesehen von Teo

461

Bontempis Textnachrichten und Telefongesprächen waren da ihre Fotos, ihre Sprachaufnahmen, die Nachrichten auf ihrem AB, ihre GPS-Daten, ihre Spiele, ihre Lieblingsrestaurants, ihre Fahrten mit Uber… Marjorie hatte ihnen alles geschickt, und alles musste durchgesehen werden. Die ausgeliehenen DCs würden sie natürlich unterstützen, aber angesichts der Vielzahl der anstehenden Überprüfungen und Befragungen würden sie alle von jetzt an Überstunden machen müssen. Aus diesem Grund hatte Lynley ihnen allen eine Ruhepause verordnet. Es kamen harte Zeiten auf sie zu, und niemand wusste, wie lange sie dauern würden.

Jetzt hörte er Daidre fragen: »Hast du überhaupt geschlafen, Tommy?«

»Ja«, sagte er. »Aber ich fürchte, mehr Schlaf bekomme ich nicht. Wie spät ist es?«

»Zehn nach vier«, sagte sie, nachdem sie einen Blick auf den Wecker geworfen hatte.

»Hm«, brummte er. »Dreieinhalb Stunden. Ich habe schon kürzere Nächte erlebt.« Er setzte sich auf die Bettkante und hob seine Kleidung vom Boden auf.

Sie legte ihm eine Hand auf den nackten Rücken. »Du bist total verspannt«, sagte sie. »Ich wünschte, ich könnte etwas für dich tun.«

»Schlaf weiter. Du hast auch einen Arbeitstag vor dir.«

»Stimmt. Und ich schlafe auch noch ein paar Stunden. Aber erst mach ich dir einen Kaffee.«

Sie zog sich ihren Morgenmantel über und ging auf nackten Füßen in die Küche. Lynley zog sich an. Er hörte, wie eine Tür geöffnet und wieder geschlossen wurde, dann ertönte ein klagendes Maunzen.

»Du hast allen Ernstes das Fenster beobachtet?«, fragte Daidre, worauf Wally mit einem traurigen Miauen antwortete. »Tja, du spielst leider im Moment die zweite Geige«, beschied Daidre dem Kater. Dann: »*Nein*, Wally! Nicht auf die Anrichte und auch nicht auf den Tisch, sonst… Ist ja gut, hier.«

Lynley lächelte, als er hörte, wie Daidre das Trockenfutter in den Napf schüttete. Er nahm Daidres Brille von dem Karton, den sie als Nachttisch benutzte, und ging in die Küche. Daidre war dabei, Kaffee zu machen, während Wally zufrieden sein Trockenfutter mampfte.

Lynley fasste Daidre an den Schultern, drehte sie zu sich und setzte ihr die Brille auf. Er schob ihr die Haare hinter die Ohren und sagte: »Du bist einfach unglaublich.«

»In deinen Augen vielleicht, aber Wally ist da anderer Meinung. Fährst du jetzt sofort zur Arbeit?«

Er schüttelte den Kopf. »Nein, zuerst nach Hause. Duschen, rasieren, umziehen und Charlie Bescheid sagen, dass mich keiner entführt hat.«

Sie nickte. Er sah ihr an, dass sie sich einen Kommentar verkniff. »Was wolltest du sagen?«

»Nichts.«

»Ganz sicher?«

»Ja.«

»Wir haben gestern Abend kaum geredet.«

Sie lächelte. »Wir hatten nicht viel Zeit zum Reden.«

Trotzdem, dachte er. »Daidre, gibt es irgendwas…?«

»Irgendwas?«

»Ist irgendwas passiert? Irgendetwas, das ich wissen sollte?«

»Nein, Tommy.«

»Aber wenn, würdest du es mir sagen, oder?«

Sie legte den Kopf schief und sah ihn liebevoll an. »Wahrscheinlich nicht. Zumindest nicht jetzt, und auch nicht, wenn ich wüsste, dass ich das Problem allein lösen kann.«

»Muss ich mich gekränkt fühlen? Oder muss ich eifersüchtig auf Wally sein?«

»Gekränkt, nein. Eifersüchtig auf Wally? Na ja, sieh ihn dir doch an, Tommy. Wer möchte ihm nicht sofort alle Geheimnisse anvertrauen?«

Wally hob den Kopf, bedachte sie mit einem ausdruckslosen Blick und wandte sich wieder seinem Futter zu.

Lynley lachte. »Pokerface.«

»Gefühlsduselig ist er jedenfalls nicht. Aber muss man das sein, wenn man mit jemandem über seine Probleme spricht?«

Lynley küsste sie. Dann nahm er seine Autoschlüssel aus der Hosentasche. »Ich bin nicht so dumm, dir diese Frage zu beantworten«, sagte er.

WESTMINSTER
CENTRAL LONDON

Nachdem er sich zu Hause geduscht, rasiert und umgezogen hatte, traf er um kurz nach sechs bei New Scotland Yard ein. Er saß gerade an Barbaras Schreibtisch, als sie um kurz vor sieben eintraf, dicht gefolgt von Winston Nkata. Barbara trug eine weite Hose mit Gummizug, ihre üblichen roten, knöchelhohen Turnschuhe und ein pinkfarbenes Kapuzen-Shirt, das zum Glück den Spruch auf ihrem T-Shirt verdeckte. Nkata dagegen war wie immer tadellos gekleidet: frisch gebügeltes weißes Hemd, Krawatte, Anzug. Die Anzugjacke hing an seinem Daumen über seiner Schulter.

Barbara hatte eine angebissene Pop-Tart in der Hand. Als sie die Blicke ihrer beiden Kollegen gewahrte, sagte sie: »Haltet bloß die Klappe, vor allem du, Winnie. Ich hab keine Mutter zu Hause, die mir das Frühstück vorsetzt.« Dann wandte sie sich an Lynley: »Seit wann sind Sie denn schon hier?«

»Ich konnte sowieso nicht mehr schlafen, da dachte ich mir, ich kann auch gleich herkommen. Wir sollten die letzten Tage ihres Lebens unter die Lupe nehmen. Ich habe mir ein paar Daten von ihrem Handy angesehen.«

»Und?« Barbara lehnte sich an ihren Schreibtisch, an dem Lynley immer noch saß.

Nkata zog seinen Schreibtischstuhl heraus und bot ihn ihr an. »Alles gut, Winnie«, sagte sie. »Trotzdem danke.«

»Zahlreiche Anrufe und Nachrichten von ihrer Schwester«, sagte Lynley. Er stand auf und bot ihr ihren Stuhl an. »Sie hat aber nur auf wenige geantwortet. Dafür hat sie wiederholt ihre Eltern angerufen, und von denen gibt es eine Nachricht auf Voicemail.«

»Und wie lautet die Nachricht?«, fragte Nkata.

»Die Eltern haben nur ihr Bedauern darüber zum Ausdruck gebracht, dass sie ihren Anruf verpasst hatten«, sagte Lynley. »Aber die Nachrichten der Schwester sind interessant.«

»Inwiefern?« Barbara kramte ein Päckchen Papiertaschentücher aus ihrer geräumigen Umhängetasche und wischte sich den Mund und die Fingerspitzen ab.

»Ich habe mir nur die letzten angehört«, sagte Lynley. »Sie bittet Teo eindringlich, sich mit ihr zu treffen, mit ihr zu reden. Sie soll ihm endlich die Wahrheit sagen.«

»Wem? Ross Carver?«, fragte Barbara.

»Möglich. In der Woche vor dem Überfall hat sie viermal bei ihm angerufen.«

»Dir hat Carver doch gesagt, sie wollte sich mit ihm treffen, um zu reden, oder?«, sagte Nkata zu Barbara.

»Ja, er hat behauptet, sie hätt ihm 'ne Textnachricht geschickt. Haben Sie die gefunden?«

»Ja«, sagte Lynley. »Aber das schließt ihn nicht als Verdächtigen aus, wie wir wissen. Dafür, dass er sie bewusstlos aufgefunden und ins Bett gelegt hat und bis zum frühen Morgen bei ihr geblieben ist, haben wir nur seine Aussage.«

»Sonst noch Anrufe?«, fragte Barbara.

»Sie hat mit Orchid House telefoniert und mit einer Frau namens Narissa Cameron.«

»Das ist die Frau, die diese Doku über Orchid House dreht«, sagte Barbara. »Sie hat mir 'ne Filmsequenz gezeigt, in der Teo als Adaku auftritt. Ich fand Narissa in Ordnung. Und Adaku – Teo – hat ihr mit den Mädchen geholfen, also, dass die die Hemmungen vor der Kamera verlieren. Ich kann mir nicht vorstellen, dass Narissa ihr deswegen den Schädel eingeschlagen hat.«

»Irgendwas von Phinney?«, fragte Nkata.

»Er hat mich vorgewarnt, dass ich die ganze Liebesgeschichte auf dem Handy finden würde. Und er hat nicht übertrieben. Textnachrichten, Anrufe, Sprachnachrichten, Videos, Fotos – der Mann war total vernarrt in Teo. Und sie in ihn.«

»Nach dem Motto ›wir sind Seelenverwandte‹?«, fragte Barbara.

»So in etwa.«

»Was für ein Kitsch«, grummelte sie.

»Sie werden das auch noch eines Tages erleben«, sagte Lynley.

»Wenn Dee so weitermacht, auf jeden Fall«, fügte Nkata hinzu.

»Aber haben Sie denn abgesehen von dem Wir-sind-füreinander-bestimmt-Quatsch was Interessantes gefunden?«, fragte Barbara.

»Er hat ihr noch mehrere Textnachrichten geschickt, als sie schon im Krankenhaus …«

»Als er ihr Handy schon hatte?«

»Genau. Und drei hat er ihr geschickt, als sie schon tot war.«

»Das heißt, er hat sich die Nachrichten selbst geschickt«, stellte Barbara fest.

»Um seine Spuren zu verwischen«, sagte Nkata.

»Möglich«, sagte Lynley.

»Oder jemand anders hat die Nachrichten von Phinneys Handy geschickt«, sagte Barbara.

»Auch das ist möglich.«

»Die Ehefrau?«, fragte Nkata.

»Als ich zu Phinney gefahren bin, um das Handy abzuholen, habe ich ihm die verbesserten Bilder aus den Überwachungskameras gezeigt. Angeblich hat er keine der Frauen auf den Fotos erkannt, aber ich habe seine Frau beobachtet, während ich mich mit ihm unterhalten habe.«

»Und sie ist eine der Frauen, die bei Teo geklingelt haben?«

»Eine der beiden, die sie nicht ins Haus gelassen hat. Wir müssen mit ihr reden. Phinney ist jetzt im Dienst, es wäre also eine gute Gelegenheit.«

»Wirkt sie denn wie eine, die es fertigbringen würde, 'ner Rivalin den Schädel einzuschlagen?«, fragte Barbara.

»Tja, das ist immer die Frage, nicht wahr?«, sagte Lynley. »Wer weiß schon, was einen Menschen zu einer Tat treiben kann, die normalerweise undenkbar wäre? Es gibt außerdem auf Voicemail eine Nachricht von einer gewissen Dr. Weatherall. Sie bittet Teo um Rückruf. Aber sie hat von einem Festnetzanschluss aus angerufen, und der Anschluss gehört zu einer Praxis namens ›Women's Wellness am Hafen‹. Von dem Anschluss aus ist Teo auch noch dreimal angerufen worden.«

»Wissen wir, was genau das für ein Laden ist?«, fragte Nkata.

»Könnte sich darauf der Eintrag *Begutachtung* in ihrem Terminkalender beziehen?«, fragte Barbara.

»Wir wissen zumindest, wo sich diese ›Women's Wellness‹

467

befindet.« Lynley beugte sich über Barbaras Schreibtisch
und schob ein paar Ausdrucke hin und her. »Teo hat die Adresse in ihr GPS eingegeben.« Er fand, was er suchte. »Hier:
Inner Harbour Square.«

»Wo ist das denn?«, fragte Barbara.

»Auf der Isle of Dogs. Fahren Sie da mal hin, Barbara. Ich
rede noch mal mit Phinney.«

MAYVILLE ESTATE
DALSTON
NORTH-EAST LONDON

Sie hatte es ins Schlafzimmer geschafft, wohin Abeo Simi geschickt hatte. Simi war jedoch nicht da. Sie ging in das Zimmer, das Tani und Simi sich bis vor Kurzem geteilt hatten.
Auch da fand sie ihre Tochter nicht. Aber das Fenster stand
offen, was nur bedeuten konnte, dass Simi die Flucht ergriffen hatte. Soweit Monifa wusste, gab es nur drei Orte, wo
Simi hingelaufen sein konnte. Entweder versteckte sie sich
bei Halimah oder in Mashas Tortendekorationsladen oder
im Friseurladen Xhosa's Beauty.

Monifa musste ihre Tochter finden und nach Hause holen.
Aber im Moment war sie dazu nicht in der Lage. Unterhalb
ihrer Brüste hatte sie derartige Schmerzen, dass sie nur ganz
flach atmen konnte; wenn sie versuchte, den Mund zu öffnen, schoss ihr ein stechender Schmerz durch den Unterkiefer, und ihr ganzes Gesicht war geschwollen. Zumindest
konnte sie Halimah anrufen. Von der erfuhr sie allerdings
nur, dass sie Simisola nicht gesehen hatte.

Zum Glück war Abeo weg. Nachdem er mit Monifa fertig
gewesen war, hatte er sich nicht mehr die Mühe gemacht,

nach Simi zu suchen. Seine Wut war verraucht, und er war gegangen. Vermutlich zu seiner anderen Familie, dachte Monifa. Oder zum Markt. Es war ihr egal. Hauptsache, er war nicht wieder zurückgekommen.

Und auch Tani war nicht zurückgekommen, was Monifa beruhigte. Sie ging davon aus, dass Simi Tani alles erzählt hatte und dass er seine Schwester beschützte.

Am nächsten Morgen hatte sich nichts an ihrer Lage geändert. Monifa stand mühsam aus dem Bett auf und schleppte sich, indem sie sich an Möbeln und Wänden abstützte, ins Bad. Dort schaute sie in den Spiegel. Ihre Lippen waren aufgeplatzt, die Haut unter ihren Augen war blutunterlaufen und schmerzte bei der leisesten Berührung, ihre Augen waren halb zugeschwollen, und an ihrer Stirn klaffte eine Schnittwunde.

Monifa wusste, dass sie sich das alles selbst zuzuschreiben hatte. Sie war sich unglaublich mutig vorgekommen, als sie nach Leyton gefahren und Chinara Sani zur Rede gestellt hatte. Und hatte nicht begriffen, wie unfassbar dumm sie gehandelt hatte.

Abeo hatte auf dem Heimweg geschwiegen, und doch hatte sie die ganze Zeit seine Wut gespürt. Aber sie kannte ihn gut genug, um zu wissen, dass er sich in der Öffentlichkeit nichts anmerken lassen würde, deswegen war sie während der Fahrt in Sicherheit gewesen. Aber zu Hause angekommen war es aus ihm herausgebrochen. »Wann lernst du es endlich, mir zu gehorchen?«, schrie er, und dann hatte sie ihre Strafe bekommen. Als sie hilflos am Boden gelegen hatte, war er aus der Wohnung gestürmt und hatte die Tür zugeschlagen. Dann hatte die Stille sie eingehüllt.

Sie hatte dagelegen und wollte sich nur ausruhen. Einfach nur ausruhen. Flüchtig dachte sie, wie verrückt das alles doch war: Sie hatte so viel Zeit und Energie darauf verwen-

det, Simisola vor ihrem Vater zu schützen, dabei wäre das
gar nicht notwendig gewesen, denn offensichtlich hatte Simi
inzwischen eine Möglichkeit gefunden, sich selbst zu schützen.

Nach einer Weile hatte Monifa sich in die Küche ge-
schleppt und Eiswürfel aus dem Gefrierfach genommen.
Als sie gerade dabei war, diese in ein Küchentuch zu wickeln, klingelte das Telefon. Sie ließ es klingeln. Als der Anrufbeantworter ansprang, ertönte die Stimme ihrer Mutter.
»Ärgere mich nicht, Monifa, bitte! Geh ans Telefon. Abeo
hat mich angerufen. Ich weiß, was passiert ist. Jetzt nimm
schon ab.«

Wie immer tat Monifa, was von ihr verlangt wurde. Sie
nahm den Hörer ab und fragte: »Was hat Abeo dir erzählt?«

»Sei keine *mumu*, Monifa. Sei nicht so dumm, dich Abeo
zu widersetzen. Er bringt dich noch um, wenn du weiter so
bockig bist.«

»Ich hatte eine Frau gefunden, die es machen sollte«, rief
Monifa. »Sie wollte es so machen, dass Simisola nicht so leiden musste, wie ich gelitten habe.«

»Monifa, hör mir zu. Lass Abeo Simi nach Nigeria bringen. Ich sage ihm, sie können bei uns wohnen, damit Simisola ihre Großmutter besuchen kann. Ich sorg dafür, dass es
hier gemacht wird, und zwar ordentlich.«

»In Nigeria gibt es keine Möglichkeit, es ›ordentlich‹
machen zu lassen. Jedenfalls nicht da, wo du wohnst.«

»Ich werde mich darum kümmern.«

»So wie du dich bei mir darum gekümmert hast?«

Ihre Mutter schwieg einen Moment. »Das ist viele Jahre
her. Heute ist es anders.«

»Ach ja? Inwiefern anders? Ich will das nicht. *Nein.*«

Ihre Mutter seufzte. »Monifa, sei nicht dumm. Ich frage
dich: Wie willst du Simisola helfen, wenn du tot bist? Was

glaubst du, was mit ihr passiert, wenn du nicht mehr da bist? Ich bitte dich, lass ihn Simisola zu mir bringen, und ich sorge dafür, dass ihr kein Leid geschieht.«

Monifa entgegnete nichts. Tränen liefen ihr über die Wangen.

»Monifa, bist du noch da? Hörst du mich? Kann ich Abeo jetzt anrufen?«

Leise legte Monifa den Hörer auf. Vor Schmerzen stöhnend setzte sie sich auf einen Stuhl. Sie drückte sich das Küchentuch mit den Eiswürfeln an ihr geschundenes Gesicht. Irgendwann hörte sie, wie die Wohnungstür geöffnet wurde. Sie wappnete sich.

Doch dann hörte sie Tanis Stimme. »Mum! Verdammter Mist! Was hat er mit dir gemacht?«

Als sie das Tuch mit dem Eis sinken ließ, rief er aus: »Verdammt! Ich bring dich in die Notaufnahme. Los, komm!«

»Nein«, sagte sie. »Dann wird alles nur noch schlimmer.«

»Ach ja? Was hast du denn vor?«, fragte er. »Willst du zulassen, dass er dich umbringt? Und dann? Ich kann mich um mich selbst kümmern, Mum, aber Simi nicht.«

»Doch. Gestern ist sie weggelaufen. Sie wusste, was sie zu tun hat. Sie kann …«

»Verdammt, Mum. Ich war *hier*. In unserem Zimmer. Sie ist nicht weggelaufen, ich hab sie weggebracht.«

»Wohin denn?«

»Irgendwohin, wo sie in Sicherheit ist.«

»Wo hast du sie hingebracht? Du musst es mir sagen!«

»Nein. Damit er es aus dir rausprügelt? Vergiss es. Du wirst sie nicht finden. Und er auch nicht.«

Tani stellte seinen Rucksack auf den Küchentisch und öffnete ihn. Er nahm ein paar Blätter heraus, die aussahen wie ausgefüllte Formulare. »Das hier ist eine Schutzanordnung«, sagte er. »Die ist zu Simis Schutz. Ich hab schon

alles ausgefüllt, was ich konnte, aber du musst noch reinschreiben, was hier los ist. Dass Pa vorhat, sie nach Nigeria
zu bringen, um sie beschneiden zu lassen. Und du musst
das unterschreiben. Wenn du das machst, also, wenn das
direkt von dir kommt, wird es als dringlich eingestuft. Und
bis Pa davon erfährt, ist die Schutzanordnung schon gül-
tig. Dann brauchen wir nicht zu warten, bis der Antrag
durch das System gegangen ist. Dann geht das ganz schnell,
Mum. Wir kriegen es heute noch durch, und die Anhörung
kommt erst später.«

»Anhörung? Vor einem Richter? Ich kann doch nicht…«

»Doch, du kannst. Vor allem, wenn du Simi jemals wiedersehen willst. Das mein ich ernst, Mum. Denn wenn du das
hier nicht ausfüllst, bring ich sie nicht zurück. Du musst alles
da reinschreiben. Alles. Auch das von der Beschneiderin hier
in London. Du musst aufschreiben, dass Pa Simi nach Nigeria bringen und beschneiden lassen will, damit er sie verheiraten kann und alles.«

Er zog einen Kugelschreiber aus der Hosentasche. Dann
legte er die Papiere vor sie hin und drückte ihr den Stift in
die Hand. »Und sobald du das ausgefüllt hast, musst du ihn
verlassen. Bitte. Du *musst*, Mum.«

Monifa senkte den Kopf. Die Buchstaben auf dem Formular verschwammen vor ihren Augen. Sie hatte alles versucht.
Sie hatte versagt. Und jetzt würde alles noch schlimmer werden. Das wusste sie, weil sie ihren Mann kannte. Er würde sie
bestrafen. Sie ließ den Stift fallen.

Tani sagte leise: »Mum, reicht es denn nicht, was er dir
angetan hat? Willst du, dass er dich umbringt? Diese Papiere
hier, die können Simi schützen, aber nur wenn du deinen
Teil ausfüllst.«

Er nahm den Kugelschreiber und drückte ihn ihr wieder
in die Hand. Diesmal führte er ihre Hand mit dem Stift zu

472

der Stelle, die ausgefüllt werden musste, und Monifa begann zu schreiben.

Sie schrieb alles auf, denn sie wusste, dass Tani die Wahrheit sagte. Auch wenn das bedeutete, dass auch sie nicht mehr für Simis Reinigung sorgen konnte, nicht einmal auf schonende Weise. Aber sie konnte nicht riskieren, dass Abeo ihr Simi wegnahm und nach Nigeria brachte.

Als sie fertig war, legte sie den Kugelschreiber neben das Formular. »Mum, hör mal«, sagte Tani. »Es gibt einen Ort für Frauen, die Männer haben wie du, Männer, die ihre Frauen schlagen. Du musst nicht hierbleiben. Und wenn ich das hier erst mal eingereicht hab, kannst du sowieso nicht mehr hierbleiben. Verstehst du? Sag mir, dass du das verstanden hast.«

Doch Monifa fehlten die Worte. Ihr Herz war schwer. Auch ihr Körper war verwundet, aber ihre seelischen Wunden reichten viel tiefer, und es fühlte sich an, als wären sie unheilbar.

Als Tani gerade dabei war, die Unterlagen zu falten, ging die Wohnungstür auf. Es war die falsche Tageszeit, eigentlich hätten sie außer Gefahr sein sollen. Aber Abeo war offenbar noch nicht fertig mit Monifa.

Abeo schaute erst Monifa an, dann Tani und die Unterlagen, die er in der Hand hielt. Mit drei Schritten war er am Küchentisch, so schnell, dass Tani keine Zeit hatte, die Unterlagen in seinem Rucksack zu verstauen. Abeo riss sie ihm aus der Hand. Ein Blick auf die fettgedruckte Überschrift genügte: Antrag auf Schutzanordnung wegen FGM. Abeo zerriss die Blätter in Fetzen, die er Tani ins Gesicht warf, dann ging er auf seinen Sohn los. Obwohl Tani ihn um Haupteslänge überragte und Monifas kräftige Statur geerbt hatte, wurde er von der Wucht des Angriffs zu Boden geworfen, und Abeo landete auf ihm.

»Wie kannst du es wagen!« Abeo schlug ihm mit der Faust ins Gesicht, wieder und wieder. Und bei jedem Schlag schrie er: »Das ist für deinen Trotz! Für deinen Ungehorsam! Für deine Respektlosigkeit!«

Tani versuchte, sich zu wehren oder sich wenigstens zu befreien, aber Abeo saß mit seinem ganzen Gewicht auf seiner Brust, die Knie auf seinen Armen. Er packte Tani an den Haaren und schlug seinen Kopf mit aller Kraft auf den Küchenboden.

»Dir werd ich's zeigen!«, brüllte Abeo und schlug Tani erneut mit den Fäusten ins Gesicht, auf die Ohren, das Kinn.

»Hör auf!« Monifa sprang auf und sah sich verzweifelt in der Küche um.

»Du verfluchter Hurensohn!«, knurrte Abeo. »Diesmal werde ich es dir ...«

Monifa schnappte sich die einzige Waffe in Reichweite, das Bügeleisen, mit dem sie so lange treu und brav Abeos Hemden und die Kleider seiner anderen Familie gebügelt hatte. Tanis Gesicht war inzwischen blutüberströmt.

»Nein!«, schrie sie, und der Schrei setzte Kräfte in ihr frei, von denen sie gar nicht gewusst hatte, dass sie sie besaß. Sie holte aus und ließ das Bügeleisen auf Abeos Stirn niederkrachen.

TRINITY GREEN
WHITECHAPEL
EAST LONDON

Während Deborah auf die alte Kapelle zuging, legte sie sich einen Vorwand für ihren Besuch bei Orchid House zurecht. Sie würde einfach sagen, sie sei gekommen, damit die Mädchen, die sie fotografiert hatte, sich ein Porträt aussuchen konnten, das sie ihnen zum Dank schenken konnte. Aber zuerst musste sie mit Narissa sprechen, die sie hier anzutreffen hoffte.

SIE IST ZURÜCK!!! war das Erste, was ihr ins Auge sprang, als sie am Morgen in die Küche gekommen war. Der Sprecher des Frühstücksfernsehens der BBC hatte die Zeitung in die Kamera gehalten. Im selben Moment war ihr Vater mit einer Melone in jeder Hand hereingekommen und hatte ausgerufen: »Das verschwundene Mädchen ist wieder da!«

Die Erklärung war überflüssig, denn das nächste Boulevardblatt, das der Sprecher hochhielt, titelte: VERSCHWUNDENE TOCHTER WIEDER ZU HAUSE!!! Anschließend wurden Fotos gezeigt: Bolu mit ihren freudestrahlenden Eltern vor ihrem Haus, Charles Akin, der einem der Polizisten, die seine Tochter nach Hause gebracht hatten, die Hand schüttelte.

Der Sprecher ließ sich darüber aus, wie viele Tageszeitungen die Geschichte auf ihre Titelseite gesetzt hatten. Es waren viele. Wie immer würden einige sachlich über das Ereignis berichten, dachte Deborah, andere so sensationslüstern wie möglich.

Ihr Vater legte die Melonen auf das Schneidebrett und nahm ein Messer. »Besser hätte die Sache nicht ausgehen können, finde ich«, sagte er.

»Wie meinst du das?«

»Diese Frau ist gestern verhaftet worden.« Er deutete mit einer Kopfbewegung auf den Fernseher.

»Wer?«

»Na, die Frau, die sie neulich im Fernsehen interviewt haben – die gesagt hat, sie würde das Mädchen erst zurückgeben, wenn die Eltern sich auf ihre Forderung einlassen.«

»Zawadi? Aber sie wollte doch nur das Beste für Bolu. Sie wollte erreichen, dass die Eltern sich mit ihr in Gegenwart einer Sozialarbeiterin unterhalten, das ist alles. Und die haben das abgelehnt.«

»Also, ich würde sagen, sie hat noch Glück gehabt. Die Eltern haben gesagt, sie wollen keine Anzeige erstatten. Sie sagen, sie verstehen, wofür diese Zawadi sich einsetzt, und sie unterstützen ihre Arbeit hundertprozentig. Sie haben gesagt, sie wissen, dass viele Mädchen gefährdet sind, aber sie hätten nicht nachvollziehen können, warum Bolu zu diesem Haus gebracht wurde.«

»Orchid House?«

»Aber sie meinten, wenn Bolu sich erst mal ausgeruht hat, wollen sie in aller Ruhe mit ihr darüber reden. Also, Ende gut, alles gut.«

Aber Deborah fragte sich: War Narissa etwas zugestoßen? Deborah hatte ihr geraten, Bolu zu Narissas Sponsorin zu bringen, aber entweder hatte sie jemand dabei beobachtet, oder sie hatte Bolu gar nicht woanders hingebracht.

Bei der Kapelle angekommen ging Deborah jetzt auf direktem Weg zu der Tür ins Untergeschoss. Als sie Zawadi mit jemandem sprechen hörte, blieb sie im Flur stehen und lauschte.

»Ich hab die Nacht in einer Zelle verbracht!«, schimpfte Zawadi gerade. »Weißt du, wie das ist? Und Ned musste bei seinem Vater bleiben. Er hatte drei Jahre lang keinen Kontakt zu dem Mann!«

»Ich habe versucht, es dir zu erklären.« Deborah atmete erleichtert auf, als sie Narissas Stimme hörte. »Die Polizei war schon mal da gewesen, als sie das Kätzchen aus dem Garten geholt hatte. Es grenzt an ein Wunder, dass sie sie da nicht schon gefunden haben. Aber meine Eltern haben sich aufgeregt, vor allem mein Vater. Deswegen wollte ich sie woanders unterbringen. Ich hab Victoria angerufen, meine Sponsorin, aber sie konnte sie nicht aufnehmen. Ich hab sogar Deborah gefragt...«

»Unsere Mädchen werden nicht bei Weißen untergebracht! Hast du das noch immer nicht kapiert?«

»... aber die hat gesagt, bei ihr wäre Bolu nicht sicher, weil ihr Vater die Geschichte verfolgt und auf der Seite der Eltern steht. Also musste ich sie bei mir behalten. Das hat mein Vater rausgefunden, und dann hat er die Polizei gerufen.«

»Ja, und jetzt haben wir den Salat. Sie ist wieder zu Hause. Und was jetzt passiert, ist ganz allein deine Schuld.«

»Die Eltern werden Bolu nichts antun. Alle Zeitungen haben über den Fall berichtet, ihr Foto ist auf allen Titelseiten. Die *können* ihr jetzt überhaupt nichts mehr tun!«, entgegnete Narissa.

»Davon rede ich nicht. Ich rede davon, dass die Glaubwürdigkeit von Orchid House zum Teufel ist. Wer wird mir denn jetzt noch glauben?«

»Ich wollte auch nicht, dass es so kommt. Aber ich hab dir von Anfang an erklärt, wie gefährlich es ist, wenn sie bei mir bleibt. Du hattest doch gesagt, es gäbe keine andere Möglichkeit.«

»Was glaubst du wohl, welche Familie nach diesem Debakel noch bereit ist, ein Mädchen bei sich aufzunehmen, nur weil ich sie darum bitte? Außerdem wissen jetzt alle Eltern, dass sie nur zu warten brauchen, bis sie die Sympathien der

Öffentlichkeit haben. Wenn der Druck dann groß genug ist, sorgt irgendjemand – jemand wie *du*, Narissa – dafür, dass die Cops rausfinden, wo sich das Mädchen befindet. Mit anderen Worten: Du hast Orchid House in Misskredit gebracht. Du hast Hunderte – vielleicht sogar Tausende – Mädchen in Gefahr gebracht.«

»Dann gehe ich eben an die Öffentlichkeit«, sagte Narissa. »Ich sage, dass Bolu bei *mir* war. Dann behaupte ich, *ich* hätte *dich* dazu überredet, sie zu verstecken, weil ich dachte, dass Bolu beschnitten werden sollte.«

»Und was soll das bringen? Sie hat bei uns Hilfe gesucht, und dann ist sie verschwunden. Ich bin das Gesicht von Orchid House, ich wurde in der Sache interviewt. Und wie stehen wir von Orchid House jetzt da? Wir haben vor dem bösen Wolf gewarnt, obwohl es gar keinen gab. Wenn also wieder ein Mädchen Angst hat, dass ihre Eltern sowas mit ihr vorhaben, wohin soll sie sich wenden, jetzt, wo Orchid House in Verruf geraten ist?«

Einen Moment lang herrschte Schweigen. Schließlich sagte Narissa: »Dann lass mich dich für meinen Film interviewen. Wenn wir das richtig anpacken, kannst aus dem Schlamassel als Heldin hervorgehen, Zawadi.«

»Ja klar, es geht natürlich um deinen Film. Alles dreht sich nur um deinen Film. Damit will ich nichts mehr zu tun haben.«

»Aber, Zawadi …«

»Nein. Mit dir bin ich fertig. Du hast genug Schaden angerichtet. Halt dich von jetzt an von uns fern.«

»Ich weiß, dass du sauer bist, aber ich verstehe nicht, warum du deinen Zorn nicht gegen …«

»Nein! Dreh deine verdammte Doku woanders zu Ende. Ich will dich hier nicht mehr sehen!«

Deborah konnte sich nicht länger zurückhalten. Sie trat in

die Tür zu Zawadis Büro. Zawadi saß hinter ihrem Schreibtisch, Narissa neben einem Wasserspender, als suchte sie größtmögliche Distanz.

Zawadi bemerkte sie zuerst. »Was machen *Sie* denn hier?«

»Bitte, geben Sie Narissa nicht die Schuld«, sagte Deborah. »Ich hätte ihr Problem wahrscheinlich lösen können, wenn ich Bolu bei mir aufgenommen hätte. Aber da mein Mann und mein Vater der Meinung waren, sie sollte zu ihren Eltern zurückgebracht werden, hatte ich das Gefühl, dass ich den beiden nicht vertrauen kann. Narissa ist nicht...« Deborah wusste nicht, was sie noch sagen sollte.

Das Problem hatte Zawadi nicht. »Machen Sie, dass Sie rauskommen. Ich will Sie hier nicht mehr sehen. Leute wie Sie halten das alles für ein Spiel. Leute wie Sie haben keinen blassen Schimmer, wie es für unsereins ist, oder für Menschen wie Bolu. Oder für irgendjemand, der nicht weiß und englisch ist.«

»Das ist absolut unfair«, entgegnete Deborah.

»Es interessiert mich nicht, ob Sie das unfair finden. Raus hier, alle beide.« Zawadi schob ihren Stuhl zurück und stand auf. Ihre beeindruckende Größe wurde noch betont durch ihren farbenprächtigen Head Wrap. Sie zeigte mit dem Finger auf Deborah: »Sie haben Ihre Fotos gemacht.« Dann wies sie auf Narissa: »Du hast deinen Film gedreht. Ihr habt also beide, was ihr wolltet. Und jetzt raus hier.«

Es folgten ein paar Sekunden angespannten Schweigens. Narissa stand auf und ging an Deborah vorbei in den Flur. Zawadis Augen wurden schmal. Deborah folgte Narissa.

Schweigend gingen sie nach draußen. Narissa blinzelte im Sonnenlicht und schaute in Richtung Mile End Road. »Noch ist nicht alles verloren. Ich habe jede Menge Filmmaterial. Aber in einem Punkt hat Zawadi recht. Diese Sache könnte für Orchid House das Todesurteil bedeuten.«

»Das kann ich nicht glauben«, sagte Deborah.

»Ich brauche unbedingt ein Meeting«, sagte Narissa, mehr zu sich selbst. »Heute könnte es klappen, aber morgen? Nein. Ich brauche heute eins und morgen Vormittag noch eins, und *vielleicht* finde ich dann eine Lösung.«

Deborah überlegte. Dann erinnerte sie sich an ein Gespräch mit Narissa. »Haben Sie schon eine Sprecherin für Ihren Film gefunden?«

Narissa lachte spöttisch auf. »Ich bitte Sie. Das ist jetzt wirklich nicht der richtige Moment.«

»Lassen Sie mich ausreden. Bitte.«

»Hören Sie. Alle, mit denen ich gesprochen habe, sind sich über die Bedeutung des Films einig, zwei haben angeboten, den Off-Text zu sprechen, sobald der Film bearbeitet ist. Aber das ist es nicht, was ich suche. Ich will eine Persönlichkeit im Film, nicht nur irgendeine Stimme.«

»Zawadi«, sagte Deborah.

»Als Sprecherin? Wahnsinn. Die wird weder mir noch Ihnen in irgendeiner Weise helfen.«

»Mir hilft sie bestimmt nicht«, gab Deborah zu. »Und Ihnen wird sie auch nicht helfen, wenn Sie es als Hilferuf vorbringen. Aber Tatsache ist doch, dass Zawadi Sie genauso braucht, wie Sie sie brauchen.«

Narissa ließ Deborahs Worte sacken. Dann sagte sie: »Der gute Ruf von Orchid House.«

»Geht es nicht letztlich um Orchid House? Und um Zawadis Arbeit?«

»Letztlich geht es darum, die Leute über FGM aufzuklären. Dass das immer noch gemacht wird, und auf welche Weise es gemacht wird.«

»Genau. Aber nach allem, was ich hier erfahren habe, scheint es sich um ein kulturelles... ich weiß nicht... kann man es als Problem bezeichnen?«

»Absolut.«

»Aber es ist nicht mehr so weit verbreitet wie früher. Trotzdem wird FGM immer noch praktiziert. Das heißt, die Mädchen sind auch heutzutage noch in Gefahr. Und darauf soll Ihre Doku aufmerksam machen.«

Narissa schaute zu den Bäumen hinüber. »Ja«, sagte sie langsam. »Und wenn Zawadi in dem Film zu sehen wäre ...«

»... und über diese Tatsachen reden würde ...«

»... dann wäre Zawadi ein Teil der Lösung, dann wäre sie nicht die wütende Schwarze, die Gift und Galle spuckt«, beendete Narissa den Satz.

»Außerdem würde es betonen, wie wichtig die Arbeit von Orchid House ist«, fügte Deborah hinzu.

»Womit sowohl Zawadis guter Ruf als auch der von Orchid House gerettet wäre.«

»Was für alle Beteiligten gut wäre, wenn Sie mich fragen«, sagte Deborah.

»Vor allem für die Mädchen.«

EMPRESS STATE BUILDING
WEST BROMPTON
SOUTH-WEST LONDON

Lynley steckte nicht nur die verbesserten Standbilder aus den Videos der Überwachungskamera ein – die er Phinney bereits gezeigt hatte –, sondern auch einen Ausdruck sämtlicher Textnachrichten, die zwischen dem DCS und Teo Bontempi hin- und hergegangen waren. Und das waren ziemlich viele. Die Nachrichten aus der Zeit, als Bontempi noch in Phinneys Team gearbeitet hatte, waren aufschlussreich, aber kurz. Die nach ihrer Versetzung waren von seiner Seite sehr lang, von ihrer Seite jedoch nur knapp – wenn sie überhaupt geantwortet hatte.

Lynley spürte, dass Phinney sein Besuch ungelegen kam, obwohl der DCS sich bemühte, es sich nicht anmerken zu lassen. Phinney erhob sich von seinem Schreibtisch und fragte: »Wollen Sie einen Kollegen sprechen oder mich?« Und als Lynley antwortete, es gehe um ihn, führte dieser ihn diesmal nicht in den Orbit, sondern in einen Konferenzraum nebenan.

»Ihnen ist klar, dass wir alles von DS Bontempis Handy haben, nicht nur die Textnachrichten?«, eröffnete Lynley das Gespräch.

»Damit habe ich gerechnet. Die Technik entwickelt sich rasend schnell.«

»Ihren Textnachrichten entnehme ich, dass die Liebe auf Gegenseitigkeit beruhte.«

»Anfangs ja.«

»Was hat dazu geführt, dass sich das geändert hat? Abgesehen von der erzwungenen Versetzung?«

»Sie hat den Druck nicht ertragen.« Phinney zeigte auf den Konferenztisch, der mehr als einem Dutzend Personen Platz bot. Sie setzten sich einander gegenüber, eine bewusste Entscheidung von Lynley, der Phinney damit signalisieren wollte, dass sie im selben Team spielten. Vorerst jedenfalls.

»Welcher Druck?«, fragte Lynley.

»Ich habe sie wegen Sex unter Druck gesetzt. Wir hatten nie richtigen Sex. Sie wollte es nicht. Also, diese Stelle an ihrem Körper war absolut tabu. Aber ich habe sie bedrängt. Wie jeder verliebte Trottel dachte ich, irgendwann würde sie nachgeben. Wir würden immer ein Stückchen weitergehen, bis ins Paradies. Ich schätze, Sie wissen, was ich meine.«

»Aber nichts hat sich geändert.«

»Ich dachte, sie würde sich einfach zurückhalten. Dass sie

sich mir erst hingeben wollte, wenn ich mich von meiner Frau trenne. Mir ist nie in den Sinn gekommen, dass es noch einen anderen Grund geben und sie etwas vor mir verbergen könnte, was mit ihrem Körper zu tun hatte. Wie hätte ich auch auf so eine Idee kommen sollen? Ich war verrückt nach ihr und sie nach mir. Na ja, das trifft auf jeden Fall auf mich zu, und sie hat immer behauptet, ihr würde es umgekehrt genauso gehen. Aber inzwischen... Weiß der Teufel.«

»Es hat also nie eine Penetration stattgefunden.«

»Nein. Es gab nur... was sie eben mit mir gemacht hat.«

Lynley nickte. Er überflog die Textnachrichten von Teo Bontempis Handy, bis er fand, was er suchte. Dann zeigte er sie Phinney. *Liebling, ich will in dir sein, nur noch einmal.*

Phinney las die Nachricht, sagte jedoch nichts dazu.

»In Anbetracht der Situation vermute ich, dass Sie diese Nachricht nicht geschrieben haben. Aber sie wurde von Ihrem Handy aus geschickt. Ihre Frau glaubte, Sie und Ihre Kollegin wären Geliebte, und zwar mit allem, was dazugehört. Ich verstehe nur nicht, warum sie Teo Bontempi diese Nachricht geschickt hat.«

»Ich weiß es nicht«, sagte Phinney.

Lynley legte die Fotos auf den Tisch. »Sie war da, Mark. Zwei Tage vor Teo Bontempis Tod. Ich glaube, Sie haben sie sofort erkannt, als ich Ihnen diese Fotos gestern gezeigt habe.«

»Sie hätte Teo niemals etwas zuleide getan. Sie hat Teo nichts getan.«

»Aber warum hat sie sie aufgesucht? Teo hat auf die Textnachrichten Ihrer Frau nicht reagiert, also hatte sie keine Bestätigung für ihren Verdacht, dass Sie ein Liebespaar waren.«

»Sie hat mir vor einer Weile gesagt, sie wüsste, wer es ist. Aber ich habe ihr nichts Konkretes geantwortet.«

»Vielleicht hat Teo den Verdacht bestätigt, als Ihre Frau bei ihr war.«

»Pete war bestimmt nicht da, um sich irgendeinen Verdacht bestätigen zu lassen. Vermutlich hat sie Teo gebeten, an Lilybet zu denken und sich zu überlegen, was es für die beiden bedeuten würde, wenn ich mich von Pete trennte. Was ich sowieso nie getan hätte, Teo hin oder her.«

»Aber das wusste sie nicht«, sagte Lynley. »Ihre Frau, meine ich.«

»Ich habe es ihr immer wieder versichert. Aber aus bestimmten Gründen glaubt sie mir nicht.« Als Lynley dazu nichts sagte, fuhr er fort: »Wir wohnen in derselben Wohnung, wir kümmern uns gemeinsam um Lilybet, wir essen zusammen, und wir reden miteinander, und wir schlafen im selben Bett. Aber mehr ist nicht zwischen uns.«

»Wollen Sie damit sagen, Sie leben wie eine Wohngemeinschaft? Wie Geschwister?«

»Wie Geschwister, die das Bett teilen. Sie sagt, ich soll mir das Körperliche bei einer anderen holen. Aber es soll ohne Gefühle sein.«

»Nur Sex?«

»Ja.« Phinney lachte wehmütig. Er fuhr mit der Hand über die Tischplatte. Dann fügte er hinzu: »Das Absurde daran ist mir vollkommen bewusst, glauben Sie mir.«

»Ich weiß nicht, was Sie meinen.«

»Was ich meine, ist, dass es zwischen Teo und mir Gefühle gab, aber keinen Sex. Es war genau das, wovor Pete sich fürchtet, nur dass ich nicht mal zu meinem sexuellen Vergnügen gekommen bin.«

»Wusste Ihre Frau von Ihren Gefühlen für Teo Bontempi?«

»Ich habe es ihr nie gesagt, aber sie hat es gespürt.« Er sah Lynley mit schmalen Augen an, wie um ihn abzuschätzen, bevor er fragte: »Haben Sie schon mal jemanden wie wahnsinnig geliebt? Wissen Sie, wovon ich rede? Sind Sie schon mal an den Punkt gekommen, wo Sie keinen klaren Gedanken mehr fassen können, weil jeder Gedanke mit ihr beginnt und endet? Wo Sie an nichts anderes mehr denken können?«

»Nein«, sagte Lynley. »Ich bin schon mal verliebt gewesen. Ich habe auch schon eine Frau sehr begehrt. Aber es hat mich nicht in den Wahnsinn getrieben.«

»Sie Glückspilz. Aber das wird wohl daran liegen, dass Ihr Leben so verläuft, wie Sie es sich vorstellen. Man wird nicht in den Wahnsinn getrieben, wenn die Wünsche und Bedürfnisse beider Beteiligten sich decken.«

Lynley ließ sich nicht auf das Thema ein, ob sein Leben seinen Vorstellungen entsprechend verlief. Das hatte aufgehört, als er sechzehn war. Er sagte: »Nachdem Sie Teos Versetzung nach Südlondon erwirkt hatten, haben Sie das Verhältnis also fortgeführt.«

»Ich habe ihr weiterhin Textnachrichten geschickt, ja. Ich habe sie weiterhin angerufen, ich konnte nicht anders. Glauben Sie mir, ich wollte es beenden. Am liebsten hätte ich mir eine Gehirnwäsche verpassen lassen, damit ich mich wieder meinem normalen Leben widmen kann. Aber ich habe mir immer gesagt, nur noch einmal. Nur noch diese eine Nachricht, nur noch dieser eine Anruf, nur noch dieses eine letzte Gespräch. Egal was, ich hätte alles von ihr genommen, jeden Krümel. Aber das wollte sie nicht. Und wer hätte es ihr verdenken sollen?«

»Sie wissen, dass wir mit Ihrer Frau reden müssen.«

»Sie hätte ihr niemals auch nur ein Haar gekrümmt.«

»Vielleicht nicht. Aber sie hatte viel zu verlieren. Und in so einer Situation sind die Menschen nicht selten bereit, alles zu tun, um zu behalten, was sie haben.«

MAYVILLE ESTATE
DALSTON
NORTH-EAST LONDON

Monifa Bankoles Ehemann machte die Tür auf, nachdem
Nkata laut geklopft hatte. Er hielt sich einen feuchten Waschlappen an die Stirn, sein weißes Hemd und seine Khakihose
waren blutbeschmiert. Nkata hielt seinen Ausweis hoch, obwohl es nicht mehr nötig war, und sagte: »Scotland Yard.«

»Sie schon wieder?«, knurrte Bankole. »Sie hat Sie angerufen, stimmt's? Klar, ich seh's Ihnen an. Sie hat ja nichts Besseres zu tun, als das Leben anderer Menschen zu zerstören.«

»Mich hat keiner angerufen«, entgegnete Nkata, »aber so
wie's aussieht, wär das 'ne gute Idee gewesen.« Nkata konnte
hinter Bankole ein abgedunkeltes Wohnzimmer sehen, wo
umgestoßene Möbelstücke herumlagen. »Ich muss mit Mrs
Bankole sprechen.«

»Sie ist nicht da.« Abeo versuchte, die Tür zuzumachen.

Nkata hinderte ihn daran. »Ehrlich gesagt trau ich Ihnen
zu, dass Sie nicht die Wahrheit sagen, Mr Bankole. Ich seh
mich also mal kurz um, okay?«

Bankole ließ ihn vorbei. Kaum hatte Nkata die Wohnung
betreten, schrie Bankole: »Monifa! Du wirst gewünscht!
Polizei ist hier!«

Nichts rührte sich, aber das hieß noch lange nicht, dass
sich niemand in der Wohnung befand. »Wie gesagt, ich seh
mich mal kurz um«, sagte Nkata. Er ging in die Küche, von
dort ins Elternschlafzimmer, ins Zimmer der beiden Kinder
und ins Bad. Anscheinend sagte Bankole die Wahrheit; er
war allein in der Wohnung.

Aber er hatte die Möbel garantiert nicht zum Spaß um-
geworfen, dachte Nkata, und vermutlich hatte er sich auch
nicht selbst das Bügeleisen vor die Stirn geschlagen, das

neben einem Sessel auf dem Boden lag. Die Frage war, von wem das Blut an seiner Kleidung stammte, von ihm selbst, von seiner Frau oder von jemand anderem.

»Wo ist Ihre Frau hingegangen?«, fragte Nkata.

»Keine Ahnung.«

»Und was ist hier vorgefallen?«

»Mein nichtsnutziger Sohn hat mich angegriffen. Ein Sohn, der auf seinen Vater losgeht. Wenn ich nicht wäre, würde dieser Hurensohn gar nicht existieren.«

»Sieht so aus, als hätte es ihn viel schlimmer erwischt als Sie«, sagte Nkata und zeigte auf das Blut an Bankoles Hemd und Hose.

»Er glaubt, er ist aus dem Alter raus, wo er bestraft werden kann, aber da täuscht er sich. Und jetzt, wo Sie gesehen haben, dass niemand hier ist, lassen Sie mich in Frieden.«

»Haben Sie Ihre Frau geschlagen, Mr Bankole? Stammt das Blut von ihr?«

»Ich bestimme hier, nicht meine Frau. Keine Frau wird hier bestimmen, solange ich lebe.«

Nicht zu fassen, dachte Nkata. »Sie glauben doch nicht im Ernst, dass das gut geht, oder?«, fragte er.

Bankole knurrte nur: »Gehen Sie.«

Es hatte keinen Zweck, zu bleiben und den Mann zu provozieren, also ging er. Draußen vor dem Haus nahm er sein Handy heraus. Als er gerade nachsehen wollte, ob irgendwelche Nachrichten eingegangen waren – schließlich hatte er Monifa Bankole seine Karte gegeben –, zischte hinter ihm jemand: »Pssst! Polizist! Pssst!«

Er fuhr herum. Es war niemand in der Nähe. Er schaute sich um, bis er eine Frau entdeckte, die sich in dem Haus, in dem die Bankoles wohnten, aus einem Fenster lehnte. Er ging näher und hob fragend die Hand.

Sie bedeutete ihm, er möge einen Moment warten, dann

verschwand sie vom Fenster. Kurz darauf war sie wieder da und warf ihm etwas zu. Er fing es auf. Es war ein Blatt Papier, das sie um eine Haarbürste gewickelt hatte. Auf dem Blatt stand eine Nachricht: *Halimah Tijani, Lydgate House 501.* Nkata hob eine Hand zum Dank, dann legte er die Haarbürste auf eine Eingangsstufe, wo die Frau sie sich holen konnte.

Er ging zum Plan des Wohnkomplexes Mayville Estate, fand Lydgate House und machte sich auf den Weg. Auf sein Klopfen an der Tür mit der Nummer 501 erfolgte keine Reaktion. Er sagte laut: »Mrs Bankole? Winston Nkata von Scotland Yard ist hier. Wir haben miteinander gesprochen.« Einen Moment später war leises Stimmengemurmel zu hören.

Ein Riegel wurde von innen zurückgeschoben, und eine Frau machte auf, vermutlich Halimah Tijani. Sie bat ihn herein, während sie sich ängstlich umsah, wie um sich zu vergewissern, dass ihm niemand gefolgt war. Es war heiß und stickig in der Wohnung, die geschlossenen Fenster und Vorhänge verhinderten, dass Luft hereinkam, die vielleicht nicht kühl, aber wenigstens frisch gewesen wäre.

Monifa Bankole saß auf einer Ottomane neben einem Sessel. Nkata atmete scharf aus, als er ihr geschundenes Gesicht und die blauen Ränder unter den Augen sah. So vorsichtig, wie sie aufstand, vermutete er, dass sie außerdem mehrere Rippen gebrochen hatte. Sie sagte nichts, schaute ihn nur kurz an und ließ den Kopf hängen.

»Er behauptet, er hätte Ihren Sohn verprügelt«, sagte Nkata.

»Das stimmt. Aber zuerst hat er mich geschlagen.«

»Sie müssen mit mir kommen.«

»Das geht nicht. Ich weiß nicht, was Abeo jetzt mit Tani macht. Aber er bringt Simi nach Nigeria, wenn ich ihn nicht daran hindere.«

»Eins nach dem anderen, Mrs Bankole«, sagte Nkata. Dann wandte er sich an Halimah: »Sie kommt mit mir. Niemand geht rüber in die Wohnung. Verstanden?«

Halimah nickte. »Und ihre Sachen? Ihre Kleider?«, fragte sie. Sie schaute Monifa an. »Haben Sie Medikamente in der Wohnung?«

»Ich kann nicht mit Ihnen gehen«, sagte Monifa. »Tani kommt bestimmt mit einem neuen Formular zurück, und dann bin ich nicht da, und dann weiß ich nicht, wo er ist und wo Simi ist. Bitte, Sie müssen das verstehen.«

»Irgendwann bringt der Typ noch einen von Ihnen um, wenn Sie mich fragen. Er hatte eine Platzwunde an der Stirn, und auf dem Boden lag ein Bügeleisen. Haben Sie ihn damit geschlagen?«

Sie antwortete nicht.

»Alles klar«, sagte Nkata. Dann zu Halimah: »Können Sie uns einen Moment allein lassen?«

Halimah nickte, ging hinaus, verschwand in einem Zimmer und schloss die Tür hinter sich.

Nkata nahm ein zusammengefaltetes Blatt Papier aus seiner Jackentasche. Es war die Fotokopie einer Seite aus dem Terminkalender der Praxis in Hackney und der eigentliche Grund, warum er mit Monifa sprechen wollte. »Bitte, schauen Sie sich das an«, sagte er. »Hier steht Ihr Name, und daneben, in Klammern, steht noch ein Name: Simisola.«

Monifa warf einen Blick auf das Blatt und nickte.

»Sie haben ausgesagt, Sie wären dort gewesen, um Geld zurückzufordern, aber Sie haben uns nicht gesagt, wofür das Geld wirklich gedacht war. Inzwischen wissen wir, dass Simisola der Name Ihrer Tochter ist, und deswegen vermuten wir, dass es um etwas ging, was mit *ihr* gemacht werden sollte. Sehen wir das richtig?«

Monifa senkte den Blick und schwieg.

489

Nkata musterte sie. Monifa Bankole war vermutlich ihre letzte Chance herauszufinden, was in dieser Praxis über Kingsland Toys, Games & Books vor sich gegangen war. Keine Einzige der anderen Frauen, deren Namen in dem Terminkalender standen, war bereit zu bestätigen, dass dort FGM durchgeführt worden war. Wer auch immer die Eingriffe vorgenommen hatte, würde vermutlich nicht noch einmal zurückkehren. Aber London war groß, und es würde sicherlich nicht lange dauern, bis die Praxis irgendwo anders wieder aufmachte.

»Sie hoffen, dass diese Easter Lange aus der Praxis in der Kingsland High Street – die in Wirklichkeit Mercy Hart heißt, wie ich Ihnen schon erklärt habe – Sie anruft«, sagte Nkata. »Aber dieser Eingriff, den Sie bei Simisola machen lassen wollen, ist verboten, und wenn Sie ihn trotzdem vornehmen lassen, egal wo und von wem, landen Sie im Gefängnis. Oder Ihr Mann. Oder Sie beide. Wir haben Sie im Visier, und wir werden Sie finden. Wenn Sie Ihrer Tochter etwas zuleide tun oder zulassen, dass jemand anders es tut, werden Sie eingelocht, und sie kommt in staatliche Obhut. Was ich sagen will: Ich vermute mal, dass Sie nur das Beste für Simisola wollen. Aber Simisola beschneiden zu lassen ist alles andere als das Beste für sie.«

Monifa schaute ihn an. Anscheinend versuchte sie ihn einzuschätzen. Dann wanderte ihr Blick zu den Fenstern, als könnte sie durch die zugezogenen Vorhänge die Bäume sehen, die in diesem Sommer wegen der Hitze und der Trockenheit vorzeitig ihr Laub abwarfen. Sie sprach so leise, dass Nkata sie kaum verstehen konnte. Er setzte sich in den Sessel neben Monifa, die auf der Ottomane die Knie dicht an sich gezogen hatte.

»Als ich den Termin ausgemacht habe, musste ich eine Anzahlung machen«, sagte sie. »Ich hab das Geld aus der

Familienkasse genommen. Ich habe den Termin gemacht, weil ich nicht wollte, dass Simi leidet. Aber nur Abeo darf Geld aus der Familienkasse nehmen. Als er herausgefunden hat, dass ich welches genommen hatte, hat er mich losgeschickt, um es zurückzuholen. Deswegen war ich dort, als die Polizei gekommen ist und Easter Lange und mich verhaftet hat. Aber das Geld hab ich nicht zurückbekommen.«

»Wo ist Simisola jetzt?«

»Tani hat sie weggebracht. Er will mir nicht sagen, wohin. Er hat gesagt, sie kommt erst zurück, wenn es eine amtliche Schutzanordnung gibt. Deswegen war er heute bei mir: Ich sollte das Formular ausfüllen, damit er einen Eilantrag stellen kann. Aber da ist Abeo nach Hause gekommen. Er war sowieso schon wütend, und als er Tani mit dem ausgefüllten Formular gesehen hat, ist er auf ihn losgegangen. Nicht umgekehrt.«

Sie berichtete Nkata, was ihr Mann geplant hatte: Simi sollte von einer Nigerianerin in London beschnitten werden, was viel billiger gewesen wäre, als wenn sie es in der Praxis hätten machen lassen. Aber weil es sich um dieselbe Beschneiderin handelte, die Simis Freundin Lim beschnitten hatte, konnte sie von Halimah die Adresse der Frau bekommen. Sie sei zu der Beschneiderin gefahren und habe ihr mit der Polizei gedroht, sollte sie Simi auch nur ein Haar krümmen.

»Chinara Sani weigert sich jetzt, unsere Tochter zu beschneiden, deswegen will Abeo mit Simi nach Nigeria fahren, um es dort machen zu lassen. Die Schutzanordnung sollte ihn daran hindern. Aber jetzt gibt es keine Schutzanordnung, und wenn er Simisola findet, bringt er sie sofort nach Afrika, denn nur wenn sie beschnitten ist, kann er einen hohen Brautpreis für sie verlangen. Abeo will in Nigeria einen Ehemann für sie finden.«

»Wie alt ist Simi?«

»Acht.«

Nkata nickte langsam. »Und das finden Sie in Ordnung? Dass Ihr Mann für Ihre achtjährige Tochter einen Ehemann sucht?«

»Die Ehe sollte ja nur versprochen werden, und der Brautpreis hätte das Versprechen besiegelt. Aber das geht nur, wenn Simi vorher gereinigt wird.«

»Damit sind Sie also auch einverstanden? Dass Simisola gereinigt werden soll? Was ja wohl bedeutet, dass Simisola beschnitten werden soll.«

Monifa schwieg. Sie begann, sich einen Zipfel ihres Wickelkleids um ihre Hand zu drehen. Sie atmete so schwer wie jemand, der versucht, die Tränen zurückzuhalten. »Inzwischen weiß ich selbst nicht mehr, was ich will«, sagte sie. »Aber als ich mit ihr zu der Praxis gefahren bin, wollte ich einfach nur Schlimmeres verhindern. Ich wollte nicht, dass sie leidet.«

»Also, jetzt komm ich nicht mehr mit, Mrs Bankole«, sagte Nkata. »Sie sind mit ihr in die Praxis gegangen, um sie vor der Beschneidung zu schützen? Das glauben Sie doch selbst nicht.«

»Ihr Vater wollte sie verstümmeln lassen, so wie ich verstümmelt wurde. Ihm ist es egal, wie's gemacht wird und was gemacht wird, Hauptsache, es wird gemacht. Aber das wollte ich verhindern. Ich wollte, dass es ordentlich gemacht wird, sodass sie nichts spürt. Und hinterher sollte es gut verheilen. Aber Abeo wollte nichts davon wissen, es war ihm zu teuer. Außerdem passte es nicht in seine Pläne. Zweimal wurden seine Pläne jetzt schon durchkreuzt. Er wird nicht zulassen, dass das ein drittes Mal passiert. Sobald er sie findet, bringt er sie nach Nigeria.«

»Hat er einen Reisepass? Hat Simisola einen?« Als Monifa nickte, stand er auf. »Kommen Sie mit.«

»Nein, bitte. Das geht nicht. Ich muss ihn aufhalten.«

»Das können Sie gar nicht.«

»Aber ich muss es tun.«

»Ich fürchte, Sie haben mich nicht verstanden«, sagte Nkata. »Entweder Sie kommen freiwillig mit mir, Mrs Bankole, oder ich nehm Sie fest. Die Entscheidung liegt ganz bei Ihnen.«

ISLE OF DOGS
EAST LONDON

Weil sie nicht vergebens bis zur Isle of Dogs pilgern wollte, hatte Barbara Havers sich bei Dr. Philippa Weatherall telefonisch angekündigt. Sie sei den ganzen Tag in der Praxis, hatte die Ärztin ihr gesagt, und es sei kein Problem, ein Gespräch mit DS Havers zwischen zwei Patientinnen zu schieben. Allerdings habe sie alle Hände voll zu tun und könne nicht viel Zeit erübrigen. Um was genau es denn gehe?

Es gehe um eine Verstorbene namens Teo Bontempi, hatte Barbara geantwortet. »Genaueres kann ich Ihnen sagen, wenn wir uns sehen.«

Nachdem sie das Londoner Zentrum durchquert hatte, bog sie in Limehouse in Richtung Themse ab und fuhr dann auf die Westferry Road, die auf die Westseite der Isle of Dogs führte. Um sich zurechtzufinden, schaltete sie ihr Navi ein, das sie zum Millwall Inner Dock führte, wo sie ihren Mini parkte. Weiter ging es zu Fuß zum Inner Harbour Square, wo Dr. Weatherall ihre Praxis über einem Sandwich-Laden namens »Our Daily Bread« hatte.

Als Erstes besorgte sie sich ein Sandwich mit Krabben und Krautsalat, eine Tüte Kartoffelchips mit Salz und Essig, dazu eine Packung gefüllte Kekse und eine Flasche Schwarze-Johannisbeeren-Saft. Auf dem kleinen Platz verschlang sie das Sandwich und die Chips, wobei sie es schaffte, ihr T-Shirt mit Salatsoße zu bekleckern. Sie machte alles nur noch schlimmer, als sie versuchte, sich die Soße mit einer Serviette abzuwischen, doch dann tröstete sie sich mit ein paar Keksen und einer genüsslichen Zigarette.

Auf diese Weise gestärkt machte sie sich auf den Weg zu Dr. Weatherall. Als sie die Praxis betrat, war eine Frau im weißen Kittel gerade dabei, eine Patientin zu verabschieden, während eine andere Patientin ein auf einem Klemmbrett befestigtes Formular ausfüllte. Barbara hielt die Frau in Weiß für eine Arzthelferin, doch die sprach sie gleich an. »Ah, Sie sind bestimmt DS Havers?« Als Barbara nickte, fügte sie hinzu: »Ich bin Dr. Weatherall. Kommen Sie rein.« Sie ließ Barbara eintreten und sagte zu der Patientin: »Klopfen Sie einfach an, wenn Sie fertig sind, Fawzia.«

Barbara wartete, bis Dr. Weatherall die Tür zugemacht hatte. Sie befanden sich in einem schmalen Flur, von dem drei Türen abgingen. Eine führte ins Sprechzimmer, wohin Dr. Weatherall vorausging. Es war genauso minimalistisch eingerichtet, wie die Ärztin gekleidet war: An den Wänden hingen ihre Abschlussurkunden und ein paar unverfängliche Kunstdrucke, wie man sie im Internet bestellen konnte, und Dr. Weatherall trug eine ärmellose schwarze Bluse zu einer schwarzen Leinenhose und ein zu einem Haarband gefaltetes Halstuch, das ihr graumeliertes Haar aus der Stirn hielt. Ihre Arme waren nicht nur braun gebrannt, sondern auch beneidenswert muskulös, wie Barbara bemerkte. Offenbar war die Frau gut durchtrainiert. Und wahrscheinlich achtete sie auch sehr genau auf ihre Ernährung. Barbara bekam schon fast ein schlechtes Gewissen wegen der Kartoffelchips und der Kekse, die sie sich eben einverleibt hatte – aber nur

fast. Sie würde also wie gewöhnlich schnell darüber weg-
kommen.

Dr. Weatherall setzte sich auf einen der beiden Stühle vor
ihrem Schreibtisch, anstatt dahinter Platz zu nehmen, und
bedeutete Barbara, sie möge sich auf den anderen setzen.
Barbara berichtete vom Tod der Kollegin Bontempi, nicht,
wie sie zu Tode gekommen, aber dass sie ins Koma gefallen
und ins Krankenhaus gebracht worden war. Sie erklärte, dass
die Polizei den Fall untersuchte und dass sie im Besitz von
Bontempis Terminkalender waren.

»Für den vierundzwanzigsten Juli hat Teo sich ›Begutachtung‹ eingetragen, was uns ziemlich kryptisch vorkam. Aber
bei der Auswertung ihrer Handydaten haben wir festgestellt,
dass sie die Adresse Ihrer Praxis in ihre Navi-App eingegeben
hat. Sie war als Kind beschnitten worden, und ihr Mann – na
ja, ihr Mehr-oder-weniger-Exmann – sagt, er hätte ihr in den
Ohren gelegen, sich operieren zu lassen, um das alles rückgängig zu machen. Und jetzt fragen wir uns, ob Sie hier sowas machen.«

»Genau das mache ich hier«, sagte Dr. Weatherall.

»Haben Sie Teo untersucht?«

»Ja. Das ist immer der erste Schritt.«

»Sie erinnern sich also an sie.«

»Hat etwas gedauert. Nach Ihrem Anruf bin ich meine
Patientenakten durchgegangen. Ich behandle jede Woche
viele Frauen, und auch wenn ich mir viele Namen merken
kann, ist es nicht so einfach, die Einzelheiten jedes Falls im
Kopf zu behalten.«

»Ich nehm an, Sie haben für jede Patientin eine Akte?«

»Ja, selbstverständlich.«

»Also auch für Teo. Kann ich davon 'ne Kopie haben?«

Dr. Weatherall legte die Fingerspitzen gegeneinander und
betrachtete ihre Hände, als müsste sie sich erst überlegen, ob

sie der Bitte nachkommen sollte. Nach einer Weile sagte sie: »Ja, warum eigentlich nicht? Aber wenn ich fragen darf… Wenn Teo Bontempi tot ist, und wenn Sie von Scotland Yard sind, wie Sie am Telefon sagten, und wenn es eine Ermittlung gibt… Das DS vor Ihrem Namen steht doch für Detective Sergeant, oder?«

»Ja, genau. Sie wurde ermordet.«

Dr. Weatherall atmete langsam aus. »Das tut mir sehr leid. Wie wurde sie… Ach nein. Wahrscheinlich dürfen Sie mir das sowieso nicht sagen.« Sie stand auf, ging um ihren Schreibtisch herum und setzte sich in ihren Drehstuhl. Sie gab etwas in ihren Computer ein, fand, was sie suchte, und sagte: »Das dauert nur einen kleinen Moment. Der Drucker…« Sie zeigte auf die Tür, um anzudeuten, dass der Drucker in einem anderen Raum stand. »Soll ich die Ausdrucke jetzt gleich holen?«

Barbara sagte, das könne warten. Dann fragte sie die Ärztin, was Teos Untersuchung ergeben habe.

Dr. Weatherall studierte sehr sorgfältig die Akte auf dem Bildschirm. »Laut meinen Aufzeichnungen wäre eine rekonstruktive Operation bei ihr sehr sinnvoll gewesen. Wer auch immer sie als Kind beschnitten hat, hatte sie ganz übel zugerichtet. Sie wurde zwar als Heranwachsende geöffnet, aber es gab viel Narbengewebe. Dieses Gewebe hätte als Erstes entfernt werden müssen. Das ist zwar nicht schwierig, aber man weiß nicht, was dabei herauskommt.«

»Weil…?«

»Die Akte, die ich für Sie ausgedruckt habe, enthält auch Fotos, da werden Sie sehen, wie stark man sie verstümmelt hat. Wenn der Schaden so groß ist wie bei ihr, muss man zunächst feststellen, ob unter dem Narbengewebe genug Nervenenden vorhanden sind. Wenn ja, kann ich eine Klitoris wieder aufbauen.«

»Und wenn keine da sind?«

»Das macht die Operation nicht komplizierter, aber es ändert das Ergebnis. Dann kann ich zwar alles, was bei der Frau entfernt wurde, wieder aufbauen, allerdings nur zu kosmetischen Zwecken. Vor allem kann ich dafür sorgen, dass die Frau keine Schmerzen mehr hat, aber was die sexuelle Lust angeht, kann ich dann leider nichts für sie tun.«

»Warum würde sich eine Frau einer solchen Operation unterziehen, wenn keine Nerven mehr da sind?«

Die Ärztin schob ihren Stuhl nach hinten und legte die Hände auf die Armlehnen. »Aus verschiedenen Gründen. Da ist der Wunsch nach Normalität, oder zumindest so viel Normalität, wie ich geben kann. Außerdem haben die Frauen nach der Operation nicht mehr ständig irgendwelche Entzündungen und Schmerzen beim Geschlechtsverkehr. Trotzdem kann eine Frau in dem Fall keinen Orgasmus bekommen. Es gibt also kein sexuelles Vergnügen für sie, nur das Vergnügen, eine halbwegs normale Sexualpartnerin zu sein.«

»Und wie sah das bei Teo aus?«

Dr. Weatherall zeigte auf den Bildschirm. »Wie Sie der Akte entnehmen können, stand fest, dass eine Rekonstruktion möglich war. Aber wie gesagt, ich hätte erst nach dem Entfernen des Narbengewebes gesehen, auf welches Ergebnis sie hätte hoffen können.«

»Haben Sie ihr das alles genauso erklärt?«

»Selbstverständlich. Das mache ich immer sofort nach der Untersuchung.«

»Und wie sind Sie verblieben?«

»Laut meinen Aufzeichnungen wollte sie noch einmal über alles nachdenken.«

»Und das war's?«

»Das ist zumindest alles, was in der Akte steht. Aber ich sage allen Frauen, dass sie, falls sie sich für die Operation entscheiden, jemanden brauchen, der sie begleitet. Und dass sie mich anrufen sollen, um mir ihre Entscheidung mitzuteilen.«

»Und? Hat sie angerufen?«

»Nicht sofort. Ich dachte schon, sie hätte sich gegen die Operation entschieden, das kommt durchaus vor. Manchmal ist die Angst einfach zu groß. Manchmal findet der Ehemann heraus, was die Frau vorhat, und verbietet es ihr, weil er fürchtet, dass die Frau promiskuitiv wird, wenn ihr Körper wieder vollständig ist. Manchmal mischt sich auch ein Vater ein und verbietet es. Oder eine Mutter.«

»Und manche sterben auch«, bemerkte Barbara.

»Ich habe noch keine Patientin auf dem OP-Tisch verloren, Sergeant.«

»Sorry. Ich dachte an Teo Bontempi, die gestorben ist, bevor sie einen Termin für die OP vereinbaren konnte.«

»Wann genau ist sie eigentlich gestorben?«

Barbara nannte das Datum – 31. Juli – und fügte hinzu: »Man hat ihr den Schädel eingeschlagen. Sie ist ins Koma gefallen und nicht wieder aufgewacht.«

»Glauben Sie, dass es jemand war, der etwas gegen die Operation hatte? Jemand, dem sie davon erzählt hatte … der … ich weiß nicht … den Gedanken nicht ertragen konnte, dass sie geheilt werden würde?«

»Wir ermitteln in alle Richtungen«, sagte Barbara. »Hat sie Ihnen gesagt, wer sie würde begleiten können, falls sie sich für die OP entscheidet?«

»Nein. Aber das ist nichts Ungewöhnliches. Sie war ja nur wegen einer Begutachtung hier.«

»Halten Sie es für wahrscheinlich, dass sie jemandem von ihrem Termin bei Ihnen erzählt hat? Hat sie irgendeinen Namen genannt?«

»Ich kann mich jedenfalls nicht erinnern. Und wenn sie

das mit dem Termin für sich behalten hat, wäre das auch nichts Ungewöhnliches.«

»Ach?«

»Überlegen Sie doch mal, in welcher Situation diese Frauen sich befinden. Sie sind fast immer verheiratet. Sie kommen zu mir, weil sie von meiner Arbeit gehört haben. Und sie kommen in der Hoffnung auf ein besseres Eheleben.«

»Kann man ja gut verstehen.«

»Ja. Aber stellen Sie sich vor, was in den Frauen vorgeht, wenn sie herkommen: Sie kommen voller Hoffnung, dann untersuche ich sie, und dann muss ich ihnen sagen, dass ich zwar für ein Ende der chronischen Schmerzen und Entzündungen sorgen, ihnen aber nicht versprechen kann, dass sie Lustgefühle entwickeln.«

»Mir leuchtet trotzdem nicht ein, warum sie ihrem Mann oder ihrem Lebensgefährten nichts davon erzählen sollten.«

»Ich denke, es ist eine Sache, wenn nur die Frau sich Hoffnungen macht und hinterher mit der Enttäuschung leben muss, und eine ganz andere, wenn ihr Partner sich ebenfalls Hoffnungen macht. Dann muss die Frau nicht nur mit ihrer eigenen, sondern auch mit seiner Enttäuschung zurechtkommen.«

Barbara ließ sich das durch den Kopf gehen. Teo Bontempi hatte, da sie von ihrem Mann getrennt lebte, guten Grund, ihm nichts von der Sache zu erzählen. Vor allem, wo er anscheinend so verzweifelt nach einer Möglichkeit gesucht hatte, wie sie an Körper und Seele geheilt werden konnte. Wie hätte er wohl reagiert, wenn sich herausgestellt hätte, dass sie ein hoffnungsloser Fall war? Oder wie hätte er reagiert, wenn er erfahren hätte, dass sie sich operieren lassen wollte? »Hm. Ja. Klingt plausibel«, sagte sie.

»Es ist sehr schwer für diese Frauen, offen über das zu

sprechen, was ihnen angetan wurde, Sergeant. Oft wollen sie nicht einmal mit mir darüber sprechen. Sie wollen einfach nur wieder heil sein, oder zumindest so heil, wie ich sie machen kann. Aber darüber, wie und wann es passiert ist, wollen sie meistens nicht sprechen. Manche waren schlichtweg zu klein, um sich überhaupt zu erinnern. Andere fühlen sich zu sehr gedemütigt. Manche wurden hereingelegt, manche wurden überrumpelt, manchen wurde weisgemacht, dass alle Mädchen auf der Welt beschnitten werden. Die Beschneidung ist etwas, worum in den meisten Familien ein Riesengeheimnis gemacht wird. Die Mütter sagen ihren Töchtern nicht die Wahrheit: dass es sich de facto um eine Verstümmelung handelt. Die Mädchen werden eines Teils ihres Körpers und damit ihrer selbst beraubt, weil eine ignorante Tradition bestimmt, dass sie nichts empfinden dürfen. Versuchen Sie, sich vorzustellen, was FGM für das Leben einer Frau bedeutet, für ihre Zukunft. Die Verstümmelung beraubt sie ihrer Identität, sie macht sie zur käuflichen *Ware.*« Die Augen der Ärztin hatten sich mit Tränen gefüllt, und sie zog ein Papiertaschentuch aus einer Schachtel. »Verzeihen Sie.« Sie betupfte sich die Augen. »Das geht mir immer wieder nah.«

»Alles gut«, sagte Barbara. »Das kann einem ja auch nahegehen. Hat Teo Bontempi Ihnen erzählt, dass sie bei einer Sondereinheit zur Bekämpfung von FGM war?«

»Nein.«

»Aber dass sie Polizistin war?«

»Weder noch. Glauben Sie, dass sie deswegen ermordet wurde?«

»Möglich. Eigentlich konzentriert sich die Sondereinheit in erster Linie auf Aufklärung und Gespräche mit den Leuten aus der Community, ich kann mir kaum vorstellen, dass einer 'ne Polizistin wegen sowas umbringen würde. Andererseits hat Teo es nicht bei der Aufklärungsarbeit belassen, wie

500

wir inzwischen wissen. Sie hat rausgefunden, dass in Nordlondon Mädchen verstümmelt wurden, und dafür gesorgt, dass der Laden dichtgemacht wurde. Könnte sein, dass ihr deswegen jemand den Schädel eingeschlagen hat.«

»Dann wissen Sie sicherlich auch von den nigerianischen Beschneiderinnen. Es gibt eine ganze Reihe von ihnen in London. Falls eine von denen...«

Es klopfte an der Tür, und im nächsten Moment trat Fawzia ein, die Frau, die eben dabei gewesen war, ein Formular auszufüllen. Dr. Weatherall nahm das Klemmbrett von ihr entgegen und sagte: »Das Untersuchungszimmer ist gegenüber. Bitte machen Sie sich schon mal untenherum frei. Es liegt ein Laken bereit, mit dem Sie sich bedecken können. Ich bin in ein paar Minuten bei Ihnen.«

Nachdem die Frau gegangen war, sagte Barbara: »Als Sie Teo untersucht haben, haben Sie also gesehen, dass die OP bei ihr möglich war, und das haben Sie ihr auch gesagt, richtig?«

»Ja, sofort. Direkt nach der Untersuchung, das sagte ich ja bereits.«

»Würden Sie sagen, dass sie sich gefreut hat?«

»Ich bin nicht sehr gut darin, die Gefühle anderer Menschen einzuschätzen. Aber im Allgemeinen sind die Frauen eher erleichtert als froh. Und dann werden sie meistens nachdenklich. Es ist doch ziemlich menschlich, dass jemand erst einmal versucht, sich keine allzu großen Hoffnungen zu machen.«

»Haben Sie sie deswegen angerufen? Wir haben ihr Handy.«

»Ich rufe jede Patientin einen oder zwei Tage nach der Untersuchung an für den Fall, dass sie noch Fragen hat.«

»Teo Bontempi haben Sie viermal angerufen.«

»Ach, wirklich? Na, dann wird das wohl so sein. Aber ich

501

glaube nicht, dass wir auch viermal miteinander gesprochen haben.« Ihr Blick wanderte zu den Kunstdrucken an der Wand, während sie darüber nachdachte. »Ich vermute mal, dass sie noch Fragen hatte. Das geht den meisten Frauen so.«

»Sprechen Sie in der Regel mehr als einmal mit den Patientinnen?«

»Das kommt häufig vor. Ich führe so viele Gespräche mit ihnen, wie sie brauchen.«

Barbara blickte von ihrem Notizblock auf, um eine abschließende Frage zu stellen. »Können Sie mir sonst noch irgendwas mitteilen?«

Dr. Weatherall zog die Brauen zusammen. Sie waren pechschwarz und ganz gerade. »Nur dass sie bedrückt wirkte. Das ist mir wieder eingefallen, als ich eben in ihrer Akte gelesen habe.«

»Sie meinen, wegen der Aussicht, sich unters Messer legen zu müssen?«

»Also, ich bin mir natürlich nicht ganz sicher, aber ich schätze, es war, weil sie überhaupt in Erwägung zog, den Eingriff machen zu lassen. Sie wirkte von Anfang an bedrückt, nicht erst, seit ich ihr gesagt hatte, sie sei eine gute Kandidatin für eine rekonstruktive Operation.«

»Als würde jemand sie unter Druck setzen, es machen zu lassen oder es nicht machen zu lassen, meinen Sie?«

»Ich weiß es nicht, sie hat nichts davon erwähnt. Aber wenn sie niemandem von ihrem Termin bei mir erzählt hat, könnte es ja bedeuten, dass es abgesehen davon, dass sie ihren Partner nicht enttäuschen wollte, noch einen anderen Grund für ihre Bedrücktheit gab.«

Das Telefon auf dem Schreibtisch klingelte, ein plötzliches misstönendes Geräusch. Die Ärztin nahm jedoch nicht ab, sondern ließ den Anrufbeantworter anspringen. Sie sagte:

»Glauben Sie, dass Teo Bontempis Tod etwas mit FGM zu tun hat?«

»Wie gesagt, wir ermitteln in alle Richtungen. Wie sind Sie denn eigentlich mit Teo verblieben?«

»Sie hatte sich für die Operation entschieden.«

»Hatten Sie schon einen Termin festgelegt?«

»Nein. Ich habe in der Akte vermerkt, dass sie mich anrufen wollte, sobald sie sich ein paar Tage würde freinehmen können.«

»Hatte sie zu dem Zeitpunkt – also, als sie Ihnen ihre Entscheidung mitgeteilt hat – irgendjemand erzählt, dass sie vorhatte, sich so einer OP zu unterziehen?«

Dr. Weatherall schüttelte bedauernd den Kopf. »Ich weiß es wirklich nicht. Es kann sein. Mehr kann ich Ihnen nicht sagen.«

BRIXTON
SOUTH LONDON

Monifa wusste genau, warum der Detective sie verhaftet hatte. Sie hatte ihm erzählt, was sie vorgehabt hatte. Und sie hatte ihm gesagt, was sie immer noch wollte: Simisola beschneiden zu lassen, damit sie zur Frau werden konnte. Zwar hatte sie einen Ort gefunden, wo das Ritual der Reinigung unter medizinischen Bedingungen hätte gemacht werden können – unter Anästhesie, mit sterilen Instrumenten, durchgeführt von einer ausgebildeten Ärztin, die auch die Nachsorge übernommen hätte –, aber es wäre immer noch eine Beschneidung gewesen, und die war in England verboten. Monifa machte sich keine Hoffnungen, dass sie diesem Polizisten würde erklären können, was das alles für

Simisolas Leben bedeutete. Er gehörte nicht zu ihrer Kultur, und es gab Dinge, die würde er nie verstehen. Sie und Simisola waren außerdem Frauen. Der Sinn ihres Lebens bestand darin, den Männern zu dienen, an die sie durch Heirat oder Geburt gebunden waren. So war das nun mal. Monifas Mutter lebte so, ihre Schwiegermutter ebenfalls, so hatten ihre Urgroßmütter gelebt und die Frauen, die vor ihnen gelebt hatten. In ihrer Kultur gehörte das einfach zum Leben einer Frau. Eine Beschneidung war ein Reinigungsritual. Und eine Frau, die rein war, konnte verheiratet werden. Daran konnte Monifa genauso wenig etwas ändern wie an der Abfolge der Jahreszeiten. Aber dieser Nkata, der am Steuer saß, war Engländer, egal woher seine Vorfahren stammten. Er würde das alles niemals verstehen, konnte es nicht verstehen.

Sie waren schon ziemlich weit gefahren, als sie sagte: »Sie fahren mich ja gar nicht zum Polizeirevier.«

Er warf ihr einen kurzen Blick zu. »Sie sind in eine Mordermittlung verwickelt, Mrs Bankole. Das dürfte Ihnen ja wohl klar sein. Und die Ermittlungen werden von Scotland Yard geführt. Mein Chef will sich mit Ihnen über diese Frauenarztpraxis unterhalten, wo Sie neulich verhaftet wurden. Er interessiert sich ganz besonders für die Frau, die die Praxis geleitet hat. Ich hab Ihnen ja schon gesagt, dass Easter Lange nicht der richtige Name dieser Frau ist. Und wenn sie einen falschen Namen benutzt, ist sie wahrscheinlich auch keine richtige Ärztin. Sie waren also drauf und dran, Ihre Tochter genauso einer Beschneiderin auszuliefern wie die, die Ihr Mann organisiert hatte.«

»So war das nicht«, sagte Monifa.

»Sie wollen doch nicht etwa behaupten, dass Sie nicht vorhatten, Ihre Tochter beschneiden zu lassen, oder? Das haben Sie doch schon längst zugegeben.«

»Ich wollte sagen, die Frau war nicht wie die andere Beschneiderin. Bei ihr wäre Simisola sicher aufgehoben gewesen. Und hinterher wäre sie ...«

»Es interessiert mich nicht, was Sie glauben«, fiel er ihr ins Wort. »Denn so wie ich das sehe, wäre Ihre Tochter genauso verstümmelt und zugenäht worden, und ihr Leben wäre zerstört gewesen.«

»Das verstehen Sie nicht.«

»Und ich will es auch gar nicht verstehen, Mrs Bankole, glauben Sie mir.« Er schlug mit dem Handballen auf das Lenkrad.

Eine Weile herrschte Schweigen. Monifa spürte seine Verachtung und seinen Zorn wie etwas Schweres, das sich auf sie legte und die Last dessen, was sie sich seit Monaten von ihrer Mutter, von Abeo und von ihrer Schwiegermutter anhören musste, noch vergrößerte. Sie dachte an Halimahs Trauer über den Verlust ihrer geliebten Tochter. Sie fühlte sich schier erdrückt von dieser immensen Bürde, die ihr die Luft zum Atmen raubte.

Tränen traten ihr in die Augen. Sie ließ ihnen freien Lauf. Mit hängendem Kopf betrachtete sie ihre verschränkten Hände durch den Schleier aus Schmerz, einem uralten Schmerz, den sie sich selbst und jetzt auch noch ihren Kindern zugefügt hatte.

Die Fahrt schien eine Ewigkeit zu dauern. Sie überquerten die Themse, fuhren durch vornehme Viertel, bogen schließlich in eine schmale Straße namens Angell Road ein und hielten mitten in einer Wohnanlage, die aus mehreren Apartmentblocks bestand.

»Das ist doch keine Polizeistation«, sagte Monifa.

»Stimmt«, sagte der Detective. »Kommen Sie mit, Mrs Bankole.«

»Sie sind gar kein Polizist!«, rief sie aus. »Was hat das zu bedeuten? Wo sind wir?«

Der Mann, der sich Nkata nannte, seufzte. Er nahm seinen Polizeiausweis aus der Tasche und zeigte ihn ihr noch einmal. *Winston Nkata*, las sie. *Detective Sergeant. Metropolitan Police.* Auf dem Ausweis war ein Foto von ihm und seine Handynummer. Aber das erklärte nicht, wo sie waren, und warum sie hier waren.

»Kommen Sie mit«, sagte er noch einmal. »Hier wird Ihnen niemand etwas zuleide tun.«

»Sagen Sie mir, wo wir sind.«

»Die Wohnanlage heißt Loughborough Estate, und wir sind in Brixton. Hier wohne ich, und hier bin ich aufgewachsen.«

»Warum bringen Sie mich hierher?«

Er nahm sie sanft am Arm. »Ganz ruhig«, sagte er. »Meine Mutter erwartet Sie.«

Monifa erinnerte sich, dass er telefoniert hatte, bevor er zu ihr in den Wagen gestiegen war. Sie hatte angenommen, dass er mit seinem Chef gesprochen hatte. Konnte es sein, dass er in Wirklichkeit mit seiner Mutter telefoniert hatte? Und wenn ja, warum?

»Wir müssen ein ganzes Stück laufen. Sie können sich bei mir unterhaken.«

Ihre Muskeln waren ganz steif von der langen Fahrt, und ein scharfer Schmerz fuhr ihr durch den Brustkorb, als sie aus dem Wagen stieg. Sie hakte sich bei ihm unter, und dann gingen sie langsam einen asphaltierten Weg entlang zu einem der Wohnblocks. Der Detective schloss die Eingangstür auf und führte sie zum Treppenhaus. »Der Aufzug funktioniert nicht«, sagte er. »Sorry. Sind ein paar Etagen.«

Sie stiegen drei Etagen hoch, ganz langsam. Jede Stufe verursachte Monifa Schmerzen, was sie jedoch vor dem Detective zu verbergen suchte. Im dritten Stock öffnete er die Tür zum Korridor und sagte: »Wir sind fast da.«

An der vierten Tür blieb er stehen und schloss auf. »Mum?«, rief er.

Monifa fühlte sich, als würde sie schrumpfen. Eine Frauenstimme rief: »Ich komme!« Dann waren Schritte zu hören, und im nächsten Augenblick kam die Mutter des Detectives mit ausgestreckten Armen auf Monifa zu und sagte zu ihrem Sohn: »Das hat aber lange gedauert, Jewel!« Zu Monifa sagte sie: »Ich bin Alice Nkata. Kommen Sie rein, Ma'am. Mein Junge sagt, Sie sind Mrs Bankole. Ich hoffe, er hat sich anständig benommen und ist gesittet gefahren. Manchmal fährt er nämlich, als wär der Teufel hinter ihm her, das kann ich Ihnen sagen.«

Monifa folgte der Frau in ein Wohnzimmer, wo ein altes Klavier mit vergilbten Tasten und eine große afrikanische Trommel standen. Sofa und Sessel waren mit bunten Tüchern bedeckt, vielleicht um zu verbergen, wie abgenutzt sie waren. Auf dem Klavier waren zahlreiche Fotos aufgereiht. An das Wohnzimmer grenzte eine blitzblanke Küche, daneben befand sich eine geschlossene Tür, und in einem kleinen Flur waren zwei weitere geschlossene Türen zu sehen.

»Ich dringe in Ihre Privatsphäre ein«, sagte Monifa. »Bitte, entschuldigen Sie.«

»Kommen Sie mit in die Küche, Mrs Bankole«, sagte Alice Nkata freundlich. »Ich hab zwei Jungs großgezogen, und wenn ich etwas kann, dann Wunden verbinden. Jewel sagt, jemand hat Sie übel zugerichtet.«

Monifa sah, dass Alice Nkata die Küche in eine provisorische Erste-Hilfe-Station verwandelt hatte. Auf der Anrichte lagen Mulltupfer, Heftpflaster, Tuben mit Salben, Wattebäusche und elastische Binden. »Jewel«, sagte Alice Nkata zu ihrem Sohn, »nimm schon mal frische Laken und Handtücher aus dem Schrank. Ich hab ein bisschen länger gebraucht und bin noch nicht dazu gekommen.«

507

»Bitte«, sagte Monifa leise. »Ich möchte Ihnen keine Umstände machen.«

»Das sind überhaupt keine Umstände«, entgegnete Alice. Sie bot Monifa einen Stuhl an, dann machte sie sich an der Anrichte zu schaffen. »Jewel und sein Bruder haben sich das Zimmer früher geteilt, außer wenn Stoney – so heißt sein Bruder – mal wieder unausstehlich war, dann hat Jewel auf dem Sofa geschlafen. Er ist dran gewöhnt, Sie brauchen sich also keine Gedanken zu machen. Können Sie Ihr Kleid ausziehen, Mrs Bankole? Ah, es ist ein Wickelkleid, dann schieben Sie es einfach nach unten, damit ich sehen kann, wo's brennt. Jewel sagt, Sie haben vielleicht ein paar gebrochene Rippen. Wo tut's denn weh?«

Monifa tat, wie ihr geheißen. Alice Nkata schnalzte mit der Zunge. »Ach du je«, sagte sie dann. »Jewel sagt, Sie wollen nicht ins Krankenhaus?«

»So schlimm ist es ja nicht.«

»Sind Sie sich da sicher? Also gut. Aber ich leg Ihnen trotzdem einen Verband an. Für alle Fälle.« Dann begann sie, eine elastische Binde fest um Monifas Oberkörper zu wickeln, noch einmal und noch einmal. »Das gibt Ihnen ein bisschen Halt«, sagte sie. »Zum Baden können Sie den Verband abmachen, aber dann muss er wieder dran.«

»Es tut mir leid, dass ich Ihnen so viel Mühe mache.«

»Ach, im Vergleich zu dem, was meine Jungs mir zugemutet haben, ist das gar nichts. Ich nehm an, Sie haben Jewels Narbe bemerkt. Na ja, die ist ja auch nicht zu übersehen. *Das* hat Mühe gemacht. Von unserem Stoney will ich gar nicht erst anfangen, das erzähl ich Ihnen ein andermal. Können Sie kochen, Mrs Bankole?«

»Ja, ich kann zwar nicht viel, aber kochen kann ich, Mrs…« Sie hatte den Nachnamen der Frau schon wieder vergessen.

»Nkata, so wie mein Junge«, sagte die Frau. »Aber Sie können mich Alice nennen.«

»Ich bin Monifa.«

»Also gut, Monifa. Was kochen Sie denn so, Monifa?«

»Manchmal englische Rezepte«, sagte Monifa, »aber hauptsächlich nigerianische Gerichte.«

»*Nigerianisch?*« Alice tränkte einen Wattebausch mit Alkohol. »Hast du das gehört, Jewel?«, rief sie. »Monifa kocht nigerianisch! Dein Vater wird glauben, er ist im Himmel!«

»Ist er Nigerianer?«, fragte Monifa hoffnungsvoll.

»Das nicht, aber er ist ganz verrückt nach allem, was aus Afrika kommt. Er lebt schon ewig hier in London, aber er ist in Afrika geboren und aufgewachsen. An der Elfenbeinküste.«

»Es würde ... es wird mir eine Ehre sein, für Ihren Mann zu kochen. Und natürlich für Sie und für ...« Sie schluckte und fragte leise: »Soll ich ihn auch Jewel nennen?«

Alice Nkata lachte. »Lieber nicht. Das ist mein Kosename für ihn, aber ich denke, es wär ihm lieber, wenn Sie ihn Winston nennen. So, und jetzt seh ich mir mal Ihr blaues Auge an.«

STOKE NEWINGTON
NORTH-EAST LONDON

Tani wollte eigentlich nur schlafen. Aber das konnte gefährlich sein in Anbetracht der Wucht, mit der sein Vater seinen Kopf immer wieder auf den Boden geknallt hatte. Er hatte fürchterliche Kopfschmerzen, und falls er eine Gehirnerschütterung hatte, musste er wach bleiben, bis ein Arzt sich das angesehen hatte. Aber zuerst musste er Simi in Sicherheit bringen. Er stand mit Sophie und Simi auf dem Bahnsteig im Bahnhof Stoke Newington. Sie warteten auf den Zug nach Whitechapel.

Nachdem Abeo von ihm abgelassen hatte, war er auf direktem Weg zu Sophie geflüchtet, froh, dass er seinen Eltern nie von ihr erzählt hatte. Dass er seine Freundin mit keinem Wort erwähnt hatte, hatte verschiedene Gründe, aber der wichtigste war natürlich, dass sie Engländerin war. Zwar hatte sie afrikanische Vorfahren, aber ihre englischen Wurzeln waren fast dreihundert Jahre alt und stammten aus einer Zeit, als der Sklavenhandel in vollem Gange war. Das würde aber nicht ausreichen, um Sophie in den Augen seines Vaters – und vielleicht auch seiner Mutter – akzeptabel zu machen. Sie war nun mal keine Nigerianerin, und sie war erst recht nicht »rein« im Sinne der Tradition seiner Eltern. Aber da seine Eltern nichts von Sophies Existenz wussten, hatten sie auch keine Ahnung, wo sie wohnte. Und das bedeutete, dass sie keine Ahnung hatten, wohin er Simisola gebracht hatte.

Sophie wohnte mit ihrer Familie in der Evering Road in Stoke Newington. Ihre Mutter war Ernährungsberaterin, und ihr Vater war Informatiker, der Apps entwickelte, von denen keiner glaubte, dass er sie brauchte, bis er anfing, sie zu benutzen. Sophie hatte zwei ältere Brüder und eine jüngere Schwester, und die Familie wohnte in einer dreistöckigen Doppelhaushälfte mit einem prächtigen Garten und einem sonnigen, von einer Mauer umschlossenen Vorgarten voller Blumenkübel. Als Tani das Haus zum ersten Mal gesehen hatte, hatte ihn vor allem seine Größe tierisch beeindruckt. Jedes Kind hatte ein eigenes Zimmer, auf jeder Etage gab es ein Bad, und die Küche war so groß, dass ein ganzes Orchester hineingepasst hätte. Er hatte sich so eingeschüchtert gefühlt, dass er in der Diele wie erstarrt stehen geblieben war, aus Angst, mit einer unbedachten Bewegung irgendein wertvolles Möbelstück umzustoßen.

Als er nach der Prügelei mit seinem Vater hergekommen war, waren nur Sophie und Simi zu Hause gewesen. Bei seinem Anblick hatte Sophie ihn ins Haus gezogen und war in Tränen ausgebrochen. Sofort kam Simi angelaufen, und auch sie fing an zu weinen, als sie ihn sah.

»Alles gut«, sagte er und nahm Simi in die Arme. »Alles gut, Squeak.«

Er wollte nicht erzählen, was passiert war, aber das brauchte er auch nicht. »Papa hat dich geschlagen!«, schluchzte Simi. »Ich hasse ihn!«

Über Simis Kopf hinweg sagte er zu Sophie: »Er ist plötzlich nach Hause gekommen und hat den Antrag für eine Schutzanordnung gesehen.«

»Ach Tani«, sagte Sophie. »Es tut mir so leid. Das war meine Idee, und…«

Er ließ sie nicht ausreden. »Ich glaub, ich brauch ein bisschen Eis für meinen Kopf«, sagte er so beiläufig wie möglich. »Oder irgendwas anderes Kaltes.«

»O mein Gott! Na klar, komm rein!« Sie ging voraus ins Wohnzimmer. »Leg dich hin, Tani. Simi, hilf ihm!« Dann lief sie in Richtung Küche, während die untröstliche Simisola ihn an der Hand nahm und zum Sofa führte. Nachdem er sich gesetzt hatte, band sie ihm die Schnürsenkel auf, zog ihm die Schuhe aus und setzte sich auf einen Hocker. »Alles gut, Squeak«, sagte er noch einmal. »Wirklich. Sieht schlimmer aus, als es sich anfühlt.« Wobei Letzteres eher gelogen war. Er hatte sich noch nicht im Spiegel gesehen, aber seine Platzwunden bluteten immer noch, sein Hals schmerzte, sein Schädel dröhnte, und seine Augen waren fast komplett zugeschwollen… Für eine Achtjährige gab er vermutlich einen erschreckenden Anblick ab. Selbst Sophie war total entsetzt gewesen.

Sophie kam mit einem Waschlappen, einem Handtuch, einer Schüssel mit Eiswürfeln und einem Beutel Tiefkühlerbsen aus der Küche. »Kannst du ihm den Beutel an den Kopf drücken, Simi?«, sagte sie und lief noch einmal los. Kurz darauf kam sie mit einem Erste-Hilfe-Kasten zurück, den sie auf den Sofatisch stellte. Hastig klappte sie den Kasten auf und begann, darin herumzukramen.

Tani sah, dass ihre Hände zitterten. »Sophie, beruhig dich. So schlimm ist es doch nicht«, sagte er.

»Es war meine Idee.« Sie wischte sich die Tränen von den Wangen. »Du wolltest es gar nicht, aber ich hab drauf bestanden, und dann hab ich's noch schlimmer gemacht. Ich wollte es dringend machen und nicht auf eine Anhörung vor Gericht warten. Hätte ich doch nur die Klappe gehalten, dann wärst du nicht zu deiner Mutter gegangen, dann wär das alles nicht passiert, und jetzt kannst du nicht zurück nach Hause. Jetzt kannst du nie wieder da hin, Tani.«

Tani sagte ihr lieber nicht, dass er noch mal zurückgehen musste. Seine Mutter war seinem Vater hilflos ausgeliefert, das konnte er nicht zulassen. Sie befand sich jetzt genauso in Gefahr wie Simisola. Doch er behielt das alles für sich, während Sophie ihn verarztete und Simi ihm den Beutel mit den Erbsen an den Kopf drückte. Sie hatte den Kopf an seine Schulter geschmiegt und flüsterte: »Wo ist Mummy? Ist Mummy was passiert, Tani?«

»Mach dir keine Sorgen, Simi«, murmelte er. »Es geht ihr gut.« Was vermutlich nicht stimmte.

»Fotos!« Sophie sprang auf und holte ihr Handy. Sie half Tani, sich aufzurichten, dann fotografierte sie ihn aus jedem erdenklichen Winkel, machte Nahaufnahmen von seinen Verletzungen, von den blauen Flecken an seinem Hals, wo sich Abeos Finger abzeichneten, von seinem zugeschwollenen Auge, den Platzwunden an Stirn, Kinn, Schläfe und

Wange. Die Fotos würden beweisen, dass es dringend war. Als sie fertig war, fuhr sie fort, seine Verletzungen zu säubern und zu verbinden.

Danach waren sie zum Bahnhof Stoke Newington gegangen, was zum Glück nur ein zwanzigminütiger Fußweg war. Unterwegs hatte er sich mehrmals ausruhen müssen, aber auf Sophie gestützt hatte er den ganzen Weg geschafft. Jetzt mussten sie nur noch auf den Zug warten.

Als sie endlich durch das schmiedeeiserne Tor von Trinity Green traten, sah Tani, dass beide Türen der Kapelle offen standen, und als sie näher kamen, hörten sie drinnen Leute reden und lachen.

»Gott sei Dank«, flüsterte Sophie, aber Tani bezweifelte, dass Gott irgendetwas damit zu tun hatte. Trotzdem folgte er Sophie und Simi über den Rasen. Sophie half ihm die Stufen zum Eingang hoch. Als sie die Kapelle betraten, sahen sie zwei Mädchen, die mit einer rothaarigen Weißen an einem langen Tisch standen und jede Menge Fotos betrachteten, die auf dem Tisch ausgebreitet waren. Die rothaarige Frau sagte gerade: »Wenn ich eins aussuchen dürfte, würde ich mich für dieses hier entscheiden.«

»Aber darauf seh ich doch total bescheuert aus«, sagte ein Mädchen.

»Nein, du siehst nur ernst aus«, entgegnete die Frau. »Das ist etwas ganz anderes.«

»Ja, genau, ernst und bescheuert«, sagte das Mädchen, woraufhin alle lachten.

Die Weiße mit den roten Haaren entdeckte Tani und seine Begleiterinnen als Erste. »Braucht ihr Hilfe?«, fragte sie sofort, wartete jedoch nicht auf eine Antwort. »Kommt mit.« Sie kam ihnen entgegen und ging voraus die Stufen hinunter und zu der Tür, die beim letzten Mal verschlossen gewesen war.

TRINITY GREEN
WHITECHAPEL
EAST LONDON

Deborah St. James spürte, wie ängstlich sie waren, vor allem das kleine Mädchen, das sich mit beiden Händen an die Hand des jungen Mannes klammerte. Sie und die junge Frau hatten verweinte Augen. Erschreckend jedoch war der Zustand des jungen Mannes. Anscheinend hatte ihn jemand zusammengeschlagen.

Sie öffnete die Tür und ließ die drei eintreten. Im Flur stellte sie drei Klappstühle auf, dann ging sie los, um aus einer der Vorratskammern gegenüber von Zawadis Büro Wasser zu holen. Zawadi saß an ihrem Schreibtisch und redete mit Narissa Cameron, wie Deborah verwundert bemerkte. Sie hatte gar nicht mitbekommen, dass Narissa zurückgekehrt war.

Als Deborah den Kopf zur Tür hineinsteckte, sagte Zawadi entnervt: »Sind Sie immer noch hier? Es reicht mir schon, dass ich mich mit ihr herumplagen muss.« Sie deutete mit dem Kinn auf Narissa.

»Gerade sind zwei junge Leute mit einem kleinen Mädchen gekommen.«

»Wer hat sie hergebracht?«, wollte Zawadi wissen.

»Niemand, glaube ich.«

»Und was wollen sie hier? Wer sind sie? Was haben sie gesagt?«

»Bisher nichts. Der junge Mann ist ziemlich übel…«

»Männer sind hier nicht erwünscht! Begreifen Sie denn nicht, was hier passiert? Das ist eine Falle!«

Dass zwei junge Leute ein achtjähriges Mädchen zu Orchid House brachten, erinnerte Zawadi offenbar allzu sehr an die Geschichte mit Bolu, die ebenfalls in Begleitung zweier Jugendlicher hergekommen war. Nach allem, was geschehen war, konnte Deborah das verstehen. Die Boulevardpresse war dabei, Zawadis Leben zu zerpflücken, ja sogar das ihres Exmannes. Deswegen reagierte sie natürlich extrem misstrauisch darauf, dass abermals ein kleines Mädchen von zwei jungen Leuten hergebracht wurde.

»Die drei wirken wirklich verzweifelt«, sagte Deborah. »Die junge Frau ist in Tränen aufgelöst, das kleine Mädchen genauso, und der junge Mann ist offenbar zusammengeschlagen worden.«

»Ich kann verprügelten jungen Männern nicht helfen. Er soll gefälligst zur Polizei gehen.« Zawadi presste die Lippen zu einer schmalen Linie zusammen. Sie hatte ihre Entscheidung getroffen.

Narissa kam zu Deborah in den Flur und schaute zu den drei Ankömmlingen hinüber. »Zawadi, sie sitzen hier im Flur. Ich geh mal…«

Zawadi sprang auf. Deborah trat zurück, um sie vorbeizulassen, dann folgte sie den beiden Frauen. Die drei standen auf, als sie Zawadi sahen. Deborah verteilte Wasserflaschen.

Zawadi trat vor den jungen Mann. Ihr harter Gesichtsausdruck verschwand, und sie legte ihm eine Hand auf den Arm. »Der muss zum Notarzt«, sagte sie zu der jungen Frau.

»Er will nicht«, erwiderte diese. »Sein Vater hat ihn so zugerichtet. Er fürchtet, dass seiner Mutter dasselbe passiert ist, deswegen will er unbedingt noch mal nach Hause, um ihr zu helfen.«

Zawadi wandte sich dem jungen Mann zu: »Hast du auch eine Stimme?«

Er nickte, sagte jedoch nichts. Er zog das Mädchen, das sich hinter seinem Rücken versteckt hatte, nach vorne und legte ihr einen Arm um die Schultern. »Das ist Simisola«,

515

sagte er schließlich. »Ich bin Tani. Das ist Sophie. Sophie sagt, Sie können uns helfen.«

»Simis Vater will sie beschneiden lassen«, sagte Sophie. »Er hatte schon alles mit einer Frau geregelt, die hier in der Stadt sowas macht. Die Mutter der beiden hat versucht, das zu verhindern, und da hat ihr Mann sie verprügelt. Tani und ich haben versucht, ihn mit einer Schutzanordnung aufzuhalten. Der Antrag war auch schon ausgefüllt, aber Tanis Vater hat ihn zerrissen. Jetzt wollen wir einen neuen Antrag stellen.«

»Er will Simi nach Nigeria bringen«, sagte Tani.

»Hat er Pässe?«, fragte Zawadi. Ihr Ton war barsch, so als versuchte sie, keine Gefühle zuzulassen.

»Ja.«

»Habt ihr die mitgebracht?«

Er schüttelte den Kopf. »Ich hatte keine Zeit, sie zu suchen, aber ich glaub, ich weiß, wo sie sind.«

»Kommt mit in mein Büro«, sagte Zawadi abrupt. Deborah fragte sich, was ihre Reaktion ausgelöst hatte. Sie konnte Zawadi ihr Misstrauen nicht verübeln, aber die Verletzungen des jungen Mannes sahen echt aus, so etwas konnte man nicht vortäuschen.

Ein Handy klingelte. Tani langte in seine Hosentasche, warf einen Blick auf das Display und sagte zu Sophie: »Da muss ich rangehen. Jemand vom Markt.«

Dann: »Tiombe? Du bist wieder da? … Ach so. Okay. Kein Problem. Ich hab was gefunden, wo …«

Eine Weile hörte er zu und schaute dabei die ganze Zeit das kleine Mädchen an. Dann ging sein Blick zu Sophie. »Was hat sie ihm denn gesagt?« Wieder lauschte er. »Es ist okay, wirklich. Ich wünschte nur, Bliss hätte mich angerufen, bevor sie …«

Er wurde unterbrochen. »Ja. Okay. Danke für die Info.«

Er beendete das Gespräch, dann sagte er zu Sophie: »Wir sind ein paarmal zusammen auf dem Markt gesehen worden. Er weiß von dir.«

»Aber er kennt meinen Namen nicht.«

»Noch nicht.«

»Ich bin immer nur mit dir da gewesen, Tani. Ich glaub nicht, dass ich mal mit jemand gesprochen habe. Keiner auf dem Markt kennt mich. Hast du denn irgendjemand meinen Namen genannt?«

Er schüttelte den Kopf.

Zawadi schaltete sich ein. »Um was geht's?«

»Mein Vater ist auf dem Ridley Road Market und sucht nach Simi«, sagte Tani. »Er hat da zwei Läden. Das war eine Freundin, die mich grade angerufen hat. Die Frau, mit der sie zusammenarbeitet, hat ihr erzählt, dass mein Vater überall nach Simi fragt. Simi macht manchmal Sachen für die beiden. Sie betreiben einen Friseursalon.«

»Und die, die dich angerufen hat, ist eine von den Friseurinnen?«

»Ja. Tiombe. Sie ist grade in Wolverhampton bei ihrer Mutter. Als mein Vater angefangen hat, überall auf dem Markt nach Simi zu fragen, hat ihre Freundin sie angerufen und gesagt, sie soll mir Bescheid geben.« Er wandte sich an Sophie. »Simi und ich können nicht zu euch gehen, Soph. Wenn er deinen Namen rausfindet und bei euch zu Hause aufkreuzt und uns dort sieht, rastet er aus.«

»Alle drei in mein Büro«, sagte Zawadi. »Wir finden eine Lösung. Solange niemand weiß, dass ihr hier seid, seid ihr in Sicherheit.«

Sie bugsierte die drei in ihr Büro und schloss die Tür hinter sich. Narissa und Deborah standen im Flur. »Und jetzt?«, fragte Deborah.

»Jetzt versucht sie, eine sichere Unterkunft für die Kleine

zu finden, so wie sie es auch bei Bolu gemacht hat«, sagte Narissa. »Für ihn bestimmt auch.«

»Und dann?«

»Dann nimmt sie Kontakt zu dem Vater auf. Also, sobald die beiden in Sicherheit sind. Aber der Typ scheint ein harter Brocken zu sein. Ich kann nur hoffen, dass sie nicht allein mit ihm redet, sondern im Beisein einer Sozialarbeiterin. Oder eines Sozialarbeiters mit großen Fäusten und einem Kricketschläger.«

THE MOTHERS SQUARE
LOWER CLAPTON
NORTH-EAST LONDON

Als Lynley aus seinem Healey Elliott stieg, den Umschlag mit den Fotos in der Hand, sah er Pietra Phinney sofort. Sie schob ihre Tochter auf dem Gehweg zwischen geparkten Autos und dem schmiedeeisernen Zaun, der das Halbrund der Häuser von The Mothers Square umgab. Dabei schien sie aus einem Buch vorzulesen, das sie auf der Rollstuhllehne balancierte. Sie sah ihn nicht.

Als Lynley in ihre Richtung ging, sah er, wie sie das Buch zuklappte und ihrer Tochter auf den Schoß legte. Dann drehte sie den Rollstuhl, um ihn über die Bordsteinkante zu manövrieren. Lynley beschleunigte seine Schritte, um der zierlichen Frau mit dem schweren Rollstuhl zu helfen. Als er ihren Namen rief, schaute sie in seine Richtung, wirkte jedoch nicht überrascht. Vermutlich hatte Phinney sie angerufen, um sie vorzuwarnen, dass ein Besuch von Scotland Yard bevorstand.

Sie war genauso gekleidet wie bei Lynleys letztem Besuch: weißes T-Shirt, Jeans, weiße Turnschuhe ohne Socken. Der einzige Farbklecks war ihr roter Lippenstift. Das dunkelbraune Haar hatte sie sich hinter die Ohren geschoben, wo es von zwei Schildpattspangen gehalten wurde.

»Lassen Sie mich Ihnen helfen«, sagte Lynley, gab ihr den Umschlag und übernahm den Rollstuhl.

»Ich wollte mich mit ihr unter die Pergola setzen und ihr vorlesen, aber das kann warten. Mark hat angerufen und mir gesagt, dass Sie mich sprechen wollen.«

Lynley schob den Rollstuhl über die schmale Einfahrt, die Autos die Zufahrt zu den Wohnungen des Mothers Square ermöglichte. Die Pergola, die mitten auf dem Platz stand, war von Glyzinien überwuchert. Lynley duckte sich unter einer tiefhängenden Ranke hindurch und parkte den Rollstuhl vor einer steinernen Bank.

Nachdem Pietra sich neben den Rollstuhl gesetzt hatte, nahm Lynley auf der Bank gegenüber Platz.

»Was lesen Sie ihr denn vor?«, fragte er.

»*Matilda*«, sagte sie. »Wir sind gerade an der Stelle, wo Matilda mithilfe ihrer telekinetischen Kräfte etwas an die Tafel schreibt. Es ist eine von Lilybets Lieblingsszenen in ihrem Lieblingsbuch. Stimmt's, Lilybet?« Sie zog ein Papiertaschentuch aus einem Beutel, der an der Lehne des Rollstuhls hing, wischte ihrer Tochter – unnötigerweise, wie Lynley fand – den Mund ab und zupfte das seidene Tuch zurecht, das über ihren Beinen lag. Lilybet gurrte und wedelte mit den Händen. »Ja, mein Schatz«, sagte Pietra, »das machen wir. Sobald ich mit dem Polizisten gesprochen habe, ruf ich Robertson an, und dann gehen wir zusammen zu Le Merlin, wie versprochen. In der Zwischenzeit kannst du dir ja schon mal überlegen, was für eine Crêpe du möchtest. Eine mit Schokolade? Oder Schoko-Banane? Oder Erdbeeren mit Sahne?« Sie fasste ihre Tochter unter den Achseln und setzte sie etwas aufrechter hin.

»So, jetzt können wir reden«, sagte Pietra und gab Lynley den Umschlag zurück. Dann zog sie noch ein Papiertaschentuch heraus und tupfte sich den Schweiß von der Stirn.

Lynley nahm das relevante Foto aus dem Umschlag und reichte es ihr. Sie versuchte erst gar nicht abzustreiten, dass sie die Frau auf dem Foto war, sondern gab es ihm einfach mit den Worten zurück: »Ich habe sie aufgesucht. Aber nur einmal.«

»Warum?«

»Einmal hat gereicht. Sie hat mir ihr Wort gegeben; damit war ich zufrieden.«

»Ich meinte, warum haben Sie sie aufgesucht? Ich nehme an, Sie sind mit dem Wagen Ihres Mannes gefahren?«

»Wir haben nur ein Auto. Und ja, damit bin ich gefahren.« Sie schaute über seine Schulter hinweg, doch ihr Blick schien ins Leere zu gehen. Es war der typische Gesichtsausdruck von jemandem, der sich an etwas erinnerte, das er beobachtet oder selbst erlebt hatte. »Ich wollte mit ihr reden. Ich hab geklingelt und gefragt, ob ich raufkommen kann, aber sie meinte, sie würde runterkommen. Und das hat sie getan.«

»Hatten Sie den Eindruck, dass jemand bei ihr in der Wohnung war, jemand, den Sie nicht sehen sollten?«

»Möglich, dass jemand bei ihr war. Aber daran habe ich in dem Moment nicht gedacht.«

»Was haben Sie denn gedacht?«

»Ich dachte, sie wollte nicht, dass die Frau ihres Geliebten einen Aufstand macht, den die Nachbarn mitbekommen könnten. Oder dass sie Angst hatte, sie würde mich nicht wieder loswerden, wenn ich erst mal in ihrer Wohnung war. Oder dass ich ihr etwas antun könnte.«

»Jemand hat ihr etwas angetan.«

»Aber nicht ich.«

»Erzählen Sie mir, wie es abgelaufen ist.«

»Ich habe darauf gewartet, dass sie runterkommt. Ich dachte schon, sie kommt überhaupt nicht, denn es hat ziemlich lange gedauert, fast zehn Minuten. Wir haben uns an der Haustür unterhalten. Sie hat mir versichert, sie hätte nicht die Absicht, mir Mark wegzunehmen. So hat sie sich ausgedrückt. Und Mark hätte auch nicht die Absicht, mich zu verlassen. Sie hat gesagt, sie sei ebenfalls verheiratet und habe nicht vor, sich scheiden zu lassen. Ehe und Scheidung bedeuten ja in der heutigen Welt nicht mehr viel, aber sie hatte wohl das Bedürfnis, mich zu beruhigen.«

»Aber danach haben Sie ihr vom Handy Ihres Mannes aus Textnachrichten geschickt.«

»Sie hatte mir gesagt, sie würde sich nicht mehr mit Mark treffen. Aber Worte und Taten sind zwei verschiedene Dinge, Inspector. Die meisten beherrschen nur Ersteres.«

»Sie wollten also die Lage sondieren.«

»Ich wollte es *wissen*. Ich habe überhaupt keine Ruhe mehr gefunden. Er liebte sie, und das war noch nie…« Sie nestelte an dem Seidentuch auf den Beinen ihrer Tochter herum. »Vor Teo hat es auch andere Frauen gegeben, aber keine davon hat er geliebt. Sie waren für ihn nur… einfach nur Frauen. Aber bei ihr war es anders. Sie hat ihm viel bedeutet. Ich konnte mir einfach nicht vorstellen, dass er – oder sie – das Verhältnis einfach so würde aufgeben können. Wie auch? Ich bitte Sie. Wenn eine so tiefe Verbindung besteht… Zwischen Mark und mir gibt es auch eine Verbindung, aber die ist…« Sie betrachtete ihre Tochter. »Lilybet ist die Verbindung, und das ist etwas ganz anderes. Also habe ich ihr ein, zwei Tage nach unserem Gespräch von seinem Handy aus diese Nachricht geschickt, um zu sehen, wie sie reagieren würde.«

»Aber sie hat nicht geantwortet.«

»Woraus ich geschlossen habe, dass sie es ernst gemeint hat.«

»Und Mark?«

»Was ist mit Mark?«

»Wie hat er das Ende der Beziehung mit Teo verkraftet?«

»Das wollte ich gar nicht wissen. Oder sehen. Was auch immer er empfunden hat, ich wollte nichts damit zu tun haben. Es… ging einfach nicht. Wir haben angefangen, einander etwas vorzuspielen. Was blieb uns auch anderes übrig? Ich habe einfach gehofft, dass er irgendwann über sie hinwegkommt und alles wieder so wird wie früher.«

»Und wie war das?«

»Das hat er Ihnen doch bestimmt erzählt. Wir teilen uns eine Wohnung und die Pflege von Lilybet, mehr nicht.« Sie schluckte, und Lynley fiel auf, wie sie die Hände rang. »So etwas fängt nicht plötzlich eines Tages an, Inspector Lynley. Das entwickelt sich langsam. Es gibt so vieles, was uns zu dem macht, wer und was wir sind. Ich denke, das wissen Sie auch.«

Er nickte. »Ja, das weiß ich.«

»Als Lilybet geboren wurde… Sie musste per Kaiserschnitt geholt werden, im fünften Monat. Es war eine Schwangerschaftsvergiftung. Eigentlich hätte nach dem Kaiserschnitt alles gut werden sollen, aber leider kam es dann doch anders. Es gab so viele Probleme. Ihr Herz, ihre Lunge, eine ihrer Nieren… ihre Organe haben sich nicht richtig entwickelt. Jeden Tag gab es neue schlechte Nachrichten, nie *gute*.« Sie zerknüllte das Papiertaschentuch, das sie in der Hand hielt, und begann, es zu zerrupfen. »Ich hätte das nicht noch einmal ertragen. Ich konnte es nicht noch mal riskieren. Irgendwann konnte ich einfach nicht mehr.« Ihre Augen füllten sich mit Tränen. Sie nahm ein neues Papiertaschentuch heraus. »Ich würde es Mark nicht übel nehmen, wenn er mich verließe. Er hätte es längst tun sollen. Niemand kann von einem Mann verlangen, dass er … Ich dachte, wenn ich ihm zugestehe, dass er … sich eine sucht, die ihn versteht oder die ihn vielleicht nicht mal versteht, aber bereit ist … Es muss doch Frauen geben, die nicht mehr von ihm wollen, als er geben kann.«

»Sie wollten, dass er sich eine Sexualpartnerin sucht? Ist es das, was Sie sagen wollen? Vielleicht eine, die er dafür bezahlt?«

»Nein, das nicht. Nicht eine, die er bezahlt. Aber ich dachte, es müsste doch irgendeine geben für ihn. Vielleicht eine, die in einer unglücklichen Ehe lebt und die körperliche Bedürfnisse hat, die ihr Mann nicht befriedigen kann, vielleicht eine junge Witwe, die nicht wieder heiraten will. Es wäre mir egal gewesen, wer diejenige ist, oder wie er sie gefunden hat, oder ob es vielleicht sogar mehrere sind. Hauptsache, er verliebt sich nicht. Aber bei Teo habe ich gemerkt, dass er sich total verliebt hatte, und ich wusste nicht, was ich tun sollte.« Sie legte die Stirn auf ihre linke Hand, mit der sie einen Griff des Rollstuhls hielt, und murmelte: »Es tut mir so leid. Es ist einfach alles schiefgelaufen.«

Lynley dachte über ihre Worte nach. Er dachte über das Verhältnis der beiden nach, über die Geheimnisse, die hinter verschlossenen Türen gehütet werden, darüber, welche Folgen solche Geheimnisse haben können.

»Mrs Phinney«, sagte er schließlich. »Ich muss Sie fragen, wo Sie am Nachmittag und am Abend des einunddreißigsten Juli waren.«

Sie antwortete nicht.

»Mrs Phinney?«

Schweigen.

Lynley wartete. Er wollte sie nicht aufs Revier vorladen müssen, um sie zum Sprechen zu bringen. Sie war eine in vieler Hinsicht gebrochene Frau. Es schien unmenschlich, ihr noch mehr Leid anzutun.

»Ich weiß, dass das schwer für Sie ist«, sagte er leise. »Aber Tatsache ist: Jeder, der auch nur im Entferntesten in Verbindung mit Teo Bontempis Tod steht, leidet jetzt, und meine Aufgabe ist es herauszufinden, was mit ihr passiert ist, damit ich ihren Angehörigen und denjenigen, die sie geliebt haben, wenigstens ein bisschen Frieden schenken kann.«

»Mark zum Beispiel«, sagte sie zerknirscht.

»Allen, deren Leben sie berührt hat.«

»Ich habe sie nicht gehasst.« Endlich hob sie den Kopf. Lilybet hatte gehustet, ein alarmierendes Husten, das tief aus ihrem Körper kam und mit einem Japsen endete. Pietra war wie ausgewechselt. Sie war sofort auf den Beinen, drehte an einem Einstellknopf an dem Sauerstoffbehälter, der hinten am Rollstuhl befestigt war, drückte Lilybet eine Atemmaske auf Mund und Nase und sagte: »Tief atmen, Lily. Tief atmen für Mummy.«

Ein Mann trat aus einem Haus. Lynley erkannte ihn, es war Lilybets Pfleger. Er schaute sich suchend um, so als wüsste er, dass Pietra seine Hilfe brauchte. Gleich würde er sie entdecken.

Lynley sagte: »Was auch immer Sie in Bezug auf Teo vorhatten, ist schiefgelaufen. Ich glaube nicht, dass Sie ihr etwas Böses wollten. Sie haben Angst, das kann ich verstehen. Aber wenn Sie ...«

»Ich hab es nicht getan«, sagte Pietra. »Ich war nicht bei ihr. Ich habe sie einmal getroffen, nur das eine Mal.«

»Waren Sie denn am Nachmittag und Abend des einunddreißigsten Juli zu Hause?«

Ihr Schweigen beantwortete seine Frage.

»Waren Sie bei jemandem?« Und als sie nicht antwortete, fuhr er fort: »Mrs Phinney, falls jemand bestätigen kann, dass Sie ...«

»Ah, da sind Sie ja!« Es war der Pfleger. »Ich dachte schon, ein paar Aliens hätten Sie beide entführt.« Als er Lynley gewahrte, sagte er: »Ah, soll ich Ihnen Lily abnehmen, Pete?«

Sie richtete sich auf. »Nein, nein. Wir kommen mit, Robertson. Ich hab Lily eine Crêpe versprochen, wir wollten gerade losgehen.«

»Das freut mich«, sagte Robertson freundlich. Er nickte Lynley zum Gruß zu und hockte sich vor Lilybet. »Wir gehen Crêpes essen, was sagst du dazu?« Dann wandte er sich an Pietra. »Sollen wir beide schon mal vorgehen?«

»Nein, wir sind hier fertig«, antwortete sie.

Robertson brachte den Rollstuhl in Position und schwärmte Lilybet von Crêpes und Schokolade und Nüssen vor, während er sie an der Pergola vorbeischob. Pietra Phinney tupfte sich das Gesicht ab und betrachtete für einen Moment, der sich wie eine Ewigkeit hinzuziehen schien, ihre Füße.

Lynley wartete, bis sie aufblickte. »Waren Sie bei einem anderen Mann, Mrs Phinney?«

»Haben Sie schon mal Scham empfunden, Inspector Lynley?«, fragte sie.

»Ja«, sagte er.

»Das glaube ich Ihnen nicht.«

»Die Wahrheit«, sagte er, »ist manchmal für den einen so unbequem, wie sie für den anderen ungenießbar ist.«

»Ja«, sagte sie, »das glaube ich.« Sie folgte Robertson, und Lynley schaute ihr nach. Sie schien es zu spüren, drehte sich noch einmal um und sagte leise: »Bitte, machen Sie Mark keine Vorwürfe. Nichts von alldem ist seine Schuld.«

WESTMINSTER
CENTRAL LONDON

»Sie war wegen 'ner Untersuchung da«, sagte Barbara. »Deswegen hat sie ›Begutachtung‹ in ihren Kalender geschrieben. Sie wollte wissen, ob bei ihr eine rekonstruktive OP gemacht werden kann.« Sie nahm die Packung Kekse, die sie sich auf der Isle of Dogs gekauft hatte, aus ihrer Umhängetasche und legte sie auf ihren Schreibtisch. Ein Keks war noch übrig.

»Und? Wäre es möglich gewesen?« Lynley hatte sich einen Stuhl herangezogen und sich zu Winston und Barbara gesetzt. Die vier DCs saßen, wo gerade Platz war, oder lehnten an der Wand, die Notizhefte gezückt.

»Im Prinzip ja«, sagte Barbara und zeigte auf den Ordner mit der Patientenakte, die Dr. Weatherall für sie ausgedruckt hatte. »Sie war kerngesund – wen wundert's? Sie hätte also 'ne OP und alles, was dazugehört – Vollnarkose und so weiter –, auf jeden Fall verkraftet.« Sie reichte Lynley den Ordner.

Lynley nahm seine Lesebrille heraus und schlug den Ordner auf. »Und was ist mit den Anrufen?«

»Scheint alles zu passen. Am fünfundzwanzigsten hat Dr. Weatherall Teo angerufen, um sich zu erkundigen, ob sie noch Fragen zu der OP hat. Sie sagt, das macht sie bei jeder Patientin. Aber sie meinte, Teo hätte bedrückt gewirkt, und zwar von Anfang an. Deswegen hat sie am siebenundzwanzigsten, am achtundzwanzigsten und am neunundzwanzigsten noch mal angerufen. Sie sagt, sie wollte ihr gut zureden, für den Fall, dass sie Angst hatte, die Sache durchzuziehen. Durch die OP kann da unten nichts verschlimmert werden, hat sie mir erklärt. Aber es gibt eben auch keine Garantie, dass hinterher alles so ist, wie die Patientin es sich erhofft.«

»Und was genau soll das heißen?«, fragte Nkata. Die DCs schrieben eifrig mit.

Barbara berichtete ihren Kollegen, was Dr. Weatherall ihr über Narbengewebe und Nervenenden und Lustgefühle erklärt hatte.

»Glaubst du, das könnte sie abgeschreckt haben?«, fragte Nkata.

»Tja, was weiß ich? Die Frage ist, wie viele Hoffnungen man sich macht und wie groß die Angst ist, dass die Hoffnungen nicht erfüllt werden. Jedenfalls hat Dr. Weatherall gesagt, dass Teo sich am Ende für die OP entschieden hat. Sie brauchte nur noch einen zu finden, der sie zur Praxis fährt und wieder nach Hause bringt.«

»Könnte es sein, dass jemand sie daran hindern wollte, sich operieren zu lassen?« Lynley nahm seine Brille ab und gab Barbara den Ordner zurück.

»Ich schätz mal, ihre Schwester wär nicht grade begeistert gewesen von der Idee, dass Teo sich operieren lassen wollte«, meinte Barbara.

»Aber die Schwester wusste doch gar nicht, dass Teo beschnitten war«, sagte Nkata. »Oder sie hat, als ihre Mutter es ihr erzählt hat, 'ne perfekte Show hingelegt.«

»Was gar nicht so unwahrscheinlich ist, nach allem, was du uns von ihr erzählt hast«, meinte Barbara. »Oder?«

»Wie sehen Sie die Sache denn?«, fragte Lynley.

»Also: Ross Carver glaubt, er hat Teo von sich weggetrieben, weil er sie so bedrängt hat in Sachen Sex, Operationen, Sex, Rekonstruktion, Sex, Gefühlen und allem anderen, was mit Sex zu tun hatte.« Barbara hatte die Dinge an ihren Fingern abgezählt. »Teo wirft ihn also raus, ihre Schwester wittert die Chance, auf die sie seit Ewigkeiten wartet, und schlägt zu.«

»Sie schnappt sich Carver«, sagte Nkata, »lässt sich von ihm schwängern ...«

»... und der Rest ist ja bekannt«, sagte Barbara. »Und

dann kriegt sie spitz, dass ihre Schwester sich operieren lassen will, was Ross wieder ins Spiel bringt und Rosie die Tour vermasselt.«

»Und deswegen bringt sie ihre eigene Schwester um?«, fragte Lynley.

»Kain hatte auch kein Problem damit, seinem Bruder den Schädel einzuschlagen«, bemerkte Barbara.

»Andererseits hat Rachel Leah nicht umgebracht, und die hätte wirklich Grund dazu gehabt.«

»Wer?«

»Ah. Mit Ihrer Bibelkenntnis ist es wohl nicht allzu weit her.«

»Ich hab's irgendwann aufgegeben, die Bibel zu lesen, war mir zu anstrengend. Bin schon froh, dass ich weiß, wer Kain und Abel waren, Chef.«

»Na dann.« Lynley sah seine beiden Kollegen an. »Rosie Bontempi bleibt also verdächtig. Pietra Phinney behauptet, sie war am fraglichen Tag zu keinem Zeitpunkt in der Nähe der Wohnung, will aber nicht sagen, wo sie war. Was haben wir sonst noch? Winston? Was können Sie uns über Monifa Bankole sagen?«

Nkata fasste zusammen: Es stimmte, dass Monifa Bankole ihre Tochter in der Praxis über dem Spielzeugladen beschneiden lassen wollte, ihrem Mann sei das jedoch zu teuer gewesen. Sie sei also an dem Tag, als die Polizei sie festgenommen hatte, dort gewesen, um auf Befehl ihres Mannes hin die Anzahlung zurückzuverlangen. Inzwischen seien sowohl ihre Tochter als auch ihr Sohn verschwunden, fügte er noch hinzu. »Bankole hat Tani – den Sohn – übel verprügelt, weil der eine Schutzanordnung beantragen wollte«, schloss Nkata. »Monifa ist dazwischengegangen und hat ihrem Mann eins mit dem Bügeleisen übergezogen.«

»Aua«, sagte Barbara.

»Auf jeden Fall konnte Tani deshalb abhauen. Monifa sagt, wenn man Bankole die Reisepässe nicht wegnimmt, bringt er Simisola – so heißt die Tochter – nach Nigeria, um sie dort verstümmeln zu lassen.«

»Und wie ist der Stand der Dinge jetzt?«, wollte Lynley wissen.

Nkata berichtete, dass er Monifa Bankole aufgrund eines Hinweises einer Nachbarin gefunden und dann zu ihrer Sicherheit zu seiner Mutter gebracht hatte.

»Das heißt, sie ist jetzt in Brixton?«, fragte Lynley.

»Da sucht ihr Mann sie garantiert nicht.«

»Hast du sie ans Bett gefesselt, oder was?«, fragte Barbara. »Ich meine, wie willst du sie daran hindern, ihre Kinder zu suchen?«

»Meine Mutter ist zu Hause, die lässt sie schon nicht gehen. Außerdem«, fügte er grinsend hinzu, »ist meine Mutter stärker als Monifa, und sie hat Stoney und mich oft genug verprügelt, sie hat also Übung. Aber wir müssen Monifa vor ihrem Mann verstecken. Und wir müssen den Pass von dem Typen einziehen, und das können wir nur, wenn die Familie 'ne Schutzanordnung beantragt. Der Typ macht, was er will, so oder so. Was bedeutet, wenn es keine Schutzanordnung gibt, schafft er seine Tochter außer Landes, sobald er sie findet.«

»Wissen wir, wo sie jetzt ist?«

»Das weiß nur der Bruder. Und ich glaub nicht, dass der mit der Sprache rausrückt.«

»Irgendwas Neues über Mercy Hart?«, wollte Lynley von den DCs wissen.

»Ich hab eine Adresse«, sagte einer von ihnen, ein pickelgesichtiger, schlaksiger junger Mann Anfang zwanzig. »Sie hat im Januar ein Knöllchen gekriegt, weil sie zu schnell gefahren ist. Da musste sie ihre Adresse angeben, aber es war nicht dieselbe, die sie den Kollegen in Stoke Newington gegeben hatte. Ich hab also mal nachgesehen. Die Adresse stimmt noch.«

»Was wissen wir über die Frau?«, fragte Lynley. »Abgesehen davon, dass sie in dieser Frauenarztpraxis gearbeitet hat.«

»Nicht viel. Alleinerziehend. Drei Kinder, alles Mädchen.«

»Und wo wohnt sie?«, fragte Lynley den jungen Mann.

»In Stratford«, sagte der. »Rokeby Street.«

»Sicher? Das ist ziemlich weit weg von dem Ort, an dem sie verhaftet wurde.«

»Vielleicht ist sie ja inzwischen umgezogen, Sir. Aber da war sie jedenfalls zuletzt gemeldet.«

»Wir müssen sie befragen, aber zuerst bitten wir die Kollegen in Stratford, mal jemanden bei ihr vorbeizuschicken. Wir brauchen außerdem ein Foto von ihr, das wir mit den Bildern von den Videos vergleichen und im Haus herumzeigen können. Vielleicht erkennt sie ja jemand, dann haben wir etwas in der Hand, selbst wenn sie nicht mehr in Stratford wohnt. Und überprüfen Sie, ob ihr Autokennzeichen zu einem auf den Videos passt.«

»Apropos Autokennzeichen«, meldete sich eine junge Kollegin mit Zöpfen zu Wort, die Barbara vorkam wie eine Zwölfjährige. »Tut mir leid, dass es so lange gedauert hat, aber an dem Tag, an dem Teo Bontempi ermordet wurde, wurden jede Menge Autos auf der Streatham High Road registriert.«

»Irgendwas Interessantes dabei?«

»Ich bin mir nicht ganz sicher, Sir. Könnte sich auch einfach um eine Namensähnlichkeit handeln. Jedenfalls ist eins der Autos auf einen...«, sie schaute in ihren Notizen nach, »...Paul Phinney zugelassen.«

Barbara schaute erst Lynley, dann Nkata an, dann fragte sie die junge Frau: »Ganz sicher?«

»Der Name des Fahrzeughalters? Ja. Wer es gefahren hat, wissen wir natürlich nicht.«

CHELSEA

SOUTH-WEST LONDON

Auf dem Weg zum Aufzug wurde Lynley von Dorothea Harriman aufgehalten. »Acting Detective Chief Superintendent, kann ich Sie kurz etwas fragen?« Als er sich ihr zuwandte, fuhr sie fort, ohne auf eine Antwort zu warten: »Es geht um ... na ja, äh ... Also, ich würde gern etwas klären, und ich dachte, da Sie ja schon so lange mit ihr zusammenarbeiten ...«

»Ich nehme an, es geht um DS Havers?«

»Ja, ja, genau, Barbara. Ich dachte, GroupMeet wäre genau das Richtige, verstehen Sie. Zusätzlich zu unserem Stepptanz, meine ich. Also, Stepptanz ist ja gut und schön – ich habe über sieben Kilo abgenommen, und wahrscheinlich würde ich noch mehr abnehmen, wenn wir nachher nicht jedes Mal zum Inder gehen würden –, aber in der Gruppe sind fast nur Frauen. Okay, der Lehrer ist ein Mann. Er ist übrigens richtig gut. Aber die Schülerinnen ... na gut, es gibt auch einen vierzehnjährigen Jungen, aber der zählt nicht, auch wenn ich sagen muss, dass er ein total begabter Tänzer ist. Natürlich gehen wir weiterhin zum Training, es wäre ja auch schade, nachdem wir so viel gelernt haben. Aber ich dachte, vielleicht wäre ja was Neues angesagt.«

»Und das Neue wäre GroupMeet?«, fragte Lynley.

»Nein, nein, ich hatte nur gehofft, mithilfe von GroupMeet etwas Neues zu finden. Und ich dachte, Zeichnen wäre nicht schlecht, nur leider scheint das überhaupt nichts für Barbara zu sein. Es gibt noch Badminton, Krocket, Tennis –

nicht dass ich irgendwas davon beherrsche und Barbara noch viel weniger, aber darum geht es ja auch nicht –, Gärtnern, Friedhofspflege ...«

Lynley hob eine Braue.

»Na ja, bei GroupMeet gibt's einfach alles. Man kann sogar einen Sommelierkurs belegen.«

»Ah, das klingt tatsächlich interessant.«

»Ich weiß, dass Sie das alles albern finden, aber haben Sie eine Ahnung, wie schwierig es für eine Frau ist, in London einen Mann zu finden?«

»Früher reichte es, einem Kirchenchor beizutreten«, bemerkte Lynley.

»Heutzutage geht doch keiner mehr in die Kirche – außer zu Hochzeiten und Beerdigungen und an Weihnachten und Ostern. Aber eigentlich wollte ich Sie etwas ganz anderes fragen.«

Sie waren inzwischen bei den Aufzügen angekommen. »Also«, sagte sie fast flüsternd und schaute sich um, wie um sich zu vergewissern, dass niemand mithörte. »Ich frage mich, ob Detective Sergeant Havers vielleicht ... vielleicht vom anderen ... Na, Sie wissen schon, was ich meine.«

»Ich fürchte, ich kann Ihnen nicht folgen«, sagte Lynley.

Sie seufzte. »Muss ich es wirklich aussprechen?«

»Sieht so aus.«

»Was ich sagen will, ist ... Na ja, vielleicht *mag* Barbara einfach keine Männer. Ich meine, zumindest nicht auf die Weise, wie Frauen Männer normalerweise mögen.«

»Verstehe«, sagte er. »Sie wollen von mir wissen, ob Barbara lesbisch ist?«

»O Gott, o Gott! Schsch!« Dorothea sah sich entsetzt um. »Ich bitte Sie. Ich möchte auf keinen Fall, dass sie denkt – Sie wissen schon, was ich meine.«

Lynley wusste es nicht, doch er sagte: »Über Barbaras

532

sexuelle Neigungen weiß ich nicht das Geringste, Dee. Aber ich wüsste auch nicht, worauf ich achten müsste, um etwas darüber zu erfahren.«

Ihre Augen wurden schmal. »Machen Sie sich etwa über mich lustig, Acting Detective Chief Superintendent?«

»Auf keinen Fall«, erwiderte er.

Sie klopfte mit der Fußspitze auf den Boden und dachte nach. »Ich will nur nicht, dass sie sich am Ende genötigt fühlt, es mir zu *sagen*. Ich würde mich natürlich freuen, wenn sie es mich wissen lassen würde. Aber ich möchte nicht, dass sie sich gezwungen fühlt, es mir zu sagen, bloß damit ich sie mit diesem GroupMeet in Ruhe lasse.«

»Hmm. Ja«, sagte Lynley. »Aber Barbara könnte bei GroupMeet ja auch eine Frau kennenlernen, oder? Also, falls sie sich für Frauen interessiert. Und wenn nicht, könnte sie eben einen Mann kennenlernen.« Oder sie könnte einen dreibeinigen Igel kennenlernen, dachte er bei sich. »Ich schätze, Sie haben einfach noch nicht das Richtige für sie gefunden.«

»Sie meinen also, ich soll weitermachen und bei Group-Meet nach Möglichkeiten suchen?«

Das meinte er ganz und gar nicht – vor allem konnte er sich Barbara nur schwer bei der Friedhofspflege vorstellen –, aber es tat ihm leid, Dees Hoffnungen und Enthusiasmus zu bremsen. Er sagte: »Vielleicht sollten Sie vorher versuchen festzustellen, für welche der angebotenen Aktivitäten Barbara sich interessiert.«

»Für gar keine, Sir.«

»Das scheint mir nicht zu stimmen. Sie tanzt doch immer noch, oder nicht?«

»Na ja. Ja. Aber ich glaube, das macht sie nur, weil wir hinterher immer zum Inder gehen. Sie betrachtet das Essen dort als eine Art Belohnung.«

»Na bitte«, sagte er.

»Wie meinen Sie das?«

»Sie braucht Belohnungen. Wie wir alle.«

»Also öfter zum Inder gehen?«

»Lieber nicht.« Die Aufzugstüren glitten auf. Er stieg ein und drückte die Taste für die Tiefgarage. Dann sagte er, bevor Dee auf die Idee kommen konnte, ebenfalls in den Aufzug zu steigen: »Ihnen fällt bestimmt etwas ein, Dee!«

Auf der Fahrt in Richtung Themse kurbelte Lynley alle Fenster herunter, um das bisschen Kühle abzubekommen, das vom Wasser herüberwehte. Er kam gut durch bis nach Chelsea, parkte in der Bramerton Street, und kurz darauf stand er schon vor dem Haus seines Freundes.

Auf sein Klingeln hin ertönte lautes Hundegebell – Peach veranstaltete ihr übliches Theater. Dann war Cotter zu hören, der versuchte, den Dackel zu beruhigen, aber das hatte noch nie viel Zweck gehabt.

Ein Riegel wurde zurückgeschoben, die Tür wurde geöffnet, und Peach kam herausgeschossen, um Lynleys Knöchel zu beschnüffeln. Nachdem sie festgestellt hatte, dass er in freundlicher Absicht kam, verschwand sie wieder im Haus.

»Dieser Dackel bringt mich noch um den Verstand«, bemerkte Joseph Cotter und hielt die Tür auf, um Lynley einzulassen.

»Peach ist besser als eine Alarmanlage«, entgegnete Lynley.

»Simon ist nicht da«, sagte Cotter. »Er musste zu einem Termin in Lambeth.«

»Ah. Es naht ein Prozess?«

»Naht nicht immer irgendein Prozess? Simon arbeitet doch ständig Tag und Nacht. – Aber Deborah ist auch nicht viel besser.«

534

»Ist sie hier? Eigentlich wollte ich nämlich sie sprechen«, sagte Lynley.

»Deb? Ja, sie ist oben. Ich kann sie bitten, ins Arbeitszimmer zu kommen. Sie ist gerade mit ihren Fotos beschäftigt.«

Lynley sagte, er wolle nicht, dass sie seinetwegen ihre Arbeit unterbrach, und ging nach oben. Mit seinem riesigen Oberlicht verfügte das Dachgeschoss über ideale Lichtverhältnisse, sowohl für Deborahs Arbeit an ihren Fotos als auch für Simons an seinen Gutachten über Beweismittel, die bei Gerichtsprozessen verwertet wurden oder auch nicht.

Deborah hatte auf einem Arbeitstisch mehrere Fotos ausgebreitet. Sie hatte ihr prächtiges rotes Haar zu kleinen Zöpfen geflochten – zweifellos wegen der Hitze – und trug Kopfhörer. Ihre Schultern bewegten sich im Rhythmus der Musik, der sie lauschte. Um sie nicht zu erschrecken, ging Lynley um den Tisch herum und blieb ihr gegenüber stehen. Offenbar hatte sie ihn bemerkt, blickte jedoch nicht auf, sondern hob eine Hand, um ihm zu bedeuten, dass sie noch einen Moment brauchte. Sie nahm zwei Fotos vom Tisch und ließ sie in eine große Fächermappe gleiten. Dann hob sie den Kopf. Sie wirkte überrascht und sah sich kurz um, so als rechnete sie damit, dass Simon auch heraufgekommen war. Dann nahm sie die Kopfhörer ab – Lynley hörte das kreischende Solo einer Rockgitarre – und schaltete die Musik aus.

»Was war *das* denn?«, fragte er.

Sie lachte. »Die Scorpions. ›Rock You Like a Hurricane‹. Aber ich weiß ja, dass du nicht auf Heavy Metal stehst, du Banause.«

»Daran wird sich auch nichts ändern. Das war ja wirklich furchtbar. Kriegst du davon keinen Hörschaden?«

»Wegen der Lautstärke?« Sie warf einen liebevollen Blick auf die Kopfhörer. »Normalerweise höre ich Musik nicht so laut. Aber ab und zu muss es einfach mal richtig rocken.«

»Warum? Löst sich durch die Vibrationen der Zahnstein von den Zähnen?«

Wieder lachte sie. »Ich glaube, Barbara würde meine Musik gefallen.«

»Aber nur wenn Buddy Holly aus dem Grab gestiegen ist und mitspielt.«

Sie winkte ab. »Simon ist nicht hier. Aber ich nehme an, das hat Dad dir schon gesagt.«

»Komme ich ungelegen?« Er zeigte auf die Fotos. Es schien sich um Porträts zu handeln, alle von derselben Frau, alle in einem Zimmer aufgenommen. Die Frau war schwarz, und in ihrem Blick lag eine gewisse Scheu. Sie saß vor einer Wand, an der afrikanische Kunst hing. Der Hintergrund war absichtlich unscharf gehalten, doch man konnte erkennen, dass es sich um Masken handelte. »Wer ist das?«, fragte Lynley.

»Sie heißt Leylo. Ich war neulich bei ihr, um ihr ein Porträt zu bringen, das ich vor einer Weile aufgenommen hatte. Aber sie hatte sich in der Zwischenzeit sehr verändert. Ich wollte den Kontrast einfangen und habe sie noch einmal fotografiert. Aber es fällt mir schwer zu entscheiden, welches Foto sich am besten eignet.«

»Wozu?«

»Zum Vergleich. Auf den ersten Fotos stand sie kurz vor ihrer Operation, und auf diesen hier hat sie sie hinter sich.«

»Was für eine Operation?«

»Hmm. Sie ist als kleines Mädchen verstümmelt worden, und sie hat den Schaden durch eine Operation rückgängig machen lassen.«

»Was für ein unglaublicher Zufall.« Lynley betrachtete die Fotos eins nach dem anderen.

»Wieso?«

»Teo Bontempi wollte sich auch einer solchen Operation

unterziehen.« Er nahm ein Foto vom Tisch. »Falls es dir bei deiner Entscheidung hilft – mir gefällt dieses hier am besten.«

»Findest du den Hintergrund nicht störend?«

»Ein bisschen.«

Sie seufzte. »Mist. Dabei habe ich extra eine besonders große Maske zur Seite gerückt.«

»Wer hat die Operation durchgeführt? Hat die Frau dir das gesagt?«

»Das brauchte sie nicht. Ich war bei der Operation anwesend. Die Chirurgin wollte kein Porträtfoto von sich, aber sie hat mir erlaubt, sie bei der Arbeit zu fotografieren, in voller OP-Montur. Leider sind diese Fotos überhaupt nichts geworden. Ich hätte sie überreden sollen, sich irgendwo anders fotografieren zu lassen.«

»Wie heißt die Chirurgin?«

»Philippa Weatherall.«

Lynley spürte, wie sich seine Nackenhaare sträubten.

»Bist du überrascht?«, fragte Deborah.

»Philippa Weatherall«, sagte Lynley langsam. »Auf diesen Namen sind wir gerade erst gestoßen.«

»Im Zusammenhang mit deinem Fall? Hat sie etwas damit zu tun?«

»Wenn, dann nur am Rande. Ich bin mir noch nicht sicher.« Gedankenverloren nahm er eine kleine Messingfigur vom Tisch, die als Briefbeschwerer diente, und spielte damit herum. Es war ein Krokodil.

»Das ist ein Goldgewicht«, sagte Deborah. »Leylo hat es mir zum Dank geschenkt, als ich ihr das Porträt gebracht habe. Ich hatte noch nie etwas von Goldgewichten gehört. Sie hat eine ganze Sammlung davon.«

»Ein Goldgewicht?«, fragte er.

»Die wurden früher zum Abwiegen von Gold benutzt«,

sagte sie. »Bevor es Geldscheine gab. Sie sehen alle unterschiedlich aus.«

Er stellte das Krokodil wieder ab. »Wie hast du Philippa Weatherall kennengelernt, Deb?«

»Narissa Cameron hat mir von ihr erzählt.« Sie erinnerte ihn an den Dokumentarfilm, den Narissa drehte, und an die Broschüre, die sie selbst für das Bildungsministerium erstellte, und erzählte ihm, dass Narissa die Chirurgin für ihren Film hatte interviewen wollen. Dann fragte sie: »Glaubst du, die Frau könnte irgendetwas mit Teo Bontempis Tod zu tun haben?«

»Nur insofern, als möglicherweise jemand Teo Bontempi ermordet hat, weil sie sich von ihr operieren lassen wollte.«

Deborah schob die Fotos zu einem Stapel zusammen. »Ich weiß von Dr. Weatherall, dass sie selbst auch fürchtet, Opfer einer Gewalttat zu werden.«

»Hat sie das näher erklärt?«

»Sie fürchtet Racheakte, hat sie gesagt. Von Ehemännern, Vätern, Brüdern, Angehörigen. Anscheinend wollen manche nicht, dass in irgendeiner Weise an dem Brauch der Beschneidung gerüttelt wird, auch nicht, indem Frauen geholfen wird, die davon betroffen sind.« Sie schaltete einen Ventilator aus, der die ganze Zeit vor sich hin gesummt hatte. »Wollen wir nach unten gehen? In Simons Arbeitszimmer ist es bestimmt ein bisschen kühler. Und wie ich meinen Vater kenne, hat er schon Tee für uns aufgesetzt.«

Im Arbeitszimmer stand das Fenster weit offen. Deborah schaltete einen Ventilator ein, der auf der Fensterbank stand, was jedoch nicht viel half. Sie setzte sich in einen der alten Ledersessel vor dem offenen Kamin, und Lynley nahm ihr gegenüber in dem anderen Platz.

Sie schaute ihn lange an. Plötzlich hatte er das absurde Bedürfnis, ihr Haar zu berühren, wie er es früher getan hatte.

Irgendetwas bleibt immer von der Leidenschaft, wenn man jemanden einmal geliebt hat, dachte er.

Sie schien zu spüren, was in ihm vorging, denn sie sagte hastig: »Erzähl mir von Daidre. Ist es dir gelungen, Sand ins Getriebe zu streuen?«

»Du kennst mich zu gut«, sagte er lächelnd.

»Ach Tommy, was hast du denn jetzt schon wieder angestellt?«

»Ich will zu viel Liebe. Das ist schon immer eine meiner Schwächen gewesen.«

»Wie kann das eine Schwäche sein? Liebe führt zu Ehrlichkeit, oder? Ich meine, Liebe kann man kaum verbergen.«

»Eben«, sagte er.

»Ach so. Verstehe. Du bist also aus Liebe allzu ehrlich? Hmm. Andererseits, wenn das deine einzige Schwäche ist, ist das immer noch besser, als eine Schwäche für … ich weiß nicht … für Schokoladentorte zu haben.«

»Es sei denn, das Objekt der Liebe ist Konditorin. Allerdings sieht es im Moment so aus, als wäre es mir gelungen, die Wogen wieder etwas zu glätten. Vorerst jedenfalls. Aber es wird bestimmt nicht lange dauern, bis ich's wieder vermassle.«

Im Flur waren Schritte zu hören, dann sagte Cotter: »Pass auf, dass sie dir nicht vor die Füße läuft. Das macht sie immer, wenn's was zu futtern gibt.«

Deborah warf Lynley einen Blick zu, dann stand sie auf und sagte: »Wir haben Besuch.« Im nächsten Augenblick erschien Cotter in der Tür, begleitet von einem schwarzen Mädchen, das ein Tablett mit Tassen und Tellern trug. Auf dem Tablett, das Cotter in Händen hielt, standen eine Teekanne und ein Teller mit Gebäck.

Lynley schaute erst das Mädchen an, dann Cotter, dann Deborah. Zum zweiten Mal an diesem Nachmittag spürte er, wie sich ihm die Nackenhaare sträubten.

»Tommy«, sagte Deborah, »darf ich vorstellen? Das ist Simi Bankole.«

»Bankole«, wiederholte er.

»Ja. Sie ist seit heute hier. Und sie wird eine Weile bei uns bleiben.«

12. AUGUST

BRIXTON
SOUTH LONDON

Monifa hatte unruhig geschlafen. Das heißt, eigentlich hatte sie überhaupt nicht schlafen können. Ihr ganzer Körper schmerzte, und sie machte sich schreckliche Sorgen um ihre Kinder.

Dabei ängstigte sie sich besonders um Tani. Er hatte Simi in Sicherheit gebracht, aber sie fürchtete, er könnte noch einmal nach Hause gehen, um nach ihr zu sehen oder um sie eine neue Schutzanordnung unterschreiben zu lassen. Und falls er zu Hause auf Abeo traf, stand das Schlimmste zu befürchten.

Sie hatte noch nicht einmal eine Möglichkeit, Tani zu erreichen, denn sie kannte seine Handynummer nicht. Wenn sie ihn anrief, brauchte sie normalerweise nur seinen Namen auf dem Display ihres Handys anzutippen. Aber ihr Handy lag zu Hause in der Küche, wo sie es liegen gelassen hatte, nachdem sie Abeo das Bügeleisen an den Kopf geknallt hatte und zu Halimah geflüchtet war.

Mühsam setzte sie sich auf, jede Bewegung tat ihr weh. Aber sie musste unbedingt aus dem Bett und sich auf die Suche nach ihren Kindern machen. Als sie sich umsah, stellte sie fest, dass ihre Kleider nicht mehr auf dem Stuhl lagen, wo sie sie abgelegt hatte. Dafür stand neben ihrem Bett eine Tasse Tee. Den hatte sicher Alice Nkata dorthin gestellt, allerdings schon vor einer ganzen Weile, denn der Tee war kalt. Was sollte sie tun? Im Zimmer bleiben, bis jemand kam? Nach jemandem rufen?

Dann entdeckte sie am Fußende des Betts einen leichten gelben Morgenmantel, passend zu dem Nachthemd, das Alice Nkata ihr geliehen hatte. Ebenso wie das Nachthemd war ihr der Morgenmantel zu lang, doch sie zog ihn dankbar über.

Neben der Zimmertür befand sich ein Wandschrank. Sie öffnete ihn und schaute hinein. Er enthielt einen Anzug, ein Paar auf Hochglanz polierte Schuhe, einen Krawattenhalter mit sieben Krawatten, vier weiße Hemden, ebenfalls auf Bügeln, zwei ordentlich gebügelte Jeans. Es sah aus wie in einem Kaufhaus.

Sie machte den Schrank wieder zu. Als sie die Zimmertür öffnete, hörte sie Alice Nkata sagen: »Also Benjamin, das Café wär jetzt das Beste, wenn du mich fragst.«

»Win sagt, wir müssen auf sie aufpassen«, sagte ein Mann.

»Aber ich wäre doch bei ihr, was soll ihr denn da passieren?«

»Stimmt schon«, sagte der Mann. »Aber hast du mit Win gesprochen? Das solltest du auf jeden Fall, bevor du eine Entscheidung triffst. Er kennt sich mit sowas besser aus als wir, Schatz.«

Monifa hatte Benjamin Nkata am Abend zuvor kennengelernt, als er nach Feierabend nach Hause gekommen war. Er war Busfahrer und fuhr einen der berühmten Doppeldeckerbusse, und zwar die Nummer 11, wie er ihr freundlich erklärt hatte. Normalerweise mache ihm sein Job Spaß, hatte er gesagt, aber in diesem Sommer nicht. Die Affenhitze sei einfach nicht zum Aushalten, und die stickige Luft im Bus mache selbst die gutmütigsten Fahrgäste übellaunig. Und dann erst die Touristen … die seien noch viel schlimmer. Sein

Bus sei jedenfalls immer voll mit Touristen, weil die Nummer 11 an praktisch jeder Touristenattraktion Londons vorbeifahre. Ständig müsse er sich Bemerkungen anhören wie »Typisch England, immer regnet's hier«, oder »Haben die hier noch nie was von Klimaanlagen gehört?«

Der Mann war Monifa von Anfang an sympathisch gewesen. Es gefiel ihr, wie er mit seiner Frau und seinem Sohn umging. Wie die drei zusammen lachten. Wie Benjamin Nkata sich für das köstliche Abendessen bedankt und freudig ausgerufen hatte, es sei sein Lieblingsgericht. Und wie, als Alice lachen musste, ihr Sohn bemerkt hatte: »Das sagt er jeden Abend, egal was sie kocht!«

»Ja«, hatte Benjamin erwidert, »aber sie kocht jeden Tag besser, und sobald ich ein Essen probiere, ist es mein Lieblingsgericht.«

Darüber hatte Alice geschmunzelt und zu ihrem Sohn gesagt: »Wenn du wissen willst, wie man eine Frau umgarnt, brauchst du nur deinem Vater zuzuhören.«

Monifa ging ins Bad und betrachtete sich im Spiegel. Ihr linkes Auge war immer noch fast zugeschwollen, und an der aufgeplatzten Lippe hatte sich eine Kruste gebildet. Sie wusch sich, so gut es ging, dann begab sie sich in die Küche.

»Ah, da sind Sie ja!«, wurde sie von Alice begrüßt.

»Haben Sie gut geschlafen, Mrs Bankole?«, fragte Benjamin. »Hat das Schmerzmittel geholfen?«

»Ein bisschen«, log Monifa. »Vielen Dank für Ihre Gastfreundschaft. Ich muss mich auch noch bei Ihrem Sohn bedanken.«

»Der ist schon zur Arbeit gefahren«, sagte Alice. »Er hat uns aufgetragen, gut auf Sie aufzupassen.«

»Wir sollen Ihnen sagen, dass Sie sich keine Sorgen zu machen brauchen«, fügte Benjamin hinzu. »Also, wenn Sie das schaffen. Es ist natürlich fast unmöglich, aber Sie können sich darauf verlassen, dass unser Win alles tun wird, damit Ihren Kindern nichts passiert.«

Monifa nickte, aber ihre Sorgen und Ängste konnten Benjamins Worte ihr nicht nehmen. So, wie sie ihren Sohn kannte, würde er nach Hause gehen, um nach ihr zu sehen. Und so, wie sie ihren Mann kannte, würde der ebenfalls nach Hause gehen, denn er würde nicht ruhen, bis er Simi gefunden hatte.

»Sie haben sich sicher schon gefragt, wo Ihre Kleider abgeblieben sind«, sagte Alice. »Sie liegen da auf der Klavierbank. Ich hab sie gestern Abend gewaschen und heute Morgen gebügelt.«

Monifa wusste nicht, was sie sagen sollte. Solchen Menschen war sie noch nie begegnet – Menschen, die eine Fremde, die man ihnen aufgenötigt hatte, wie einen Ehrengast behandelten. »Ich weiß gar nicht, wie ich Ihnen danken soll«, sagte sie.

»Och, da wüsste ich schon was«, sagte Benjamin. »Alice sagt, Sie sind eine ausgezeichnete Köchin.«

Ehe Monifa darauf antworten konnte, sagte Alice: »Wir würden uns sehr freuen, wenn Sie was Afrikanisches für uns kochen könnten, Monifa. Das wäre uns Dank genug. Schreiben Sie einfach auf einen Zettel, was Sie brauchen, dann kann Benjamin einkaufen, bevor er zur Arbeit geht. Ich hab schon eine Kollegin gebeten, mich heute im Café zu vertreten, weil ich Ihnen beim Kochen zusehen möchte.«

Monifa wusste, dass Alice von ihrem Sohn den Auftrag hatte, auf sie aufzupassen und dafür zu sorgen, dass sie in Brixton blieb. Sie meinten es gut, alle drei. Sie fragte sich nur, wie sie sie daran hindern wollten, sich auf den Weg zu machen, falls sie in Erfahrung brachte, wo ihre Kinder waren. Aber zunächst einmal fügte sie sich in die Situation.

WESTMINSTER
CENTRAL LONDON

Es war nicht das, was Lynley hatte hören wollen: »Leider kann ich Ihren Anruf gerade nicht persönlich entgegennehmen. Bitte hinterlassen Sie eine Nachricht nach dem Piep.« Er war der Bitte am Abend zuvor nachgekommen in der Annahme, dass Daidre im Zoo aufgehalten worden war, weil es ein Problem mit einem der größeren Tiere gab. Aber jetzt? So früh am Morgen? Musste er sich Sorgen machen? Er zog in Erwägung, nach Belsize Park zu fahren. Nachdem er jedoch den beschlagenen Badezimmerspiegel abgewischt und sich rasiert hatte, entschied er sich dagegen. Wenn sie wirklich wegen eines Notfalls im Zoo erst spät nach Hause gekommen war und sich jetzt ordentlich ausschlafen wollte, würde sie nicht begeistert sein, wenn er in aller Herrgottsfrühe bei ihr auftauchte.

Und dennoch… Irgendetwas stimmte nicht in Daidres Leben. Sie hatte Andeutungen gemacht, und er hatte es an ihrer Mimik und ihrer Körpersprache gemerkt. Vermutlich würde sie ihm alles erzählen, wenn sie so weit war, sagte er sich. Die Frage war nur: Wann würde sie so weit sein? Nicht so bald, das war ihm klar.

Er hatte ihr eine Nachricht hinterlassen: »Anscheinend kommen wir im Moment beide spät ins Bett. Ruf mich an, wenn du kannst. Falls ich…« Er unterbrach sich kurz, denn er wusste genau, wie sie reagieren würde, wenn er sagte: *Falls ich irgendetwas für dich tun kann*, deswegen beendete er den Satz lieber mit: »…nicht rangehen kann, rufe ich später zurück.«

Dann hatte er sich ein reichhaltiges Frühstück einverleibt in dem Wissen, dass es bis zum späten Abend seine letzte Mahlzeit für den Tag sein würde. Im *Guardian* sah

545

er einen kurzen Artikel über eine Scotland-Yard-Ermittlung zum plötzlichen Tod einer Polizistin namens DS Teodora Bontempi, Ermittlerin bei der Metropolitan Police. »Verdammt!«, murmelte er, denn dieser kurze Artikel würde nicht nur weitere Presseberichte nach sich ziehen, sondern auch David Hillier auf den Plan rufen, der einen Lagebericht verlangte, und Hillier war der Letzte, mit dem Lynley zu reden wünschte.

Seit die zusätzlichen DCs zum Team gehörten, war der Raum zu klein für eine Teambesprechung, weshalb man die Weißtafel in einen größeren Raum gestellt hatte. Jetzt saßen alle in einem Halbkreis vor der Tafel, an der ganz oben ein Foto von Teo Bontempi in einer Uniform hing, wie sie alle Constables zu Beginn ihrer Laufbahn trugen. Sie blickte ernst in die Kamera, als wäre sie sich der Verantwortung bewusst, die der Beruf der Polizistin mit sich brachte. Aber man sah ihr auch an, wie sehr sie ihre Aufgabe mit Stolz erfüllte.

Unter dem Foto waren drei Spalten eingerichtet, um die verschiedenen Aktivitäten zu dokumentieren. In der ersten Spalte waren die Informationen über die Aufnahmen der verschiedenen Sicherheitskameras aufgeführt – sowohl aus den Kameras des Gebäudes, wo sie gewohnt hatte, als auch aus denen der verschiedenen Geschäfte entlang der Streatham High Road. In der zweiten Spalte waren Fotos derjenigen Personen zu sehen, die die Tote gekannt und gewusst hatten, wo sie wohnte. Diese Fotos waren in der Nachbarschaft herumgezeigt worden, und die Ergebnisse waren ebenfalls in der Spalte notiert. In der dritten Spalte waren die Autos aufgeführt, die um die Tatzeit herum in der Nähe des Tatorts gesichtet worden waren, ebenso die Namen der Fahrzeughalter.

»Wo stehen wir?«, fragte Lynley, nahm seine Lesebrille aus

der Brusttasche und begann, die Fotos an der Weißtafel eingehend zu betrachten.

»Die Kollegen«, sagte Barbara, womit sie die DCs meinte, »haben gestern die Fotos im Gebäude rumgezeigt, Sir. Ross Carver wurde erkannt, was nicht weiter überrascht, da der ja während seiner Ehe mit Teo im Gebäude gewohnt hat und jetzt wieder da einzieht. Auch Rosie wurde erkannt, ebenso Mark Phinney – wir haben das Foto aus seinem Polizeiausweis benutzt. Aber auf den restlichen Standbildern wurde sonst niemand erkannt, was bedeuten könnte, dass sonst niemand im Gebäude gewesen ist.«

»Oder dass niemand die Person gesehen hat«, wandte einer der DCs ein.

»Oder dass die Person auf andere Weise ins Gebäude gelangt ist«, sagte ein anderer.

»Stimmt«, sagte Barbara. »Der einzige andere Zugang zum Gebäude ist der Notausgang auf der Rückseite. Aber da gibt's keine Überwachungskamera.«

»Der Notausgang ist übrigens nicht gesichert«, merkte Nkata an. »Es wird kein Alarm ausgelöst, wenn man die Tür öffnet.«

»Könnte der Mörder auf diesem Weg entkommen sein?«, fragte Lynley.

Allgemeines zustimmendes Geraune ertönte.

»Wurde irgendetwas auf ihrem Computer gefunden, Winston?«, fragte Lynley.

»Die Forensiker lassen sich alles einzeln aus der Nase ziehen, Sir. Aber ein paar Einzelheiten hab ich schon.« Er nahm einen Ordner von seinem Schreibtisch und klappte ihn auf. »Wir haben den E-Mail-Verkehr zwischen ihr und ihren Kollegen, vor allem zwischen ihr und der Frau, die ihre Stelle übernommen hat.«

»DS Jade Hopwood«, sagte Lynley.

»Genau. Außerdem E-Mails an und von Mark Phinney...
nichts Persönliches...«

»Das schlüpfrige Zeug ist auf den Smartphones«, bemerkte Barbara.

»...nur Dienstanweisungen. Dann gibt es noch E-Mails
zwischen ihr und Ross Carver, ihrer Mutter, ihrem Vater und
ihrer Schwester. Hauptsächlich alltägliches Zeug. Aber eine
E-Mail an die Schwester ist interessant: Teo fragt, ob Rosie
sie ›wegen einer kleinen OP‹ zu einer Praxis bringen und
hinterher wieder nach Hause fahren kann. Rosie schreibt,
dass sie das erst noch im Job klären muss, und fragt, um was
für eine OP es denn geht, aber darauf hat Teo nicht geantwortet.«

»Vielleicht hat sie ja jemand anderen gefunden, der bereit
war, sie zu fahren«, meinte Lynley.

»Oder sie hat's sich anders überlegt«, sagte Nkata. »Oder
sie wollte nicht, dass Rosie erfährt, um was für 'ne OP es sich
handelt.«

»Oder sie hat eins über den Schädel gekriegt, bevor sie
weiter planen konnte«, meinte Barbara.

»Ja, auch möglich«, sagte Nkata und fuhr mit seinem Bericht fort. »Wie wir alle hat sie im Internet recherchiert, und
zwar über alles Mögliche, von potenziellen Reisezielen –
Island und die Antarktis, ausgerechnet – bis hin zu Pflege-
tipps für Bonsais. Aber sie hat auch nach Anti-FGM-Seiten
und Anti-FGM-Gruppen gesucht und nach Informationen
über rekonstruktive Genitalchirurgie. Auf der Suche nach
Letzterem ist sie auf der Webseite eines Franzosen namens
Ignace Severin gelandet. Darüber kann ich aber noch nichts
Genaues sagen, weil alles auf Französisch ist. Außerdem hat
sie über Philippa Weatherall recherchiert.«

»Na ja, find ich nachvollziehbar, wenn sie sich bei der unters Messer legen wollte«, bemerkte Barbara.

»Was haben wir über Mercy Hart?«, wollte Lynley von den Constables wissen.

Eine der Frauen antwortete: »Die Kollegen vom örtlichen Revier haben heute Morgen angerufen, Sir. Mercy Hart ist noch immer unter der Adresse in Stanford wohnhaft. Ich hab den Kollegen gesagt, dass jemand von uns vorbeikommen wird, um mit der Frau zu reden.«

»Wenn irgendeiner ein Motiv hatte«, meldete sich ein anderer Constable zu Wort, »dann ist es meiner Meinung nach diese Frau. Immerhin hat Teo Bontempi ihr die Praxis dichtgemacht.«

»Aber sie kann jederzeit in jedem anderen Stadtteil 'ne neue Praxis aufmachen«, sagte Barbara. Dann wandte sie sich an Lynley. »Sie hat ihren ganzen Kram bei so 'ner Firma eingelagert, das haben uns die Möbelpacker erzählt. Wenn sich die Wogen geglättet haben, braucht sie das Zeug nur da wieder rauszuholen.«

»Stimmt«, sagte Nkata. »Aber dann hat sie erst recht ein Motiv, find ich. Wenn Teo Bontempi ihr einmal den Laden dichtgemacht hat, was soll sie daran hindern, das noch mal zu machen? Und noch mal und noch mal? Aber Mercy ist aus dem Schneider, wenn Monifa Bankole keine Aussage macht, was in der Praxis vor sich ging.«

»Hast du deinen berühmten Charme noch nicht spielen lassen?«, fragte Barbara.

»Doch, aber ich kann auch keine Wunder bewirken, Barb«, erwiderte Nkata.

»Vielleicht haben wir etwas, womit wir sie motivieren können«, sagte Lynley. »Aber dazu später.«

Dann verteilte er die Aufgaben für den Tag: Barbara sollte noch einmal mit Rosie sprechen und Nkata ihn nach Stratford begleiten, um mit Mercy Hart zu reden. Die anderen sollten herausfinden, wo Mercy Hart ihre Habseligkeiten eingelagert hatte, feststellen, ob sich der Eigentümer des Gebäudes, in dem die Praxis gewesen war, ermitteln ließ, und sich Teo Bontempis Patientenakte noch einmal vornehmen, ob es da irgendetwas Auffälliges gab.

»Noch«, sagte er abschließend, »schließen wir niemanden als Tatverdächtigen aus.«

CHELSEA
SOUTH-WEST LONDON

Solange es Leckerli gab, war Peach damit zufrieden, zu Deborahs Füßen zu sitzen anstatt in der Küche, wo sie darauf hoffen konnte, dass hin und wieder ein Stück Speck für sie abfiel. Deborah und die Dackeldame saßen auf den Stufen vor Deborahs ehemaligem Kinderzimmer, in dem Simisola einquartiert war. Deborah hatte ihr aus Grimms Märchen vorgelesen, und nach dem vierten war das Mädchen endlich eingeschlafen.

Simisola und Tanimola Bankole unter ihren Schutz zu nehmen war gar nicht so einfach gewesen – und das nicht nur, weil Zawadi sie nicht in die Obhut von Weißen geben wollte, sondern auch, weil Tani von niemandem beschützt werden wollte. Am Ende hatte Zawadi nur nachgegeben, weil Narissa sich eingeschaltet und ungehalten gesagt hatte: »Komm endlich zur Vernunft, Zawadi. Wenn Deborah genug Platz hat, warum sollen sie dann nicht bei ihr untergebracht werden?«

Als Zawadi schwieg, hatte Deborah gesagt: »Im Moment sind wir nur zu dritt im Haus. Wir haben zwei Gästezimmer, in denen die Verwandten meines Mannes wohnen, wenn sie in die Stadt kommen, womit bei diesem Wetter nicht zu rechnen ist. Und wir brauchen den Platz nicht.«

»Sie haben selbst gesagt, dass Sie Ihrem Vater und Ihrem Mann nicht trauen. Ich bin nicht bereit, die beiden Leuten anzuvertrauen, die ...«

»Da brauchen Sie sich keine Sorgen zu machen«, war Deborah ihr ins Wort gefallen. »Ein Blick auf Tani, und sie werden auf unserer Seite sein, glauben Sie mir.« Im Gegensatz zu Sophie, fuhr sie fort, die zu ihrer Familie nach Hause gehen könne, sei die elterliche Wohnung für Tani und Simisola zu gefährlich. Und da zurzeit keine Gastfamilien zur Verfügung standen, wie Zawadi selbst erklärt hatte ...

Daraufhin hatte Tani gesagt, er brauche keine Unterkunft, denn er habe die Absicht, auf schnellstem Weg nach Hause zu gehen. Zawadi war der Ansicht gewesen, dass das der reine Wahnsinn sei, und Sophie hatte ihr zugestimmt. Am Ende hatte Tani nur nachgegeben, weil Simisola sich wie eine Ertrinkende an ihn geklammert hatte. Das Mädchen ließ sich nicht von seinem Bruder trennen, was man ihr nicht verdenken konnte. Und so hatte Zawadi am Ende zugelassen, dass Deborah die beiden mitnahm.

Deborah hatte sich von Sophie verabschiedet und die Geschwister in ihr Auto bugsiert. Auf der ganzen Fahrt hatte Simisola die Hand ihres Bruders nicht losgelassen, während dieser mit finsterer Miene seinen Ärger darüber zum Ausdruck brachte, dass seine Pläne durchkreuzt worden waren – wie auch immer die ausgesehen hatten.

Auf dem Weg nach Chelsea war Deborah bei einer Notfallambulanz vorbeigefahren, weil sie fürchtete, dass Tani eine Gehirnerschütterung davongetragen hatte. Während er untersucht wurde, hatte sie für alle Limo gekauft und sich mit Simisola ins Wartezimmer gesetzt. Es war sehr schwer gewesen, dem Mädchen auch nur ein paar Worte zu entlocken, und erst als Peach sie schwanzwedelnd an der Tür begrüßte, hatte Simisola zum ersten Mal gelächelt.

Von da an hatte das Mädchen sich entspannt. Tani hatte keine Gehirnerschütterung, es gab einen Dackel, mit dem sie spielen konnte, und eine Katze, die sich vielleicht auch noch erweichen lassen würde, und alles schien in bester Ordnung zu sein, bis Tani erklärt hatte, er müsse sich auf den Weg machen.

Simisola war sofort in Tränen ausgebrochen und hatte ausgerufen: »Nein, nein! Wo willst du denn hin?«

»Ich will doch nur mal kurz zu Sophie, Squeak. Und ich muss nach Mum sehen. Ich muss sie von zu Hause rausholen. Außerdem muss ich unsere Reisepässe holen, vor allem deinen. Morgen bin ich wieder zurück. Heute schlaf ich bei Sophie, das liegt näher bei unserer Wohnung, dann kann ich morgen früh kurz rüberlaufen und alles erledigen. Ich bin schneller wieder hier, als du denkst.«

Trotzdem hatte Simisola ihn nicht gehen lassen wollen. Auch die anderen hatten versucht, ihn aufzuhalten. Simon hatte gemeint, er solle das alles lieber der Polizei überlassen. Als Tani sich jedoch nicht von seinen Plänen abbringen lassen wollte, hatte Deborahs Vater sich Tanis Handy geben lassen, eine Nummer eingespeichert und ihm eingeschärft, die Anruftaste zu drücken, falls irgendetwas schiefging. »Gib uns die Adresse«, hatte Simon gesagt, und Cotter hatte hinzugefügt: »Falls du dich meldest, verständigen wir die Polizei. Und nicht zögern, die Taste zu drücken, okay? Versuch ja nicht, irgendwas auf eigene Faust zu regeln, wofür du nicht zuständig bist. Verstanden?« Tani hatte hoch und heilig versprochen, sich an alle Anweisungen zu halten, und war losgezogen. Jetzt konnte Deborah nur hoffen, dass er sein Versprechen halten würde.

Schließlich ging die Tür auf, und Simisola lugte aus dem Zimmer. Als sie Peach erblickte, lächelte sie, sodass die kleine Lücke zwischen ihren Schneidezähnen zum Vorschein kam, und Peach wedelte freudig mit dem Schwanz. Deborah stand auf.

»Peach wollte nicht unten bleiben. Sie hat dich überall gesucht. Du musst ihr den Kopf tätscheln oder die Ohren kraulen, sonst wird sie unausstehlich. Machst du das?«

»Ja klar!« Simisola kniete sich auf den Boden und kraulte dem Dackel die langen Ohren.

STRATFORD
GREATER LONDON

»Sie ist bei den St. James«, sagte Lynley. »Deborah war zufällig bei Orchid House, als das Mädchen dorthin gebracht wurde. Ich habe sie gestern Nachmittag besucht. Wenn das Mädchen also in Sicherheit gebracht wurde, müssen wir, was die Absichten der Eltern angeht, vom Schlimmsten ausgehen. Sie ist jedenfalls noch nicht außer Gefahr.«

»Das heißt, wenn Mrs Bankole fragt, hab ich keine Ahnung, wo Simisola ist«, sagte Nkata. »Sie macht sich tierische Sorgen, Chef. Und zwar nicht nur um ihre Tochter, sondern auch um ihren Sohn.«

»Ja, das glaube ich gern. Aber solange das Thema FGM für die Kleine nicht vom Tisch ist, können wir daran nichts ändern.«

»Kann ich ihr wenigstens sagen, dass man sie vor ihrem Vater in Sicherheit gebracht hat?«

Lynley schaute ihn an. Es würde immer eine gewisse Kluft zwischen ihnen bestehen bleiben, die ihrer unterschiedlichen Herkunft und ihrem unterschiedlichen Werdegang innerhalb der Metropolitan Police geschuldet war. »Das überlasse ich Ihrem Urteil, Winston«, sagte er.

Nkata nickte. »Danke, Chef.«

Sie waren auf dem Weg zu Mercy Hart. Sie wohnte in der Rokeby Street, die von unscheinbaren Reihenhäusern mit Backsteinfassaden und Fertigdächern mit Dachpfannenoptik gesäumt war. Hinter dem niedrigen Mäuerchen, das den Vorgarten vor Mercy Harts Haus einfasste, wuchs eine Buchsbaumhecke, die dringend geschnitten werden musste. Im Vorgarten lag ein Plastikdreirad, und auf einem kleinen roten Kinderstuhl stand eine Konservendose, die offenbar als Aschenbecher diente und mit Kippen überquoll.

Ein winziger verglaster Vorbau, der irgendwann an das Haus angebaut worden war, schien frisch gestrichen. Neben der Haustür standen vier Paar Gummistiefel und ein schmiedeeiserner Schirmständer mit mehreren Schirmen. Lynley klopfte an die Haustür, und als nichts passierte, drückte er auf die Klingel. Eine hübsche junge Frau öffnete. Ihr schwarzes Haar war zu Dutzenden winziger Zöpfchen geflochten, die ihr bis an die Schulterblätter reichten, und sie trug an den Knien aufgeschnittene Jeans und ein grünes, ärmelloses T-Shirt. Je zwei silberne Creolen baumelten an ihren Ohren, in einem Nasenflügel steckte ein Silberring, und auf der Hüfte balancierte sie ein Kleinkind.

Lynley fragte: »Mercy Hart?«

»Nein«, sagte die junge Frau. »Ich bin Keisha.« Dann drehte sie sich um und rief in das schmale Treppenhaus: »Mum! Besuch für dich!« Als sie sich ihnen wieder zuwandte, lächelte sie liebenswürdig – in Nkatas Richtung, wie Lynley meinte – und sagte mit gesenkten Augenlidern: »Sorry. Ich kann Sie nicht reinlassen. Meine Mutter macht hier die Regeln. Warten Sie einen Moment.« Dann schloss sie die Tür. Von drinnen waren Kinderstimmen und das Klappern von Spielsachen auf dem Linoleumboden zu hören.

In der Nähe ließ jemand den Motor seines Motorrads aufheulen, und ein Hund begann zu bellen. Ein Zug ratterte in Richtung Zentrum. Offenbar führten Eisenbahnschienen hinter den Reihenhäusern vorbei, allerdings hatten sie auf der Suche nach der Rokeby Street keinen Bahnhof gesehen.

Die Haustür ging auf, und vor ihnen stand eine Frau, die nicht viel älter wirkte als Keisha. Lynley sagte: »Mercy Hart?« Und als sie seine Frage bejahte, überlegte er flüchtig, ob sie wohl in einen Jungbrunnen gefallen war oder ihr erstes Kind im Kindesalter bekommen hatte. Er zeigte ihr seinen Ausweis, dann stellte er sich und Nkata vor. »Scotland Yard«, fügte er hinzu. »Können wir Sie kurz sprechen?«

Mercy Hart ergriff den Türknauf und versperrte auf diese Weise den Weg. »Worüber?«

»Über die Praxis für Frauenheilkunde in der Kingsland High Street, die gerade geschlossen wurde.«

»Ich weiß nichts über eine Praxis in der Kingsland High Street.«

Lynley nickte. »Als Mercy Hart ist das nachvollziehbar. Aber als Easter Lange dürften Sie eine Menge über diese Praxis wissen. Wir haben uns übrigens mit Ihrer Tante unterhalten. Dürfen wir reinkommen?«

Mercys Augen wurden schmal, doch sie trat von der Tür weg. Sie ging jedoch nur in den Hausflur, nahm eine Schachtel Zigaretten aus der Hosentasche und setzte sich in halber Höhe auf die Treppe, die in den ersten Stock führte. Über ihr hingen etwa ein Dutzend hübsch gerahmte Familienfotos. Lynley und Nkata blieben im Flur stehen. Mercy zündete sich eine Zigarette an, nahm einen tiefen Zug und wartete.

»In der Praxis, die ich eben erwähnt habe, arbeitete eine Frau namens Easter Lange«, sagte Lynley. »Sie wurde verhaftet und von der Polizei vernommen. Zusammen mit ihr wurde eine Frau namens Monifa Bankole festgenommen, die

Sie vermutlich als Easter Lange identifizieren wird, wenn wir ihr ein Foto von Ihnen zeigen.«

Mercy hörte zu, ohne die Miene zu verziehen. »Ich habe nur ihren Namen benutzt, das ist alles. Mehr hab ich ihr nicht weggenommen.«

Nkata blickte von seinem Notizblock auf. »Wollen Sie damit sagen, dass Sie Easter Langes Identität für nichts anderes benutzt haben?«

»Ich habe nur den Namen benutzt. Was hat sie Ihnen denn erzählt? Dass ich ihr Bankkonto leergeräumt hätte? Dass ich unter ihrem Namen eine Kreditkarte beantragt hätte?« Mercy lachte kurz auf. »Wohl kaum.«

»Warum haben Sie die Praxis nicht unter Ihrem eigenen Namen betrieben?«

»Mein Name hat mir noch nie gefallen. Ihren fand ich einfach schöner.«

Damit hatte sie zugegeben, dass sie die Praxisinhaberin gewesen war; das hatte nicht viel Mühe gekostet. Lynley überlegte, was sie sonst noch zugeben würde, wenn sie ihre Fragen nur klug genug formulierten. »Ist es nicht wahrscheinlicher, dass Sie den Namen ›Mercy Hart‹ nicht benutzt haben, um sich für den Fall zu schützen, dass die Behörden Ihre Praxis schließen?«, fragte er.

»Ich hab keinen Grund, mich vor den Behörden zu fürchten.«

»Ah.« Lynley tat es Nkata nach, der sich ihm gegenüber an die Wand gelehnt hatte. »Auf jeden Fall ist einiges verdächtig an Ihrer Praxis. Bei den Namen in Ihren Patientenakten handelt es sich um Fantasienamen. In Ihrem Terminkalender stehen dagegen die Namen von sehr realen Frauen und deren Töchtern, aber diese Frauen haben alle einen guten Grund, nicht mit der Polizei zu sprechen. Meistens ist es ziemlich schwierig, an jedes einzelne Detail zu denken.

Leider haben Sie beim Ausräumen Ihrer Praxis in der Kingsland High Street ein Detail übersehen: Wir haben Ihren Terminkalender.«

Sie sagte nichts. Es gelang ihr, sich ziemlich entspannt zu geben. Offenbar wartete sie auf weitere Informationen.

»Monifa Bankole«, sagte Nkata, »wollte ihre Tochter von Ihnen beschneiden lassen und hatte bereits eine Anzahlung geleistet. Aber ihrem Mann war die OP zu teuer, und er hat ihr befohlen, das Geld zurückzuverlangen. Aus diesem Grund war sie in der Praxis, als unsere Kollegen Sie beide festgenommen haben.«

»Dazu sage ich nichts. Ich habe mir nichts zuschulden kommen lassen. Ich habe niemandem etwas zuleide getan, auch nicht dieser ... dieser Monifa Bankole.«

»Aber jemand hat Ihnen großen Schaden zugefügt«, sagte Lynley. »Nämlich Teo Bontempi. Sie hat die Durchsuchung Ihrer Praxis veranlasst und ist für alle darauffolgenden Unannehmlichkeiten verantwortlich.«

»Teo wer? Ich kenne keine Teo.«

Die Aschenspitze an ihrer Zigarette wurde immer länger. Lynley fragte sich, was Mercy tun würde, wenn sie abzufallen drohte. »Sie nannte sich Adaku Obiaka. Sie war in Ihrer Praxis, um einen Termin zu vereinbaren. Aber sie war in Wirklichkeit Polizistin, und sie hat gegen Sie ermittelt.«

Mercy rührte sich nicht. Lynley wartete. Nkata veränderte seine Position und lehnte sich mit der Schulter an die Wand. Notizheft und Druckbleistift in den Händen schaute er Mercy erwartungsvoll an. Während das Schweigen andauerte, waren Kinderstimmen aus dem Garten zu hören. Ein Kind rief: »Ich wär die Mutter! Keisha, sag ihr, dass ich die Mutter wär. Sie ist doch sowieso noch viel zu klein dafür!«

Schließlich sagte Lynley: »Teo Bontempi hat Sie Ihrer Existenzgrundlage beraubt, richtig? Die Kollegen in Stoke

Newington mussten Sie zwar wieder laufen lassen, aber jetzt hatten sie Sie auf dem Radar. Und schlimmer noch, jetzt hatte die Sonderkommission, bei der Teo Bontempi arbeitete, Sie im Visier, eine Spezialeinheit, die gegen FGM vorgeht, die sowohl Eltern, die ihre Töchter beschneiden lassen, als auch Personen, die solche Verstümmelungen vornehmen, hinter Gitter bringt. Haben Sie Teo Bontempi auf der Straße gesehen, als Ihre Praxis durchsucht wurde, Mrs Hart? Haben Sie herausgefunden, dass Sie den ganzen Ärger ihr zu verdanken hatten?«

»Kein Kommentar«, antwortete Mercy. Sie stand auf, kam die Treppe herunter, öffnete die Haustür und die Tür des Vorbaus. »Sie können jetzt gehen«, sagte sie, und als wollte sie ihnen zeigen, in welche Richtung sie gehen konnten, warf sie ihre Kippe auf die Straße.

Lynley trat nach draußen, und Nkata folgte ihm. Als Mercy gerade die Tür schließen wollte, fragte Lynley: »Nur so aus Neugier: Wo haben Sie eigentlich Medizin studiert, Mrs Hart?«

»Kein Kommentar«, lautete auch diesmal ihre Antwort. Dann versuchte sie, die Tür zu schließen, doch Lynley hinderte sie daran.

»Sind Sie sich auch ganz sicher, dass Sie keinen Kommentar abgeben wollen?«, fragte er, und als sie nicht antwortete, fuhr er fort: »Das ist wirklich jammerschade. Winston, würden Sie bitte…?«

Nkata nickte. »Sie sind verhaftet, Mrs Hart«, sagte er und las ihr ihre Rechte vor.

»Sie können mich nicht verhaften, ich hab nichts verbrochen!«, rief Mercy aus. »Nichts! Gar nichts!«

»Mädchen zu verstümmeln ist nicht nichts«, widersprach Lynley.

»Das hab ich nicht gemacht! Niemals!«

»Und medizinische Handlungen jeglicher Art durchzuführen ohne ärztliche Ausbildung ist ebenso wenig nichts.«

»Habe ich nie gemacht!«

»Soweit ich weiß, gilt der Mord an einer Polizistin auch nicht als nichts«, sagte Nkata. »Und so wie's aussieht, kriegen wir Sie auch dafür dran.«

HAMPSTEAD HEATH
NORTH LONDON

Barbara Havers musste feststellen, dass es nicht so glattlaufen würde wie erwartet. Nkata hatte sich vor Selfridges in der Oxford Street mit Rosie getroffen, aber dieses Glück war Barbara nicht beschieden. Als sie Rosie angerufen hatte, hatte die ihr erklärt, sie habe heute ihren freien Tag. Wenn Barbara unbedingt mit ihr sprechen wolle, müsse sie also schon nach Hampstead kommen. Sie mache gerade einen Spaziergang durch den Hampstead Heath, und sie könnten sich gern am Ladies' Pond treffen, einem Badesee, wo sie zu schwimmen beabsichtige. Sie hatte Barbara nahegelegt, Schwimmzeug mitzubringen und ebenfalls ins kühle Nass zu springen, das sei sehr erfrischend bei der Hitze.

Sich in einen Badeanzug zu zwängen und in einem See zu plantschen stand so ziemlich an unterster Stelle auf Barbaras Bucket List. Sie teilte Rosie mit, dass sie sich gern an dem Teich treffen könnten, ihr Gespräch jedoch an Land würden führen müssen. Als Rosie sich enttäuscht zeigte, wies Barbara sie darauf hin, dass sie sich beim Schwimmen schwerlich Notizen machen konnte.

Barbara hatte nicht die Absicht, auf der Suche nach einem Badesee durch den weitläufigen Park zu wandern. Ein Blick auf den Stadtplan zeigte ihr, dass der Ladies' Pond am nordöstlichen Rand des Parks lag und zu Fuß gut zu erreichen war, wenn sie an der Ecke Fitzroy Park und Millfield Lane parkte.

Die Verkehrslage war erträglich, und sie kam gut durch, allerdings musste sie ihren Mini im Parkverbot abstellen – aber wozu hatte man schließlich eine Polizeiplakette?

Sie hatte nicht damit gerechnet, zu dieser Tageszeit vielen Leuten zu begegnen, aber im Park war mehr los, als sie gedacht hatte. Familien saßen auf der Wiese auf Picknickdecken, auf einer anderen Wiese wurde Fußball gespielt. Sonnenanbeter lagen auf Liegestühlen oder auf Decken, die sie auf dem vertrockneten Rasen ausgebreitet hatten. Zwei junge Männer spielten Frisbee (was die Leute daran fanden, hatte Barbara noch nie verstanden), und auf den Wegen gingen mit Sonnenhüten und Sonnenbrillen bewehrte ältere Leute spazieren. Barbara entdeckte sogar einen Vogelbeobachter, der allerdings, wenn sie es sich recht überlegte, seinem Hobby verdächtig nahe am Ladies' Pond nachging.

Der Badesee lag hinter einer Reihe halb vertrockneter Sträucher, und die Bäume in der Umgebung sahen auch reichlich bemitleidenswert aus. Als Barbara sich näherte, sah sie, dass es im Wasser nur so von Badenixen wimmelte. Sämtliche Liegestühle waren belegt, und junge Mädchen, die mit nichts weiter als drei kleinen Stoffdreiecken bekleidet waren, hüpften vom Sprungbrett oder drückten sich kichernd und plappernd vor den Umkleidekabinen herum.

Unter anderen Umständen hätte Barbara es vielleicht schwer gehabt, Rosie Bontempi in dem Trubel ausfindig zu machen, aber da Hampstead eine ziemlich vornehme Gegend war, waren die Badenden fast ausschließlich Weiße. Schon bald entdeckte sie Rosie, die sich in einem aufblasbaren Sessel auf dem Wasser treiben ließ. Rosie sah Barbara fast gleichzeitig und winkte ihr träge. Dann ließ sie sich ins Wasser gleiten und schwamm ans Ufer, wobei sie den Sessel hinter sich herzog. Wie Venus aus der Muschel stieg sie aus dem Wasser, bekleidet mit einem gelben Bikini mit hellblauen Punkten. Es war Barbara beinahe peinlich, dass sie ein gelbes T-Shirt mit hellblauem Aufdruck trug, der verkündete: *Wer mich unterschätzt, wird schon sehen, was er davon hat!* Sie konnte nur hoffen, dass niemand aus dem unfreiwilligen Partnerlook falsche Schlüsse zog.

Rosie war taktvoll genug, um keine Bemerkung dazu zu machen. »Ist es nicht großartig hier? Sie hätten wirklich einen Badeanzug mitbringen sollen!«

»Gott, was ich schon alles hätte tun sollen«, antwortete Barbara. »Wo können wir uns unterhalten?«

Rosie hob Schultern und Brauen, als wollte sie sagen: *Das fragen Sie mich?*, sah sich jedoch pflichtschuldigst um und zeigte dann auf einen Goldregen, an dem tatsächlich noch zwei oder drei gelbe Dolden hingen. Auf dem Weg dorthin drückte Rosie Barbara den aufblasbaren Sessel in die Hand und hob ein Handtuch und einen Beutel vom Boden auf. »Ich hoffe, dass das nicht allzu lange dauert, Sergeant, ich bin nämlich mit meiner Mutter zum Mittagessen verabredet. Außerdem weiß ich sowieso nicht, was ich Ihnen noch sagen soll.«

Da würde mir 'ne Menge einfallen, dachte Barbara. Sie packte sich den Sessel auf die Hüfte und sagte betont lässig: »Keine Sorge, es ist so schnell vorbei wie der englische Sommer.« Andererseits, in Anbetracht der Hitzewelle, unter der das Land seit zwei Monaten ächzte, konnte der Spruch durchaus irreführend sein.

Bei dem Baum angekommen ließ Barbara den Sessel fallen. Rosie setzte sich darauf, aber so, dass genug Platz für Barbara blieb. »Sie sollen's ja auch bequem haben«, sagte sie.

Barbara zückte Notizblock und Bleistift und setzte sich. Als sie jedoch feststellte, dass sie so Rosies Gesicht nicht sehen konnte, stand sie ächzend wieder auf.

»Ich bin meine Notizen von unserem letzten Gespräch noch mal durchgegangen. Da haben wir über den Streit gesprochen, den Sie zwei Tage vor Teos Tod mit ihr hatten«, sagte sie.

»Ich verstehe nicht, warum Sie darauf herumreiten. Ich habe Ihnen von Anfang an die Wahrheit gesagt. Was soll ich dem noch hinzufügen?« Sie hob ein Bein in die Luft, die Zehen gen Himmel gereckt, und trocknete es ab. Dann verfuhr sie ebenso mit dem anderen Bein.

»Als Erstes könnten Sie mir mal erklären, warum Sie Ihre Geschichte geändert haben.«

»Hab ich das? Wirklich? Bestimmt nicht.«

»Zuerst haben Sie erzählt, bei dem Streit wär's darum gegangen, dass Teo Ihren Vater nach seinem Schlaganfall nicht oft genug besucht hat. Dann haben Sie gesagt, es wäre gewesen, weil Sie von Ross schwanger sind. Außerdem haben Sie behauptet, Teo und Ross hätten sich getrennt, weil er Kinder wollte und sie nicht, aber das stimmt auch nicht. Und jetzt wüsste ich gern: Was ist denn nun die Wahrheit?«

Rosie legte sich das Handtuch um die Schultern wie eine Stola. Barbara fiel auf, dass es hellblau mit gelben Punkten war. Mit einer Ecke des Handtuchs tupfte Rosie sich das Wasser von Wangen und Stirn. »Alles, was ich Ihnen gesagt habe, ist die Wahrheit, Sergeant«, entgegnete sie. »Wenn ich mich nicht erinnern kann, wann genau ich mich worüber mit Teo gestritten habe, hat das überhaupt nichts zu bedeuten. Schwestern streiten sich nun mal hin und wieder. Haben Sie eine Schwester? Nein? Wenn Sie eine hätten, dann wüssten Sie jedenfalls genau, wovon ich rede.«

»Was wollen Sie mir damit sagen? Dass eine Ihrer Lügengeschichten die eigentliche Wahrheit ist? Oder dass alle Ihre Lügen die Wahrheit sind?«

»Ich bin zu ihr gegangen, um ihr mitzuteilen, dass ich schwanger bin«, sagte Rosie. »Und dass Ross der Vater ist. Ist doch wohl klar, dass sie sich darüber nicht gefreut hat.«

»Und deswegen haben Sie sich gestritten?« Als Rosie nickte, fuhr Barbara fort: »Und was war am Einunddreißigsten?«

»Wieso am Einunddreißigsten?«

»An dem Tag hat Teo Ross eine Textnachricht geschickt und ihn gebeten, zu ihr zu kommen. Ich nehm an, sie wollte ihm etwas mitteilen. Und ich nehme außerdem an, dass Sie genau wussten, was Ihre Schwester ihm mitteilen wollte.«

»Sie war jedenfalls nicht schwanger, falls Sie das denken. Sie und Ross… Es war endgültig aus zwischen den beiden. Er war… Das müssen Sie verstehen, Sergeant, wir beide waren ein Paar geworden. Wir sind immer noch ein Paar.«

»Alles klar«, sagte Barbara. »Ein Paar. Aber das junge Glück war plötzlich in Gefahr, stimmt's?«

»Wie kommen Sie denn darauf? Ross wollte raus aus der Ehe. Und Teo auch. Das haben sie beide gesagt.«

»Im Prinzip schon. Aber das Problem ist, dass die Leute meistens das hören, was sie hören wollen. Mein Kollege hat mir erzählt, Sie hätten nicht gewusst, dass man Ihre Schwester verstümmelt hatte.«

Rosie stand auf und zog den Stöpsel aus dem Sessel. »Keiner hat es mir gesagt. Sie hat nie darüber gesprochen. Und er auch nicht.«

»Hätte das denn etwas geändert?«

»Für wen?«

»Na, für Sie«, sagte Barbara. »Für Ihren Plan, sich den Mann Ihrer Schwester zu angeln.«

Rosie richtete sich auf und schaute Barbara an. »Ich habe

563

mir niemanden geangelt«, sagte sie beherrscht. »Ich bin immer für Ross da gewesen, wenn er jemanden zum Reden gebraucht hat. Wir waren Freunde. Er gehört seit Ewigkeiten zu unserer Familie, und ich war seine… Ich war ihm wichtig. Was zwischen uns passiert ist, hat nichts damit zu tun, dass Teo beschnitten war. Wie auch, wenn ich nicht mal davon gewusst habe? Niemand hat es jemals mir gegenüber erwähnt.«

»Wie gesagt, manchmal hören die Leute nur, was sie hören wollen«, sagte Barbara. »Hat Teo Ihnen erzählt, dass sie sich operieren lassen wollte? War das der Grund für den Streit?«

»Ich sollte sie irgendwohin fahren wegen irgendeiner OP. Mehr wusste ich nicht. Sie hat mich gefragt, ich habe Ja gesagt. Ich wollte wissen, um was für eine OP es ging, weil ich mir Sorgen gemacht habe. Ich dachte, sie hat vielleicht Krebs oder sowas. Aber sie wollte es mir nicht sagen. Ich weiß es bis heute nicht.«

»Es ging um eine rekonstruktive Operation«, sagte Barbara. »Sie wollte ihre äußeren Geschlechtsorgane so weit wie möglich wiederherstellen lassen. Ross Carver – das werden Sie sicher wissen, wo Sie beide doch so vertraut miteinander sind – hatte jahrelang auf sie eingeredet, sie soll mal mit 'nem Arzt oder 'ner Ärztin reden, um zu sehen, ob ihr jemand helfen kann. Ob jemand sie operieren kann. Ob jemand sie heilen kann. Wie auch immer. Anfangs wollte sie nichts davon wissen, aber anscheinend hat sie es sich irgendwann anders überlegt. Sie hat sich untersuchen lassen, und sie hatte schon einen Termin für die OP.«

Rosie begann, die Luft aus dem Sessel zu drücken. Es klang wie der pfeifende Atem eines Asthmatikers. »Woher hätte ich das alles wissen sollen?«, fragte sie. »Ich wusste ja nicht mal, dass sie beschnitten war.«

»Und als sie Sie gebeten hat, sie zu einer OP zu begleiten, da …«

»… da habe ich gefragt, was für eine OP? Ich habe ihr eine Textnachricht geschickt. Aber sie hat mir nicht geantwortet. Was hätte ich denn tun sollen? Die Antwort aus ihr rausprügeln?«

Barbara ließ Rosie Zeit, sich bewusst zu machen, was sie da gerade gesagt hatte. Mit zusammengepressten Lippen faltete Rosie den Sessel zusammen. Als sie immer noch nichts sagte, fragte Barbara: »Würde eine normale Schwester nicht noch mal nachhaken, um zu erfahren, was es mit dieser OP auf sich hat?«

Rosie wickelte sich das Handtuch um die Hüften. »Teo hat mir nie viel erzählt, Sergeant. Fragen Sie mich nicht, warum, denn ich kann Ihnen nicht mehr sagen, als dass wir uns einfach nicht so nahegestanden haben wie manche anderen Schwestern. Wir waren zu unterschiedlich, und sie war außerdem sieben Jahre älter als ich. Wenn Sie also keine weiteren Fragen mehr haben … Meine Mutter erwartet mich.«

»Alles klar. Ein Mutter-Tochter-Mittagessen. Hab's kapiert.«

»Schön«, sagte Rosie und machte sich auf den Weg.

Barbara heftete sich an ihre Fersen. »Kann sein, dass es tatsächlich so gelaufen ist. Es sei denn, Teo hat's Ihnen doch erzählt. Es sei denn, das war der Grund für den Streit, den die Nachbarn gehört haben. Denn machen wir uns doch nichts vor: Wenn sie sich hätte operieren lassen, wär es gut möglich gewesen, dass sie und Ross wieder zusammengekommen wären. Und dann wären Sie und Ross die längste Zeit ein Paar gewesen.«

Rosie blieb stehen und drehte sich zu Barbara um. »Hören Sie auf damit. Wir waren ein Paar, und wir sind ein Paar. Wir

565

lieben uns, und wir bekommen ein Kind. Glauben Sie im Ernst, Ross hätte mit mir geschlafen, wenn er nicht mit mir zusammen sein wollte? Er kannte das Risiko. Ich kannte das Risiko. Wir wollten es so.«

»Alles klar, ich hab's kapiert. Haben Sie ihn deswegen gebeten, Sie Teo zu nennen, als Sie mit ihm im Bett waren? Haben Sie deswegen behauptet, Sie würden verhüten?«

»Hören Sie auf, Sie haben doch keine Ahnung! Sie wissen gar nichts! Sie hässliche alte Hexe, Sie würden nie einen Mann rumkriegen, noch nicht mal, wenn Sie die einzigen beiden Überlebenden eines Atomkriegs wären. Sie sind ja bloß neidisch, weil keiner Sie haben will. Ich rede kein Wort mehr mit Ihnen. Sie können hinter mir herdackeln, so lange Sie wollen, ich sage kein Wort mehr.«

Barbara ging davon aus, dass Rosie das ernst meinte. Sie ließ sie davonstürmen und machte sich auf den Weg zu ihrem Mini, als ihr Handy klingelte. Sie nahm es aus ihrer Tasche. Es war Ross Carver.

»Ich hab mich grade mit Ihrer Herzensdame unterhalten«, sagte sie. »Sie behauptet, Teo hätte Ihnen beiden ihren Segen gegeben, als sie erfahren hat, dass Rosie schwanger ist. Klingt das für Sie nach Teo? Ich muss Sie das fragen, weil Rosies Geschichten immer weniger Sinn ergeben.«

»Ich weiß nichts davon, dass sie zu irgendwas ihren Segen gegeben hätte.«

»Aber Teo hat Sie gebeten, zu ihr zu kommen, weil sie was mit Ihnen bereden wollte, richtig?«

»Richtig. Genau so war's. Sie hat mir 'ne SMS geschickt, ich soll vorbeikommen, und ich bin hingefahren. Ich bin übrigens jetzt in ihrer Wohnung. Deswegen rufe ich an. Ihre Kollegen haben die Statuen zurückgebracht.«

»Ja, in solchen Dingen sind die meistens ziemlich korrekt. Kann aber sein, dass sie die Dinger noch mal brauchen, also am besten, Sie rühren sie nicht an, bis wir den Fall gelöst haben.«

»Tja, zu spät, ich hab sie schon ausgepackt«, sagte er. »Ich hab sie wieder an ihren Platz gestellt. Aber eine fehlt.«

MAYVILLE ESTATE

DALSTON

NORTH-EAST LONDON

Sophie hatte ihn begleiten wollen, aber das kam natürlich überhaupt nicht in Frage. Wusste der Teufel, was er zu Hause vorfinden würde. Er *hoffte*, dass seine Mutter mit gepackten Koffern auf ihn wartete, und falls sie sich immer noch nicht zum Gehen entschließen konnte, wollte er ihr wenigstens sagen, dass Simi in Sicherheit war, und zwar irgendwo, wo Abeo sie niemals finden würde. Außerdem wollte er ihr klarmachen, dass sie jedenfalls nicht um ihrer Kinder willen bei Abeo bleiben musste. Er hoffte inständig, dass Abeo bei Lark war und nicht auf ihn wartete.

Als er gerade die Wohnungstür öffnen wollte, hörte er ein leises *ragazzo, ragazzo*. Es war Mrs Delfino, die ein paar Etagen über ihnen wohnte. Als Tani den Blick hob, bedeutete sie ihm nachdrücklich, er solle raufkommen. Also ging er zum Aufzug und fuhr nach oben.

Sie erwartete ihn schon vor dem Aufzug. Er komme sicher wegen seiner *mamma*, oder? Auf sein Nicken hin sagte sie: »Sie ist mit einem großen Schwarzen weggegangen.« Mrs Delfino berichtete ihm, sie habe die beiden gesehen, als sie vom Markt in der Ridley Road kam, aber sie seien nicht aus der Wohnung der Bankoles gekommen, sondern aus einem anderen Gebäude.

567

Seine Mutter habe schlimm ausgesehen, sagte Mrs Delfino. »Sie sah aus, als hätte sie Schläge bekommen, der Mann musste ihr beim Gehen helfen. Er ist mit ihr in einem Auto weggefahren.«

»Wie sah der Mann aus?«, fragte Tani.

»Sehr groß. Schwarz. Er hatte einen Anzug an. Und sein Gesicht ... er hatte eine Narbe ...«

Mehr brauchte Tani nicht zu wissen. Das war der Polizist, der schon mal bei ihnen gewesen war. Als er sich bei Mrs Delfino bedankte, tätschelte sie ihm die Wange und sagte: »Du bist ein guter Junge, du liebst deine *mamma*. Und wenn einer seine *mamma* liebt, wird alles gut.«

Das wollte Tani gern glauben, aber im Moment half Liebe ihm nicht weiter. Er fuhr wieder nach unten und ging nach Hause. Die Tür war unverschlossen. Er öffnete sie und erstarrte.

Jemand hatte die Wohnung verwüstet, nachdem er gegangen war. Von der Tür aus sah er, dass in der Küche alles Geschirr und alle Gläser zerschlagen worden waren. Der Herd war zerbeult, und die gusseiserne Pfanne, mit der er zerbeult worden war, lag auf dem Boden. Töpfe und Pfannen lagen kreuz und quer herum, und über allem waren herausgerissene Seiten aus Monifas Kochbüchern verstreut.

Tani machte einen Schritt in den Flur, sodass er ins Wohnzimmer sehen konnte. Der Fernsehbildschirm war zersplittert, und davor lag ein kleiner Tisch, dem ein Bein fehlte. Zwei Lampenschirme waren zerschlagen, mehrere Head Wraps zerrissen worden. Mitten in dem Chaos entdeckte Tani das Handy seiner Mutter. Er hob es auf und steckte es ein.

Jetzt brauchte er nur noch die Reisepässe. Er vermutete, dass sie sich in der metallenen Kassette befanden, die unter dem Bett seiner Eltern neben dem Plastikbehälter lag, in dem Monifa ihre Wintersachen aufbewahrte. Den Behälter würde er auch gleich mitnehmen, dachte er. Das half vielleicht, sie davon zu überzeugen, dass sie nicht mehr in die Wohnung zu gehen brauchte.

Doch als er die Schlafzimmertür öffnete, musste er seine Pläne über den Haufen werfen. Auf dem Bett lag Abeo und schnarchte. Er war komplett angezogen.

Sein erster Impuls war, sofort die Flucht zu ergreifen. Doch dann sagte er sich, nein, er würde nicht weglaufen. Dieser Mann konnte ihm keine Angst mehr einjagen. Er näherte sich dem Bett und kniete sich auf den Boden. Die Kassette lag, wo sie immer gelegen hatte, der Schlüssel steckte.

Ohne Abeo aus den Augen zu lassen, zog er die Kassette unter dem Bett hervor. So schnell und leise es ging, schloss er sie auf. Er fand die Geburtsurkunden, ein paar Unterlagen, die mit dem Supermarkt und der Metzgerei zu tun hatten, Mietabrechnungen für Larks Wohnung und die Wohnung der Bankoles, alte Fotos, aber keine Pässe. Und das ganze Familiengeld war weg.

Ihn packte die Wut. Er stand auf und betrachtete seinen schlafenden Vater. In dem Moment wurde ihm bewusst, dass er Abeo Bankole schon immer gehasst hatte. Er hatte sich das Gefühl nur nicht eingestanden.

Tani hob die Kassette auf und schüttete ihren Inhalt auf Abeo. Der fuhr aus dem Schlaf. Dass Tani neben seinem Bett stand, schien ihn nicht weiter zu beunruhigen, nicht einmal, als Tani ihn anfauchte: »Wo sind sie, du Schwein?«

Abeo lächelte träge. »Ich hab gehört, sie heißt Sophie Franklin. Ich hab gehört, sie ist 'ne englische Hure.«

»*Wo* sind die Pässe?«, schrie Tani.

»Ich hab gehört, sie wohnt in Stoke Newington. Nachdem ich ihren Namen rausgefunden hatte, war das kein Problem, so unvorsichtig, wie ihr wart.«

569

»Und was glaubst du, was du ihr tun kannst? Oder ihrer Familie? Ihren Eltern, ihren Geschwistern? Glaubst du im Ernst, die lassen sich von dir schikanieren? Träum weiter!«

Abeo schob die Papiere von seinem Körper. »Wir hätten dich in Nigeria lassen sollen. Als ich dich zum ersten Mal gesehen habe, wusste ich sofort, dass du nicht mein Sohn bist.«

»Dass du dir das wünschst, macht es noch lange nicht wahr«, entgegnete Tani. »In dem Fall wär ich sowieso abgehauen, nachdem du mich das erste Mal verprügelt hast. Dann wär ich nach Nigeria geflogen und hätte meinen angeblichen Vater gesucht, der in deiner Fantasie rumspukt. Wie kannst du dir nur einbilden, Mum hätte es mit ihren Brüdern, dem Briefträger, ihrem eigenen Vater, weiß der Teufel wem getrieben? Du bist erbärmlich! Du kannst einem einfach nur leidtun!«

Abeos Augen wurden schmal. Tani sah, wie sich seine Fäuste ballten.

Doch er hörte nicht auf, jetzt musste es alles raus. »Du hättest 'ne gute Familie haben können, Pa. Aber das wolltest du ja gar nicht. Du wolltest keine Frau. Du wolltest keine Kinder. Du wolltest 'ne Dienerin und zwei Sklaven, die du rumkommandieren kannst. Jetzt hast du keinen mehr von uns, und Simi wirst du niemals finden, also gib's auf!«

»Evering Road«, sagte Abeo. »Ich weiß alles, was du tust, Tani.«

Er wollte aufstehen, aber Tani schubste ihn aufs Bett zurück. »Ich will die verdammten Pässe! Du bringst keinen von uns hier weg. Ich geh nicht mit dir nach Nigeria, und Simi erst recht nicht. Weißt du was? Du wirst Simi niemals wiedersehen. Und Mum auch nicht, denn die ist abgehauen. Sie ist mit dem schwarzen Detective mitgegangen. Und wer kann ihr das verübeln? Im Gegensatz zu dir ist der Typ ein Mann, und ich hab gehört, er sucht 'ne Frau. Und Mum?

Die hätte gern endlich mal 'n richtigen Kerl. Wahrscheinlich treiben sie's gerade.«

Abeo richtete sich auf und hob die Faust.

Endlich hatte Tani ihn da, wo er ihn haben wollte. Er schlug seinem Vater mit aller Kraft mit der Faust ins Gesicht. Der Schmerz in seinen Knöcheln war nichts gegen die Freude, die er empfand, als er hörte, wie die Nase seines Vaters brach. Tani packte Abeo und nahm ihn in den Schwitzkasten. Dann zerrte er ihn in Richtung Zimmertür. Aber sein Vater war stark, er trat und schlug um sich. Es gelang ihm, sich zu befreien. Er ging auf Tani los und stieß ihn aufs Bett zurück. Aber als er sich auf seinen Sohn werfen wollte, rollte der sich blitzschnell zur Seite, sodass Abeo bäuchlings auf dem Bett landete.

Tani setzte sich rittlings auf Abeo und drückte ihm das Gesicht in die Matratze. »Na, wie fühlt sich das an?«, brüllte er. »Hast du immer noch alles unter Kontrolle? Du mieses Stück Scheiße!« Tani schlug auf Abeo ein. Es tat verdammt gut, Tani fühlte sich wie neugeboren. Er jubelte innerlich, als er spürte, wie der Körper seines Vaters immer schlaffer wurde.

Dann merkte er, wie er von Abeo weggezerrt wurde. Er fuhr herum, um sich auf denjenigen zu stürzen, der verhindern wollte, dass dieser Mann endlich das bekam, was er verdiente.

Verdattert starrte er die beiden Frauen an, die ihn von seinem Vater weggezogen hatten. Wer zum Teufel waren die? Dann fiel es ihm ein: Das waren die Frauen von Orchid House. Die eine hieß Zawadi, das war die Chefin. Die andere war diese Filmemacherin. An deren Namen konnte er sich nicht erinnern.

THORNTON HEATH
GREATER LONDON

»Wohnungen«, sagte Ross Carver. »Hier kommt alles rein,
was der Gemeinderat wünscht. Erdgeschoss bis dritter Stock
werden Sozialwohnungen, darüber Luxusapartments. Mit
allem modernen Komfort in sämtlichen Wohnungen, und
zwar auf jeder Etage. Es gibt sogar einen Swimmingpool und
Fitnessraum, auf jeder Etage einen Waschraum, außerdem
eine Tiefgarage, einen Fahrradkeller, hinter dem Gebäude
eine Gartenanlage mit Spielplatz und Sportplatz, und in
einem Anbau Räumlichkeiten, wo ein Kindergarten eingerichtet werden kann, falls die Bewohner das wünschen.«

»Aha. Also Gentrifizierung«, sagte Barbara.

»So würde ich das nicht sehen«, erwiderte Carver.

»Für mich ist es dasselbe in Grün wie in anderen Stadtvier-
teln, Mr Carver. Irgendwer verdient sich an den Käufern 'ne
goldene Nase, und kurz darauf werden die alteingesessenen
Anwohner vertrieben.«

»Wenn das das gewünschte Ergebnis wäre, hätte ich den
Job nicht angenommen.«

»Alles klar. Aber bis das ›gewünschte Ergebnis‹ seine hässliche Fratze zeigt, sind Sie sowieso längst über alle Berge. Sie
sind nur für den Bau zuständig. Sobald der steht, haben Sie
mit dem Projekt nichts mehr zu schaffen.«

»In ein paar Jahren treffen wir beide uns noch mal hier,
und dann sehen wir, wer recht behalten hat.«

Sie befanden sich im Verkaufsbüro der Immobilienfirma,
wohin Ross Carver Barbara bestellt hatte, weil er sich nicht
hatte freinehmen können. Ob es ihr etwas ausmache, nach
Thornton Heath rauszukommen…? Barbara war nicht begeistert gewesen, bis Thornton Heath war es fast so weit
wie nach Croydon. Aber bei ihrer Ankunft hatte sie auf der

572

High Street ein Domino's erspäht und sich ein Stück Pizza und eine Fanta gegönnt. Nach dem Essen hatte sie noch genüsslich eine Zigarette geraucht und dabei das Kommen und Gehen bei Zenith Halal Butchers beobachtet.

Jetzt betrachtete sie ein imposantes Modell des Gebäudes, das einmal den Namen Thornton Luxury Flats tragen würde. An den Wänden des Büros hingen Grundrisse und Innenansichten der verschiedenen Wohnungen, die für das Gebäude geplant waren, und im Nebenraum waren Muster von Linoleum, Teppichboden und Fliesen ausgestellt. Alles war sehr eindrucksvoll, und sie stellte fest, dass für das Gebäude tatsächlich keine Wohnhäuser hatten weichen müssen, sondern lediglich ein altes Fabrikgebäude, das jahrelang der Schandfleck des Viertels gewesen war.

Bevor sie Ross Carver zugesagt hatte, dass sie ihn auf seiner Arbeitsstelle befragen würde, hatte sie ihm noch wegen der Skulptur auf den Zahn gefühlt. Laut ihren Informationen hatten die Spurensucher jede Menge Skulpturen aus der Wohnung mitgenommen, deswegen hatte sie interessiert, woher zum Teufel er beim Auspacken gleich gemerkt hatte, dass eine fehlte.

Die Antwort auf ihre Frage war ganz einfach gewesen: weil er Teo die Statue geschenkt hatte.

»Kann es nicht sein, dass sie sie weggeworfen hat? Oder Oxfam gespendet?«

»Nein, das kann nicht sein. Sowas hätte sie nicht gemacht«, hatte er geantwortet.

Alles klar, hatte sie gedacht und Carver darauf hingewiesen, dass manche Leute nach einer Trennung dermaßen gekränkt waren, dass sie …

»Sie war nicht gekränkt«, hatte er gesagt. »Wenn überhaupt hätte ich Grund gehabt, gekränkt zu sein. Das hab ich Ihnen doch schon alles erklärt. Sie wollte die Trennung, nicht ich. Okay, ich hab mich drauf eingelassen, aber was blieb mir denn anderes übrig? Hätte ich sie einsperren sollen?«

Es waren schon seltsamere Dinge passiert, dachte Barbara. »Aber bei manchen Leuten steht nach 'ner Trennung Großreinemachen an. Dann muss alles, was an den Ex erinnert, ausgemistet oder besser noch verbrannt werden.«

»Das hat sie nicht gemacht.«

Barbara wunderte sich, dass er sich da so sicher war. »Woher wollen Sie das wissen?«

»Weil ich ihr drei Skulpturen geschenkt hab, aber nur eine fehlt. Die anderen zwei sind noch da.«

»Ah, verstehe, das ist natürlich was anderes. Sie glauben, das Ding ist die Tatwaffe, stimmt's? Dass der Mörder Teo damit eins über den Schädel gezogen hat? Dass es kein geplanter Mord war?«

»Anders kann ich's mir nicht vorstellen«, sagte er. »Sie?«

Barbara kratzte sich nachdenklich am Kopf. »Und wenn jemand von den Skulpturen gewusst hat?«

»Wer denn zum Beispiel?«, fragte Carver. »Wer könnte gewusst haben, dass in ihrer Wohnung solche Skulpturen gestanden sind?«

Barbara sah ihn vielsagend an, erwiderte jedoch nichts. Die Frage konnte er sich selbst beantworten, dazu gehörte nicht viel. »Oder die Sache war bis ins Kleinste geplant, und die Skulptur wurde überhaupt nicht benutzt und soll uns jetzt auf eine falsche Fährte locken. Aber das setzt natürlich voraus, dass der Täter von den Skulpturen wusste. Wo haben Sie die eigentlich her?«

»In Peckham gibt's eine Galerie, die haben sich auf afrikanische Kunst spezialisiert. Die Skulptur, die aus Teos Sammlung fehlt, heißt übrigens *Stehender Krieger*. Ich kann mich nicht mehr an den Namen des Künstlers erinnern, aber die drei Skulpturen, die ich Teo geschenkt hab, sind alle signiert.«

»Und sie stammen alle drei aus dieser Galerie in Peckham?« Als Carver nickte, sagte sie: »Ich brauch den Namen.«

»Padma«, sagte er.

»Notiert«, murmelte Barbara. »Nebenbei bemerkt, ich hab heute Morgen mit Rosie gesprochen. Sie behauptet, Teo hätte Ihnen beiden ›ihren Segen gegeben‹. Sie behauptet außerdem, Teo hätte sich riesig darüber gefreut, dass Sie Rosie geschwängert haben, und hätte es kaum erwarten können, von dem oder der Kleinen mit Tante angeredet zu werden.«

»Dann wollte sie wahrscheinlich deswegen mit mir reden«, sagte er mehr zu sich selbst.

»Teo? Möglich. Aber es gibt noch was, und davon könnte Rosie gewusst haben.«

»Sie glauben doch nicht im Ernst, dass Rosie …«

»Immer langsam mit den jungen Pferden. Teo war bei 'ner Chirurgin. Darauf bezog sich der Begriff *Begutachtung* in ihrem Terminkalender. Sie hatte einen Termin, bei dem festgestellt werden sollte, ob 'ne OP bei ihr möglich und sinnvoll wär. Das Ergebnis war positiv. Sie brauchte jemand, der sie zu der Praxis fährt und nachher wieder nach Hause bringt. Sie hat Rosie gefragt. Aber dann … na ja, der Rest ist Ihnen ja bekannt.«

Carver schüttelte den Kopf. »Davon hat sie mir gar nichts erzählt«, sagte er. »Warum hat sie mir nichts davon erzählt?«

»Vielleicht wollte sie ja darüber mit Ihnen reden, vielleicht hat sie Sie gebeten, zu ihr zu kommen, weil sie es Ihnen von Angesicht zu Angesicht sagen wollte. Andererseits ist es aber auch gut möglich, dass sie nur mit Ihnen über Rosie reden und Ihnen beiden ihren Segen geben wollte. Was halten Sie für wahrscheinlicher?«

Carver betrachtete seine Schuhe. Barbara hörte ihn schlucken. »Keine Ahnung«, sagte er. »Ich wünschte, ich wüsste es. Ich wünschte, sie hätte mir was gesagt, eine Andeutung gemacht, irgendwas. Sind Sie sicher, dass sie sich operieren lassen wollte?«

»Die Chirurgin hat's mir bestätigt. Anscheinend hat Teo sich mit der Entscheidung Zeit gelassen, denn es gab keine Garantie, dass hinterher alles besser sein würde. In sexueller Hinsicht, mein ich. Also, was ihre Genussfähigkeit angeht. Dazu müssen genug Nervenenden übrig sein, was man aber erst sehen kann, wenn das Narbengewebe entfernt wurde. Am Ende war sie jedenfalls bereit, das Risiko einzugehen.«

»Welches Risiko?« Carver schaute sie an.

»Enttäuscht zu werden.«

In dem Moment betraten drei Leute das Verkaufsbüro, die Barbara und Carver neugierig musterten, zwei elegant gekleidete Frauen und ein ebenso elegant gekleideter Mann. Eine der Frauen sagte: »Ich bin gleich für Sie beide da«, woraus Barbara schloss, dass sie sie und Carver für ein Paar hielt, das eine Wohnung kaufen wollte. Sie unterdrückte ein Grinsen. Carver sagte: »Wir sollten…«, und zeigte auf die Tür.

Als sie im Korridor standen, sagte er: »Ich hab alles total vermasselt – mein Leben, ihr Leben und jetzt diese Sache mit Rosie. Ich hätte nie… Was für ein Schlamassel.«

Damit meinte er wohl Rosies Schwangerschaft, dachte Barbara. Die Nachricht musste Teo niedergeschmettert haben. Vermutlich müsste sie Teos Exmann jetzt mit Worten trösten wie: »Machen Sie sich keine Vorwürfe. Sie konnten ja nicht ahnen, dass es so enden würde«, aber sie fand, dass er es sehr wohl hätte wissen können. Sie sagte: »Rosie hat meinen Kollegen gegenüber falsche Angaben über Teos Adoption gemacht. Sie hat mehrere Gründe für den Streit zwischen ihr und ihrer Schwester angegeben. Sie spielt mit der Wahrheit, wie's ihr grade passt. Aus dem Grund kauf ich ihr nicht ab, dass Teo sie einerseits gebeten hat, sie zur Isle of Dogs zu fahren, wo die OP durchgeführt werden sollte, ihr andererseits aber nicht erzählt haben soll, um was für eine OP es sich handelte. Was meinen Sie dazu?«

Carver massierte sich die Schläfen, als könnte ihm das helfen, seine Gedanken zu sortieren. »Ich kapier's einfach nicht. Warum hat sie sich ausgerechnet jetzt entschlossen, sich operieren zu lassen? Warum hat sie sich früher immer dagegen gesträubt? Ich hab ihr von den chirurgischen Möglichkeiten berichtet. Ich habe sie immer wieder gebeten, sich wenigstens mal untersuchen zu lassen. Sich wenigstens mal mit einer Chirurgin zu unterhalten. Nichts unversucht zu lassen...«

»Tja, anscheinend war sie da noch nicht so weit«, sagte Barbara. »Und als sie dann so weit war, haben die Umstände nicht gepasst, und es war zu spät.«

»Oder sie fand, dass es nicht zu spät war«, sagte Carver. »Dass es einen Versuch wert war.«

»Ja. Richtig. Aber Ihnen ist doch klar, dass das Rosie verdächtig macht, oder? Sie ist schwanger, sie macht sich Hoffnungen, und dann muss sie fürchten, dass Teo ihr alles vermasselt. Sie weiß, dass Sie Colton ein guter Vater sind, auch wenn Sie seine Mutter nicht geheiratet haben. Sie weiß, dass Sie Teo lieben und immer noch an ihr hängen. Und Teo ist drauf und dran, was zu tun, worum Sie sie Gott weiß wie oft gebeten hatten. Das heißt, die Situation sah ziemlich düster aus für Rosie.«

Er schaute in den smogverhangenen Himmel. Dann schloss er die Augen und schien eine Entscheidung zu treffen. Schließlich sagte er: »Da ist noch etwas.«

»Noch was, das Rosie über Sie weiß?«

»Etwas, das ich Ihnen noch nicht gesagt habe.«

»Was Sie mir wann nicht gesagt haben?«

»Als wir darüber gesprochen haben, wie ich Teo gefunden habe. Als ich sie auf die Beine gezogen habe, da… da hat sie etwas zu mir gesagt. ›Sie hat mich geschlagen, Ross‹, hat sie gesagt.«

Barbara seufzte. »Heiliger Strohsack.«

CHELSEA
SOUTH-WEST LONDON

Im Arbeitszimmer unterm Dach war Deborah wieder mit der Auswahl der Porträtfotos beschäftigt, diesmal mit ihrer »Assistentin« Simi, die auf einem der hohen Hocker saß, während Deborah neben ihr stand. Gerade betrachteten sie die Fotos von einer Dreizehnjährigen namens Jubilee. Das Porträt des Mädchens sollte nicht nur in der Broschüre abgedruckt werden, die Deborah für das Bildungsministerium erstellte, sie wollte es auch für einen umfangreicheren Fotoband verwenden, ihr nächstes großes Projekt. Simon saß in seinem Arbeitszimmer im Erdgeschoss mit einem Kollegen von einem neu gegründeten, unabhängigen Forensiklabor, der sich einen Vertrag mit der Metropolitan Police erhoffte. Deborahs Vater befand sich im Wäscheraum neben der Küche, wo er sein neuestes Spielzeug zum Einsatz brachte: eine Dampfbügelstation. Er hatte neuerdings seine Leidenschaft für das Bügeln von Bettwäsche, Tischdecken und Servietten entdeckt – am liebsten hätte er vermutlich auch noch die Teppiche gebügelt.

Simisola legte den Zeigefinger auf die Ecke eines Fotos und sagte: »Das. Sie ist wirklich sehr hübsch.«

»Ja, ich glaube, das ist das beste«, sagte Deborah. »Sie ist übrigens wieder bei ihren Eltern, die freuen sich bestimmt auch über einen Abzug.« Sie wirkte nachdenklich. »Jubilee ist dreizehn, ein bisschen älter als du. Und genau wie sie wirst auch du wieder zu deinen Eltern zurückkehren, wenn alles geklärt ist. Das weißt du doch, oder? Da brauchst du dir keine Sorgen zu machen.«

Simi schaute Deborah mit ihren großen dunklen Augen an. »Kommt Mummy mich abholen?«

»Das kann ich dir nicht sagen. Ich glaube, wir müssen noch abwarten. Das Wichtigste ist, dass du erst einmal in Sicherheit bist.«

Plötzlich begann Peach zu bellen. Schritte waren zu hören, eine Tür wurde geöffnet, eine andere geöffnet und wieder geschlossen, dann ertönten Stimmen, und Peach bellte noch aufgeregter. Das alles gefiel Deborah nicht. Sie half Simi, von ihrem Hocker zu klettern, und ging mit ihr in die Dunkelkammer. Dort befand sich ein Schrank, in dem sie früher ihre Chemikalien aufbewahrt hatte, der jedoch jetzt leer war. Sie bugsierte Simi in den Schrank und schärfte ihr ein, mucksmäuschenstill zu sein. »Wahrscheinlich ist es nichts«, sagte sie. »Aber wir wollen lieber nichts riskieren.«

Auf halbem Weg die Treppe hinunter erkannte sie Narissa Camerons Stimme. Sie lief schneller. Als sie im Erdgeschoss ankam, trat Simon gerade mit seinem Kollegen aus dem Arbeitszimmer. Offenbar hatte Cotter die Haustür aufgemacht. Der Eingangsbereich war regelrecht überfüllt, denn Narissa hatte Zawadi und Tani mitgebracht. Monifa Bankole dagegen, die Tani eigentlich hatte holen wollen, war nicht da.

»Was ist passiert, Tani?«, fragte Deborah. »Ist deiner Mutter etwas zugestoßen?«

»Soll das heißen, Sie haben ihm erlaubt, zu ihr zu gehen?«, fragte Zawadi entgeistert.

»Sie kann ihn ja schlecht festbinden, Zawadi«, sagte Narissa.

»Sie war nicht da«, sagte Tani zu Deborah. »Eine Nachbarin hat mir erzählt, dass der Polizist sie mitgenommen hat. Derselbe, der bei uns war, nachdem sie verhaftet worden war. Jetzt wurde sie also wieder verhaftet, und ich weiß nicht, wo er sie hingebracht hat. Aber ich muss sie finden, unbedingt.«

»Überlass das uns«, sagte Simon. »Wenn ein Polizist sie mitgenommen hat, dann lässt sich das ganz schnell klären.«

Zawadi verdrehte die Augen, sagte jedoch nichts.

»Wie kommt es, dass Tani bei Ihnen ist?«, fragte Deborah Narissa und Zawadi.

Simon ging zurück in sein Arbeitszimmer. Deborah hörte ihn sagen: »…ein paar Bekannte meiner Frau.« Dann wandte sie sich wieder Narissa zu, die ihr erklärte, sie und Zawadi seien nach Nordlondon gefahren, um sich wie üblich mit den Eltern eines Mädchens zu unterhalten, das unter der Obhut von Orchid House stand, in diesem Fall Simisola. »Ich hab sie begleitet, weil keine Sozialarbeiterin abkömmlich war, und nachdem ich das Drama gestern mitbekommen hatte, wollte ich sie auf keinen Fall allein fahren lassen.«

»Moment!« Deborah hatte Simi ganz vergessen. Sie lief nach oben, um das Mädchen aus ihrem Versteck zu holen.

Kurz darauf kam Simi die Treppe heruntergelaufen und flog ihrem Bruder in die Arme. »Hat Papa dir noch mal wehgetan, Tani?«, fragte sie.

»Eher umgekehrt«, sagte Zawadi in einem ganz anderen Ton.

»Wir haben ihn von seinem Vater runtergezerrt. Bitte, lassen Sie nicht zu, dass er da noch mal hingeht.«

»Hat er die Pässe?«, fragte Deborah. Dann wandte sie sich an Tani. »Hast du die Pässe?«

Er schüttelte den Kopf.

»Und was ist mit Mummy?«, rief Simisola. »Wo ist

Mummy?« Als er antwortete, er wisse es nicht, brach sie in Tränen aus und vergrub das Gesicht in seinem T-Shirt.

»Ich finde sie, Squeak«, sagte Tani und tätschelte ihr den Kopf.

»Du«, sagte Zawadi, »hältst dich von deinen Eltern fern, und zwar von allen beiden! Jetzt hilft nur noch eine Schutzanordnung, das habe ich inzwischen begriffen. Und glaub mir, das gefällt mir überhaupt nicht. Aber bis wir eine Schutzanordnung erwirkt haben, bleibt ihr beide hier, du und Simisola auch.«

»Pa hält sich niemals an so 'ne Schutzanordnung«, sagte Tani verächtlich. »Ich dachte, es würd helfen; Sophie hat mich dazu überredet, es wenigstens zu versuchen, aber das ist total zwecklos.«

»Hör zu«, sagte Zawadi. »Die Schutzanordnung wird von einem Polizisten überbracht, und der geht nicht ohne die Pässe wieder weg. Hast du das verstanden? Dein Vater bringt Simisola nicht nach Nigeria, und hier in England wird er ihr auch nichts mehr zuleide tun. Dafür werden wir sorgen. Und jetzt versprich mir, dass du nicht wieder nach Hause gehst. Ich will, dass du mir dein Wort gibst.«

»Und was ist mit Sophie?«, fragte Tani. »Er kennt ihren Namen. Er weiß, wo sie wohnt. Ich hab keine Ahnung, wie er das alles rausgefunden hat. Was ist, wenn er bei Sophies Familie auftaucht?«

»Als Erstes rufst du Sophie an und erzählst ihr, was passiert ist. Sobald dein Vater aufkreuzt, ruft sie die Polizei, wenn sie auch nur einen Funken Verstand besitzt, und ich hatte den Eindruck, dass sie ein kluges Mädchen ist.«

»Und meine Mutter?«, fragte er.

»Wir finden sie«, versprach Deborah und sprach im Stillen ein Stoßgebet.

THE NARROW WAY
HACKNEY
NORTH-EAST LONDON

Mark beschloss, sich krankzumelden. Seine Kollegen würden auch einen Tag lang ohne ihn zurechtkommen. In seinem Terminkalender stand nur eine Teambesprechung am späten Nachmittag. Er rief DS Hopwood an, um ihr Bescheid zu geben, und versprach, am nächsten Tag wieder dabei zu sein. Sie fragte nur: »Brauchen Sie irgendwas?«

Ein Tag Bettruhe sei das Geheimnis, antwortete er. Es sei nur eine Sommergrippe.

Er solle viel trinken, riet sie ihm.

Genau das habe er vor, sagte er.

Und noch etwas hatte er vor: dem Widerspruch zwischen dem, was Pete tat, und dem, was sie sagte, auf den Grund zu gehen. Er musste einfach wissen, was los war. Sonst würde er noch verrückt werden.

Als Erstes nahm er sich das Schlafzimmer vor. Das ging schnell. Pete hatte sich noch nie groß rausgeputzt. Sie schminkte sich nicht, benutzte nur ein bisschen Lippenstift. Sie trug auch keinen Schmuck außer ihrem Ehering und ein Paar Perlenohrsteckern. Sie kleidete sich jeden Tag gleich: weißes Oberteil, Jeans. Trotzdem ging er ihre Schubladen, ihre Hosentaschen, ihre Jackentaschen und das Medizinschränkchen durch. Nachdem er mit dem Wäscheschrank fertig war, machte er in der Küche weiter. Aber es fehlte nichts, und es war auch nichts Neues dazugekommen.

Währenddessen war Pete im Kinderzimmer und las Lilybet vor. Es hörte sich an wie Kinderreime. Robertson war dabei, die Wohnung zu staubsaugen. Niemand achtete auf Mark. Und da er Pete gegenüber eine Erkältung vorge-

582

schützt hatte, war er für den Tag auch von seinen Lilybet-Pflichten befreit, denn seine Tochter durfte sich auf gar keinen Fall anstecken. Als er ins Zimmer rief: »Ich geh kurz zur Apotheke, soll ich dir was mitbringen?«, antwortete Pete, sie brauche nichts, aber er solle sich etwas gegen seinen kratzigen Hals besorgen.

Er versicherte ihr, das werde er tun, dann machte er sich auf den Weg, aber nicht zur Apotheke, sondern zum Pfandleihhaus, in dem Stuart arbeitete. Als Erstes schaute er sich die Auslagen im Schaufenster an. Wie üblich lagen dort hauptsächlich Ringe, Halsketten, Broschen und Armbanduhren. Und natürlich hatte nichts davon einmal Pete gehört, denn Pete besaß solche Dinge nicht.

Aber ein Stück sprang ihm ins Auge. Es war ein aufwendig gearbeiteter tropfenförmiger Anhänger an einer silbernen Halskette, den man leicht für Modeschmuck hätte halten können. Er funkelte in der speziellen Schaufensterbeleuchtung. Mark wusste gleich, dass es sich um echten Art-déco-Schmuck handelte, Weißgold mit drei blauen Saphiren. Das Stück war mehrere Tausend Pfund wert. Und es gehörte seiner Mutter.

Er betrat den Laden, ging zum Tresen und rief nach Stuart. Er musste Paulies Schwager noch zweimal rufen, bis der endlich aus dem Hinterzimmer kam, in der einen Hand eine Tasse Tee, in der anderen eine Scheibe gebuttertes Toastbrot. »Bring mir den Schmuck und das Silber, das sie versetzt hat«, sagte er ohne Umschweife. »Ich will alles sehen. Und verarsch mich nicht, Stuart, ich bin nicht in der Stimmung.«

Diesmal versuchte Stuart nicht auszuweichen, sondern nickte und verschwand wortlos im Hinterzimmer. Es dauerte geschlagene fünf Minuten. Was nachvollziehbar war, weil er alles aus dem Safe holen musste. Er würde wissen, was das

583

Zeug wert war, zumindest Paulie wusste es nur zu gut. Der Anhänger im Fenster konnte vielleicht als Modeschmuck durchgehen, aber nicht die ganze Sammlung.

Mark wusste, dass die Sammlung seiner Mutter aus fünfzehn Teilen bestand. Bei ganz besonderen Anlässen – einer Hochzeit, einer Taufe, dem Abendessen am Hochzeitstag, einem Besuch in der Oper – legte sie jeweils eins der kostbaren Stücke an, die Marks Vater ihr im Lauf der Jahre geschenkt hatte. Darüber, wie der Schmuck in Paulies Pfandleihhaus gelandet war, wollte er lieber nicht nachdenken.

Stuart legte vier Stücke auf den Tresen: ein Paar geometrisch geformte Ohrringe aus Platin mit jeweils sieben Brillanten, einen Platinring mit einem großen Opal, der von winzigen Brillanten eingerahmt wurde, einen mit Jade und Brillanten besetzten Platinarmreif und einen azurblauen Aquamarin im Smaragdschliff in einem Platinring, verziert mit Diamanten.

Dann legte Stuart noch ein kleines silbernes Tablett aus dem späten achtzehnten Jahrhundert dazu, die Art Tablett, auf dem die Wohlhabenden ihre Visitenkarte zu hinterlassen pflegten, wenn sie bei einem Besuch den Hausherrn oder die Hausherrin nicht antrafen. Auch dieses Tablett gehörte Marks Mutter. Wie viel es wert war, wusste er nicht.

»Das ist alles?«, fragte er.

Stuart nickte.

»Hat Pete die Sachen hergebracht?«

Stuart schluckte so laut, dass es klang wie das Quaken eines Froschs. Das reichte Mark als Bestätigung.

»Hast du sie nicht gefragt …? Hast du dich nicht gewundert …? Herrgott noch mal, Stuart, was ist los mit dir? Leg das alles zurück in den Safe – auch den Anhänger aus dem Fenster – und verkauf ja nichts davon. Auch nicht wenn der verdammte Prince of Wales hier reinschneit und ein Angebot macht. Kapiert?« Und als Stuart nickte, fügte er hinzu: »Sag Paulie nicht, dass ich hier war.«

Stuart nickte noch einmal, und Mark verließ den Laden. Er ging bis zum St. Augustine-Turm am Ende der Fußgängerzone, dann weiter durch den Park. In der Affenhitze waren nicht viele Leute im Park unterwegs, nur ein paar Kinder spielten auf dem Rasen. Er ging am Café vorbei, wo es nach Frittierfett roch, und dann die Straße Sutton Place hinunter.

Seine Mutter öffnete auf sein Klopfen hin. »Boyko!«, rief sie strahlend aus. »Dacht ich's mir doch, dass ich was gehört habe. Zum Glück bin ich kurz reingekommen, um mir eine Flasche Mineralwasser zu holen, sonst hätte ich die Klingel nicht gehört!« Sie deutete mit einer Kopfbewegung hinter sich. »Wir sitzen im Garten, Esme und ich. Sie wird sich freuen, dich zu sehen.«

»Und Dad?«, fragte er.

»Eileen ist Gott sei Dank mit ihm losgezogen, damit er sich endlich ein Hörgerät anpassen lässt. Wenn ich ihn noch lange so anschreien muss, damit er mich versteht, dreh ich ihm den Hals um. Geh schon mal nach draußen zu Esme, ich hole nur schnell das Mineralwasser.«

»Nein, das kann warten«, sagte er. »Ich muss mit dir reden.«

»Mit mir?«, fragte sie erschrocken. »Es ist doch nichts mit Lilybet, oder?«

»Nein, es geht um Pete.«

Sie fasste sich an den Hals. Mark fragte sich, ob alle Frauen das machten, wenn sie sich auf schlechte Nachrichten gefasst machten. »Sie ist doch nicht… Was ist denn passiert?«

»Sie hat Schmuck von dir versetzt, fünf Art-déco-Stücke. Ich werde die Sachen für dich zurückkaufen. Was allerdings ein bisschen dauern kann, wenn man bedenkt, was sie wahrscheinlich dafür bekommen hat, aber…«

»Du glaubst doch nicht etwa, dass sie mich bestohlen hat?«

»Sie hat den Schmuck und außerdem dieses kleine Visitenkartentablett in Paulies Laden versetzt, und zwar in dem, wo Stuart arbeitet. Von da komme ich gerade. Ich habe zufällig einen Pfandbon in ihrem Portemonnaie gefunden. Ich wollte wissen … ich dachte … Egal. Stuart hat mir die Sachen gezeigt.«

»Das hätte er nicht tun dürfen.«

»Ich hab ihm keine Wahl gelassen, Mum.«

»Trotzdem hätte er dir nichts davon sagen dürfen, und er hätte dir die Sachen auch nicht zeigen dürfen. Das ist Privatsache.«

»Was willst du damit sagen?«

»Ich weiß natürlich, dass sie die Sachen versetzt hat.«

»Du weißt es?« Er zog die Brauen zusammen. »Hast du Probleme?«

»Was für Probleme sollte ich denn haben?«

»Geldprobleme. Seid ihr knapp bei Kasse, du und Dad?«

Sie schaute aus dem Fenster. Durch die Jalousie sah Mark Esme, die draußen am Tisch stand, etwas Kompost unter einen Haufen Blumenerde mischte und dann einen kleinen Blumentopf mit Erde füllte.

»Hör zu«, sagte er. »Wenn ihr Geldsorgen habt, Mum, dann helfe ich euch. Wir sind auch nicht reich, aber du musst nicht anfangen, deinen Schmuck zu versetzen. Den hat Dad dir doch geschenkt. Und ich weiß, dass du an den Sachen hängst. Außerdem sollte Esme den Schmuck doch mal erben, oder?«

»Es war der richtige Moment. Alles hat seine Zeit, Boyko.«

»Ihr habt also tatsächlich Geldsorgen.«

Seine Mutter schaute ihn an. »Nein, wir haben keine Geldsorgen. Und es sind auch noch ein paar Stücke für Esme übrig. Du brauchst dir also keine Sorgen zu machen.«

»Aber warum hat Pete…« Er sah, wie sich am Hals und am Dekolleté seiner Mutter rote Flecken bildeten. »Pete brauchte also das Geld«, sagte er. »Nicht du.«

Sie sagte nichts, rollte nur wortlos eine Wasserflasche in ihrer Handfläche hin und her. Mark sah, dass Esme sich der Hintertür näherte, wahrscheinlich, um nachzusehen, warum ihre Großmutter so lange brauchte, um eine Flasche Wasser zu holen. Er musste dieses Gespräch zu Ende bringen, bevor Esme hereinkam.

»Wofür hat sie das Geld gebraucht?«, fragte er. »Und warum ist sie zu dir gekommen? Warum hat sie sich nicht an mich gewendet?«

Die Hintertür ging auf, und Floss Phinney sagte hastig: »Ich habe sie angerufen. Wir haben miteinander geredet. Ich habe ihr den Schmuck gegeben. Alles andere muss Pete dir selber sagen.«

»Onkel Mark!«, rief Esme, als sie ihn erblickte. »Komm, ich zeig dir, was Gran und ich im Garten pflanzen. Das wird superschön im Oktober! Stimmt's, Gran?«

»Aber nur wenn wir auch alles einpflanzen«, sagte ihre Großmutter. »Wo nichts gepflanzt wird, wächst auch nichts, vergiss das nicht, Esme.«

DEPTFORD

SOUTH-EAST LONDON

»Wo fahren wir eigentlich hin?«, fragte Tani missgelaunt.

»Nach Deptford«, antwortete Deborah.

»Was gibt's denn in Deptford? Nein, sagen Sie nichts, die Frage kann ich mir selber beantworten: Nichts gibt's in Scheißdeptford.«

»Tani, sei nicht so unhöflich«, schalt ihn Simisola.

»Wir müssen Mum finden«, knurrte er.

Er war frustriert, und Deborah konnte es ihm nicht verdenken. Nicht nur war er plötzlich in einem Haushalt von Weißen untergebracht, er sah auch keinen Sinn darin, sich von einer Weißen in ihrem fast neuen Vauxhall Corsa herumkutschieren zu lassen. Er wollte seine Mutter suchen. Dass er das nicht tun konnte, gab ihm ein Gefühl der Ohnmacht. Deborah hätte ihn am liebsten in Chelsea gelassen, aber Simon war nach Middle Temple zu einem Termin mit einem Kronanwalt gefahren, und ihr Vater hatte erklärt, er müsse fürs Abendessen einkaufen. Und Deborah war sich ziemlich sicher, dass Tani entgegen allen Versprechungen das Weite gesucht hätte, kaum dass sie mit Simisola aufgebrochen war.

Es war deutlich zu spüren, wie Tani innerlich kochte. Deborah war sich sicher, dass sie die richtige Entscheidung getroffen hatte. »Wenn deine Mutter mit dem Polizisten mitgegangen ist, dann können wir uns darauf verlassen, dass sie in Sicherheit ist, Tani«, sagte sie.

»Wenn sie mit 'nem Cop mitgegangen ist, dann kann das nur bedeuten, dass der sie verhaftet hat«, erwiderte er.

»Selbst dann ist sie dort, wo sie jetzt ist, eher in Sicherheit als dort, wo sie vorher war, meinst du nicht?«

»Deborah hat recht, Tani.« Simi drehte sich zu ihrem Bruder um. »Außerdem hat Mummy doch gar nichts Böses getan, warum soll sie also verhaftet worden sein? Wenn Deborah sagt, wir finden sie, dann finden wir sie auch. Oder sie findet uns.«

Tani schaute seine Schwester an, und im Rückspiegel sah Deborah, dass sich in seinem Gesicht ein Lächeln andeutete. »Wenigstens sind wir beide zusammen, Squeak«, sagte er. »Und in Sicherheit.«

Deborah parkte in der Millard Road. Als sie den Eiswagen vor dem Eingang zum Pepys Park entdeckte, rief sie: »Ich geb eine Runde Eis aus!«, und steuerte darauf zu. Simisola folgte ihr auf dem Fuß, während Tani hinterhertrödelte und sich desinteressiert gab. Derweil machte Simi Luftsprünge und sang: »Twister! Twister!«

»Okay, junge Dame«, sagte Deborah. »Ich nehme ein Strawberry Cheesecake. Und du, Tani?«

»Nichts«, sagte er und wandte sich ab.

»Hm, wirklich? Wie wär's mit einem Cornetto Dragon?« Er sagte nichts.

Deborah gab ihre Bestellung auf. »Simi und ich essen deins auf, wenn du es nicht schaffst«, sagte sie zu Tani. »Aber ihr dürft meinem Vater nicht verraten, dass wir uns ein Eis gegönnt haben. Er findet, dass das den Appetit aufs Abendessen verdirbt. Kommt, wir gehen in den Park!«

Deborah gab den beiden ihr Eis.

Auf dem Weg in den Park überlegte sie, wie sie mit Tani, der immer noch finster dreinblickte, ins Gespräch kommen sollte. Er befand sich in einer schwierigen Lage – er wollte etwas unternehmen, fühlte sich seiner Freiheit beraubt –, und sie konnte sein Dilemma verstehen. Sie musste versuchen, ihn aufzumuntern und ihm klarzumachen, dass alles, was gerade unternommen wurde, zum Besten seiner ganzen Familie war.

Deborah steuerte eine Bank an, die im Schatten einer Birke stand, und sie setzten sich. Simisola saß rechts neben ihr und leckte glücklich ihr Eis, während Tani, der links von ihr saß, sein Cornetto noch nicht einmal ausgepackt hatte. »Du solltest es lieber essen«, sagte Deborah. Er schüttelte den Kopf, begann jedoch, die Verpackung abzulösen, was Deborah als gutes Zeichen wertete.

Auf dem Weg, ein Stück von ihnen entfernt, spielten zwei

kleine Jungen Fußball. Einer von ihnen war richtig gut, was den anderen frustrierte.

»Spielst du Fußball?«, fragte Deborah Tani, und als der nur die Achseln zuckte, meinte sie: »Oder hast du nichts für Sport übrig?«

Er blies die Backen auf, anscheinend genervt von ihren Fragen. Simisola schaute erst ihren Bruder, dann Deborah an. Sie nickte, als wollte sie Deborah sagen, dass Tani sich durchaus für Sport interessierte. Oder dass er Fußball spielte. Wie auch immer, es hätte ein Gesprächsthema sein können, aber Tani war anscheinend nicht an einem Gespräch mit ihr interessiert.

»Ich fand Sophie sehr nett«, sagte sie zu Tani. »Seid ihr schon lange zusammen?«

Er sah sie von der Seite an. »Sie brauchen nicht so zu tun, als würd Sie das interessieren.«

»Es interessiert mich tatsächlich«, sagte Deborah. »Aber du musst mir natürlich nicht antworten, wenn du nicht möchtest.«

Er betrachtete sein Eis, das er inzwischen ausgepackt hatte. »Sophie glaubt, ich kann alles schaffen, was ich nur will«, erwiderte er, ohne aufzusehen. Mehr sagte er nicht, aber seine angespannten Schultern sprachen Bände.

»Das freut mich«, sagte Deborah. »Aber in der jetzigen Situation kannst du nicht alles auf deine Schultern nehmen, Tani. Es ist in Ordnung, wenn du dir helfen lässt. Und du hast im Moment eine Menge Leute auf deiner Seite, während niemand auf der Seite deines Vaters ist.«

Er blickte auf. »Sie haben überhaupt keine Ahnung.«

»Dann klär mich auf. Ich möchte es hören.«

»Meine Mutter will sie auch beschneiden lassen. Sie hat es nur anders genannt, damit Simi nicht schnallt, was mit ihr passieren soll. Und meine beiden Großmütter wollen es auch. Das heißt, die sind alle auf seiner Seite. Verstehen Sie?«

»Das wusste ich nicht. Aber wenn das so ist, kann Simi nicht zurück nach Hause. Sie bleibt bei mir, bis alles geklärt ist.« Deborah schaute Simisola an. »Tut mir leid, Simi, es ist unhöflich, in deiner Gegenwart über dich zu reden. Sag mal: Ist es in Ordnung für dich, bei uns zu bleiben, bis feststeht, dass dir keine Gefahr droht, von wem auch immer? Wir freuen uns übrigens sehr, dass du bei uns bist.«

»Aber was ist mit Tani?«, fragte sie, das Kinn mit Eis beschmiert.

»Wir freuen uns auch, dass Tani bei uns ist, und er kann so lange bleiben, wie er möchte. Er müsste natürlich mit Peach und Alaska zurechtkommen. Traust du ihm das zu?«

»Na klar«, sagte sie. »Tani hat doch keine Angst vor Tieren!«

»Dann kann er natürlich …«

»Ich muss unsere Mutter finden«, unterbrach er sie. »Und vor allem muss ich unsere Pässe finden, Squeak.«

»Willst du das nicht lieber der Polizei überlassen?«, fragte Deborah. »Dein Vater wird sich doch bestimmt nicht der Polizei widersetzen.«

Tani schaute sie an, als wäre sie von allen guten Geistern verlassen. »Hören Sie: Die Cops können die ganze Wohnung auseinandernehmen, aber sie werden die Pässe nicht finden, einfach weil sie nicht da sind. Selbst wenn sie heute Morgen noch da waren, als ich danach gesucht hab, hat er sie längst weggeschafft. Er weiß genau, wo er sie verstecken muss, bis er sie braucht. Wenn ich sie ihm nicht vorher abnehme.«

Deborah gefiel das alles nicht. Aber wie sollten sie und Simon und ihr Vater Tani davon abhalten zu tun, was er für richtig hielt? Wenn sie ihn nicht an ein Heizungsrohr fesselten oder in einem Zimmer einsperrten, waren sie machtlos. Seine Erfahrung hatte ihn gelehrt, dass er nur sich selbst trauen konnte. Und vielleicht Sophie. Aber Deborah vermutete, dass er versuchen würde, Sophie so gut wie möglich aus allem herauszuhalten.

Sie stand auf. »Ich hoffe, dass du es dir doch noch anders überlegst. Aber jetzt kommt. Ich muss ein Foto abliefern.«

Sie kehrten zum Auto zurück. Deborah nahm ein Päckchen aus dem Kofferraum, dann gingen sie zu dem Gebäude, in dem Leylo wohnte. Deborah hatte ihren Besuch angekündigt, und diesmal war auch Leylos Mann zu Hause.

»Wie nett von Ihnen, Deborah!«, rief Leylo aus, als sie die Tür öffnete. »Hallo, ihr beiden«, sagte sie zu den Geschwistern. »Ich bin Leylo, und das ist Yasir.« Sie hielt die Tür auf, damit alle eintreten konnten. »Ich habe kühlen Tee und Kekse. Und Yasir hat noch schnell Saft und Mineralwasser besorgt. Was kann ich euch anbieten? Bitte, nehmt doch Platz.«

»Ich empfehle Leylos Tee«, sagte Deborah. »Er ist richtig gut.«

Deborah entging nicht, dass Simi und Tani völlig fasziniert waren von all den afrikanischen Kunstwerken, die im Wohnzimmer ausgestellt waren. Tani wurde wie magisch angezogen von den Masken an den Wänden, während Simi die Goldgewichte in der kleinen Glasvitrine bewunderte.

»Meine Leidenschaft«, sagte Yasir zu Tani.

»Die sind krass, Mann«, antwortete Tani. »Wo haben Sie die her?«

»Aus Afrika. Ich reise viel«, sagte Yasir. »Welches gefällt dir am besten?«

Tani verschränkte die Arme vor der Brust und betrachtete die Masken mit ernster Miene. »Schwer zu sagen.«

»Ja, sie sind etwas ganz Besonderes«, sagte Leylo, die gerade mit einem hölzernen Tablett hereinkam, das sie auf dem

Sofatisch abstellte. »Ah, ich sehe, dir gefallen die Goldgewichte!«, sagte sie zu Simisola. »Genau wie Deborah. Du darfst dir eins aussuchen.«

Hastig verbarg Simi die Hände auf dem Rücken. »Nein, nein!«

»Doch, das darfst du wirklich«, sagte Leylo.

Mit großen Augen wandte sich Simi wieder der kleinen Vitrine zu, ließ die Hände jedoch auf dem Rücken. Sie hatte die Unterlippe eingesogen, und ihre weißen Schneidezähne hoben sich von ihrer dunklen Haut ab. Deborah konnte nicht widerstehen. Ihre Kamera hatte sie nicht dabei, aber sie nahm ihr Handy heraus und machte damit ein Foto von Simi. Dann machte sie noch eins von Tani und Yasir, die sich unterhielten. Es war das erste Mal, dass Deborah Tani lächeln sah.

Sie legte das Päckchen neben das Tablett mit den Getränken und sagte zu Leylo: »Packen Sie es aus!« Das ließ Leylo sich nicht zweimal sagen. »O nein, das ist ja unglaublich«, rief sie aus, als sie das Foto erblickte, das Deborah bei ihrem letzten Besuch gemacht hatte. »Yasir, schau mal!«

Er trat neben sie, und gemeinsam betrachteten sie das Porträt. Er nickte nachdenklich. »Sie haben den Unterschied eingefangen«, sagte er zu Deborah. »Ich sehe es nur manchmal an ihrem Gesichtsausdruck, wie sehr sie sich verändert hat, aber jetzt kann ich es immer sehen, wenn ich das Foto anschaue. Sie sind eine echte Künstlerin.«

Deborah spürte, wie sie errötete. »Porträts sind meine Leidenschaft, das ist alles. Und Leylo ist ein ausgezeichnetes Modell.«

Yasir legte das gerahmte Bild auf dem Tisch ab. Tani betrachtete das Foto, dann hob er den Blick und schaute Leylo und Deborah nacheinander an.

»Yasir hat recht«, sagte er. Sein Gesichtsausdruck hatte sich völlig verändert, seine Züge waren ganz weich. Er wandte sich an seine Schwester. »Sie macht echt tolle Fotos, Squeak. Vielleicht kann sie ja auch dich und mich mal fotografieren.«

»Das habe ich schon«, sagte Deborah. »Wenn wir in Chelsea sind, kann ich euch zeigen, wie man Fotos ausdruckt. Wenn ihr wollt.«

Einen Moment lang schwieg Tani, vielleicht überlegte er, was er von ihrem Angebot halten sollte. Dann sagte er: »Ja, das wär schön.«

WESTMINSTER
CENTRAL LONDON

»Ein Campingurlaub, Barbara! Stellen Sie sich das mal vor! Genau wie früher, als wir als Kinder mit unseren Eltern in die Ferien gefahren sind. Also, Ferien auf einem Campingplatz am Meer, wo für allen Komfort gesorgt ist. Man braucht nur hinzufahren.«

Barbara war gerade von ihrem Gespräch mit Ross Carver zurück. Sie hatten gemeinsam ein bisschen im Internet recherchiert, und sie hatte Dorothea gebeten, von einem Computerausdruck, den Carver ihr gegeben hatte, ein paar Kopien zu machen. Als Dorothea mit den Kopien gekommen war, hatte sie gleich von ihrer tollen Entdeckung berichtet. Jetzt sagte Barbara: »Dee, können wir das vielleicht später besprechen?« Zu ihrem Pech betraten ausgerechnet in dem Augenblick Lynley und Nkata den Raum.

Wie immer fragte Lynley: »Wo stehen wir? Winston, würden Sie die DCs holen?«, worauf Dorothea die Gelegenheit ergriff und sagte: »Wissen Sie, was ich entdeckt habe, Acting Detective Chief Superintendent Lynley?«

Er wirkte ein wenig verblüfft. »Sie werden es mir bestimmt gleich verraten«, antwortete er.

Barbara sprang auf wie von der Tarantel gestochen. »Das hier, Sir. Dee hat für alle Kopien gemacht. Das ist die Skulptur, die wir suchen. Sie nennt sich *Stehender Krieger*.«

Barbara reichte Lynley die Kopien, aber Dorothea ließ sich nicht beirren. »Campingurlaub für Singles! Normalerweise wird das für Familien angeboten, aber jedes Jahr gibt es eine Woche nur für Singles. Das ist genau wie früher, als wir als Kinder mit unseren Eltern in die Ferien gefahren sind.«

»Ich wette hundert Pfund«, sagte Barbara, »dass der Inspector noch nie in seinem Leben einen Campingurlaub gemacht hat, mit oder ohne Eltern.«

»Campingurlaub?«, fragte Lynley, während er seine Lesebrille zückte.

»Sehen Sie?«, sagte Barbara zu Dorothea. »Er weiß noch nicht mal, wovon Sie reden.«

Aber auch das konnte Dorotheas Begeisterung keinen Abbruch tun. »Das ist wie eine Ferienhausanlage, nur mit Zelten, Acting Detective Chief…«

»Chef reicht, Dorothea«, fiel Lynley ihr ins Wort. Er betrachtete das Foto von der Skulptur, das Ross Carver gefunden hatte.

»Sie waren doch schon mal in einer Ferienhausanlage, oder? Irgendwann?«

»Sieht er für Sie aus wie einer, der sich unters Proletariat mischt?«

»Unter was?«

»Das gemeine Volk, die Massen. Die würden ihm den Hals umdrehen, sobald er den Mund aufmacht.«

»Das ist doch lächerlich«, entgegnete Dorothea. »Da kann jeder hin. Betrachten Sie es doch als…«

»Muss ich wirklich?«

In dem Moment kam Nkata mit den DCs zurück, und Lynley verteilte die Ausdrucke. Barbara ging zu ihrem Schreibtisch und ließ sich auf ihren Stuhl fallen.

»Die bieten Schwimmen, Yoga und Tanzen an«, fuhr Dorothea unbeirrt fort. »Außerdem Badminton, Tennis, Krocket und Minigolf. Sie haben sogar eine Kletterwand! Abends gibt's ein Unterhaltungsprogramm und morgens Frühsport für alle. Und das Beste: Es gibt ein Wellnessbad. Also, klar, wenn die Schwimmen anbieten, muss es ja auch ein Schwimmbad geben.«

»Dee, es tut mir furchtbar leid«, sagte Barbara, »aber ich habe nicht vor, in diesem Leben einen Campingurlaub für Singles anzutreten.«

»Unsinn! Es ist genau das Richtige für uns. Wir können entweder ein Wohnmobil mieten oder ein Zelt mit zwei Schlafkammern. *Oder* – und das wäre vielleicht das Allerbeste – wir könnten uns in eine Hütte für acht Personen einmieten. Es gibt welche nur für Frauen beziehungsweise nur für Männer, und es gibt gemischte.«

»Und dann?«, fragte Barbara. »Sitzen morgens alle zusammen im Schlafanzug am Frühstückstisch?«

»Da wäre ich vorsichtig, Dorothea«, sagte Lynley. »Ich hatte bereits das Vergnügen, Barbara im Schlafanzug zu begegnen.«

Als Dee errötete, beeilte Barbara sich zu sagen: »Es ist nicht, was Sie denken, Dee. Der Inspector und ich sind nichts weiter als Kollegen, und der Schlafanzug war ein Geschenk von Winston, und ...«

»Detective Sergeant Nkata!«, rief Dorothea aus.

»Gefährliches Terrain, Barbara«, bemerkte Lynley.

»Wie auch immer«, sagte Dee achselzuckend. »Auf jeden Fall müssen wir uns beeilen, Barbara. Die Plätze sind bestimmt ganz schnell ausgebucht oder ausverkauft, oder wie das heißt. Die Anzeige ist heute erschienen, und zum Glück habe ich sie sofort gesehen.«

»Sie haben sich einen Urlaub verdient, Barbara«, sagte Lynley ernst. Dann senkte er den Kopf, um sein Grinsen zu verbergen, als Barbara ihm wütende Blicke zuwarf.

»Um noch mal auf die fehlende Skulptur zu sprechen zu kommen...«, sagte Barbara.

»Okay, ich hab's kapiert«, sagte Dorothea.

»Gott sei's getrommelt und gepfiffen«, murmelte Barbara.

»Aber das hier lasse ich Ihnen trotzdem mal da. Sehen Sie es sich an, dann reißen Sie sich bestimmt darum mitzufahren«, sagte Dee und hielt ihr die Ausdrucke mit der Werbung für den Campingurlaub hin.

Barbara blieb nichts anderes übrig, als sie entgegenzunehmen. »Ich kann's gar nicht erwarten, das ganze Zeug auswendig zu lernen«, sagte sie. Kaum hatte Dorothea den Raum verlassen, warf sie die Ausdrucke in den Papierkorb neben ihrem Schreibtisch.

»Sie druckt dir das Zeug einfach noch mal aus«, bemerkte Nkata.

Mit finsterer Miene fischte Barbara die Blätter wieder aus dem Papierkorb und gab sie ihm. »Du kannst es gern haben. Ein Campingurlaub für Singles ist bestimmt das Richtige für dich.«

»Könnten wir das Thema Campingurlaub hiermit beenden?«, fragte Lynley und wedelte mit dem Ausdruck, den Barbara ihm gegeben hatte. »Was ist das für eine Skulptur?«

»Sie heißt *Stehender Krieger*«, sagte Barbara. »Ross Carver sagt, er hat so 'ne Skulptur in Peckham in einer Galerie namens Padma gekauft und Teo geschenkt. Der Laden hat heute zu, aber man kann die Skulptur auf dem Foto gut erkennen. Wenn Sie mich fragen, ist das unsere Mordwaffe. Und die Tatsache, dass sie nicht bei den Skulpturen war, die

597

die Spurensicherer in Teos Wohnung eingesammelt haben, kann nur bedeuten, dass der Mörder sie nach der Tat mitgenommen hat. Außerdem hat Mr Carver mir verraten, dass er mir bei unserem ersten Plausch was vorenthalten hat, und das ist ein äußerst interessantes Detail. Teo Bontempi hat nämlich noch was zu ihm gesagt, bevor sie aus den Latschen gekippt ist, und zwar: ›Sie hat mich geschlagen, Ross.‹ Und das bedeutet: Jetzt wissen wir mit Sicherheit, dass sie von 'ner Frau ermordet wurde.«

»Außer, es waren zwei Personen beteiligt«, sagte Nkata. »Ich kann mir jedenfalls nicht vorstellen, dass Teo Bontempi verträumt rumgestanden hat, während jemand sich nach einer geeigneten Tatwaffe umsieht und ihr dann den Schädel einschlägt.«

»Oder die Täterin hat zugeschlagen…«, Barbara überlegte, »… als sie sich gestritten haben? Die Frau klingelt, und weil Teo sie kennt, lässt sie sie rein.«

»Klingt nach Rosie«, sagte Nkata.

Barbara fuhr fort: »Sie reden, es kommt zum Streit, also geht sie zur Tür, um die Besucherin rauszuwerfen. Sie geht davon aus, dass die Besucherin ihr folgt, was die auch tut. Nur dass sie sich unterwegs die Skulptur schnappt, mit der sie jetzt zuschlägt. Die Tatwaffe nimmt sie mit, denn sie hat genug Krimis im Fernsehen gesehen, um sich mit Polizeiarbeit auszukennen und zu wissen, dass sie Spuren darauf hinterlassen hat, die sie mit Teos Tod in Zusammenhang bringen.«

»Wenn sie die Skulptur mitgenommen hat, müsste man das doch auf einem der Videos sehen, oder?«, meinte einer der DCs.

»Es sei denn, sie ist hinten rausgegangen. Durch den Notausgang«, sagte ein anderer.

»Oder sie hat das Ding aus dem Fenster geworfen und es nachher wieder eingesammelt.«

»Oder es ist eine Finte«, sagte Lynley.

»Wie meinen Sie das?«, fragte ein DC, der aussah wie Charlie Chaplin als Tramp.

»Vielleicht *sollen* wir ja denken, sie hätte Teo mit der Skulptur erschlagen, damit wir unsere Zeit damit vergeuden, nach dem Teil zu suchen«, warf Barbara ein.

»Wollen Sie damit sagen«, fragte Charlie Chaplin Lynley, »die Täterin hat den Mord geplant und eine Mordwaffe mitgebracht?«

»Nicht unbedingt«, antwortete Lynley. »Möglicherweise hat die Täterin Teo Bontempi aufgesucht, um mit ihr zu reden, doch dann ist aus dem Gespräch ein Streit und Teo zur Bedrohung geworden.«

»Damit wäre Mercy Hart wieder als Verdächtige im Spiel«, bemerkte Nkata.

»Und Rosie Bontempi«, sagte Barbara.

»Und Pietra Phinney«, sagte Lynley. »Wir haben nur Mark Phinneys Aussage, dass die Affäre mit Teo Bontempi beendet war.«

Sie ließen die neuen Erkenntnisse sacken, dann verteilte Lynley die Aufgaben für den nächsten Tag.

Barbara würde die Galerie in Peckham aufsuchen und sehen, was sie über den *Stehenden Krieger* in Erfahrung bringen konnte. Die DCs würden sich aufteilen: Einer sollte nach dem Ort suchen, wo das Mobiliar aus der Praxis in Hackney hingeschafft worden war, eine würde versuchen herauszufinden, wer die Räumlichkeiten der Praxis ursprünglich angemietet hatte, die anderen sollten sämtliche Secondhandläden und Antiquariate abtelefonieren, um zu fragen, ob jemand eine Skulptur gespendet oder zum Verkauf angeboten hatte. Nkata würde noch einmal versuchen, Monifa Bankole zu einer Aussage über den eigentlichen Zweck der Praxis in der Kingsland High Street zu bewegen. Lynley wollte mit Barbaras Unterstützung erneut mit Mercy Hart reden, bevor die Vierundzwanzigstundenfrist, während derer sie sie festhalten konnten, ablief. Dann schickte Lynley sie alle in den Feierabend. Am nächsten Morgen sollten sie wieder um halb sieben den Dienst antreten. Es würde ein weiterer langer Tag werden.

BELGRAVIA
CENTRAL LONDON

Lynley ging mit seinem Whisky in den Garten. Von der Terrasse aus betrachtete er die Rosensträucher und sinnierte darüber nach, dass Rosen neuerdings kaum noch oder gar nicht dufteten. Das mit Granitsteinen eingefasste Beet war nicht weit von ihm entfernt, aber er roch nichts. Er musste daran denken, dass Helen sich darüber beklagt hatte. *Liebling*, hatte sie gesagt, *Rosen sind für mich Rosen, wenn sie duften. Warum in aller Welt hat man den Duft weggezüchtet? Das verstehe ich nicht.* Es war das Einzige gewesen, was sie an dem Garten auszusetzen hatte. Ansonsten hatte sie den Garten geliebt, auch wenn sie keinen grünen Daumen gehabt hatte. Aber sie hatte immer gern in den Beeten herumgebuddelt. Und bei schönem Wetter hatten sie oft zusammen draußen gegessen. Bei schlechtem Wetter hatte sie am Fenster im Treppenhaus gestanden und den Garten betrachtet. *Ich wäre gern Gartengestalterin geworden*, hatte sie einmal zu ihm gesagt. Er hatte gemeint, dafür sei es nicht zu spät, nichts spreche dagegen, dass sie eine zweite Gertrude Jekyll würde. Sie fand jedoch, dass es ihr an Talent mangelte. *Trotzdem danke, dass du mir das zutraust, Tommy*, hatte sie gesagt. Immerhin hatte sie mithilfe des Internets gelernt, Kübel prächtig zu bepflanzen. Was sie jedoch als Kinderkram abgetan hatte. *Man braucht nur drei Elemente, außerdem gute Blumenerde und eine Gärtnerei, in der man sich erkundigen kann, welche Pflanzen in einem Kübel zusammenpassen. Wenn ich sie regelmäßig gieße, halten die Stauden ewig, nur die einjährigen Pflanzen muss ich jedes Jahr ersetzen.* Die Kübel, die sie bepflanzt hatte, standen immer noch da. Nach ihrem Tod hatte er die Pflanzen alle sterben lassen. Er hatte es einfach nicht über sich gebracht, sie an ihrer Stelle zu pflegen.

Im Nachbargarten waren Stimmen zu hören, Lachen und Plaudern und das Klackern von Krocketkugeln. »Die Cocktails sind fertig!«, rief eine Frau. »Ich hab was Neues ausprobiert, ich hoffe, es schmeckt euch!«

Die Stimmen verstummten, offenbar wurden die Cocktails probiert. Dann sagte jemand: »Hmmm. Fantastisch.«

Lynley lächelte in sich hinein. Er lauschte seinen Nachbarn noch eine Weile. Was jedoch schließlich dazu führte, dass er sich einsam fühlte.

Es war nicht das erste Mal, aber diesmal erwuchs das Gefühl der Einsamkeit aus einer inneren Leere heraus. Diese Leere bestimmte sein ganzes derzeitiges Leben, auch wenn es ihm meistens gelang, sie mit Arbeit zu füllen. Besonders während einer Mordermittlung hatte er lange Arbeitstage, aber selbst mitten in einem Fall war die Leere gegenwärtig, und letztlich war ihm bewusst, dass er sich wie ein Besessener in seine Arbeit stürzte, um seine Gefühle zu unterdrücken.

Er fragte sich, ob Daidre genau das bei ihm spürte, ohne dass sie es in Worte fassen konnte oder wollte. *Liebte* er Daidre wirklich? Oder war seine Liebe nur aus seiner Sehnsucht geboren, sich wieder ganz zu fühlen und eine Frau so zu lieben, wie er Helen geliebt hatte? Wie konnte er nach den schrecklichen Begleitumständen ihres Todes annehmen, er habe seine Trauer überwunden, eine Trauer, die hauptsächlich seiner Entscheidung geschuldet war, Helen gehen zu lassen, ihren Geist von ihrem Körper zu befreien?

Er trank seinen Whisky aus. Obwohl er weder Hunger noch Appetit verspürte, entschloss er sich, es mit dem Abendessen zu versuchen.

Wie immer hatte Charlie ihm etwas zubereitet, das er sich nur aufzuwärmen brauchte. Als er gerade den Timer an der Mikrowelle eingestellt hatte, klingelte sein Handy. Es war Daidre. Endlich. Darüber war er froh, aber zugleich auch vorsichtig.

»Du hast versucht mich zu erreichen, Tommy?«, sagte sie ohne Umschweife.

»Ja«, antwortete er und schaltete die Mikrowelle ein. »Ich habe mir Sorgen gemacht, als du dich nicht gemeldet hast. Wo bist du? Geht es dir gut? Ich dachte...« Er brach ab, genervt von der Bedürftigkeit in seiner Stimme und weil er merkte, dass er mal wieder zu viel redete.

»Alles gut, ja, aber ich musste nach Cornwall fahren«, sagte sie.

»Gibt es Probleme?«, fragte er. »Bist du im Cottage?«

»Goron hat Gwynder allein gelassen. Und sie hat noch nicht mal ein Fahrzeug, ist das zu fassen? Kann sein, dass er zu unserem Vater zurück ist, auf jeden Fall ist Gwynder total aufgeschmissen. Du weißt ja, wie einsam Polcare Cove gelegen ist.«

Das wusste er in der Tat. Genau deswegen hatte Daidre das Cottage gekauft. Und deswegen war es das einzige Haus weit und breit gewesen, als er damals dringend ein Telefon gebraucht hatte.

»Sie hat mich schon vor ein paar Tagen angerufen«, fuhr Daidre fort. »Erst dachte ich noch, er kommt bald wieder.

Ich dachte, er hat vielleicht nur einen Ausflug gemacht oder was weiß ich, aber er ist nicht zurückgekommen.«

»Könnte ihm etwas zugestoßen sein?«, fragte Lynley.

»Das war auch mein erster Gedanke, schließlich ist er das Autofahren nicht gewohnt. Aber ich habe alle Krankenhäuser und Polizeistationen abtelefoniert. Es hat keinen Unfall gegeben. Ich kann mir also nur vorstellen, dass er zu unserem Vater zurückgekehrt ist.«

»Du erwähntest ja bereits, dass er sich im Cottage nicht wohlfühlt«, sagte Lynley. »Da sollte es dich doch eigentlich nicht wundern, dass er gegangen ist, oder?«

»Eigentlich nicht, nur dass ich dummerweise dachte, er würde den Weg zum Wohnwagen nicht finden. Wobei ich natürlich nicht weiß, ob er wirklich dort ist. Es gibt dort kein Telefon, und sie haben beide kein Handy. Gwyn hat Angst, dass ihm etwas passiert ist, und sie fürchtet sich allein im Cottage.«

»Keine einfache Situation.«

»Allerdings. Ich weiß wirklich nicht, was ich tun soll. Schließlich kann ich Goron nicht zwingen, in Polcare Cove wohnen zu bleiben.«

»Bist du jetzt im Cottage?«

»Nein, nein. Du weißt doch, wie schlecht der Handyempfang da ist. Ich habe zwar einen Festnetzanschluss legen lassen für die beiden, aber ich wollte ungestört mit dir reden können. Ich hab Gwyn zum Essen eingeladen und stehe auf dem Parkplatz vor dem Gasthaus, während sie schon mal einen Tisch sucht.«

»Ich nehme an, dass dich das Thema schon seit einer Weile beschäftigt«, sagte er.

»Meine Geschwister? Ja natürlich. Ich dachte, ich hätte alles perfekt für sie organisiert, ein Haus, ein Auto, für jeden einen guten Job. Ich dachte, wenn sie endlich nicht mehr in diesem elenden Wohnwagen hausen müssten, würden sie aufblühen. Aber jetzt...? Ich weiß nicht, Tommy. Gwyn redet davon, dass sie auch zurückwill. Aber was für ein Leben soll das denn für die beiden dort sein? Ich bin wirklich ratlos.«

»Das höre ich an deiner Stimme«, sagte er. »Aber vielleicht ist, was gut für dich war – dass man dich deinen Eltern weggenommen und in eine Pflegefamilie gegeben hat –, nicht auch gut für deine Geschwister. Vielleicht sind sie ja tatsächlich in diesem Wohnwagen und bei eurem Vater am besten aufgehoben.«

»Aber wie stellst du dir das vor? Eine Zukunft als Zinnschürfer? Okay, inzwischen gibt es im Wohnwagen fließendes Wasser und einen Holzofen, aber das war's auch schon an Komfort.«

»Der Mensch sucht das Vertraute«, sagte er. »Was uns vertraut ist, gibt uns Geborgenheit und Sicherheit. Für deine Geschwister ist Polcare Cove unbekanntes Terrain. Was hast du denn jetzt vor?«

»Ich weiß es ehrlich gesagt nicht. Ich traue mich nicht, mit Gwyn zu meinem Vater zu fahren, um das Auto zu holen. Obwohl sie es braucht, wenn sie in Polcare Cove bleiben soll. Wie soll sie sonst zur Arbeit kommen? Aber wenn ich mit ihr hinfahre, will sie womöglich auch dort bleiben, und was mach ich dann?«

»Dann lässt du sie bleiben, schätze ich.« Lynley schwieg einen Moment lang. Hinter dem Fenster der Mikrowelle drehte sich sein Abendessen. Er legte Besteck und ein Tischset auf dem Küchentisch zurecht und entschuldigte sich im Stillen bei seinem verstorbenen Vater, der, soweit Lynley wusste, in seinem ganzen Leben nie einen Fuß in die Küche des Hauses gesetzt hatte, ganz zu schweigen davon, dass er einmal am Küchentisch gesessen und eine Mahlzeit zu sich genommen hätte. »Ich weiß, dass es nicht das ist, was du dir für sie wünschst, Daidre«, sagte er schließlich. »Aber sie ist alt genug, um ihre eigenen Entscheidungen zu treffen. Und sie wird wissen, dass sie sich jederzeit wieder anders entscheiden kann. Das Cottage läuft ihr ja nicht weg.«

»Ich hatte überlegt, sie alle beide nach London zu holen. Oder zumindest Gwyn.«

»Wirklich?«

»Du scheinst das für keine gute Idee zu halten, Tommy.«

»Ich denke nur daran, was das für eine Veränderung bedeuten würde – von der Küste in die Großstadt...«

»Gwyn mag Tiere. Ich könnte versuchen, ihr einen Job im Zoo zu verschaffen. Dann käme sie unter Leute, würde vielleicht Freunde finden. Das wäre doch besser, als wieder in den Wohnwagen zu ziehen.«

Die Mikrowelle bimmelte. Er öffnete sie und genoss den herrlichen Duft, der ihr entströmte.

Er stellte sein Essen auf den Tisch. »Damit wären wir wieder beim Thema, was du wolltest und was gut für dich war, Daidre. Es ist so gut wie unmöglich zu wissen, was jemand anders für sein Glück braucht.«

Er nahm eine Flasche Bier aus dem Kühlschrank.

»Du klingst immer so vernünftig, Tommy«, sagte Daidre.

Er lachte in sich hinein. »Dabei wissen wir ja beide, wie unvernünftig ich bin. Es ist einfach so, dass ich nicht persönlich involviert bin. Also, in die Geschichte mit deinen Geschwistern, meine ich. Bei dir sieht das natürlich ganz anders aus. Da wäre manchmal ein bisschen mehr Distanz angebracht, das ist mir bewusst, Daidre. Und ich weiß auch, wie es ist, zusehen zu müssen, wenn jemand ständig Entscheidungen trifft, die dem, was ich dieser Person wünsche, widersprechen. Und das macht es schwierig.«

»Was?«

»Zu akzeptieren und mir einzugestehen, dass ich mit dem,

was ich mir vorstelle, falschliege, dass die Entscheidung der Person in Anbetracht der Umstände in dem Moment für sie richtig ist.«

Sie schwieg. Er fragte sich, was sie von ihrem Auto aus gerade sehen konnte – die Bäume hinter dem Gasthaus? Den steinigen Weg, der in den Wald hinaufführte? Die schmale Straße, auf der sie vom Cottage aus gekommen war? Er setzte sich an den Tisch. Charlie Denton machte wirklich die besten Steak Pies, dachte er.

»Hast du manchmal das Gefühl, dass du dich nicht genug anstrengst?«, fragte Daidre.

»In meinem Beruf? Die Antwort kennst du doch.«

»Nein, eigentlich nicht. Kennst du das Gefühl denn, Tommy?«

»Das Gefühl habe ich meistens. Dann denke ich, wenn ich doch einen anderen Ansatz versucht hätte, wenn ich etwas doch mit anderen Augen betrachtet, einen weiteren Gesichtspunkt berücksichtigt hätte … dann hätte ich jetzt die Lösung, die mir vorschwebt. Aber ich glaube, genau da liegt der Fehler. Wenn wir uns auf die Lösung versteifen, die uns *vorschwebt*, statt nach etwas Neuem zu suchen. Anstatt etwas anderes zuzulassen, vielleicht auch etwas ganz Unerwartetes.«

»Hm, verstehe. Es gibt kein Rezept für das Leben.«

»Leider.« Er löste die Steak Pie mit seinem Messer aus der Form, stürzte ihn auf seinen Teller und sog den köstlichen Duft ein. »Ich würde dir anbieten, zu dir nach Cornwall zu kommen«, sagte er. »Aber das geht im Moment leider nicht.«

»Das ist auch nicht nötig. Aber …«

Er wartete, doch sie beendete den Satz nicht. Er dachte schon, die Verbindung wäre abgebrochen, aber er konnte vage Hintergrundgeräusche ausmachen.

Schließlich sagte sie: »Aber es wäre wirklich sehr schön, dich hier zu haben, auch wenn ich nicht so genau weiß, warum.«

»Ah.«

»Ah? Das ist alles?«

»Hast du mehr erwartet?«

»Tja, das ist die Frage.«

»Jedes Mal und immer wieder von Neuem, Daidre.«

»Da kommt Gwyn gerade aus dem Gasthaus, Tommy. Sie fragt sich bestimmt, wo ich bleibe. Ich muss auflegen. Aber danke für das Gespräch, es hat mir geholfen.«

»Wirklich? Dann freue ich mich, dass du angerufen hast. Wobei ich mich natürlich immer freue, wenn du anrufst, aber das weißt du ja.«

»Ja, das weiß ich. Danke, Tommy.«

»Genießt euer Essen.«

»Danke, das werden wir.«

Er hoffte, dass ihm das auch gelingen würde. Versuchsweise machte er sich über seine Steak Pie her.

13. AUGUST

BRIXTON
SOUTH LONDON

Monifa Bankole war keine Gefangene, und doch fühlte sie
sich so, auch wenn sie sich ihr Gefängnis selbst gebaut hatte.
Sie musste nicht bei den Nkatas bleiben. Alice wollte sie
heute mit ins Café nehmen, aber sie musste nicht mitgehen.
Oder sie konnte sich auf dem Weg dorthin von Alice trennen
und ein Riesentheater veranstalten, falls Alice versuchte sie
aufzuhalten. Oder sie konnte mit ins Café gehen und einfach
verschwinden, wenn Alice mit Kochen beschäftigt war oder
sich um Gäste kümmern musste. Aber nichts davon würde
sie ihren Kindern näher bringen. Wenn sie ihre Kinder wiedersehen wollte, gab es nur eine Möglichkeit.

Das hatte der Detective ihr sehr deutlich gemacht, bevor er zur Arbeit aufgebrochen war. Er wolle ganz offen zu
ihr sein, hatte er gesagt und ihr Folgendes berichtet: Mercy
Hart – die unter dem Namen Easter Lange die Praxis in
der Kingsland High Street betrieben hatte – befinde sich in
Polizeigewahrsam. Der Frau werde vorgeworfen, sich fälsch-
licherweise als Ärztin ausgegeben und Beschneidungen an
kleinen Mädchen vorgenommen zu haben. Allerdings sei sie
äußerst geschickt vorgegangen, und die Polizei habe keine
Beweise für die Beschneidungen gefunden. Deswegen liege
es jetzt in Monifas Hand, ob man der Frau wegen ihrer kri-
minellen Aktivitäten den Prozess machen könne. Was bedeu-

tete, dass man eine umfassende handschriftliche Aussage von ihr brauche.

»Denken Sie darüber nach, was das Richtige ist, Mrs Bankole«, hatte er gesagt. »Und zwar sowohl für Sie selbst als auch für Ihre Kinder. Meine Karte haben Sie ja. Sie können mich jederzeit anrufen.«

Nachdem er sich auf den Weg zur Arbeit gemacht hatte, war sie wieder zu Alice und Benjamin in die Küche gegangen. Falls die beiden gehört hatten, was ihr Sohn gesagt hatte, ließen sie sich jedenfalls nichts anmerken. Benjamin war dabei, Wäsche zu falten, während Alice ihm aus den Resten des Abendessens, das Monifa zubereitet hatte, ein Lunchpaket zurechtmachte. Monifa hatte *Efo riro, Eba* und Eierreis gekocht, nachdem Benjamin auf dem Markt alle Zutaten besorgt hatte.

Sie war bei dem schweißtreibenden Abendessen mit Komplimenten überschüttet worden, wie sie ein erfolgreiches nigerianisches Mahl im Allgemeinen begleiteten. Sie hatte darauf geachtet, nicht zu scharf zu würzen, aber nach dem ersten Bissen war der Detective aufgesprungen, um sich ein Glas Milch aus dem Kühlschrank zu holen, worüber sein Vater laut gelacht hatte. »Mein Sohn ist durch und durch Engländer. Stell dich nicht so an, Winston. Komm zurück an den Tisch und hau rein.«

Alice hatte die Reste in Plastikdosen gefüllt, die sie ihm jetzt einpackte. Benjamin war fast fertig mit dem Wäschefalten. Monifa hatte noch nie erlebt, dass ein Mann sich um die Wäsche der Familie kümmerte, aber die Nkatas steckten voller Überraschungen. Nach dem Abendessen war Benjamin mit einem Wäschekorb voller Handtücher und Bettlaken im Waschkeller verschwunden. Später war er sogar noch mal nach unten gegangen, um die Wäsche in den Trockner zu packen.

609

Jetzt sagte Alice zu Monifa: »Ich wäre dann so weit. Kommen Sie mit ins Café? Ich würd gern mal Eierreis kochen, und da könnte ich ein paar Tipps von Ihnen gebrauchen.«

Also gingen sie gemeinsam los. Sie liefen kreuz und quer durch das Viertel, sodass Monifa schon argwöhnte, dass der Detective seine Mutter angewiesen hatte, einen Weg zu wählen, den Monifa sich auf keinen Fall merken konnte. Als sie am Polizeirevier vorbeikamen, erschrak Monifa, doch Alice ging unbeirrt weiter bis zur Brixton Road. Dort befand sich *Alice N's Café* zwischen einer Wäscherei und einem Restaurant namens Habeesha. Wie fast alle Läden in der Straße war das Café mit einem Rolltor gesichert, das die gesamte Ladenfront inklusive Schaufenster bedeckte. Auf hellblauem Untergrund prangte der Name des Cafés in leuchtendem Rot auf dem Rolltor, und darunter hatte jemand mit Talent und Humor lauter fröhliche Menschen gemalt, die an Tischen saßen, welche sich unter dem Gewicht von Speisen bogen. Darunter stand *Zum Mitnehmen oder zum hier Essen*, wobei die einzelnen Buchstaben jeweils Teller, Gläser und Besteck darstellten.

Monifa fragte sich schon, ob es sich um ein Graffito handelte, doch dann sah sie, dass der Künstler sein Werk signiert hatte: Annan Kwame. Vielleicht war er ja im Viertel bekannt.

Alice entriegelte das Rolltor und schob es hoch. Dann schloss sie die Tür des Cafés auf, und sie gingen hinein. Alice drehte das Schild mit der Aufschrift geöffnet/geschlossen jedoch nicht um. »Tabby kommt gleich«, sagte sie zu Monifa. »Und ich möchte, dass sie zusieht und genau aufpasst, wenn wir kochen. Aber jetzt gönnen wir uns erst mal einen Kaffee.«

Alice brühte zwei Tassen Kaffee auf, stellte sie zusammen mit einem Kännchen Milch und einem kleinen Korb mit einer Auswahl an Zucker- und Süßstoffsorten auf einen

Tisch und bat Monifa, Platz zu nehmen. »Haben Sie das Café schon lange?«, fragte Monifa.

Alice nickte. »Als Stoney – unser Harold – ins Gefängnis gekommen ist, brauchte ich was, um mich von der Frage abzulenken, was ich falsch gemacht hab. Benj meinte, ich soll aufhören rumzujammern, wir könnten jetzt sowieso nichts mehr für Stoney tun. Und da ich nur zwei Talente habe, nämlich Klöppeln und Kochen, hab ich mich fürs Kochen entschieden. Anfangs hatte ich einen Stand auf dem Brixton Market, aber nur drei Stunden am Tag, von zehn bis eins. Den Stand hab ich immer noch – Tabbys Mum kümmert sich darum –, aber Benj meinte, ein richtiges Café wäre besser für mich, schließlich werde ich ja nicht jünger. Auf dem Markt ist man ziemlich dem Wetter ausgesetzt, vor allem im Winter.«

Monifa dachte darüber nach, was Alice gesagt hatte, und fragte: »Kochen?«

»Wie bitte?«

»Kochen ist Ihr einziges Talent?«

Alice lächelte. »Wie gesagt, mein zweites Hobby ist Klöppeln, und vielleicht schlummert auch noch das eine oder andere weitere Talent in mir, aber Kochen ist das einzige Hobby, dem ich regelmäßig nachgehe. Was will man auch machen, wenn man zwei hungrige Männer im Haus hat? Außerdem können wir das Geld gut gebrauchen. Allerdings habe ich nicht von Anfang an Geld verdient. Anfangs hab ich viel zu viel bestellt, viel zu große Mengen gekocht, die Portionen zu groß bemessen. Es hat 'ne ganze Weile gedauert.«

»Für mich ist alles das Gleiche«, sagte Monifa. »Kochen, waschen, putzen, bügeln, einkaufen …«

Alice nickte und trank einen Schluck Kaffee. Sie verzog das Gesicht. »Gott, ist der stark. Wenn Sie den trinken, schla-

611

fen Sie eine Woche nicht, Monifa. Ich mach Ihnen einen neuen.«

»Nein, nein, nicht nötig. Der ist bestimmt in Ordnung.« Unter Alice' argwöhnischem Blick gab Monifa Milch und Zucker in ihren Kaffee und trank einen Schluck. Der Kaffee war tatsächlich zu stark, aber das würde sie niemals sagen. »Sie haben also Ihr Hobby zum Beruf gemacht?«

»Ja, und ich lerne immer wieder dazu.« Alice fuhr mit der Hand über die Tischplatte, deren Zustand anscheinend nicht zu ihrer Zufriedenheit war. Sie holte ein Reinigungsmittel und einen Lappen, sprühte die Tischplatte ein und wischte sie gründlich ab. »Deswegen habe ich Sie gebeten mitzukommen. Von Ihnen kann ich eine Menge lernen. Haben Sie schon mal in Erwägung gezogen, Kochkurse für nigerianische Küche anzubieten?«

Monifa legte den Kopf schief und sah Alice an, als fühlte sie sich auf den Arm genommen. »Ich? Kurse geben?«

»Warum denn nicht? Sie werden mir doch heute auch was beibringen.«

»Das ist etwas anderes.«

»Nein, ist es nicht. Sie könnten Abendkurse geben. Hier im Café, wenn Sie wollen. Sie hätten bestimmt ganz schnell eine Gruppe zusammen. Vor allem, wo jetzt immer mehr Leute hierher ziehen, die sich sowas leisten können. Und Sie werden einen Job brauchen.«

»Ich? Warum?«

Alice antwortete nicht sofort, sondern polierte weiter die Tischplatte. Schließlich richtete sie sich auf und sah Monifa direkt an. »Ich will's mal so sagen. Sie machen auf mich nicht den Eindruck, als wären Sie dumm.«

»Das hoffe ich doch.«

»Das glaub ich Ihnen gern. Aber lassen Sie mich Ihnen eins sagen: Sie wären richtig dumm, wenn Sie zu einem

Mann zurückgehen würden, der Sie schlägt. Wenn ich das richtig verstanden habe, hat Jewel Sie heute vor eine Entscheidung gestellt. Stimmt's?«

Monifa nickte.

»So wie ich das sehe, stehen Sie an einem Scheideweg. Wie das Leben für Sie weitergeht, hängt jetzt einzig und allein von Ihnen selbst ab.«

PECKHAM
SOUTH LONDON

Cynthia Swann und Clete Jensen stritten sich, als Barbara auf dem Weg nach Peckham war. Sie hatte kurz in Erwägung gezogen, öffentliche Verkehrsmittel zu benutzen, aber das wäre eine halbe Weltreise mit U-Bahn, Zug und Bus gewesen, ganz zu schweigen von den Fußwegen, weswegen sie am Ende doch mit dem Auto gefahren war. Um sich die Zeit zu vertreiben, hatte sie eine CD mit einer Episode von Cynthia und Cletes unglücklicher Liebesgeschichte mitgenommen. Das war jetzt genau das Richtige. Das Liebesdrama nahm Fahrt auf. Clete hatte gerade fluchtartig die Ranch verlassen, die Cynthia von einem entfernten Onkel geerbt hatte. Clete hatte dort als Cowboy gearbeitet und den Laden am Laufen gehalten, und jetzt kam Cynthia, um ihr Erbe in Augenschein zu nehmen – Barbara konnte sich absolut nicht merken, in welchem US-Staat sich die Ranch befand, hatte jedoch bei der Beschreibung der einsamen Weiten den Verdacht, dass der Autor zu viel Zeit im australischen Outback verbracht hatte. Jedenfalls war Cynthia auf der Ranch aufgekreuzt, und Cynthia und Clete hatten sich in die Augen gesehen, und das Schicksal hatte sie vereint, und sei es nur aufgrund der Tatsache, dass im Umkreis von fünfzig Meilen kein anderes menschliches Wesen zu finden war. Innerhalb kürzester Zeit waren sie zweimal im Bett gelandet, hatten »unbeschreibliche Leidenschaft« erlebt, aber das dritte Mal hatte zu ihrer Trennung geführt – zur vorübergehenden Trennung natürlich, wie es in solchen Romanen üblich war –, und jetzt galoppierte Clete auf seinem Hengst davon, während Cynthia am Fenster stand und ihm schluchzend hinterherschaute. Noch einmal drehte er sich um, ihre Blicke begegneten sich, Sehnsucht und Verlangen überkamen sie und so weiter und so fort, bla, bla, bla, dachte Barbara.

Sie schaltete das Gerät aus. Clete würde natürlich zurückkommen. Eine Nacht unfassbarer Leidenschaft – oder zwei oder auch drei –, und alles würde wieder in Butter sein.

Sie parkte und machte sich auf die Suche nach der Galerie Padma. Die war nicht so einfach zu entdecken, denn sie befand sich in einer kleinen Gasse, die von der Rye Lane abzweigte, und verschwand beinahe hinter ZA Afro Foods und Ali Baba's Barber. Barbara fand die Galerie erst, nachdem sie in einem asiatischen Möbelhaus gefragt hatte, und als sie davorstand, stellte sie fest, dass sie schon dreimal daran vorbeigelaufen war.

Eigentlich hätte sie die Galerie sehen müssen, dachte sie, aber die vielen Graffiti an der Backsteinwand des Gebäudes hatten sie abgelenkt. *Feel It* sah in Bezug auf Form und Farbe fast aus wie das Werk eines Profis. Nicht dass Barbara sich mit Form und Farbe auskannte, aber *Feel It* sah wirklich aus wie was Besonderes, während *JOBZ RES!* ihr eher vorkam wie die Stümperei eines Anfängers.

Als Barbara die Galerie Padma betrat, fiel ihr als Erstes der Kontrast zu der dunklen Gasse auf. An cremefarbenen Wänden hingen Gemälde, auf weißen Sockeln standen Skulpturen, in Glasvitrinen waren Schmuckstücke kunstvoll arrangiert.

Eine in afrikanischem Stil gekleidete Frau saß hinter einem Schreibtisch in der hinteren Ecke des Raums. Sie blickte auf, als sie Barbara gewahrte, stand auf und kam ihr mit ausgestreckter Hand entgegen. Sie stellte sich als Neda vor, Geschäftspartnerin der Galeriebesitzerin.

Ob die Besitzerin Padma sei, erkundigte sich Barbara.

Nein, Padma sei die Mutter der Besitzerin, lautete die Antwort.

Barbara zückte den Ausdruck, auf dem der *Stehende Krieger* abgebildet war, reichte ihn Neda und fragte, ob die Skulptur aus der Galerie stamme.

»Ja, ja, diese Skulptur haben wir verkauft«, sagte Neda. »Sie heißt *Stehender Krieger*.« Die Künstlerin stamme aus Zimbabwe, und die Galerie Padma sei ihre einzige Agentur in ganz London, fügte sie hinzu. »Würden Sie sich die Skulptur gern ansehen?«, fragte sie.

»Sie haben sie hier?«, fragte Barbara ungläubig. Sie konnte ihr Glück nicht fassen. »Hat jemand sie in Kommission gegeben?«

»Es kommt durchaus vor, dass uns Kunstwerke in Kommission gegeben werden, aber bei dieser Skulptur ist das nicht der Fall.«

Barbara runzelte die Stirn. »Ich kann Ihnen nicht folgen. Aber Sie sagten, ich kann sie mir ansehen?«

»Ja natürlich. Sie steht da drüben, zwischen verschiedenen anderen Skulpturen. Sie stammen alle von unterschiedlichen Künstlern und Künstlerinnen, aber wir haben sie zu einer Gruppe zusammengestellt, weil sie so besonders eindrucksvoll wirken.« Sie führte Barbara in den hinteren Teil der Galerie, wo in einer Nische fünf Skulpturen auf Sockeln standen, jeweils von einem Punktstrahler angeleuch-

615

tet. Barbara entdeckte die Skulptur sofort, sie sah genauso aus wie auf dem Foto, das Ross Carver im Internet gefunden hatte.

Die Skulptur war ungefähr fünfundvierzig Zentimeter groß, und sie stellte einen mit Speer und Schild bewaffneten afrikanischen Krieger dar. Der Mann war dünn und sehr muskulös, sein längliches Gesicht war ausdruckslos. Er trug eine Perlenkette um den Hals und eine Creole an einem Ohr.

»Künstler, die mit Bronze arbeiten, stellen in der Regel eine beschränkte Anzahl ihrer Werke her. Diese Künstlerin – sie heißt Blessing Neube – hat fünfzehn Exemplare des *Stehenden Kriegers* gemacht. Sie schickt uns immer zwei Stück, mehr Exemplare können wir nicht lagern. Sobald wir zwei verkauft haben, schickt sie uns die nächsten. Das hier ist Nummer dreizehn. Die Nummer und Blessings Initialen sind unten an der Skulptur eingraviert. Darf ich fragen, warum Sie sich für die Skulptur interessieren?«

Barbara zeigte ihren Ausweis und erklärte Neda, dass sie sich für den *Stehenden Krieger* interessierte, weil er als Mordwaffe zum Einsatz gekommen war, was Neda mit Bestürzung zur Kenntnis nahm. Sie erlaubte Barbara, die Skulptur in die Hand zu nehmen.

Die perfekte Mordwaffe, dachte Barbara. Sie ließ sich an den Knöcheln der Figur gut packen, war schwer genug, um erheblichen Schaden anzurichten, aber nicht zu schwer für eine Frau, die damit zuschlagen wollte. Barbara betrachtete die eingravierte 13, was sie auf die Frage brachte, ob Neda wisse, wer die anderen zwölf Exemplare gekauft hatte.

Aber natürlich, antwortete Neda. Die Galerie führe eine Kundenkartei, und zwar nicht nur, um die Herkunft von Kunstwerken zu dokumentieren, sondern auch, um Kunden über weitere Werke desselben Künstlers informieren zu können. Barbara nannte ihr Ross Carvers Namen, den Neda sofort in ihrem Computer fand. Ja, Mr Carver habe ein Exemplar des *Stehenden Kriegers* gekauft, sagte sie. »Und zwar die Nummer zehn.«

»Ich brauche die Namen der anderen Käufer«, sagte Barbara. »Wir werden sie kontaktieren, um uns zu vergewissern, dass die Skulpturen sich noch in ihrem Besitz befinden.«

Neda zögerte. »Normalerweise geben wir keine Kundendaten heraus«, sagte sie.

»Dann komme ich mit einem Durchsuchungsbeschluss wieder«, sagte Barbara freundlich. »Wir müssen wissen, wo die anderen Exemplare der Skulptur sind.«

Neda seufzte, druckte jedoch die Namen aus. Barbara nahm den Bogen entgegen und überflog die Liste. Keiner der Namen kam ihr bekannt vor, aber das hatte natürlich nichts zu bedeuten. Sie gab Neda ihre Karte und sagte: »Falls jemand eine der Skulpturen bei Ihnen in Kommission gibt…«

»Dann melde ich mich natürlich sofort bei Ihnen«, versprach Neda.

CHELSEA
SOUTH-WEST LONDON

Tani begriff nicht, warum nur drei Leute, ein Hund und eine Katze in diesem Riesenhaus wohnten. Er war noch nie in so einem großen Haus gewesen, es war mindestens doppelt so groß wie das, wo Sophie mit ihrer Familie wohnte. Es gab Zimmer ohne Ende: Schlafzimmer, Gästezimmer, Badezimmer, eine Bibliothek, eine Küche. Am Abend zuvor hatte er das Esszimmer kennengelernt, wo sie alle auf gepolsterten Stühlen an einem langen Mahagonitisch gesessen hatten, dessen ovale Tischplatte so blank poliert war, dass er sein Spiegelbild darin sehen konnte. Auf einem niedrigen, uralten Schrank hatte auf einem Tablett eine dickbauchige Suppenschüssel mit Deckel gestanden. Links und rechts davon gerahmte Fotos, auf denen natürlich nur Weiße zu sehen waren, klar. Es gab ein Foto von den Leuten, die ihn und Simisola bei sich aufgenommen hatten, die Braut in einem vornehmen weißen Kleid, der Bräutigam in einem fürstlichen grauen Cutaway. Sie hatte sich bei ihm untergehakt, und er hatte seine Hand auf ihre gelegt. *Seht her, wir sind ja sowas von verliebt*, schien das Foto zu sagen. Aber letztlich war es auch nur ein Foto.

Platten mit Essen wurden herumgereicht, ihre Gastgeber hatten miteinander geplaudert, wie reiche Weiße das vermutlich taten. Simisola hatte hin und wieder etwas gesagt, aber nur wenn sie direkt gefragt worden war, ansonsten hatte sie mit großen Augen das Geschehen verfolgt, als könnte sie ihr Glück nicht fassen. Als wäre sie in einem Märchenschloss gelandet, wo alle glücklich und zufrieden waren.

Am Morgen war Tani nach dem Frühstück in den Garten gegangen und hatte ein bisschen mit dem Hund gespielt. Er fragte sich, wie einer auf die Idee kommen konnte, seinen Hund Peach – Pfirsich – zu taufen. Oder wie einer auf die Idee kam, seinen Kater Alaska zu nennen.

Peach schien es egal zu sein, wie sie hieß, im Moment war sie nur an dem halb zerkauten Tennisball interessiert. Sie bellte, bis Tani ihn warf, sie bellte, wenn sie losrannte, um ihn zu holen, und sie bellte, wenn sie ihn zu seinen Füßen fallen ließ. Alaska war auf einen Baum geklettert, von wo aus er das Geschehen beobachtete. Nur ein kaum wahrnehmbares Zucken seiner Schwanzspitze ließ erkennen, dass er überhaupt verfolgte, was vor sich ging.

»Tani, wir brauchen deine Meinung!«

Er drehte sich um. Deborah stand in der Tür. »Simi und ich sehen uns gerade ein paar Fotos an. Wie in aller Welt bringst du sie dazu, dass sie den Ball holt?«

Tani schaute den Dackel an. Peach kam gerade auf ihn zugelaufen. »Ich hab ihn geworfen«, sagte er. »Alle Hunde bringen zurück, was man wirft.«

»Ah, du hast wohl noch keinen Dackel kennengelernt«, sagte Deborah. »Zumindest unseren Dackel nicht. Normalerweise holt sie den Ball ein einziges Mal, legt sich hin und kaut dann nur noch darauf herum. Wir hätten es ihr natürlich mithilfe von Leckerli beibringen können, aber für sowas hat keiner von uns die Geduld. Also, würdest du uns kurz helfen?«

Sie gingen ins Esszimmer, gefolgt von Peach, die anscheinend hoffte, dort irgendwas Fressbares vorzufinden. Auf dem großen Mahagonitisch stand ein aufgeklappter Laptop, und Simi kniete auf einem Stuhl davor. »Deborah hat gestern ganz viele Fotos gemacht, Tani«, rief sie. »Und wir sollen uns aussuchen, welche uns am besten gefallen. Sie sind superschön! Komm her, komm her.«

Er stellte sich hinter den Stuhl, auf dem Simi kniete, und Simi ging die Fotos durch. Sie waren wirklich gut, dachte er. Deborah hatte das Licht, das durch die Fenster ins Zimmer gefallen war, so geschickt ausgenutzt, dass man gar nicht sah, wie schlimm sein Gesicht zugerichtet war. Und sie hatte ihn sogar in einem Moment erwischt, wo er ein bisschen aufgetaut war und gelächelt hatte. Das Foto war ihm ziemlich peinlich.

Deborah gab ihm einen Zettel. Zwei ähnliche Zettel lagen gefaltet auf dem Tisch. Sie bat ihn, drei Fotos auszusuchen, eins von sich, eins von Simi und eins von ihnen beiden zusammen. »Simi und ich haben uns schon entschieden«, sagte sie und zeigte auf die gefalteten Zettel. »Jetzt bist du an der Reihe. Und dann vergleichen wir.«

»Ist das ein Spiel?«, fragte er.

»Nein, nein. Ich möchte nur nicht, dass wir uns gegenseitig beeinflussen.«

»Was haben Sie mit den Fotos vor?«

»Ich möchte sie eurer Mutter schenken, wenn ich mich mit ihr treffe. Oh, das hätte ich vielleicht nicht sagen sollen. Es könnte deine Entscheidung beeinflussen. Tut mir leid; versuch es zu vergessen. Wobei, das ist auch Quatsch. Wie sollst du etwas vergessen, das ich gerade erst gesagt habe? Egal, leg einfach los.«

Er merkte ihr an, dass sie nervös war. *Er* machte sie offenbar nervös. Typisch. Weiße Frau, schwarzer junger Mann. Wahrscheinlich hatte sie das Familiensilber vorsichtshalber irgendwo eingeschlossen.

Er setzte sich neben seine Schwester, schaute sich jedoch nicht gleich die Fotos an. Vielleicht konnte er Deborahs Nervosität ausnutzen, dachte er. Er fragte: »Das mit Sophie – haben Sie das ernst gemeint?«

Einen Moment lang wirkte sie verwirrt, dann hellte sich ihre Miene auf. »Dass sie dich hier besuchen kommen kann?« Als er nickte, fuhr sie fort: »Aber natürlich. Sie ist hier jederzeit willkommen.«

»Sophie ist total nett«, sagte Simisola. »Sie hat zwei Brüder und eine Schwester. Aber sie ist ein Geheimnis, stimmt's, Tani? Tani sollte nämlich nach Nigeria und da ein Mädchen heiraten, das hat Papa jedenfalls gesagt. Aber Papa wusste ja nicht, dass er schon eine Freundin hat. Jetzt hat's ihm jemand auf dem Markt erzählt, er weiß also Bescheid.«

»Ach, ich wusste gar nicht, dass du nach Nigeria gehen solltest. Würdest du das denn wollen?«, fragte Deborah Tani.

»Einen Scheiß will ich«, sagte Tani.

»Was möchtest du denn am liebsten?«

»Sie meinen, statt 'ne nigerianische Jungfrau zu heiraten, die ich noch nie gesehen hab?«

»Ja.«

»Ich will am College einen Abschluss in Catering machen und dann an der Uni Wirtschaft studieren.«

»Das scheint mir auf jeden Fall vernünftiger zu sein, als jetzt schon zu heiraten. Wie alt bist du?«

»Achtzehn.«

»Dann bist du ja volljährig, und dein Vater kann dich zu nichts zwingen.«

»Doch«, sagte Tani. »Indem er Simi als Druckmittel benutzt.« Er nahm einen Stift und schrieb die Nummern der drei Fotos auf, die ihm am besten gefielen, faltete den Zettel und legte ihn zu den anderen. »Ich würde Sophie gern anrufen, wenn das geht.«

»Klar geht das«, sagte Deborah. »Soll ich dir die Adresse aufschreiben? Und eine Wegbeschreibung, damit sie herfindet?«

»Die Adresse reicht«, sagte er. »Sie findet das schon.«

Und er hoffte inständig, dass sie so bald wie möglich kommen würde.

WESTMINSTER
CENTRAL LONDON

Das zweite Verhör von Mercy Hart war nicht gut gelaufen. Eigentlich war überhaupt nichts dabei herausgekommen. Lynleys Erfahrung nach waren die meisten Menschen, die ihrer Meinung nach zu Unrecht einer Tat verdächtigt wurden, mehr als bereit, immer wieder mit der Polizei zu sprechen, um ihre Unschuld zu beweisen. Sie verlangten auch in der Regel nicht nach einem Rechtsbeistand, weil sie fürchteten, sich damit erst recht verdächtig zu machen – was tatsächlich manchmal sogar zutraf. Und wenn kein Anwalt anwesend war, konnte die Polizei das Gespräch ungehemmt in jede denkbare Richtung lenken. Aber Mercy Hart war nicht wie die meisten Menschen. Schon bei ihrem zweiten Verhör hatte sie einen Rechtsbeistand an ihrer Seite.

Und zwar keinen Pflichtverteidiger, sondern ihre eigene Anwältin. Die Frau hieß Astolat Abbott, und sie reichte Lynley ihre Karte, wobei sie demonstrativ auf ihre Armbanduhr schaute. »In zwei Stunden läuft die Vierundzwanzigstundenfrist ab, in der Sie meine Mandantin ohne richterlichen Beschluss festhalten können, Inspector«, sagte sie. »Es sei denn, Sie haben etwas Neues. Aber ich bin mir ziemlich sicher, dass Sie in dem Fall bereits Anklage hätten erheben lassen. Soweit ich das sehe, haben Sie allerdings bisher nichts anderes gegen meine Mandantin in der Hand als die Tatsache, dass sie an ihrem Arbeitsplatz und für den Kauf eines Handys den Namen ihrer Tante benutzt hat. Sollten Sie dies zur Anklage bringen wollen, werde ich auf einer Aussetzung des Verfahrens gegen Kaution bestehen. Oder kann meine Mandantin Ihnen auf andere Weise bei Ihren Ermittlungen behilflich sein?«

Sie hatten tatsächlich etwas Neues, und zwar einen verdammten Sack voll, wie Barbara Havers sich ausgedrückt hätte, aber bisher konnten sie nichts davon beweisen. Auf jeden Fall hatte Mercy Hart ein Motiv. Teo Bontempi hatte sie ihrer Einkommensquelle beraubt, und das hätte sie vermutlich wieder getan, wenn Mercy Hart versucht hätte, in einem anderen Stadtteil eine neue Praxis zu eröffnen. Aber ohne Beweise konnten sie die Frau nicht wegen Mordverdachts festhalten. Sie konnten ihr lediglich illegale Beschneidung von Mädchen vorwerfen, und wenn sich das nicht belegen ließ, dann konnten sie ihr nur noch nachweisen, dass sie sich widerrechtlich als Ärztin ausgegeben und betätigt hatte. Aber solange niemand bereit war, gegen die Frau auszusagen, waren auch hier die Beweise ziemlich dünn, und Lynley bezweifelte, dass die Staatsanwaltschaft daraus eine Anklage ableiten würde. Wie Barbara es ausdrücken würde, das wäre wie gegen den Wind spucken.

Als Lynley bei New Scotland Yard eintraf, brachte er also keine guten Nachrichten mit. Nachdem Nkata angerufen und ihm mitgeteilt hatte, dass Monifa Bankole sich weiterhin in Schweigen hüllte, war ihm nichts anderes übrig geblieben, als Mercy Hart laufen zu lassen.

Alle waren mit den Aufgaben beschäftigt, die Lynley ihnen nach der Teambesprechung am Vorabend zugeteilt hatte. Es waren mühsame Tätigkeiten, die viele Stunden Arbeit erforderten. Auf der Suche nach der fehlenden Skulptur mussten sämtliche Secondhand- und Trödelläden im Großraum London abtelefoniert werden. Winston hatte eine der DCs losgeschickt, um bei dem Transportunternehmen zu erfragen, an welche Adresse das Mobiliar aus der Praxis geschafft worden war; anschließend sollte die Kollegin den Eigentümer der Lagerräumlichkeiten aufsuchen und diesen bitten, die Polizei zu informieren, sobald die Gegenstände wieder abgeholt wurden. Einen weiteren DC hatte Winston damit beauftragt herauszufinden, auf wen der Mietvertrag für die Praxisräume in der Kingsland High Street ausgestellt worden war. Nachdem Lynley ihn angerufen hatte, um ihn über das Ergebnis des Verhörs von Mercy Hart zu informieren, hatte Winston sich mit einem der DCs auf den Weg in die Kingsland High Street gemacht, um die Videos aus sämtlichen Überwachungskameras in der Umgebung der Praxis daraufhin zu überprüfen, ob Mercy Harts Behauptung

623

stimmte, sie sei Teo Bontempi beziehungsweise Adaku Obiaka nie begegnet.

Nachdem Lynley sein Gespräch mit Winston Nkata beendet hatte, betrat Dorothea Harriman den Raum. Sie brachte ein opulentes Blumengesteck mit, das sie mit triumphierender Miene auf Barbara Havers' Schreibtisch stellte. Als sie Lynley sah, sagte sie: »Es ist eine Karte dabei. Soll ich ...?« Sie schaute sich um, wie um sich zu vergewissern, dass niemand sie beobachtete. »Glauben Sie, es würde ihr etwas ausmachen, wenn wir nachsehen?«

»Ich halte das für keine gute Idee, Dorothea«, sagte Lynley.

»Aber ich wüsste allzu gern ...«

»Was wüssten Sie gern?«, fragte Barbara, die in dem Moment hereinkam. Als sie die Blumen erblickte, blieb sie wie angewurzelt stehen. Dann näherte sie sich ihrem Schreibtisch, als befände sich darauf eine Kobra. »Was ist das?«, fragte sie und schaute sich misstrauisch um. »Wollt ihr mich verarschen?«

»Sie sind gerade eben angekommen«, sagte Dorothea. »Sind sie nicht wunderschön? Ich wünschte, mir würde auch mal jemand Blumen schicken. Das ist *sooo* romantisch. Es ist eine Karte dabei, Barbara. Machen Sie den Umschlag auf und lesen Sie sie. Ich glaube, ich weiß, von wem die Blumen sind.«

Barbara beäugte die Karte, die aus dem bunten Strauß hervorlugte. »Später«, sagte sie.

»Wollen Sie sie nicht lieber jetzt lesen?«

»Nein. Sie sind die Erste, die erfährt, wer mir die Blumen geschickt hat. Sobald ich die Karte gelesen hab. Aber das mach ich später. Viel später. Superviel später.«

»Ich weiß, dass Sie genauso gespannt sind wie ich, und das würden Sie auch zugeben, wenn Sie nicht so verbohrt wären.« Damit drehte sie sich auf ihren Stilettos um und verließ den Raum.

»Habt ihr gesammelt oder wie?«, fragte Barbara.

»Für die Blumen?«, fragte Nkata. »Wir haben damit nichts zu tun, Barb. Wenn ich Blumen verschick, dann höchstens an meine Mutter – nimm's nicht persönlich.«

»Hmpf«, grummelte Barbara. Sie fischte den Umschlag aus dem Strauß und nahm die Karte heraus. Im nächsten Augenblick errötete sie bis zu den Haarwurzeln, das hatte Lynley noch nie bei ihr erlebt. Plötzlich herrschte absolute Stille im Raum.

Hastig steckte Barbara die Karte in ihre Umhängetasche, wobei sie den Arm fast bis zur Schulter in der Tasche versenkte, als versuchte sie die Karte in deren unergründlichen Tiefen verschwinden zu lassen. Lynley hätte gern gewusst, ob sie sich freute oder nicht, ob sie überrascht war oder nicht, aber es war unmöglich zu sagen.

Als wäre nichts geschehen, beeilte sich Barbara, von ihrem Gespräch mit der Galeristin in Peckham zu berichten, die ihr erklärt hatte, dass es sich bei der Skulptur, die sie suchten, um eine von dreizehn gleichen Skulpturen einer limitierten Auflage handelte. Dann fügte sie hinzu, sie habe selbst ausprobiert, ob die Skulptur sich als Schlagwaffe eignete. »Ich sag euch, Leute, das Ding ist wie geschaffen als Knüppel. Jeder, der zwei Hände hat, Mann, Frau, Kind, könnte einem damit den Schädel einschlagen, und wenn das nicht die Tatwaffe ist, fress ich diese Blumen hier. Genau deswegen ist das Ding verschwunden. Die Täterin hat's entweder mitgenommen oder aus dem Fenster geworfen, damit sie nicht damit auf dem Überwachungsvideo zu sehen ist. Später hat sie die Skulptur entweder abgeholt und in die nächste Mülltonne geworfen oder 'ne andere Möglichkeit gefunden, sie loszuwerden.«

»Die DCs sind dabei, Secondhand- und Trödelläden abzutelefonieren«, sagte Lynley.

»Vielleicht ist die Skulptur ja bei den Sachen aus der Praxis in der Kingsland High Street, die Mercy Hart irgendwo gebunkert hat. Da brauchen wir unbedingt einen Durchsuchungsbeschluss«, sagte Nkata.

»Das verdammte Ding kann sonst wo sein. Unmöglich zu finden«, murmelte einer der DCs.

»Oder auch nicht«, sagte Barbara erregt. »Wir haben unsere Verdächtigen. Ich schlage vor, wir stellen bei denen alles auf den Kopf: Kofferraum, Kleiderschrank, Keller. Wir sehen unter den Matratzen nach und in jedem einzelnen Karton, auf den wir stoßen. Wir wissen, dass es 'ne Frau war, wir wissen…«

»Wir wissen, dass Ross Carver *behauptet*, es war eine Frau«, unterbrach Lynley sie. »Wir haben nichts als seine Aussage bezüglich dessen, was Teo Bontempi zu ihm gesagt hat, als er sie gefunden hat.«

»Aber damit wollen Sie doch wohl nicht sagen, dass *er* Teo den Schädel eingeschlagen hat, oder?«, entgegnete Barbara. »Der Typ hat doch überhaupt keinen Grund, sie umzubringen, Chef, ich seh jedenfalls keinen. Was das Motiv angeht, hat Rosie das beste, finde ich: Sie ist schwanger, und zwar von Ross. Außerdem hätte Teo sie jederzeit in ihre Wohnung gelassen, ist doch klar. Was hätte sie von ihrer Schwester zu befürchten gehabt? Sie hatte ihr ja noch nicht mal erzählt, was für 'ner OP sie sich unterziehen wollte.«

»Zumindest laut Rosies Aussage«, rief Lynley ihr in Erinnerung. »Kommen wir also noch einmal auf das zurück, was wir mit unseren eigenen Augen sehen können. Wir haben die Videos aus den Sicherheitskameras an ihrem Gebäude von dem Abend gesehen, an dem sie umgebracht wurde. Wir haben eine dunkel gekleidete Frau in einem Kapuzenpulli gesehen, die darauf bedacht war, dass sie auf dem Video nicht zu erkennen ist. Wir wissen, dass die Person das Gebäude zusammen mit anderen Personen betreten hat, die nichts mit ihr zu tun hatten, und wir wissen, dass sie das Gebäude nicht auf demselben Weg wieder verlassen hat. Sie wohnt nicht in dem Gebäude, denn sonst hätte sie sich zu erkennen gegeben – oder wäre erkannt worden, als wir die Fotos allen Bewohnern gezeigt haben. Ich würde vorschlagen, dass wir da ansetzen.«

»Aber das haben wir doch schon alles durchgekaut, Sir«, wandte Barbara ein. »Und alles, was Sie grade gesagt haben, trifft auf Rosie zu.«

»Ich glaube, dass wir etwas übersehen«, entgegnete Lynley. »Und wir müssen herausfinden, was das ist.«

THE NARROW WAY
HACKNEY
NORTH-EAST LONDON

Lynley wollte mit Paul Phinney sprechen, dessen Fahrzeug von einer Überwachungskamera in der Streatham High Road genau an dem Abend aufgenommen worden war, als Ross Carver seine Exfrau aufgesucht und bewusstlos vorgefunden hatte. Paul war der ältere Bruder von Mark Phinney, und es ging um die Frage, wer genau das Fahrzeug an jenem Abend benutzt hatte. Das Detail schien das fehlende Bindeglied zu sein, das sie suchten – es sei denn, es stellte sich heraus, dass Paul Phinney Teo Bontempi gekannt hatte.

Als Lynley bei Paul Phinneys Pfandleihhaus eintraf, war die Tür verschlossen. Im Fenster jedoch hing ein Zettel mit der handschriftlichen Nachricht *Bin gleich zurück*, und so ging Lynley zum McDonald's auf der anderen Straßenseite, kaufte sich am Tresen einen Kaffee – der so heiß war, dass der Dampf den Duft überdeckte – und setzte sich damit an einen Tisch am Fenster, von wo aus er sehen konnte, wer bei »Phinney Pawn« ein und aus ging.

Gleich war allerdings ein dehnbarer Begriff, und bis sich im Pfandleihhaus ein Lebenszeichen zeigte, war Lynleys Kaffee so weit abgekühlt, dass er ihn trinken konnte. Das Lebenszeichen zeigte sich jedoch nicht in Gestalt von Paul Phinney, der zum Laden zurückkehrte, sondern in Gestalt einer Frau, die den Laden verließ.

Lynley sah, dass die Frau lachte und dass sie sich an der Tür mit einem Kuss von einem Mann verabschiedete. Lynley schaute der Frau nach, bis sie ein Gebäude erreichte, das aussah wie ein alter Kirchturm. Dort bog sie rechts ab und verschwand aus seiner Sicht.

Lynley warf seinen Pappbecher in den Mülleimer, überquerte die Straße und betrat das Pfandleihhaus. Es roch stark nach einem Lufterfrischer mit der Duftnote Pfirsich. Dann sah er Paul Phinney, der das Zeug in derartigen Mengen im Hinterzimmer versprühte, dass man hätte meinen können, er hätte am Morgen im Lagerraum ein halb verwestes Tier entdeckt.

Als Lynley ihn ansprach, hörte Phinney auf zu sprühen, straffte sich, glättete sein Haar und sagte: »Sorry, ich hab Sie nicht gehört. Was kann ich für Sie tun?«

»Ich habe auf Sie gewartet«, sagte Lynley. »Drüben bei McDonald's.« Er zückte seinen Ausweis. »Ich hoffe, dass es jetzt passt.«

Phinney warf einen Blick auf den Ausweis. »Tut mir leid, dass Sie warten mussten. Meine Frau ist kurz vorbeigekommen, um mit mir … zu reden. Über unseren Sohn. Sie kennen das sicher. Es ist überall das Gleiche. Familienprobleme.

Da kann es hoch hergehen. Zwischen Eileen und mir jedenfalls geht es manchmal ganz schön hoch her.«

Die Tatsache, dass er sich zu einer derartig detaillierten Erklärung genötigt sah, sagte Lynley, dass Phinney und die Frau, wer auch immer sie gewesen war, garantiert kein Gespräch geführt hatten. Aber die Ehe der Phinneys brauchte ihn nicht zu interessieren. »Ihr Fahrzeug wurde von einer Überwachungskamera auf der Streatham High Road vor einem Beerdigungsinstitut erfasst. Eine Polizistin wurde in dem Gebäude überfallen und ermordet. Und zwar am einunddreißigsten Juli. Können Sie mir sagen, weswegen Sie an dem Abend dort waren?«

»Ich kenne keine Polizistin«, sagte Phinney. »Wann war das noch mal?«

Lynley wiederholte das Datum. Phinney runzelte die Stirn. »Soweit ich weiß, hat keiner von uns was in Streatham verloren. Okay, meine Eileen könnte in der Gegend was mit 'nem Typen haben, aber das glaub ich nicht. Sie war eben hier, wie gesagt... Wir beide halten uns gegenseitig ziemlich auf Trab, was Sex angeht, außerdem haben wir vier Kinder. Sie hat also kaum Freizeit. Hier 'ne Stunde, da 'ne halbe Stunde... Kann mir nicht vorstellen, warum sie nach Streatham fahren sollte, und ich selbst bin noch nie da gewesen. Ich würd wahrscheinlich nicht mal mit einem Stadtplan hinfinden. Oder mit 'nem Navi.«

»Benutzt außer Ihnen beiden noch jemand Ihren Wagen?«

»Meine Mutter hat 'n Schlüssel. Meine Eltern wohnen bei uns gegenüber. Sie kann den Wagen benutzen, wenn sie will, aber ich wüsste nicht, warum sie nach Streatham fahren sollte. Außerdem würde sie mich oder Eileen vorher fragen.« Stirnrunzelnd betrachtete er eine Vitrine, in der mehrere handbemalte Holzschachteln ausgestellt waren. Offenbar war ihm gerade etwas eingefallen.

»Dann hat also jemand anders den Wagen benutzt«, sagte Lynley. »Es ist Ihnen gerade wieder eingefallen. Ich muss wissen, wer das war, Mr Phinney. Es ist reine Routine.« Was nicht so ganz stimmte, aber es brachte die Leute meistens zum Reden.

»Mein Bruder hat sich den Wagen mal geliehen, es ist mir tatsächlich gerade erst wieder eingefallen. Seine Frau war mit seinem Wagen zu einer Freundin gefahren. Er brauchte ein Auto und hat sich meins geliehen. Ich bin dann bei der Kleinen geblieben.«

»Am einunddreißigsten Juli?«

Phinney schüttelte den Kopf. »Das weiß ich nicht mehr so genau. Darauf hab ich nicht geachtet.«

»War er lange unterwegs?«

»Keine Ahnung«, sagte Phinney. »Pete war vor Mark zurück, also bin ich gegangen. Der Wagen war noch nicht wieder da, als Eileen und ich die Kinder ins Bett gebracht… und uns noch ein bisschen im Schlafzimmer vergnügt haben. Aber am Morgen stand er an seinem normalen Platz.«

»Hat Mark Ihnen gesagt, warum er den Wagen brauchte?«

Phinney schüttelte langsam den Kopf. »Kann sein, aber daran kann ich mich nicht erinnern. Das müssen Sie ihn schon selber fragen.«

Genau das hatte Lynley vor.

Ihm war natürlich klar, dass Paul Phinney seinen Bruder anrufen würde, sobald er wieder allein war, damit der sich schon mal auf Lynleys Besuch einstellen konnte. Aber daran ließ sich leider nichts ändern.

PEMBURY ESTATE
HACKNEY
NORTH-EAST LONDON

Tani wusste genau, von wo die größte Gefahr drohte, und deswegen machte er sich auf den Weg nach Hackney. Die Weißen versuchten alle drei, ihm das auszureden, doch er hielt sein Handy hoch und erinnerte sie daran, dass Joseph Cotter höchstpersönlich für den Notfall seine Nummer eingespeichert hatte. Tani hatte sogar eine Kurzwahl eingerichtet, sodass er mit einem einzigen Fingertippen eine Nachricht an diese Nummer schicken konnte – und falls er es tat, würde das bedeuten, dass er sich in Gefahr befand. Dann sollte Joseph Cotter die Polizei benachrichtigen.

»Es geht um die Pässe«, sagte Tani. »Die brauchen wir unbedingt für die Schutzanordnung. Solange er die Pässe hat, sind wir alle in Gefahr.«

»Aber du begibst dich in Gefahr, wenn du hinfährst«, wandte Deborah ein. »Lass dich doch wenigstens von meinem Vater begleiten.«

»Das ist eine gute Idee, Tani«, sagte Deborahs Mann und zeigte auf sein Bein. Tani war schon aufgefallen, dass er hinkte. »Ich wäre dir keine große Hilfe, falls du dich gegen deinen Vater zur Wehr setzen müsstest, aber Joseph ist kräftig.«

Simi beobachtete das Geschehen von der Treppe aus. Sie standen alle im Eingangsbereich, und Tani hatte die Hand auf dem Türknauf. »Bitte, geh nicht, Tani. Ich hab Angst, dass er dir wieder wehtut.«

Die drei Weißen schauten ihn vielsagend an. Tani spürte, wie er schwach zu werden drohte. Aber es musste getan werden. Und eigentlich wussten sie das alle, sogar Simi. Wenn sie Abeo die Pässe nicht wegnahmen, würde er immer Macht über sie haben. »Wenn ich zu Hause ankomme, ist er längst auf dem Markt, Squeak«, sagte er zu seiner Schwester, aber auch, um die anderen zu beruhigen. »Das weißt du doch. Gestern hat er sich nicht um seine Angelegenheiten auf dem Markt gekümmert, aber das macht er garantiert nicht an zwei Tagen hintereinander.«

»Bitte!«, rief Simi und faltete die Hände wie zum Gebet. »Bitte, geh nicht!« Tani sah, dass ihre Augen sich mit Tränen füllten.

»Ich *muss*, Squeak. Und für alle Fälle hab ich ja mein Handy dabei«, sagte er und hielt es noch einmal hoch. »Ich kann jederzeit um Hilfe rufen. Aber das brauch ich bestimmt nicht. Außerdem hat er gestern von mir gekriegt, was er verdient hat, das wird ihm 'ne Lehre sein.«

Simi schaute die Weißen mit flehendem Blick an. »Am besten wäre es, ich würde dich hinfahren und auf dich warten. Das weißt du, Junge«, sagte Joseph Cotter.

Im Prinzip hatte Cotter recht. Tani wusste am besten von allen, dass die Sache gehörig schiefgehen konnte. Aber wenn er mit einem Weißen dort aufkreuzte, konnte das alles noch verschlimmern.

Schließlich wurde ein Kompromiss gefunden. Deborah würde Tani zum Bahnhof Victoria bringen. Wenn er dort die U-Bahn nahm, brauchte er nur einmal umzusteigen, um nach Hackney zu gelangen.

Abgesehen davon, dass er sich am Bahnhof durch die Menschenmassen kämpfen musste, verlief die Fahrt glatt. Er stieg in Hackney Central aus, lief durch die Fußgängerzone The Narrow Way, und kurz darauf stand er vor dem Gebäude, in dem Lark wohnte.

Er klingelte. Als Lark sich meldete, sagte er seinen Namen. Sie schaltete die Sprechanlage aus, und er klingelte noch einmal. Diesmal meldete sie sich mit: »Muss ich deinen Vater anrufen, oder was?«

Genau das hatte Tani hören wollen. Offenbar war Lark allein, so wie er vermutet hatte. Vielleicht waren ihre Kinder da, aber Abeo jedenfalls nicht.

Er drückte auf alle Klingeln außer auf Larks. Ein alter Trick, irgendeiner machte die Tür immer auf. Die Leute lernten einfach nichts dazu, dachte er.

Auf sein Klopfen hin öffnete Lark die Wohnungstür. Mit einem resignierten Seufzer trat sie zur Seite und ließ ihn eintreten.

Sie war hochschwanger, was ihn wunderte. Als er sie das letzte Mal gesehen hatte, hatte sie gar nicht so schwanger gewirkt. Bald würde also Abeos nächstes Kind zur Welt kommen. Tani fragte sich, was für ein Leben dieses Kind wohl erwartete.

»Ich hab deinen Vater angerufen«, sagte Lark. »Am besten, du bist weg, bevor er kommt.«

»Ich will die Pässe«, sagte er. »Gib sie mir, und ich verschwinde.«

»Welche Pässe? Wessen Pässe?« Lark stützte die Hände in den Rücken und stöhnte. Sie wirkte verschwitzt, erschöpft und niedergeschlagen.

»Meinen, den von Simi und den von meiner Mutter«, sagte Tani. »Bei uns zu Hause sind sie nicht, und es gibt nur einen anderen Ort, wo sie sein können.«

»Ach, wirklich? Davon wüsst ich aber was«, sagte Lark. Sie ging in die Küche und öffnete den Tiefkühlschrank. »Diese verdammte Hitze.« Sie kramte im Tiefkühlschrank herum, dann nahm sie ein Kühlkissen heraus, legte es sich in den Nacken und setzte sich an den Tisch. Auf dem Tisch lagen Buntstifte neben einem Malbuch mit Disneyfiguren, lauter weiße Prinzessinnen, die gerettet werden mussten. Weißer Scheißdreck, dachte Tani.

Er wartete. Er hatte keine Lust, Larks ganze Wohnung

auf den Kopf zu stellen, um die Pässe zu finden. Außerdem würde Abeo jeden Augenblick hier sein, und darauf wollte er nicht warten.

Lark legte sich das Kühlkissen auf die Brust. Sie sah Tani verdrießlich an und legte sich das Kühlkissen wieder in den Nacken. Ihr Blick wanderte zu einer halb vertrockneten Topfpflanze auf der Fensterbank im Wohnzimmer, dann weiter zum Sofa.

Sie wollte ihn auf die falsche Fährte locken, das war Tani klar. Und sie spielte auf Zeit. Die Frage war: Wo sollte er nicht hinsehen? Plötzlich kapierte Tani – die Antwort lag in dem kurzen Zögern, dem Sekundenbruchteil, in dem sie gemerkt hatte, dass sie einen Fehler gemacht hatte, den sie ganz schnell wiedergutmachen musste.

Tani trat an den Tiefkühlschrank und riss ihn auf. Hinter sich hörte er das Linoleum quietschen, als Lark ihren Stuhl vom Tisch zurückschob. Er riss alles aus dem Tiefkühlschrank heraus und warf es auf den Boden. Und da waren sie.

Zwischen Tiefkühlfritten, Eiswürfelbehältern, allen möglichen Tüten mit Gemüse, Fertiggerichten und Fischstäbchen lag eine Plastiktüte mit den Pässen. Die dunklen Umschläge schimmerten durch das Eis, das sich auf dem Plastik gebildet hatte. Wahrscheinlich lagen die Pässe schon seit Monaten in dem Tiefkühlschrank, dachte Tani. Oder seit Jahren.

Er bückte sich und hob die Tüte auf. Lark war inzwischen auf den Füßen. »Lass sie liegen!«, herrschte sie ihn an. Und als er die Tüte öffnete und die Pässe herausnahm, schrie sie: »Finger weg von den Pässen!«

Ohne Lark zu beachten, schlug er die Pässe nacheinander auf, um sich zu vergewissern, dass es die richtigen waren. Er warf die Plastiktüte auf den Boden.

Lark kam mit erhobenem Arm auf ihn zu. »Ich will dich

nicht schlagen, außer du zwingst mich, kapiert?«, sagte er, während er sich die Pässe in die Hosentasche steckte.

»Mach doch. Ist mir egal.«

»Sei nicht blöd.«

»Los, mach schon! Er hat mir ja gesagt, wie du drauf bist. Dass du alles tust, damit du kriegst, was du willst.«

»Das stimmt nicht«, entgegnete Tani. »Aber wenn du schlau bist, gehst du mir aus dem Weg. Gegen mich hast du keine Chance. Bestimmt hat er dir auch erzählt, dass ich brutal bin.«

Sie packte ihn am Arm und grub ihre Nägel in seine Haut, doch er schüttelte sie ab. Daraufhin stellte sie sich ihm in den Weg und fing an, um Hilfe zu schreien. »Hilfe! Überfall! Einbrecher! Mörder! Dieb!«

Sie blockierte die Eingangstür, und um aus der Wohnung zu kommen, musste er sie aus dem Weg schaffen. Sie schrie wie am Spieß, aber er tat, was er tun musste, und stieß sie zur Seite. Sie stürzte zu Boden.

Er kümmerte sich nicht darum, ob sie sich verletzt hatte oder Hilfe brauchte. Er musste zusehen, dass er wegkam. Tani rannte los.

EMPRESS STATE BUILDING
WEST BROMPTON
SOUTH-WEST LONDON

Diesmal hatte sein Dienstausweis ihm Zugang zu den Aufzügen verschafft. Lynley fuhr in den siebten Stock und fand Mark Phinney an DS Jade Hopwoods Schreibtisch vor. Als Lynley das Büro betrat, sagte DS Hopwood gerade kopfschüttelnd: »Also, wenn Sie meine Meinung hören wollen, Chef...«

»Ja, das möchte ich«, sagte Phinney.

»Also: Alle Aufklärung wird den Frauen überhaupt nichts nützen, solange die Männer sich nicht für sie einsetzen. Die Männer sind der Schlüssel, nicht die Frauen. Und ich rede nicht von irgendwelchen Schwarzen, ich rede von Nigerianern. Solange die nicht laut und deutlich verkünden, dass sie gern Frauen heiraten wollen, die man nicht verstümmelt hat, wird sich nichts ändern.«

»Das würde einen kompletten Paradigmenwechsel bedeuten«, sagte Phinney.

»Nennen Sie es, wie Sie wollen. Und wenn ich noch was vorschlagen darf?«

»Bitte.«

»Sie brauchen schwarze Polizistinnen und Polizisten für die Aufklärungsarbeit. Die Weißen, die jetzt im Einsatz sind – das bringt überhaupt nichts. Es ist lächerlich, dass weiße Polizisten schwarzen Männern was über schwarze Frauen erzählen.« In dem Moment bemerkte Hopwood Lynley. »Das sieht DCS Lynley bestimmt genauso«, sagte sie.

»Was Sie darlegen, klingt einleuchtend«, sagte Lynley. »Aber ich habe nur die letzte Minute Ihres Gesprächs mitbekommen.« Er wandte sich an Phinney. »Ich müsste Sie kurz sprechen, wenn es geht.«

Phinney stand auf und ging mit Lynley in sein Büro, wo Lynley ihn nach dem Fahrzeug seines Bruders fragte. Offenbar war Phinney bereits mit Hopwood im Gespräch gewesen, als sein Bruder versucht hatte, ihn zu erreichen, denn als Lynley dessen Wagen erwähnte, schaute er als Erstes auf seinem Handy nach. Dann schloss er die Tür.

»Ich hab mir seinen Wagen ausgeliehen«, sagte Phinney und ging hinter seinen Schreibtisch. Anstatt sich zu setzen, trat er jedoch ans Fenster und lehnte sich an die Fensterbank. Im Gegenlicht war sein Gesichtsausdruck nicht so leicht zu deuten. »Ich hatte Angst, dass sie Teo noch einmal zur Rede stellen würde, und das wollte ich nicht. Es hätte Teo nur aufgeregt und sie selbst auch. Ich hatte ihr gesagt, die Sache mit Teo wäre vorbei, und so war es auch. Ich hatte ihr gesagt, ich würde sie und Lilybet niemals verlassen, und das hatte ich ernst gemeint. Wie sollte ich noch in den Spiegel sehen, wenn ich das täte? Meiner Meinung nach gab es also nichts mehr zu sagen. Also, über Teo. Ich hätte mich endlos wiederholen können, aber was hätte das gebracht?«

Der Himmel hinter ihm war verhangen und gelblich vom Smog. Es musste unbedingt endlich regnen.

»Seit ein paar Jahren trifft sie sich einmal in der Woche mit einer Freundin. Sonst traut sie sich kaum, das Haus zu verlassen. Die Freundin heißt Greer. Sie ist Hebamme und sollte eigentlich bei Lilybets Geburt helfen. Aber dann ist alles anders gekommen, und die beiden Frauen haben sich angefreundet. Manchmal unterhalten sie sich über Bücher, die sie lesen, manchmal gehen sie auch in eine Kneipe, ein Restaurant oder ins Kino. An dem Tag wollten sie sich angeblich in einer Weinstube treffen.«

»Aber das stimmte nicht?«

»An dem Abend hat Greer bei uns geklingelt. Sie meinte, sie sei zufällig in der Gegend und habe sich spontan zu einem Besuch entschlossen. Zuerst dachte ich, sie hätte sich im Datum vertan. Aber dann kam raus, dass die beiden sich schon lange nicht mehr getroffen hatten. Genauer gesagt seit drei Monaten, und zwar auf Petes Wunsch hin. Das hat mich gewundert. Ist doch klar, oder? Ich dachte, wenn sie sich nicht mehr mit Greer trifft, gibt es nur zwei Möglichkeiten, wo sie an den Abenden hingeht – entweder, sie hat eine Affäre, oder sie beobachtet Teo. Um zu sehen, ob ich irgendwann aufkreuze.«

»Das ist aber ziemlich weit hergeholt, oder?«, sagte Lynley.

»Wieso?«

»Dass sie einen Geliebten hat, wäre doch viel wahrscheinlicher, als dass sie Teo stalkt.«

»Ich konnte mir einfach nicht vorstellen, dass sie einen Geliebten hatte. Ich dachte, dass ich ihr das hätte anmerken müssen. Dann hätte sie sich vielleicht sorgfältiger frisiert, stärker geschminkt oder sowas. Dann hätte sie vielleicht heimlich telefoniert oder Kurznachrichten ausgetauscht. Aber sie ist doch permanent mit Lilybet beschäftigt. Ich konnte es mir einfach nicht vorstellen. Aber sie wusste, dass ich was mit Teo hatte. Deswegen dachte ich ... Wie gesagt, ich wusste es nicht. Ich dachte, sie wäre vielleicht nach Streatham gefahren. Wenn sie an den Abenden irgendwas anderes gemacht hätte – irgendeinen Kurs, im Chor gesungen, was weiß ich –, warum hätte sie mir das verheimlichen sollen? Aber sie hat immer behauptet, sie würde sich mit Greer treffen. Also hab ich Paulie angerufen, als Greer gegangen ist. Er hat mir sein Auto geliehen und auf Lilybet aufgepasst. Und ich bin losgefahren, um zu sehen, ob Pete noch mal zu Teo gegangen ist.«

»Teo hatte Ihnen also erzählt, dass Ihre Frau sie schon einmal aufgesucht hatte?«

»Ja. Aber das wissen Sie doch, oder? Sie haben sie doch auf dem Video. Sie wussten sofort, dass es Pete war.«

Lynley sagte nichts dazu, sondern fragte lediglich: »Warum haben Sie sie nicht einfach auf dem Handy angerufen?«

»Hab ich gemacht. Aber sie hatte ihr Handy abgeschaltet.« Phinney drehte sich um und schaute aus dem Fenster. »Während ich in Paulies Wagen saß und mich gefragt habe, was ich machen sollte, ist Ross Carver aufgetaucht. Ich hatte Fotos von ihm gesehen. Und als Teo und ich anfangs zusammen waren, hab ich ihn gegoogelt. Er ist ins Gebäude gegangen, und das war's.«

»Er hatte also einen Schlüssel. Sie nicht?«

»Nein.« Er wandte sich Lynley wieder zu. »Ich habe Ihnen ja schon gesagt, dass ich beim Hausmeister klingeln musste, als ich hingegangen bin, um rauszufinden, warum sie ihren neuen Job nicht angetreten hatte.«

»Wie lange sind Sie vor dem Gebäude geblieben?«

»Eine Viertelstunde vielleicht. Oder weniger. Ich habe darauf gewartet, dass Pete rauskommt. Ich konnte mir nicht vorstellen, dass sie bleiben würde, nachdem Carver gekommen ist.«

»Und, ist sie herausgekommen?«

»Nein. Und mir wurde klar, dass sie überhaupt nicht dort war. Als ich nach Hause kam, lag sie im Bett, und Paulie war weg. Ob sie geschlafen oder nur so getan hat, als ob, kann ich Ihnen nicht sagen.«

»Haben Sie sie am nächsten Tag gefragt, wo sie gewesen war?«

Phinney betrachtete seine Füße. Er schüttelte den Kopf. »Ich dachte, Greer würde ihr erzählen, dass sie aufgeflogen ist, und dass sie zu mir kommen und ... wie soll ich sagen ... mir alles gestehen würde? Aber das hat sie nicht getan. Ich glaube, ich will gar nicht wissen, wo sie war. Und Tatsache ist ...« Er schaute Lynley an. Sein Gesichtsausdruck verriet den Schmerz, den er schon lange mit sich herumtrug.

»Tatsache ist ...?«, wiederholte Lynley.

»Ich habe das Auto dort nicht gesehen. Also, unser Auto. Es war nirgendwo in der Nähe, und ich habe gründlich danach gesucht, glauben Sie mir. Ich kann mir nicht vorstellen, dass sie es versteckt hat. Warum hätte sie das tun sollen? Sie konnte ja nicht wissen, dass Greer bei uns geklingelt hatte, und sie konnte auch nicht ahnen, dass ich in Streatham aufkreuzen würde. Sie hätte keinen Grund gehabt, den Wagen zu verstecken.«

639

Andererseits, dachte Lynley, war sie die Ehefrau eines Polizisten. Sie kannte das Spiel besser als die meisten. Möglich war aber auch, dass sie in Streatham gewesen und in der Zeit, die ihr Mann gebraucht hatte, um sich ein Auto zu leihen und ihr hinterherzufahren, schon wieder weggefahren war. Das erwähnte er jedoch nicht. Phinney war nicht blöd, auf diese Möglichkeit war er vermutlich schon selbst gekommen.

»Wir werden ihre Fingerabdrücke brauchen, Mark«, sagte Lynley. »Und ihre DNS. Falls sie in Teo Bontempis Wohnung war – egal was an dem Abend zwischen den beiden vorgefallen ist –, müssen wir sehen, ob wir sie von der Liste der Verdächtigen streichen können.«

Phinney nickte. Er wirkte niedergeschlagen. »Ich sage ihr Bescheid. Aber sie hätte Teo niemals etwas zuleide tun können, glauben Sie mir. So ist sie nicht.«

Dazu sagte Lynley nichts. Das würden die meisten Ehemänner sagen.

BRIXTON
SOUTH LONDON

Im Grunde wusste Monifa, dass sie nur eine Möglichkeit hatte. Sie konnte tausend Mahlzeiten für die Nkatas kochen. Sie konnte zwanzig nigerianische Gerichte für Alice' Café kreieren, wenn nötig auch fünfzig. Sie konnte mit Alice zusammen kochen oder Alice und Tabby beibringen, die nigerianischen Gerichte selbst zuzubereiten. Aber all das würde sie ihren Kindern keinen Schritt näher bringen.

Monifa ging in die Küche, wo Alice und Tabby mit der Zubereitung des Eierreisgerichts beschäftigt waren. Der Herd verbreitete eine derartige Hitze, dass die Frauen sich

nasse Küchentücher um den Kopf gebunden hatten. Normalerweise arbeitete Tabby hinterm Tresen, wo sie Essen zum
Mitnehmen verkaufte und die Leute bediente, die ihr Essen
im Café zu sich nahmen. Monifa war inzwischen aufgefallen,
dass Alice und Tabby die meisten Kunden mit Namen kannten. Bei fröhlicher jamaikanischer Musik saßen die Gäste
schwatzend und lachend an den Tischen.

Nachdem das Café geschlossen hatte, brauchten sie zwei
Stunden fürs Saubermachen. Für den Heimweg wählte Alice
einen anderen Weg als den, den sie am Morgen genommen
hatten. Nachdem sie ein paarmal abgebogen waren, hatte
Monifa jede Orientierung verloren.

»So, jetzt setzen Sie sich schön hin und legen die Füße
hoch«, sagte Alice, als sie in der Wohnung der Nkatas waren.
»Ich mache uns inzwischen einen Tee. Oder möchten Sie lieber Mineralwasser?«

Sie würde gern einen Tee trinken, sagte Monifa. Dann
fragte sie Alice, ob sie wohl einen Bogen Papier für sie hätte.
Wahrscheinlich befinde sich ein Schreibblock in der Klavierbank, antwortete Alice. Der stamme noch aus den Zeiten,
als Benj sich für einen Komponisten hielt, fügte sie lachend
hinzu. »Bestimmt finden Sie da auch einen Bleistift oder
einen Kugelschreiber.«

»Ich muss etwas für den Detective Sergeant aufschreiben«,
sagte Monifa.

»Ah, dann schreiben Sie aber schön leserlich. Da ist mein
Jewel extrem pingelig. Haben Sie mal seine Handschrift gesehen? Nein? Er schreibt, als würden seine Aufzeichnungen
in einem Museum ausgestellt.«

Monifa öffnete die Klavierbank und fand den Schreibblock, an dem sogar ein Kugelschreiber klemmte. Auf der
ersten Seite des Schreibblocks hatte tatsächlich jemand eine
Melodie notiert.

641

Sie dachte über das nach, was sie aufschreiben sollte. Sie wollte es so machen, dass niemand zu Schaden kam. Wenn die Praxis tatsächlich geschlossen worden war, wie der Detective Sergeant behauptet hatte, dann musste sie sich nur Sorgen darum machen, ob ihre Aussage Mercy Hart schaden würde. Sie konnte natürlich lügen und schwören, dass Mercy Hart nichts mit dem zu tun gehabt hatte, was in der Praxis gemacht wurde. Sie könnte schreiben, dass Mercy Hart ihres Wissens nur dafür zuständig gewesen war, Anzahlungen entgegenzunehmen, Termine zu vereinbaren und Temperatur und Blutdruck zu messen. DS Nkata hatte keine Möglichkeit zu beweisen, dass es sich anders verhalten hatte. Und wenn er die Informationen unbedingt von ihr, Monifa, haben wollte, konnte das nur bedeuten, dass Mercy Hart selbst ihm nichts gesagt hatte. Aber würden Lügen sie ihren Kindern näher bringen? Vermutlich nicht.

Als Alice mit Teekanne und Tasse ins Wohnzimmer kam, hatte Monifa noch kein Wort zu Papier gebracht. Sie starrte auf den Schreibblock, als könnte der sie aus ihrem Dilemma erlösen. Als Alice fragte: »Milch und Zucker?«, bekam sie gar nicht mit, dass sie angesprochen wurde. Alice ging in die Küche und kam zurück mit einer Zuckerdose und einem weißen Porzellankännchen in Form einer Kuh. Monifa spürte eine leichte Berührung an der Schulter und blickte auf.

»Mein Jewel ist ein guter Junge«, sagte Alice. »Sie können ihm vertrauen, egal was er Ihnen gesagt hat. Er hat noch nie gelogen. Das kann er gar nicht.«

Nachdem Alice wieder in die Küche gegangen war, um den Tisch für das Abendessen zu decken, fasste Monifa sich endlich ein Herz und schrieb auf, worum Alice' Sohn sie gebeten hatte.

Als Erstes schrieb sie ihren Namen auf das Blatt: Monifa Bankole. Und dann begann sie ganz von vorne: Wie sie an einem Gewürzstand darauf gewartet hatte, dass sie an die Reihe kam. Sie hatte Bitterspinat kaufen wollen, die nigerianische Gewürzmischung *Yaji,* außerdem *Ata Jos,* kleine getrocknete Pfefferschoten. Die Frau vor ihr beklagte sich gerade darüber, wie schwer es war, *Uziza*-Blätter zu bekommen, als Monifa die Frau hinter sich flüstern hörte: »Da machen sie es anders. Da ist eine, die es sauber und steril macht.«

Monifa hatte sich zu den beiden Frauen umgedreht, die sich hinter ihr unterhielten. Sie stellte sich vor und erzählte ihnen, dass sie eine Tochter hatte, die im entsprechenden Alter war. Die Frauen waren erst misstrauisch gewesen, doch dann war Talatu vorbeigegangen und hatte Monifa zugerufen: »Sag deiner Simisola, dass ich immer noch auf die Head Wraps warte – sie weiß schon, welche ich meine. Sie soll sich mal ein bisschen damit beeilen.«

Damit war das Eis gebrochen, denn jetzt stand fest, dass sie wirklich eine junge Tochter hatte. Die beiden Frauen nahmen sie beiseite und gaben ihr die Informationen, die sie haben wollte.

So hatte sie von der Praxis in der Kingsland High Street erfahren, schrieb sie. Kurz darauf war sie mit Simisola hingegangen, um einen Termin für ihre Beschneidung auszumachen. Bei der Gelegenheit hatte sie eine Frau namens Easter Lange kennengelernt, von der sie inzwischen wusste, dass sie Mercy Hart hieß. Diese hatte Simisola untersucht und Monifa erklärt, dass die Operation problemlos bei ihr vorgenommen werden könne. Der Eingriff werde unter Narkose durchgeführt. Und hinterher müsse Simisola zur Überwachung eine Nacht in der Praxis bleiben. Die Operation sei teuer, schrieb Monifa. Allein die Anzahlung habe dreihundert Pfund betragen. Aber Mercy Hart habe ihr garantiert, dass Simi keine Schmerzen haben werde.

643

Es stimme also alles, was die Polizei, die Praxis betreffend, vermutete, schloss Monifa. Auch wenn sie – Monifa – nicht direkt Zeugin einer Beschneidung gewesen sei, habe Mercy Hart – oder Easter Lange, wie sie sich genannt habe – genau gewusst, warum sie mit Simisola dort gewesen sei und wofür die dreihundert Pfund bestimmt waren.

Dann unterschrieb sie ihre Aussage und fügte das Datum hinzu. Jetzt konnte sie nur hoffen, dass Alice Nkata ihren Sohn richtig einschätzte und der Detective Sergeant sein Wort halten würde.

STOKE NEWINGTON
NORTH-EAST LONDON

»Ist da draußen jemand, Tani? Nach wem hältst du Ausschau?«

Tani ließ die Gardine los und drehte sich um. Sophie setzte sich im Bett auf und lehnte sich gegen das Kopfteil, ihre nackten Brüste ruhten auf ihren verschränkten Armen. Ein hübscher Anblick.

Ihm war klar gewesen, dass es nicht sonderlich schlau war, von Lark auf direktem Weg nach Stoke Newington zu fahren. Deswegen brauchte er eine Ausrede, warum er nicht wie versprochen sofort nach Chelsea zurückgekehrt war. Die Pässe mussten als Ausrede herhalten.

Sophie hatte sich gewundert, als er bei ihr auftauchte, aber beim Anblick der Pässe sofort begriffen, was Sache war. Sie hatte ein scharfes Messer aus der Küche geholt, dann waren sie in ihr Zimmer hochgegangen, und sie hatte ihre Matratze am Fußende gerade so weit aufgeschlitzt, dass die Pässe hineinpassten. Sie hatte den Schlitz gleich zunähen wollen, aber Tani hatte sie abgelenkt. Die Matratze, ihr Zimmer, die Gelegenheit ...

Als er angekommen war, hatte er Sophie kurz erzählt, was vorgefallen war.

»Sie ist *hingefallen*? Aber es ist ihr doch nichts passiert, oder?« Und als Tani einfach behauptet hatte – obwohl er es gar nicht wissen konnte –, nein, es sei ihr natürlich nichts passiert, hatte sie gefragt: »Und du bist sicher, dass dein Vater dir nicht hierher gefolgt ist?«

Auch das wusste Tani nicht, trotzdem behauptete er, er sei sich ganz sicher, dass Abeo ihm nicht gefolgt war. Außerdem werde Abeo bei Lark bleiben, wenn er nach Hause kam, und sich um sie kümmern. Er werde garantiert nirgendwo hingehen, ohne vorher die Hebamme zu verständigen oder Lark in die Notaufnahme zu bringen, um sie untersuchen zu lassen. Ihn interessierten nur Lark und das Baby.

Aber die Pässe müsse er bei ihr lassen, hatte er gesagt. Sein Vater werde nach ihm suchen, und es war ihm sogar zuzutrauen, dass der die Polizei anrief und ihn wegen Körperverletzung anzeigte. Deswegen wolle er die Pässe nicht bei sich behalten. Ob Sophie sie irgendwo im Haus verstecken könne, wo Abeo sie nicht finden würde, selbst wenn er hier auftauchte?

»Du hast doch gesagt, er ist dir nicht gefolgt«, sagte Sophie.

»Aber er kennt eure Adresse, Sophie. Er hat sie mir genannt, als ich ihn das letzte Mal gesehen hab.«

Sie hatte kurz nachgedacht, dann war sie auf die Idee mit der Matratze gekommen. Aber nachdem sie die Pässe versteckt hatte, hatte Tani sich nicht von ihr losreißen können. Das Bett war einfach zu einladend gewesen. Sie hatten sich geliebt und waren dann eingeschlafen. Als Tani aufgewacht war, hatte er gesehen, dass zwei volle Stunden vergangen waren.

Er war aus dem Bett gesprungen, hatte die Gardine ein bisschen zur Seite geschoben und aus dem Fenster gesehen. Er hatte die ganze Straße abgesucht, jeden Hauseingang, jedes Auto, hinter dem Abeo lauern konnte. Inzwischen hatte er genug Zeit gehabt, um Lark zu versorgen und sich auf die Jagd nach seinem Sohn zu machen.

Jetzt sagte er zu Sophie: »Da draußen ist er nicht.« Dann zogen sie sich beide an.

Sie begleitete ihn zur Haustür. Er küsste sie zum Abschied, seine Finger berührten ihre weichen Haare. Dann streckte er den Kopf aus der Tür, um nachzusehen, ob die Luft tatsächlich rein war, nickte ihr zu und machte sich auf den Weg.

Unterwegs zum U-Bahnhof nahm er sein Handy heraus. Es war höchste Zeit, seine Schwester und die Leute in dem vornehmen Haus in Chelsea wissen zu lassen, dass er in Sicherheit und auf dem Weg zu ihnen war.

Mehrere Textnachrichten und ein Anruf waren eingegangen. Er blieb stehen, um nachzusehen. Zwei Textnachrichten waren von Deborah St. James, eine von ihrem Vater, eine von Zawadi. Zum Schluss hörte er den Anruf auf Voicemail ab.

»Glaubst du wirklich, dass du der Frau, die ich liebe, so etwas antun und damit ungestraft davonkommen kannst? Der Mutter meiner Kinder? Du bist erledigt. Ich werde dich finden, Tani. Und wer auch immer dich beschützt, wer auch nur mit dir redet, wird es bereuen.«

Tani hörte die Nachricht noch einmal ab. Dass sein Vater ihn angerufen hatte, wunderte ihn nicht. Auch nicht, dass er ihn bedrohte. Aber dass sich jetzt alle, die ihn kannten, in akuter Gefahr befanden, damit hatte er nicht gerechnet. Er war am Morgen aufgebrochen, um die Pässe in Sicherheit zu bringen, und das war dabei herausgekommen.

CHALK FARM
NORTH LONDON

Klar, dachte Barbara, sie hatten lediglich Ross Carvers Aussage, nach der Teo zu ihm gesagt hatte: »Sie hat mich geschlagen, Ross«, als er sie in ihrer Wohnung auf dem Fußboden liegend vorgefunden hatte. Besser gesagt, als er sie auf dem Fußboden der Wohnung gefunden hatte, die jetzt wieder seine war. Er war wahrscheinlich heilfroh, dem Gestank der Hackney City Farm zu entkommen, ganz zu schweigen von dem Lärm, den der Hahn jeden Morgen veranstaltete. Trotzdem konnte Barbara sich Ross beim besten Willen nicht als Täter vorstellen. Er war zu Teo gefahren, weil sie ihn darum gebeten hatte. Dass sie das getan hatte, hatte die Auswertung ihrer Handydaten bestätigt. Was zum Teufel sollte zwischen den beiden vorgefallen sein, das ihn dazu gebracht hätte, ihr mit einer Statue den Schädel einzuschlagen? Wenn Teo mit ihm hatte sprechen wollen, weil er ihre Schwester geschwängert hatte, wäre es dann nicht viel wahrscheinlicher gewesen, dass sie *ihm* eins übergezogen hätte? Schließlich war sie drauf und dran gewesen, sich einer Operation zu unterziehen, die sie ihrem Mann womöglich wieder nähergebracht hätte, und dann *das*? Ihre Schwester schwanger von ihrem Mann?

Und das brachte Rosie wieder ins Spiel. Sie war in letzter Zeit ziemlich häufig bei Teo gewesen, und die beiden hatten sich kurz vor Teos Tod so laut gestritten, dass alle Nachbarn es mitbekommen hatten. Rosie wusste, dass es über dem Eingang des Gebäudes eine Überwachungskamera gab, falls sie also noch mal zurückgekommen wäre, um ihrer Schwester das Licht auszupusten, hätte sie nicht vor der Haustür den Macarena getanzt. Sie hätte sich unerkannt Zugang zum Gebäude verschafft, dafür gesorgt, dass ihre Schwester das

647

nicht bemerkt hätte, und nach vollbrachter Tat hätte sie das Gebäude durch den Notausgang verlassen.

Aber was musste das für eine Frau sein, die ihre eigene Schwester tötete? Und wäre es nicht genau wie bei Ross viel wahrscheinlicher, dass Teo Rosie abgemurkst hätte? Teo hatte Ross besser gekannt als sonst irgendjemand. Also musste ihr klar gewesen sein, dass Ross Rosie nicht im Stich gelassen hätte. Er hätte sie vielleicht nicht geheiratet, ebenso wenig wie Coltons Mutter. Aber Rosies Kind würde zu seinem Leben gehören, und auch Rosie würde zu seinem Leben gehören. Falls Teo vorgehabt oder gehofft hatte, nach der OP wieder mit Ross zusammenzukommen, dann hätten Rosie und Ross als Eltern eines gemeinsamen Kindes auch zu ihrem Leben gehört.

Aber es gab noch andere, die von Teo Bontempis Tod profitierten, vor allem Mark Phinney und seine Frau. Und auch Mercy Hart alias Easter Lange, falls die vorhatte, noch mal eine Praxis zu eröffnen. Nach der letzten Teambesprechung waren sie jedoch keinen Schritt weiter gewesen als am frühen Morgen.

Lynley hatte sich nur kurz blicken lassen. Judi-mit-I hatte ihn angerufen und die gleiche Nachricht für ihn gehabt, die sie um die Uhrzeit immer hatte. Der Assistant Commissioner wollte Acting DCS Lynley sprechen, bevor dieser das Gebäude verließ. Und so hatte Lynley seinem Team nur kurz berichtet, was er von Paul Phinney und von dessen Bruder Mark erfahren hatte – man konnte allmählich das Gefühl haben, dass halb London an dem Abend in Streatham gewesen war –, und war zu Hillier gegangen. Vorher hatte er ihnen allen noch eingeschärft, sich die Videos aus den Überwachungskameras in der Kingsland High Street anzusehen. »Es muss irgendetwas geben, das wir die ganze Zeit übersehen.«

Da es sich um eine stark frequentierte Geschäftsstraße handelte, gab es dort viele Überwachungskameras und entsprechend viel Filmmaterial zu sichten. Die meisten Läden hatten zusätzlich eigene Sicherheitskameras. So sah die Realität in London heutzutage aus. Das Leben der Londoner wurde rund um die Uhr dokumentiert.

Nachdem Barbara zwei Stunden lang Videomaterial gesichtet hatte, fand sie, dass sie damit ihren Beitrag geleistet hatte. Mehr konnte man nicht von ihr verlangen. Auf dem Heimweg besorgte sie sich in einem kleinen griechischen Restaurant noch schnell eine große Portion Gyros mit extraviel Tsatsiki. Wahlweise gab es Salat oder Fritten dazu, und Barbaras Meinung nach gab es keine schönere Methode, sich die Arterien zu verkleistern, als mit einer ordentlichen Portion dampfender Fritten, noch knisternd vom heißen Öl und garniert mit einer ordentlichen Portion Ketchup.

Als sie um das große gelbe Haus herumging, hinter dem sie wohnte, sah sie, dass der Anbau im Erdgeschoss immer noch unbewohnt war. Vermutlich stand die Wohnung zum Verkauf oder zur Vermietung, sagte sie sich.

Sie stellte ihr Essen auf dem Küchentisch ab, dann ging sie noch einmal zurück zu ihrem Mini und nahm die Blumen aus dem Kofferraum. Sie kam sich ziemlich bescheuert vor, als sie mit dem opulenten Strauß über den schmalen Weg zu ihrem Häuschen ging, aber sie sagte sich, aus den Augen, aus dem Sinn. Solange die Blumen auf ihrem Schreibtisch standen, würde Dorothea keine Ruhe geben, bis sie erfuhr, wer sie geschickt hatte, und ihre Kollegen würden sie noch tagelang damit aufziehen.

Dann war da noch die Sache mit der Karte und die Frage, wie sie darauf reagieren sollte. Was bedeutete es, wenn jemand schrieb: *Wir müssen uns bald wiedersehen?* War das eine Einladung oder eine Höflichkeitsfloskel? Wahrscheinlich traf

Ersteres zu. Sie hatten sich seit drei Wochen nicht gesehen, und bei ihrem letzten Treffen – oder konnte man es als *Date* bezeichnen? – hatten sie viel geredet und viel gelacht.

Aber ehe sie sich weiter den Kopf zerbrach, brauchte sie eine Stärkung.

Sie öffnete eine Flasche Bier und packte ihr Essen aus. Dann nahm sie Ketchup und Malzessig aus dem Kühlschrank und machte sich über ihr Abendessen her. An Nachtisch hatte sie nicht gedacht, aber sie hatte noch eine Tüte Bonbons, die von Ostern übrig waren, und davon gönnte sie sich zwei. Sie wickelte die Bonbons aus ihrem hübschen bunten Papier, und während sie sich die süße Köstlichkeit im Mund zergehen ließ, betrachtete sie nachdenklich ihre Blumen.

Schließlich nahm sie ihr Handy heraus. Nach zwei Zigarettenlängen kam sie zu dem Schluss, dass geradeheraus immer die beste Taktik war, und gab die Nummer ein.

Es klingelte viermal. Dann ein fünftes Mal. Sie hatte sich gerade vorgenommen, nach dem sechsten Klingeln aufzulegen, als er sich meldete.

»Lo Bianco«, sagte er. »Pronto.« Dann, als wäre ihm gerade wieder eingefallen, wo er sich befand: »Sorry. Hallo?«

»Salvatore?«

»Barbara! Wie schön! Es gefällt mir … äh, nein … es freut mich, dass Sie anrufen.«

»Wie sieht's aus mit Ihrem Englisch?«

»Ich wünsche, ich hätte es gelernt, als ich fünf Jahre hatte.«

»Als Sie fünf Jahre alt waren? Das hätt die Sache natürlich erleichtert. Jedenfalls ist Ihr Englisch jetzt schon viel besser, als mein Italienisch es je sein wird.«

»Besser als Italienisch sprechen ist leben … *dort* wohnen. Aber das gilt für alle Sprachen. Oder man ist ein Sprachgenie wie mein Marco. Seine Mutter hat einen Fernseher mit viele *canali*.«

»Sender?«

»Ja, ja. Viele Sender. Marco guckt alles auf Englisch. Am liebsten Krimis.«

»Nicht schlecht.«

Lo Bianco lachte. »Ich soll das auch machen. Marco will mir immer beibringen, was er im Fernsehen lernt. *Verdächtig*. Das Wort gefällt ihn. Und *Revier*. Er fragt: ›Papa, wann gehst du wieder aufs Revier?‹ Ich weiß nicht, was das bedeutet, also muss er es für mich erklären. Jetzt kann ich also fragen: Barbara, wie ist die Arbeit im Revier?«

»Wir ackern grade wie die Blöden. Eine Kollegin wurde ermordet.«

»Oh, das tut mir leid. Eine Freundin?«

»Nein, nein. Sie hat in einem anderen Stadtteil gearbeitet. Aber wir haben den Fall bekommen, weil das Opfer Polizistin war. Mein Chef nimmt es persönlich, wenn einer Kollegin der Schädel eingeschlagen wird. Und jetzt haben wir den Salat.«

»Salat?«

»Oh, sorry. Nur so 'ne Redewendung.«

»Ah ja, sowas haben wir in Italien auch.«

Es entstand ein kurzer Moment des Schweigens. Er schien sich wirklich über ihren Anruf zu freuen. Sie machte doch alles richtig, oder? Ermutigte ihn. Oder zumindest schreckte sie ihn nicht ab. Sie fragte sich, was er wohl gerade während des Telefonierens tat. Sie wusste, dass er in der Nähe des Bahnhofs Dagenham East ein Zimmer gefunden hatte und dass seine Vermieterin ihm jeden Morgen ein komplettes englisches Frühstück vorsetzte. Aber das war auch schon alles, was sie an Informationen hatte. Sie stellte sich vor, dass er seine Mahlzeiten allein zu sich nahm, was natürlich die Frage aufwarf, warum er allein war. Er war ein umgänglicher Typ. Er wollte Englisch lernen. Und das konnte er wohl kaum, wenn er sich abkapselte. Irgendwo musste er seine Sprachkenntnisse schließlich üben. Vielleicht war er ja genau damit beschäftigt gewesen, als sie angerufen hatte, und jetzt saß sein Gesprächspartner – seine Gesprächspartnerin? – ihm gegenüber und wartete ungeduldig darauf, dass sie mit ihren Übungen fortfahren konnten. Was wiederum die Frage aufwarf, worin genau diese Übungen bestanden.

Barbara ohrfeigte sich innerlich. Jetzt bedank dich einfach bei dem Mann, schalt sie sich.

»Also, eigentlich«, sagte sie, »ruf ich an, um mich für die Blumen zu bedanken. War echt nicht nötig, aber trotzdem danke. Und meine Antwort auf Ihre Karte lautet, das seh ich genauso, Salvatore. Wir sollten uns unbedingt bald wiedersehen. Vielleicht zum Abendessen. Also, in 'nem Restaurant. Soll ich eins aussuchen? Natürlich kein italienisches. Aber wir könnten zum Inder gehen, was meinen Sie? Und diesmal lade ich Sie ein.«

Seine Antwort verblüffte sie. »Blumen?«

»Sie sind kurz vor Mittag gekommen. Echt verwegen, sie ins Büro zu schicken. Ein Wunder, dass sie die Röntgenstrahlen bei der Security überlebt haben. Vielen Dank jedenfalls. Ich hab sie mit nach Hause genommen, jetzt peppen sie meine Wohnung ein bisschen auf.«

»Ah«, sagte er.

»Sie kennen meine Bude nicht, aber sie hatte ein bisschen Aufpeppen dringend nötig.«

»Dann freue ich mich«, sagte er, klang aber irgendwie verhalten.

Dafür konnte es nur eine Erklärung geben. »Oh, es ist grade ungünstig, oder? Sie haben Besuch, und …«

»Nein, nein, ich bin allein. Ich habe in einem Restaurant zu Abend gegessen und mache einen Spaziergang.« Er räusperte sich. »Es ist sehr heiß. Schon viele Wochen. Ich denkte… äh… dachte immer, in England ist das Wetter schlecht. Aber der Sommer ist wie in Lucca.«

»Nur ohne die schöne Atmosphäre.«

»Stimmt«, sagte er. »Stimmt sehr.« Dann fügte er zögernd hinzu: »Barbara, ich möchte gern mit Ihnen essen gehen. Aber ich möchte Sie nicht…«

»Keine Widerrede, Salvatore, ich zahle diesmal.«

»Ja, ja, ich verstehe. Aber ich…«

»Jetzt machen Sie nicht so einen Zirkus. Das ist wahrscheinlich nicht die italienische Art, aber meine schon.«

»Ich meine die Blumen«, sagte er.

Endlich fiel der Groschen. »Oh.«

Salvatore war sehr galant. »Sie müssen noch einen anderen Bewunderer haben. Der hat die Blumen für Sie geschickt.«

Sie kam sich vor wie eine Idiotin. Am liebsten wäre sie im Erdboden versunken. »Was, noch einer?«, sagte sie mit einem gezwungenen Lachen.

»Sie müssen sich vorsehen«, griff er die Bemerkung auf – ganz Gentleman. »Sonst ertrinken Sie noch in Blumen.«

»Mal sehen, was mein Heuschnupfen dazu meint«, sagte Barbara.

Sie lachten beide. Noch eine nicht enden wollende Minute lang tat sie so, als wäre nichts, und Salvatore spielte das Spiel mit.

BRIXTON
SOUTH LONDON

Winston Nkata parkte seinen Wagen vor Loughborough Estate, kurbelte seine Sitzlehne etwas herunter, schloss die Augen und gönnte sich ein Nickerchen. Er war total gerädert und hatte tierische Kopfschmerzen. Wer hätte gedacht, dass das Sichten mehrerer Kilometer Film aus den Überwachungskameras dermaßen schlauchte? Unter anderen Umständen wäre er nach Hause gefahren, hätte zwei Paracetamol eingeworfen und sich in seinem Zimmer aufs Ohr gehauen. Dann hätte er später mit seinen Eltern zusammen zu Abend gegessen. Oder auch nicht. Aber im Moment hatte er kein eigenes Zimmer. Und da er Monifa nun einmal bei seinen Eltern einquartiert hatte, konnte er schlecht nach Hause fahren, ohne sich um sie zu kümmern. Also mussten ein paar Minuten Dösen im Auto reichen.

Immerhin hatte die ganze Anstrengung etwas gebracht. Zwar waren sie noch nicht mit dem ganzen Material durch, aber sie hatten Teo Bontempi zweimal auf Video, wie sie sich – in afrikanischer Tracht – auf dem Gehweg in der Kingsland High Street mit Mercy Hart traf. Auf einem Video war sogar zu sehen, wie Bontempi die Straße überquerte und Mercy Hart ansprach. Allerdings wirkte die Begegnung nicht feindselig. Die beiden Frauen redeten kurz miteinander, dann setzten sie das Gespräch im Gehen fort. Andere Kameras in der Straße hatten Teo Bontempi dabei aufgenommen, wie sie an der Eingangstür des Gebäudes klingelte, in dem sich die Praxis befand. Das hätte man als unbedeutend abtun können – auch wenn es in dem Gebäude keine anderen Gewerbe gab als die Praxis –, aber auf einem anderen Video war zu sehen, wie Mercy Hart die Tür öffnete und Teo Bontempi nach einem kurzen Wortwechsel einließ.

Damit war Mercy Harts Behauptung widerlegt, sie kenne weder eine DS Teo Bontempi noch eine Adaku Obiaka. Die beiden waren keine besten Freundinnen gewesen, aber hatten sie sich gut genug gekannt, um miteinander zu reden? Hundertpro, hätte Barbara Havers gesagt.

Nachdem Nkata sich einigermaßen ausgeruht hatte, öffnete er die Autotür und entfaltete seine langen Beine. Dann machte er sich auf den Weg zu seinen Eltern. Sein Handy klingelte; Barbara Havers war dran. »Ich will sofort wissen, ob du da mit drinsteckst!«, fauchte sie, als er sich meldete. Sie war auf hundertachtzig, das war nicht zu überhören.

»Hä?«, fragte er.

»Du weißt genau, wovon ich rede, Winston. Tu bloß nicht so unschuldig. Hängst du da mit drin oder nicht? Ich will 'ne simple Antwort auf 'ne simple Frage.«

»Dann lautet sie Nein, denn ich weiß echt nicht, wovon du redest.«

»Schwörst du's? *Schwör*, dass du nichts damit zu tun hast.« Sie klang, als wäre sie den Tränen nahe. »Ich hab mich grade total lächerlich gemacht. Irgendeiner von euch hat mich reingelegt – oder ihr alle zusammen –, und ich will wissen, wer's war.«

Er konnte sich auf ihre Worte keinen Reim machen. »Ich schwöre, Barb«, sagte er. »Ist alles in Ordnung bei dir?«

»Natürlich ist nichts in Ordnung. Hör ich mich etwa so an? Ich hab grade bei Salvatore Lo Bianco angerufen. Genauso gut hätt ich mich mitten auf der Straße nackt ausziehen können.«

»Inspector Lo Bianco? Wusste gar nicht, dass der noch in London ist. Ich bin dem Mann nur einmal begegnet, damals bei eurem Stepptanzauftritt. Willst du mir erzählen, was passiert ist, Barb?«

Plötzlich war die Leitung unterbrochen. Offenbar hatte

sie aufgelegt. Er versuchte, sie zurückzurufen. Als sie nicht
ranging, rief er bei ihr zu Hause an und hinterließ eine
Nachricht auf dem Anrufbeantworter: *Melde dich, wenn du
reden willst*. Dann machte er sich auf den Weg zu seinen
Eltern.

Als er die Tür öffnete, hörte er die Stimme seiner Mutter, dann Monifas schüchterne Antwort. Die beiden Frauen
saßen in der Küche. Es duftete herrlich nach Rindfleisch und
Hühnchen, und auf dem Herd standen drei Töpfe, die mit
Alufolie und zusätzlich mit Deckeln verschlossen waren. Als
seine Mutter ihn erblickte, sagte sie: »Monifa hat *Ewedu*-
Suppe für uns gekocht, Jewel. Und *Buka*-Eintopf. Und
außerdem *Fufu*. Das *Fufu* ist aus Maniok, aber Monifa sagt,
man kann es aus allem Möglichen machen.«

»Ja, stimmt«, sagte Monifa. »Man kann es aus Kochbananen machen, aus Maniok, aus Yamswurzeln …«

»Darf er in den Topf gucken, Monifa?«, fragte Alice. »Er
hat bestimmt noch nie *Fufu* gesehen.«

Monifa nickte lächelnd. »Na klar«, sagte sie. Sie stand auf
und nahm Deckel und Alufolie von einem der Töpfe.

Nkata lugte in den Topf. Was er sah, war ein cremefar-
bener Laib, der aber kein Brot und auch kein Kartoffelbrei
war. *Fufu* eben. Es werde als Beilage gegessen, erklärte ihm
Alice. Und zwar mit den Fingern, fügte sie hinzu. »Monifa
sagt, *Fufu* wird nicht gekaut, sondern in einem Stück run-
tergeschluckt.«

Er wusste nicht so recht, was er davon halten sollte. Monifa
sah ihm seinen Argwohn an und sagte: »Wenn man noch nie
Fufu gegessen hat, muss man schon kauen.«

Eigentlich probierte Winston alles, was man ihm vorsetzte – das Mittagessen hatte er ausfallen lassen, aber das
sagte er seiner Mutter lieber nicht –, also ging er ins Bad,
schluckte zwei Paracetamol und setzte sich zu den beiden

Frauen an den Tisch. Sein Vater würde essen, wenn er von der Spätschicht nach Hause kam.

Neben seinem Teller lagen zwei Blatt Papier, die längs in der Mitte einmal gefaltet waren. Er konnte sich denken, um was es sich handelte, faltete die Blätter auseinander und begann zu lesen.

Monifa hatte aufgeschrieben, was sie mit der Praxis in der Kingsland High Street zu tun gehabt und was sie dort erlebt hatte. Sie berichtete von der Frau, die sich als Easter Lange ausgegeben hatte, Mercy Hart, und erklärte, warum sie die Praxis mit ihrer Tochter aufgesucht hatte. Was sie beschrieb, wurde in den Ländern, wo Ärzte die Beschneidung neuerdings unter sterilen Bedingungen anboten, als medikalisierte FGM bezeichnet, war jedoch in Großbritannien verboten, egal wie und von wem die Operation durchgeführt wurde. Endlich hatten sie, was sie brauchten, um Mercy Hart das Handwerk zu legen.

Auch wenn es sie in der Mordermittlung Teo Bontempi noch nicht weiterbrachte, war das ein notwendiger Schritt.

Er blickte auf. Monifa sah ihn ernst und erwartungsvoll an. Er wusste, was sie wollte: seine Zusicherung, dass sie bald wieder mit ihren Kindern vereint sein würde.

»Ist das genug?«, fragte sie, während Alice das Essen auf den Tisch stellte. »Hab ich genug geschrieben? Für Simisola? Für Tani?«

»Ich denke schon, aber ich muss das noch mit meinem Chef absprechen. Diese Mercy Hart steht noch wegen einer anderen Sache unter Verdacht. Mit dem, was Sie aufgeschrieben haben, können wir auf jeden Fall dafür sorgen, dass sie wieder festgenommen und vor Gericht gestellt wird. Wegen der anderen Sache brauchen wir noch ein bisschen, und ich kann nichts machen, was die Ermittlungen gefährdet.«

»Aber Sie rufen ihn doch an, oder? Sie sprechen heute Abend mit ihm. Sie können ihn doch anrufen, oder?«

»Ja, ich ruf ihn an«, sagte Nkata. »Nachdem ich das *Fufu* probiert hab.«

Alice teilte die *Ewedu*-Suppe aus, während Monifa Nkata eine kleine Portion *Fufu* auf den Teller gab.

»Ich soll es also kauen?«, fragte er Monifa. »Das ist doch kein Tabu, oder?«

»Nein, nein, es ist kein Tabu. Kauen Sie ruhig.«

»Monifa«, sagte Alice zu ihrem Sohn und nahm sich ebenfalls etwas von dem *Fufu*, »kocht wie eine Göttin. Ich finde, sie sollte Kochkurse anbieten. Probier mal und sag mir, was du denkst.«

Er tat, wie ihm geheißen. Alice hatte vollkommen recht. Aber selbst wenn er ganz und gar anderer Meinung gewesen wäre, hätte er die für sich behalten.

14. AUGUST

WESTMINSTER
CENTRAL LONDON

Lynley zweifelte nicht an der Bedeutung der Pressestelle, und natürlich musste genau abgesprochen werden, wie – und vor allem welche – Informationen der Presse präsentiert wurden, aber es widerstrebte ihm zutiefst, bei diesem Zirkus mitzuwirken. Seine Anwesenheit wurde jedoch für notwendig erachtet, während er DCS Ardery vertrat, die sich zur Kur auf der Isle of Wight aufhielt. Da die Leitung der Ermittlung in seinen Händen lag, ging man davon aus, dass er über jedes Detail genauestens im Bilde war. Er hätte sich also, als er zu der Besprechung mit AC Hillier und dem Chef der Pressestelle Stephenson Deacon gerufen wurde, denken können, was auf ihn zukam. Er hatte jedoch den Kopf so voll gehabt, dass er abgelenkt gewesen war. Judi MacIntoshs Information, die Besprechung werde nicht in Hilliers Zimmer stattfinden, hatte er keinerlei Beachtung geschenkt. Als er den großen Konferenzsaal betrat, sah er sich mit mindestens zwanzig Journalisten und drei Kamerateams konfrontiert, und erst als er Hillier und Deacon an einem langen Tisch auf einem Podium sitzen sah, dämmerte ihm, dass man ihn hereingelegt hatte.

»Ah, da kommt er endlich. Detective Chief Superintendent Lynley wird sich zu allen Details äußern.« Hilliers freundlicher, aber eindringlicher Ton ließ keinen Zweifel daran, dass er von Lynley uneingeschränkte Kooperation verlangte. Alle Anwesenden drehten sich zu Lynley um. Auch die Kameras wurden auf ihn gerichtet, und jede seiner Bewegungen wurde dokumentiert, als er mit ernstem Gesicht auf das Podium zuschritt.

Im nächsten Augenblick erfuhr er den Grund für diese in aller Eile anberaumte Pressekonferenz. Auf dem Tisch vor Hillier und Deacon lag ein Exemplar der *Source*, des niederträchtigsten aller englischen Boulevardblätter. Die provokante Schlagzeile lautete IST DAS DER GRUND??? Darunter prangte ein Foto von Teo Bontempi, das fast die gesamte Titelseite ausfüllte. Der Untertitel lautete: *Schleppende Ermittlung = Behindert Rassismus die Polizeiarbeit?* Der zugehörige Artikel wurde auf Seite 3 fortgesetzt, zweifellos aufgepeppt mit weiteren Fotos. Falls es Vorurteile und Rassismus bei der Polizei gab, wäre das für die *Source* ein gefundenes Fressen.

Mit seiner Antwort auf die erste Frage hatte Lynley sich bei niemandem beliebt gemacht: »Das ist Unsinn.« Es war nicht das, was die Journalisten hören wollten. Und seine Gegenfrage: »Glauben Sie im Ernst, dass die Metropolitan Police Zeit vertrödelt, wenn eine Polizistin ermordet wurde?«, war auch nicht dazu angetan, die Wogen zu glätten. Stattdessen löste sie eine Fragenflut aus, ob die Polizei Morde von Schwarzen an Weißen anders behandelte als Morde von Schwarzen an Schwarzen. Könne der DCS etwas dazu sagen, warum Erstere genauer untersucht würden als Letztere? Anschließend wollten die Journalisten wissen, wie viel Prozent aller Fälle durchschnittlich abgeschlossen wurden, bei wie viel Prozent aller Fälle der Staatsanwalt Anklage erhob, wie viele Täter verurteilt und wie viele eingesperrt wurden.

Am Ende der Pressekonferenz konnte Lynley vor Wut

kaum noch an sich halten. Sein Kiefer war so angespannt, dass es schmerzte. Als Hillier, Deacon und er allein im Korridor standen, platzte es aus ihm heraus: »Wenn Sie es wagen sollten, mir das noch einmal …«

»Vergessen Sie nicht, mit wem Sie reden«, fiel Hillier ihm ins Wort.

Worauf Lynley fortfuhr: »… anzutun, werfe ich meinen Job so schnell hin, dass Sie Ohrensausen kriegen.«

»Hört, hört«, sagte Deacon.

Woraufhin Lynley die beiden hatte stehen lassen. Zu Hause angekommen fühlte er sich erst nach zwei Glas Whisky und einer Stunde lauter Musik von Tschaikowsky wieder in der Lage, mit jemandem zu reden. Wenn auch vorerst nur mit Charlie Denton. Ob er Wein zum Dinner wünsche, wollte Denton wissen. Es gebe *Bœuf Bourguignon*.

Ja bitte, sagte Lynley, er wünsche Wein zum Essen. Wahrscheinlich würde er eine ganze Flasche brauchen, dachte er.

Bis zum nächsten Morgen hatte er sein inneres Gleichgewicht wiedergefunden. Nach einer extralangen heißen Dusche und einer kurzen kalten Dusche traf er später als gewöhnlich bei New Scotland Yard ein, ausnahmsweise als Letzter. Die Kollegen saßen oder standen in zwei Gruppen zusammen, eine um Nkata, eine um Havers. Als Lynley eintrat, wandten sich alle ihm zu.

Erster Tagesordnungspunkt war der *Stehende Krieger*. Die Skulptur befand sich in keinem der kontaktierten Trödelläden, und sie hatte sich auch in der Zeit seit Teo Bontempis Tod in keinem befunden. Das Gleiche galt für die Secondhandläden. Barbara berichtete, dass sämtliche zwölf anderen Exemplare der Bronze nach wie vor im Besitz ihrer Eigentümer waren. Einzig die Nummer 10, die Ross Carver seiner Frau geschenkt hatte, blieb unauffindbar. Lynley fiel auf, dass Barbara einen merkwürdigen Ton an den Tag legte. Er schaute sie stirnrunzelnd an und fing ihren feindseligen Blick auf.

»Gibt es noch etwas?«, fragte er.

»Das kann warten«, antwortete sie eisig.

Nkata berichtete, dass seine DCs sowohl herausgefunden hatten, wo das Mobiliar aus Mercy Harts Praxis gelagert wurde, als auch mit dem Eigentümer des Gebäudes in der Kingsland High Street gesprochen und Einsicht in den Mietvertrag hatten nehmen können. Der Mietvertrag war von Easter Lange unterschrieben, ebenso wie der Pachtvertrag für den Lagerraum, und sie hatte die Pacht für drei Monate im Voraus bezahlt, und zwar in bar.

Für den Lagerraum brauchten sie einen Durchsuchungsbeschluss, sagte Lynley. Gut möglich, dass der *Stehende Krieger*, der immer noch nicht aufgetaucht war, sich unter den Gegenständen aus der Praxis befand.

»Monifa Bankole hat eine schriftliche Aussage gemacht, in der sie Mercy Hart schwer belastet«, sagte Nkata und reichte Lynley eine Mappe. »Sie gibt zu, dass sie mit ihrer Tochter wegen FGM in der Praxis war.«

Lynley nahm seine Lesebrille heraus, schlug die Mappe auf und überflog das Schriftstück. »Dann werden wir uns noch mal mit Mercy Hart unterhalten«, sagte er. »Lassen Sie sie von jemandem abholen, Winston. Eine Arrestzelle in einem zentraler gelegenen Revier wäre wünschenswert. Das würde ihre Anwältin sicher auch begrüßen.«

Nkata nickte. »Monifa Bankole möchte ihre Kinder sehen, Chef«, sagte er.

»Dann arrangieren Sie ein Treffen. Aber die Kinder bleiben vorerst, wo sie sind. Wer weiß, wohin sie mit ihnen verschwindet, wenn wir zulassen, dass sie sie wieder in ihre Obhut nimmt. Wir brauchen die Frau noch. Auch der Staatsanwalt wird mit ihr reden wollen.« Dann wandte er sich an das gesamte Team. »Machen Sie weiter mit den Videos. Wir suchen immer noch nach Leuten, mit denen Teo Bontempi alias Adaku in der Kingsland High Street gesprochen hat. Ich denke, dass diese Videos uns zu ihrer Mörderin führen werden.«

Dann machte er sich auf den Weg in sein Büro.

WESTMINSTER
CENTRAL LONDON

Barbara folgte ihm. Sie kochte innerlich, und sie wusste, dass ihm das nicht entgangen war. Und gleich würde er den Grund für ihre Wut erfahren.

Er hatte noch nicht an seinem Schreibtisch Platz genommen, als sie ins Zimmer stürmte und fauchte: »Ich muss mit Ihnen reden. Und zwar jetzt.«

Er legte die Mappe mit Monifa Bankoles Aussage ab. »Ist etwas vorgefallen?«

»Allerdings ist was *vorgefallen*. Ich dachte, es würde Sie vielleicht interessieren, wie die Geschichte ausgegangen ist.«

Stirnrunzelnd deutete er auf einen der beiden Besucherstühle vor dem Schreibtisch. Barbara war klar, dass er sich niemals setzen würde, solange sie stand. Dazu war Seine bescheuerte Lordschaft viel zu wohlerzogen. Wenn er sich setzte, würde er vom Blitz getroffen, die Hand Gottes würde ihm den Kopf abreißen. Nicht dass sie etwas dagegen hätte …

»Ich weiß nicht, wovon Sie sprechen, Barbara«, sagte er.

»Sparen Sie sich das Gelaber. Sie wissen ganz genau, wovon ich rede! In Wirklichkeit lachen Sie sich doch ins Fäust-

663

chen und können es gar nicht erwarten, dass ich Ihnen erzähle, wie's gelaufen ist.«

Er sagte nichts. Am liebsten hätte sie ihm die Augen ausgekratzt.

»Blöd, wie ich bin, hab ich's auch noch ernst genommen«, sagte sie. »Ich dachte tatsächlich… Aber wir wissen ja beide, dass ich nur Stroh im Kopf hab, oder? Und Sie konnten nicht widerstehen, sich in mein Leben einzumischen. Sie konnten nicht widerstehen, mir vorzuführen, was für eine Idiotin ich bin.«

Er legte den Kopf schief, und Barbara sah, wie sein Blick sich verfinsterte. Seine Lippen öffneten sich, und er atmete hörbar aus. Barbara meinte ein »O Gott« zu hören.

»Ja, genau, o Gott«, höhnte sie. »Der hätte sich vor Lachen den Bauch gehalten, wenn er's miterlebt hätte.«

»Wenn er was miterlebt hätte, Barbara?«

»Ich hab ihn angerufen. Hab mich bei ihm bedankt. Ich hab mich total lächerlich gemacht, und das ist allein Ihre Schuld. Das mit der Karte war echt genial. Und Sie wussten ja auch genau, was Sie da draufschreiben müssen!«

Er senkte den Kopf und stützte sich mit den Fingerspitzen auf den Schreibtisch. »Vielleicht sollten Sie lieber die Tür schließen, Barbara, wenn wir dieses Gespräch denn fortsetzen müssen.«

»Mir ist es *scheiß*egal, wer hört, was ich Ihnen zu sagen hab, Inspector Lynley! Wenn Sie glauben, Sie können sich auf Ihre vornehme, hochwohlgeborene Art rausreden… wenn Sie sich einbilden, Sie könnten die Puppen tanzen lassen und sich ungestraft in das Leben anderer Leute einmischen, dann…«

»Chef?«

Barbara fuhr herum. Nkata stand in der Tür. »Hau ab! Lass uns allein!«, schrie sie ihn an. »Wenn Sie glauben, Sie können sich rausreden, haben Sie sich getäuscht! Das sitzt tief. Das sitzt verflucht tief. Es ist ja nicht das erste Mal, aber ich schwöre bei Gott, das wird das letzte Mal sein, weil …«

»Darum geht's nicht.« Nkata hob beide Hände, um ihren Redeschwall zu stoppen. »Wir haben es auf Video«, sagte er. »Mercy und Teo Bontempi im Gespräch. Und sogar zweimal. In der Kingsland High Street. Sie trägt ein afrikanisches Kleid, aber es ist Teo, kein Zweifel, Chef.«

CHELSEA
CENTRAL LONDON

Sophie hatte nicht lange bis Chelsea gebraucht. Und im Gegensatz zu Tani bekam sie keine Kulleraugen, als sie das Haus betrat. Wahrscheinlich kannte sie jede Menge Leute, die in solchen Häusern wohnten, dachte Tani. Ihre Eltern stammten aus einer ganz anderen Welt als seine. Und auch sie lebte in einer ganz anderen Welt als er. Als Cotter die Tür aufgemacht hatte, hatte Sophie nur Augen für den Dackel gehabt, der wie immer bellend nach draußen gestürmt war und Sophies Knöchel beschnuppert hatte.

»Na, wie heißt du denn?«, fragte sie, als könnte der Hund ihr antworten. »Du hast wohl hier das Kommando, was?«

»Kann man wohl sagen«, sagte Joseph Cotter. Er hatte Simi nach oben und Tani ins Arbeitszimmer geschickt, ehe er an die Tür gegangen war, und ihnen eingeschärft, sich nicht blicken zu lassen. Aber als Tani Sophies Stimme hörte, kam er sofort aus dem Zimmer.

Sophie schüttelte Cotter gerade die Hand und stellte sich vor: »Hallo, ich bin Tanis Freundin Sophie Franklin.«

Auch Simi kam die Treppe heruntergestürmt. »Sophie! Sophie!«, rief sie und fiel Tanis Freundin um den Hals.

Tani gab Sophie zur Begrüßung einen Kuss.

»Hereinspaziert«, sagte Cotter. Und dann bot er ihr Tee an, wie alle weißen Engländer das machten.

Bis jetzt lief der Tag gut. Begonnen hatte er mit einem Anruf bei Zawadi, deren Nachricht Tani am vergangenen Nachmittag ganz vergessen hatte in seiner Eile, nach Chelsea zu gelangen, nachdem er sich zwei Stunden bei Sophie aufgehalten hatte. Sie meldete sich mit den Worten: »Wenn ich dir eine Nachricht schicke, du sollst mich anrufen, dann machst du das sofort, kapiert?«

»Sorry, ich bin aufgehalten worden.«

»Dann lass dich nicht aufhalten.«

»Tut mir leid.«

»Ich hab eine Unterkunft für euch beide. Hat sich heute Morgen ergeben. Das ist nicht der Grund, warum ich dich sprechen wollte, aber dazu kommen wir gleich. Eine Familie in Lewisham ist bereit, dich und Simisola aufzunehmen. Es wird ein bisschen eng werden, aber da seid ihr in Sicherheit. Und in einer normalen Umgebung.«

Mit »normal« meinte sie, bei einer schwarzen Familie, das war Tani klar. Er überlegte. Die Leute, bei denen sie bisher untergebracht waren, meinten es gut. Sie waren entschlossen, ihn und Simi zu beschützen. Okay, sie waren typische Weltverbesserer, vor allem Deborah, aber auf jeden Fall hängten sie sich ihretwegen ziemlich weit aus dem Fenster. Außerdem amüsierte Simi sich prächtig in dem großen Haus mit Hund und Katze und einem schönen Garten. Nicht zu vergessen, dass es jedes Mal ein Eis gab, wenn der Eiswagen in der Nähe hielt. Sie hätten es schlimmer treffen können.

»Es geht uns gut hier«, sagte er. »Ich glaub, es ist das Beste, wenn wir hierbleiben. Die Leute sind ziemlich in Ordnung.«

»Was soll das heißen, ›ziemlich in Ordnung‹? Sind sie nicht nett zu euch?«

»Ich meinte, sie sind echt cool. Richtig nett, dafür, dass sie Weiße sind.«

»Sollte sich daran irgendetwas ändern, will ich das sofort erfahren. Dann rufst du mich auf der Stelle an.« Als er ihr versprach, dass er das tun würde, fügte sie hinzu: »Ich habe einen Eilantrag auf eine Schutzanordnung gestellt.«

Damit hatte er nicht gerechnet. »Hat meine Mutter…«

»Die hab ich dafür nicht gebraucht. Wir haben den Antrag hier bei Orchid House ausgefüllt und zum Gericht gebracht.«

»Ich dachte, dafür brauchen wir ihre Aussage.«

»Tun wir auch. Die müssen wir so bald wie möglich nachreichen. Vorerst reichten die Fotos von deinem Gesicht, nachdem dein Vater dich verprügelt hat. Die haben ihnen gezeigt, was für ein Typ er ist.«

»Aber… Aber Sie gehen doch mit der Schutzanordnung nicht zu ihm, oder? Das wär ziemlich bekloppt.«

Nein, das habe sie nicht vor, erwiderte sie. »Wie gesagt, der Wisch geht jetzt zur Polizei, und zwar zu dem Revier in dem Viertel, wo ihr wohnt. Dann wird sie deinem Vater von der Polizei überbracht mit der Aufforderung, die Pässe herauszurücken.«

»Die Pässe waren nicht in unserer Wohnung. Aber ich hab sie gefunden.« Er berichtete ihr, was er am Vortag erlebt hatte.

Zawadi erklärte, die Pässe könnten nicht bei Sophie bleiben. Erst wenn sie in den Händen der Polizei seien, wäre Simisola in Sicherheit.

Also hatte er Sophie angerufen, und sie war so schnell wie möglich nach Chelsea gekommen. Jetzt nahm sie die Pässe aus ihrer Umhängetasche und gab sie Tani. Im selben Augenblick gesellten sich Deborah und ihr Mann zu ihnen.

»Sehen Sie mal, wer gekommen ist, Deborah«, rief Simi aus. »Sophie ist da!«

»Ja, das sehe ich allerdings«, sagte Deborah lächelnd. Dann fiel ihr Blick auf die Pässe. »Am besten, du rufst Zawadi sofort an«, sagte sie zu Tani. »Damit sie die Pässe zur Polizei bringen kann.«

Aber Tani wusste nicht recht, ob er die Pässe aus der Hand geben sollte. Solange er sie hatte, waren sie in Sicherheit, und so konnte er auch für Simisolas Sicherheit sorgen. Das traute er sonst niemandem zu.

Cotter kam aus der Küche und fragte: »Soll ich den Tee in der Küche oder im Garten servieren?«

»Ich möchte Sophie den Garten zeigen«, rief Simi. »Ist Alaska draußen? Und Peach?«

»Wo der Kater steckt, weiß ich nicht«, sagte Cotter. »Aber Peach kennst du ja inzwischen – sobald sie Kuchen riecht, kommt sie angerannt. Zeigst du Sophie, wo es langgeht?«

Simi nahm Sophies Hand. Tani wollte den beiden folgen, doch Cotter hielt ihn auf. »Soll ich die so lange in Verwahrung nehmen?«, fragte er und zeigte auf die Pässe. »Ich kenne Stellen hier im Haus, von denen niemand etwas ahnt. Die würde nicht mal einer finden, der das Haus Stein für Stein abreißt. Ich verspreche, ich gebe sie dir, sobald du sie brauchst.«

Das schien Tani die beste Lösung zu sein. Bis er oder Zawadi die Pässe der Polizei übergeben konnten, waren sie bestimmt bei Cotter am besten aufgehoben. Niemand würde wissen, wo sie sich befanden, und so konnte auch niemand irgendjemandem das Versteck verraten.

BETHNAL GREEN
EAST LONDON

Mercy Hart war aufs Polizeirevier von Bethnal Green gebracht worden, wo man sie in Gewahrsam genommen hatte. Dort wartete sie in einer Zelle auf ihre Anwältin und auf die Polizisten, die sie verhören würden. Nach gut drei Stunden waren alle versammelt.

Lynleys Erfahrung nach nahmen es nur Berufsverbrecher oder Gewohnheitstäter ungerührt hin, wenn eine Zellentür hinter ihnen ins Schloss fiel. Da Mercy Hart zu keiner dieser beiden Kategorien gehörte, war sie ein einziges Nervenbündel, als Lynley und Barbara Havers das Verhörzimmer betraten, in dem sie zusammen mit ihrer Anwältin wartete.

Und Mercy Hart hatte allen Grund, nervös zu sein. Der erste Videoausschnitt, den Lynley und Barbara sich angesehen hatten, stammte aus der Sicherheitskamera von Taste of Tennessee, und zu sehen waren Teo Bontempi alias Adaku Obiaka in afrikanischer Tracht und Mercy Hart, die ins Gespräch vertieft vorbeigingen. Teo Bontempi hatte sich bei Mercy Hart untergehakt und hörte ihr gerade aufmerksam zu. Man hätte die beiden für gute Freundinnen halten können, die harmlos miteinander plauderten. Dass Teo jedoch Mitglied einer Sondereinheit zur Bekämpfung von FGM war, verlieh der Szene eine ganz andere Bedeutung.

Die zweite Szene belastete Mercy Hart sogar noch stärker. Sie stammte aus der Überwachungskamera der Metropolitan Police, die sich auf dem Dach des Kinos befand und mit ihrem Weitwinkelobjektiv alles im Umkreis von etwa fünfundzwanzig Metern erfassen konnte. Und da die Met die allerneueste Technik verwendete, waren die Bilder klar und deutlich. Auf einem stark vergrößerten Standbild war zweifelsfrei zu erkennen, wie Mercy Hart die Tür des Gebäudes,

669

in dem sich die Praxis befand, öffnete und Teo Bontempi einließ.

Mercy wurde zur Last gelegt, dass sie der Polizei gegenüber die Unwahrheit gesagt, sich als Ärztin ausgegeben und FGM praktiziert hatte. Jetzt ging es darum, ob man ihr auch einen Mord zur Last legen konnte. Als Astolat Abbott Beweise verlangte, eröffnete ihr Lynley, dass eine Frau, die bei Mercy Hart einen Termin vereinbart hatte, um ihre Tochter beschneiden zu lassen, eine umfassende Aussage gemacht hatte. Laut dieser Aussage hätte die Beschneidung durch eine Frau namens Easter Lange durchgeführt werden sollen, und Easter Lange war niemand anders als Mercy Hart, die den Namen ihrer Tante als Alias benutzte. Der Mietvertrag für die Praxis in der Kingsland High Street, fuhr Lynley fort, trage die Unterschrift von Easter Lange, ebenso wie der Pachtvertrag für den Lagerraum, wohin das Mobiliar der Praxis geschafft worden war, nachdem die Polizei diese geschlossen hatte. Gerade sei ein Kollege unterwegs zu den beiden Vermietern, um diesen ein Foto von Mercy Hart vorzulegen. Der Vorwurf der illegalen Beschneidungen sei unwiderlegbar bewiesen, erklärte Lynley der Anwältin, ihre Mandantin müsse sich auf eine Gefängnisstrafe gefasst machen.

»Möchten Sie dazu etwas sagen?«, fragte er Mercy Hart.

Die schaute ihre Anwältin an. Astolat Abbott gab ihrer Mandantin irgendein Zeichen, indem sie die Finger der linken Hand hob und wieder senkte.

Mercy wandte sich daraufhin Lynley zu und sagte: »Ich tue nur, was man von mir verlangt.«

»Und was soll das heißen?«, fragte Barbara.

»Das heißt, dass Sie Ihre Zeit mit meiner Mandantin vergeuden«, sagte Astolat Abbott. »Was auch immer sich Ihrer Meinung nach in dieser Praxis abgespielt hat, hat nichts mit ihr zu tun. Sie war dort nur angestellt, und ihre Aufgabe bestand darin, Termine zu vereinbaren und den Patientinnen die notwendigen Unterlagen zu geben, die diese auszufüllen hatten.«

»Das erklärt aber nicht, warum sie sich mit Adaku Obiaka unterhalten hat«, wandte Lynley ein.

»Ich habe Ihnen doch gesagt, ich kenne diese Person nicht«, sagte Mercy Hart. »Ich bin ihr nie begegnet.«

»Das sind also nicht Sie in dem Video von Taste of Tennessee?«, fragte Barbara. »Die Frau, die plaudernd mit Adaku den Gehweg runterschlendert?«

»Sie haben ihr die Tür des Gebäudes geöffnet, in dem sich die Praxis befand«, sagte Lynley. »Das ist auf dem Video klar und deutlich zu sehen.«

»Nein«, sagte Mercy Hart. »Hab ich nicht.«

»Wie erklären Sie sich dann die Videoaufnahmen?«, wollte Barbara wissen.

»Jeder, der einen Laptop besitzt, kann solche Videos fälschen.«

»Alles klar«, sagte Barbara. »Irgendeine Idee, was die bei Taste of Tennessee davon haben sollten?«

»Die Videos wurden hinterher gefälscht.«

»Hinterher? Was genau meinen Sie damit?«

»Nachdem Sie sie in die Finger gekriegt haben.«

»Ah. Ja. Sie glauben also, unsere Techniker, die sich ja in der Regel langweilen, hätten nichts Besseres zu tun, als Teo Bontempis Kopf – oder Adakus, wenn Ihnen das lieber ist – auf den Körper einer Frau zu kopieren, die das afrikanische Kleid trägt, das übrigens in Teo Bontempis Kleiderschrank hängt. Wer war denn dann die Frau, die sich als Adaku verkleidet hat?«

»Da müsste ich das Video sehen.«

Barbara atmete hörbar aus.

Lynley beobachtete die Frau. Sie leckte sich die Lippen. Schluckte. Nahm einen Plastikbecher vom Tisch, stellte ihn wieder ab. Lynley sah, dass ihre Hände zitterten, was sie anscheinend zu verbergen suchte.

»Wovor haben Sie Angst?«, fragte er sie. »Oder sollte ich besser fragen: Vor wem haben Sie Angst?«

»Ich hab nichts getan«, sagte Mercy Hart. »Ich habe kein Mädchen beschnitten und keine Frau ermordet, nichts. Überhaupt nichts. Wenn jemand was aufgeschrieben hat und behauptet, ich hätte mir was zuschulden kommen lassen, dann ist das gelogen. Mehr sag ich nicht.« Daraufhin wandte sie sich an ihre Anwältin. »Ich möchte jetzt gehen.«

»Sie stehen unter Anklage«, sagte Barbara. »Sie können jetzt gehen, aber Sie gehen auf direktem Weg in U-Haft. Und zwar im Bronzefield-Gefängnis. Glauben Sie, dass Ihre Keisha klarkommt als Ersatzmummy für ihre kleinen Geschwister?«

»Dazu sag ich nichts.«

»Ich möchte kurz mit meiner Mandantin unter vier Augen sprechen«, sagte die Anwältin.

Lynley stand auf und schaltete den Rekorder aus, der das Gespräch aufnahm. Er sagte, sie würden so lange im Korridor warten. Dann hielt er Barbara die Tür auf und ließ sie vorangehen.

Nachdem Lynley die Tür geschlossen hatte, sagte Barbara: »Die spielt auf Zeit. Noch behält sie die Nerven, aber was FGM angeht, weiß sie, dass sie geliefert ist.«

»Möglich. Aber ihre Anwältin wird sie darüber aufklären, dass die schriftliche Aussage, die uns vorliegt, nichts weiter ist als das Wort einer Zeugin gegen ihres. Vielleicht finden wir ja auf den Videos eine Stelle, wo Monifa Bankole zu sehen ist, wie sie gemeinsam mit ihrer Tochter das Gebäude betritt, in dem sich die Praxis befand. Aber wenn es darum geht, was sich drinnen abgespielt hat, sind wir davon abhängig, was die Geschworenen glauben. Und wir müssen immer noch damit rechnen, dass Monifa aus irgendeinem Grund ihre Aussage zurücknimmt. Sie weiß nicht, wo ihre Kinder sind, und in ihren Augen sind wir diejenigen, die sie ihr vorenthalten.«

»Okay, dann vergessen wir das mit FGM. Aber wir haben immer noch die Tatsache, dass wegen Teo die Praxis dichtmachen musste. Ein handfesteres Motiv kann ich mir kaum vorstellen.«

»Richtig. Aber mehr haben wir nicht gegen sie in der Hand, Barbara. Wenn sie nichts sagt, haben wir nur die Videos von Mercy und Adaku, die sich miteinander unterhalten. Wir beide wissen, dass das nicht viel wert ist, solange wir keinen Beweis dafür haben, dass sie am Tatort war, oder die Tatwaffe mit ihren Fingerabdrücken darauf finden.«

In dem Moment ging die Tür zum Verhörzimmer auf. Astolat Abbott trat in den Korridor. Mercy Hart, sagte sie, habe sich entschieden. Es bestehe kein Grund, sie weiter zu verhören. Sie sei bereit, ihre Untersuchungshaft im Bronzefield-Gefängnis anzutreten.

CHELSEA
CENTRAL LONDON

Sie fuhren unter schattigen Bäumen an hohen Backsteinhäusern vorbei, die wie Reihenhäuser alle miteinander verbunden waren und deren Vorgärten von glänzenden schmiedeeisernen Zäunen eingefasst waren, damit niemand den Fenstern des Souterrains zu nahe kam. Ein paar Straßen weiter waren die Häuser weniger gleichförmig, aber nicht

weniger elegant. Vor allen Fenstern befanden sich Blumenkästen, die vor prachtvollen Blüten überquollen.

Monifa war noch nie in so einer Gegend gewesen, und
ihre Kinder konnte sie sich hier auch nicht vorstellen. Als
sie aus dem Auto stieg, umfing sie Stille, die nur durchbro-
chen wurde von Vogelgezwitscher und einem Husten, das
aus einem offenen Fenster des Hauses drang, vor dem DS
Nkata geparkt hatte.

»Wo sind wir hier?«, fragte Monifa.

Er sagte, sie seien in Chelsea, aber das Wort kannte sie nur
im Zusammenhang mit einer Fußballmannschaft. Und auch
davon wusste sie nur, weil Tani ein großer Fan von Totten-
ham war.

Der Sergeant führte sie zu einem der hohen Backstein-
häuser an der Straßenecke. In den Blumenkästen rund um
das Erkerfenster im Erdgeschoss blühten rote Geranien, und
vier Stufen führten zu einer überdachten Veranda hoch. Ein
hoher Schirmständer stand neben der Tür; offenbar befürch-
teten die Bewohner des Hauses nicht, dass er gestohlen werden könnte.

Der Detective Sergeant betätigte den Türklopfer aus Messing. Als sich nichts rührte, runzelte er die Stirn. Monifas Herz
begann zu pochen. Sie befürchtete zwar nicht, dass Abeo ihre
Kinder hier aufgespürt hatte – genauso gut könnte er sie auf
dem Mond suchen –, aber als es jetzt so aussah, als wären sie
doch nicht hier, brach ihr trotzdem der Schweiß aus.

Nachdem der Detective Sergeant noch einmal vergeblich
den Türklopfer betätigt hatte, bat er sie, ihm zu folgen. Sie
stiegen die Stufen wieder hinunter und bogen um die Ecke
in eine Seitenstraße. Dort befand sich ein Tor im schmiedeeisernen Zaun. Monifa hörte einen Hund bellen, dann rief
eine Kinderstimme: »Du darfst ihr das Leckerli nur geben,
wenn sie dir den Ball bringt, Sophie!«

Simisola. Monifa drückte auf die Klinke, und das Tor ließ sich tatsächlich öffnen. Und da waren sie: Simisola, Tani und ein hübsches schwarzes Mädchen in unanständig knapper Kleidung – extrem enge Jeansshorts und ein ärmelloses T-Shirt, das so tief ausgeschnitten war, dass man den Ansatz ihrer Brüste erahnen konnte. Das musste Sophie sein.

Ein Langhaardackel rannte zwischen Sophie und Simisola hin und her. Tani und eine Weiße mit prächtigen roten Haaren hatten es sich in Liegestühlen bequem gemacht und verfolgten das Geschehen. Die Weiße bemerkte Monifa und Nkata und sprang auf. »Winston! Hallo!«, rief sie erfreut aus.

»Ich hab Besuch mitgebracht«, sagte der Detective Sergeant.

Die beiden Mädchen drehten sich um. Simisola ließ den Ball fallen und stürmte auf Monifa zu. »Mummy! Mummy!«

Monifa nahm ihre Tochter in die Arme und drückte sie fest an sich. Dann streckte sie die Hand nach Tani aus, und er kam zu ihr. Sein Gesicht war immer noch geschwollen und geschunden von den Schlägen seines Vaters. Sie legte ihm eine Hand an die Wange, und sein schönes Gesicht verschwamm vor ihren Augen.

»Ich bin Deborah St. James«, stellte die Weiße sich vor. Dann fügte sie lächelnd hinzu: »Ich nehme an, Sie sind Monifa Bankole.«

Nur das unanständig gekleidete Mädchen sagte nichts. Doch sie schaute Tani erwartungsvoll an, und Tani ließ sich nicht lange bitten. »Mum«, sagte er, »das ist Sophie, meine Freundin. Sie hat Simi und mir geholfen.«

Auf welche Weise dieses Mädchen Tani half, konnte Monifa sich lebhaft vorstellen. Sie schaute ihren Sohn an, sagte jedoch nichts. Natürlich würde sie ihm den Umgang mit einem solchen Mädchen verbieten müssen, aber das hatte Zeit bis später.

675

Jetzt kam Sophie auf sie zu. Monifa hätte sie am liebsten weggeschubst, war jedoch klug genug, nur zu sagen: »Vielen Dank.«

»Nichts zu danken, ich helfe gerne«, sagte Sophie. »Ihnen allen.«

»Sophie ist supernett!«, sagte Simisola. »Sie hat Tanis Gesicht fotografiert, damit wir ...« Sie verzog das Gesicht. »Wie hieß das noch, was wir kriegen mussten, Tani?«

»Es heißt Schutzanordnung, Squeak«, sagte er. Dann wandte er sich an Monifa. »Dein Name braucht da gar nicht draufzustehen, Mum. Es reicht, wenn einer den Kopf hinhält, und das bin ich. Und das darf er gern wissen.«

Das wollte Monifa nicht. Tani hatte schon genug durchgemacht. Und Simi ebenfalls. Sie, Monifa, würde ab jetzt die notwendigen Schritte unternehmen, um ihren Kindern eine bessere Zukunft zu ermöglichen.

»Wohnst du ab jetzt auch hier, Mummy?«, fragte Simi.

»Nein, ich bin bei Sergeant Nkatas Eltern untergebracht«, antwortete Monifa.

»Kannst du nicht hierbleiben? Deborah ist total nett. Und das ist übrigens Peach, Mummy. Tani bringt ihr bei, wie man einen Ball holt. Und ich glaub, Alaska sitzt auf dem Baum da. Jedenfalls hab ich ihn da zuletzt gesehen. Alaska ist ein Kater.«

»Sie können gern hierbleiben, Mrs Bankole«, sagte Deborah.

»Bitte, Mummy, bitte!« Simi faltete die Hände unterm Kinn wie zum Gebet.

Der Detective Sergeant schaltete sich ein. »Das geht vorerst noch nicht, Simi. Sie bringt meiner Mutter bei, nigerianische Gerichte zu kochen. Deswegen muss sie noch ein Weilchen bei uns bleiben.«

»Aber das dauert doch ewig!«, protestierte Simi.

»Meine Mutter lernt schnell«, sagte Nkata freundlich.

»Wir haben doch etwas für deine Mutter, Simi«, sagte Deborah. »Würdest du es bitte holen? Weißt du noch, wo es ist?«

Simi schlug sich eine Hand vor den Mund, und ihre Augen weiteten sich. Monifa sah, dass sie ein Lächeln zu unterdrücken versuchte.

»Au ja!« Sie kicherte. »Soll ich es jetzt holen?«

»Ja bitte«, sagte Deborah.

Simi lief zum Haus und sprang die Stufen zur Kellertür hinunter, die gleich darauf hinter ihr ins Schloss fiel.

Deborah lächelte Monifa an. »Ich habe etwas für Sie ge…«

Und da passierte es. Das Gartentor wurde so heftig aufgestoßen, dass es gegen den Zaun krachte. Ein Schrei zerriss die Stille des Viertels, und ein Mann stürmte über den Rasen. Abeo hatte sie gefunden.

»Wo ist sie?«, brüllte er. Er packte Monifa am Arm, verpasste ihr eine schallende Ohrfeige und zerrte sie in Richtung Gartentor. »Wo ist Simisola?«, schrie er. »Wo hast du sie hingebracht?«

Im nächsten Augenblick war Nkata zur Stelle und nahm Abeo in den Schwitzkasten. »Das reicht, Mann«, sagte er, und Monifa spürte, dass Abeo sie losließ. Deborah und Sophie zogen Monifa von den Männern weg. Tani wollte sich auf Abeo stürzen, aber Nkata hatte diesen immer noch fest im Griff und zwang ihn zu Boden.

Nkata fischte einen Schlüsselbund aus der Hosentasche, den er Tani gab. »Roter Fiesta«, sagte er. »Im Handschuhfach sind Handschellen.«

Tani rannte los. DS Nkata zückte sein Handy und gab drei Ziffern ein. Monifa dachte zuerst, er wählte den Notruf, doch dann schoss es ihr durch den Kopf, dass er ja die Polizei war…

677

»Mummy? Mummy?«

Simisola kam aus dem Haus gelaufen, in einer Hand einen braunen Briefumschlag. Abeo durfte sie auf keinen Fall sehen, dachte Monifa, aber Simi hatte ihren Vater schon entdeckt und blieb wie angewurzelt stehen. Sophie reagierte schnell. Sie schnappte sich Simisola und trug sie ins Haus, während Nkata in sein Handy sagte: »DS Nkata hier. Ich hab einen Mann festgenommen, der eine Frau tätlich angegriffen hat... Können Sie... Ja... Verstanden.« Dann gab er die Adresse durch.

Abeo öffnete die Augen und versuchte aufzustehen. Aber der Detective war schneller. Er drehte ihm die Arme auf den Rücken, bevor Abeo auch nur auf den Knien war.

»Gehen Sie ins Haus!«, befahl Nkata Monifa. Dann führte er Abeo zum Gartentor, wo Tani ihnen schon entgegenkam. Monifa sah, wie Tani seinem Vater die Handschellen anlegte.

CHELSEA
SOUTH-WEST LONDON

Sophie und Simisola kauerten hinter der Kellertür, als Deborah und Monifa hineingingen. Die Mädchen hatten es nicht einmal bis in die Küche geschafft. Simi klammerte sich weinend an Sophie, die ein Gesicht machte, als wäre sie mit knapper Not einem Überfall entkommen, der für alle anderen tödlich geendet hatte.

Monifa nahm ihre Tochter in die Arme. »Es ist vorbei, Simi«, sagte sie. »Jetzt kann er dir nicht mehr wehtun.«

Deborah sah, wie Sophie ängstlich zur Tür schaute. »Geht es Tani gut?«, fragte sie Monifa.

»Ja. Er hilft Sergeant Nkata. Die Polizei ist unterwegs hierher. Wir sind alle in Sicherheit.«

»Ich war doch so vorsichtig«, sagte Sophie mit zitternder Stimme. »Wie kann er… Er muss mir gefolgt sein, aber ich hab ihn nicht gesehen. Es tut mir so leid. Er wollte die Pässe, oder? Bestimmt hat er gewusst, dass ich sie hatte. Aber warum hat er dann nicht versucht, sie mir abzunehmen?«

»Er wollte Simisola«, sagte Monifa. »Die Pässe auch. Aber ohne Simisola sind die für ihn wertlos.«

Die Tür ging auf, und Tani kam herein. »Abeo ist vor dem Haus. Sergeant Nkata hält ihn fest. Gleich kommt die Polizei ihn holen.«

»Aber Sergeant Nkata ist doch die Polizei. Wieso kann er ihn denn nicht…«

»Er sagt, es wär sicherer, wenn seine Kollegen ihn in einem Streifenwagen mitnehmen«, sagte Tani. »Aber ich glaub, er will uns vor allem nicht allein lassen.«

Sie waren tatsächlich allein im Haus, oder zumindest so allein, wie fünf Personen es sein konnten, dachte Deborah. Weder Simon noch ihr Vater waren zu Hause. Und sie alle fünf standen unter Schock, nachdem Abeo in den Garten gestürmt war und sich auf Monifa gestürzt hatte. Deborah war froh zu wissen, dass Nkata sich entschlossen hatte, bei ihnen zu bleiben.

Trotzdem ging sie kurz ins Treppenhaus, um Simon anzurufen, sie musste jetzt einfach seine Stimme hören. Er war am frühen Morgen zu einer Besprechung in Southampton gefahren, die irgendetwas mit dem Unternehmen der Familie zu tun hatte. Er hatte vor, zwei Nächte dort zu bleiben und seine beiden Brüder zu besuchen.

»Ich komme sofort nach Hause«, sagte er, nachdem sie ihm berichtet hatte, was vorgefallen war. »Wo ist dein Vater?«

»Das ist nicht nötig«, sagte Deborah. »Es ist alles gut ausgegangen, Simon. Dad ist nicht hier. Ich glaube, er ist einkaufen gegangen. Aber Winston ist bei uns, er wartet gerade vor dem Haus darauf, dass seine Kollegen Abeo Bankole abholen. Jedenfalls, wenn Winston uns nicht beschützen kann, dann kann es niemand. Ich... ich wollte einfach nur deine Stimme hören.« Sie schluckte. »Ich liebe dich, Simon.« Sie kam sich ein bisschen albern vor, und doch hatte sie das Bedürfnis, es ihm noch einmal zu sagen.

»Ich liebe dich auch«, sagte er. »Rufst du deinen Vater an? Es würde mich beruhigen zu wissen, dass er bei euch ist.«

Sie versprach ihm, ihren Vater anzurufen, dann verabschiedeten sie sich. In der Küche hörte sie Nkatas tiefe Stimme, und er klang so entspannt, so beruhigend, dass Deborah sich fragte, worüber sie sich eigentlich aufgeregt hatte.

»Der ist jetzt erst mal aus dem Verkehr gezogen«, sagte er gerade. »Aber gut, dass ich hier war.«

Deborah ging zurück in die Küche. »Ist er weg?«, fragte sie. Die anderen saßen alle um den Tisch herum.

»Die Kollegen bringen ihn aufs Revier in Belgravia. Da wird er 'ne Weile damit zu tun haben, sich zu erklären«, sagte Nkata.

»Er ist mir hierher gefolgt«, sagte Sophie. »Es tut mir so leid, Tani. Ich dachte, ich wär vorsichtig gewesen. Ich hab mir solche Mühe gegeben!«

Tani ging zu ihr, legte ihr einen Arm um die Taille und gab ihr einen Kuss. »Er hatte rausgekriegt, dass ich die Pässe zu dir gebracht hab. Es ist meine Schuld, nicht deine. Wenn ich sie behalten hätte... Ich hab sie als Vorwand benutzt, um zu dir zu fahren. Als Zawadi mir 'ne SMS geschickt hat, hätt ich ihr ja auch sagen können, sie soll sie bei dir abholen.«

»Kann mir mal einer auf die Sprünge helfen?«, sagte Nkata.

»Es gibt jetzt eine Schutzanordnung gegen Abeo«, sagte Deborah. »Das heißt, wenn er die Pässe hätte, müsste er sie rausrücken, damit er nicht mit Simi das Land verlassen kann.«

»Am besten, ihr gebt mir die Pässe«, sagte Nkata. »Womöglich können die Kollegen Abeo keine vierundzwanzig Stunden in Belgravia festhalten, aber er versucht garantiert nicht, die Pässe in Brixton zu holen. Selbst ich würde mich nicht mit meiner Mutter anlegen wollen.«

Deborah fand Nkatas Plan gut. Es war viel besser, wenn Nkata die Pässe an sich nahm. Sie rief ihren Vater an, um zu erfahren, wo sie sich befanden. Auf ihre Erklärung hin, Winston Nkata wolle die Pässe haben, um der Schutzanordnung gegen Abeo Bankole mehr Gewicht zu verleihen, sagte Cotter: »Im Katzenklo.«

»Alaska benutzt doch schon ewig kein Katzenklo mehr«, sagte Deborah.

»Eben«, sagte Cotter und lachte in sich hinein. »Es ist in der alten Spülküche.«

Deborah ging nachsehen. Offenbar hatte ihr Vater nicht nur das alte Katzenklo die ganze Zeit aufgehoben, sondern auch noch einen Rest Streu. Er hatte sogar an zwei Stellen ein bisschen Wasser in das Klo geschüttet, damit es so aussah, als hätte der Kater es erst kürzlich benutzt.

Unter der Streu fand Deborah die Pässe. Sie waren jeweils einzeln in Klarsichtfolie gewickelt und steckten zusätzlich alle zusammen in einer Tiefkühltüte. Sie wusch sich die Hände, nahm die Pässe aus der Tüte und brachte sie Nkata.

»Waren die wirklich so gut versteckt, wie er behauptet hat?«, wollte Tani wissen.

»Allerdings«, sagte Deborah. »Ich wusste gar nicht, dass mein Vater so erfindungsreich ist.«

Nkata steckte die Pässe ein. Dann gab er Tani seine Karte

und bat ihn, die Frau anzurufen, die die Schutzanordnung erwirkt hatte. Er könne ihr sagen, dass die Pässe jetzt bei der Polizei waren.

Tani versprach es ihm.

THE MOTHERS SQUARE
LOWER CLAPTON
NORTH-EAST LONDON

Das Gespräch war überfällig. Er schob es die ganze Zeit vor sich her, obwohl seine Mutter ihm gesagt hatte, er solle Pete fragen, wenn er wissen wollte, warum sie einige ihrer Schmuckstücke versetzt hatte. Als er in Lower Clapton eintraf – zum Glück früher als gewöhnlich –, nahm er sich einen kurzen Moment Zeit, um sich zu sammeln. Er konzentrierte sich auf eine einzige Frage: Warum hatte seine Frau Geld gebraucht oder haben wollen?

Greer hatte ihm gesagt, Pete hätte ihre wöchentlichen Treffen schon vor einer ganzen Weile abgeblasen. Aber Pete ging weiterhin jede Woche irgendwohin. Nach Teos Tod hatte er vor lauter Schuldgefühlen wegen seiner Affäre angenommen, Pete hätte nur auf den richtigen Moment gewartet, einen Plan in die Tat umzusetzen, mit dessen Hilfe sie die ewige Sorge losgeworden wäre, Mark könnte sie wegen einer anderen Frau verlassen. Aber dass Pete Dinge tat, die sie vor ihm verheimlichte, hatte offenbar andere Gründe.

Es war ziemlich unwahrscheinlich, dass sie heimlich Drogen nahm – Heroin, Kokain, Crystal Meth oder irgendein Schmerzmittel. Die Vorstellung, dass Pete in einer Drogenhöhle herumhing oder sich heimlich unter Brücken mit ihrem Dealer traf, war abwegig und lächerlich. Und wenn sie tatsächlich irgendwelche Drogen nahm, hätte Robertson das garantiert mitbekommen. Es sei denn, sie nahm das Zeug schon so lange, dass Robertson sie nie anders gekannt hatte als auf Droge.

Dass sie eine Affäre hatte, war in Anbetracht ihrer Ängste auch ziemlich unwahrscheinlich. Andererseits würden diese Ängste sich nur auf Männer beziehen. Eine Beziehung mit einer Frau wäre dagegen eine Möglichkeit. Aber dann müsste es eine Frau sein, die er nicht kannte, denn Greer schien mit der Sache nichts zu tun zu haben – oder sie war eine verdammt gute Schauspielerin.

Und Glücksspiel? Konnte es sein, dass sie spielsüchtig geworden war? Aber er konnte sich Pete nicht in einem der vielen Londoner Casinos vorstellen. Vielleicht beim Bingo. Bingo? Okay, es gab Leute, die total darauf abfuhren. Aber er sah Pete auch nicht vor sich, wie sie auf Bingokarten Zahlen einkreiste und dem Gewinn entgegenfieberte.

Oder vielleicht spielte sie ja Lotto. Dafür bräuchte sie aber nicht abends aus dem Haus zu gehen.

Nein, das Wahrscheinlichste war, dass Pete sich mit jemandem traf. Und zwar mit jemandem, über den sie nicht mit ihm sprechen wollte. Wenn es also keine Affäre war, was dann?

Er konnte nicht außer Acht lassen, dass Teo ermordet worden war. Pete hatte die Frau ausfindig gemacht, in die ihr Mann sich verliebt hatte, und sie hatte herausgefunden, wo sie wohnte. Sie hatte sie aufgesucht, um mit ihr zu reden. Er wollte gern glauben, dass das alles war, aber das Geld, das sie im Pfandleihhaus für den Schmuck seiner Mutter bekommen hatte, ließ etwas anderes vermuten. Was hätte Pete davon abhalten sollen, jemanden für das zu bezahlen, was Teo angetan worden war?

Aber das kam ihm völlig absurd vor. Er würde mit Pete

sprechen müssen, und sie würden einander die Wahrheit sagen müssen.

Er war früher als gewöhnlich nach Hause gefahren. Als er die Dienststelle verlassen hatte, war DS Hopwood gerade dabei gewesen, in einem Konferenzsaal fünf schwarze DCs – zwei davon Frauen – in ihren neuen Job einzuweisen. Mithilfe einer PowerPoint-Präsentation führte sie die Kollegen in die Aufklärungsarbeit ein, die von jetzt an vor allem auf die Ansichten männlicher Immigranten aus Nigeria und Somalia abzielen sollte, anstatt den Fokus auf die Frauen zu richten.

Als er seine Wohnungstür aufschloss, hörte er von drinnen Musik. Es war eine Art Musical für Kinder, das von Eisbären handelte und das Lilybet besonders mochte.

Er ging ins Wohnzimmer. Dort tanzte Pete mit Lilybet, die von Robertson auf den Füßen gehalten wurde, zu der Musik, die aus dem Rekorder kam. Beide Erwachsenen sangen die Lieder mit, und Lilybet strahlte. Allerdings war es in dem Zimmer so heiß wie in einem Backofen, und alle drei waren nass geschwitzt.

Robertson nickte zum Gruß. Pete rief: »Da ist Daddy, da ist Daddy!« Aber Lilybet war zu sehr in die Geschichte vertieft. Robertson setzte sie in ihren Rollstuhl, und Pete kam auf ihn zu. »Du bist ja total früh heute. Damit hab ich gar nicht gerechnet. Ich hab noch nicht mal mit dem Kochen angefangen.«

»Ich hol uns was vom Inder«, erwiderte Mark. »Aber vorher möchte ich mit dir reden.«

Ohne auf eine Reaktion von ihr zu warten, ging er voraus ins Schlafzimmer. Er war sich sicher, dass sie ihm folgen würde, und er täuschte sich nicht. Er schloss die Tür.

»Meine Mutter ist entschlossen, dein Geheimnis für sich zu behalten. So habe ich sie zumindest verstanden.«

An Petes verdattertem Blick erkannte er, dass seine Mutter sie nicht angerufen und vorgewarnt hatte. »Wie bitte?«, fragte sie.

»Der Art-déco-Schmuck, den meine Mutter dir gegeben hat. Du weißt, dass mein Vater ihr die Sachen über die Jahre geschenkt hat, oder? Wenn er es sich leisten konnte, ein Schmuckstück nicht zu verkaufen, das nicht ausgelöst worden war. Das weißt du doch, oder?«

»Ich habe deine Mutter nicht darum gebeten, Mark. Sie hat mir den Schmuck angeboten.«

»Aber nicht sie hat das Geld gebraucht, sondern du, stimmt's?«

Sie sah ihm nicht ins Gesicht. »Ich wollte die Sachen nicht versetzen. Aber deine Mutter hat mich dazu gedrängt. Sie meinte, ich solle das Geld nehmen und es wenigstens versuchen. Sie meinte, das alles sei einfach nicht fair. Nicht für mich, nicht für Lilybet, und vor allem nicht für dich. Sie hat mich gefragt, was ich glaube, wie lange unser Leben noch so weitergehen würde. Sie hat gesagt, alles ist eine Frage der Zeit, vor allem das.«

Mark sah ihr an, wie schwer es ihr fiel, ihm das alles zu erzählen. Aber er wusste nicht, ob sie sich elend fühlte wegen ihrer Schuldgefühle, oder weil er sie erwischt hatte. »Ich tappe im Dunkeln, Pete«, sagte er. »Und das gefällt mir nicht. Als ich den Pfandbon in deinem Portemonnaie gefunden habe, wusste ich nicht, was ich denken sollte. Ich wusste nur, dass wir nichts besitzen, was sich verpfänden ließe. Und wenn ich nicht zufällig diesen Anhänger im Schaufenster von Paulies Laden gesehen hätte, wäre ich nie dahintergekommen, dass du den Schmuck meiner Mutter versetzt hast. Und auch jetzt weiß ich nur die Hälfte. Oder vielleicht zwei Drittel. Meine Mutter hat dir also den Schmuck und das kleine silberne Tablett gegeben, dir gesagt, du sollst die Sachen versetzen. Aber das Geld war nicht für sie.«

Sie rieb sich die feuchten Hände an ihrer Jeans ab, schob sich die Haare hinter die Ohren. »Es ist für eine Therapie.«

»Eine Therapie?« Als Erstes kam ihm Physiotherapie in den Sinn, für Lilybet. Aber dann fiel ihm ein, dass Pete immer allein aus dem Haus ging. Vielleicht brauchte sie selbst Physiotherapie, weil sie sich an Lilybet verhoben hatte und ihm nichts davon erzählen wollte. Das wäre zumindest plausibel.

»Ja«, sagte sie. »Ich würde lieber tagsüber hingehen, aber da hatte sie nichts frei. Deshalb muss ich abends hingehen, und da bin ich immer gewesen, wenn ich dir gesagt habe, ich würde mich mit Greer treffen. Deswegen hab ich die Treffen mit ihr abgesagt. Aber sie weiß nichts von meiner Therapie.«

Trotzdem brachte sie das der Wahrheit kein Stück näher. »Die Kollegen von Scotland Yard wissen, dass du in Streatham warst. Sie haben dich auf dem Video aus der Sicherheitskamera über Teos Haustür. Man sieht, wie du mit ihr sprichst. Irgendwann wirst du jemandem die Wahrheit sagen müssen, Pete, und ich wäre dir dankbar, wenn du bei mir anfängst.«

Pete schwieg. Sie ließ den Kopf hängen und schien ihre weißen Turnschuhe zu betrachten. Schließlich sagte sie: »Ich weiß, dass ich dir gesagt hab, es würde mir nichts ausmachen. Also, was du getan hast, weil ich bin, wie ich bin. Aber ich habe gemerkt, dass das nicht stimmt.«

»Du meinst, dass ich Sex mit anderen Frauen hatte?«

Sie nickte, schaute ihn jedoch immer noch nicht an. »Anfangs hat es mir auch nichts ausgemacht. Wie denn auch; das wäre nicht fair gewesen. Wie hätte ich sauer sein und dir Vorwürfe machen können, wo ich dich doch sogar dazu gedrängt hatte, dir Erleichterung zu suchen. Ich dachte einfach nicht, dass… Aber dann war Teo da, und ich habe gemerkt, dass bei ihr alles anders war, und mir war klar, dass sich daran nichts ändern würde, wenn ich nichts unternehme.«

»Wegen Teo?« Seine Kehle war wie zugeschnürt. Ihm fehlten die Worte. Im Wohnzimmer ging das Gedudel wieder los. Er fürchtete, dass sie nach Lilybet sehen und ihn weiterhin im Ungewissen lassen würde. Doch sie rührte sich nicht.

»Es geht um mich, nicht um Teo«, sagte sie. »Diese Therapeutin... Sie behandelt Leute mit Problemen, wie ich sie habe. Deine Mutter hat sie für mich gefunden.«

»Meine Mutter?«

»Ja. Sie weiß Bescheid. Anscheinend hast du irgendwann mal eine Bemerkung gemacht, was ich dir gar nicht übel nehme. Denn das hat deine Mutter dazu gebracht, nach einer Lösung zu suchen. Sie hat mir den Namen und die Telefonnummer der Therapeutin gegeben und gesagt, ich solle mir keine Sorgen machen, sie würde die Therapie bezahlen. Und wenn ich ihr das Geld nie würde zurückgeben können, wäre das auch in Ordnung. Also hab ich die Frau angerufen, aber sie behandelt nur Leute, die keine körperlichen Probleme haben. Also, wenn die Probleme eine körperliche Ursache haben, behandelt sie einen nicht. Man muss also zuerst zum Arzt gehen, und wenn der kein körperliches Problem feststellt, bekommt man eine Überweisung. Aber der staatliche Gesundheitsdienst übernimmt die Kosten nicht. Das wusste deine Mutter.«

Er versuchte, sich einen Reim auf alles zu machen, was sie ihm erzählt hatte. Dass seine Mutter Bescheid wusste und helfen wollte, machte alles verständlicher. »Ist das eine Sexualtherapie?«, fragte er.

Wieder ließ sie den Kopf hängen. Dann nickte sie. Sie zupfte an einem Faden an der Naht ihrer Jeans. Sie wirkte plötzlich so klein und so traurig und so müde, wie jemand,

der seit Ewigkeiten eine schwere Last mit sich herum-
schleppte. Er spürte etwas, womit er nicht gerechnet hatte,
als er Pete zur Rede stellen wollte. Er spürte, wie sich sein
Herz öffnete, wie ihn ein tiefes Gefühl für Pete überkam.
Er wusste nicht, was das für ein Gefühl war. Liebe? Empathie? Traurigkeit? Doch er begriff in diesem Moment, dass
sie ganz allein gelitten hatte, während er seine Triebe nicht
unter Kontrolle bekommen hatte und auch noch mit allen
möglichen unausgesprochenen Gefühlen beschäftigt gewesen war, die er lange unterdrückt hatte.

»Pete«, sagte er, »du hättest doch nicht...«

»Ich weiß.« Sie hob den Kopf und schaute ihn an. »Aber
ich wollte nicht mehr so sein. Ich wollte nicht mehr mit dieser Angst leben. Sie hat mich aufgefressen, bis kaum noch
etwas von der Frau übrig war, die du mal geliebt hast. Es
war, als würde ich langsam verschwinden, und ich war einfach so *erschöpft*...«

Er streichelte ihr übers Haar. »Ich hab dich mal geliebt,
und ich liebe dich noch immer, Pete«, sagte er. Als sie nicht
vor ihm zurückwich, nahm er sie in die Arme und zog sie
an sich.

Sie schmiegte den Kopf an seine Schulter. »Ich versuche,
zu dir zurückzufinden«, sagte sie.

»Großer Gott, Pete«, sagte er, »wie mutig du bist.« Er
küsste sie auf den Kopf. »Lass uns zueinander zurückfinden,
Pete. Vielleicht schaffen wir es ja gemeinsam.«

WESTMINSTER
CENTRAL LONDON

Auf dem ganzen Weg von Bethnal Green nach New Scotland Yard diskutierten sie über den Fall – das Hin und Her,
das Auf und Ab, die Beweise, den Mangel an Beweisen, die
Verdächtigen, die Motive und die Frage, wie die Täterin ins
Haus und wieder hinaus gelangt war. Und während der ganzen Zeit wartete Barbara darauf, dass Lynley auf das Thema
zu sprechen kam, über das sie unbedingt reden mussten. Sie
fragte sich schon, ob sie es am Ende selber würde ansprechen
müssen. Das wollte sie gerade tun, als er in seine Parkbucht
fuhr und sagte: »Einen Moment noch, Barbara.«

Sie lechzte nach einer Zigarette, blieb jedoch im Wagen
sitzen. Er saß da, trommelte mit den Fingern auf das Lenkrad und schien intensiv nachzudenken. Sie wartete.

Schließlich sagte er: »Ich möchte Ihnen das mit den Blumen erklären.«

»Nein, Sie wollen sich rausreden«, sagte sie.

»Ich möchte Ihnen den Grund erklären.«

»Und, würde das was ändern?«

»Natürlich. Das sollte es zumindest. Ich habe keine Ausrede zu bieten, wie: ›Sie sollten eigentlich als Geburtstagsge-
schenk an meine Mutter geliefert werden, wurden aber aus
Versehen an Sie geliefert.‹«

»Mit meinem Namen auf der Karte. Klingt absolut plausibel.«

»Es sollte nur ein Beispiel sein, Barbara. Ich glaube, das
wissen Sie auch.«

»Und, *hatte* sie Geburtstag?«

»Natürlich nicht. Aber darum geht es ja auch nicht.«

»Und um was geht es dann?«

»Um Dorothea.«

Barbara sah ihn stirnrunzelnd an. Sein Gesichtsausdruck schien zu sagen, dass sie seiner unfehlbaren Logik, die er vor ihr auszubreiten beabsichtigte, sicherlich würde folgen können.

»Wir beide haben doch schon einmal darüber gesprochen. Sie meinten, Charlie könnte vielleicht vorübergehend Ihren Verehrer spielen, damit Dorothea endlich …«

»Meinen *Verehrer*? Wir leben doch nicht in einem Roman von Jane Austen, Inspector.«

»Ihren Freund dann eben. Aber das klingt auch nicht passend. Ihren Liebhaber vielleicht? Wir haben darüber gesprochen, dass Charlie Denton diese Rolle übernehmen könnte – also, als *Schauspieler* –, damit Dorothea endlich Ruhe gibt. Kommt Ihnen das irgendwie bekannt vor, Barbara?«

Sie seufzte. Sie nahm ihre Umhängetasche und kramte ihre Zigaretten und ein Feuerzeug heraus. Als sie seinen Blick bemerkte, sagte sie: »Ich bin nicht blöd, und ich hab keine Lust, noch mal einen Anpfiff zu kriegen.«

»Danke«, sagte er. »Dorothea hat mich angesprochen, und es war ganz klar, dass sie in Bezug auf Ihr Liebesleben nicht lockerlassen würde. Verstehen Sie jetzt?«

»*Sie* haben jemand die Karte schreiben lassen. Das war grausam. Das war echt gemein. Was sollte ich denn denken, nachdem ich sie gelesen hatte?«

Er veränderte seine Sitzposition, sodass er sie direkt ansehen konnte. »Das war nur, damit es authentischer wirkte, aber …«

»Ich fass es nicht.«

»Hören Sie«, sagte er. »Ich hatte damit gerechnet, dass Sie *vor* den Blumen da sein würden. Dann hätte ich Sie beiseitegenommen und Sie darüber aufgeklärt, dass gleich ein Blumenstrauß samt Karte für Sie kommen würde. Leider wurden die Blumen aber vor Ihrer Ankunft geliefert. Und

Dorothea hat sie auf Ihren Schreibtisch gestellt. Und dann waren Sie da, und Dorothea war auch da, und ich... Gott, ich hab's richtig vermasselt.«

»Das können Sie laut sagen«, knurrte Barbara.

»Und als Sie die Karte gelesen haben und ich Ihren Gesichtsausdruck gesehen habe, konnte ich es Ihnen einfach nicht sagen. Jedenfalls nicht in dem Moment. Natürlich hätte ich es Ihnen sofort sagen müssen. Es gibt keine Entschuldigung dafür, dass ich es nicht auf der Stelle getan habe. Aber Sie sollen wissen, dass ich Ihnen nicht... dass ich es nur... dass ich nur zu Ihrem Besten...«

In all den Jahren, die sie Lynley jetzt kannte, hatte sie ihn noch nie so kleinlaut erlebt, und sie konnte sich nicht erinnern, dass er jemals einen Satz gesagt hatte, der nicht vollkommen durchdacht und ausgefeilt gewesen wäre. »Ist das dann alles?«, fragte sie.

»Nein. Das ist natürlich nicht alles. Ich möchte Sie um Verzeihung bitten. Ihnen sagen, wie unglaublich dumm das von mir war. Ich habe nicht darüber nachgedacht, welche Wirkung die Blumen und die Karte auf Sie haben könnten. Anstatt Sie zu unterstützen, habe ich Sie verletzt. Dabei schien es mir zuvor einfach die beste Möglichkeit zu sein, Dorothea aufzuhalten.«

»Irgendwie hat das Ganze auch was Beruhigendes, Inspector. Einer, der Macken hat und Fehler macht, wirkt doch gleich viel menschlicher.«

»Nach all den Jahren sollten Sie eigentlich genug meiner Fehler und Schwächen kennen«, sagte er.

»Dasselbe könnte ich auch sagen.«

»Ja, das stimmt.« Er wandte sich ab und betrachtete die graue Betonwand der Tiefgarage. »Aber Schwächen und Fehler sind nicht alles, nicht wahr? Wir müssen den Menschen als Ganzes nehmen, auch wenn es bequemer wäre, sich nur die Teile auszusuchen, die uns gefallen.« Er schaute sie wieder an. »Ich bereue zutiefst, was ich getan habe«, sagte er. »Und ich bitte Sie um Verzeihung.«

Barbara überlegte. Fragte sich, wie groß der Schaden war, den er angerichtet hatte. Sie kam zu dem Schluss, dass der Schaden nur ihren Stolz betraf, und da sie in der Vergangenheit noch immer drüber hinweggekommen war, wenn jemand ihren Stolz verletzt hatte, würde sie es wohl auch diesmal hinkriegen.

»Okay«, sagte sie. »Ich verzeihe Ihnen. Gehe hin in Frieden und sündige hinfort nicht mehr.« Sie öffnete die Wagentür und zündete sich beim Aussteigen endlich ihre Zigarette an. Es war die erste, seit sie in Bethnal Green aufgebrochen waren. Sie nahm vier herrliche, tiefe Züge.

Lynley, der ebenfalls ausgestiegen war, sagte: »Sie müssen damit aufhören, Barbara. Es wird Sie eines Tages umbringen.«

»Geht nicht«, sagte sie.

»Warum denn nicht? Ich hab's doch auch geschafft.«

»Das ist es nicht«, antwortete sie und nahm einen fünften Zug. »Ich pflege meine Macken und Fehler.«

Er lachte. Auf dem Weg zu den Aufzügen achtete Lynley darauf, sich aus der Rauchwolke zu halten, die sie hinter sich herzog. Sie warf die Kippe weg, trat sie aus, hob sie auf und verstaute sie in ihrer Tasche. Lynleys Handy bimmelte. Er nahm es heraus und las die Nachricht. »Man verlangt nach uns.«

»O Gott, nicht Hillier«, stöhnte Barbara.

»Nein, die Nachricht ist von Winston. Eine der DCs hat ihm mitgeteilt, dass sie auf einem Video etwas entdeckt hat, und sie möchte, dass wir uns das ansehen.«

»Hat Winston es schon gesehen?«

»Er ist auf dem Weg hierher.«

»Wo ist er denn?«

»Er kommt gerade aus Brixton.«

Der Aufzug kam, und die Türen glitten auf. Wenige Minuten später waren sie in ihren Diensträumen, wo die Kollegin mit dem Namensschild June Taylor sie bereits erwartete. Sie sagte: »Vielleicht ist es auch gar nichts, aber DS Bontempi ist in afrikanischer Tracht zu sehen, deswegen dachte ich, das würde Sie interessieren.«

»Allerdings«, sagte Lynley. »Wo wurde das Video aufgenommen?«

»In der Kingsland High Street. Es ist von dem Tag, an dem die Praxis durchsucht wurde. Sieht so aus, als hätte sie das Geschehen aus der Nähe beobachtet.«

»Von der anderen Straßenseite aus?«

»Nein, von etwas weiter weg.«

»Und sind Sie sicher, dass es sich um ...«

»... DS Bontempi handelt? Ja, hundertprozentig, Sir.«

Das Video war von sehr guter Qualität und stammte aus einer Sicherheitskamera der Met. DC Taylor hatte es an der fraglichen Stelle angehalten, sodass man jetzt ein Standbild von zwei Personen sah, die miteinander redeten. Das Gespräch dauerte zwei Minuten und dreiundvierzig Sekunden, erklärte ihnen DC Taylor. Sie hatte das Video bei Sekunde zweiundfünfzig gestoppt.

DS Bontempi alias Adaku Obiaka war nicht nur an ihrer Kleidung, sondern auch an ihrer Statur eindeutig zu erkennen. Auf dem Bild sagte sie gerade etwas zu der anderen Person. Diese Person war ganz in Schwarz gekleidet, kleiner als Bontempi und weiß.

Barbara und Lynley beugten sich vor. Lynley bat DC Taylor, das Video in Zeitlupe weiterlaufen zu lassen. Eine Frau mit einem Kinderwagen ging vorbei, dann drei Männer im Blaumann. Teo Bontempi und die andere Frau traten zur

693

Seite, um die Männer vorbeizulassen, und in dem Augenblick war das Gesicht der anderen Frau deutlich zu erkennen.

Barbara sog hörbar die Luft ein. »Heiliger Strohsack!«, entfuhr es ihr.

»Kennen Sie die Frau?«, fragte Lynley.

»Das ist Philippa Weatherall«, sagte Barbara.

15. August

BRIXTON
SOUTH LONDON

Wie am Tag zuvor war vorgesehen, dass Monifa Alice in ihr Café begleitete. Alice interessierte sich für mehrere Rezepte, die sich, wie sie glaubte, bei ihren afrikanischstämmigen Kunden großer Beliebtheit erfreuen würden. Die meisten Zutaten hatte sie schon besorgt. Als Erstes wollte sie *Alkaki* machen, sagte sie zu Monifa. Den Hefeteig hatte sie am Vortag, als Monifa ihre Kinder besucht hatte, bereits angesetzt. Außerdem wolle sie unbedingt lernen, wie man *Donkwa* zubereitete, fuhr sie fort. Sie habe gelesen, dass es sich um ein begehrtes Streetfood handelte, und es würde sich genau wie all die anderen Speisen zum Mitnehmen, die sie auf der Karte hatte, bestimmt gut verkaufen.

Monifa war beeindruckt von Alice' Enthusiasmus, und sie konnte sich fast schon vorstellen, dauerhaft in ihrem Café zu arbeiten. Schließlich hatte Alice bereits von Kochkursen gesprochen, mit denen Monifa genug würde verdienen können, um sich und ihre Kinder zu ernähren. Andererseits gehörte Alice einer anderen Kultur an, und Dinge, die ihr einfach und logisch erschienen, waren für eine Frau wie Monifa alles andere als einfach und logisch.

Trotzdem hatte Monifa dem Plan erst einmal zugestimmt. Im Moment blieb ihr eigentlich auch keine andere Wahl, denn vorerst konnte sie nichts anderes tun als abwarten.

Allerdings wandte sie ein: »Für so etwas Einfaches wie *Alkaki* und *Donkwa* brauchen Sie meine Hilfe wirklich nicht, Alice.«

»Doch, doch, ich möchte Ihre Anleitung«, entgegnete Alice. »Tabby und ihre Mutter wollen auch zusehen. Anfangs bereiten wir sie auf dem Markt zu, und wenn man sie auch zu Hause machen kann...«

»Ja, das kann man. Es ist wirklich ganz einfach.«

»...dann kann Tabbys Mutter sie schon vorher zubereiten und mit auf den Markt nehmen, wenn der aufmacht. Jewel, Monifa kann doch heute mit ins Café, oder?«

»Solange Abeo in Gewahrsam ist, klar.« Nkata kam gerade aus seinem Zimmer, wohin er sich verzogen hatte, um sich anzuziehen, da sein Vater das Bad mit Beschlag belegt hatte. »Aber damit er da bleibt, müssen Sie Anzeige gegen ihn erstatten«, sagte er zu Monifa. »Darüber müssen wir beide uns noch mal unterhalten.«

Monifa hatte gewusst, dass das auf sie zukommen würde. Sie war die Einzige, die Abeo im Garten der Familie St. James tätlich angegriffen hatte. Aber selbst wenn sie Anzeige erstattete, war sie sich nicht sicher, ob das etwas bringen würde. Der Angriff hatte nur Sekunden gedauert. Würde eine Anzeige ausreichen, um Abeo von ihr und ihren Kindern fernzuhalten? Und wie würde er reagieren? Würden sie nicht nachher wieder alle darunter leiden müssen?

Sie nickte und behielt ihre Gedanken für sich. »Ja«, sagte sie. »Ich weiß.«

Nkata lächelte. »Gut«, sagte er. »Haben Sie meiner Mutter schon die Fotos von Ihren Kindern gezeigt? Sie würde sie bestimmt gern sehen, vor allem die von Simisola.« Zu seiner Mutter sagte er: »Deborah St. James – du erinnerst dich doch an sie, oder? – hat Fotos von den beiden gemacht, und drei davon hat sie Monifa gegeben. Ich würde sie übrigens auch gern sehen.«

Monifa vermutete, dass er sie nur losschickte, um die Fotos zu holen, damit er ungestört mit seiner Mutter reden konnte. Und sie irrte sich nicht, denn während sie den Umschlag mit den Fotos aus ihrer Tasche kramte, hörte sie die beiden leise miteinander sprechen. Als der Name Zawadi fiel, war ihr klar, dass es um die Schutzanordnung und die Pässe ging. Offenbar hatte sich also Zawadi bei Sergeant Nkata gemeldet.

Sie ging zurück in die Küche und nahm die Fotos aus dem Umschlag. »Die beiden sind mein ganzes Glück«, sagte sie, als sie Alice die Fotos von ihren Kindern reichte.

»Was für ein gut aussehender Junge, was für ein hübsches Mädchen!«, rief Alice aus und gab die Fotos an ihren Sohn weiter.

»Ihre Simisola ist ein ganz besonderes Mädchen«, sagte der Sergeant.

»Ja, das stimmt«, sagte Monifa. »Das sagen alle, die sie kennen.«

Als Nkata das letzte Foto betrachtete, stutzte er und wurde ernst. »Hat Deborah gesagt, wo sie die Fotos aufgenommen hat?«, fragte er Monifa.

»Ich habe nicht danach gefragt«, antwortete sie. »Stimmt etwas nicht?«

Er zog die Brauen zusammen, sagte jedoch: »Nein, nein, das meine ich nicht. Aber kann ich mir dieses Foto kurz ausleihen? Nur dieses eine? Ich geb es Ihnen so bald wie möglich zurück.«

Sie nickte und gab ihm den Umschlag, damit er das Foto darin transportieren konnte.

»Hast du etwas Wichtiges auf dem Foto entdeckt, Jewel?«, fragte seine Mutter.

»Kann sein. Vielleicht ist es auch nichts«, antwortete er. »Aber ich muss das auf jeden Fall überprüfen.«

EEL PIE ISLAND
TWICKENHAM
GREATER LONDON

Sie trafen ziemlich früh in Twickenham ein und parkten am gegenüberliegenden Ufer von Eel Pie Island. Auf die Insel gelangten sie über eine geschwungene Fußgängerbrücke, an deren Ende sich ein Glaskasten mit einem Lageplan befand, auf dem die Häuser samt Namen verzeichnet waren. Leider war Mahonia Cottage nicht darunter.

»Verdammt«, murmelte Lynley.

»Ich weiß nicht, Chef«, sagte Barbara. »Wie schwierig kann es schon sein? Wir müssen nur die Hütte finden, an der kein Name steht, oder?«

»Vorausgesetzt, es gibt nur ein Haus ohne Namensschild, was ich bezweifle.«

Zwei Fußwege führten von der Brücke in beide Richtungen um die Insel herum. Sie wählten den kürzeren und wandten sich nach rechts. Alle Häuser, die an dem Uferweg lagen, wiesen Namen auf, bis auf eins, dessen Fenster und Türen mit Brettern zugenagelt waren. Daher machten sie kehrt und nahmen den Weg, der über die Inselmitte führte und von Pappeln und Weiden gesäumt war.

Sie waren noch nicht weit gekommen, als ihnen ein Mann entgegenkam, der sein Fahrrad in Richtung Brücke schob. Als sie ihn fragten, ob er ihnen sagen könne, welches Haus auf der Insel den Namen Mahonia trug, fragte er: »Die haben Namen?«

»Wir suchen das Haus, in dem Philippa Weatherall wohnt«, sagte Barbara.

»Ah! Pips!« Er zeigte mit dem Daumen über seine Schulter in die Richtung, aus der er gekommen war. »Immer geradeaus«, sagte er. »Blaues Dach, ist nicht zu verfehlen.«

Sie wollten sich schon auf den Weg machen, als er hinzufügte: »Aber sie ist nicht zu Hause, sie wollte raus aufs Wasser. Ich hab sie vor… ungefähr zehn Minuten gesehen, da war sie auf dem Weg zum Bootshaus. Aber es dauert 'ne ganze Weile, alles vorzubereiten, vielleicht erwischen Sie sie ja noch.« Er zeigte mit dem ausgestreckten Arm in dieselbe Richtung wie eben. »Immer der Nase nach, dann links. Gar nicht zu übersehen; es ist das einzige Bootshaus auf der Insel.«

Dann stieg er auf sein Rad und überließ sie ihrem Schicksal. Es stellte sich jedoch heraus, dass seine Beschreibung sehr treffend war. Das Bootshaus war tatsächlich nicht zu übersehen, es gab sogar ein Schild, auf dem in großen Buchstaben RUDERCLUB stand. Leider war es jedoch von einem hohen Zaun umgeben, dessen Tor mit einem Vorhängeschloss gesichert war, für das man einen Zifferncode brauchte. Sie konnten also entweder später noch einmal wiederkommen oder warten, bis die Ärztin auftauchte. Sie warteten.

Nach zwanzig Minuten, die sich viel länger anfühlten, öffnete sich das Tor, und ein junger Mann kam heraus.

»Ist Dr. Weatherall noch auf dem Wasser?«, fragte Barbara.

»Philippa?«

»Wir müssen sie sprechen«, sagte Lynley.

»Sie packt gerade ihre Ausrüstung ein. Ich schätze, dass sie noch…«

Lynley zückte seinen Ausweis. »Wir müssen sie jetzt sprechen.«

Die Augen des jungen Mannes weiteten sich. Er hielt ihnen das Tor auf. »Ich hoffe, es ist nichts Ernstes«, sagte er.

Dr. Weatherall war gerade dabei, ihr Skullboot zu verstauen. Sie trug einen schwarzen Neoprenanzug mit Reflektorstreifen an den Seiten. Sie fuhr herum, als Lynley sie ansprach. »Himmel, haben Sie mich erschreckt«, sagte sie.

699

Dann, als sie Barbara gewahrte: »Noch ein Gespräch? Ich habe nichts weiter zu sagen.«

»Mir vielleicht nicht«, antwortete Barbara. »Das ist mein Chef, DCS Lynley.«

Dr. Weatherall schaute erst Barbara, dann Lynley, dann wieder Barbara an. »Warum so früh am Morgen?«, wollte sie wissen.

»Morgenstund hat Gold im Mund«, sagte Barbara achselzuckend. »Sie sind ja anscheinend auch 'ne Frühaufsteherin.«

»Stimmt. Aber ich tauche nicht zu unchristlichen Zeiten bei Leuten auf, um mit ihnen zu reden.«

»Wir würden Ihnen gern ein paar Fragen stellen«, sagte Lynley.

»Und wir dachten, dass Sie sie lieber bei sich zu Hause beantworten als in Ihrer Praxis«, fügte Barbara hinzu.

Dr. Weatherall schob die Ruder auf eine Metallschiene neben andere Ruder. »Ich hab nur ein paar Minuten Zeit«, verkündete sie mit einem Blick auf ihre Armbanduhr. »Ich habe um halb neun eine Patientin.«

»Mehr brauchen wir nicht«, sagte Barbara freundlich. »Sind Sie hier fertig, oder können wir Ihnen noch helfen?«

»Danke, ich bin hier fertig. Aber ich muss mich noch duschen, bevor ich zur Arbeit fahre. Wenn Sie also länger als fünf bis zehn Minuten eingeplant haben, müssen wir uns ein andermal treffen.«

»Zehn Minuten reichen«, sagte Lynley. Er zeigte auf das Tor, durch das sie gekommen waren. »Wenn ich bitten darf?«

Barbara meinte bei der Ärztin ein kurzes Zögern wahrzunehmen, doch sie folgte Lynleys Aufforderung, und sie gingen schweigend zu ihrem Haus. Vor der Tür saß der Kater neben einem leeren Napf und wartete auf sein Frühstück.

»Sieht aus, als würden Sie schon erwartet«, bemerkte Barbara.

»O ja«, sagte Dr. Weatherall. »Dieser Kater weiß, dass ich ein weiches Herz habe.« Sie ließ ihn ins Haus, wo sie die Deckenbeleuchtung einschaltete, und drückte Barbara eine Tüte Trockenfutter in die Hand. »Wenn Sie das schon mal übernehmen würden? Ich mache in der Zwischenzeit Kaffee. Wollen Sie auch einen?«

Lynley lehnte dankend ab. Barbara sagte, ein Kaffee wäre genau das Richtige. Die Ärztin setzte Wasser auf und füllte Kaffeepulver in eine Stempelkanne, während Barbara nach draußen ging, um den Napf des Katers zu füllen. Als sie wieder ins Haus kam, betrachtete Lynley gerade ein paar gerahmte Fotos, die neben einem Flachbildschirm auf einem Regal aufgereiht standen. Es handelte sich um ältere Aufnahmen, vor allem aus Dr. Weatheralls Kindheit, wie Barbara sah, als sie neben ihn trat. Die meisten zeigten eine glückliche Familie zu verschiedenen Jahreszeiten. Allerdings war Philippa Weatherall nur auf einem einzigen Foto als Heranwachsende zu sehen, und auf diesem Foto war sie bis auf die Knochen abgemagert und erschreckend hohläugig. Magersucht, dachte Barbara. Und so wie sie auf dem Foto aussah, konnte die Frau echt froh sein, dass sie noch lebte.

»Es hat mich zehn Jahre meines Lebens gekostet«, sagte Dr. Weatherall, der nicht entgangen war, dass die beiden Polizisten ihre Fotogalerie betrachteten. »Und es ist der Grund, warum meine Mutter so jung gestorben ist.«

»Wie meinen Sie das?«, fragte Barbara, während Lynley das Bild zurückstellte.

»Sie ist an Eierstockkrebs gestorben. Aber weil sie sich dauernd um mich kümmern musste, hat sie die Anzeichen ignoriert. Zehn Jahre lang war ich mehr im Krankenhaus als zu Hause. Ich glaube, sie hat sich die Schuld daran gegeben. Das war natürlich Unsinn, aber das hat sie nicht verstanden.« Die Ärztin schwieg einen Moment, dann räusperte sie sich und fügte hinzu: »Ich erlebe das häufig, dass Mütter Schuld auf sich nehmen, egal ob es angebracht ist oder nicht.«

»Ja, die Erfahrung habe ich auch gemacht«, sagte Lynley. Dr. Weatherall warf ihm einen kurzen Blick zu, wie um zu sehen, ob er das ernst meinte.

Der Wasserkocher schaltete sich ab. Dr. Weatherall goss das Wasser in die Kanne und fragte Barbara, ob sie Milch und Zucker wünschte. Sie reichte Barbara eine Tasse und zeigte mit ihrer auf zwei Männer in Anzügen, die einander einen Arm um die Schultern gelegt hatten und vielleicht zehn Jahre jünger waren als sie. »Mein Bruder und sein Partner. Also, inzwischen sind sie verheiratet. Und das…«, sie zeigte auf ein Foto von einem Soldaten in Uniform, »…ist ihr älterer Sohn Elek.«

»Ein ungewöhnlicher Name«, bemerkte Lynley.

»Ein griechischer Name. Einer seiner Väter ist Grieche. Der Name bedeutet ›Verteidiger der Menschheit‹. Es war ein passender Name; Elek ist in Afghanistan gefallen.«

»Tut mir leid«, sagte Lynley.

»Tja. Na ja«, sagte Dr. Weatherall. »Bitte, nehmen Sie doch Platz. Wir müssen uns ja nicht im Stehen unterhalten, oder?«

Sie setzte sich in einen modernen Sessel mit Chromgestell. Lynley und Barbara nahmen auf dem Sofa Platz, das überhäuft war mit bunten Kissen. Barbara zückte Notizblock und Bleistift, was Dr. Weatherall nicht entging, wozu sie jedoch nichts sagte.

Lynley ergriff das Wort. »Wir wüssten gern, in welchem Verhältnis Sie zu der gynäkologischen Praxis in der Kingsland High Street stehen.«

»Sie meinen die Praxis in Hackney? Die wurde geschlossen«, sagte die Ärztin. »Im Moment stehe ich in keiner Beziehung zu ihr.«

»Das heißt, Sie standen in einer Beziehung zu ihr.«

»Ja. Ich habe dort ehrenamtlich gearbeitet, wenn ich Zeit hatte.«

»Als Chirurgin?«

»Nein. Ihre Kollegin hat Ihnen sicherlich berichtet, dass ich meine Operationen in einer Praxis auf der Isle of Dogs durchführe. In der Kingsland High Street habe ich Untersuchungen zur Krebsfrüherkennung angeboten. Außerdem habe ich die Frauen beraten, zu Themen wie Verhütung, Mutterschaftsvorsorge, Wochenbettproblemen und so weiter. Warum fragen Sie?«

»Können Frauen solche Untersuchungen und Beratungen nicht bei ihrem Hausarzt bekommen?«, fragte Barbara. »Oder bei einer Hebamme?«

»Ja natürlich. Aber einige Frauen leben illegal in England. Andere – eigentlich viel zu viele – haben einen männlichen Hausarzt und möchten über diese Dinge lieber mit einer Frau sprechen. Das alles ist für viele Frauen problematisch, und ich habe versucht, ihnen diese Sorge zu nehmen.«

»Aber nicht im Fall von Teo Bontempi.«

Dr. Weatherall runzelte die Stirn. »Wie bitte? Was hat Teo Bontempi mit meiner ehrenamtlichen Tätigkeit in einer gynäkologischen Praxis zu tun?«

»Sie hat veranlasst, dass die Praxis durchsucht wurde. Aber ich schätze mal, das wissen Sie. Wir beide glauben jedenfalls, dass Sie's wissen.«

Dr. Weatherall schaute erst Barbara, dann Lynley an. »Woher in aller Welt sollte ich das wissen? Sie hat mich in meiner Praxis auf der Isle of Dogs aufgesucht, aber ...«

»Sie hat Sie in der Kingsland High Street zur Rede gestellt, und zwar genau an dem Tag, als die Praxis durchsucht wurde, genauer gesagt eine halbe Stunde danach. Wir haben das übrigens auf Video. Man sieht, wie Sie miteinander sprechen.«

»Suchen Sie mich deswegen in aller Herrgottsfrühe auf? Weil ich in der Kingsland High Street mit Teo Bontempi gesprochen habe? Ich kannte sie. Sie war bei mir wegen einer rekonstruktiven Operation. Das habe ich Ihnen doch gesagt, Sergeant Havers.«

»Das ist eine mögliche Interpretation dessen, was wir auf dem Video gesehen haben«, sagte Lynley. »Zwei Frauen, die sich flüchtig kennen, begegnen einander zufällig in einem Stadtteil, der weit entfernt liegt von dem Ort, an dem sie sich kennengelernt haben.«

»Gibt es denn noch eine andere mögliche Interpretation?«, fragte die Ärztin. »Wenn Sie, wie Sie sagen, unsere Begegnung auf Video haben, dann werden Sie doch an meinem Gesichtsausdruck ablesen können, dass es mich überrascht hat, Teo Bontempi dort zu treffen. Übrigens habe ich sie zuerst gar nicht erkannt. Sie war in afrikanischem Stil gekleidet. Als sie bei mir in der Praxis war, trug sie … wie soll ich sagen … britische Kleidung? Westliche Kleidung? Und da stand sie plötzlich vor mir, in einem afrikanischen Kleid und Kopftuch, und sprach mich mit meinem Namen an. Ich habe einen Moment gebraucht, bis ich sie erkannt habe.«

»Hat sie Sie gefragt, was Sie in der Straße zu tun hatten?«

»Das weiß ich nicht mehr. Wahrscheinlich. Es wäre jedenfalls naheliegend.«

»Und Sie?«, wollte Lynley wissen. »Haben Sie sie gefragt?«

»Ich hatte mir ihre Adresse nicht gemerkt. Es hätte ja sein können, dass sie dort wohnte und sich immer afrikanisch kleidete, wenn sie nicht im Dienst war.« Sie stand auf. Lynley und Barbara blieben sitzen. »Also, wenn das alles war … In meiner Praxis warten Patientinnen auf mich.«

»Die Isle of Dogs ist ziemlich weit weg von Ihrer Praxis«,

sagte Lynley. »Wäre es nicht viel praktischer für Sie gewesen, sich in Twickenham eine einzurichten?«

»Ich fahre mit dem Motorboot hin. Ein Auto besitze ich nicht. Und Twickenham wäre auf keinen Fall praktischer, erst recht nicht für meine Patientinnen. Zur Isle of Dogs können sie mit Docklands Railway fahren. Aber ich nehme an, das wissen Sie.«

»Aber noch praktischer wäre für Ihre Patientinnen die Kingsland High Street, nicht wahr? Und wo es da schon eine Praxis gab, die sogar über einen kleinen Operationssaal verfügte – warum haben Sie Ihre Operationen nicht dort durchgeführt?«

Allmählich wurde sie ungehalten. »Weil es nicht meine Praxis war, Superintendent. Und weil ich einen größeren Operationssaal brauche.«

»Mercy Hart behauptet, es sei auch nicht ihre Praxis gewesen.«

»Wer?«

»Mercy Hart. Wenn Sie in der Praxis ehrenamtlich gearbeitet haben, müssen Sie doch Mercy Hart kennen, Dr. Weatherall.«

»Nein, ich kenne sie nicht«, sagte sie. »Den Namen habe ich noch nie gehört. Und jetzt entschuldigen Sie mich bitte, ich muss duschen und mich für die Arbeit fertig machen. Dieses Gespräch ist hiermit beendet.«

»Sie kennen die Frau wahrscheinlich unter dem Namen Easter Lange«, sagte Barbara.

»Easter? Ja, natürlich kenne ich Easter. Ihr gehörte die Praxis, und sie hat den Kontakt hergestellt. Sie hatte über meine Arbeit gelesen – fragen Sie mich nicht, wo und wie – und rief mich an, um zu fragen, ob ich hin und wieder Zeit für eine Beratungsstunde hätte. So hat es angefangen. Wie sagten Sie heißt sie wirklich?«

705

»Mercy Hart. Easter Lange ist ihre Tante.«

»Das heißt dann wohl, bei den beiden Frauen werden Sie die Antworten auf Ihre Fragen finden. Entweder, Mercy Hart gibt sich als Easter Lange aus, oder Easter Lange steckt hinter allem, was in der Praxis vor sich ging und dazu geführt hat, dass sie geschlossen wurde.«

»Die Praxis wurde wegen FGM geschlossen«, sagte Barbara.

Die Ärztin öffnete den Mund und schloss ihn wieder. Sie brauchte einen Moment, bis sie ihre Fassung wiedergefunden hatte. »Das ist unmöglich.«

»Leider nicht«, sagte Lynley. »Wir haben die Aussage einer Frau, deren Tochter dort beschnitten werden sollte.«

»Und Sie glauben, ich habe etwas mit diesen Verstümmelungen zu tun? Ich arbeite seit *Jahren* daran, den Frauen zu helfen, denen das angetan wurde.« Sie hob die Hände, wie um alles abzuwehren, was Lynley und Barbara womöglich noch sagen wollten. »Bitte, gehen Sie jetzt«, sagte sie. »Wie gesagt, ich muss mich für die Arbeit fertig machen. Sie haben mich lange genug aufgehalten.«

WESTMINSTER
CENTRAL LONDON

»Sieht so aus, als wären sie auf derselben Seite gewesen, Chef«, sagte Barbara, als sie zu ihren Autos gingen. Sie waren beide direkt von zu Hause nach Twickenham gekommen. »Anscheinend haben sie beide auf ihre Weise gegen FGM gekämpft. Und was Dr. Weatherall gesagt hat, klingt einleuchtend. Sie wusste nicht, dass Teo Bontempi Polizistin war, erst recht nicht, dass sie zu einer Sondereinheit zur Bekämpfung von FGM gehörte. Sie kannte sie nur als Patientin, und als Teo ihr da so aus heiterem Himmel über den Weg läuft, noch dazu in ihrer afrikanischen Tracht, ist doch klar, dass sie verblüfft ist.« Sie zündete sich eine Zigarette an. Als Lynley die Augen verdrehte, sagte sie: »Wir sind *draußen*.«

»Sie hätten warten können, bis Sie in Ihrem Auto sitzen«, sagte Lynley.

Barbara schaute zum Himmel empor. »Gott, Exraucher sind doch die Allerschlimmsten, oder?« Als von oben keine Antwort kam, fuhr sie fort: »Und wenn sie in dieser Praxis Beratungen abgehalten hat, dann war das auch 'ne Gelegenheit für sie, die Frauen darüber aufzuklären, was für ein Unsinn FGM ist. Ich kann mir gut vorstellen, dass sie das gemacht hat, wenn Mercy grade mit was anderem beschäftigt war.«

»Trotzdem behauptet sie, nicht gewusst zu haben, dass in der Praxis Beschneidungen durchgeführt wurden, während Mercy behauptet, sie sei nur als Arzthelferin dort angestellt und jemand anders für die Operationen verantwortlich gewesen.«

»Und glauben Sie ihr? Also Mercy, mein ich.«

»Sie geht lieber ins Gefängnis, als auszupacken. Was sagt uns das?«

»Mir sagt es, dass sie sich mit 'ner Aussage nicht noch tiefer in die Wicken reiten und riskieren will, dass sie jahrelang hinter Gittern bleibt. Und Ihnen?«

»Dass sie vielleicht Angst hat.«

»Klar hat sie Angst. Und sie hat ein Motiv, Chef. Und zwar ein waschechtes. Kein Wunder, dass sie mit keinem reden will.«

Sie stiegen in ihre Wagen und fuhren los. Zu dieser frühen Stunde waren die Straßen noch nicht verstopft, und sie kamen gut durch. Allerdings nur bis zur Great West Road, wo der Kampf mit Bussen, Taxis und Lastwagen immer wieder eine echte Herausforderung war.

In Chiswick verlor Lynley Barbaras Mini aus den Augen. Aber kaum stieg er in der Tiefgarage von New Scotland Yard aus seinem Healey Eliott, bog sie ein paar Meter weiter in eine Parkbucht ein.

Gemeinsam fuhren sie mit dem Aufzug nach oben. Barbara roch nach Zigarettenqualm, worüber Lynley die Nase rümpfte. Er sagte jedoch nichts, und ihr schien es auch nicht peinlich zu sein. Auf dem Weg den Korridor hinunter wünschte er Dorothea Harriman einen guten Morgen.

Die Kollegen waren um Winston Nkatas Schreibtisch versammelt und ließen ein Foto von Hand zu Hand gehen. Es herrschte eine Atmosphäre im Raum, die man unter anderen Umständen als freudige Erregung hätte bezeichnen können.

Nkata bemerkte Lynley und Barbara als Erster. »Das müssen Sie sich ansehen, Chef. Das hat Monifa Bankole mir heute Morgen gegeben.«

Lynley und Barbara gesellten sich zu den anderen. »Zeigen Sie mal«, sagte Lynley, setzte seine Lesebrille auf und nahm das Foto entgegen, das einer der DCs ihm reichte. Es zeigte einen gut aussehenden schwarzen jungen Mann, dessen Gesicht halb im Schatten lag. Er trug ein weißes T-Shirt mit einem kleinen Loch am Ausschnitt, er hatte die Arme verschränkt, und im Licht, das von der Seite einfiel, waren seine gut definierten Muskeln zu erkennen. Noch ehe er das Foto umgedreht und den kleinen goldenen Aufkleber mit Deborahs Namen gesehen hatte, wusste Lynley, wer das Foto aufgenommen hatte.

»Wer ist das?«, fragte er.

»Tani Bankole. Monifas Sohn. Er und Simisola sind in Chelsea.«

Lynley betrachtete noch einmal das Foto. »Aber das

wurde nicht in Chelsea aufgenommen.« Er gab Barbara das Bild und nahm seine Brille ab. »Hat es irgendeine Bedeutung?«, fragte er Nkata.

»Heiliger Strohsack!«, murmelte Barbara. »Ich fass es nicht.« Sie schaute Nkata an. »Ich könnt dich glatt fressen, Winnie, aber ich glaube, das würd dir nicht gefallen.«

»Dacht ich mir, dass du das sagen würdest«, sagte Nkata grinsend.

Lynley zog die Brauen zusammen. Offenbar hatte er ein wichtiges Detail auf dem Foto übersehen.

Barbara tippte mit dem Finger darauf, und Lynley setzte seine Lesebrille wieder auf. Er sah, dass Deborah die Tiefenschärfe so eingestellt hatte, dass der Hintergrund leicht verschwommen war, wodurch die Gesamtkomposition an ein kubistisches Gemälde erinnerte. Man konnte so gerade erkennen, dass an der Wand hinter dem jungen Mann Gegenstände hingen. Ebenfalls hinter dem jungen Mann, aber nicht an der Wand, sondern auf einem niedrigen Tisch und somit näher an der Kamera, befand sich ein Objekt, das etwas deutlicher zu erkennen war. Das Objekt wirkte ziemlich groß und kantig. Es handelte sich um eine Skulptur, durchfuhr es Lynley, und zwar nicht um irgendeine, sondern um ein Exemplar des *Stehenden Kriegers*.

Das war die Erklärung für die Stimmung im Raum. Wie Barbara herausgefunden hatte, existierten dreizehn Exemplare des *Stehenden Kriegers*, wovon eins Teo Bontempi gehört hatte. Möglicherweise das Exemplar, nach dem sie alle seit Tagen fieberhaft suchten.

»Bingo!«, sagte Barbara. »Jetzt müssen wir nur noch rausfinden, wo Deborah St. James das Foto geschossen hat.«

»Und wir müssen ganz sicher sein, dass es sich tatsächlich um den *Stehenden Krieger* handelt«, bemerkte Lynley.

»Sir, aber das sieht man doch genau!«

»Es sieht wirklich so aus, als wäre es die Skulptur, ja, aber zunächst müssen wir mit dem Besitzer sprechen, dann sehen wir weiter. Ich rufe Deborah sofort an.«

WESTMINSTER
CENTRAL LONDON

Deborah breitete die Fotos aus, die sie für die von Dominique Shaw vom Bildungsministerium bei ihr in Auftrag gegebene Broschüre ausgewählt hatte. Die Staatssekretärin hatte einen vorläufigen Ausdruck der Broschüre mitgebracht, sodass sie gemeinsam überlegen konnten, welche Fotos am besten auf welche Seiten passten.

Auch Narissa Cameron und Zawadi waren anwesend. Narissa hatte der Staatssekretärin einen Rohschnitt der zwanzigminütigen Kurzversion ihres Dokumentarfilms vorgeführt, den sie in Schulen zeigen wollte, um Aufklärungsarbeit zu leisten. Bis zur Fertigstellung der Langversion würde sie noch mindestens ein Jahr brauchen, hatte sie Deborah erklärt. Aber die gute Nachricht war, dass Zawadi sich bereit erklärt hatte, in beiden Versionen die Rolle der Sprecherin zu übernehmen.

Narissa hatte Deborah am Abend zuvor zu später Stunde angerufen und ihr berichtet, Zawadi sei zu dem Schluss gekommen, sie könne, nachdem »die Akin-Affäre«, wie sie es nannte, ihren Ruf ruiniert hatte, der Öffentlichkeit nur durch stolzes Weitermachen beweisen, dass sie den Kampf gegen die Verstümmelung von Frauen ungeachtet möglicher Fehleinschätzungen niemals aufgeben werde. »Sie hat eingesehen, dass es unklug wäre, sich aus der Öffentlichkeit zurückzuziehen«, hatte Narissa gesagt. »Ich habe ihr auch geraten, sich eine Pressesprecherin zuzulegen, oder was auch immer man tun kann, um das öffentliche Image aufzupolieren. Aber das hat noch Zeit, und im Moment bin ich einfach nur froh, dass sie bereit ist, sich für meinen Film als Sprecherin zur Verfügung zu stellen.«

Als Zawadi im Konferenzsaal eingetroffen war, hatte Deborah sie mit den Worten begrüßt: »Es freut mich, dass Sie den Part der Sprecherin übernehmen! Sie sind genau die Richtige dafür.«

»Ach ja?«, hatte Zawadi in dem Ton geantwortet, den sie Deborah gegenüber immer anschlug. »Sie meinen also, so eine dicke Schwarze wie ich hat tatsächlich was beizutragen?«

Deborah errötete. »So habe ich das nicht gemeint… Es tut mir leid. War das ungewollt rassistisch? Ich wollte nur…«

Zawadi lachte laut auf und sagte zu Narissa: »Du hattest recht!«

»Womit?«, fragte Deborah verwirrt.

»Sie entschuldigen sich echt für alles; das ist nicht nötig. Ich brauch nicht Ihre beste Freundin zu sein, um zu wissen, dass Sie es zumindest gut meinen.« Sie zeigte auf die Fotos. »Die sind gut für den Zweck, für den sie bestimmt sind. Ich sag nicht, dass eine schwarze Fotografin das nicht auch hingekriegt hätte, aber sie sind gut.«

Deborah wusste, dass es Zawadi nicht leichtfiel, ein solches Lob auszusprechen. Aber sie konnte die Frau verstehen. Denn letztlich stimmte es, dass sie mit ihrer Kamera, ihrem Stativ und ihren guten Absichten in Zawadis Welt hineingetrampelt war, obwohl sie darauf hätte bestehen können, dass eine schwarze Fotografin den Job bekam. Aber das war ihr gar nicht in den Sinn gekommen, weil sie sofort die Chance gewittert hatte, dass dieser spezielle Auftrag der Aufhänger für einen weiteren Fotoband wie *London Voices* sein könnte. Zu welchem Preis, hatte sie in dem Moment nicht interessiert.

Nachdem alle Fotos ausgewählt waren und Dominique Shaw ihre Freude über das Ergebnis der gemeinsamen Anstrengung zum Ausdruck gebracht hatte, entließ sie die drei Frauen. Sie würden sich wieder treffen, sobald die Broschüre gedruckt und der Film fertig geschnitten war. Und dann würden sie sich noch einmal treffen, wenn die beiden Projekte den Direktorinnen und Direktoren der Schulen präsentiert wurden, in denen die Broschüre verteilt und der Film gezeigt werden sollte.

Als sie aus dem Gebäude traten, klingelte Deborahs Handy. Sie warf einen Blick auf das Display, sagte, sie müsse das Gespräch annehmen, und verabschiedete sich von den beiden Frauen. Dann ging sie in die Eingangshalle des Gebäudes zurück und nahm das Gespräch an. »Ja, Tommy?«

»Wo bist du?«, fragte er.

»In der Great Smith Street«, sagte sie.

»Bist du abkömmlich?«

»Ja. Ich komme gerade von einem Termin im Bildungsministerium. Warum?«

Sie hörte ihn zu jemandem sagen: »Sie ist in der Great Smith Street. Vor dem Bildungsministerium.« Dann, wieder zu ihr: »Wir haben ein Foto, das du gemacht hast, es zeigt Tani Bankole. Die Mutter des jungen Mannes hat es Winston heute Morgen gegeben.«

»Ich habe die Fotos gemacht, um sie der Mutter zu schenken.«

»Wo hast du sie aufgenommen?«

»In Deptford.«

»Sieht aus, als wäre das Foto in einer Privatwohnung aufgenommen worden.«

»Richtig. Ich hatte die Frau fotografiert, die da wohnt. Ich habe es dir gezeigt, erinnerst du dich? Sie und ihr Mann besitzen eine große Sammlung afrikanischer Kunst.«

»Ah. Die Wand voller Bilder. Natürlich.«

»Du musst mich nicht mit Lob überhäufen, Tommy«, sagte Deborah. »Das macht mich verlegen.«

»Ach so. Ja. Tut mir leid.«

»Als ich noch einmal zu den Leuten gegangen bin, um ihnen die Fotos zu bringen, habe ich Tani und Simi mitgenommen, um ihnen die Kunstgegenstände zu zeigen. Ich hatte das Gefühl, die beiden müssten mal aus Chelsea raus, vor allem Tani. Der Junge hatte ja fast kein Wort gesprochen.«

»Wie heißt die Frau, die du fotografiert hast?«

»Leylo. Ihr Mann heißt Yasir. Wie die beiden mit Nachnamen heißen, weiß ich nicht.« Sie hörte Lynley zu jemandem sagen: »Leylo und Yasir. Den Nachnamen weiß sie nicht. Sehen Sie auf der Liste nach.«

»Welche Liste? Was ist denn los, Tommy?«

»Die beiden besitzen eine Skulptur – man sieht sie auf dem Foto von Tani im Hintergrund –, bei der es sich um die handeln könnte, nach der wir suchen. Hast du die Adresse von den Leuten?«

»Auswendig nicht, da müsste ich in meinem Navi nachsehen. Es ist jedenfalls am Pepys Park. Willst du dir die Skulptur genauer ansehen? Möchtest du, dass ich sie bei den Leuten hole?«

»Das macht Nkata.« Er besprach sich leise mit jemandem, dann sagte er: »Könntest du Nkata vielleicht begleiten, Deborah? Das wäre sicher hilfreich, da die Frau dich ja kennt.«

»Ja natürlich. Wie wollen wir es machen?«

»Nkata ist gleich bei dir, er ist schon unterwegs. Was weißt du über diese Leute? Barbara hat gerade bestätigt, dass sie nicht auf der Liste derjenigen stehen, die eine der Skulpturen in der Galerie gekauft haben. Falls es sich tatsächlich um die gesuchte Figur handelt. Woher kennst du diese Frau und ihren Mann?«

»Über das Projekt, das ich gerade fürs Bildungsministerium mache.«

»Also über Orchid House?«

»Nein, nein. Das hat nur am Rande mit Orchid House zu tun. Ich habe in einer Praxis auf der Isle of Dogs fotografiert, und Leylo und ihr Mann waren dort. Sie ist ein Opfer von FGM, und sie stand kurz vor einer rekonstruktiven Operation…«

»Bei Dr. Weatherall?«, fiel Lynley ihr ins Wort.

»Ja. Kennst du sie?«

»Ja. Und Teo Bontempi hat sie auch gekannt.«

Lynley erklärte ihr kurz die Zusammenhänge und erwähnte das Video, das bewies, dass die beiden Frauen sich gekannt hatten. Als er geendet hatte, sagte Deborah: »Glaubst du, Dr. Weatherall hat etwas mit Teo Bontempis Tod zu tun? Und wenn ja, warum?«

»Im Moment beruht alles nur auf Vermutungen, deswegen brauchen wir diese Skulptur. Falls es sich tatsächlich um den *Stehenden Krieger* handelt – so heißt die Figur –, und wenn es die Nummer zehn der Serie ist, dann ist es die, die aus Teo Bontempis Wohnung verschwunden ist, und dann muss sie von den Forensikern untersucht werden.«

Als sie sich verabschiedeten, sah Deborah Winston Nkatas roten Fiesta vor dem Gebäude halten.

CHELSEA
CENTRAL LONDON

Tani wartete auf Neuigkeiten von seinem Vater. Er versuchte sich zu erinnern, wie das ablief, wenn man von der Polizei abgeführt wurde. Er wusste nur sehr wenig über die Metropolitan Police, und das Wenige, das er wusste, hatte er aus dem Fernsehen. Er vermutete, dass jemand wie sein Vater für eine Weile hinter Gitter kam, aber er wusste nicht, wie lange die Polizei jemanden festhalten konnte.

Zwölf Stunden waren vergangen, und sie wussten nicht, wo Abeo war. Daraus schloss Tani, dass die Polizei ihn vierundzwanzig Stunden lang festhalten konnte. Aber es bestand auch die Möglichkeit, dass sie Abeo gar nicht eingesperrt hatten. Tani wusste nur eins: Seine Mutter war entschlossen, Anzeige gegen Abeo zu erstatten wegen dem, was im Garten der St. James passiert war. Das hatte sie noch nie getan. Was war diesmal anders?

Tani verstand seine Mutter nicht, aber eigentlich hatte er sie noch nie verstanden. Natürlich war sie schon immer da gewesen, und natürlich war sie seine Mutter. Aber seit sie Abeo geheiratet hatte, galt ihre Loyalität ausschließlich ihm. Und obwohl Tani sich sagte, dass sie es nicht anders kannte, dass sie von ihren Eltern dazu erzogen worden war, dem Mann, der bereit war, den Brautpreis zu bezahlen, zu dienen und zu gehorchen, glaubte er, dass sein Leben ganz anders verlaufen wäre, wenn Monifa... Ja, was eigentlich? Was wünschte er, dass seine Mutter anders gemacht hätte? Die Tatsache, dass er auf diese Frage keine Antwort wusste, außer »Sie hätte mir beistehen sollen«, wofür sie zweifellos Prügel bezogen hätte, sagte ihm, dass er seiner Mutter keine Schuld geben konnte. Er konnte sich alles Mögliche vorstellen, was seine Mutter hätte tun können, aber hätte irgendwas davon Abeo davon abgehalten zu tun, wozu er sich als Familienvorstand berechtigt fühlte? Zu glauben, dass er als solcher uneingeschränkte Macht über seine Familie hatte? Als kleiner Junge hatte Tani Angst vor Abeo gehabt, jedoch zugleich geglaubt, dass er, wenn er größer würde, ebenfalls Macht ausüben könne. Aber da hatte er Abeos Entschlossenheit unterschätzt, alle Familienmitglieder unter seiner Knute zu halten, und das war ein großer Fehler gewesen.

Abeo hatte Sophies Namen und Adresse rausgefunden, obwohl Tani niemandem in der Ridley Road von ihr erzählt hatte. Abeo hatte Sophie zu dem Haus verfolgt, wo sie Simi versteckt hatten. In den vergangenen Tagen war Tani zum ersten Mal klargeworden, wie groß die Macht seines Vaters wirklich war. Und wenn sogar er begriff, was das für ihrer aller Leben bedeutete, dann hatte Monifa vermutlich ebenfalls begriffen, dass sie sich niemals von ihrem Mann würde befreien können, egal was sie tat. Sie konnte weglaufen und sich verstecken und wieder weglaufen und sich verstecken, und es würde nichts nützen.

»Tani, Tani, Tani!«

Wenigstens war Simi vorerst in Sicherheit, dachte er. »Ich bin hier unten, Squeak«, rief er. Er saß in der Küche, wo Joseph Cotter gerade im Internet nach Rezepten suchte. Er hatte angekündigt, er werde ihm und Simi ein richtiges nigerianisches Gericht vorsetzen. Ihm war aufgefallen, wie wenig sie beide aßen, und er führte ihre Appetitlosigkeit auf seine Kochkünste zurück. Er verstand nicht, dass es an der Angst und Unsicherheit lag, mit der sie derzeit leben mussten. Jetzt verzweifelte er an den exotischen Zutaten, die er brauchte. Er glaubte kaum, dass er im örtlichen Supermarkt *Daddawa* oder gemahlene Krebse bekommen würde.

Simi kam die Treppe herunter, den Familienkater auf der

Schulter. »Alaska wollte mitkommen«, sagte sie. »Das hab ich daran gesehen, wie er mich angeschaut hat.«

Mr Cotter blickte von seinem Laptop auf. »Der lässt sich aber nicht gern rumtragen. Pass auf, dass er dich nicht kratzt, wenn er runterwill.«

»Aber er schnurrt doch«, sagte Simi. »Er hat fast die ganze Nacht geschnurrt. Also ist er zufrieden.«

»Du lässt ihn bei dir im Bett schlafen? Und er ist die ganze Nacht geblieben?«, fragte Mr Cotter erstaunt. »Dann hat er dich wohl in sein Herz geschlossen. Dieser Kater hat noch nie bei jemand im Bett geschlafen. Ich hab keine Ahnung, wo der sich nachts rumtreibt.«

»Wo ist eigentlich Peach?«, fragte Simi. »Tani, am besten, du gehst Peach suchen, dann haben wir beide ein Kuscheltier.«

Plötzlich ertönte aufgeregtes Gebell. Es kam von oben. Dann klingelte es an der Tür, und gleich darauf wurde der Türklopfer betätigt.

»Ihr beide bleibt hier unten«, befahl Cotter. »Ich will erst nachsehen, wer das ist.«

Er ging nach oben, und kurz darauf hörte der Dackel auf zu bellen, was nur bedeuten konnte, dass er jemandes Knöchel beschnüffelte oder dass Mr Cotter die Person weggeschickt hatte. Simi hatte Alaska gestattet, von ihrer Schulter zu springen, und schmiegte sich ängstlich an Tanis Seite. Der Kater verschwand durch die Katzenklappe in den Garten.

Dann waren Schritte zu hören und Mr Cotters Stimme: »... bei mir in der Küche.«

»Gott sei Dank!«, rief eine Frau erleichtert aus, und Tani erkannte die Stimme seiner Mutter.

»Mummy!«, rief Simi, als Monifa die Küche betrat, und flog ihrer Mutter um den Hals.

717

Monifa schaute Tani an. »Sie haben mich angerufen. Gott sei Dank haben sie mich angerufen.«

»Was ist denn …«

»Sie haben ihn laufen lassen«, fiel sie Tani ins Wort. »Sie haben gesagt, dass er die Nacht im Gefängnis verbracht hat und jetzt keine Gefahr mehr für uns darstellt. Aber wie können die sowas sagen? Sie kennen ihn doch gar nicht. Sie wissen nur, was er ihnen sagt, und sie sehen nur, wie er sich benimmt, wenn er bei ihnen ist. Aber jetzt kommt er bestimmt wieder her, und nichts kann ihn aufhalten.«

»Ich rufe bei der Polizei an«, sagte Mr Cotter. »Er soll ruhig herkommen, aber ins Haus kommt er nicht.«

»Nein!«, rief Monifa. »Bitte, warten Sie. Es würde nichts nützen. Er wird sich Zeit lassen, aber er kommt wieder. Ich muss … Simisola, du musst mit mir kommen. Tani, du bleibst hier. Du musst mit ihm reden und ihm weismachen, Simi wäre hier, aber du darfst ihn nicht reinlassen. Ich fahre mit ihr nach Brixton zu Sergeant Nkatas Eltern. Tust du das für mich, Tani? Bitte. Nach dem, was gestern hier vorgefallen ist, ist ihm alles zuzutrauen … Simi darf nicht hierbleiben. Und er darf nicht rausfinden, wo sie ist.«

Tani nickte. Er spürte, wie die Angst ihn packte. Er wollte nicht glauben, dass Abeo noch einmal versuchen würde, in dieses Haus einzudringen, aber er kannte seinen Vater. Abgesehen von dem, was er mit Simisola vorhatte, hatte er auch mit seinem Sohn noch ein Hühnchen zu rupfen.

»Mum, wie willst du …«

»Draußen wartet ein Taxi«, sagte sie. »Simi, komm, wir müssen uns beeilen.«

»Aber ich muss noch meine Sachen von oben …«

»Wir haben keine Zeit, Simisola. Tani bringt dir später deine Sachen. Du musst jetzt mit mir kommen.«

Flehend schaute Simi erst Tani, dann Mr Cotter, dann

wieder Tani an. »Geh mit Mum«, sagte Tani. »Ich bring dir alles, was du brauchst.«

Sie fiel ihm um den Hals. Dann umarmte sie Mr Cotter. Schließlich nahm Monifa sie bei der Hand und ging mit ihr die Treppe hoch. Tani folgte den beiden.

Bevor seine Mutter die Haustür öffnen konnte, stellte Tani sich ihr in den Weg. »Lass mich zuerst nachsehen. Wenn er da draußen ist und euch sieht...«

»Okay«, sagte Monifa.

Tani öffnete die Tür. Am Bordstein wartete ein Taxi. Tani ging nach draußen und schaute in alle Richtungen, selbst in die Baumkronen. Sein Vater war nirgendwo zu sehen. Er gab seiner Mutter ein Zeichen, dass die Luft rein war, und Monifa kam mit Simisola die Stufen heruntergelaufen. Sie bugsierte Simisola in das Taxi und stieg selbst ein. Durch das offene Fenster sagte sie zu Tani: »Du bist der beste Sohn, den eine Mutter sich wünschen kann. Aber du musst vorsichtig sein. Du darfst ihn nicht ins Haus lassen, sonst tut er dir noch was an.«

Sie nahm Tanis Hand, küsste sie und drückte sie an ihre Wange. Dann sagte sie zum Taxifahrer: »Bitte, fahren Sie los. Und fahren Sie, so schnell Sie können.«

Das Taxi setzte sich in Bewegung, bog an der Straßenecke links ab und verschwand.

ISLE OF DOGS
EAST LONDON

Lynley wartete in seinem Zimmer auf den Anruf von Nkata, während Barbara den DCs neue Anweisungen gab. Es mussten sämtliche Taxiunternehmen sowie alle Mietwagenfirmen südlich der Themse abtelefoniert werden, eine Aufgabe, die Wochen in Anspruch nehmen konnte, falls sie keine andere Möglichkeit fanden, mit den Ermittlungen voranzukommen. Außerdem mussten sämtliche Bootsstege und Anlegeplätze am südlichen Themseufer zwischen King's Stairs und der London Bridge ausfindig gemacht und auf Überwachungskameras hin überprüft werden. Es seien zermürbende, aber äußerst wichtige Aufgaben, erklärte Lynley den Kollegen, nachdem Nkata sich auf den Weg gemacht hatte, um Deborah St. James abzuholen und mit ihr nach Deptford zu fahren. Bisher sei noch von keinem ihrer Verdächtigen ein Geständnis zu erwarten. Ihre Ermittlungen wiesen noch zu viele bewegliche Teile auf, um sich Hoffnungen machen zu können.

Es dauerte mehr als zwei Stunden, bis Nkata endlich anrief. Nach dem Gespräch rief Lynley die Kollegen auf dem Revier in der Westferry Road an, ließ sich ein Verhörzimmer reservieren und kündigte sich und Barbara Havers an. Manchmal wirkte es sich positiv aus, wenn man einen Verdächtigen in seiner gewohnten Umgebung vernahm, manchmal auch nicht. Diesmal, so fürchtete Lynley, würde es wohl nicht der Fall sein.

Er holte Barbara ab, die ihn augenrollend fragte, ob er eine Ahnung habe, wie viele Bootsstege und Anlegestellen es an der Themse gab. Dutzende, vermutete er. Aber wenn die DCs den Stadtplan absuchten und die Kollegen im Revier Wapping River kontaktierten, könnten sie herausfinden, welche Bootsstege und Anlegestellen am leichtesten für Freizeitbootsfahrer zugänglich waren. Sie gab die Information an die DCs weiter und ging mit Lynley zum Aufzug.

Sie nahmen Lynleys Wagen. Es war schon später Nachmittag, und sie waren beide nicht dazu gekommen, eine Mittagspause einzulegen. Barbara kramte in ihrer Umhängetasche. Sie habe einen Mordshunger, sagte sie. Nachdem sie eine erstaunliche Mischung an Gegenständen aus ihrer geräumigen Tasche zum Vorschein gebracht hatte, fischte sie einen Twix-Riegel heraus, brach ihn nach einem kurzen Blick in Lynleys Richtung in zwei Teile und gab ihm die Hälfte ab. Während sie den Schokoriegel aßen, förderte sie einen Müsliriegel zutage, den sie ebenfalls mit Lynley teilte. Schließlich tauchte noch eine Packung Kekse auf, und er fürchtete schon, als Nächstes würde sie ihm die Hälfte einer Pop-Tart anbieten. Nachdem sie die Kekse aufgegessen hatten, kamen jedoch nur noch ein paar Bonbons zum Vorschein, die, der zerfledderten Verpackung nach zu urteilen, wohl schon länger in Barbaras Tasche gelegen hatten. Die Bonbons lehnte Lynley dankend ab, weil ihm nach all dem Zucker die Zähne wehtaten; zwar vermutete er, dass das psychosomatisch war, doch er wollte lieber kein Risiko eingehen. Als sie die Westferry Road erreichten, gestanden sie einander ein, dass sie beide für eine Tasse Tee einen Mord begehen würden. Barbara schlug vor, am nächsten Café zu halten, worauf Lynley entgegnete, die Kollegen würden ihnen zweifellos gern eine Tasse Tee aus der Kantine besorgen.

Das Revier war in einem riesigen zweiflügeligen Gebäude untergebracht, der Eingang befand sich an der Straßenecke. Kurz nachdem sie sich am Empfang gemeldet hatten, wurden sie von einem uniformierten Constable abgeholt, der ihnen erklärte, es sei alles vorbereitet.

Zuerst machten sie einen Abstecher in die Kantine, wo sie

drei Becher Tee zum Mitnehmen bestellten, dann folgten sie dem Constable zu dem Verhörzimmer, das für sie reserviert worden war.

Sie saß bereits da und wartete. Und sie war sichtlich geladen.

»Ach, Sie schon wieder«, sagte sie. »Ich hätte es mir denken können. Ist das wirklich nötig?«

»Sie haben nicht um einen Anwalt gebeten?«, fragte Lynley, während er und Barbara Dr. Weatherall gegenüber Platz nahmen. Lynley schaltete das Aufnahmegerät ein, gab Uhrzeit und Datum an, nannte die Namen aller drei Anwesenden und wiederholte seine Frage. Barbara schob einen der Becher Tee der Ärztin zu und legte mehrere Tütchen Zucker und zwei Döschen mit Kaffeesahne auf den Tisch.

»Ich wollte gerade mit einer Operation beginnen«, sagte Dr. Weatherall. »Was zwei völlig gefühllose Constables mir untersagt haben. Ich müsse augenblicklich zu einem Verhör erscheinen, Operation hin oder her, haben sie gesagt. Und jetzt sitze ich schon...«, sie warf einen Blick auf ihre Armbanduhr, »... genauso lange hier, wie die Operation gedauert hätte.«

»Um was für eine Operation genau hätte es sich denn gehandelt?«, fragte Lynley.

»Was soll die Frage? Sie wissen genau, was ich mache. Und falls Sie aus irgendeinem Grund nicht genau verstehen, welchen Zweck die Operationen haben, die ich durchführe, können Sie sich im Internet informieren, da gibt es mehr als genug Quellen, die Ihnen das im Detail erklären.«

»Ja, das wissen wir. Aber im Moment interessieren uns die anderen Operationen und Eingriffe.«

»Ich betreibe eine gynäkologische Praxis, und ich werde nicht mit Ihnen über die Einzelheiten meines Aufgabenfelds diskutieren. Das haben wir alles bereits besprochen. Ich gehe davon aus, dass Sergeant Havers sich ausreichend Notizen gemacht hat.«

»Davon können Sie getrost ausgehen«, sagte Lynley. »Aber wir würden das, was Sie uns erzählt haben, gern noch etwas vertiefen. Sind Sie sich ganz sicher, dass Sie keinen Anwalt wollen? Wir können Ihnen jederzeit einen Pflichtverteidiger besorgen.«

Ihre Augen wurden schmal. Lynley hatte einen ausgesprochen freundlichen Ton an den Tag gelegt, aber dieses neuerliche Angebot, ihr einen Rechtsbeistand zu besorgen, enthielt eine Botschaft, und er sah ihr an, dass die ihr nicht gefiel. Er wartete. Schließlich lehnte sie sein Angebot erneut ab. Neben ihm zückte Barbara ihren eselsohrigen Notizblock und ihren Druckbleistift. Lynley fiel auf, dass der Bleistift Winston gehörte. Er sah Barbara fragend an, worauf sie ihm ein unschuldiges Lächeln schenkte. Sie war einfach unverbesserlich.

Er wandte sich wieder der Ärztin zu. »Eine Frau namens Leylo war Patientin bei Ihnen. Kommt Ihnen der Name bekannt vor?«

»Selbstverständlich. Sie hat sich erst kürzlich einer erfolgreichen Rekonstruktion unterzogen. Das Resultat war sehr gut. Geht es um sie?«

»Wir haben erfahren, dass Sie jeder Frau, die sich einer solchen Operation unterzieht, ein Geschenk machen. Hat auch Leylo ein Geschenk von Ihnen erhalten?«

»Ich gebe den Frauen ein Andenken mit«, sagte sie. »Es mag Ihnen schwer nachvollziehbar erscheinen, aber sich nach dem, was ihnen angetan wurde, operieren zu lassen, erfordert großen Mut, Detective Lynley – entschuldigen Sie, ich habe vergessen, welchen Rang Sie bekleiden.«

»Detective ist in Ordnung«, sagte Lynley. »Was für Andenken?«

»Wie bitte?«

»Sie sagten, Sie geben den Frauen ein Andenken mit«, sagte Barbara. »Was können wir uns darunter vorstellen? Eine Schachtel Pralinen? Briefpapier? Körperlotion? Parfüm? Ein Halstuch? Einen Gutschein für McDonald's?«

»Ich gebe ihnen ganz unterschiedliche Dinge.« Zum ersten Mal griff die Ärztin nach ihrer Teetasse. Sie goss sich Kondensmilch ein. Da es nichts zum Umrühren gab, schwenkte sie die Tasse, um die Milch zu verteilen.

»Irgendwie find ich das merkwürdig«, sagte Barbara. »Ich würd es eher verstehen, wenn die Patientinnen *Ihnen* was schenken. Schließlich sind *Sie* die Retterin, *Sie* verändern ihr Leben. Da sollte man doch viel eher annehmen, dass die Frauen sich bei *Ihnen* mit 'nem Geschenk bedanken, oder?«

Dr. Weatherall hob die Schultern. »Das mag Ihnen vielleicht merkwürdig vorkommen. Aber versuchen Sie doch mal, sich in diese Frauen hineinzuversetzen. Sie wurden von den Menschen, die sie lieben, verraten, von Menschen, denen sie vertraut haben, die sie hätten beschützen müssen. Sie wurden von der ganzen Gesellschaft im Stich gelassen. Wenn sie zu mir kommen – einer Außenstehenden, noch dazu einer Weißen –, um sich operieren zu lassen, müssen sie mir vertrauen. Das ist ein großer Schritt. Für viele dieser Frauen ist es seit ihrer Beschneidung das erste Mal, dass sie jemandem so viel Vertrauen schenken. Deswegen ist das Andenken, das ich ihnen gebe, meine Art, ihnen zu danken, dass sie mir vertrauen, dass sie es mir gestatten, ihnen zu helfen.«

Lynley war beeindruckt. Er spürte, dass sie das alles wirklich ernst meinte. Das war ihre große Leidenschaft. Eine Leidenschaft, der sie vermutlich ihr ganzes berufliches Leben geopfert hatte. Was alles andere noch schwerer verständlich machte. Er nahm das Foto von Tani Bankole aus dem Umschlag und legte es vor Dr. Weatherall auf den Tisch. Sie betrachtete es, zog die Brauen zusammen, schaute Lynley an.

»Sollte ich diesen jungen Mann kennen?«

Er schüttelte den Kopf. »Wenn Sie genau hinsehen, können Sie erkennen, dass hinter dem jungen Mann eine Skulptur auf einem Beistelltisch steht.« Er wartete, bis sie die Skulptur entdeckt hatte. Dann fuhr er fort: »Leylo hat ausgesagt, dass Sie ihr diese Skulptur geschenkt haben, zum Dank für ihr Vertrauen.«

Sie antwortete nicht sofort, sondern betrachtete noch einmal das Foto. Dann sagte sie zögernd: »Ja, das könnte sie sein.«

»Sie haben der Frau doch eine Skulptur geschenkt, oder?«

»Ja. Aber dieses Foto …«

»Okay, es ist ein bisschen unscharf. Vielleicht hilft das hier.« Barbara zog ein mehrfach gefaltetes, ziemlich zerknautschtes Blatt Papier aus ihrem Notizblock, faltete es beinahe feierlich auseinander und legte es neben das Foto von Tani Bankole. Es war das Foto des *Stehenden Kriegers*, das Ross Carver im Internet gefunden und ausgedruckt hatte. »Könnte das die Skulptur sein?«

Lynley beobachtete Dr. Weatherall. Er sah ihr an, dass sie überlegte, was sie Barbara antworten sollte. Sie hatte nur zwei Alternativen: leugnen oder zugeben, dass sie Leylo die Skulptur geschenkt hatte. Wenn sie es leugnete, würden sie ihr nachweisen, dass sie gelogen hatte, wenn sie es zugab, würde sie große Schwierigkeiten bekommen. Wie groß die Schwierigkeiten werden konnten, wenn sie es zugab, konnte sie nicht wissen. Sie würde sich also auf ihr Bauchgefühl verlassen müssen.

Schließlich traf sie ihre Entscheidung. »Ja.« Sie zeigte auf den Computerausdruck. »Diese Skulptur sieht der, die ich der Frau geschenkt habe, sehr ähnlich.«

»Danke«, sagte Lynley. Dann bat er Barbara: »Würden Sie bitte, Sergeant …«

Barbara klärte Dr. Weatherall über ihre Rechte auf, woraufhin diese offensichtlich sofort begriff, dass sie die falsche Entscheidung getroffen hatte.

»Was soll das?«, fragte Dr. Weatherall.

»Sie haben gerade gehört, dass alles, was Sie sagen, gegen Sie verwendet werden kann«, erwiderte Lynley. »Ich frage Sie also noch einmal: Wünschen Sie einen Rechtsbeistand?«

»Wozu sollte ich den brauchen? Ich habe mir nichts zuschulden kommen lassen. Das ist absurd. Welches Verbrechen wird mir denn überhaupt zur Last gelegt?«

»Heißt das, Sie lehnen einen Rechtsbeistand ab?«

»Ja. Ich habe keine Ahnung, warum ich hier bin, und allmählich habe ich den Eindruck, dass Sie das auch nicht wissen.«

Lynley hob seine Finger vom Tisch, eine Geste, mit er andeutete, dass ihre Unterstellung berechtigt sein könnte. »Woher hatten Sie die Skulptur, die Sie Leylo geschenkt haben?«, fragte er.

»Das weiß ich nicht mehr. Gegenstände, die sich als Geschenke für meine Patientinnen eignen, kaufe ich spontan, wo ich sie sehe – auf Kunsthandwerkermärkten, in Trödelläden, auf Flohmärkten.«

»Könnte die Skulptur aus Teo Bontempis Wohnung stammen?«

»Wie bitte?«

»Teo Bontempi besaß eine Sammlung afrikanischer Skulpturen«, sagte Lynley.

»Und was wollen Sie damit andeuten? Dass ich Teo Bontempi die Skulptur gestohlen habe, um sie Leylo zu schenken? Ich weiß ja nicht einmal, wo Teo Bontempi gewohnt hat.«

»Kann nicht sein«, sagte Barbara. »Ihre Adresse steht in ihrer Patientenakte.«

»Ich weiß nicht, worauf Sie hinauswollen, Sergeant. Ich lerne meine Patientenakten nicht auswendig. Und selbst wenn ich sie zu Hause aufgesucht hätte, was ich nicht getan habe, warum in aller Welt sollte ich eine ihrer Skulpturen stehlen?«

»Weil Ihnen nichts anderes übrig geblieben ist, nachdem Sie ihr damit den Schädel eingeschlagen haben.«

Dr. Weatherall starrte erst Barbara, dann Lynley ungläubig an. »Das ist vollkommen absurd.«

»Es war sehr schwierig herauszufinden, warum Sie es getan haben«, sagte Lynley. »Das *Wie* dagegen haben Sie uns selbst erklärt. Sie besitzen kein Auto, und auf diese Insel hier kommen Sie mit Ihrem Motorboot. Das erklärt, wie Sie zu Teo Bontempi gelangen konnten, ohne dass Ihr Fahrzeug von den Überwachungskameras auf der Streatham High Road erfasst wurde. Von der Isle of Dogs sind Sie mit dem Boot zu dem Bootssteg gefahren, von dem aus Sie am schnellsten nach Streatham gelangen konnten. Dort haben Sie sich ein Taxi genommen. Zurück zum Anlegesteg wieder mit dem Taxi, dann mit dem Boot bis Eel Pie Island. Irgendwann finden wir das Video, auf dem Sie zu sehen sind. Und auch die Taxis, mit denen Sie gefahren sind.«

»Sie haben eine blühende Fantasie. Ich möchte jetzt doch gern einen Anwalt.«

»Ihren eigenen, oder reicht Ihnen ein Pflichtverteidiger?«

Sie entschied sich für einen Pflichtverteidiger. Das erforderte nur einen Anruf, allerdings dauerte es vierzig Minuten, bis die Pflichtverteidigerin eintraf, eine junge Chinesin. Sie überspielte ihr jugendliches Alter mit einem strengen grauen Hosenanzug, einer extrem gestärkten weißen Bluse und einer Brille mit schwarzem Gestell. Offenbar brauchte

727

sie den Hauch von Würde, den diese Accessoires ihr verliehen, um nicht für ein junges Mädchen gehalten zu werden. Sie stellte sich als Vivienne Yang vor und verlangte ein Gespräch unter vier Augen mit ihrer Mandantin.

Lynley gab ihr seine Handynummer, dann ging er mit Barbara in die Kantine. Kaum hatten sie sich an einen Tisch gesetzt, klingelte sein Handy. »Das ging aber schnell«, sagte Barbara, doch dann sah Lynley, dass der Anrufer Winston war. Er habe die Skulptur sichergestellt, sagte er. Es handle sich definitiv um die gesuchte. Er werde sie jetzt sofort persönlich in die Forensik bringen und auf die Dringlichkeit der Angelegenheit hinweisen in der Hoffnung, möglichst schnell ein Ergebnis zu bekommen. Allerdings, fügte er hinzu, wirke die Skulptur mit bloßem Auge betrachtet blitzsauber.

»Trotzdem besteht die Möglichkeit, dass sich von Teo Bontempi oder von Dr. Weatherall noch DNS-Spuren finden«, sagte Lynley. »In Bezug auf die Skulptur gibt es noch andere Fakten, die sich unmöglich wegdiskutieren lassen. Jetzt, wo wir den *Stehenden Krieger* endlich in der Hand haben, werden uns mehrere Spuren zu der Person führen, die damit zugeschlagen hat.«

Zwanzig Minuten später kam eine Nachricht von Vivienne Yang. Sie kehrten ins Verhörzimmer zurück, wo Lynley den Rekorder wieder einschaltete und Dr. Weatherall der Form halber daran erinnerte, dass es sich bisher immer noch lediglich um ein vorläufiges Verhör handelte.

»Laut Ihrer eigenen Aussage handelt es sich bei der auf dem Foto abgebildeten Skulptur um diejenige, die Sie der Patientin Leylo geschenkt haben«, sagte Lynley.

»Ich habe gesagt, die Skulptur auf dem Foto sieht derjenigen, die ich verschenkt habe, *sehr ähnlich*, Detective Lynley. Ich kann nicht wissen, ob es sich um genau dieselbe Skulptur handelt.«

»Wollen Sie damit andeuten, dass Leylo eine weitere Skulptur besitzt, die mit dieser identisch ist? Oder dass sie noch eine weitere dieser Art gekauft haben könnte?«

»Ich will gar nichts andeuten. Ich sage nur, die Skulptur auf dem Foto sieht der, die ich verschenkt habe, sehr ähnlich. Sie sehen selbst, dass das Foto in der Mitte nicht besonders scharf ist. Und im Hintergrund sieht man lediglich Umrisse.«

»Hmm. Ja. Deswegen habe ich einen Kollegen losgeschickt, um sich die Skulptur vor Ort anzusehen. Er hat bestätigt, dass es sich um den *Stehenden Krieger* handelt. Außerdem hat er bestätigt, dass es sich um die Skulptur handelt, die sich früher im Besitz von Teo Bontempi befunden hat.«

»Das ist vollkommen absurd. Das kann er überhaupt nicht wissen.«

»Ich fürchte, da irren Sie sich. Die Skulptur ist gerade auf dem Weg in die Forensik, und es kann durchaus mehrere Tage, ja sogar Wochen dauern, bis uns die Ergebnisse der Untersuchungen vorliegen. Es gibt allerdings noch eine andere Möglichkeit zu beweisen, dass die Skulptur aus Teo Bontempis Wohnung stammt. Sie war ein Geschenk ihres Exmannes, der nach ihrem Tod festgestellt hat, dass sie fehlte.«

»Wer sagt denn, dass sie die Skulptur überhaupt noch hatte? Sie kann sie verschenkt haben. Vielleicht wurde sie beschädigt, und sie hat sie weggeworfen. Die Möglichkeiten sind zahlreich, Detective. Und egal welche Möglichkeit zutrifft, wie soll die Skulptur aus Teo Bontempis Wohnung in die Wohnung einer meiner Patientinnen gelangt sein?«

»Das kann ich Ihnen genau sagen«, schaltete Barbara sich ein und klopfte mit ihrem Bleistift auf ihren Notizblock. »Sie ist auf direktem Weg von Streatham nach Deptford gebracht worden, und zwar von Ihnen.«

»Wie wollen Sie das …«

»Es ist die Nummer zehn«, sagte Lynley.

»Was?«

»Von der Skulptur *Der stehende Krieger* existiert eine limitierte Auflage von fünfzehn Exemplaren, Dr. Weatherall. Ross Carver, Teo Bontempis Exmann, hat in einer Galerie in Peckham das Exemplar Nummer zehn gekauft. Die Künstlerin hat die Skulpturen signiert und nummeriert. Und zwar auf der Unterseite des Sockels. Das weiß man natürlich nur, wenn man nachsieht.«

Die Ärztin sagte nichts. Die Anwältin verschränkte die Hände vor sich auf dem Tisch. Aus dem Korridor waren Stimmen zu hören. Aus der Klimaanlage über ihnen kam plötzlich ein Schwall eiskalter Luft.

»Bisher schweigt Mercy Hart noch«, sagte Lynley. »Aber sie wird sicherlich nicht mehr lange schweigen, egal wie viel Sie ihr bezahlen. Wenn wir uns das nächste Mal mit ihr im Bronzefield-Gefängnis unterhalten …«

Er sah die Ärztin fast unmerklich zusammenzucken, als er das Gefängnis erwähnte.

»… und ihr mitteilen, dass Sie sich in polizeilichem Gewahrsam befinden, wird sie uns vermutlich erzählen, welche Rolle Sie in der gynäkologischen Praxis in der Kingsland High Street gespielt haben.«

»Kein Kommentar«, sagte Dr. Weatherall.

»Sie brauchen auch keinen Kommentar abzugeben«, sagte Barbara. »Abgesehen von der Skulptur mit der Nummer zehn – die Sie in große Schwierigkeiten bringt – und abgesehen von Mercy Harts Aussage – die wir kriegen, sobald sie erfährt, dass Sie aufgeflogen sind –, haben wir nämlich auch noch Teo Bontempis Handydaten, und die beweisen, dass Sie sie an dem Tag angerufen haben, als die Praxis durchsucht wurde. Einmal noch am selben Abend.

Und dann noch mehrmals bis zu dem Abend, an dem sie ermordet wurde.«

»Sie haben Teo Bontempi angerufen, weil Sie sie dazu überreden wollten, Sie nicht anzuzeigen«, sagte Lynley.

»Weswegen hätte sie mich anzeigen sollen? Dafür, dass ich verstümmelten Frauen helfe? Ist das neuerdings illegal, Detective?«

»Anfangs dachten wir, Mercy Hart hätte unter dem Namen Easter Lange kleine Mädchen verstümmelt. Aber so war es nicht, richtig? Sie haben FGM praktiziert, und als Teo Bontempi alias Adaku Sie gesehen hat, waren Sie auf dem Weg in die Praxis in der Kingsland High Street. Ich nehme an, dass sie zunächst schockiert war und sich gefragt hat, was Sie in dem Viertel wollten. Aber sie hat nicht lange gebraucht, um die einzig richtige Schlussfolgerung zu ziehen, nämlich dass Sie in der Praxis Beschneidungen durchführten.«

»Dazu sage ich nichts, gar nichts«, fauchte Dr. Weatherall. Dann wandte sie sich an Vivienne Yang. »Muss ich mir das anhören?«

Vivienne Yang erklärte der Ärztin, wie lange die Polizei sie ohne Haftbefehl festhalten konnte, bis Anklage erhoben wurde, und das war länger, als ihr lieb war, dachte Lynley.

»Nicht alle Frauen, die Sie operieren, können so eine Operation bezahlen, richtig? Und der Nationale Gesundheitsdienst übernimmt die Kosten auch nicht. Um Ihre Praxis auf der Isle of Dogs und Mercy Harts Gehalt finanzieren zu können, brauchen Sie eine zuverlässige Einkommensquelle. Ich nehme an, dass Sie sowohl von Einzelpersonen als auch von Anti-FGM-Organisationen Spenden erhalten, aber Sie brauchen zusätzlich die Einkünfte aus der Praxis in Hackney. Allerdings verstehe ich nicht – und ich nehme an, Sergeant Havers versteht es ebenso wenig –, warum Sie sich ausgerechnet für medikalisierte FGM als Mittel zum Zweck entschieden haben, eine Methode, die nicht nur illegal ist, sondern zugleich genau das, was Sie eigentlich bekämpfen.«

»Das stimmt so nicht ganz, Sir«, sagte Barbara. »Sie kämpft gegen die Methoden, mit denen diese Verstümmelungen durchgeführt werden, nicht gegen den Brauch der Beschneidung. Also hat sie sich gesagt, wenn Eltern ihre Tochter beschneiden lassen wollen, dann kann sie wenigstens verhindern, dass die armen Mädchen einer Metzgerin in die Hände fallen. Deswegen hat sie auch nicht zugelassen, dass Mercy Hart es macht. Es sollte nur so *aussehen*, als würde Mercy es machen. Ich schätze, sie ist überhaupt nur in die Praxis gefahren, wenn Mercy sie angerufen und Bescheid gesagt hat, dass sie ein Mädchen für die OP bestellt hatte. Liege ich ungefähr richtig, Dr. Weatherall?«

»Kein Kommentar«, sagte die Ärztin leise. Offensichtlich hatte sie der Schneid verlassen.

»Mercys Rolle ist der entscheidende Punkt«, sagte Lynley nachdenklich. »Sie muss gewusst haben, was in der Praxis vor sich ging, und sie muss auch gewusst haben, dass es illegal war.«

»Sie braucht Geld, Sir, ist doch ganz einfach. Sie ist alleinerziehende Mutter von drei Kindern, das Leben ist teuer und so weiter.«

»Nur weil sie Geld braucht, geht sie ein so großes Risiko ein?«

»Vielleicht ist Mercy ja auch eine Soldatin im Kampf gegen FGM. Und sagt sich, wenn man die Unsitte schon nicht ausrotten kann, dann soll es wenigstens unter medizinischen Bedingungen gemacht werden. Und wenn das Geld, das damit verdient wird, es Dr. Weatherall ermöglicht, den Frauen zu helfen, die als Kinder verstümmelt wurden, umso besser.«

Dr. Weatherall sagte nichts dazu. Lynley sah jedoch, dass

ihre Augen feucht wurden. Vivienne Yang flüsterte ihr etwas ins Ohr. Nach einer Weile nickte Dr. Weatherall. Dann sagte die Anwältin: »Wir würden uns gern unter vier Augen besprechen, Detective.«

Lynley schaltete den Rekorder aus, dann verließen er und Barbara das Verhörzimmer. Kaum waren sie im Korridor, sagte Barbara: »Ich muss eine rauchen, Sir, sonst werd ich unerträglich.« Damit verschwand sie in Richtung Hauptausgang. Lynley nahm sein Handy heraus. Er hatte zwei Nachrichten. Eine war von Dorothea Harriman, und sie enthielt zwei Wörter: *China Wharf.* Die andere war von Daidre. »Ich komme heute Abend zurück, Tommy. Du hast mir sehr gefehlt. Rufst du mich an? Bitte?« Er rief sofort bei ihr an, geriet jedoch an ihre Mailbox. Er hinterließ eine kurze Nachricht. Sie stünden kurz vor dem Abschluss der Ermittlung, sagte er. Und er freue sich, dass sie wieder in der Stadt sei. Er sagte nicht, wie sehr er für sie hoffte, dass sie die Probleme mit ihren Geschwistern hatte lösen können. Doch er nahm an, dass sie ihm alles erzählen würde, wenn sie sich endlich wiedersahen.

Als Barbara von ihrer Zigarettenpause zurückkam, roch sie wie ein altes Lagerfeuer, war jedoch wesentlich besser gelaunt. Eine Viertelstunde später öffnete Vivienne Yang endlich die Tür und sagte: »Wir sind jetzt bereit.«

Sie nahmen wieder am Tisch Platz, und Lynley schaltete den Rekorder wieder ein. Barbara erinnerte Dr. Weatherall noch einmal daran, dass es sich um ein vorläufiges Verhör handelte. Diese nickte, warf ihrer Anwältin einen kurzen Blick zu und sagte dann: »Ich würde gern erklären, was passiert ist.«

BRIXTON
SOUTH LONDON

Winston Nkata begleitete Deborah St. James zu ihrem Wagen, den sie in einem Parkhaus in der Nähe des Westminsterpalastes abgestellt hatte. Er hatte ihr nicht genauer erklärt, was es mit dem *Stehenden Krieger* Nummer zehn auf sich hatte, und sie hatte auch nicht gefragt. Aber sie war schließlich nicht umsonst mit einem Experten auf dem Gebiet der forensischen Wissenschaft verheiratet und hatte, als Nkata einen Beweismittelbeutel aus seinem Kofferraum genommen hatte, bevor sie bei Leylo klingelten, nur bemerkt: »Ich schätze, es ist das Tüpfelchen auf dem i.« Worauf er geantwortet hatte: »Hoffen wir's.« Mehr war nicht darüber gesprochen worden. Nachdem Nkata Deborah vor dem Parkhaus abgesetzt hatte, brachte er die Skulptur in das forensische Labor, mit dem sie seit Beginn der Ermittlungen zusammenarbeiteten, und ließ dort seinen ganzen Charme spielen, damit der Sache höchste Priorität eingeräumt wurde. Der Mann, der die Skulptur entgegennahm, hatte nur gesagt: »Ich kann nichts garantieren, Kumpel«, aber der freundliche Ton gab Nkata Anlass zur Hoffnung.

Auf dem Weg zu seinem Wagen klingelte sein Handy. Eine Frauenstimme fragte: »Spreche ich mit Winston Nkata?« Auf seine Bestätigung hin erklärte sie, ihr Name sei Zawadi, und fuhr fort: »Tani Bankole hat mir gesagt, dass Sie die Pässe haben. Wir haben die Schutzanordnung, und ich brauche die Pässe. Beides werden wir auf dem Polizeirevier Stoke Newington hinterlegen.«

»Sie sind bei mir sicher aufgehoben«, sagte er.

»Daran zweifle ich nicht«, antwortete die Frau. »Aber sie müssen zusammen mit der Schutzanordnung vorliegen, damit sie, wenn die Anordnung aufgehoben wird, wieder an die Familie zurückgehen können.«

Er erklärte der Frau, dass sich die Pässe in der Wohnung seiner Eltern befänden, erbot sich jedoch, sie zu holen und nach Stoke Newington zu bringen. Worauf die Frau sagte, kein Problem, das könne sie selbst übernehmen. Sie brauche nur die Adresse, dann werde sie sich gleich auf den Weg machen.

Also war er nach Hause gefahren. Es war niemand da, aber das war um diese Uhrzeit auch nicht anders zu erwarten. Sein Vater saß am Steuer von Bus Nummer 11, und seine Mutter war mit Tabby und Monifa in ihrem Café.

Er hatte die Pässe in der Brusttasche der Jacke gelassen, die er am Vortag getragen hatte. Er ging in sein Zimmer. Auf dem Bett, in dem Monifa derzeit schlief, stapelten sich frisch gebügelte Bettwäsche und ordentlich gefaltete Handtücher. Seine Jacke hing im Kleiderschrank. Als er die Pässe herausnehmen wollte, fehlten von den vier Pässen drei. Nur Tanis Pass war noch da. Er durchsuchte alle Jackentaschen, dann sah er auf dem Boden des Schranks nach, auch wenn er sich nicht vorstellen konnte, wie die Pässe da hingekommen sein sollten. Die Pässe waren nicht da.

Er überlegte. Deborah St. James hatte jeden einzelnen sorgfältig abgewischt, nachdem sie sie aus dem Katzenklo geholt hatte. Dann hatte sie ihm alle vier Pässe gegeben, und er hatte sie eingesteckt. Zu dem Zeitpunkt hatte sich Abeo Bankole in Polizeigewahrsam befunden. Der Mann konnte unmöglich wissen, dass Nkata – dessen Namen er nicht einmal kannte – im Besitz der Pässe war, oder wo Nkata wohnte. Also konnte er auch unmöglich in die Wohnung eingebrochen sein, um die Pässe an sich zu nehmen – noch dazu, ohne Spuren zu hinterlassen. Und selbst wenn ihm das gelungen wäre, würden logischerweise nur zwei Pässe fehlen, nämlich sein eigener und der von Simisola.

Er betrachtete die Wäschestapel auf dem Bett. Zuerst

hatte er angenommen, seine Mutter hätte die Wäsche für Monifa bereitgelegt, aber jetzt sah er die Sachen mit anderen Augen. Er schlug die Tagesdecke zurück und sah, dass das Bett abgezogen war. Er berührte die Handtücher und stellte fest, dass sie benutzt und noch feucht waren. Auch die Bettwäsche war benutzt.

Hastig nahm er sein Handy heraus und rief im Café an. Als Tabby abnahm, bat er sie, ihm seine Mutter zu geben. Die meldete sich mit den besorgten Worten: »Alles in Ordnung, Jewel?«

Worauf er mit der Gegenfrage antwortete: »Ist Monifa bei dir, Mum?«

»Sie ist eben losgefahren, um Simisola abzuholen«, sagte Alice. »Jemand von der Polizei hat sie angerufen und ihr mitgeteilt, dass ihr Mann aus dem Gewahrsam entlassen wird. Sie hatte solche Angst, er könnte als Allererstes nach Chelsea fahren, dass ich ihr ein Taxi bestellt habe, damit sie Simisola herholen kann. Ich hab ihr eingeschärft, auf direktem Weg zurückzukommen. Moment mal …«

Nkata hörte, wie seine Mutter Tabby fragte, ob sie sich erinnerte, um wie viel Uhr Monifa sich auf den Weg gemacht hatte. Tabby wusste es auch nicht genau. Sie hatten so viel um die Ohren gehabt mit den Mittagsgästen. Nkata wusste, dass das Café um die Mittagszeit immer rappelvoll war und sich am Abholtresen für das Essen zum Mitnehmen eine lange Schlange bildete.

»Sie ist schon vor Stunden los, Jewel. O Gott. Was ist, wenn ihr Mann es vor ihr nach Chelsea geschafft hat? Was dann, Tabby?«

Während Nkata spürte, wie sich Schweißperlen auf seiner Stirn bildeten, sagte Tabby etwas zu seiner Mutter, das er nicht verstand. Dann sagte seine Mutter zu ihm: »Tabby meint, sie hätte den Anruf gegen halb eins bekommen.« Es entstand eine Pause, anscheinend schaute sie auf die Wanduhr. »Ach du je. Sie hätte längst zurück sein müssen. Ich hab dich enttäuscht, Jewel, das tut mir leid. Gott, wenn ihr Mann sie erwischt hat... Das würd ich mir niemals verzeihen! Ich...«

»Schon gut, Mum«, sagte Nkata. »Er wird sie schon nicht erwischt haben.«

Sie legten auf. Nkata war sich ziemlich sicher, dass Abeo nicht vor Monifa in Chelsea gewesen war, aber für alle Fälle rief er bei den Kollegen in Belgravia an. Ja, bestätigte man ihm, Abeo sei noch in Gewahrsam. Aber wenn niemand Anzeige gegen ihn erstattete, werde man ihn entlassen, sobald die vierundzwanzig Stunden vorbei waren.

Als Nächstes rief Nkata bei den St. James an. Er sprach kurz und so ruhig er konnte mit Joseph Cotter. Von ihm erfuhr er, dass Monifa mit Simisola weggefahren war. Als Nächstes sprach er mit Tani, der ihm das Gleiche erzählte, was ihm schon seine Mutter gesagt hatte: Man hatte seiner Mutter mitgeteilt, dass Abeo entlassen werde, woraufhin sie Simisola abgeholt hatte. Tani sagte, sein Vater werde seine Pläne niemals aufgeben, deswegen sei er, für den Fall, dass Abeo dort auftauchte, bei den St. James geblieben, während Monifa Simisola in Sicherheit brachte. Bisher sei Abeo dort jedoch nicht aufgetaucht.

»Weißt du, wo deine Mutter mit Simi hinwollte?«, fragte Nkata.

»Nach Brixton, hat sie gesagt. Sie meinte, dort würde Abeo sie nicht finden.«

»Und wenn sie nicht nach Brixton gefahren ist?«

»Sie ist aber hingefahren, das hat sie mir gesagt. Und auch zu Mr Cotter hat sie es gesagt.« Dann schien ihm zu dämmern, dass irgendetwas schiefgelaufen sein musste. »Was... Hat er sie erwischt?«

»Das muss ich noch überprüfen«, sagte Nkata.

»Aber war sie denn in Brixton?«

»Das muss ich auch noch überprüfen, Tani. Du bleibst bei Mr Cotter, okay? Ist Mrs St. James schon zurück?«

»Ja.«

»Und Mr St. James?«

»Nein. Aber…«

»Alles klar«, fiel Nkata ihm ins Wort. »Bleibt ihr alle drei in Chelsea. Ich muss ein paar Anrufe machen. Ich melde mich, sobald ich weiß, wo deine Mutter ist. Nur für alle Fälle: Wo könnte sie sonst noch hin sein?«

»Wir haben Verwandte in Peckham.«

»Könntest du mal da anrufen und fragen, ob sie sich gemeldet hat?«

Nkata legte auf, ehe Tani ihm noch mehr Fragen stellte, die er nicht beantworten konnte. Dann rief er Zawadi an, um ihr mitzuteilen, was passiert war. Als sie nicht an ihr Handy ging, vermutete er, dass sie auf dem Weg nach Brixton war, um die Pässe abzuholen. Er hinterließ ihr eine kurze Nachricht mit der Bitte, ihn so bald wie möglich anzurufen. Dann wählte er Lynleys Nummer. Ehe er zu Wort kam, teilte Lynley ihm mit, dass der Anlegesteg namens China Wharf an der South Bank derjenige war, wo man am wahrscheinlichsten mit einem Motorboot anlegen würde. Der Steg befinde sich östlich der Tower Bridge, von da habe man über Treppen an jedem Ende des Stegs leichten Zugang zum Ufer. Eine Überwachungskamera befand sich an einem Gebäude auf der gegenüberliegenden Straßenseite, nicht weit entfernt von einem Tunnel, über den man Zugang zur Themse hatte. Der Tunnel verband die Anlegestege China Wharf und Reeds Wharf, die beide im Stadtviertel Bermondsey an der Straße Bermondsey Wall lagen. Da das ehemalige Industriegebiet in ein Wohngebiet umgewandelt worden war, war die

Wahrscheinlichkeit hoch, dass die Gebäude ebenfalls mit Sicherheitskameras ausgestattet waren.

Nkata hoffte, dass Lynleys gute Neuigkeiten die schlechte Nachricht über die verschwundenen Pässe aufwog. Er berichtete Lynley, was vorgefallen war. Dann fügte er hinzu: »Der Anruf mit der Information über die bevorstehende Entlassung von Abeo, der angeblich von der Polizei kam, ist jedenfalls nicht von den Kollegen in Belgravia gekommen. Denn da sitzt Abeo noch in Gewahrsam, und zwar bis halb vier, falls bis dahin niemand Anzeige erstattet.«

Lynley schwieg. Nkata hörte Stimmen im Hintergrund. Schließlich sagte Lynley: »Vielleicht ist sie mit dem Mädchen nach Hause gefahren.«

»Aber warum sagt sie Tani, sie will nach Brixton? Und wieso nimmt sie die Pässe mit?«

»Hat sie eine Kreditkarte?«, fragte Lynley. »Oder genug Bargeld, um das Mädchen außer Landes zu schaffen?«

»Keine Ahnung, Sir«, sagte Nkata. »Tani sagt, sie haben Verwandte in Peckham. Ich hab ihn gebeten, da mal anzurufen. Vielleicht ist sie ja da hingefahren. Aber ...«

»Sehr beunruhigend, das alles«, sagte Lynley.

»Wie steht's denn mit der Weatherall? Kommen Sie da weiter?«

»Sie will eine Aussage machen. Sie hätte das Blaue vom Himmel herunterlügen können in der Hoffnung, dass Mercy dichthält, aber der *Stehende Krieger* hat diesen Plan vereitelt. Da haben Sie gute Arbeit geleistet, Winston.«

»Das war Barb, Chef. Ich hab nur das Foto von Deb St. James gesehen.«

»Trotzdem«, sagte Lynley. »Halten Sie mich in Bezug auf Monifa Bankole auf dem Laufenden. Rufen Sie noch mal in Belgravia an. Vielleicht ist sie ja da hingefahren, um Anzeige zu erstatten.«

Das hielt Nkata zwar für unwahrscheinlich, versprach jedoch, die Kollegen anzurufen. Auch wenn er wusste, dass er nichts unternehmen konnte, ehe er mit Zawadi gesprochen hatte. Er wählte noch einmal ihre Nummer, und diesmal meldete sie sich. Sie sei in Brixton, sagte sie. »Wo sind Sie, verdammt?«

»Bin gleich da«, antwortete er. »Wo genau sind Sie gerade?«

»In irgendeinem verdammten Crescent«, lautete die entnervte Antwort, was wenig hilfreich war, da in der Gegend jede zweite Straße irgendwas mit Crescent hieß. Er bat sie, ihm ein Foto des Gebäudes zu schicken, vor dem sie stand.

Das tat sie, und er wusste sofort, wo sie war. Allerdings hatte er keinen Schimmer, wie sie aussah. Aber als er an der Ecke St. James's Crescent und Western Road eine Frau ungeduldig auf und ab gehen sah, war ihm sofort klar, dass das nur Zawadi sein konnte. Er lief zu ihr und stellte sich vor.

Sie nickte. »Die Pässe?«

»Sie sind weg. Also, die von Simisola, ihrer Mutter und ihrem Vater. Tanis hab ich noch.«

Sie schaute ihn ungläubig an. »Was zum Teufel soll das heißen, sie sind weg?«

»Monifa, Simisolas Mutter … Ich glaub, sie hat sie mitgenommen. Das scheint mir die einzig mögliche Erklärung zu sein.«

»Sie hatten sie nicht bei sich? Und Sie haben sie auch nirgendwo eingeschlossen? Ich fass es nicht!« Sie ballte frustriert die Fäuste. Wahrscheinlich hätte sie ihn am liebsten geschlagen, dachte Nkata, und er konnte es ihr nicht verdenken. »Ohne die Schutzanordnung ist das Mädchen in Gefahr. Und solange wir ihren Pass nicht haben, kann der Vater sie jederzeit nach Nigeria schaffen. Sie Volltrottel, Sie … Sind Sie Polizist, oder nicht?«

»Es tut mir leid«, sagte er. »Ich hab nicht gedacht…«

»Ganz genau! Sie haben nicht eine Sekunde nachgedacht! Gut, dass wir uns wenigstens in dem Punkt einig sind. Weiß Monifa, wo wir Simi und Tani untergebracht haben?«

Nkata wäre am liebsten im Erdboden versunken. »Ja. Sie hat Simisola abgeholt.«

»Verflucht. Wie hat sie denn rausgefunden, wo die beiden waren?«

Es wurde immer schlimmer, und er war an allem schuld. Er sagte es ihr. Monifa habe gewusst, wo ihre Kinder waren, weil er sie hingebracht hatte, nachdem sie ihre Aussage in dem Mordfall gemacht hatte. Sie habe alles über eine Praxis in der Kingsland High Street berichtet, die die Polizei geschlossen hatte, und sie habe zugegeben, dort gewesen zu sein, um Simisola beschneiden zu lassen.

»Und? Was sagt Ihnen das?«, fuhr Zawadi ihn an. »Sie hat ihre Absichten von Anfang an deutlich gemacht, Sie Idiot. Wir müssen sie unbedingt aufhalten.«

ISLE OF DOGS
EAST LONDON

»Die Leute sagen: ›Das muss aufhören‹, und dann begeben sie sich auf einen Kreuzzug«, sagte Philippa Weatherall. »Sie glauben, sie könnten die Strömung aufhalten. Aber das können sie nicht. Das kann niemand. Das, was den Mädchen immer noch angetan wird, ist Teil einer Kultur, und als solcher wird es verteidigt. Gutmenschen, das Gesetz, die Gerichte… nichts kann dagegen etwas ausrichten. Wissen Sie, wie das heute hier in England läuft, Detective Lynley? Heute wird es bei Kleinkindern gemacht, die nicht einmal im vorpubertären Alter sind. Ein Kleinkind kann nicht sprechen, ein anderthalbjähriges Mädchen kann nicht berichten, was ihm widerfahren ist, weder einer Lehrerin noch der Polizei, niemandem. Es kann sich später nicht einmal daran erinnern. Was ich damit sagen will: Diese ganze scheußliche Angelegenheit der weiblichen Beschneidung ist ganz tief in den Untergrund getrieben worden.«

Sie saßen wieder im Verhörzimmer. Es gab frischen Tee, und Barbara hatte in der Kantine Obstsalat, vier Bananen und zwei Packungen Käse und Kekse besorgt. Die Ärztin erklärte ihnen, warum sie sich »nützlich gemacht« und Frauen geholfen hatte, die immer noch glaubten, ihre Töchter könnten nur heiraten, wenn sie rein waren und ihre Jungfräulichkeit gewaltsam gesichert war.

Das meiste, was Dr. Weatherall bisher gesagt hatte, wirkte zunächst einleuchtend, zumindest in ihren eigenen Augen. Die abscheuliche Praxis der Verstümmelung kleiner Mädchen würde nicht aufhören, bloß weil einige Leute der Meinung waren, damit müsse Schluss sein. Nach Abschluss ihrer Ausbildung bei dem französischen Arzt, der eine Methode entwickelt hatte, die Genitalien der Opfer von Beschneidungen zu rekonstruieren, hatte sie ihre Praxis in London eröffnet. Doch schon bald war ihr klargeworden, dass sie noch mehr tun konnte, als zu rekonstruieren, was auf brutale, inkompetente Weise zerstört worden war. Sie konnte irreparable Schäden vermeiden, indem sie die Beschneidungen eigenhändig vornahm, und zwar so, dass eine spätere Rekonstruktion problemlos durchgeführt werden konnte und den Betroffenen ein erfülltes Sexualleben ermöglichte.

Was sie in der Praxis in Hackney anbot, hatte sich schnell herumgesprochen, und sie hatte in dem winzigen Operationssaal Hunderte Beschneidungen vorgenommen. Keine einzige ihrer kleinen Patientinnen war gestorben, wie sie stolz erklärte. Dass es sich bei dem Eingriff trotz aller chirurgischen Kunstfertigkeit um eine Verstümmelung handelte, schien ihr nicht in den Sinn zu kommen.

Alles lief gut, sagte sie. Mercy Harts Aufgabe bestand darin, in den nigerianischen Communitys Mundpropaganda zu machen und Karten mit der Telefonnummer der Praxis zu verteilen. Außerdem hatte Dr. Weatherall ihr beigebracht, die Voruntersuchungen durchzuführen. Wenn ein Eingriff anstand, war sie in die Kingsland High Street gefahren. Die Mütter und die kleinen Patientinnen bekamen ihr Gesicht nie zu sehen, denn wenn sie eintrafen, trug sie bereits OP-Kittel und Maske.

Dann kam Teo Bontempi.

»Als sie mich zufällig an dem Tag, als die Praxis durchsucht wurde, in der Kingsland High Street antraf, hat sie zwei und zwei zusammengezählt. Sie wollte natürlich wissen, was ich dort zu suchen hatte. Ich habe behauptet, ich würde in der Praxis lediglich ehrenamtlich Beratungen durchführen. Sie hat mir nicht geglaubt, dass ich nicht wusste, was in den Räumen wirklich passierte. Sie hat behauptet, ich würde die Mädchen verstümmeln. Was ich natürlich bestritten habe. Ich habe es weit von mir gewiesen. Sie hatte noch nicht einmal Beweise dafür, dass in der Praxis FGM praktiziert wurde. Aber mir war klar, dass sie nicht lockerlassen würde, bis sie Beweise hatte, und dass irgendwann irgendjemand reden würde. Die Wahrheit würde herauskommen, sagte sie. Es sei nur eine Frage der Zeit. Tja, und ich wusste, wenn alles herauskam, wäre ich geliefert.«

»Deswegen mussten Sie sie aufhalten«, sagte Lynley ruhig.

»Ich habe sie noch am selben Abend angerufen. Und danach immer wieder.«

»Hatten Sie keine Angst, dass Mercy auspacken würde?«

Sie schüttelte den Kopf. »Mercy glaubte an die Arbeit, die wir dort leisteten.«

»Und mit Arbeit meinen Sie die Verstümmelung kleiner Mädchen?«, fragte Barbara.

»Wir haben ihnen praktisch das Leben gerettet, Sergeant. Haben Sie eine Ahnung, wie viele afrikanische Beschneiderinnen es in London gibt? Nein? Ich auch nicht. Aber ich habe gesehen, was diese Frauen anrichten mit Rasierklingen und Küchenmessern und Teppichmessern und was auch immer sie benutzen, und ich weiß, dass das so lange weitergehen wird, bis alle afrikanischen Frauen so weit aufgeklärt sind, dass sie diesem Treiben ein Ende setzen. Denn es geht weiter, weil *sie* es zulassen, und es hört erst auf, wenn *sie* sich weigern, das weiter mitzutragen.«

»Aber das hat Teo Bontempi anders gesehen«, sagte Lynley.

»Für sie war alles nur schwarz oder weiß, richtig oder falsch.«

»Und deswegen sind Sie nach Streatham gefahren und haben sie umgebracht.«

»Nein. *Nein*. Das war nicht meine Absicht. Wir haben geredet, aber ich konnte sie einfach nicht überzeugen... Irgendwann hat sie gesagt, das sei ihr letztes Wort und ist zur Tür gegangen, um... Und dann, in diesem kurzen verdammten Moment... Weil ich es ihr nicht *begreiflich* machen konnte... Da hab ich nach der Skulptur gegriffen und zugeschlagen. Ich habe gar nicht darüber nachgedacht, es war total spontan. Es ging ganz schnell. Und dann ist sie gestürzt und hat sich nicht mehr bewegt.« Dr. Weatherall schaute abwechselnd Lynley und Barbara an. Ihre Anwältin saß still neben ihr und ließ sie reden. Lynley fragte sich, welchen Rat Vivienne Yang ihrer Mandantin gegeben hatte, als er und Barbara im Korridor gewartet hatten. Und als hätte Dr. Weatherall seine Gedanken gelesen, sagte sie: »Ich wollte ihr helfen, ich war entsetzt über mich selbst. Ich hab die Skulptur fallen gelassen und mich neben sie gekniet. Aber dann hat es geklopft, und die Tür ging auf, und ich ... ich habe mich versteckt.«

»Wo?«, fragte Barbara. »In der Wohnung gibt's nicht viele Verstecke. Wir waren da.«

»Im Kleiderschrank.«

»Im Schlafzimmer? Ziemlich riskant.«

»Was blieb mir denn anderes übrig? Es gab einen Wandschrank neben der Wohnungstür, aber da konnte ich nicht hin. Ich konnte auch nicht behaupten, ich hätte Teo Bontempi gerade zufällig gefunden. Sie würde mich verraten, sobald sie zu sich kam. Ich hatte keine Ahnung, wer da kam. Also habe ich mich versteckt und gewartet und gehofft, dass der Besucher wieder gehen würde.«

»Ohne ihr zu helfen?«, fragte Lynley.

»Ja. Nein. Ich weiß es nicht.«

»Aber so ist es nicht gelaufen, stimmt's?«, sagte Barbara. »Er ist nicht gegangen.«

»Er ...?« Die Ärztin wirkte verblüfft. »Es war kein Mann«, sagte sie.

CHELSEA
SOUTH-WEST LONDON

Nach dem Telefonat mit DS Nkata saß Tani auf der Bettkante im Gästezimmer der St. James. Er betrachtete seine Turnschuhe, die offenen Schnürsenkel, wiegte seinen Oberkörper vor und zurück. Er wollte nicht nachdenken. Gleich nach dem Gespräch mit Nkata hatte er seinen Vetter in Peckham angerufen, der sich gewundert hatte, nach so langer Zeit von ihm zu hören. Wie es ihm gehe? Wie es der Tante gehe? Und Simisola? Ob Tani gehört habe, dass seine Schwester Ovia geheiratet hatte? »Wir müssen uns unbedingt treffen, Tani. Was machst du denn so? Hast du eine Freundin?«

Monifa und Simisola waren jedenfalls nicht in Peckham. Tanis Vetter hatte seit mindestens fünf Jahren nichts von den Bankoles gehört. Also hatte Tani bei Halimah angerufen, aber die hatte Monifa zuletzt gesehen, als der Polizist sie mitgenommen hatte. Seitdem hatte sie nichts mehr von ihr gehört. Auch nicht von Abeo.

Halimah hatte ihn gefragt, ob alles in Ordnung sei, doch er hatte ihr nicht die Wahrheit gesagt. Und zwar aus dem simplen Grund, dass er sie selbst nicht kannte.

Aber er konnte sich einiges denken. Als er Nkata angerufen und ihm mitgeteilt hatte, dass er nichts über den Verbleib seiner Mutter und seiner Schwester hatte in Erfahrung bringen können, hatte der geantwortet: »Ich kümmere mich. Bin grade auf dem Weg zum Revier in Belgravia.« Und als Tani angesetzt hatte: »Glauben Sie …«, war er ihm ins Wort gefallen: »Ich melde mich wieder. Aber bleib, wo du bist, okay? Ich will wenigstens wissen, wo ich *dich* finde.«

Tani hatte Nkata versprochen, in Chelsea zu bleiben, aber es widerstrebte ihm. Er wollte unbedingt etwas tun. Seine Mutter war nicht besonders findig. Sie würde Simi nicht beschützen können, wenn es drauf ankam. Falls sie überhaupt bereit war, Simi zu beschützen, und da war Tani sich leider nicht ganz sicher.

Er rief Sophie an. »Mum hat Simi abgeholt«, sagte er. »Ich weiß nicht, wo die beiden sind.«

»Aber das ist doch gut, oder?«, sagte Sophie. »Auf jeden Fall hält sie sie von deinem Vater fern.«

»Ja. Sicher. Aber sie hat gesagt, sie würde Simi nach Brixton bringen, zu den Eltern von diesem Polizisten. Und das hat sie nicht getan.«

Sophie schwieg. Wahrscheinlich wickelte sie eine Strähne ihres kurzen Haars um einen Finger, wie immer, wenn sie über etwas nachgrübelte, dachte Tani. »Aber das ist doch auch gut, oder? Ich meine, wenn dein Vater in Chelsea aufkreuzt, dann kann er dich nicht zwingen, ihm was zu verraten, was du nicht weißt. Bestimmt ist das ihre Absicht. Sie muss Simi auf jeden Fall von Abeo fernhalten, egal wie. Und falls er nach Chelsea fährt… Bist du noch bei den St. James?«

Er bejahte und erzählte ihr, dass der Polizist Nkata ihn angerufen und gefragt hatte, wo Monifa sei. Und dass er ihn gefragt hatte, ob er sich vorstellen könne, wohin sie Simi gebracht habe. »Ich glaub, irgendwas ist schiefgelaufen, Sophie«, sagte er. »Als meine Mutter hier war, hat sie gesagt, die Polizei hätte meinen Vater laufen lassen, und vor der Tür stand ein Taxi, und…«

»Aber was hätte sie denn anderes tun sollen, als sich ein Taxi zu nehmen, Tani? Wenn die deinen Vater laufen gelassen haben, musste sie sich beeilen.«

»Das ist es ja grade, Sophie. Er ist nicht hergekommen.«

»Dann ist er bestimmt bei… Wie heißt die andere Frau noch?«

»Lark.«

»Genau. Dann ist er bestimmt bei der. Als er das letzte Mal in Chelsea war, ist er von der Polizei abgeführt worden. Ist doch klar, dass er keine Lust hat, das noch mal zu erleben. Er ist bei Lark und heckt einen neuen Plan aus. Wart's nur ab.«

Tani wollte ihr gern glauben. Es klang einleuchtend. Abeo hatte in Chelsea ein Fiasko erlebt. Warum sollte er riskieren, dass ihm das noch mal passierte? Aber Tani kannte die Antwort auf diese Frage. Abeo wusste, dass er die Pässe bei Lark geholt hatte und dass er außerdem bei der Gelegenheit die hochschwangere Lark zu Boden gestoßen hatte.

Er band sich die Schuhe zu und stand auf, um nach unten zu gehen. Deborah St. James war im Arbeitszimmer. Sie saß in einem der Ledersessel und telefonierte. »Aber das kann ich fast nicht glauben«, sagte sie gerade. »Warum…« Eine Weile hörte sie zu. »Hältst du das für die beste Lösung? Meinst du, du kriegst das in den Griff?«

Als sie Tani in der Tür stehen sah, nickte sie ihm zu und bedeutete ihm mit der erhobenen Hand, einen Moment zu warten. »Mein Vater ist nicht hier. Simon kommt erst heute Abend nach Hause. Er ist nach Southampton gefahren, zu einer Besprechung mit Andrew und David, und dann will er noch bei seiner Mutter vorbeischauen… Ja, ja… Ach so, Winston, hat es was gebracht, dass wir die Skulptur geholt haben?… Na, das ist doch schon mal was, oder?« Dann verabschiedete sie sich und beendete das Gespräch.

Sie stand auf, kam auf Tani zu und legte ihm eine Hand auf die Schulter. »Wir sollen uns keine Sorgen machen«, sagte sie. Als er sie gerade fragen wollte, was passiert war, fuhr sie fort: »Das war Winston. DS Nkata, meine ich. Er ist auf dem Weg zum Polizeirevier in Belgravia, um mit deinem Vater zu reden, sobald er entlassen wird.«

BELGRAVIA
CENTRAL LONDON

Dass Monifa Bankole nicht auf dem Revier in Belgravia gewesen war, um ihren Mann anzuzeigen, war schnell geklärt. Und da der Mann sowieso in Kürze entlassen werden sollte, war es reine Formsache, Nkata ein Gespräch mit Abeo Bankole zu ermöglichen. Es wunderte niemanden, dass Abeo nicht begeistert war, als er sah, dass der Mann, der ihn erwartete, niemand anders war als der, der am Vortag für seine Festnahme gesorgt hatte.

Nach der Nacht in Polizeigewahrsam sah Bankole ziemlich mitgenommen aus. Seine Kleidung war zerknittert, er war unrasiert, und er verströmte einen Geruch, als hätte er mehrere Tage und Nächte in der Zelle verbracht. Als er Nkata erblickte, sagte er nur angewidert: »Sie.«

»Wir müssen reden«, sagte Nkata.

»Ich habe Ihnen nichts zu sagen.«

»Das glaube ich nicht. Ich hab draußen einen Wagen stehen.«

»Mit Ihnen fahre ich nirgendwohin.«

Sie standen vor dem Polizeirevier. Nkata hatte seinen Fiesta in einiger Entfernung geparkt, aber Abeo war nicht verpflichtet, ihm zu seinem Wagen zu folgen. Er brauchte Abeos Kooperationsbereitschaft, und er hatte kaum Möglichkeiten, ihn unter Druck zu setzen. »Ich fahre Sie, wohin Sie wollen«, sagte er. »Hauptsache, Sie reden unterwegs mit mir. Natürlich wissen wir beide, dass ich Sie nicht dazu zwingen kann. Aber Simisola ist verschwunden, und zwar zusammen mit ihrer Mutter, und da die Pässe der beiden ebenfalls verschwunden sind, kann ich mir ungefähr denken, wo sie sind.«

Einen Moment lang war Abeos Gesicht völlig ausdrucks-

749

los. Dann begann eine Ader an seiner Schläfe zu pulsieren. »Tani und sein Flittchen …«

»Die zwei haben nichts damit zu tun. Ich bin schuld, Mr Bankole. Ich. Haben Sie das verstanden?«

»Sie.«

»Ja, ich. Wir beide können uns jetzt hier prügeln, wenn Sie das wollen. Aber dadurch würden wir nur Zeit verlieren, und Sie würden den Kürzeren ziehen. Oder Sie kommen mit und helfen mir, das Problem zu lösen. Ich möchte, dass Sie mit nach Chelsea kommen. Tani ist immer noch dort. Ich warne Sie, wenn Sie ihm auch nur ein Haar krümmen, bring ich Sie sofort hierher zurück. Haben Sie das verstanden, Mr Bankole?«

Ein Muskel zuckte an Abeos Unterkiefer. Er holte tief Luft, dann nickte er. »Also gut«, sagte Nkata. Dann ging er voraus bis zum Ebury Square, wo um einen Springbrunnen herum Bänke unter riesigen Londoner Platanen standen, die angenehmen Schatten spendeten.

Sie stiegen wortlos in Nkatas Fiesta. Der kleinste Funke würde die Atmosphäre im Wagen in Flammen aufgehen lassen, dachte Nkata, während er in Richtung Themse fuhr. Sie hatten es nicht weit, was ein Glück war, denn die Zeit lief ihnen davon. Ein paar Minuten lang hingen sie hinter einem Linienbus fest, aber an einer Kreuzung gelang es Nkata, ihn riskant zu überholen, dann bog er auf die Uferstraße Embankment ein, und schon bald kam die Albert Bridge in Sicht. Nkata rief bei Deborah St. James an und bat sie, Tani auf die Ankunft seines Vaters vorzubereiten.

Anscheinend hatte sie hinter der Tür gewartet, denn die wurde auf Nkatas Klopfen hin augenblicklich geöffnet. Sie hatte Peach auf dem Arm, die sich über den Besuch freute und versuchte, sich zu befreien, um an den Knöcheln der Ankömmlinge zu schnüffeln. Deborah hatte im Arbeitszim-

750

mer ihres Mannes kalte Getränke bereitgestellt. Falls ihr der Geruch auffiel, den Tanis Vater verströmte, so ließ sie sich jedenfalls nichts anmerken.

Tani befand sich bereits im Arbeitszimmer. Anscheinend hatte er am Fenster gestanden und sie kommen sehen, denn er blickte seinem Vater entgegen.

Er war der Erste, der das Wort ergriff, wofür Nkata ihn bewunderte. »Ich wollte Lark nicht auf den Boden stoßen«, sagte er. »Ich wollte nur die Pässe haben, Pa, das ist alles. Tut mir leid, dass ich sie geschubst hab.«

»Du weißt überhaupt nichts«, lautete Abeos knappe Antwort.

»Kann schon sein«, erwiderte Tani.

Abeo wandte sich von seinem Sohn ab. Als Deborah ihm einen der Ledersessel anbot, nahm er Platz. Er saß da wie ein Patriarch, breitbeinig, die Hände auf die Schenkel gestützt. Tani schien die Pose richtig zu interpretieren und blieb am Fenster stehen.

»Alle Züge und U-Bahnen werden kontrolliert«, sagte Nkata. »Soweit wir wissen, hat sie nicht viel Bargeld, aber falls sie eine Kreditkarte …«

»Sie könnte die von ihrer Mutter haben«, sagte Abeo. »Oder sie hat meine oder die von irgendeinem Verwandten.«

»Und das bedeutet?«, fragte Nkata.

»Das bedeutet Geld«, sagte Abeo. »Sie hat die Pässe, aber um sie zu benutzen, braucht sie Geld. Wahrscheinlich hat einer ihrer Verwandten ihr Flugtickets besorgt.«

»Das würde jedenfalls den Anruf erklären«, sagte Nkata.

»Welchen Anruf?«

»Jemand hat sie angerufen, als sie bei meiner Mutter war. Sie hat gesagt, jemand von der Polizei in Belgravia hätte sie angerufen, um ihr zu sagen, Sie seien entlassen worden und

751

auf dem Weg nach Chelsea. Jetzt vermute ich, dass der Anruf von der Person kam, die ihr Flugtickets besorgt hat. Vielleicht wollte die ihr Bescheid geben, wo sie sie abholen kann. Was glauben Sie, wohin will sie?«

Abeo lachte auf. »Sie hat die Pässe! Wo kann sie wohl hinwollen, Sie Idiot?«

»Nigeria«, murmelte Deborah. Doch dann fügte sie hinzu: »Nein, das kann nicht sein.«

Nkata sprang auf und nahm sein Handy aus seiner Jacke. Während er das Zimmer verließ und die Nummer eingab, hörte er Tani hinter sich schreien: »Nein, Pa! Keiner hat irgendwelche Fahrkarten für sie besorgt. Das kann nicht sein. Außerdem hast *du* immer gesagt …«

»*Was* hab ich gesagt?«

»Du hast von diesem Mädchen in Nigeria erzählt, das ich heiraten sollte, und du hast über den Brautpreis gesprochen, den du für Simi kriegen würdest.«

»Und, was bedeutet das?«

»Du hast die Frau, die sie beschneiden sollte, mit nach Hause gebracht. Du hast die ganzen Klamotten für Simi gekauft.«

»Wie sonst soll ich deiner schwachsinnigen Mutter klarmachen, dass *ich* bestimme, was mit Simisola passiert? Monifa trifft in unserer Familie keine Entscheidungen!«

Tani fasste sich an den Kopf, als könnte ihm das Klarheit verschaffen. »Nein«, rief er. »Nein, das ergibt alles überhaupt keinen Sinn!«

»Du hast selbst gehört, was sie gesagt hat«, herrschte Abeo ihn an. »Du weißt genau, was sie in dieser Praxis wollte. Du hast gehört, dass ich versucht habe, sie davon abzuhalten, dass ich ihr befohlen habe, das Geld zurückzuholen!«

»Willst du damit etwa sagen, dass das alles Mums Schuld ist?«

»Was meinst du mit ›alles‹? Dass deine Schwester beschnitten werden soll? Du glaubst, dass es darum geht?« Abeo lachte laut auf. Es klang nicht amüsiert.

Nkata kam zurück und teilte ihnen mit, dass jetzt auch die Flughäfen überwacht wurden, dass alle Fluggesellschaften informiert und die Passkontrollen angewiesen würden, sie nicht passieren zu lassen.

Abeo stand auf. »Sie … Sie alle … Sie glauben, Sie wüssten Bescheid, aber Sie wissen gar nichts. Ich werde die beiden finden und dafür sorgen, dass diese Sache ein Ende hat.« Er ging zur Tür.

Deborah sagte: »Winston, willst du nicht …?«

Nkata sah ihren flehenden Blick. Doch er erkannte auch die Logik im Verhalten des Mannes. Und vor allem wusste er, dass er kein Recht hatte, Abeo Bankole daran zu hindern, sich auf die Suche nach seiner Frau und seiner Tochter zu machen.

WESTMINSTER
CENTRAL LONDON

»Wieso freu ich mich nicht darüber, wie's ausgegangen ist?«, fragte Barbara Lynley.

Sie waren auf dem Weg zurück nach New Scotland Yard, nachdem sie dafür gesorgt hatten, dass Dr. Weatherall bis zu ihrer ersten Anhörung ins Bronzeville Gefängnis verlegt wurde. Die Anhörung würde stattfinden, sobald der Staatsanwalt wegen der unterschiedlichen Vergehen Anklage erhoben hatte: diejenigen in Verbindung mit der Praxis in der Kingsland High Street und diejenigen, die mit dem Angriff auf Teo Bontempi zu tun hatten.

Lynley konnte Barbaras Gefühle verstehen, denn er war ebenso aufgewühlt wie sie. »Es ist einfacher, alles in Schwarz und Weiß zu sehen, so wie Teo Bontempi. Ohne störende Grautöne kann man sich leichter für eine Seite entscheiden.«

»Andererseits hat sie diese Sichtweise mit ihrem Leben bezahlt.«

»Aber was hätte sie tun sollen, nachdem ihr klargeworden war, was in der Praxis in der Kingsland High Street vor sich ging?«

Barbara rutschte auf ihrem Sitz herum. Lynley spürte ihren Blick, und er schaute kurz zu ihr hinüber. »Ich glaub, die Sache ist aus dem Ruder gelaufen, als Philippa Weatherall versucht hat, Teo von 'ner Anzeige abzubringen. Schließlich dachte Teo, Mercy wär die Beschneiderin. Deswegen hat sie die Praxis durchsuchen lassen. Das hatte erst mal mit der Weatherall gar nichts zu tun. Teo wusste ja nicht mal, dass die mit da drinhing. Wenn die Weatherall also bei ihrer Geschichte geblieben wär, dass sie da nur ehrenamtlich als Beraterin tätig war, wie hätte Teo ihr was anderes beweisen sollen?«

»Vielleicht befürchtete Dr. Weatherall, dass Mercy Hart, nachdem sie verhaftet worden war, irgendwann reden würde. Egal wie sehr Mercy von dem überzeugt war, was die beiden in der Praxis taten, ich kann mir nicht vorstellen, dass sie bereit wäre, vor Gericht die Verantwortung für alles auf sich zu nehmen, was Dr. Weatherall sich hat zuschulden kommen lassen. FGM, Körperverletzung und Mord? Irgendwann würde – und wird – sich Mercy auf einen Deal mit der Staatsanwaltschaft einlassen. Ihre Aussage im Austausch für ein milderes Urteil, vielleicht eine Strafe auf Bewährung oder womöglich sogar Straffreiheit. Das muss Dr. Weatherall bewusst gewesen sein. Schließlich hat Mercy drei Kinder.«

Barbara schwieg eine Weile. Schließlich sagte sie: »Ob sie es wohl gut gemeint hat?«

»Dr. Weatherall? Tja, das ist eine schwierige Frage. Vielleicht hat sie es anfangs wirklich gut gemeint, aber sie hat mehr als einmal den falschen Weg eingeschlagen. Gut möglich, dass die Geschworenen das anders sehen. Aber ich hoffe, Sie nicht.«

Sie schwiegen. Es war später Nachmittag, und die Straßen Londons waren verstopft. Kurz vor der Tower Hill Station klingelte Lynleys Handy. Er nahm es aus seiner Jackentasche und gab es Barbara. Sie warf einen Blick aufs Display und sagte: »Es ist Winston.« Dann nahm sie das Gespräch an. »Wir sind auf dem Rückweg. Dr. Weatherall hat gestanden. Aber es gibt ...«

Offenbar hatte Winston sie unterbrochen, denn sie hörte konzentriert zu. Dann, nach einem Blick aus dem Fenster, sagte sie: »Wir sind kurz vorm Tower. Und du? ... Wie zum Teufel konnte das denn passieren, Win? ... Und was sagen sie? ... Okay, ich sag's ihm. Und ... Hey, *Winston* ... Winston, warte. Wir kriegen das hin.« Dann hörte sie wieder eine Weile zu. »Okay, wir sehen uns dort.«

Lynley sah sie mit hochgezogenen Brauen an.

»Win hat die Bankole verloren.«

»Verloren?«

»Sie ist abgehauen.«

Lynley fluchte leise vor sich hin. Sie brauchten Monifa Bankole. Gut, sie hatten ihre schriftliche Aussage. Aber sie musste ihre Geschichte vor dem Staatsanwalt und den Geschworenen noch einmal wiederholen.

»Es ist noch schlimmer, Sir«, sagte Barbara. »Sie hat die Pässe mitgenommen. Und Simisola.«

»Wie in aller Welt konnte das passieren?«

»Ihr Mann glaubt, Verwandte in Nigeria hätten ihr Flugtickets geschickt, damit sie Simisola zu ihnen bringen kann.«

»Ihr Mann?«

»Was weiß ich, Sir. Vielleicht ist er ja vom Saulus zum Paulus geworden. Oder vielleicht lügt er das Blaue vom Himmel runter, um die Kleine in die Finger zu kriegen. Winston hat die beiden zur Fahndung ausgeschrieben. Falls sie versucht, ihre Tochter außer Landes zu bringen, wird sie geschnappt. Hofft er zumindest.«

»Er hofft es?«

»Die beiden haben ein paar Stunden Vorsprung.«

»Hat er gesagt, wie sie an die Pässe gekommen ist?«

Barbara antwortete nicht sofort. Als Lynley sich räusperte, sagte sie: »Er hatte sie nicht sicher verwahrt, Sir.«

»Winston hat die Pässe nicht sicher verwahrt?«, fragte er ungläubig, obwohl er Barbara verstanden hatte.

»Ja. Das hat er jedenfalls gesagt. Sie hat sie aus seiner Jacke genommen.«

Lynley schlug mit der Faust aufs Steuerrad. »Was in Herrgotts Namen hat er sich dabei gedacht?«

»Es tut ihm total leid, Sir.«

»Das wollte ich ihm auch geraten haben.«

»Sie hat ihn ganz schön eingeseift. Aber ich glaub, das hat sie mit uns allen gemacht.«

Schweigend arbeiteten sie sich weiter durch die verstopfte Stadt. Nur ein Hubschrauber hätte sie jetzt schnell irgendwohin bringen können. Als sie endlich bei New Scotland Yard eintrafen, sagte Barbara, nur eine Zigarette könne jetzt ihre blankliegenden Nerven beruhigen, und zündete sich auf dem Weg zum Aufzug eine an. Lynley verkniff sich eine Bemerkung.

Nkata erwartete sie bereits und entschuldigte sich mit Händen und Füßen.

»Irgendwelche Neuigkeiten von den Flughäfen oder den Fluggesellschaften?«, fragte Lynley.

Nkata schüttelte den Kopf. »Ich kann nur hoffen, dass sie

es nicht geschafft hat, sie außer Landes zu bringen, Chef. Es wäre allein meine Schuld.«

»Nein, meine auch, Winston«, entgegnete Lynley. »Ich habe Ihnen gesagt, wo die Kinder waren, falls Sie sich erinnern.«

»Nett, dass Sie das sagen, aber…«

»Eins nach dem anderen. Rufen Sie das Team zusammen.«

Nkata nickte. Kurze Zeit später waren alle in Lynleys Zimmer versammelt. Lynley brachte alle auf den neuesten Stand und gab den DCs ihre, wie er hoffte, letzten Anweisungen in diesem Fall. Philippa Weatherall hatte ein Geständnis abgelegt. Sie hatte aber auch ausgesagt, sie hätte jemanden Teo Bontempis Wohnung betreten hören. Wer auch immer die Person war, hatte angeblich angeklopft, die Tür, ohne abzuwarten, geöffnet, Teo auf dem Boden liegend vorgefunden, vermutlich die Skulptur gesehen, ein paar Worte gesagt und die Wohnung wieder verlassen. »Sie sagt, es war eine Frau«, schloss Lynley. »Falls Dr. Weatherall die Wahrheit sagt – und es ist weiß Gott möglich, dass sie das nicht tut –, kann es gut sein, dass es die Schwester war.«

»Nicht die Frau von DCS Phinney, die ihre Rivalin aus dem Weg schaffen wollte?«, fragte Barbara.

»Phinney hat sie in Streatham gesucht, aber nicht gefunden. Er hat jedoch Ross Carver gesehen. Ich habe um die Fingerabdrücke und eine DNS-Probe seiner Frau gebeten, aber ich denke, wir können sie ausschließen. Wir können davon ausgehen – immer vorausgesetzt, Dr. Weatherall sagt die Wahrheit –, dass die Person keinen Wohnungsschlüssel hatte und dass sie nicht an der Haustür geklingelt hat, um sich Zugang zum Gebäude zu verschaffen.«

»Vielleicht ist sie mit jemand zusammen ins Gebäude gelangt«, sagte Nkata.

»Die Frau mit der Kuriertasche?«, meinte ein DC. »Die

757

mit einer Gruppe von Leuten zusammen reingeschlüpft ist?«

»Ich denke, das war Dr. Weatherall«, sagte Lynley.

»Bleibt also nur noch die Schwester«, sagte Barbara. Sie warf Nkata einen Blick zu. »Sorry, Win, ich weiß, dass du auf sie stehst...«

»Sie könnte zusammen mit jemandem ins Haus gelangt sein, der sie kennt, der weiß, dass ihre Schwester dort wohnt.«

»Also noch mal die Videos durchgehen«, sagte eine von den DCs mit leichtem Stöhnen.

»Ja, leider«, bestätigte Lynley. »Diesmal suchen wir nach einer Frau, die das Gebäude allein verlässt. Und zwar zwischen dem Eintreffen der Frau mit der Kuriertasche und dem Eintreffen von Ross Carver, der um... Wann genau war das noch, Barbara?«

»Carver ist so um zwanzig vor neun gekommen, die Frau mit der Kuriertasche um kurz nach sieben.«

Lynley wiederholte die Uhrzeiten noch einmal, dann wandte er sich an Nkata. »Winston, Sie bleiben hier, damit Sie sie identifizieren können, falls die Kollegen eine Frau entdecken, die das Gebäude allein verlässt.«

»Aber, Chef, meinen Sie nicht, ich sollte besser bei der Suche nach Monifa Bankole helfen?«

»Ich kann Rosie Bontempi auch identifizieren«, sagte Barbara.

»Sie kümmern sich um die Flughäfen und den Bahnhof St. Pancras«, bestimmte Lynley. Er sagte nicht, dass sie sich keinen weiteren Fehler leisten konnten. Aber er sah, wie Barbara Winston einen mitfühlenden Blick zuwarf. »Ich will sofort informiert werden, wenn es eine Spur von Monifa Bankole gibt, Barbara«, fügte er hinzu.

BELSIZE PARK
NORTH-WEST LONDON

Gegen halb elf hatten sie Rosie Bontempi zweimal gesichtet: einmal auf dem Video aus der Sicherheitskamera des Gebäudes, in dem ihre Schwester gewohnt hatte, und einmal auf dem Video aus der Überwachungskamera des Bestattungsunternehmens auf der anderen Straßenseite, wo sie praktischerweise geparkt hatte. Aber sie hatten noch keine Informationen von den Fluggesellschaften, den Flughäfen, dem internationalen Bahnhof St. Pancras oder von Eurostar. Nkata schlug vor, auch die Hotels in der Nähe der einschlägigen Orte zu kontaktieren. Lynley meinte, das sei eine gute Idee, und verabschiedete sich.

Er überlegte kurz, ob er nach Hause fahren sollte – die Vorstellung, sich einen Whisky zu genehmigen und sich anschließend ins Bett fallen zu lassen, war verlockend –, aber noch verlockender war die Aussicht, Daidre zu sehen, die inzwischen wieder in London sein dürfte. Und so fuhr er durch die Nacht nach Belsize Park.

Wären die Fenster ihrer Wohnung dunkel gewesen, hätte er vielleicht kehrtgemacht und ihr nach all den Problemen in Cornwall eine ruhige Nacht gegönnt. Aber es brannte Licht bei ihr, und so suchte er sich einen Parkplatz für seinen Healey Elliott, der ihm sicher genug erschien, und ging zurück.

Diesmal benutzte er seinen Schlüssel. Im Hausflur hörte er Stimmen und Musik. Wahrscheinlich der Fernseher, dachte er. Daidre saß nicht allabendlich vor dem Fernseher, aber hin und wieder war es für sie eine gute Möglichkeit abzuschalten, meist bei einem Glas Wein und natürlich Wally neben sich. Mit diesem Gedanken schloss er die Wohnungstür auf und rief: »Hat der Kater mal wieder meinen Platz eingenommen?«

Eine Frau schrie erschrocken auf, aber es war nicht Daidre. Lynley hatte die junge Frau seit zwei Jahren nicht gesehen, und sie hatte sich sehr verändert. Damals hatte sie sehr kurzes, in einem hässlichen Orangeton gefärbtes Haar gehabt, hatte sich nicht geschminkt und immer die Augen zusammengekniffen, als bräuchte sie eine Brille. Jetzt war ihr Haar dunkelbraun und schulterlang und rahmte ihr Gesicht vorteilhaft ein. Und ebenso wie Daidre trug sie eine Brille, aber keine randlose, sondern eine mit Horngestell.

»Gwynder«, sagte er. »Tut mir leid, ich hatte nicht damit gerechnet ...«

»Tommy!« Daidre kam mit Bettzeug unter dem Arm aus ihrem Schlafzimmer. »Du kennst Tommy, Gwyn«, sagte sie zu ihrer Schwester. »Er war mal mit mir bei euch im Wohnwagen.«

Sie hatte ihn mitgenommen, weil sie sich wegen seines wachsenden Misstrauens gezwungen gesehen hatte, ihm die Wahrheit über ihre Kindheit und die Kindheit ihrer Geschwister und das Leben, das sie mit ihren Eltern geführt hatten, zu eröffnen. Er hatte geglaubt, dass ihre Geschwister über die Beziehung zwischen Daidre und ihm Bescheid wussten, aber Gwynders Gesichtsausdruck sagte ihm, dass sie keine Ahnung hatte.

»Sie sind dieser Polizist«, sagte Gwynder.

»Ja.«

»Edrek hat mir überhaupt nichts erzählt.«

Edrek war Daidres Geburtsname, den sie abgelegt hatte, nachdem sie von ihrer Pflegefamilie in Falmouth adoptiert worden war. Ihm fiel nichts Besseres ein als: »Ach, wirklich nicht?« Er bemühte sich um einen möglichst freundlichen Ton, denn er sah, wie unwohl Gwynder sich in seiner Gegenwart fühlte. Er wollte gerade zu Daidre sagen: »Wir scheinen ein Problem zu haben, oder?«, aber Daidre kam ihm zuvor.

Sie hatte das Bettzeug auf dem Sofa abgeladen und Gwynder eine Hand auf die Schulter gelegt. »Alles in Ordnung, Gwynder«, sagte sie. »Du brauchst … Alles in Ordnung.«

Lynley fragte sich, was sie hatte sagen wollen. *Du brauchst keine Angst zu haben? Dir keine Sorgen zu machen? Du brauchst dem Mann, der mich liebt, nichts zu sagen?* Aber obwohl sie seine fragend gehobene Braue gesehen hatte, zog sie es anscheinend vor, nicht alles auszusprechen, was sie dachte.

So liebenswürdig, wie er es fertigbrachte, sagte er: »Willkommen in London. Ich hoffe, die Stadt ist kein zu krasser Kontrast zu Cornwall.«

Gwynder befingerte den Ausschnitt ihres Sommerkleids, während sie abwechselnd ihn und ihre Schwester anschaute. »Wohnen Sie hier?«, fragte sie. »Bei Edrek?«

»Nein, nein«, sagte Daidre.

»Aber er hat doch einen Schlüssel.«

»Ja natürlich. Tommy ist …« Daidre schaute ihn auf eine Weise an, die ihm sagte, dass sie mit der Situation überfordert war. Das passte überhaupt nicht zu ihr. Lynley hatte noch nie erlebt, dass sie einer Situation nicht gewachsen gewesen wäre.

»Ich komme hin und wieder zu Besuch«, sagte er. »Manchmal bin ich vor Ihrer Schwester hier, manchmal aber auch erst am späten Abend. Da ist es einfacher, wenn ich einen Schlüssel habe.«

»Dann schlafen Sie also mit ihr. Sie sind ihr Liebhaber. Edrek, warum hast du mir nicht erzählt, dass du einen Liebhaber hast?«

Lynley glaubte die Antwort auf diese Frage zu kennen. Wenn Daidre ihrer Schwester erzählt hätte, dass sie ein Paar waren, dann wäre sie nicht mit ihr nach London gekommen. Er rechnete jedoch nicht damit, dass Daidre das zugeben würde.

Sie sagte: »Tommy und ich sind … Also, ich bin mir nicht sicher, wie wir unser Verhältnis definieren. Du, Tommy?«

»Ich dachte eigentlich, ich wäre mir sicher«, sagte er, nachdem er seine Fassung wiedergewonnen hatte. »Vielleicht wäre das ein Thema, über das sich mal diskutieren ließe. Darf ich mich mit einem Glas Wein stärken?«

»Selbstverständlich«, antwortete sie strahlend. »Ich hol dir eins.«

»Danke, ich hole mir selbst eins«, sagte er und ging in die Küche. Hinter sich hörte er sie sagen: »Gwyn, ich muss…«

Dann folgte sie ihm wie erwartet.

Er hörte das Blut in seinen Ohren rauschen. Er versuchte sich einzureden, dass er nicht verärgert war. Dass es kleinlich wäre, verärgert zu sein wegen… ja, was? Einer Kränkung? Ihrer Unfähigkeit, ihrer Schwester gegenüber zuzugeben, dass sie in einer Beziehung lebte? Er wusste es nicht. Aber er wusste, dass er schon seit Jahren nicht mehr so verärgert und so enttäuscht gewesen war. Er konnte sich überhaupt nicht erinnern, jemals einer Frau gegenüber solche Gefühle wie jetzt gehabt zu haben.

»Tommy.« Sie stand hinter ihm. »Versuch, das zu verstehen.«

Er hob abwehrend die Hand. Wenn sie dieses Gespräch schon führen mussten, dann jedenfalls nicht in der Küche, während Daidres Schwester im Nebenzimmer saß. Er ging zur Terrassentür. Als er sie öffnete, flitzte Wally herein. Beim Anblick des Katers hätte er am liebsten laut gelacht.

»Vielleicht fütterst du ja lieber den Kater?«, fragte er Daidre.

»Hör auf damit«, entgegnete sie. »Das ist unter deiner Würde.«

Sie folgte ihm in den Garten. Er hörte, wie sie die Terrassentür schloss. Sie trat hinter ihn und legte ihm eine Hand auf den Rücken, eine Aufforderung, sich zu ihr umzudrehen. Doch er reagierte nicht darauf.

»Du wusstest doch, dass ich sie mit nach London bringen würde«, sagte sie. »Ich konnte sie nicht in Cornwall lassen. Sie hatte Angst, allein im Haus. Und ich wollte auch nicht, dass sie wieder in den Wohnwagen zurückgeht. Ich hatte also keine andere Wahl. Außerdem…«

Sie brach ab. Er drehte sich um. Das Licht aus der Küche fiel auf eine Seite ihres Gesichts. »Außerdem?«

»Ich *wollte* sie mitbringen, Tommy. Es war das einzig Richtige. Und ich muss tun, was ich für richtig halte.«

»Habe ich dich denn daran gehindert?«, fragte er.

»Du…« Sie seufzte. Sie löste ihre Haare, um Zeit zu gewinnen. Eine typische Geste, die ihn normalerweise nicht störte, weil er wusste, dass sie Zeit brauchte, um ihre Gedanken zu ordnen.

Normalerweise hatte er Verständnis dafür. Ihr Leben war wesentlich komplizierter als seins. Aber jetzt sah er in ihrem Zögern eine Wahrheit, die sie nicht zugeben und die er nicht sehen wollte. Und doch würde sie diese Wahrheit aussprechen müssen. Das konnte und wollte er nicht für sie tun.

»Du hast deutlich gesagt, was du möchtest. Wie es zwischen uns sein sollte. Was du brauchst. Du hast das sehr deutlich gemacht.«

»Habe ich das?«

»Tommy, du weißt, dass du das hast. Du willst etwas von mir, irgendetwas, das du in mir zu spüren glaubst, etwas, von dem du glaubst, dass ich es dir geben kann, wenn ich nur… ich weiß nicht… wenn ich mir nur mehr Mühe gebe? Wenn ich mich mehr öffne? Wenn ich dir mein Herz ausschütte, dir meine Seele zu Füßen lege? Aber das kann ich nicht, weil ich nicht weiß, wie das geht, und außerdem weiß ich sowieso nicht, ob ich noch irgendwas anderes in mir habe. Ich sage es dir immer wieder: Ich stehe vor dir... Edrek Udy. Daidre Trahair. Das bin ich, mehr kann ich dir nicht geben. Und wir wissen beide, dass es nicht genug ist. Ich bin dir nicht genug. Ich werde dir nie genug sein.«

»Hast du Gwynder mit nach London gebracht, um mir das klarzumachen?«

»Nein, natürlich nicht.«

»Warum hast du es mir dann nicht einfach gesagt?«

»Ich habe versucht, es dir zu sagen. Du kannst unmöglich behaupten, ich hätte es nicht versucht.«

»Du verstehst mich falsch. Ich rede nicht davon, was zwischen uns möglich ist oder nicht, und ich glaube, das weißt du. Warum hast du nicht einfach gesagt: ›Gwynder kommt mit mir nach London, es geht nicht anders‹? Damit hätte ich leben können. Damit wären wir zurechtgekommen. Aber das jetzt... Dir muss doch klar sein, wie das auf mich wirkt, Daidre.«

»Ich konnte nicht«, sagte sie mit zitternder Stimme. »Ich konnte es einfach nicht.«

Sie begann zu weinen. Aber als er einen Schritt auf sie zumachte, wich sie vor ihm zurück.

Dieses Zurückweichen verhalf Lynley zu einer Erkenntnis. Hätte sie ihm erlaubt, sie in die Arme zu nehmen, hätte er nicht verstanden, was sie ihm zu sagen versuchte. Wenn sie zugelassen hätte, dass er sie umarmte und tröstete, wäre das für Daidre der einfachere Weg gewesen, aber sie war keine Frau, die den einfachen Weg wählte. Ihm fiel es wie Schuppen von den Augen: Indem er versuchte, sie zu definieren, anstatt sie sich selbst definieren zu lassen, nötigte er sie, dem Bild zu entsprechen, das er sich von ihr machte, anstatt die Frau zu sein, die sie war.

Deswegen hatte sie Gwynder nach London geholt, weil sie ihm nur auf diese Weise zeigen konnte, wer sie wirklich war. Es war ihre einzige Möglichkeit, die Ultima Ratio, denn seit er sie auf der Suche nach einem Telefon in ihrem Haus in Cornwall kennengelernt hatte, hatte nichts anderes funktioniert. Und es war auf seltsame Weise passend. Denn er hatte sich in sie verliebt, weil sie so anders gewesen war als alle Menschen in seiner Umgebung. Und dann hatte er sich darangemacht, sie zu der Frau zu machen, die sie seiner Meinung nach sein sollte.

»Daidre«, sagte er leise. Er wartete. Sagte ihren Namen noch einmal. Und ein drittes Mal. Bis sie den Kopf hob und ihn anschaute. »Ich habe mich tief ins Unrecht gesetzt«, sagte er. »Das habe ich endlich begriffen. Es ist nicht deine Schuld, dass ich bisher nie verstanden habe, was du mir seit unserer ersten Begegnung zu erklären versuchst. Es tut mir sehr leid, dass ich dir das alles zugemutet habe.«

Lynley nahm den Schlüsselbund, den sie ihm gegeben hatte, aus der Jackentasche. Er hatte sie um den Schlüssel gebeten. Und sie hatte ihn erst nach einigem Zögern herausgerückt; er erinnerte sich noch gut daran. Was war er doch für ein Narr gewesen. Er legte ihr den Schlüsselbund in die Hand und schloss ihre Finger darum.

»Du sollst wissen, dass ich dich liebe«, sagte er. »Dich, Daidre, wie du hier und jetzt vor mir stehst. Wenn du kannst, nimm mich in dein Leben auf. Ich warte. Ich hoffe, dass der Moment kommt, aber wenn nicht, werde ich mein Bestes tun, es zu verstehen, das verspreche ich dir.«

16. AUGUST

NEW END SQUARE
HAMPSTEAD
NORTH LONDON

Als er jetzt zum dritten Mal zu den Bontempis fuhr, spürte
Winston Nkata ein Gewicht auf den Schultern wie von einem
Joch. Er war die ganze Nacht auf gewesen in der vergeblichen Hoffnung, eine Nachricht über Monifa Bankole zu bekommen.

Der einzige Mensch, dem ihr Verschwinden noch mehr
auszumachen schien als ihm, war seine Mutter. Sie machte
sich Vorwürfe, weil sie Monifa nicht mehr Fragen gestellt
und weil sie ihren Sohn nicht sofort angerufen hatte, um
ihm zu berichten, was passiert war. Das hätte sie wirklich
tun sollen, sagte sie immer wieder. Dann hätte er sich bei
seinen Kollegen in Belgravia erkundigen können, ob Abeo
Bankole tatsächlich entlassen worden war. Aber daran hatte
sie nicht gedacht, weil sie nicht auf die Idee gekommen war,
dass Monifa sie belügen könnte. Damit hatte er allerdings
auch nicht gerechnet, hatte Winston ihr versichert. Er hatte
sich von der scheinbaren Hilflosigkeit der Nigerianerin täuschen lassen. Und vermutlich war er nicht der Einzige, dem
es so ergangen war.

Als er jetzt am New End Square hielt, ging ihm durch den
Kopf, dass er sich womöglich nicht nur von einer Frau hatte
täuschen lassen. Er wollte einfach nicht glauben, dass Rosie

Bontempi etwas mit dem Tod ihrer Schwester zu tun hatte, und er musste sich eingestehen, dass seine Gutgläubigkeit viel mit Rosies Schönheit und Sinnlichkeit zu tun hatte. Und sie war ja auch tatsächlich nicht für den Tod ihrer Schwester verantwortlich. Aber sie hatte sich dennoch schuldig gemacht, weil sie nicht den Notarzt gerufen hatte. Sie hatte Teo bewusstlos auf dem Boden liegend vorgefunden und hätte nicht einfach weggehen dürfen. Und doch hatte sie es getan. Warum, würde sie erklären müssen.

Wie beim letzten Mal traf er früher als verabredet bei den Bontempis ein. Offiziell kam er, um die Familie darüber zu informieren, dass Teos Leiche freigegeben worden war und beerdigt werden konnte. Aber es gab noch einen Grund für seinen Besuch. Er musste noch einmal mit Rosie reden. Was ihm alles andere als angenehm war.

Auch diesmal öffnete Solange Bontempi ihm die Tür. Diesmal jedoch trug sie Freizeitkleidung, eine marineblaue Leinenhose und eine pink-blau-grau gemusterte Bluse. Sie war barfuß, und ihre Zehennägel waren pink lackiert. Der einzige Schmuck, den sie trug, waren ihr Ehering und goldene Creolen. Sie lächelte ihn an. »Guten Morgen, Detective Sergeant. Wir wollten uns gerade auf den Weg machen. Cesare hat sich entschlossen, wieder in die Klinik zu gehen.«

»Ist es schlimmer geworden?«, fragte Nkata.

Sie lachte. »Nein, nein. Ich meinte die Tierklinik. Ich finde den Entschluss gut, und da ich zufällig zwei Tage freihabe, kann ich ihn hinbringen und auf ihn aufpassen. Das wird ihm natürlich nicht gefallen, aber da er nicht allein nach Reading fahren kann, muss er sich entweder ein Taxi bestellen oder mich als Fahrerin akzeptieren. Klugerweise hat er sich für mich entschieden. Bitte, kommen Sie doch herein.«

Sie führte Nkata ins Wohnzimmer, wo Cesare Bontempi in einem Sessel saß, ebenso wie seine Frau in Freizeitkleidung.

Neben dem Sessel stand ein Rollator, und daran lehnte ein Gehstock. Nkata nahm an, dass er einen Kompromiss mit seiner Frau erreicht hatte, indem er beides mitnahm.

»Was haben Sie uns mitzuteilen?«, fragte Cesare in demselben schroffen Ton wie beim letzten Mal. »Können Sie uns etwas zu Teo sagen?«

»Ja«, antwortete Nkata. »Falls Rosie hier ist, würde ich auch gern mit ihr sprechen.«

»Ich hole sie«, sagte Solange. »Bitte, nehmen Sie doch Platz. Es dauert nicht lange.«

Nachdem sie gegangen war, sagte Cesare: »Es ist vorbei, nicht wahr? Wir bekommen unsere Teodora zurück? Sie kommen persönlich her, weil Sie Neuigkeiten haben, stimmt's?«

»Richtig«, sagte Nkata. »Und Sie gehen wieder zur Arbeit?«

»Ja. Ich war lange genug zu Hause. Ich werde anderswo gebraucht, und unter uns gesagt, ich muss unbedingt jeden Tag ein paar Stunden aus dem Haus. Ich liebe meine Familie, aber nicht vierundzwanzig Stunden am Tag und Woche für Woche… Das macht mich…« Er verdrehte die Augen.

»Verstehe«, sagte Nkata. »Ich denke, so geht es den meisten Menschen.«

In dem Augenblick kam Solange zurück. »Rosie kommt gleich, sie macht sich gerade für die Arbeit fertig. Können wir ohne sie anfangen?«

»Ja natürlich. Aber ich muss ein paar Dinge mit Rosie klären.«

»Mit Rosie?«, fragte Solange.

»Warum?«, fragte Cesare gleichzeitig. »Was müssen Sie mit ihr klären?«

Auf diese Fragen brauchte Nkata nicht zu antworten, denn Rosie kam bereits die Treppe herunter. Es war nicht zu überhören, dass sie ihre Stilettos trug. Im nächsten Augenblick erschien sie in der Tür, eine der attraktivsten Frauen, denen er je begegnet war. Sie trug einen elegant geschnittenen lachsfarbenen Overall und eine laubgrüne Strickjacke, die sie sich locker über die Schultern gelegt hatte. Die Stilettos bestanden aus schmalen Riemchen, die ihre lachsfarben lackierten Zehennägel schön zur Geltung brachten.

»*Maman* sagt, Sie wollen mich sprechen. Gibt's was Neues?«

»Wir haben ein Geständnis«, sagte Nkata. »Ihre Schwester wurde von einer Frau namens Philippa Weatherall getötet, der Chirurgin, von der sie sich operieren lassen wollte, um die Folgen der Beschneidung so weit wie möglich rückgängig zu machen.«

Schweigen. Alle drei Familienmitglieder wirkten auf unterschiedliche Weise bestürzt. Solange sagte: »Aber Teo war doch schon operiert. Ich verstehe nicht recht.«

»Man hatte sie geöffnet«, sagte Nkata. »Aber sie wollte eine Rekonstruktion. Das heißt, alles sollte wieder so sein wie vor der Beschneidung. Zumindest, soweit es ging. Sie hat sich von der Chirurgin untersuchen lassen, und die hat gesagt, bei ihr wäre es möglich. Dann hat Teo aber rausgefunden, dass diese Chirurgin selbst Beschneidungen durchführte, um die Praxis zu finanzieren, in der sie die Rekonstruktionen machte. Sie hat von der Chirurgin verlangt, damit aufzuhören, aber das wollte die nicht. Und sie wollte ihre Zulassung als Ärztin nicht verlieren, was natürlich passiert wäre, wenn Teo sie angezeigt hätte.«

Solange schlug sich eine Hand vor den Mund. Durch ihre Finger murmelte sie: »Hat denn niemand davon gewusst?«

»Wovon?«

Sie schüttelte den Kopf. »Ich weiß es selbst nicht.«

»Hat sie mit niemandem darüber gesprochen?«, wollte Cesare wissen. »Dass sie sich operieren lassen wollte, um wieder ... wieder ... was eigentlich?«

»Um wieder normal auszusehen, so gut es ging«, sagte Nkata. »Um wieder etwas empfinden zu können.«

»Wieso etwas empfinden zu können?«, fragte Cesare. »Hat sie denn nichts empfunden?«

Solange machte ein Gesicht, als wollte sie dieselbe Frage stellen. Rosie betrachtete ihre Stilettos, woraus Nkata schloss, dass sie ganz genau wusste, um was es ging.

»Sie wollte mehr Spaß haben«, sagte Nkata. »Ich fürchte, sie konnte es vorher nie genießen.«

Rosie hob den Kopf. »Sex«, sagte sie zu ihren Eltern. »Sergeant Nkata will sagen, dass Teo den Sex mit Ross nicht genießen konnte.«

»Haben sie sich deswegen scheiden lassen?«, fragte Solange.

»Sie waren nicht geschieden, *Maman*, das weißt du doch. Sie hatten die Scheidung noch nicht mal eingereicht. Und das hätten sie auch nie getan, wenn du mich fragst. Sie hätten ewig so weitergemacht und wären nie voneinander losgekommen.«

»Aber … du und Ross? Was war das?«, fragte Solange.

»Du und Ross? Was soll das denn heißen?«, fragte Cesare. »Was hast du mit Ross zu tun?«

Rosie schaute ihre Mutter an, und Nkata begriff, dass Cesare noch nichts von dem Enkelkind wusste, das er bald haben würde. Er fragte sich, warum Mutter und Tochter ihm die frohe Botschaft vorenthalten hatten. Fürchteten sie, dass er zu heftig reagieren würde? Zu emotional? Dass die Aufregung einen weiteren Schlaganfall auslösen könnte? Nkata sah ihnen an, dass sie Angst hatten, es ihm zu sagen. Aber es stand ihm nicht zu, sich in diese Angelegenheit einzumischen.

»Bitte, lassen Sie uns wissen, wohin Teos Leiche überführt werden soll«, sagte er stattdessen. »Sie können mich anrufen, oder Sie können auch direkt in der Leichenhalle anrufen.« Er schrieb beide Nummern auf ein Blatt seines Notizblocks, das er Solange gab. Sie faltete es und steckte es ein.

»Was ist mit Ross?«, fragte sie.

»Meine Kollegin ist gerade bei ihm, um ihm die gleichen Informationen zu geben, die Sie grade bekommen haben.«

»Ich ruf ihn an«, sagte Rosie. »Er ist bestimmt ganz aufgewühlt.«

»Nachdem wir beide uns unterhalten haben«, sagte Nkata.

»Wir beide? Worüber?«

»Denken Sie mal drüber nach. Sie kommen bestimmt von selber drauf«, sagte er.

STREATHAM

SOUTH LONDON

Barbara Havers hatte ihn am Abend zuvor angerufen, daher wusste sie, dass er wieder in der Wohnung eingezogen war, die er sich früher mit Teo Bontempi geteilt hatte. Am Telefon hatte sie gesagt, sie hätten eine Person verhaftet, und sie hätten ein Geständnis, alles andere wolle sie ihm lieber persönlich mitteilen. Nachdem sie ihren Mini vor dem Beerdigungsinstitut geparkt hatte, überquerte sie die Straße und klingelte bei *Bontempi*. Sie fragte sich, wann er den Namen an der Klingel wohl ändern würde.

Es knisterte in der Gegensprechanlage, dann ertönte Carvers Stimme. »Sergeant Havers?«

»Höchstpersönlich«, sagte sie, und er betätigte den Türöffner.

Er war startklar für die Arbeit und trank gerade noch einen Kaffee. In der Küche stand eine nagelneue vollautomatische

Espressomaschine, und er bot ihr auch einen Kaffee an, doch sie winkte ab. »Ich muss Ihnen leider mitteilen, dass es die Chirurgin war«, sagte sie. »Die Frau, die die Rekonstruktions-OP machen sollte.«

Er ließ die Kaffeetasse sinken, die er sich gerade an die Lippen führen wollte. Er zeigte auf den Esstisch, an dem sie das letzte Mal gesessen hatten, und sie nahm Platz. Ihr fiel auf, dass die fehlende Skulptur immer noch fehlte, also begann sie damit.

»Wir haben den *Stehenden Krieger* gefunden. Also, den mit der Nummer zehn, der Teo gehört hat. Die Ärztin hatte ihn einer ihrer Patientinnen geschenkt. Wir haben ihn zufällig auf einem Foto entdeckt. Im Moment ist das Ding bei den Forensikern, aber Sie bekommen es bald zurück. Auf jeden Fall hat der Krieger uns zu der Ärztin geführt.«

»Warum zum Teufel hat sie Teo denn erschlagen?«

»Teo hatte rausgefunden, dass die gute Frau zwei Praxen betrieb – eine, wo sie die Rekonstruktionen gemacht, und eine, wo sie FGM praktiziert hat.«

»Wie bitte? Um sich den Nachschub an Patientinnen zu sichern?«

Barbara schüttelte den Kopf. »Kann ich die aufmachen?«, fragte sie und zeigte auf die Balkontür. »Tun Sie sich keinen Zwang an«, antwortete er. Sie öffnete die Tür. Trotz der frühen Stunde hatte die Morgensonne, die direkt auf den Balkon schien, die Wohnung bereits in eine Sauna verwandelt. Barbara kehrte zum Tisch zurück und sagte: »Das nennt sich medikalisierte FGM. Mit modernster Operationstechnik und unter Vollnarkose durchgeführt. In einigen Ländern ist das tatsächlich legal. Hier nicht. Teo hat 'ne Praxis in Dalston observiert, und als sie genug gesehen hatte, hat sie dafür gesorgt, dass der Laden von der Polizei durchsucht und dichtgemacht wurde. Sie war sogar dabei.«

»Und da hat sie die Ärztin gesehen?«

»So in etwa. Die Frau heißt Philippa Weatherall. Sie war aber nicht in der Praxis, als die Polizei kam, deswegen wurde sie nicht festgenommen. Aber sie kam genau in dem Moment an, als die anderen zwei Frauen abgeführt wurden. Teo hat zwei und zwei zusammengezählt und die Ärztin zur Rede gestellt. Die wusste, dass sie geliefert ist, wenn Teo sie anzeigt. Sie hat mehrmals versucht, Teo anzurufen und mit ihr zu reden.«

Er schaute in seine Tasse. Ließ den Kaffee kreisen, aber nicht wie einer, der sich auf den nächsten Schluck freut. »Warum zum Teufel hat Teo sie ins Haus gelassen? Sie muss doch gewusst haben, dass die Frau gefährlich war. Sie war doch nicht dumm.«

»Wir sind uns ziemlich sicher, dass sie sie nicht reingelassen hat«, sagte Barbara. »Dr. Weatherall ist zusammen mit ein paar Leuten ins Haus gelangt. Ich werd ihr Foto im Haus rumzeigen, wenn wir hier fertig sind. Irgendwer wird sie erkennen.«

»Aber warum hat Teo sie in die Wohnung gelassen?«

»Vielleicht weil sie überrascht war, die Frau zu sehen. Jedenfalls scheint sie sie nicht für gefährlich gehalten zu haben. Die Ärztin behauptet, sie hätte nur mit ihr reden wollen. Als Teo nicht nachgegeben hat, ist sie ausgerastet und hat ihr kurzerhand mit der Skulptur eins übergebraten.«

»Und warum hat sie es dann nicht zu Ende gebracht? Als Ärztin hat sie doch bestimmt die Vitalzeichen überprüft, oder?«

Tja, das war das Problem. Es fiel Barbara schwer, ihm zu sagen, was sie ihm sagen musste.

NEW END SQUARE
HAMPSTEAD
NORTH LONDON

»Sie wussten, dass sie verletzt war«, sagte Nkata. Sie befanden sich im großen Vorgarten. Nkata hatte Rosie zu einer Sitzgruppe unter der riesigen Glyzinie geführt, und sie hatte willig Platz genommen. »Die Skulptur lag auf dem Boden, Ihre Schwester war bewusstlos, und Sie haben nichts unternommen.«

Rosie schaute ihn an, sagte jedoch nichts.

»Wir verstehen nicht, warum Sie nicht den Notarzt gerufen haben«, sagte Nkata.

»Ich weiß nicht, wovon Sie reden«, erwiderte sie.

Er legte einen Ausdruck des Standbilds von dem Video auf den Tisch, auf dem zu sehen war, wie sie das Gebäude verließ. »Ich nehme an, Sie wissen, an welchem Abend das aufgenommen wurde«, sagte er.

Sie nahm das Bild und betrachtete es. »Nein, weiß ich nicht. Warum sagen Sie's mir nicht einfach?«

»Es ist von dem Abend, an dem sie erschlagen wurde. Meine Kollegin Havers, die Sie ja bereits kennen, geht jetzt gerade in dem Gebäude in Streatham mit dem Bild von Tür zu Tür. Das ist aber 'ne reine Formalität. Wir wissen, dass Sie dort waren und sie haben am Boden liegen sehen.«

»Wie wollen Sie das denn beweisen, wenn sie bewusstlos war?«

»Das wär tatsächlich schwierig gewesen«, räumte er ein. »Aber Teo war nicht allein. Die Frau, die sie mit der Skulptur niedergeschlagen hatte, war immer noch in der Wohnung.«

»Das glaube ich Ihnen nicht. Sie versuchen doch nur...«

»Sie hat gehört, wie Sie angeklopft haben, Rosie. Dann hat sie gehört, wie Sie die Tür aufgemacht haben und reingekommen sind. Aber da hatte sie sich schon im Schlafzimmer versteckt. Sie hat gehört, wie Sie zu Teo gegangen sind, wie Sie ihren Namen gesagt haben, und zwar mehrmals. Aber sie hat nicht gehört, dass Sie den Notarzt angerufen haben. Und sie hat auch nicht gehört, dass Sie irgendwas unternommen hätten, um Ihrer Schwester zu helfen. Sie hat nur gehört, wie Sie wieder gegangen sind. Nachdem Sie weg waren, ist sie dann auch abgehauen, weil sie Angst hatte, dass noch jemand in die Wohnung kommt.«

»Selbst wenn das alles stimmt, wenn ich Teo da liegen gelassen habe, ist das kein Verbrechen.«

»Jemand in Not nicht zu helfen? Stimmt, das ist kein Verbrechen. Aber man muss schon ganz besonders gestrickt sein, um einen Menschen – noch dazu die eigene Schwester – so liegen zu lassen. Da frag ich mich, wovor Sie Angst hatten. Ich kann leider nur raten. Aber vielleicht wollen Sie's mir ja erzählen.«

Rosie wandte sich ab. Ein Nachbar ging vorbei, und sie hob die Hand zum Gruß. Schließlich sagte sie: »Sie wollte ihn wiederhaben. Was glauben Sie wohl, wie sich das angefühlt hat?«

»Sie reden von Ross Carver?«

»Von wem sonst?«

»Und woher wussten Sie, dass sie ihn wiederhaben wollte? Hat sie es Ihnen gesagt?«

»Nein. Aber ich hab's gemerkt.«

»Wem haben Sie's angemerkt? Ihr?«

»Nein, Ross. Sie hatte ihm eine Nachricht geschickt, dass sie mit ihm reden wollte, und ich hab's ihm genau angesehen. Sie brauchte nur den Finger zu krümmen, und er würde sofort zu ihr rennen. Und daran würde sich nie etwas ändern, das ist mir in dem Moment klargeworden. Sie wusste, dass ich von ihm schwanger bin, und sie wollte mein Leben zerstören. Und als sie da auf dem Boden lag, habe ich sie ihrem Schicksal überlassen.«

»Das war ein richtiger Glücksfall für Sie, stimmt's? Und Sie hatten doppelt Glück, weil Ross Carver gar nicht kapiert hat, was mit Teo passiert war. Sie ist nämlich noch mal zu sich gekommen, als er sie gefunden hat. Und anstatt den Notarzt zu rufen, hat er sie ins Bett gebracht. Den Rest kennen Sie ja.«

»Ich hab ihr nichts getan«, sagte Rosie. »Ich hab sie nicht mal angerührt.« Sie nahm seine Hand. »Ich wollte nicht, dass sie stirbt. Wie hätte ich das wollen können? Sie war doch meine Schwester.« Ihre Stimme zitterte, und er rechnete damit, dass gleich ein paar Tränen über ihre Wangen kullern würden. Nichts davon rührte ihn auch nur ansatzweise, und das machte ihm einen Moment lang Sorgen. Was sagte das jetzt über ihn aus?

Rosie beruhigte sein Gewissen jedoch mit einer einfachen Frage: »Sie erzählen doch meinen Eltern nichts davon, oder?« Schlagartig wurde ihm klar, dass das Zittern in ihrer Stimme und die Tränen in ihren Augen Teil ihrer Show waren. Sie war tatsächlich eine ausgezeichnete Schauspielerin.

STREATHAM
SOUTH LONDON

»Mein Kollege ist grade bei ihren Eltern«, sagte Barbara. »Er will auch mit Rosie reden. Aber wir bezweifeln nicht, dass sie das ist.« Sie gab ihm das Standbild von Rosie. »Sie ist bestimmt nicht im Dunkeln hier spazieren gegangen. Und laut Aussage von Dr. Weatherall hat die Frau geklopft und ist reingegangen, als keiner geantwortet hat. Einen Schlüssel brauchte sie nicht, weil Teo nicht abgeschlossen hatte.«

»Und wenn Rosie etwas unternommen hätte, als sie Teo gefunden hat ...?«

Barbara seufzte. »Schwer zu sagen. Vielleicht wär Teo auch gestorben, wenn man sie sofort ins Krankenhaus gebracht hätte. Aber vielleicht hätte sie auch überlebt, wenn die Ärzte die Hirnblutung hätten stoppen können.«

»Aber dass sie nichts unternommen und kein Wort gesagt hat – was soll ich daraus schließen, außer dass sie Teo den Tod gewünscht hat?«

»Die Frage kann ich Ihnen nicht beantworten«, erwiderte Barbara. »Dafür werd ich zu schlecht bezahlt. Nur so viel: Sie ist in Sie verliebt und hatte sich große Hoffnungen gemacht, und zwar schon seit Jahren. Und jetzt ist sie schwanger von Ihnen. Sie hätte schon fast 'ne Heilige sein müssen, um nicht wenigstens darüber nachzudenken, wie einfach alles wär, wenn sie Teo einfach da liegen lässt. Wenn sie einfach abwartet und dem Schicksal seinen Lauf lässt.«

»Trotzdem«, sagte er. Er schwieg, und Barbara wartete. Rosie hatte großen Mist gebaut, aber er ebenfalls, und das wusste er garantiert.

Schließlich sagte er: »Ich werde für das Kind sorgen, genauso wie ich für Colton sorge. Ich werde Unterhalt zahlen und mich um das Kind kümmern. Aber ich werde Rosie nicht heiraten. Das kann ich nicht.«

»So einfach wird das nicht werden, fürchte ich«, sagte Barbara.

»Zwei Menschen sollten aus Liebe heiraten, meinen Sie nicht?«

»Die Leute heiraten aus allen möglichen Gründen. Manchmal hat Liebe überhaupt nichts damit zu tun.«

»Ich liebe sie nicht. Ich mag sie. Das war schon immer so.

Aber was ich mit ihr getan habe ...« Er betrachtete die Skulpturen auf der Anrichte. »Ich habe ihr Angebot angenommen«, sagte er. »Aber ich habe dabei nur an Teo gedacht. Ich habe mit Rosie geschlafen, habe sie stöhnen hören und gespürt, wie sie kam, und die ganze Zeit habe ich mir vorgestellt, sie wäre Teo. Teo, wie sie hätte sein können, wenn man sie nicht verstümmelt hätte.«

Barbara nickte. Aber es fiel ihr schwer, Mitgefühl zu empfinden. Rosie mochte Carver manipuliert haben, aber er hatte sich manipulieren lassen. Er mochte noch so sehr beteuern, dass Teos Verstümmelung ihm nichts ausgemacht hatte ... er hatte es nicht ertragen können, dass Teo nicht empfinden konnte, was er sich wünschte. Seine Unfähigkeit, das zu akzeptieren, hatte sie alle drei ins Chaos gestürzt. So wohlmeinend er sein mochte, und so wohlmeinend er sich selbst sehen wollte, er hatte seine Frau keine Sekunde lang vergessen lassen, was sie selbst so gern vergessen hätte.

CHELSEA
SOUTH-WEST LONDON

Sophie glaubte das alles nicht. Tani hatte sie angerufen. Kaum hatte er gesagt: »Meine Mutter hat die Pässe«, war sie ihm ins Wort gefallen. »Ich komme nach Chelsea.« Worauf er geantwortet hatte: »Du kannst hier nichts ausrichten, Sophie. Alle glauben, sie will mit Simi nach Nigeria, und ...« Sie hatte ihn wieder unterbrochen: »Kann nicht sein. Unmöglich. Ich komme.« Dann hatte sie aufgelegt.

Sophie war gerade in einer Vorlesung gewesen, als er angerufen hatte, und war in den Korridor gegangen, um mit ihm zu telefonieren. Sie machte sich sofort auf den Weg und schaffte es so schnell nach Chelsea, als hätte sie jemand rübergebeamt.

Tani und Deborah St. James waren im Arbeitszimmer im Erdgeschoss, wo sie schon seit Stunden auf Nachrichten von Monifa warteten. DS Nkata hatte ihnen versprochen, sie sofort anzurufen, wenn Monifa gefunden wurde. Tani saß bereits seit den frühen Morgenstunden im Arbeitszimmer, und Deborah St. James hatte ihm gegen halb acht Frühstück gebracht, das er jedoch nicht angerührt hatte. Aber Sergeant Nkata hatte nicht angerufen, und mit jeder Stunde schwand Tanis Hoffnung mehr, dass seine Schwester in Sicherheit gebracht werden konnte. Entweder hatte seine Mutter sie außer Landes gebracht, oder sein Vater hatte sie gefunden. Er wusste nicht, welche der beiden Möglichkeiten die schlimmere wäre.

Anfangs war Tani von Abeos Auftritt am Vortag beeindruckt gewesen. Aber nach einer schlaflosen Nacht, in der er noch einmal alles hatte Revue passieren lassen, was in den vergangenen Wochen in seiner Familie passiert war, seit Abeo ihm eröffnet hatte, dass er ein ihm unbekanntes Mädchen in Nigeria heiraten sollte, war er zu dem Schluss gelangt, dass Abeo weder die Absicht hatte, Simi zu finden, um Schaden von ihr abzuwenden, noch sein Ehegelübde – wie auch immer das ausgesehen haben mochte – zu erneuern. Ihm ging es nur darum, Simi beschneiden zu lassen, damit er sie verhökern konnte, am besten gegen einen deftigen Brautpreis an einen reichen Sack in Nigeria. Letztlich wollte Abeo nur, was er immer schon gewollt hatte: Geld und die Kontrolle über jeden Menschen, mit dem er zu tun hatte.

Als Sophie das Arbeitszimmer betrat, fragte sie: »Irgendwas Neues?« Dann ließ sie sich in einen der Ledersessel fallen.

»Nein, nichts«, sagte Deborah.

Sophie musterte Tani. Sie sah ihm an, dass er kaum noch

Hoffnung hatte. Aber er konnte und wollte ihr nichts vormachen, in seiner Familie gab es schon viel zu viel Verstellung. Sophie wandte sich an Deborah. »Könnten Sie nicht jemand anrufen?«

»Doch, das könnte ich tun. Wenn es dich beruhigt. Aber...«

»Nicht mich. Tani.«

»...ich könnte nur Sergeant Nkata oder seinen Vorgesetzten anrufen, was wenig Zweck hat, weil die selbst auf Neuigkeiten warten.«

»Ist Sergeant Nkata nicht auf eigene Faust unterwegs?«

»Er ermittelt in einem Mordfall«, sagte Deborah ausweichend. »Er kann nicht an einem der Orte warten, von denen wir uns Nachrichten erhoffen. Aber macht euch keine Sorgen. Er meldet sich, sobald sie gefunden ist. Oder sein Chef. Einer von beiden meldet sich sofort bei uns.«

»Vielleicht ist sie längst weg«, sagte Tani. »Vielleicht ist sie ja von hier aus direkt zum Flughafen gefahren.«

»Ich glaube, das wüssten wir inzwischen«, sagte Deborah. »Dann hätte die Polizei die Namen der beiden auf irgendeiner Passagierliste gefunden.«

»Wo sind sie denn dann?«, fragte er verzweifelt. »Wenn mein Vater sie gefunden hat...«

»Werden eigentlich auch die Krankenhäuser überprüft?«, wollte Sophia wissen.

»Also, das kann ich herausfinden«, sagte Deborah. Sie nahm ihr Handy vom Beistelltisch, aber ehe sie eine Nummer eingeben konnte, klingelte Tanis Handy. Er warf einen Blick aufs Display. Der Anruf kam von einer Festnetznummer, die er nicht kannte.

Als er sich meldete, fragte eine Frauenstimme: »Spreche ich mit Tani?« Sein erster Gedanke war, dass sein Vater Monifa und Simi gefunden hatte und dass jemand aus einem Krankenhaus ihn anrief, um ihm mitzuteilen, dass seine Mutter

780

mit gebrochenen Knochen oder noch schlimmeren Verletzungen eingeliefert worden war. Er wappnete sich und sagte, ja, er sei Tani. Daraufhin sagte die Frau zu einer anderen Person: »Ich hab ihn!« Dann fragte eine andere Frauenstimme: »Tani? Bist du noch bei der rothaarigen Frau?«

Einen Moment lang konnte Tani nichts sagen. Es war die Stimme seiner Mutter. Als er immer noch schwieg, fragte sie: »Tani? Bist du noch da? Geht es dir gut?«

Er fühlte sich wie benommen. Seine Mutter klang wie immer, aber zugleich viel entspannter als sonst, und er konnte sich nicht erklären, was das zu bedeuten hatte. »Mum«, brachte er schließlich heraus. Dann: »Pa war hier. Aber Sergeant Nkata war bei ihm, er war nämlich gar nicht entlassen worden. Du hast gelogen, genau wie Pa. Du hast uns *angelogen*, Mum!«

»Tani, es tut mir leid, aber ...«

»Wo ist Simi? Was hast du mit ihr gemacht? Ich red erst mit dir, wenn du mir sagst, was du mit Simi gemacht hast und wo sie ist und warum du mich angelogen hast, und ...« Ihm versagte die Stimme, was ihm unendlich peinlich war. Er gab Sophie das Handy und hob den Arm, um sein Gesicht zu verbergen.

Sophie stellte das Handy auf Lautsprecher. »Mrs Bankole, ist Simi bei Ihnen?«

Monifa fragte: »Wo ist Tani?«

»Er ist hier neben mir, er ist furchtbar aufgeregt. Aber er kann Sie hören. Können Sie uns sagen, wo Sie sind?«

»Nein, das darf ich nicht«, sagte Monifa. »Ich konnte es dir auch gestern nicht sagen, Tani. Sie haben mich angerufen und mir gesagt, dass alles bereit ist, aber ich durfte keinem etwas sagen.«

Deborah begriff sofort, wovon Monifa redete. »Befinden Sie sich in einem sicheren Haus, Mrs Bankole?«

781

Einen Moment lang war nichts zu hören, dann sagte eine andere Frauenstimme: »Hier spricht Dorcas. Meinen Nachnamen kann ich Ihnen nicht nennen. Monifa und ihre Tochter sind bei mir, es geht ihnen beiden gut. Wir bieten misshandelten Frauen Schutz. Ich kann Ihnen leider nicht sagen, wo sich unser Haus befindet.«

»Ich will mit meiner Schwester sprechen«, sagte Tani. »Ich will wissen, dass sie in Sicherheit ist.«

»Selbstverständlich«, sagte die Frau, und kurz darauf rief Simi: »Tani! Tani! Ich wollt dich sofort anrufen, aber die haben mich nicht gelassen. Am ersten Tag darf man hier nicht telefonieren. Dorcas sagt, so ist es besser.«

»Hat dir auch niemand wehgetan?«, fragte Tani.

»Hat dich niemand angefasst?«, fragte Deborah gleichzeitig.

»Nur Mum«, sagte Simi. »Sie musste mir die Haare machen.«

»Oh, ich hoffe, es hat nicht zu sehr geziept«, sagte Deborah.

»Na ja, geht so. Sie haben andere Haare als ich. Meine sind widerspenstiger, deshalb …« Sie wurde von jemandem im Hintergrund unterbrochen, worauf sie antwortete: »Sie will wissen, ob meine Haare okay sind. Sie hatte nicht das richtige Shampoo im Haus …« Dann sagte sie ins Telefon: »Jedenfalls ist Mum die Einzige, die mich angefasst hat, Tani.«

»Das ist gut«, sagte er.

Dann herrschte wieder einen Moment lang Stille, anscheinend wurde das Telefon am anderen Ende erneut weitergereicht. »Ich habe die Pässe zerschnitten«, sagte Monifa. »Meinen, den von Simisola und den von deinem Vater. Deinen habe ich bei Sergeant Nkata gelassen. Du musst alles machen, was für die Schutzanordnung nötig ist, Tani. Ich habe die zerschnittenen Pässe noch. Die müssen dem Antrag beigelegt werden.«

»Aber was hast du dir… Wieso hast du…?« Tani wusste selbst nicht, was er seine Mutter fragen wollte.

Sophie tat es an seiner Stelle. »Mrs Bankole, haben Sie vor, sich von Tanis Vater zu trennen? Das möchte er gern wissen, er weiß nur nicht, wie er Sie fragen soll.«

»Wir werden ein neues Leben haben, wenn das alles vorbei ist, Tani«, sagte seine Mutter. »Wir werden nur noch zu dritt sein, und alles wird anders werden. Und du kannst das College abschließen und später an der Uni studieren.«

»Nein«, sagte er. »Ich muss arbeiten, Mum. Ich muss mir jetzt einen Job suchen, und das mach ich auch. Und, Mum…? Ich *weiß*…«

Doch seine Mutter ließ ihn nicht ausreden. Sie versicherte ihm, dass er weder für sie noch für Simisola verantwortlich war, und auch nicht für ihre Entscheidung, sich von seinem Vater zu trennen. Ihre Ehe mit Abeo sei für sie beendet, sagte sie. Er könne sich jetzt um seine andere Familie kümmern. Sie selbst habe bereits einen Job in einem Café in Brixton, dort würde sie tagsüber nigerianische Gerichte kochen und abends Kochkurse geben. Bis sie genug Geld verdiente, um eine Wohnung zu mieten, werde sie in dem Frauenhaus bleiben. Sie wolle versuchen, eine Wohnung in einem nigerianischen Viertel zu bekommen, und sobald sie eine gefunden habe, würden sie drei wieder vereint werden.

»Es gibt doch noch die Familienkasse, Mum«, sagte Tani. »Er muss dir die Hälfte von dem Geld abgeben, das da drin ist. Dann hast du bestimmt genug, um jetzt sofort eine Wohnung zu mieten.«

»Ich möchte das auf meine Weise machen.«

»Nein, Mum. Es ist nicht recht, dass er das ganze Geld behält.«

»Für mich ist es in Ordnung. Von jetzt an ist alles anders, das wirst du eines Tages verstehen.« Sie sagte, sie wünschte auch, dass alles schneller gehen könnte. Aber bald würde alles gut werden, und dann würden sie wieder eine Familie sein.

»Bis dahin kann Tani gern bei uns wohnen bleiben, Mrs Bankole«, sagte Deborah.

»Er kann auch bei uns wohnen«, sagte Sophie. »Meine Eltern kennen ihn. Es wäre perfekt.«

»Das muss Tani entscheiden«, sagte Monifa. »Ich danke Ihnen beiden sehr.«

Dann meldete sich Dorcas wieder zu Wort. Sie bat um genaue Informationen, wer die Schutzanordnung einreichen und über welches Polizeirevier die Übergabe an Simisolas Vater durchgeführt würde. Das alles werde jetzt so schnell wie möglich über die Bühne gehen, versicherte sie Tani. Und bis die Polizei Abeo die Schutzanordnung übergeben habe, solle er sich von ihm fernhalten. Ob er das versprechen könne?

»Kein Problem«, sagte Tani. »Versprochen.«

CHELSEA
SOUTH-WEST LONDON

»Es ist dein Tonfall«, sagte Deborah zu ihrem Mann. »Ehrlich, Simon, ich weiß, dass du es gut meinst. Aber wenn du diesen Ton anschlägst – den du übrigens auch an den Tag gelegt hast, als es um Bolu und ihre Eltern ging –, habe ich das Gefühl, als würdest du mit einer Siebenjährigen reden, die du glaubst belehren zu müssen. Und dann platzt mir einfach der Kragen.«

»Ich wollte dich nicht belehren«, sagte Simon.

»Das habe ich auch nicht angenommen. Aber Absicht oder nicht, du benimmst dich plötzlich nicht wie mein Ehemann, sondern als wärst du mein Vater, und … und … dann möchte ich dich am liebsten ohrfeigen.«

»Ich bin froh, dass du dich zu beherrschen weißt.«

»Ich scherze nicht, Simon.«

»Ich auch nicht.«

Sie saßen auf der Terrasse. Es war Abend, und sie gönnten sich einen Pimm's. Deborahs Vater machte mit Peach einen Abendspaziergang. Deborah vermutete allerdings, dass das ein Vorwand für einen Besuch im Pub war, wo Peach den Fußboden nach Essbarem absuchen würde, während ihr Vater sich ein Glas Cider genehmigte, nach Pimm's das zweitbeste Getränk bei dieser Hitze.

Sie hatte ihrem Mann bis ins Detail berichtet, was während seiner Abwesenheit geschehen war. Nachdem sie damit geendet hatte, dass Tani mit zu Sophie gefahren war, hatte sie das Bedürfnis gehabt, dieses Thema, das ihr schon länger auf der Seele lag, endlich anzusprechen.

»Ich kann mir vorstellen, wie das funktioniert«, sagte sie. »Früher hast du mir gegenüber eine Art Vaterrolle eingenommen, obwohl du noch ziemlich jung warst. Es war schließlich nicht immer einfach für dich, mit einer Siebenjährigen umzugehen. Aber ich habe dich nie so gesehen, verstehst du? Als Vaterfigur. Okay, ich habe dich mit Mr St. James angeredet, weil mir das so beigebracht wurde. Aber für mich warst du immer nur Simon. Du hast mich nicht wirklich gesehen, was logisch ist, ich war ja noch ein Kind. Aber ich habe dich immer gesehen.« Sie nahm ihr Glas. Simon fischte eine Scheibe Gurke aus seinem Glas und schob sie sich in den Mund. Sie betrachtete seine Hände, und am liebsten hätte sie ihm gesagt, wie sehr sie seine Hände liebte, und dass sie sich als Erstes in seine Hände verliebt hatte. Statt-

785

dessen sagte sie: »Simon, ich habe einen Vater. Ich brauche nicht noch einen. Ich will auch nicht noch einen. Aber wenn es nicht anders geht, wenn es mein Schicksal ist, einen zweiten Vater zu haben, dann soll es nicht der Mann sein, mit dem ich ins Bett gehe.«

Er schaute sie an. Selbst im Dämmerlicht sah sie, dass er die Stirn runzelte. »Ich hoffe, dass ich das nicht als Drohung verstehen muss«, sagte er.

»Natürlich nicht«, erwiderte sie. »Wobei man dir mit einer Drohung sowieso nicht beikommen könnte. Mit Liebe schon eher. Und ich liebe dich wirklich, auch in den Augenblicken, in denen du mich auf die Palme bringst.«

Er lächelte. »Das ist sehr beruhigend, denn mir geht es genauso.«

»Du liebst mich auch, wenn ich dich auf die Palme bringe?«

»Dann ganz besonders. Und glaub mir, du kannst mich ganz schön auf die Palme bringen, Deborah. Kaum jemand kann einen so auf die Palme bringen wie eine Rothaarige auf Kriegspfad. Und widersprich mir nicht, denn auf dem Gebiet habe ich viel Erfahrung.«

»Das passiert nur, wenn man mich provoziert«, sagte sie trotzig.

Er lachte. »Wenn du das so siehst, mein Herz.«

In dem Augenblick wurde das Gartentor geöffnet. Deborah rechnete damit, ihren Vater mit Peach zu erblicken, aber es war Tommy. »Ich dachte, ich versuch mal mein Glück hinterm Haus«, sagte Lynley. »Ich habe vorne geklingelt, und als kein Hundegebell ertönte, habe ich gehofft, dass ich euch hier vorfinden würde, wo es ein bisschen kühler ist.«

»Ich glaube, es gibt einen Wetterumschwung«, bemerkte Simon.

»Du Optimist«, schnaubte Deborah. »Du siehst müde aus,

Tommy. Hast du schon gegessen? Wenn nicht, kannst du gern zum Abendessen bleiben. Und vorher einen Pimm's mit uns trinken.«

»Charlie hat sicher etwas vorbereitet«, sagte Lynley. »Ich werde also nur kurz bleiben, um seine Langmut nicht zu sehr zu strapazieren.« Er zog sich einen Liegestuhl heran. »Dr. Weatherall hat ein Geständnis abgelegt.« Er berichtete ihnen, was die Ärztin ausgesagt hatte. »Für sie hat das alles eine natürliche Logik«, sagte er. »Wir haben den ganzen Tag damit verbracht, die fehlenden Puzzleteile einzufügen. Dein Foto war wirklich ein Segen, Deb. Der *Stehende Krieger* Nummer zehn hat letztlich den Ausschlag gegeben. Nachdem Dr. Weatherall begriffen hatte, dass es sich bei der Skulptur um eine aus einer nummerierten limitierten Serie handelte, gab es keinen Ausweg mehr für sie.«

»Hat sie gesagt, warum sie es getan hat?«

»Ja.« Er holte ein bisschen aus und erklärte ihnen, welche Rolle Mercy Hart sowie Teo Bontempis Schwester und ihr Exmann in dem Fall gespielt hatten. Der zeitliche Rahmen, fügte er hinzu, sei allerdings unglaublich. Alles, was zum Tod von Teo Bontempi geführt habe, sei innerhalb von gerade mal zwei Stunden passiert.

Nachdem er geendet hatte, berichtete Deborah ihm von den jüngsten Ereignissen bezüglich der Familie Bankole.

»Sehr gut«, sagte Lynley. »Wir müssen Winston mitteilen, dass Monifa Bankole sich in einem Frauenhaus in Sicherheit befindet.«

Eine ganze Weile betrachtete er schweigend die Terrassenplatten. Dann atmete er ganz langsam aus. Deborah und Simon kannten ihn gut genug, um zu wissen, dass ihm noch etwas auf den Nägeln brannte.

»Du wirkst nicht gerade erleichtert«, bemerkte Simon schließlich.

»Aber das hat nichts mit dem Fall zu tun, stimmt's, Tommy?«, fragte Deborah.

»Ich fürchte, ich befinde mich auf einem Irrweg«, antwortete Lynley.

»Daidre«, sagte Deborah. Und als er nickte, fuhr sie fort: »Ist etwas vorgefallen? Dumme Frage. Natürlich ist etwas vorgefallen. Können wir irgendwie helfen?«

»Sie hat ihre Schwester nach London geholt, die wohnt jetzt bei ihr. Ich weiß mir keinen Rat mehr. Es ist alles sehr verwirrend.«

»Dass sie ihre Schwester zu sich geholt hat?«

»Nein. Dass ich in der Lage bin, einen komplizierten Mordfall zu lösen, aber unfähig, zwischen den Zeilen zu lesen, wenn eine Frau mir etwas zu sagen versucht.«

»Solltest du denn zwischen den Zeilen lesen?«, fragte sie.

Ehe Lynley antworten konnte, sagte Simon: »Da bist du nicht der Einzige, Tommy. Auf dem Gebiet bin ich auch ein hoffnungsloser Fall. Das wird Deborah dir sicher gern bestätigen.«

Lynley lachte müde in sich hinein. »Ich bin wie Pygmalion ohne eine Aphrodite, die er anbeten kann. Wenn ich bis über beide Ohren in einer Sache drinstecke, kann ich das nicht sehen. Erst wenn ich alles aus einer gewissen Distanz betrachten kann, wird mir klar, was ich da mache. Es ist nicht meine Absicht...«

»Natürlich nicht«, sagte Simon.

»...aber ich tue es trotzdem. Ich mache mir ein Bild von einer Person – in diesem Fall Daidre. Ich sehe sie so, wie ich sie haben will, wie ich sie brauche, damit sie... die Leere füllt. Und etwas in mir, das ich nicht unter Kontrolle habe, will irgendwann diese Person nach meinen Wünschen formen. Das habe ich auch die ganze Zeit bei Daidre versucht, wie sie mir jetzt klargemacht hat.«

»Und wie fühlt sie sich jetzt?«, fragte Deborah.

»Sie ist mit ihrer Weisheit am Ende. Ist das ein Gefühl?«

»Vielleicht braucht sie etwas Zeit«, meinte Simon.

»Das kann ich mir selbst sagen«, entgegnete Lynley. »Es ist eine bequeme Methode, nicht über mein Verhalten nachdenken zu müssen. Ich habe alles falsch gemacht, und nicht zum ersten Mal. Bei Helen war es genauso.«

Nachdem der Name Helen gefallen war, schwiegen sie eine Weile. Sie war da, in der Dunkelheit, und auch die tiefe Leere, die ihr Tod in Lynleys Leben hinterlassen hatte. Sie hatten sie alle drei geliebt, und sie fehlte ihnen allen. Aber nur Lynley trug die Last der Entscheidung, die er hatte treffen müssen, um sie loszulassen.

Deborah brach das Schweigen. »Und Helen hat dir das immer verziehen, nicht wahr?«

»Ja. Immer.«

»Daidre wird es dir auch verzeihen, Tommy. Aber ich glaube, du hast außer Helen noch etwas anderes verloren, und solange diese Wunde nicht heilt, werden dir alle Frauen entgleiten.«

»Was meinst du?«, fragte er.

»Du sagtest eben, du hättest alles falsch gemacht«, schaltete Simon sich ein. »Du musst lernen, dir selbst zu verzeihen.«

CHALK FARM
NORTH LONDON

Barbaras Gespräch mit Dorothea hatte länger gedauert als erwartet, aber es war notwendig, wenn auch letztlich nicht völlig befriedigend gewesen. Sie mochte Dee. Sie amüsierte sich mit ihr, und sogar das Stepptanzen mit Dee machte ihr Spaß, womit sie nie im Leben gerechnet hätte. Trotzdem hatte sie etwas ein für alle Mal klarstellen müssen.

Sie hatte Dee auf der Damentoilette erwischt, wo sie gerade dabei war, ihr Make-up aufzufrischen. Sie sei auf dem Sprung zu einem »Gnaden-Date«, wie sie sich ausdrückte, mit einem Typen, der sie fast umgerannt hätte, als sie in Westminster aus der U-Bahn gekommen war. Sie hätte sich beinahe einen ihrer Pfennigabsätze abgebrochen und den Mann angeschrien: »Passen Sie gefälligst auf, Sie Trottel!«, womit sie offenbar einen nachhaltigen Eindruck auf ihn gemacht hatte. Er ließ sich nicht mehr abwimmeln. Bestand darauf, sie auf einen Drink einzuladen. Versicherte ihr, dass er kein Serienmörder war, sondern nur ehrbare Absichten hatte. Und da er große Ähnlichkeit mit Prinz William hatte – »als der noch Haare hatte« –, hatte sie sich schließlich überreden lassen, sich mit ihm zu treffen.

»Dafür, dass es ein ›Gnaden-Date‹ ist, putzen Sie sich aber ganz schön raus«, meinte Barbara, während Dee versuchte, mit einem kleinen Handspiegel ihren Hinterkopf zu begutachten. Barbara trat hinter sie. »Ihre Frisur sitzt perfekt«, sagte sie. »Und selbst wenn das nicht der Fall wär, der Typ wird sich wohl kaum für Ihre Haare interessieren.«

Dee beantwortete Barbaras erste Bemerkung: »Er ist schon nett; ein bisschen schratig vielleicht, aber nett.«

»Eben haben Sie noch Prinz William erwähnt«, sagte Barbara.

»Ich meinte eher so von der Persönlichkeit her«, sagte Dee. Sie zog ihren Lippenstift nach, trat einen Schritt vom Spiegel zurück, betrachtete das Ergebnis, beugte sich vor und trug noch etwas Farbe auf. Ohne sich von ihrem Spiegelbild abzuwenden, sagte sie zu Barbara: »Was machen Sie denn heute Abend? Wird nicht gefeiert?«

»Ich hatte an überbackenen Käsetoast mit Fritten und Baked Beans gedacht.«

Dee warf ihr einen missbilligenden Blick zu. »Wir müssen endlich den Campingurlaub buchen, Barbara. Das ist Ihnen doch klar, oder?«

Das war der ideale Einstieg, auf den Barbara gewartet hatte. »Genau über das Thema wollte ich mit Ihnen sprechen, Dee.«

Dee hob ihre perfekt gezupften Brauen. »Wir machen das«, sagte sie. »Keine Widerrede.«

»Ich bin Ihnen wirklich dankbar für Ihre Bemühungen«, sagte Barbara. »Aber ... Verflixt und zugenäht. Ich weiß nicht, wie ich das sagen soll.«

Dee ließ den Lippenstift sinken. »O Gott. Er hat sich geirrt. Oder? Sie sind tatsächlich ...?«

»Ich bin was?«

»Gibt es jemanden, den ich noch nicht kenne? Eine Person, von der Sie mir nichts gesagt haben? Es kann doch nicht sein, dass Sie Angst hatten, ich würde Sie deswegen schikanieren. Meine Güte, Barbara, wer würde sich denn trauen, *Sie* zu schikanieren? Und außerdem – haben wir das nicht hinter uns? Ich meine nicht Sie und ich, ich meine uns als Gesellschaft. Diese Art von Intoleranz haben wir doch überwunden!«

Barbara verstand nur Bahnhof – Dee hätte genauso gut Chinesisch sprechen können. »Dee«, sagte sie, »ich bin nicht auf der Suche nach einem Mann.«

»Ja, ich weiß, ich weiß.«

»Was?«

»Das versuchen Sie doch jetzt schon die ganze Zeit, mir zu sagen, oder?«

»Mehr oder weniger«, räumte Barbara ein. »Aber was zum Teufel versuchen *Sie mir* zu sagen?«

Dee wandte sich vom Spiegel ab. Sie verstaute ihre Schminksachen wieder in ihrer Handtasche. »Dass Sie… Also, dass Sie lieber – und glauben Sie mir, das macht mir nicht das Geringste aus, denn ich bin sowieso nicht zu haben…«

Endlich fiel der Groschen. »Dass ich auf Frauen steh«, sagte Barbara.

»Äh, ja. Also, ich hab den Inspector gefragt – ich meine natürlich Acting Detective Chief…«

»Alles klar«, fiel Barbara ihr ins Wort. »Sie haben Lynley gefragt, ob ich auf Frauen steh. Nur interessehalber: Was hat er denn geantwortet?«

»Er wusste es nicht. Also, wie denn auch, wenn man sich's recht überlegt. Aber er meinte, er glaubt es nicht. Oder so ähnlich. Und dann kamen diese Blumen, und…«

»Ja, ja«, sagte Barbara. Sie hatte nicht vor, Dee zu erzählen, wer die Blumen geschickt hatte. »Die Antwort lautet Nein. Ich steh nicht auf Frauen. Jedenfalls nicht, dass ich wüsste.«

»Und trotzdem wollen Sie nicht… Also, dann können wir uns doch für diesen Campingurlaub anmelden. Ich würde das so gern machen, Barbara. Sie etwa nicht?«

»Dee, nur ein Zahnarztbesuch würde mich mehr abschrecken.«

»Also nein?«

»Genau. Und es geht mir gut. Ich bin nicht auf Partnersuche. Oder seh ich etwa aus, als würd ich Trübsal blasen, bis irgendein Typ kommt und mir 'nen gläsernen Schuh anzieht?«

Dee verschränkte die Arme, lehnte sich gegen das Waschbecken und musterte Barbara von oben bis unten. »Darf ich ehrlich sein?«

»Ich bitte darum.«

»Nein. So haben Sie noch nie ausgesehen.« Sie seufzte theatralisch und rückte den Riemen ihrer Umhängetasche zurecht, damit er keine Knitterfalten in ihr Baumwollkleid machte. »Aber darf ich Sie was fragen?« Und bevor Barbara Ja sagen konnte, fuhr sie fort: »Das mit dem Stepptanzen machen wir aber weiter, oder?«

»Ich hab mir doch keine Stepptanzschuhe gekauft, um jetzt damit aufzuhören«, hatte Barbara darauf geantwortet. »Vor allem, wo ich endlich den verdammten Shirley Temple draufhab.«

Jetzt bog sie endlich in ihre Straße ein. Da sie etwas früher als gewöhnlich ankam, fand sie sogar einen Parkplatz vor dem Haus, hinter dem sie wohnte. Sie hatte sich unterwegs nichts zu essen gekauft, was sie vermutlich bereuen würde. Ungeachtet ihrer Behauptungen Dee gegenüber hatte sie nämlich nicht alle Zutaten für einen Käsetoast im Haus. Zwar stand noch eine angebrochene Dose Baked Beans im Kühlschrank, aber sie wusste nicht mehr, wann sie die geöffnet hatte. Es konnte also sein, dass die Bohnen nicht mehr genießbar waren. Egal, irgendwas Essbares würde sich schon in ihrer kleinen Küche finden. Notfalls würde sie sich ein paar Pop-Tarts einverleiben.

Sie ging um das Haus herum. Die leer stehende Wohnung im Erdgeschoss war so still und dunkel wie immer. Sie seufzte. Als sie den Gartenweg entlangging, sah sie, dass jemand auf der Stufe vor ihrer Haustür hockte.

Es war Salvatore Lo Bianco. Als er sie erblickte, sprang er

auf und ließ das Handy, mit dem er beschäftigt gewesen war, in seiner Hosentasche verschwinden. »Da sind Sie ja endlich!«, rief er aus und ging auf sie zu. Er lächelte und küsste sie zur Begrüßung – diese auf dem Kontinent verbreitete Unsitte, bei der die Wangen sich streiften, die Lippen aber nur die Luft berührten.

»Was machen Sie denn hier?«, entfuhr es ihr. Dann wurden ihre Augen schmal. »Wer hat Sie hergeschickt, Salvatore?«

»Niemand«, sagte er.

»Schwören Sie!«

»Ich soll schwören? Sie glauben, jemand hat mich geschickt? *Che pazza!* Wer soll mich denn zu Ihnen schicken, Barbara?« Er nahm ihren Arm. »Sie sehen gut aus. Aber Sie haben bestimmt hungrig. Nein. Äh, Sie haben Hunger. Ja? Sie haben noch nicht gegesst?«

»Gegessen«, sagte sie. »Nein, noch nicht. Warum?« Dann sah sie zwei Einkaufstüten von Waitrose neben der Tür stehen. Er zeigte mit großer Geste auf die Tüten und schob Barbara sanft in Richtung Tür. »Ich freue mich sehr über Ihren Hunger«, sagte er. »Denn ich mache jetzt ein Abendessen für Sie.«

»Abendessen? Sie können kochen? Echt?«

»*Madonna mia*«, sagte er mit Blick gen Himmel. »Barbara, Barbara, was glauben Sie denn? Ich bin Italiener.«

DANKSAGUNG

Vor einigen Jahren ist mir in einem Gespräch mit der Tante meines Patenkinds die Idee für diesen Roman gekommen. Nach unserer Unterhaltung habe ich viel zu diesem Thema gelesen und mich mit den unterschiedlichsten Leuten unterhalten, die mich bei den ersten Schritten für diesen Roman begleitet haben.

Detective Inspector Allen Davis und Detective Sergeant Karen Bridger vom Empress State Building haben mir in einem Crashkurs erklärt, was ihre Abteilung Strategic Development gegen die unterschiedlichsten Formen der Misshandlung von Mädchen und Frauen – angefangen von Genitalverstümmelung bis hin zu Zwangsheiraten – in den somalischen und nigerianischen Communitys unternimmt. Von ihnen kam die Idee für die gynäkologische Praxis in Hackney und das Thema »medikalisierte« FGM. Sie haben ebenfalls die Informationen über ritualisierten Missbrauch, Schutzanordnungen und die Strafverfolgung wegen Gefährdung des Kindeswohls beigesteuert.

Die MitarbeiterInnen meiner Verlage in den USA und in Großbritannien haben mich nach Kräften unterstützt, vor allem Nick Sayers, mein Verleger in England. Er hat Deborah Batogun mit ins Boot geholt, die mir geholfen hat, das Leben der Familie Bankole korrekt darzustellen. Ich kann Deborah gar nicht genug danken – nicht nur für ihre sorgfältige Lektüre des Manuskripts, sondern auch für ihre Bereitschaft, ganz offen ihre Meinung zu äußern, wodurch ich die notwendigen Änderungen in Bezug auf nigerianische Gepflogenheiten, Kleidung, Essen, Einstellungen und Namen vornehmen konnte.

Auch diesmal hat sich Nick Sayers mit meinen amerikanischen Kollegen zusammengetan, und gemeinsam haben sie mir einen einzigen und wohldurchdachten Brief mit redaktionellen Kommentaren und Änderungsvorschlägen geschickt. Und wieder einmal hat die unermüdliche Swati Gamble nicht nur den Kontakt zu Personen hergestellt, mit denen ich mich unterhalten wollte, sondern auch die Gesprächstermine ausgemacht.

Brian Tart und Gretchen Schmid in den USA waren sehr verständnisvoll und – vielleicht noch wichtiger – flexibel, als ich mehr Zeit als geplant für die Fertigstellung dieses Buchs benötigte. Vor allem Gretchen hatte großes Verständnis für mich, als ich Schwierigkeiten hatte, das Manuskript zu überarbeiten und schließlich die Fahnen digital zu korrigieren. Auf dem Gebiet moderner Technik bin ich ein Dinosaurier, und ich glaube kaum, dass sich das in absehbarer Zeit ändern wird. Daher danke ich Gretchen für ihre Geduld, als das Fahnenlesen so lange dauerte, und Brian für seine Geduld bei allen anderen Gelegenheiten.

Ben Petrone und Bel Banta vom Viking-Verlag haben ebenso wie Kate Kehan vom Verlag Hodder & Stoughton Heldenhaftes geleistet, als dieses Buch in Zeiten von COVID verlegt werden sollte.

In Bezug auf alles Digitale bedanke ich mich bei Nicole Robson von der Trident Media Group für ihre Bemühungen und natürlich bei meiner Digitalgöttin Cindy Peterson und meinem Digitalgott Clay Fournier.

Robert Gottlieb von der Trident Media Group begleitet meine Karriere seit mehr als zwanzig Jahren, und ihm danke ich dafür, dass er noch nie irgendetwas auf Eis gelegt hat. Erica Silverman von der Trident Media Group hat möglicherweise ein Kaninchen aus dem Hut gezaubert – wir werden sehen. Drücken Sie die Daumen.

Die Mitglieder des Stiftungsrats der Elizabeth George Foundation, Patricia Fogarty, Barbara Fryer, Blake Kimzey, Chris Eyre, Elaine Medosch und Jane Hamilton sorgen seit Jahren dafür, dass ich Zeit zum Schreiben habe, während Charlene Coe sich um das Alltagsgeschäft der Stiftung kümmert.

Mein Mann Tom McCabe ist mein Fels in der Brandung, und ich bin ihm unendlich dankbar für seine Geduld, seine Liebe und seinen unerschütterlichen Glauben an meine Fähigkeit, zu Ende zu bringen, was ich begonnen habe.

Das Thema dieses Buchs ist manchmal schwer zu fassen. Es ist notwendig, einen Scheinwerfer darauf zu richten, damit das Leiden ein Ende nimmt und nicht länger im Namen von »Reinheit« und »Keuschheit« das Leben zahlloser Frauen zerstört wird.

Autorin

Akribische Recherche, präziser Spannungsaufbau und höchste psychologische Raffinesse zeichnen die Bücher der Amerikanerin Elizabeth George aus. Ihre Fälle sind stets detailgenaue Porträts unserer Zeit und Gesellschaft. Elizabeth George, die lange an der Universität »Creative Writing« lehrte, lebt heute in Seattle im Bundesstaat Washington, USA. Ihre Bücher sind allesamt internationale Bestseller, die sofort nach Erscheinen nicht nur die Spitzenplätze der deutschen Verkaufscharts erklimmen. Ihre Lynley-Havers-Romane wurden von der BBC verfilmt und auch im deutschen Fernsehen mit großem Erfolg ausgestrahlt. Weiter Informationen unter www.elizabeth-george.de.

Die Inspector-Lynley-Romane in chronologischer Reihenfolge:

Mein ist die Rache (auch als E-Book erhältlich)

Gott schütze dieses Haus (auch als E-Book erhältlich)

Keiner werfe den ersten Stein
(auch als E-Book erhältlich)

Auf Ehre und Gewissen (auch als E-Book erhältlich)

Denn bitter ist der Tod (auch als E-Book erhältlich)

Denn keiner ist ohne Schuld
(auch als E-Book erhältlich)

Asche zu Asche (auch als E-Book erhältlich)

Im Angesicht des Feindes (auch als E-Book erhältlich)

Denn sie betrügt man nicht
(📖 auch als E-Book erhältlich)

Undank ist der Väter Lohn (📖 auch als E-Book erhältlich)

Nie sollst du vergessen (📖 auch als E-Book erhältlich)

Wer die Wahrheit sucht (📖 auch als E-Book erhältlich)

Wo kein Zeuge ist (📖 auch als E-Book erhältlich)

Am Ende war die Tat (📖 auch als E-Book erhältlich)

Doch die Sünde ist scharlachrot
(📖 auch als E-Book erhältlich)

Wer dem Tode geweiht

Glaube der Lüge (📖 auch als E-Book erhältlich)

Nur eine böse Tat (📖 auch als E-Book erhältlich)

Bedenke, was du tust (📖 auch als E-Book erhältlich)

Wer Strafe verdient (📖 auch als E-Book erhältlich)

Was im Verborgenen ruht (📖 auch als E-Book erhältlich)